Bozkırın Sırrı Türk Peygamber

Ahmet Turgut

Ahmet Turgut; Kasım-1975'de Malatya'da doğdu. İlk, orta ve lise öğrenimini burada tamamladı. 1998'de İstanbul Teknik Üniversitesi İnşaat Mühendisliği Bölümünü bitirdi. 2004 yılına kadar Rusya, Romanya, Almanya ve Türkmenistan'da uluslar arası inşaat projelerinde çalıştı. 2005 yılından itibaren "Ekmek Teknesi, Ayrılık, Eşref Saati, Kurtlar Vadisi" TV dizilerinde ve "K.V.-Irak, K.V.-Gladio" sinema filmlerinde hikâye ve araştırma gruplarında yer aldı. Türk ve dünya atçılığını konu edinen "Asaletin Dört Nalı" isimli belgesel serisinin metin yazarlığını ve yönetmenliğini yaptı. Halen "Kurtlar Vadisi-Pusu" TV dizisinin yazım grubundadır. Evli ve iki çocuk babasıdır...

İletişim için: bozkirinsirri@gmail.com

Bozkırın Sırrı
Türk Peygamber

Ahmet Turgut

PROFİL

Yazarı / Ahmet Turgut
Kitabın Adı / Bozkırın Sırrı-Türk Peygamber

Genel Koordinatör / Münir Üstün
Genel Yayın Yönetmeni / Cem Küçük
Kapak Tasarım / Kenan Özcan
İç Tasarım / Adem Şenel
Baskı-Cilt / Kitap Matbaası
Davutpaşa Cad. No: 123 Kat: 1
Topkapı -İstanbul Tel: 0 212 482 99 10

1. Baskı / Şubat 2010
8. Baskı / Nisan 2010

978-975-996-249-4

Kültür Bakanlığı Yayıncılık Sertifika No:
1206-34-004350

PROFİL: 170
TÜRK EDEBİYATI : 05

PROFİL YAYINCILIK
Çatalçeşme Sk. No: 52 Meriçli Apt. K.3
Cağaloğlu - İSTANBUL
www.profilkitap.com / bilgi@profilkitap.com
Tel. 0212. 514 45 11 Faks. 0212. 514 45 12

Profil Yayıncılık Maviağaç Kültür Sanat Yayıncılık Tic.Ltd.Şti markasıdır.

Dua edenlerin en güzeline;

Anneme!..

ÖNSÖZ
3000 YIL ÖNCE DÜNYA VE ORTA ASYA

Sümerlerle başlatılan binlerce yıllık medeniyet macerasına rağmen M.Ö.10. asırda alışverişlerde resmi para kullanımı hâlâ başlamamış, tekil şekilli olgun alfabeler henüz oluşturulamamıştı. Kuzey Hindistan, Güney Çin ve Orta Amerika yerleşikleri bronz çağ nimetleriyle yetinirken Mısır, Mezopotamya ve Anadolu gibi ileri tarım bölgeleri ön-demir çağına ulaşmıştı.

Verimli nehir deltalarının sağladığı organize tarım imkânlarına sahip olmayan Orta Asya'daki insanlar alabildiğine gür orman ve meraların nimetlerinden faydalanıyordu. Tarım odaklı yerleşik hayatın kökleşmesini imkânsız kılan bu şartlar nedeniyle altışar aylık aralarla yaylaklar ve kışlaklar arasında göçler yaşanırdı.

Belirli iki nokta arasında gelgitler yaşadıkları için bugün "yarı-göçer" diye tanımladığımız bu insanlar yüz- yüz elli çadırlık "oba" denilen yaşam birimleri kurmuştu. Obadakiler yakın veya uzak akraba olurdu ve obalar aklına, görgüsüne itibar edilen "Aksakal Heyeti" tarafından yönetilirdi. Her Aksakal, kendi akraba grubunun ileri geleni olsa da heyetin ana kaygısı obanın geniş ve gür otlaklarda kimseyle kavga etmeksizin yaşamına devam edebilmesiydi.

Buna rağmen bazen meraların paylaşımı konusunda obalar arasında tartışmalar çıkar, anlaşmazlıklar büyüdükçe kanlı savaşlar yaşanırdı. En geniş ahlak ve tutum birliği olan "töre", fertler ve obalar arası ilişkileri düzenlerdi. Töreye aykırı hareketlerin en yaygın yaptırımı 'ayıplanmak' olsa bile bazı durumlarda töreyi bozanlar obalardan dışlanıp sürgüne gönderilir, hatta ortak kararlar neticesinde idam bile edilebilirdi. Bu yüzden kesin kanaatlerin oluşmadığı konularda insanlar keyfi davranabilirdi. Ancak töreye dâhil olan hususlarda ataların ve kamunun hoşgördüklerini tekrarlamakla yetinilirdi.

Kız alıp vermeler yoluyla birçok oba arasında akrabalıklar kurulmuş, soyca yakınlaşmış obalar boyları meydana getirmişti. Boyların yönetimini üstlenen veya kendi otoritesini diğer obalara da dayatabilen yöneticilere "Tigin" denirdi. Bazen Tiginlerden biri rakiplerine üstünlük sağlar ve bölgesel bir yönetim oluştururdu. Günümüz algısıyla "konfederasyon" diyebileceğimiz bu obalar ve boylar üstü yönetim, otoritesi altındaki insanlara asayiş sağlamakla yükümlü olur, karşılığında "beç" denilen bir çeşit vergi alırdı. Zaten töre de asayişi kim sağlarsa beçi onun hakkı sayardı.

Genelde hayvan yetiştiriciliği ve avcılıkla uğraşan bozkır evlatları maden işçiliği, halı, kilim dokuması ve deri-kürk işlemeye bağlı zanaatlarla da uğraşırdı. Hatta döneme dair en nadide ziynet eserlerini yaratmış olan Saka Medeniyeti meyve tarımıyla uğraşıldığını belirten izler de bırakmıştır günümüze.

Uçsuz bucaksız bozkırda tabiatla doğrudan ilişki içinde olan bu insanlar, din tarihçilerinin genel anlamıyla "Şamanizm" dedikleri "doğa ruhları ve atalara saygı-korku" içeren bir inanışa sahipti. Haliyle bu din, öz itibariyle dünyanın diğer bölgelerindeki putperest inançlardan farksızdı. Akdeniz havzasındaki yerleşik toplumların inşa ettiği devasa tapınak ve ilah heykellerine nazaran Orta Asya Şamanistleri "sanem" veya "tin" dedikleri putçuklara tazim gösterirlerdi.

Günümüzde pek yaygın bir hatayla "Şaman" diye adlandırılan ama dönem insanlarının "Kam" dediği din adamlarının başlıca iddiası insanların doğayla ilişkisini sorunsuz hale getirmek, büyü yoluyla şifa dağıtmak ve gelecekten haberler verebilmekti. Kamlar defin ve evlilik gibi sosyal ritüelleri de yönetirdi.

Klasik anlamıyla Ortadoğu'da yaşanan "Çok Tanrılı" (Politeist/Paganik) ve "Tek Tanrılı" (Monoteist/Hanif) dinler çatışması Çin'de, Amerika'da, Afrika'da ve dünyanın her yerinde olduğu gibi Orta Asya'da da yaşanıyordu. Soylarının Hz. Nuh'un oğlu Yafes'ten geldiğine inanan bozkır insanlarının öz lisanında -kadim Sami dillerde[1] rastlanan- "Peygamber, Kadir, Hikmet, Cebrail, Ruh, Nefis, Şeytan" gibi dini terimlerin birebir karşılıklarının bulunması Kuran-ı Kerim'e de şahitlik eder niteliktedir. Çünkü Kutsal Kitap tüm peygamberlerin halklarına onların dilleriyle yollandığını söylüyor[2]. Zaten "Hatem-ül Enbiya" olarak anılan Hz. Muhammed de kendisinden evvel yüz yirmi dört bin nebi yaşadığını rivayet etmiştir.

---

1 Akadça, Arapça, Süryanice, İbranice, Aramice...

2 İbrahim Suresi – 4. Ayet...

*“Sizden Önceki Topluluklar Gibi Sınanmadan
Cennete Gireceğinizi mi Sandınız?”*

*“Sana da Sen’den öncekilere söylenenler söylenmekte.
Şüphesiz ki Rabbin hem bağışlama,
hem de elem dolu bir azap sahibidir…”*

Kur’an-ı Kerim

-1-

Yaratıldığı günden beri yeryüzünü bekleyen şaşmaz direklerden biriydi Aladağ.[3] Derin koyaklarla örülü kuzey yamaçları sert rüzgârlarla zımparalanmışçasına pürüzsüz ve acımasızdı. Oradan bakanlar Aladağ'ın müstahkem bir kale olduğunu ve mahremine dokundurtmamak için böylesine sert görünmek istediğini sanırdı. Oysa üç taraftan zümrüt yeşili çam ve kayın ormanlarıyla sarıp sarmalanmıştı. Bağrında yaşayan kurdu, kuşuyla, bereketli göğsünden kaynayan dereleriyle ve güney eteğinin hemen bitiverdiği yerde uzanan yüz küsur çadırlık obasıyla, bozkırda eşine düzinelerce rastlanır türden sıradan bir dağdı o günlerde.

Obadakiler, tepesi yazın bile karla kaplı olduğu için Aladağ'ı ak börklü kocamışlara benzetirlerdi. Her zaman saygı duyarlardı ona. Ama bu, ekseri korkudandı. Her neslin anlattığı bir zelzele hikâyesi vardı onun hakkında. Kimileri "obadakilere kızdı, acunu salladı" derken, kimileri "hasta olup sızlandı" diyerek kendilerinden adak istediğini ileri sürerlerdi. Yılın altı ayı sırtlarını verdikleri bu yüce dağ gündüzleri avcılarla dolardı. Ancak güneş batıp tüm bozkır karanlığa büründüğünde yolunu kaybetmiş üç beş zavallıdan başka kimsecikler yanına ilişmezdi. Günün avları, gecenin gözü keskin avcılarına dönüverdiğinden herkes işini akşam olmadan tamamlar, öylece dönerdi obaya.

Aladağ eteklerinden itibaren başlayan meralar, uçsuz bucaksız ufka kadar devam eder; keçi, davar ve at sürüleriyle dolup taşardı bereketli yazlarda. Çobanlar kendi otardıkları hayvanları gözlerinden tanıyacak denli ayırt edebildikleri için her sürü sahibi kendine

---

3 Romanda geçen "Aladağ" bugünkü Kırgızistan, Kazakistan ve Özerk Sincan-Uygur yönetimi sınırlarının birleştiği üçgende, Issık Göl yakınlarındadır.

özel ağıl yapmaz, hayvanlar sadece cinslerine göre istif edilirdi. En kıymetli görülenler atlar olduğu için çadırlara yakın tarafta onlar durur; davar ve keçi ağıllarıysa dereye doğru uzanırdı.

Yılkıların ardınca uzanan avılda[4] sağlı sollu, önlü arkalı ve her biri kırk elli adım aralarla kondurulmuş çadırlar yer alırdı. Kışlaklardan yaylağa dönüş sonrası herkesin eski noktasında yurt[5] tutması gerekirmişçesine kimse başkasının yerine göz koymaz, koyamazdı. Hem komşuluk hukuku, hem de "rutini şartsız-koşulsuz tekrar etme" isteği buna engeldi. Zaten töre de boşu-boşuna "börü koşnisin yimes"[6] demezdi. Külleri için bile birbirlerine muhtaç olurlar ama komşularının varını yoğunu abartıp dillendirmeden de duramazlardı. Kart tavuklar bile bir anda kaz görünür; er görmüşlerin adı kıza çıkardı abartısız.

Günlerini kâh dere kenarında çamaşır yıkayıp süt sağarak kâh çoluk çocuklarına bakıp halı-kilim dokuyarak geçiren kadınlar, erlerinin avdan veya otarmadan dönecekleri vakte yetiştirdikleri yemekleriyle, akşamki çadır ziyaretleriyle günlerini tamam ederdi.

Kaç nesildir aynıyla yürüyen bu "dört mevsim / yirmi dört saat" rutinini bozabilen yegâne değişiklik toylardı.[7] Sanki sırf bu yüzden evlilikler ve doğumlar olur; bazen bir balanın diş çıkarması[8] bile üç gün üç gece eğlenmeye sebep görülürdü. Bu toy-

---

4 "Yılkı" kelimesi Ön-Türkçede atlara has sürü ve ağılları anlatırdı. "Avıl" ise obaların insan yaşamına ayrılan bölümüdür. "Çadırlar topluluğu" şeklinde de günümüz Türkçesine çevirebiliriz...

5 "Yurt" kelimesi Ön-Türkçede çadır için kullanılırdı. Ancak yarı-göçerlik terk edilip tamamen yerleşik hayata geçtikten sonra bu kelime "vatan" ile eşanlamlı hale gelmiştir.

6 "Kurt bile komşusunu yemez" atasözünün dönemsel-otantik halidir...

7 Ön-Türklerde "toy" kelimesi düğün, doğum gibi her türlü şöleni anlatırdı. Aynı kelime Yunus Emre, Karacaoğlan gibi halk şairlerince sadece "düğün" manasında kullanılmaya devam etmiş ama günümüzde unutulmaya yüz tutmuştur...

8 Günümüzde bu adet; "diş hediği" adı altında yöresel olarak devam ettirilegelmektedir. İlk kez dişi çıkan bebek, önü sıra konan simgesel objelerden birini seçmesi için yönlendirilir, seçimi doğrultusunda bir kader yaşayacağı ve meslek edineceği inancıyla ona dualar edilirdi...

lar esnasında konuklara mükellef sofralar çekip onları en fazla memnun eden olmak için yarışan bozkırın evlatları cömertliklerini atalarından emanet almakla övünürlerdi.

Namlarının dört bir yana yürümesi için her türlü gösterişten kaçınmayan Aladağlılar artık kendisi de bir rutin haline gelmiş olan toylardan birini yaşıyorlardı o gün.

Kazanlar dolusu etler kavrulmuş, konuklara defaatle ziyafetler çekilmişti. Aladağ eteklerinde delikanlılar güreş kapmış; kısraklar çatlatılıncaya kadar yarıştırılmış, gökler katına uçup gitmiş atalar için dualar edilmişti.[9]

Kadınlar ayrılık kokan türküler eşliğinde bile eğlenebilmeyi başarmış; düğün sevinciyle karışık ayrılık acılarına, ulu tepelerde uçan kuşlar dahi şahit tutulmuştu. Ara sıra bin bir nazla ayağa kaldırıp halaya kattıkları gelin için "üzülme kızım, hem ağlarsın, hem gidersin" demeyi de ihmal etmemişlerdi.

O ana kadar sadece kendisinden istenenleri yapmakla yetinen teze gelin "soluklanacağım" bahanesiyle nihayet oturabilmişti yerine. Oysa hâlâ başından aşağı sarkan kırmızı duvağın altında tüm ikircikleriyle başbaşaydı. Kâh halinin diğer kadınlarca anlaşılıp anlaşılmamasını umursayıp mendilini gizliyor, kâh muğlâk bir boşvermişlikle koyveriyordu kendini. Ancak gayet iyi biliyordu ki bozkırın değişmez adetlerindendi bu. Gelin kısmı uzak ellere gider, 'teze' obadaşlarının arasında onlardan biri olup öylece devam ederdi yaşamına. Üstelik böylesi bir günü on beş yaşına bastığından beri bekliyordu ama yine de buruktu işte. Yıllarca bunun için hazırlanması mukadder olanla sorunsuz bir şekilde yüzleşmesine yetmiyordu. Sabahtan beri çalan davul-

---

9 Şamanist dönem ön-Türk inancına göre dağ, tepe, su, orman gibi tabiat unsurlarının koruyucu cinleri olurdu. Bunların haricinde göçüp giden ataların da yeryüzünü etkilediği düşünülür ve hayata müdahil oldukları savıyla onlara da saygı ve korku duyulurdu. Melekler dâhil tüm görünmeyen varlıklar "ruh / tin" olarak nitelenir ve aralarında ayrım yapılmazdı. Putperestliğin yüzeysel halini yaşayan Şamanistler; "Tek-Bir ve Benzersiz" olan Tanrı'yı; "ruhlar" adıyla çoğullaştırıp pasif bir paganizm oluşturmuştu...

lar, kurulan halaylar yarın başlayacak olan hasreti bir kez daha hatırlatmaktan gayrı işe yaramamıştı.

Toydan sonra hayatının aniden ve toptan değişeceğini hissettikçe endişeleniyor, buna rağmen sevdiği insanla evlenebilmenin huzuruna varmak istiyordu. Zihnindekilerin tümünü bir araya getirip kendisini tarttığında, vuslatın erinci sayesinde tüm zorlukların üstesinden geleceğini umuyordu. Zaten ağlasa da, anasından, babasından, kardeşlerinden ayrılsa da adı "Gülce"ydi ya sonuçta. İsmiyle müsemma bir halde erine, gerdeğine gitmek arzusundaydı; adeli-töreli ve alnının akıyla...

Bir nebzecik de olsa rahatlamanın etkisiyle ayağa kalkmıştı yeniden. Halaya katılmasını isteyenleri reddederek, bir kenarda ağlamaklı olan ninesine yürüdü bu kez. Ona doğru giderken "kimbilir, belki de bu, ecemi[10] son görüşüm olacak" diyordu içinden. Yanına vardığında nedense konuşmaya başlamak için bir söz bulamamış, durağanlaşmıştı. Aralarındaki ilk sözler ninesine aitti.

Torununun üzerindeki yeşil kaftanı saran altın sarısı şeritlerdeki allı pullu gelincik çiçeklerini işaret etmişti.

"Uzaktan bakınca güzelliklerine hayran olursun. Yemyeşil çayırlar arasındaki gelinciklerden ben de isterim dersin. Oysa elini azıcık hoyrat uzatsan, kırılıverir yaprakları. Hassastır gelincikler. Bunu unutmayasın benim nazlı kızım. Yuva kurmak, gelincik sevmeye benzer. Vaktiyle bana anam dediydi bunları, sen de kendi kızına ecem söyledi, dersin gayri..."

Nasihatlerine belki saatlerce devam edebilecekken aniden susuvermişti ninesi. "Ne oldu, ece? Su getirsinler mi?" diye endişelenmeye de başlamıştı ki, "deli kızım" dedi, yaşlı kadıncağız, "akşam akşam ne hevesle söyletirsin beni? Ecenin yüreği elverir mi kuzusundan ayrılmaya."

---

10 "Ece" kelimesi ön-Türkçede baba tarafındaki en yaşlı kadını anlatmaktadır. Babaanne veya onun da annesi ece olabilmektedir. Kelime zamanla "kraliçe" ve "han eşi" gibi anlamlar da kazanmıştır...

Gülce, daha önce düşünmediği bir şeyi fark etmişti o an. Ayrılan sadece kendisi değildi.

Anası, atası, ecesi hem nazlı kızlarını, hem gönüllerinin bir yarısını bırakıp dönecekti öz yurtlarına. Kendisini güçlükle teselli edebilmişken, ninesine sarıldı. "Ağlama" deyiverdi; sanki aradaki iki haftalık yolu bilmiyormuşçasına...

"Anamı atamı bekleme uzun uzadıya. Aklına düştükçe kat birini yanına, ziyaretime gel."

Ablaları ve annesi de şahitti sözün sonuna. Aynı hüzünde birleşmişlerdi. Birbirlerine sarılmaya ve öpmeye doyamıyorlardı. Ancak az sonra "tamam kızım" dedi annesi.

"Ayıp oluyor konuklara. Yanlarına dönelim!"

Zaten koşturarak gelen çocuklar da Kamların[11] az sonra ayine başlayacağını haber veriyordu. Hemen toparlanıp erkeklerin yanına, son dileklerin tutulduğu törene katılmaları gerekti.

Şimdi tüm kadınların önü sıra tek başına yürürken, usul adımların vazettiği bir ağırbaşlılıkla donanmıştı. Her adımında baba ocağını beride bırakıp yeni hayatına ilerlediğini seziyordu. Artık ne ana kucağı vardı, dertlendiğinde baş koyacağı ne de sızlanabileceği baba omuzları vardı, dağlar gibi dingin...

Gelin atına bindiği esnada terkide duran eskice küpe binaen nasibin yolda olduğunu haykırmıştı çocuklar. Bunu bile eğlenceye dönüştürürken, toya dair tüm neşeyi katıksız bir halde sadece kendilerinin yaşayabileceğini de göstermişlerdi. Atın çevresini kuşatan katıksız neşelilere bakıp buruk tebessümler kuşanıverdiğinde, rüzgârla uçuşan duvağını toparlamak haricinde hiçbir belirgin tepkisi yoktu Gülce'nin. Atın üzerine kondurulmuş bir heykelcesine dingindi. Başını kaldırmadan göz ucuyla ileriyi takip ederken mavi renkli kaftanını çevreleyen gümüş zincirler içerisindeki erini gördü bu kez.

---

11 Moğolca olan "Şaman" kelimesinin ön-Türkçe karşılığıdır. Obaların dini işlerinde en yetkin olan kişisine ise "Baş-Kam" denirdi...

Mütebessim ve de vakurdu Begrek. Zaten onun en çok ölçülü oluşunu sevmişti. Evliliklerine aracılık edenlerden duyduğuna göre kocası kırk kere düşünmeden adımını dahi atmayan biriydi.

Kendi kendine "beni de bu yüzden seçti" diyerek şımarmaya da başlamıştı ki önü sıra parlayan bir ışık gördü aniden. Şimşekçesine çakıp kaybolmuştu apansız. Atın hemen kulakları dikelmiş, burnu körük gibi şişer olmuştu. Kafasını sağa sola sallayarak huysuzluğunu da belli edince, yelesini sıvazlayıp durdurmayı denedi. Ama durmuyordu at. Üstelik etrafındaki kadınlar da def çalıp türküler söylemeye devam ediyordu aynen. Muğlâk bir heyecanla "neydi gördüklerim?" diye hayıflandığı esnada artık çadırının önündeydi. Atının yularından tutan babası inmesi için elini uzatmıştı.

İner inmez sağlı sollu yakılmış meşalelerin arasından geçiyordu ki, hemen berisindeki babası "boyuna geldin, yaşına girdin amma boynumuzu bükmedin" deyiverdi.

Aynı sözleri ilk iki kızının toyunda da benzer duygularla tekrarlamıştı adamcağız. Nesillerdir söylenegeldiği şekilde yinelemek kaçınılmazmışçasına bu rutinden hoşnuttu da.

Hâlbuki Gülce'nin aklı az evvel gördüklerindeydi hâlâ. Nafile bir uğraşla etrafına bakındı yeniden. Meşalelerden ve yıldızlardan başka bir ışık yoktu görebildiği. O esnada obanın Baş-Kamı davuluna vura vura mutat toy nutuklarına başlayınca, kendine geliverdi Gülce. Dingin ve mahcup halini muhafaza etmeliydi. Bakışları kendiliğinden toprağa düştü yine. Kulaklarındaysa davulun ve Kamın sesleri çınlıyordu ayrı ayrı.

"Hepiniz şahitsiniz. Gelin attaydı, nasibi yoldaydı. Atasının elinden tuttu, yurduna geldi. Soralım ey ahali: Bu gerdekten razı mıdır eri, kaynatası?"[12]

---

12 Ön-Türklerde yeni evlilerin hayat boyu kullanacağı çadırı kız babası tedarik eder, bizzat kurup dayayıp döşerdi içini. Gençlerden ilk gecelerini muhakkak burada geçirmeleri istenir ve yeni olan bu çadırlara "gerdek" denirdi. Erkek tarafının gerdekle ilgili bir sıkıntısı veya talebinin olmadığına tüm konuk-

Bu türlü sorgulamaların sıradanlığını bilmesine rağmen heyecanlanmıştı Gülce. Kaynatasına baktı göz ucuyla. Çok şükür getirdikleri her şeyden memnun olduklarını söylüyordu. Gelinin çadırı da, kabı kacağı da, yorganı döşeği de yerli yerinceydi.

Adetler üzere atın terkisinde getirdikleri "nasibi" alan annesi, Gülce'nin eline tutuşturuverdi onu. Kızcağız kulpunu kırdıktan sonra kaynanasına uzattı saygıyla. O da oğluna gösterdi, bu eski küpü. Begrek içine bir petek bal koyunca, geline iade edildi aynen...

Gülce bununla ne yapması gerektiğini gayet iyi biliyordu ama heyecandan olsa gerek bir an sıkıca kavrayamadı küpü. Hemen toparlanıp iki eliyle sarıldı yeniden. Üç kere başının üzerinden geçirip gerdeğinin perdesine fırlattı hızla. Yere düştüğünde, paramparça olan küpten bal sızıyordu göz göz.

Gayrı söz kendisindeydi: "Ata ocağımdan getirdiklerim yitip gitti de, erimin verdikleri kaldı sadece. Nasibim onun bu yuvaya getireceklerince..."

Henüz sözünü tamamlamışken eğilip bala çaldı parmaklarını ve ellerini gerdeğe sürmeye başladı. Bu esnada "teze yuvam bana bal şerbet olsun" demeyi de ihmal etmemişti. Tüm yapılanlar ömür boyu devam etmesi istenen huzur içindi ne de olsa.

Sıra babalara gelmişti şimdi. Dünürlerden biri su, diğeri ekmek uzattı teze evlilere. Birer lokma ve yudum alan gelinle güvey yuvalarının bereketli olmasını dileyecekti. Begrek adetleri tekrar ededururken, Gülce donuklaşıverdi yine. Kalabalığın arasındaki esrarengiz bakışlara dikkat kesilmişti. Bir çift göz delercesine kendisini izliyor, sanki yüreğine korku ekmek istiyordu. Gözlerini açıp kapadığında aynı bakışları görememişti bu kez. Dönüp babasına baktı endişeyle. Ama o, bereket temennileri sıralayarak törenin devamıyla ilgileniyordu.

---

lar şahit kılınır, olası itirazların önü peşinen kesilirdi. Bozkır töresindeki bu adet; kız tarafının yatak odası takımını hazırlaması şeklinde günümüzde de devam edegelmektedir. "Yuvayı dişi kuş yapar" deyişinin kökeninde de "gerdek töresi" vardır...

Kamların alkışları[13] ardından bu bahis de sona erince, kaynatası yakınında duran henüz yaşını bile doldurmamış bir erkek bebeciği kavrayıp kollarına bıraktı Gülce'nin. Tüm kalabalık çıt çıkarmadan kendisini izlerken "bize böyle koç yiğitler doğurasın kızım" diyordu gür nidalarla.

"Ocağınız ardınızdan gelenlerle her daim tütsün. Eliniz, yeriniz çağalarla şen olsun!"

Kucağındaki balayı sarıp sarmaladığı esnada aynı esrarengiz bakışları ayırt etmişti yeniden. Üstelik bu kez gözlerin sahibi boylu poslu bir ihtiyar olarak duruyordu karşısında. Daha önce görmediği biriydi. Gerçi üç gündür bulunduğu Aladağ'da teze obadaşlarının hepsini tanımaya fırsat bulamamıştı. Fakat gözakları bile damar damar allanmış olan bu yaşlı adam, kendisini ne denli ürperttiğinin farkındaydı sanki ve olabildiğince devam ediyordu buna. Yürümekten ziyade toprağın üzerinde kayıyormuşçasına devinen ve seri çıkışlarla kâh görünüp, kâh kaybolan bu ihtiyarın anlık gülümsemeleri bile rahatlatmamıştı içini. Az sonra bakışlarını ondan bir türlü alamadığını fark etti. Bunu kimselere belli etmemeye çalışsa da, artık onunlaydı tüm dikkati.

Kimdi bu adam ve neden öylesine bakıyordu? Kaybolup yeniden göründüğünü sadece kendisi mi fark ediyordu, anlayamamıştı. Sezebildiği kadarıyla at üstündeyken gördüğü parıltı da bu ihtiyarla ilgiliydi. Henüz şaşkınlığını üzerinden atamamıştı ki eğilmesini söyledi Kamlardan biri. Ritüelin sonuna gelinmişti ve kurşun dökülecekti tepesinden aşağı.

---

13 "Alkış" kelimesi ön-Türkçede "yakarış, dua" manasına gelmektedir. Hatta Yunus Emre, Kaygusuz Abdal gibi İslam sonrası şairler bile "Tanrı'yı alkışlamak" kabilinden deyimler kullanmıştır. Şamanik ritüellerde dua edilirken ellerin ayaları hızlıca birbirine vurulduğu için; "alkışlamak" fiili (içerik ve sebebi unutulmuş dahi olsa) bugün de dilimizde kullanılmaktadır. Bazen cenazelerde rastlanan ölünün arkasından alkış çalınması binlerce yıl öncesinden gelen 'asıl' anlamı çağrıştırır niteliktedir...

Titrek nefesler, yine davullar eşliğinde gökler katındaki atalara yalvarıyordu şimdi. Bu teze evliliğin kem gözlerden, nazardan, yerin ve göklerin, günün ve gecenin kötü ruhlarının şerrinden uzak kalması için...

Gülce bu bekleyiş esnasında aklının da yavaş yavaş durulduğunu hissediverdi. Aladağ'a gelene kadar günlerce bozkırda yol tepmiş, geceleri yıldızları sayarken üşümüş, gündüzü kavuran güneşin altında benzer seraplar görünmüştü gözüne. Buradaki üç gün, üç gece boyunca ne adamakıllı uyuyabilmiş, ne de ayrılık korkularından kurtarabilmişti kendini. Emindi. Görünenler tatlı bir hayal olmalıydı.

Baş-Kam tüm ruhların bu evliliği onayladığını ilan edince törenle gerdeğe girmesine de az kalmıştı. Dem, vedalaşma demiydi gayrı. Adetler üzere önce anası, ecesi, bacısı ve kardaşıyla halleşti, en sona da babasını bıraktı.

Yüzüne baktı. Adamcağızın gergin çehresinde emanet duran dirayet, az sonra hüngür hüngür ağlayacağını açık ediyordu.

Ve ona da sarıldı sımsıkı...

Kokladığı mutat kokuydu ama ardı gelmeyecekmişçesine silikti bu kez. Yıllardır yaslandığı omuzlarda zamanla sanki kendisine yer yapmıştı ama o döş, bugün pek bir sertti nedense. Hiçbir şeyin eskisince olamayacağını en baştan hissediyordu her ikisi de...

Alnına öpücükler konduran babası geri çekilmişti artık ve şimdi de damadına sarılıyordu. On yedi yıldır kendisini öpe koklaya büyüten adamcağız, nazlı kuzusunu erine emanet edecekti bin bir temenniyle...

"Onunkini de kendi canın; aşınızı işin belle.

Derdini ne ellere de; ne de nazlımıza sert eyle!"

Nicedir ağlamamak için kendisini sıkanlar bile gayrı koyvermişti. Gelin kız da hem ağlayıp hem gidiyordu şimdi. Vaktiyle annesinin ve ecesinin yaptıkları gibi gerdekten içeri ilk adımı atarken, henüz gölgesi çadırdan içeri düşerken "elveda" dedi ailesine, geçmişine, genç kızlığına... "Sizinle olan günlerim güzeldi. Ben razıydım sizden, siz de benden razı olun."

Kendisinden sonra içeri giren Begrek, çadırın perdesini tastamam kapattığında saygıyla karışık utangaç edalarla hâlâ ayaktaydı Gülce ve erine bakıyordu tüllerin ardınca. Kendisinden önce onun oturmasını istemişti. Töre yurdu yuvayı kadına verse de ailenin geleceği için karar ve hareketi ere sunmuştu doğrudan.[14] Onun hakkıydı döşeği ilk ezen olmak...

Begrek yüzgörümlük olarak hazırladığı ziynetini kat kat ipeklilerin arasından çıkarmaya uğraşırken, Gülce onu izlemekle yetinmişti. Oysa dışarıdaki davul sesleri gittikçe hızlanıyordu. Belli ki davulcu, toy atasından[15] aldığı armağanları beğenmemiş ve damattan daha fazlasını koparabilmek uğruna çadırın önüne gelmişti yeniden. Begrek "şimdi dönerim" deyip dışarı çıktığında yine erini izledi Gülce. Bekleyecekti onu.

Bunun da mukadder olduğuna inanıyordu. Annesi ve ninesi de erlerini huşuyla beklemişti, hem de ömür boyu. "Er dediğin, çadırına bağlanacaksa bunu kendisi istemeli yavrum. Arzulu olması için de bir an evvel çocuklarla şenlendir yuvanı" dememişler miydi? İki kişinin tökezlediği anda aralarına gelecek olan üçüncü kişi, tüm dertleri silip "ana, baba" diye ortalığı inlettiğinde beklemek zor olmazdı asla.

Az evvelki tüm acınmalarını perdelemek istercesine şimdi zihninde belirenler, nesillerdir söylenegelen öğütlerdendi hep.

---

14 Eski Türklerde sanılanın aksine geniş değil, çekirdek aile tipi yaygındı. Evliler nikâh akabinde hemen kendi çadırlarına (gerdek) geçer, gelinler kaynanalarla ve eltilerle birlikte aynı yuvada yaşamaz, sadece kendi eri ve çocuklarından sorumlu olurdu. Aynı çatı altında gelin-kaynana-eltinin bir arada olması ve gelinlerin öncelikle erkeğin ebeveynine hizmete amade yaşaması Anadolu yerleşiklerinden Türklere geçmiş adetlerdendir...

15 Toylardaki harcamaları ve bahşişleri karşılayan kişiye "toy atası" denirdi. Günümüde bu işleri ya sağdıç veya "toy beyi" denen erkek tarafından seçilmiş bir kişi yapmaktadır...

Toyunu beklediği aylar boyunca "kız, anasından görmeyince öğüt almaz; oğul sofra düzmedikçe ata övülmez" diyen bozkır deyişleriyle doldurulmuştu kafası. Düşünceleri yoğunlaştıkça utangaçlığın yerini teze yuvasını sahiplenmenin verdiği rahatlık alıyordu nihayet. Hatta bu esnada minderlerin yerini beğenmeyip birkaçını yana çevirmişti ki inceden ince bir ses duyuverdi önce. Çırağdaki alevler de durduk yere titreştiğinde tedirgin olmaya başladı. "Bir yerlerden rüzgâr mı vuruyor?" zannıyla etrafa bakınırken gölgeler tüm titreklikleriyle uzayıp kısalmaya devam ediyordu hâlâ.

Lakin tügünük[16] dâhil ne bir delik vardı çadırda, ne de ucu açıkta kalmış bir arık[17]. Kergenlerin[18] arasına bakınırken içeride yalnız olmadığını fark etti ilk kez. Gözleri dehşetten faltaşı gibi açılmıştı kendiliğinden.

Az ötesinde beliren o esrarengiz ihtiyar, solgun ve yuvarlarına kaçmış gözlerle kendisini izliyordu yeniden. İyice belirginleşmiş damarların yeşerttiği ellerine bakılırsa sanki bin yaşındaydı bu yabancı. Kızcağız ürkmüş bir şekilde geri geri giderken "sen de kimsin?" demek istiyor fakat sözlerini kendisi bile duyamıyordu. Nedense tınılar dişlerine takılmış, dudağından ayrılamamıştı bir türlü. Ama gözleri tamamen onun üzerindeydi.

İhtiyar, zifir karası kaftanına daldırmıştı ellerini. Yeniden çıkardığında, avuçlarının arasında kan kızıl renkli bir elma duruyordu. Ağzını bile oynatmaksızın "*bu*" diyordu ki o an dışarıdan gelen davul, halay ve naralar dâhil tüm sesler bıçak gibi kesiliverdi. Tüm acunda çıt dahi çıkmazken sadece yabancının deruni sözleri yankılandı keçe arıklarda.

"Bu elma, seni bugünlere çıkaranın toy hediyesidir sana. Kabul et onu!"

---

16 Tügünük; ocak dumanlarının atılması maksadıyla çadırların tepesine bırakılmış delik veya pencerelerdir...

17 Arık; örtü veya çadır bezidir...

18 Kergen; çadırı bölmelere ayıran keçe paravanlardır...

Sesler tek bir kaynaktan değil, altı cihetten aynı anda fırlamışçasına tekrarlana tekrarlana doluyordu kulaklarına. Daha önce böylesi gizemli bir ses işitmediği için korkudan titremeye başlamıştı artık. İhtiyara "yaklaşma" demek istiyor ama başaramıyordu bir türlü. Her seferinde dudakları mimlenmişçesine sözler hapsolmuştu boğazında.

Birkaç adım daha gerileyip çadırın perdesini aralayabildiğinde davulcunun önünde halaya devam eden Begrek'i gördü bir umut. Eri çadıra dönmek istiyor ama koluna giren arkadaşlarını kıramadığından yarım ağız da olsa devam ediyordu halaya. Son bir gayretle "buraya bakın, yardım edin" demeye uğraşmış ama onlara da duyuramamıştı sesini.

Gizemli ihtiyara bakıverdi yeniden. Bu kez güven telkin eden yumuşak tınılarla "*korkma*" diyordu kendisine. "*Sana verilenle yücelmen gerek!*" Bu esnada yeniden elmayı uzatmıştı. Israrla ikramın kabul edilmesini bekliyordu. Gülce, ürke ürke al renkli elmaya dokunduğunda heyecandan öleceğini hissetmişti bir an. Başını kaldırıp o esrarengiz yüze bakabilmek için toparlanmaya çalışırken bu kez arkası sıra gelen sedayla irkildi.

"Kusura bakma Gülce..."

Sözün devamını bile anlayamadan gerilmişti tüm vücudu. Nutku tutulmuş bir halde dönüverdiğinde Begrek yer yatağının başucundaydı hemen. Üstelik ihtiyarı da göremiyordu artık. Sanki yer yarılıp içine girmiş, kanatlanıp uçuvermişti anında. Mutlak sükûnet de bitmişti. Davul ve halay seslerini kaldıkları yerden aynen duyabiliyordu şimdi. Yüzünü örten duvağıyla hafif adımlar eşliğinde erine yaklaşırken bir yandan da ne yapması gerektiğine karar vermeye çalıştı.

"Sen yokken biri girdi içeri, şu elmayı verip yok oldu" dese, eri ne düşünürdü kendisi hakkında, kestiremiyordu. Teze obasındaki daha ilk günlerinden "bu kıza ruhlar musallat olmuş" damgası yiyebilirdi. En doğrusunun bundan bahsetmemek olduğuna kanaat getirdi. Zaten belli ki eri onunla ilgili hiçbir şey fark etmemişti. Kaldığı şekilde yüzgörümlük ziynetini çıkarıyordu. Üzeri kısrak ve geyik motifli, gümüşten bir bileklikti bu. Begrek takdimini tamamladığında gözleri bilekliğinde, aklı az evvelki konuktaydı hâlâ. Diğer eliyle sımsıkı tuttuğu elmayı gizleyebilirse, tüm mesele kapanacaktı sanki. Kendisiyle cebelleşe cebelleşe gerilmişti. Ama duvağı nihayet aralandığında, tebessüm ediverdi erine; pembe yanaklarına yerleşen kızıllığın duru güzelliğini daha masum kıldığını da bilirmişçesine...

Begrek usul hareketlerle alnından öptükten sonra iki elini yana açıp sımsıkı sarılınca, aynıyla mukabele etmek istemişti. Ancak tam da o an ellerinin arasından kayıp düşüverdi elma.

Begrek de görmüştü onu. "Bu da ne?" diyerek, bir şeyleri soruşturacağından korkuyordu ki eri eğilip aldıktan sonra ikiye böldü elmayı. Bir yarısını eşine uzattı ve elinde kalanı ısırmaya başladı. Birbirlerinin göz bebeklerini izlerken bu anı mümkün olduğunca sonsuza çekmek ister gibi bir halleri vardı.

Yekdiğerini tartan edalarla ucundan ucundan ısırılan elmalar nihayet bitiverdiğinde dışarıdaki şölen sesleri de kesilmişti artık. Gülce yeniden kıpırtısız bir şekilde durmaktayken ellerinden tutup yanına çekti eri.

"Sonunda evlenebildik" diyen özlem dolu bakışlarla çırağlara üfledi usulca.

Gayrı gerdek çadırı zifiri karanlıktı ve iki koca bahar, iki kara kış boyunca bekledikleri murada ereceklerdi sonunda...

ღ

Gülce aylarca süren ayrılığın ardından ilk kez ata obasına ziyarete gelmiş, bir nebze de olsa ailesiyle hasret giderebilmiş, yuvanın artık üç kişi olacağı muştusunu onlarla da paylaşmıştı. Ayrılık vakti gelip çattığında armağanlarını yüklenip atlarına binmişler, Aladağ'a dönüyorlardı.

Yolculuğun sonlarına doğru bastıran yağmurun çabuk geçeceğini düşünen Begrek "bu aylarda daha fazla yağmaz" demişti ama yanıldığını anlaması uzun sürmedi. Yağmur öylesine şiddetlenmişti ki Aladağ'ın obaya uzak, yalçın koyaklarla çevrili kuzey eteklerine vardıklarında atlarının toynakları çamurlara gömülüyor, daha fazla ilerlemekte zorlanıyorlardı. Normalde doğum için ayları varken en olmadık yerde sancılar da bastırıverince oyalanmadan kararını verdi Begrek. Obaya yalnız gidip ebeyi getirecekti. Bunun için öncelikle eşini güvenli bir yere yerleştirmesi gerekti. Aklına az ilerideki mağaralar geldiğinde bir gayret o tarafa yöneldiler.

Eşini güçlükle içeri taşırken, bir yandan da dayanmasını, az sonra döneceğini söylüyordu güven tazeleyen tınılarla.

Oysa Gülce "ne olur acele et" dediği esnada, içeriden yükselen bir sesle iliklerine değin ürperecekti her ikisi de. "Güvenli" diyerek geldikleri mağarada yalnız değillerdi. Begrek çakmak taşlarıyla bir meşale tutuşturduğunda, taş duvarlarda yankılandıkça yüreklerine korku salan sesin sahiplerini gördüler nihayet. Süt beyaz bir kısrak ve yeni doğmuş tayı nefes nefese bir halde toprağa uzanmıştı. Belli ki sahipsiz olan bu hayvancağız da doğum için orayı mesken tutmuştu ve ürkek kısrakların bile tercihi olan bir yer için endişe etmek manasızdı.

Endişesinin güvene evrilmesiyle rahatlayan Begrek artık mağaradan çıktığında, Gülce yanı başındaki kısrağı izliyordu melül bakışlar ve acıyla burulmuş bir simayla. Yan yatmış olan at sessiz şekilde az önce doğurduğu tayı seyrediyor, doğrulabildikçe yavrusunu yalayarak üzerindeki kanları temizliyor, takati bittiğindeyse yeniden düşürüyordu boynunu. Her ikisinin de vücutlarında sıvanmış kan harici en ufak bir leke yoktu. Kısrak süt gibi, yazın bile Aladağ'ın zirvesinden eksik olmayan karlar gibi bembeyazken, tay açık gri renkliydi. Zamanla onun da annesi gibi katıksız bir beyazlığa kavuşacağını hissetmişti. Onlardaki dinginliği izlerken ecesinin öğütlerini hatırladı bir an.

Küçücük bir yumurta için tüm obayı velveleye veren tavuklar, kocaman tayları dünyaya getirip gıkını çıkarmayan kısraklardan daha mı sabırsızdı, yoksa dirençleri mi yoktu onlara nispet?

Karşılaştırmaya devam edecekken yüzü daha bir acılaştı. Anlık tekrarlanan ve her defasında belinden aşağıya balyoz gibi inen sızılar, tüm kemiklerini kıracak sanmıştı. Bacaklarının arasından süzülen ılık su damlacıkları da birazdan doğumun başlayacağını haber veriyordu. Titreyen ellerine rağmen bir gayret doğrulup üstündekileri çıkarmaya çalışırken, bahara inat serin ve nemli olan mağara yüzünden mi üşüyordu, yoksa dünyaya bir hayat getirmek böylesi bir ıstırap mı veriyordu tüm kadınlara, karar verememişti.

Sancılarla sarsılı sarsıla, titremeleri tüm vücuduna yayılınca bir parça da olsa ısınabilmek için iki avucunu omuzlarına değin çekip kendini sıvazlamaya başladı. Bunu daha fazla tekrarlamaya dayanamayıp pes ettiğinde yanı başındaki tay gayrete gelmiş, ayağa kalkmaya uğraşıyordu. İlk birkaç denemesinde yarım yamalak doğrulmasının ardından bacakları çarpılarak düşüvermişti bir anda. Fakat inadında kaimdi hayvancağız. Üstelik tek başınaydı ve yapayalnız tutunuyordu yaşama. Kalkmasını emreden kimsecikler yokken olağanüstü bir azim gösteriyordu kendiliğinden. Nihayet ayakları üzerinde durabildiğinde kısrağın yanına sokulup meme aramaya da başlamıştı.

Gördüklerini kendi balası için düşünüyordu şimdi. Yavrusu da böylesine arar mıydı, rızkını? Göğüslerinden kaynayan süte kanmak için çılgınca sarılır mıydı memelerine? Kendisini de katmıştı mukayeseye. Kısrak ve taya bakıp toparlanmak, direncini artırmak isterdi şüphesiz. Ancak gittikçe sıklaşan ve ağırlaşan sancılar nedeniyle toprağı tırnaklıyordu artık ve sivri taşlar yüzünden parmakları kanıyordu.

Yineleye, yineleye "bu nasıl bir ıstırap?" diyordu, ama içten, ama dilden...

Neden en zor anında yapayalnız kalmıştı? Avazınca çığlıklar atsa bile sesini duyurabileceği hiçbir insanoğlu yoktu etrafta. Yaşamdan öylesine tecritti ki, neredeyse kara gölgeler bile görünmez olmuştu. Eri, anası, atası, kardaşları, eşi, dostu kimsecikler yoktu yanında. Herkesi ve her şeyi, her an duyup gören bir güce sığınmaktan başka çaresi var mıydı? Çocukluğundan beri kendisini en çaresiz hissettiği anlarda en güçlü olana daha da yakın olmuyor muydu yüreği?

Şimşekler kırbaççasına şaklayarak yeri göğü inletiyorken, o güne kadarki en aciz halini kuşanarak "ey beni yaratan" dedi.

"Yalnızlığımla baş başa bırakıp yardımsız koyma beni. Bana da şu kısrak kadar güçlü olmayı nasip et!"

Dualarını birkaç kez tekrarlamıştı ama balyozlar kıramadıkları taşlara düşman olmuşçasına hayfını kemiklerinden alıyordu hâlâ. Ikınmaların en yoğun olduğu bu demde, beli üzerinden adeta devasa kayalar kaldırılırken, anlık bir rahatlama hissediverdi. Bunun peşi sıra gelen ilk çığlığı duyduğunda bir tebessüm konuvermişti yüzüne. Hayat boyu duyabileceği en güzel seslerle içinin dolduğunu düşünüyordu. Bebeği ağladıkça, yüzünde beliren tebessüm gittikçe kökleşiyor, gönlüne yeni mutlar karıyordu en baştan. Az evvel kısrağı emmekte olan tay bile şimdi memeden geri çekilmişti. Gülce'yle henüz doğmuş kızını izliyordu hayran hayran. Sanki dillenip konuşabilse anneyi tebrik edecek; "aramıza, yeryüzüne hoş geldin" diyecekti kanlanmış balaya.

ଔ

Yol boyu "Ulu Ancasın, Yüce Bayülken[19] merhamet edin, Gülce'ye yetişelim" diyerek ölüp gitmiş atalarına ve bozkırda itibar gören tüm sanemlere yalvaran Begrek ise, henüz ulaşmıştı obaya. Nihayet birilerine denk geldiğinde; "ebe nerde, bulun onu, beni burda beklesin" diyordu koştura koştura.

---

19 Ancasın, yıldırımlardan sorumlu olduğuna inanılan Şamanik sanemlerdendir. Bayülken'in ise semanın dokuzuncu katında oturduğu ve sanemlerin en yücelerinden olduğu kabul edilirdi...

Annesini de yanında götürmek istiyordu ancak kadıncağızın çadırı boştu. Yağmura rağmen kaynayan kazanı görünce onun yakınlarda olduğunu anladı. Karşı çadırdan bir kadın, Begrek'in ivedi halini fark edip "keçilere gitti" dediğinde, koşturarak ağıllara geçti. Az ileride süt sağan annesi "acele et, gelinin doğuruyor" sözü daha bitmeden çoktan Begrek'in yanına kadar gelmiş, atın terkisine yerleşmişti bile. Ebeyi de meydandan aldıktan sonra mümkün olan en hızlı şekilde doğuma yetişmeye çalışacaklardı.

Gülce tüm acılarını bir kenara koymuştu ve ağlama seslerinin devam etmesiyle mutlanıyordu hâlâ. Neden sonra tayın direncini ve kendi balasının çaresizliğini düşünmeye başladı. Doğduktan yarım saat sonra ayağa kalkabilen şu tay, kendi bebesinden daha talihliydi herhalde.

"Balam yürümeye başladığında ona muhakkak bu tayı anlatırım" dedi, boş duvarlara karşı. Belki de önce Begrek'e söylerdi bu durumu ama nerede kalmıştı eri?

"Keşke ebe için gitmeseydi, onlara yapacak bir iş kalmadı" diye hayıflanırken sancıları yeniden hızlanıverdi. Az evvel yaşadıkları aynen yenilenmeye başlamış, en başa dönmüştü. Yine tüm kemikleri kırılacak gibi oluyor, başından aşağı kaynar kazanlar dökülüyor, hemen peşi sıra karlara uzanmışçasına üşüyüp titriyordu. Doğum yapmasına rağmen neden böyle olduğunu az sonra anladı. İkizlere hamileydi ve sırada ikinci bebeği vardı. Hayallerdeki üçüncünün diğeriydi, birazdan acuna gelecek olan.

Ikınmaları gittikçe hızlanırken bile uzanıp yeni doğmuş bebeğini görmeye çalışıyor ama başaramıyordu bunu. Ne yapacaktı şimdi? İlk balası soğuk toprağa uzanmıştı ve ağlıyordu avazınca. Derin derin nefes alış verişlerle acılarını bastırmaya çalışırken, mağara ağzında beliren parlaklık da gittikçe yaklaşıyordu kendisine. Gelenin elinde meşalesiyle Begrek olduğunu sanmıştı. Ama gelen kocası değildi. Gerdekte kendisine elma vermiş olan ihtiyar parıl parıl bir halde karşısında duruyordu yeniden.

Gülce onu fark eder etmez nafile bir çabayla toparlanmaya uğraşmıştı. Bu kez korkmuyordu sadece, bir yabancıya bu halde görünmenin hicabını da yaşıyordu. "Git, bakma bu tarafa" diye ona yalvardığı esnada, ihtiyar yakarışlarına kulağını tıkamışçasına yerden aldığı bir taşla bebeğin göbek bağını kesmişti. Gülce daha önce cevabını alamadığı soruyu yineledi bu kez.

"Kimsin sen?"

Beklenen ses ihtiyardan değil, ikinci bebekten geliyordu. O da doğmuş, avazı çıktığınca bağırıyor, sesiyle mağaranın duvarlarını dövüyordu peş peşe. İhtiyar, ikincinin de göbek bağını keserken Gülce bitkin ama yine de kararlı bir tınıyla "yavrularıma dokunma, söyle bana kimsin sen?" diyordu hâlâ. Üstelik bu sözlerin çadırdaki ilk karşılaşmalarında olduğu gibi dudağından kurtulup kurtulamadığını bile fark edemeyecek denli ürküyordu ihtiyardan. Cevap alamayınca az evvel küçücük bir yumurta için çığırtkanlık yapmakla kınadığı tavuklar gibi dikelmiş, kışlaklara inen aç kurtlar gibi kabarmıştı bir anda.

İhtiyar nihayet konuşmaya başlarken devreye sükûnet giriverdi yine. Bebelerin ağlaması, rüzgâr uğultuları, yağmurun ve şimşeklerin sesi bıçak gibi kesilmişti ve sesler mağarada yankılana yankılana altı cihetten geliyordu.

"Ne kendin için, ne de balaların için korkma. Tanrı, şu masumları her türlü beladan koruyacak olandır."

Son kez sormuştu Gülce: "Kimsin sen, ne işin var benimle?"

Öncekilerin aksine bu kez Gülce'nin sesi dudaklarında mahsur değildi. Muhatabı da, kendisi gibi gayet rahat duyuyordu sözleri. İhtiyar, gönül ılıtan bir tebessümle, "*sana güzel haberler getirmek için yollanmış Tanrı elçisiyim*" dediğinde, Gülce'nin korkuları sönüvermiş, yerini heyecana bırakmıştı dalga dalga.

"Sen Erdenay'sın"[20] diyerek atılıverdi hemen. "Şimdi bildim seni ihtiyar. Sen Erdenay'sın, osun" diyordu şevkle.

---

20 Erdenay; seçkin kişilere iyi haberler getirdiğine inanılan ruhtur. Bu romanda "Cebrail" ile eşanlamlı kabul edilecektir...

Tüm perişanlığına rağmen dört açmıştı gözlerini. Ecesinden, dedesinden onun hakkında bir şeyler duymuştu vaktiyle. Tanrı bazı kullarına onu yollardı. O bir melekti.

Merakla yineledi Gülce: "Bana ne haberler getirdin Erdenay dede?"

Begrek, annesi ve ebe kadınla birlikte koştura koştura gelirken, henüz mağara ağzına bile ulaşamamışken bebelerinin avaz avaz sesini duymuş ve anlamıştı doğuma geç kaldıklarını. İçeri girdiğindeyse bitkin halde toprağa uzanmış olan Gülce'yi gördü ilkin. Ebe kadın, hemen su içirmesini söylediğinde kırbayı sevdiğinin dudaklarına dayamıştı. Oysa Gülce yutkunamıyordu bile. Yeleğinin ucunu ıslatıp eşinin kurumuş dudaklarında gezdirdi bu kez. Annesi de ikizleri sarıp sarmalıyordu bu esnada. Göbek bağlarının kesilmiş olduğunu fark edip şaşırmış ve oğluna "hanımın da pek güçlü" diyerek güya moral vermeye çalışmıştı.

Ancak Gülce can çekişmekte olan serçeler gibi hırıldıyor, güçlükle nefes alabiliyordu. Göğüs kafesi eskisine nazaran uzun aralıklarla ve daha fazla inip yükseliyordu. Bir aksilik olduğu apaçık ortadaydı.

Begrek sırtlamak için ayağa kaldırdığında Gülce "durun" dedi. "Durun, yere bırakın beni, balalarımı görmek istiyorum!"

İkizleri annelerinin kucağına verdiği esnada sevimli bir ses tonuyla konuşmaya gayret etmişti Begrek. "Bak şu balalara" diyordu. "Bir tane beklerken ikiz geldiler Gülce. Hem oğlumuz, hem kızımız oldu." Oysa kadıncağız bitkin haline aldırmadan konuşmaya çalışıyordu, acelesi varmışçasına.

"Balalarımıza... Öktem'e ve Aşena'ya dikkat et Begrek!"[21]

Gözlerinin ucuyla kısrağı emmekte olan yavruyu işaret ederken tane tane gelebilen sözlerle devam etti.

---

21 "Öktem" kelimesi ön-Türkçede "çadırı ayakta tutan ana direk" manasına gelmektedir. "Aşena" ise "gökyüzü" anlamındadır...

"Bu kır tay, yoldaşı olsun Öktem'in... Kızımız da kocasının..."

Devam etmek istiyordu ama söyleyeceklerini tamamlayamadan yüzü burulmaya başladı acıyla. Nefesi de seyrelmişti iyice. Gözleri titriyor, tüm bedeni zangır zangır sarsılıyordu. Buz kesmiş elleriyle boştaki bileğine daha bir sıkı sarıldığında Begrek de titriyordu eşince. Gözlerinin önünde sevdiği, teze balaların annesi kendisini terk etmek, sonsuza kaymak üzereydi. Vasiyet dinlemenin yarattığı korkuyla "yorma kendini, sonra konuşuruz" demişti, kendisinin bile emin olamadığı bir şekilde.

Kadıncağız bir gayret, "bana söz ver Begrek, onları asla yalnız bırakmayacaksın, yoksa" derken aldığı son nefes göğüs kafesinde hapsoldu umarsız. Gözleri açıktı hâlâ ancak titremiyordu gayrı. O artık sonsuza kayanlardandı.

Begrek bırakamıyordu Gülce'nin ellerini. Onları tekrar tekrar öpüp koklarken mağaranın üzerine çökmesini ve altında can vermeyi istiyordu aynı acılarla. Gülce'nin tekleyen kalbiyle birlikte tüm yaşam da donakalmıştı sanki. Cansız yatmakta olanın donukluğuna tezat ikizler kanlı canlı, avaz avaz "seninleyiz" diyordu oysa.

Yaşamak onlar içindi artık.

Teze baba, ikizlerini göğsüne dayarken "ben şimdi ne yaparım?" diyordu içi yanarak...

"Sensiz ne yaparım Gülce?"

-2-

Begrek, ikizlerini tek başına büyütemeyeceğini gayet iyi bildiğinden, bir ara onları Gülce'nin ailesine vermeyi düşünmüş, "teyzelerinin yanında büyüsünler, beş altı yaşlarına geldiklerinde alırım yanıma" demişti. Fakat başka bir obaya gidecekleri için onları en sık ayda bir kez görecek olmaktan korkuyordu. Gülce'nin emanetleri, kendi canı kanı her dem gözünün önünde olsun istiyordu. Aradığı desteği annesinden buldu: "Babaanneler anne yarısıdır" dedi kadıncağız. Hasta ve yaşlı da olsa, üstelik başındaki kötürüm kocaya rağmen torunlarını ele güne muhtaç edemezdi ya!

Günler, ayları, aylar mevsimleri kovaladıkça ilk yürüyen Öktem olmuş ama Aşena daha önce konuşmuştu. Büyüyenler sadece ikizler değildi. İki sene içerisinde Kır-tay, artık 'Kır-at' namını hak etmiş, ancak kimseyi sırtlanmaya niyeti olmadığını da göstermişti. Defalarca eyer kuşanmayı reddederek üzerine binmeye çalışan herkesin kolunu, bacağını kırmıştı.

İkizler üç yaşına girerken babaannelerinin hastalığı ağırlaşmış, sonunda o da yağız toprağın altına girip onları Begrek'le baş başa bırakmıştı. Annesinin ardınca kötürüm babası da öldüğünde eşi-dostu, "gençsin, yeniden yuva kurabilirsin" diyerek evlenmesi konusunda onu cesaretlendirir olmuştu. Obanın sözü sayılır kamlarından olan Koray, evlenmesi için uzak akrabalarından çocuksuz dul bir kadını önerdiğinde fazla düşünmeden "tamam" demişti. Ancak bir daha kimseyi sevebileceğine inanmıyor, kendisine 'eş' yerine, ikizlerine 'anne' olabilecek bir kadın istiyordu. "Daha fazlasını beklemesin benden" diyerek kadının obasına gitmiş, ailesiyle tanışmış, kendi durumunu tek tek onlara da anlatmıştı.

Umay, eski kocasının, "bu kadın döl tutmuyor, o soysuzun teki" kabilinden aşağılamalarına dayanamayıp ayrılma isteğini seve seve kabullenmişti iki yıl önce. Şimdiki kocasının çocuk doğurma şartı aramadığını da biliyordu. İkizlerin bakımı karşılığında iaşesi karşılansın, ele güne karşı horlanmasın onun için yeterliydi.

Tarafların beklentisi aynen yaşanırken kara kış ortasında hamile olduğunu anlayan Umay, ikizlerin doğumundan dört yıl sonra hem iade-i itibar sağlamış, hem de ana olmanın hazzına ulaşmıştı. "Nesli çoğalsın, ardı çok olsun" diye balaya "Gürhan" adı koyulmuş, adetler üzere cesur olması için kırk gün kurt postuna, atik ve cevval olması için de kırk gün tazı postuna sarılmıştı.

Begrek üçüncü evladın coşkusunu yaşarken, Umay, öz ile üvey farkını görüyordu ilk kez. Zaman zaman kendisini bu konuda tartıyor, yadigâr ikizleri kendi doğurduğuyla bir tutup tutamayacağını sınıyordu. Hem erine duyduğu sevgiden, hem de masum ikizlere olan şefkatinden dolayı böylesi bir çiğlik yapmaktan olabildiğince çekiniyordu. Üstelik Begrek, kendisini koruyup kollamış, yeniden insan içine karışmasını da sağlamıştı. Bunun karşısında onun evlatlarına hakkıyla analık yapmamanın büyük bir nankörlük olacağını hissediyordu.

Nitekim kadıncağız, öz-üvey derdine bulaşmaksızın erini memnun ederken, bir an önce ikinci çocuğunu da doğurma telaşına düşmüştü. Neticede ahalinin ağzı torba değildi. Birileri çıkıp "dölsüz kadın kamlara büyü yaptırmış" diyerek eşeğin aklına karpuz kabuğu sokabilirdi.

Umay bu isteğine kavuştuğunda ikinci çocuğunun da erkek olmasının gururunu yaşıyordu. Begrek de aynı erinçle yücelmiş ve güçlü, kuvvetli olması için son evladına "Aybars" demişti. Kırkar gün kurt ve tazı postlarına sarılmasını da ihmal etmeden...

Dört çocuk hep birlikte büyürken zamanın ve ayrımsız sevginin etkisiyle aralarında kuvvetli bir bağ da oluşuyordu. Onların birliktelikleri ele güne karşı Begrek kadar Umay'ı da mutlandırıyor, ancak içlerinde yaşadıkları bu mutu kem gözlülere inat dışa vurmaktan çekiniyorlardı.

ↄ૨

İkizlerin doğumunun üzerinden altı kış geçip yedinci yaza girildiğinde Aladağ'daki yaylağa dönenleri zorlu günler bekliyordu. Kışın kurak geçen aylar yüzünden meralar eskisince yeşerip boy verememişti. Begrek ve diğer sürü sahipleri kendi otlakları yetersiz kaldığı için civar bölgelere dadanmış ama çıkan sürtüşmelerin kanlı kavgalara ve ölümlere yol açmaması için geri adım atmak zorunda kalmışlardı. Gittikleri yerlerde tutunamayan Aladağlı çobanlar kendi obalarına döndüğünde hayvanlarının peş peşe kırılmaya başlamasıyla ikinci ve daha ağır bir darbeyle sarsıldı. Önce keçiler arasında görülen telefler, sığırlar ve atlara da bulaşmıştı sonunda.

Begrek —diğer tüm çobanlar gibi— telefleri azaltmak için ağılları küçük parçalara bölmüş, hayvanların birbirleriyle temas etmemesi için önlemler almıştı. Ancak önce gözakları kanlanmaya başlayan hayvancağızlar dilleri bir karış dışarıda nefes nefese bir halde kavrula kavrula ölmeye devam ediyordu. Hikâyeler anlatmak haricinde yegâne uğraşısı bitkiler olan İnal, bazı karışımlar getirmiş, denenmişler ama hiçbirinin faydası olamamıştı. Telefler kahredici bir lanetmişçesine devam ediyordu.

Kendilerinden yardım istenene kadar durumla doğrudan ilgilenmeyen kamlar, olaya el atmıştı nihayet. Baş-Kam koca bir gece boyunca esrik[22] haller içerisinde bitap düştükten sonra yine-

---

22 Ruhlarla irtibat kurduğuna inanılan kamlar, bu esnada temel belirtisi esnemek olan bir takım olağandışı hallere girer, kendilerinden geçerlerdi. Bu tür transa geçme olaylarına "esrimek" diyen ön-Türkler, belirtilerini de "esrik" olarak adlandırırlardı...

leye yineleye "Çor[23] musallat olmuş hayvanlara. Çor'u def etmek için iduk[24] şart" demişti, biricik ve kesin çözümü vazetmenin güvenciyle.

Bozkır töresi idukların en gösterişli hayvanlardan seçilmesini istediği için herkes biliyordu ki, iduk olmaya en münasip hayvan Begrek'in süt beyaz kısrağıydı. Yay gibi incecik bacaklarıyla, kayık misali kıvrımlı boynu ve bülbülyuvasını andıran burnuyla, kuyruğunu gökyüzüne kaldırdığında "ben geliyorum" diye cakalanan, onun kadar asil duruşlu başka bir at yoktu obada.

Aladağlılar böylesi bir lanetten kurtulmak için bir değil, on attan bile vazgeçebilirdi. Nitekim türlü uğraşlar sonunda Begrek de ikna olmuştu. Süt-Kısrak törenlerle süslendikten sonra gece yarısı kurtlar kuşlar, kadınlar ve çocuklar uyurken alkışlar eşliğinde kurban edildi.[25]

Ertesi sabah durumu öğrenen çocuklar haberi herkese yaydığında "çor gidecek, sürüler kurtulacak" diyen ahali, bunun bedelini önemsememişti. Tabii ki Öktem hariç... O ilk duyduğu andan beri kabullenemiyordu bunu. Süt-Kısrak, Kırat'ın annesiyken yoktu şimdi. Ağılında, yavrusunun yanında değil, toprağın altındaydı.

Neden olmuştu ki bunlar?

Ağıla gelip Kırat'ı izlemeye başladığında ikizi de yanındaydı. Aşena da erkek kardeşi gibi yaşananlara akıl erdiremiyordu yedi yaşın çocuk aklıyla. Süt-Kısrak, Kırat'ı terk ederek mi yardım et-

23 "Çor" Şamanist dönem Türklerince "hastalık yayan ruh" olarak kabul edilmiştir. İslamiyet'in kabulü ve Anadolu'ya yerleşim sonrasında kelime anlam değişikliğe uğramıştır. Günümüzde yöresel ağızlarda; "bulaşıcı hastalık, salgın, yara" gibi manalarda kullanılmaktadır. "Çor-lu" ve "Çor-um" gibi yerleşim yerleri adlarını bu ruhtan almıştır

24 "İduk"; günümüzde kullanılan "adak" kelimesinin dönemsel-otantik şeklidir. "Kurban" manasına gelir...

25 At kurban edilmesi; M.Ö.10.asra kadar Bozkır'da yaygın bir adetti. Sonraki asırlarda bu adette değişiklikler meydana geldi. 'Kanlı kurban' yerine iduk olarak seçilmiş atların serbest bırakılması ve/veya hiçbir surette kullanılmamaları yeğlendi...

mişti yavrusuna? Bu nasıl bir annelikti böyle? En azından bunun için yavrusuna bir danışması gerekmez miydi?

Düşünceler ilk akarından uzaklaştıkça Öktem, Kırat'a acınmaya başlamış ve onu öpüp sevmek için ağıldan içeri girmişti şimdi. Ufacık elleriyle ilk kez sırtına dokunduğunda Kırat umursamaz bir tavırla otlamaya devam ediyordu. Üzerinde dolaşan elin sıcaklığını hissetmişçesine otlamayı bırakıp boynunu çevirmişti bir an ve o da Öktem'i izliyordu uslu uysal. Sanki dillenebilse dertleşeceklerdi. Ancak çevrede uçuşan kargaların tiz çığlıkları bu muğlâk dinginliği bozmaya yettiğinden Kırat ileri-geri salınmaya başladı yeniden. O ana kadar kıpırtısız bir halde ikizini takip eden Aşena "buradan çıkalım, korkuyorum" dedi Öktem'e. Birkaç kez yineledikten sonra kardeşinin Kırat'tan ayrılmayacağını anlamış ve babasını çağırmaya karar vermişti.

Begrek, kızıyla birlikte yılkıya geldiğinde Öktem'i korku dolu gözlerle ama ısrarından ödün vermeksizin yuları yakalamaya çalışırken buluverdi. Kırat her defasında kısa bir süre tepkisiz kalsa da kendisine yaklaşan elden huylanıp uzaklaşıyordu az öteye.

Gördükleri karşısında Begrek'in aklı mağarada dinlediği vasiyetteydi şimdi. Öktem ve Kırat yoldaş olmayacaklar mıydı? Onlar beraber doğmuşlardı ve o günden beri ilk kez Öktem onun yanına iliştiği için, üstelik de buna kendiliğinden yeltendiği için belki de zamanı gelmişti yoldaşlıklarının. Ama yine de erken sayılırdı böylesi bir teşebbüse. İnsanlara iyice alıştığından emin olunmadan çocuklara at vermek tehlikeliydi. İçindeki bir ses bu düşüncesine karşı çıktı. "Gülce'nin sözü var, bak Kırat bu sözde sabit. Kimseyi kabullenmedi hâlâ. Öyleyse bekleme daha fazla, bırak yoldaşlar kavuşsun birbirine." İçindeki sesler birbiriyle sağaldıkça, karışıyordu Begrek'in zihni. Düşünceler durulmaktan ziyade kasmıştı varlığını.

Umay kucağında iki yıllık balası Aybars ve sırtındaki bağda üç yaşındaki Gürhan'la uğraşarak yılkıya yetiştiğinde erinin içeri dalıp Öktem'i Kırat'ın yanından alacağı umudundaydı. Ama beklediğini fark edince usul usul telaşlanıp uyardı onu.

"Alsana Öktem'i oradan!"

Maziye ve yoldaşlık vaadine dalmış olan Begrek, hâlâ kıpırtısız bir şekilde oğlunu izliyordu. Daha fazla bekleyemeyen Umay kararını verdi. Önce Aybars'ı Aşena'ya teslim edip sırtında Gürhan olduğu halde hışımla daldı ağıla. Öktem'i zorla kapıp getirirken Begrek'in kayıtsızlığına söyleniyordu.

"Oğlan atın altında kalacaktı, ne yapıyorsun burada?"

Begrek, başka bir diyardaymışçasına kendisine cevap vermeyince Öktem'e bakıverdi Umay. Derdini dinlemek, halini öğrenmek istediğini belli ederek,

"Neden ağıla girdin yavrum? Hepimizi korkuttun durduk yere."

Öktem zor zamanlarında sır vermez bir ketumlukla zırhlandığı için Umay yineledi sözlerini.

"Söylesene yavrum, hadi üzme beni!"

Ancak Öktem yerine anlık bir bakışın ardından sıkıca sarıldı 'ögey'ine[26]. Sanki aslına kavuşmuştu o an. Öylesine bir sığınıştı Öktem'inki. Umay da aynıyla karşılık verince hıçkırmaya başladı nihayet. Yine de korkmuş muydu, neden böyleydi, bir şeycikler söylemiyordu küçük 'öksüz'.

---

26 "Öksüz" ve "yetim" kelimeleri günümüzde eşanlamlı olarak kullanılmaktadır ancak aralarında ayrım vardır. "Ök/ög"kelimesi ön-Türkçede "anne, esas" anlamındadır. Haliyle annesi ölenlere "öksüz", babası ölenlere "yetim" denilmektedir. "Öktem" isminin çadırı ayakta tutan "ana direk" olması da bu şekildedir. Günümüzde Malatya-Yeşilyurt'ta da kullanılan yöresel "ögey" kelimesi yukarıda izah edilen bağlantı sebebiyle ön-Türkçede "analık" manasına gelir. Ancak "ögey" kelimesi ulusal kullanımda "öğey/ üvey" haline dönüşüp kanla oluşmamış "babalık, kardeşlik" gibi tüm akrabalık ilişkilerini de kapsayacak şekilde genelleşmiştir...

Bu esnada dikkatini Kırat'tan Öktem'e çevirmişti Begrek. Analığına sarılan oğlunu izliyordu bin bir düşünceyle. Umay'a sarılmaktan vazgeçtiğinde kendisi de "ne oldu yavrum?" dedi ama Öktem, babasıyla değil analığıyla konuşmak istiyordu ve Süt-Kısrak'ı henüz yitirmiş olan Kırat'ı işaret ederek,

Titrek bir sesle "onun da annesi olacak mısın?" deyiverdi.

Bu istek Begrek'in kalbine saplanmış bir oktu adeta. Hem iduk işinde yaptığının ne denli büyük bir hata olduğunu anlamış, hem de sorudaki ikrara takılıvermişti. Bu esnada Umay "tabii ki, her zaman" cevaplarıyla yeniden sarıldı Öktem'e. Bir yandan saçlarını, yanaklarını okşuyor, bir yandan da Aşena'ya bakıyor, tıpkı Begrek gibi kendisi de bu serzenişten hayırlar damıtıyordu. Demek ki ikizler, ögeylerini rahminde büyüdükleri kadınmışçasına benimseyebilmiş, dört kardeş aynı annenin evladı oluvermişti.

Oysa Öktem için konu bu kadarla sınırlı değildi. Süt-Kısrağı sordu yeniden.

"Niye Kırat'ı bırakıp gitti?"

Begrek iduk gerekçesini izah edebilmek için, "başka çaremiz yoktu" diyordu ikizlere, "yoksa Kırat'ı da alırdı Çor. Süt-Kısrak buna mani olmak için acunu terk etti."

Bu kez soru Aşena'ya aitti. "Annemiz gitmese bizi de mi alırdı Çor?"

Begrek dolmakta olan gözlerini evlatlarından kaçırarak "ben varken sizi kimseler alamaz kızım" diyebilmiş, sonra boğazına dizilen yumrulardan kurtulmak için öksürmeye başlamıştı. Gülce'ye verdiği sözler vardı aklında. Nefes alıp verdiği müddetçe her ne pahasına olursa olsun dikkat edecekti ikisine de. Kırat'la olan yoldaşlık meselesindeyse hiçbir şüphesi yoktu gayrı. Öktem akranları gibi ehil olana değil, yabani bir ata sahip olacaktı, hem de şimdi. Onu bir kenara çekip yapması gerekenleri tembihlemeye başladı.

İduğun sonucunu görmeye gelenlerle birlikte ağıllar bölgesi meydan kadar kalabalıklaşmıştı artık. Ahali, Begrek'in yedi yaşındaki oğlunu Kırat'a bindireceğini duymuştu. Miskinlikle suçlanan İnal bile "yapma" dedi Begrek'e.

"El kadar çocuk, yabani bir atı nasıl ehlileştirsin. Düşer, kırar bi taraflarını!"

Begrek "öyleyse sen dene" dediğinde geri çekilmişti İnal, her akıl sahibinin yapması gerektiği gibi. Düşerse miskinliği bir yana, adı bir de maskaraya çıkardı tüm obada.

Begrek "aslanın inine giremezsen, yavrusunu alamazsın İnal" diyerek hava atarken yoldaşların birbirlerini tanıyacaklarından ziyadesiyle emindi.

"Hadi oğlum, seni göreyim" dedi, "kuş kanadıyla yetişir, er dediğin atıyla!"

Kırat'ı işaret ederkense "sen, babanın oğlusun evlat. Şu deli tay da senin yoldaşın" diye ekledi.

Bu esnada Öktem, Aşena'dan ayrılıp herkesin çekindiği atın başına gelmişti yeniden. Az uzağından da olsa Kırat'la konuşarak başladı işe. Onu ne kadar sevdiğini ve kendisini mahcup etmemesini anlatarak Kırat'tan yoldaşlık hukuku istedi kendince.

"Yolları birlikte arşınlayacağız. Seni gören beni, beni gören seni hatırlasın" temennileriyle...

Sözlerine devam ederken uysallaşmasından cesaret alarak hayvancağızı kaşağılıyor, pat pat vurduğu sırtının üzerinde ellerini gezdiriyor, alnını ve boynunu okşuyordu şefkatle. Babası, "eğer kulakları geriye itilmişse atın korktuğunu gösterir bu" dediği için bir gözü sürekli Kırat'ın başındaydı.

"Onlara arka taraflarından yanaşma sakın. O dönerse sen de dön, yüzün yüzüne baksın, asla unutma bunu" sözünden anladığı oydu ki aralarında öncelikle şaşmaz bir güven tesis etmeliydi.[27]

"Bineceğin at önce senin kokuna alışsın oğlum" uyarısı için de endişe etmesine gerek yoktu. Kırat, boynunu indirip burunlarını şişirdikçe daha bir sakinleşiyordu. Son tembih koşum takımları hakkındaydı. Taşlanıp dabaklanmış koyun postundan mamül yuları ve eğelenmiş kaval kemiklerinden yapılan gemi[28] kontrol ederken usulca hareket etmiş, Kırat'la hemyüz olana değin karşısından ayrılmamıştı.

Gayrı tamamdı her şey. Gem, Kırat'ın ön ve arka dişleri arasında yerli yerince duruyordu ve yularla olan bağı da sağlamdı. Sıra o güne kadar kimsenin başaramadığı kısma geliyordu yavaş yavaş. Önce sırt kilimini yerleştirip güçlükle kaldırabildiği eyeri, kilimin üzerine bırakıverdi boncuk boncuk terlerini silemeden. Bir elinde yular olduğu halde tümsekten güç alarak Kırat'ın sırtına çıktığında, babası gözlerini dört açıp soluksuz izliyordu kendisini. Birazdan başaracaklarıyla bir ömür boyu obadaşlarına gururlanmak ister gibi kıpırtısızdı. Onu gücendirmeyecekti Öktem, hissedebiliyordu bunu. Kırat da hiç kimseye müsaade etmediği kadar uysal davranıyordu zaten.

Bunun süvariye has bir durum olduğuna inanan Begrek, yavaş yavaş durumdan işkillenecekti oysa. Kırat önce kulaklarını dikivermiş, ardından ıslak burnunu körük gibi doldura boşalta başını sallar olmuştu. Ön toynaklarıyla toprağı kazıyınca, dilinden anlayanlara birazdan yapacaklarını da anlatmıştı. Begrek, aldığı işaretlere binaen Kırat'ı durdurmak üzere ağıla meyledince "gelme" diye seslendi Öktem.

---

27 İçgüdüsel olarak sürekli tetikte bekleyen atlar en ürkek hayvanlardandır. Bu yüzden kendilerini rahatta hissetmezlerse uyurken bile yere uzanmayıp ayakta kalmayı tercih ederler. Kafalarının iki yanında ve dışa çıkık duran gözleri, 300 derecelik bir açıyla çevreyi her an gözetler. Bu görüş alanının dışında kalan sağrı bölgesindeki en ufak bir uyarana bile anında tepki gösterirler. At tepmelerinin asıl nedeni de bu belirsizlik ve güvensizlik hissidir...

28 Gem, atların ağızlarında yer alan bir kuşam parçasıdır. Yularla birlikte atın hızını ve yönünü tayin etmekte kullanılırlar. En eski kuşamlardandır. Günümüzde metalik modelleri tercih edilmektedir...

"Sen dur orada, biz şimdi..." diye sözlerine devam edecekti ki, korkulan oldu sonunda. Kırat, binicisinin sesinden ürkmüştü ve hoplaya zıplaya koşturuyordu deli divane. Sırtındaki yükü atamadığına bin pişman halde gittikçe huysuzlaşıyor, hırçınlaşıyordu.

Öktem, babasının, "gemi çek oğlum, iyice çek kendine" diye bağrışlarını duyabildiğinde yuların gevşediğini de fark etti dehşetle. Sürekli ısırılınca aşınan ve çatlayan gemler, bazen aniden yerinden fırlayıp atların gerideki azı dişlerine yapışırdı ve bu şekilde 'gemi azıya alan' atlar büsbütün kontrolden çıkarak çıldırırdı. Begrek anlamıştı durumun vahametini. Bir yandan nafile uğraşlarla Kırat'ı yakalamaya çalışıyor, bir yandan da hayvancağızı daha fazla ürkütmemesi için ağıldakilere dışarı çıkmalarını haykırıyordu.

Öktem artık yuları bırakmış, yoldaşının boynuna, yelesine, tutanabilse kulaklarına bile sarılıyordu can havliyle. Hop yükselip hop iniyor, birkaç karış havalandıktan sonra hızla Kırat'ın sırtına düşüverip yeniden zıplıyordu.

Aşena da korkmuştu gördüklerinden. Umay'ın ellerini tutmuş bir halde ağlıyor, hırçın attan durmasını istiyordu bir an evvel. "Dur ki, kardeşim insin" diyerek avaz avaz bağırırken, bir an analığının elinden kurtulup o da Kırat'a doğru koşturmaya başladı.

Hırçın at şuursuzca koştururken gözlerini sıkı sıkıya kapatmış olan Öktem atlayıp kurtulmak istiyordu bir şekilde. Fakat yoldaşı, çevresindeki hareketlilik ve kargaşadan ürkmüş bir halde doğruca Aşena'nın üzerine gidiyordu şimdi. Kızcağız ela gözlerini dehşetle açmış, üzerine gelen altı yedi adam ağırlığındaki Kırat'ı izliyordu korkudan donakalmış bir halde. O an babasının da kendisine doğru koşturduğunu görmüştü bir umut. Oysa Begrek üç beş adım sonra yerdeki bir dala takılıp düştüğünde "eyvah" demişti, "her şey bitti, Aşenam ölecek!"

Görmeye dayanamayacağı bu sahne karşısında gözlerini kapattığında hâlâ vasiyet vardı aklında. Gülce'nin emanetlerini kaybetmek üzereydi, hem de onun isteğine uyduğunu zannederken. "Ben ne yaptım?" pişmanlığıyla vücudundaki tüm kan bir anda çekilirken, bu kez kalbi koşturuyordu dörtnala.

"Gitti" diyordu acıyla, "gitti Aşenam!"

Ancak duyduğu sevinç çığlıklarıyla şaşkınlığı bin kat artacaktı. Gözlerini açtığı anki manzara vasiyeti gerçekliyordu. Öktem ezmesine ramak kala Aşena'nın önünde mıh gibi çivilenmiş olan Kırat'ı öpüyordu yelesi ve boynundan. Hatta kulaklarını bile çekiştirmesine rağmen hayvancağız huysuz tepkiler vermiyor, boynuyla Öktem'in yanaklarını okşuyordu ardı ardına.

Koşup Aşena'ya sarıldığında yıllar sürmüş bir ayrılığın ardından ilk kez kızını görmüşçesine özlem doluydu Begrek. Saçlarını, boynunu öpüyor, seneler öncesinden gelen Gülce'nin kokusunu alıyordu ondan. Neden sonra teze yoldaşlara kaydı aklı. Öktem, Kırat'la olan mukadderi yaşarken ikizini de kurtarmıştı. Hem Öktem'in Kırat yoldaşına kavuşması gibi Aşena da kocasını beklemeyecek miydi zaten? O gün gelmeden yeryüzünden ayrılamazdı ki kızı.

"Boşuna endişelendim" diyordu içten içe.

Bunca erinç ve coşkunluk arasında kendisini sarsan ve "ne yapmaya çalışıyorsun?" diye hesap soran Umay'a "kızma bana" demek istemiş ama bunu bile yapamamıştı o an. Aklı hâlâ Gülce'nin vasiyetindeydi. Doğum sonrası son nefesinde eşinden duydukları boş sözler olamazdı.

Gece boyunca Begrek'in gözünü uyku tutmamıştı. Bunu Umay'a da anlatmak istiyordu. Sabahı bile bekleyemeyen bir sabırsızlıkla dolmuşken vazgeçti muğlâk gerekçelerle. Uyandırmasına gerek yoktu. Fakat Umay, Aybars'ı emzirmek için kalktığında yeniden karar değiştirdi.

"Uyuma" dedi eşine. "Dışarı çıkalım, konuşacaklarım var!"

Böylesi vakitsiz bir istek, mühim şeylerin dilleneceğini vazetmişti Umay'a. Üzerlerine kürklerini alıp yıldızların altında aylanmaya başladıklarında serin havaya rağmen terliyordu Begrek. Yeni yeni anlamıştı söyleyeceklerinin ne denli girift olduğunu. Eski eşine dair anıları Umay'ı huzursuz etmeden izah etmek zorundaydı. Aksi halde bunun yaptırımı kendisinde olmasa bile en azından ikizlerde görülebilirdi. Bu yüzden ilk olarak gündüz, yılkı başında kendisine yok yere kızdığını anlattı eşine. Birkaç kez tekrara düşmek bahasına da olsa...

Evladını tehlikeye atmak ister miydi herhangi bir baba? Deli miydi ki, durduk yere acemi oğlunu huysuz bir ata bindirsindi. "Zaten en başından beri içim rahattı" demişti. Yine de bunu neden yaptığı sorulduğunda önce geçiştirmeyi denedi ama başaramayacağını anlayınca Gülce'yi öne sürdü nihayet.

Sözlerini bitirirken, "Öktem yoldaşını buldu, kızım da kocasını bulacak" diyordu. Aşena'nın mühim biriyle evleneceğini, kendisi ölse bile bunu aklından çıkarmamasını istiyordu. Umay, Begrek'in tasalarına inat sevecen ve içtendi hâlâ. Yıllarca anne olamamış yürek, biriktirdiği tüm şefkati ikizlere ve kendi doğurduklarına boca edercesine "üzülme" dedi erine.

"Gülce rahat uyuyacak mezarında ve sen de göreceksin evlatlarının şu yuvadan teker teker uçtuğunu..."

Begrek hem ikinci eşine, hem de bozkırın tüm sanemlerine teşekkür etmişti coşkuyla. Üç kişilik hayal bir ara kâbusa dönse de, şimdi altı kişiyle kaldığı yerden devam ediyordu ne de olsa...

ᴥ

'İduk' olayı neticesinde gerçekleşenler Begrek'i her ne kadar daha bir mutlandırmaya yaramışsa da,önü alınamayan telefler devam ediyordu eski hızınca. Kamlar, Çor'un kışlağa göçünceye kadar kendilerinden ayrılmayacağını söylemişti şimdi de. Aynı olayda gururunun kırıldığına inanan İnal "bıraksanız eninde sonunda otlarla tedavi ederim hayvanlarınızı, boşuna gitti Süt Kısrak, bilmiş olun bunu" diyerek birileriyle laflarken, Begrek'i sinir etmişti. En azından Öktem bunu duymasın istiyordu. Ama geç kalmıştı. Yedi yaşındaki gönül Çor'a da, iduklara da, buna sebep gördüğü kamlara ve izin veren babasına da öfkeliydi.

Ertesi gün diğer çocuklarla birlikte İnal'ın anlattığı hikâyeleri dinlemiş, lakin onlar gibi işi biter bitmez İnal'ın yanından ayrılmamıştı Öktem. Meraklı duruşun vazettiği soru henüz dillenmeden Hikâyeci'nin de zihnine akmıştı sanki.

"Ben bu işi otlarla halledecektim ama sabredemediler, o yüzden gitti sizin Süt-Kısrak."

Kıymetinin bilinmediğini mi belli etmişti, yoksa yedi yaşında bile olsa obadan birilerini etkileyebilmek için miydi bu sözler, belirsizdi. İnal, yarı boyundaki muhatabında güçlü bir arzu hissetti az sonra.

"Bana otacılığı öğretsene."

"Evet" veya "hayır" diyemeyen İnal, bu işin çok zor olduğunu, daha önce yanına aldığı çırakların bir ay bile dayanamayıp kaçtığını söylüyordu şimdi. Hatta karşısındakinin isteğini kırmak bahasına "aslında kamlar da kovamadı çoru, ben de" dedi bu kez.

"Bir daha düşün Öktem. Neden otacı olmak istiyorsun? Sonra babanla kapıştırmayasın beni!"

Cevabı ağzının ucundaymışçasına anında ve kendinden emin bir halde vermişti Öktem.

"Bu işi bana öğretirsen Çor'la savaşacağım" diyordu. Bir daha hiçbir Kırat'ın, kısrağından ayrılmasına izin vermeyecekti kendince. Sanki şifalı otlar sayesinde ölümü uzak tutabilecekti obadan.

Yüzünde müstehzi bir tebessüm beliren İnal az sonra duyduklarıyla tastamam ikna oluyordu artık.

"Öğret bana bu işi. Öğret ki yarın hasta olduğunda seni de iyi edeyim!"

☙

Gülce'nin sonsuza uçmasının üzerinden on dokuz bahar geçtiğinde en küçükleri olan Aybars dâhil tüm çocuklar ergendi artık. Öktem artık kendi annesi gibi süt beyaz kıvama gelmiş olan Kırat'la birlikte her sabah güneş doğarken ormana gidiyor, üzerlerindeki çiy damlaları henüz kaybolmadan canlılıklarını yitirmemiş olan yaprakları —İnal'dan öğrendiği şekilde— kesmeden usul hamleler eşliğinde koparıyor, öğlen sıcağına kalmadan obaya dönüyordu. Türlerine göre bazı bitkileri hızlı bir şekilde doğrudan güneş altında, bazısını da çadır içinde yavaş ama kendiliğinden kurumuya bırakıyordu. Artık kocamakta olan İnal "saklaması, kurutmaktan daha zor ve daha önemli... Hararet, ışık ve hava ottaki şifanın düşmanıdır. Ne yap et bitkilerini koru onlardan" deyip garantili bir yöntem belirtemediği için kendince usuller de geliştirmişti Öktem.

Umay'ın keçi kılından eğirdiği iplere Aşena'nın da yardımıyla tek tek sapladığı kurumuş otları deste deste ruloluyor, içinde hava boşluğu bırakmamacasına sıkıştırarak koyun bağırsağından yapılma zarflara yerleştiriyor, kuruyan ve paketlenen bitkileri lazım olacakları güne kadar keremlere[29] indiriyordu. Taze kullanım gereken durumlardaysa ormandan döner dönmez otları kazanlarda kaynatıp kendi kendine yeni karışımlar geliştirmeye çabalıyordu. Bu iş Öktem'le öylesine bütünleşmişti ki uzun zamandır hiç kimse İnal'ın bizzat ot kaynattığını, ilaçlar hazırladığını göremez olmuştu.

Begrek'in ısrarla "tembel söz ebesi" diyerek eleştirdiği İnal, daha çok şiirler okuyup çocuklara 'eskilerden hikâyeler' terennüm eden, haftalarca ortadan kaybolup geri döndüğünde gör-

---

29 Toprak altında açılmış, güneş görmeyen sığınaklara ön-Türkçede "kerem" denirdi...

düğü yerleri ballandıra ballandıra anlatmaktan büyük bir haz alan anlatıcılardan oluvermişti. Bir ara oğlu Bazgan'a da otacılık işini öğretmeye kalkışmış ama onu bile yeteneksiz bulup sadece Öktem'de karar kılmıştı. "Artık iyice kocadım. Bu çocuk bu işi iyice bir öğrensin, uçup giderim acundan, o zaman kıymetim anlaşılır" diyerek kendince kehanetler üretmekten de büyük zevk alırdı.

Gayrete geldiği demlerde Öktem'le başbaşa Aladağ'ın ilerisindeki diğer ormanlara da gittiği olur, oralara has otları nasıl tanıyacağını, yaylağın ve kışlağın kendi mevsim ve şartlarına göre nimetlerini ayrı ayrı gösterirdi çırağına. Bu uzun yolculuklar esnasında Yafes ve torunu Türk'ün[30] maceralarını kendi başından da aynısı geçmişçesine coşkuyla anlatır: "obadakiler anlamaz bunları, beni ancak sen anlarsın" diyerek kendisinin ne kadar mühim bir insan olduğunu hatırlatmak isterdi Öktem'e.

Aşena genç kızlığın baharında Umay'ın en büyük yardımcısı olmuştu. Son yıllarda aniden bastıran ateşlenmelerle daralan ve zaman zaman kemikleri de ağrıyan Umay "eski avratlığım kalmadı, şu kız da olmasa halim harap" diyerek Begrek'e dert mi yanar, Aşena'yı mı överdi, belli olmazdı. Begrek'se dile getirmeye imtina ettiği bir mutla karşılardı kızına dair güzellikleri. Boyuna posuna özlemle bakarken bilirdi ki, o, Gülce'nin kızıydı. Güldüğünde gözlerinin ucundaki kıvrımlar iyice belirgin olur, neşesini aynen karşısındakine de aktarırdı. Ama damarına basıldı mı, anında kararlı bir sıfata bürünür, muhatabı yaptıklarına kendiliğinden pişman olurdu bir anda. Ve Begrek yine bilirdi ki onu yetiştiren Umay'dı. Kızı sofra çekmesini, adeyi-töreyi, büyüğe saygıyı ögeyinden öğrenmişti hep.

Aybars da Öktem gibi vaktinin çoğunu ormanda geçiriyordu. Abisi otlar, yapraklar peşinde koştururken daha çok kuşlarla ilgilenen Aybars şahin, kartal gibi yırtıcıların yavrularını

30 Yafes; Hz. Nuh'un Büyük Tufan'dan kurtulan oğullarındandır. Evlatlarından birinin adının "Türk" olduğu iddia edilir...

tuzaklayarak yakalar, onları eğitmeye uğraşırdı. Alıştırdığı kuşları yenilerini avlamak için kullandıkça daha çok kuşu olmuştu. İlgilendiği mahlûkatın tıynetinden midir bilinmez, gittikçe hırçın bir yapıya büründüğünden kendisine karışılmasından hazzetmezdi. Ebeveyni onun bu halini isyankârlık olarak algılar, cezalar da ekseri Aybars'a kesilirdi. Eş dosttan gelen "oğluna sahip ol, bizimkinin kafasını kırmış, gözünü şişirmiş" şikâyetleri Begrek'in hoşuna da giderdi. Yüzüne karşı kızsa da, arkasından, "yaman oğlum, beg oğlum, seni kurt postunda büyüttü baban" diyerek onunla gurur duymayı ihmal etmezdi. Bir keresinde abisi Gürhan'ı dövmesi üzerine Umay'dan epey bir azar işiten Aybars, ormana kaçmış, on üç yaşında olmasına rağmen bir hafta boyunca dönmemişti obaya. Bu olay sonrası aile içinde "Aybars'a dokunmayalım, delidir, ne yapsa yeridir" teamülü gelişmişti.

Çocuklar içinde baba mesleği çobanlıkta sebat eden sadece Gürhan'dı. Her sabah güneş doğarken baba oğul birlikte çadırdan çıkar, hayvanları merada otarır, akşam karanlığına kalmadan obaya döner ve hayvanları ağıllara yerleştirirlerdi. Sürüler kalabalıklaşınca Begrek, artık kocamış olan İnal'la konuşmuş ve onun oğlu Bazgan'ı da yanına almıştı. Bu durum için "pata kaldık miskin. Sen büyük oğlum Öktem'i ayartıp otacı ettin, ben de seninkini aldım" diyordu.

Begrek ve Umay rutindeki hayatlarından memnundular. Yuvalarındaki dertler obadaki diğer yüz çadırdakinden farksızdı. Hayat öngörüldüğü şekilde akıyor, yaylakta ve kışlakta, gecede ve gündüzde yaşanan her şey öncekilerin devamı oluyor, ne kimseden geri kalıyor, ne de insanlardan ileri gidiyorlardı bir adım.

Çocuklar büyüdüğü için yavaş yavaş başgöz edilme vakitleri de geliyordu. Töre genelde başka obalardan kız alınmasını isterdi. Bu şekilde bir çeşit bozkır içi dayanışma tesis edildiği için ekseriyetle bu kurala uyulur, kızlar gurbete gider, gelinler dışarıdan gelirdi. Haliyle başka obadan kız almak kesilmemiş karpuza benzerdi.

"Tanıdıkların fikirlerini almadan ayağa kalkmak olmaz" düşüncesindeki Begrek, latife niyetine "oğlanlar benim kadar talihli değilse perişan olur" dediğinde, Umay kaç zamandır sakladığı fikri gün yüzüne vurdu nihayet.

"Benim obaya bi gitsek bey!"

Begrek şaşırmıştı bu teklife. Evlenmelerinin üzerinden on altı yaz geçmiş, Umay bir gün bile kendisine "ailemi özledim, gidip görelim onları" dememişti. Aslında Umay aşağılanmış bir şekilde terk ettiği obasını ziyaret etmek için oğullarının delikanlı olmasını beklemişti yıllardır. Şimdi onları da önüne katıp gururla dönebilirdi ata obasına. Begrek de bunu hissettiğinden konuyu uzatmadan "işleri yola koyar koymaz, gidelim hanım" demişti.

Begrek, Umay, Öktem, Aşena ve Gürhan'dan mürekkep beş kişilik kafile, armağanların ve yollukların yer aldığı yedi atla yola çıktığında Aybars'ın "siz gidin, ben gelmiyorum" itirazı Begrek tarafından büyük bir hoşgörüyle karşılanmış, Umay'sa isteği yarım kaldığı için içten içe sinirlenmişti oğluna. Bu durum için "artık o da başka zaman gelir" temennisinden gayrı yapılabilecek bir şey de yoktu zaten.

Kafile bir haftalık yolun ardından öğlen vakti menziline ulaştığında akşama kadar armağanlar paylaştırılmış, bozkırdaki her obada misafirler için hazırda bekletilen konuk çadırlarında[31] gecelemişler, törenin vazettiği misafirperverlikle tastamam ağırlanmışlardı. Ertesi gün iade-i itibarının doruklarındayken Umay, akrabası olan bir kadına 'sebeb-i ziyareti' açmış, kızları Taçlıçiçek'e talip olduklarını söylemişti 'lisan-ı münasip' ile. Her kız ailesi gibi

31 Bozkır töresi gereğince obalara gelen herhangi bir misafiri ağırlamak, tüm ailelerin ortak göreviydi. Bu yüzden herkesin katkısıyla 'konuk çadırları' tesis edilir, her an kullanabilmek üzere hazırda ve boşta bekletilirdi. Bugün bu töre, toplumsal kolektiviteden kamusal resmiyete taşınmıştır. Çoğu ülkede mevcut olmayan 'Devlet Konukevleri' ağı en yoğun olarak Türkiye'de görülmektedir...

onlar da başta tedirgin olmuş, düşünebilmek için süre istemişti. Ancak ne Begrek'in, ne de Umay'ın söz almadan Aladağ'a dönmeye niyeti vardı. Bu ziyaret sonunda kız istenmiş ve sözü de alınmış olmalıydı.

Henüz kendisi için düşünülen müstakbel eşi görememiş olan Öktem, utana sıkıla analığına bu isteğini açtığında kadınlar arası tertip fısıldaşmalar yoluyla bir çözüm buluverdi nihayet. Umay'ın ailesi akşam şölen verecekti eşe dosta. Bu esnada sebeb-i ziyarete vakıf olan akrabalar da davet edilecek, Öktem, müstakbel eşini —kısacık bir süre olsa— görebilecekti.

Bir kenardaki ateşte oğlaklar kızarıyor, sofra kuş sütü haricinde yoğurt, pastırma, muhallebiler ve bozkırın sunduğu tüm lezzetlerle donatılıyorken aradığı fırsat Öktem'in eline geçiyordu artık. Ama nedense sevineceği yerde kaygılanır olmuştu. Birazdan hayatını paylaşacağı insanı göreceği için heyecanlanmıştı belki de. Ne olduğuna kendisi bile karar veremiyordu o an. Yine de sükûnetini korumak istemişti. Takındığı ağırbaşlılığa halel getirmemek için Aşena'ya bakınca, onun yüzünde beliren tebessümle utanmaya da başladı. Hisleri habire evrildikçe neredeyse korkup kaçacaktı oradan.

Oysa bir yerlere kaçamazdı gayrı. —Sebebi ziyarete vakıf— konuklar sofraya oturmak üzereydi. Aslında bunu bile yaklaşan ayaklardan seçebilmişti sadece. Yüzünü kaldırıp gelenlere bakamıyordu bir türlü. İçinde alıp verdikleriyle ne denli kavgalı olduğu belli olmasın isteyerek nihayet doğrulttu yüzünü.

Ve onu gördü ilkin...

Bu kez çeviremiyordu gözlerini. Kilitlenmiş, durağanlaşmış, öylesine bakakalmıştı ona.

Umay, az sonra durumu fark edince kulaklarına eğilip Öktem'e fısıldama ihtiyacı duydu: "Taçlıçiçek o değil, oğul. Yanındaki, ablası!."

Öktem ya duymuyor, ya duymazlıktan geliyordu sanki. Umay, çınardan oyulmuş ayran tasını bilerek üzerine döktüğünde nihayet aymıştı hayallerden. "A oğul, gel şöyle, ah vah" ederek, Öktem'i beri çeken Umay "ne yapıyorsun?" dedi, bu kez. "Yanlış kıza bakıyorsun oğul. Onu değil ablasını isteyeceğiz, sakın rezil etmeyesin bizi."

Oysa Öktem açısından yanlış kızı gözlediğini bilip bilmemek önemli değildi ki. Hem kime göreydi; hangisi doğru, hangisi değil? Gönlü, iki bacının yaşça küçük olanını seçmişti bir kere. Mahcupluğun güneş gibi kızarttığı iki toy sima arasından dudaklarında mahzun bir tebessüm olandaydı gönlü. Gerisi nafileydi, laftı uzayıp giden...

Yeniden sofra başına döndüklerinde bu kez temkinliydi güya. Usul hamlelerle bölüp parçaladığı lokmaları ağzına götürürken onu anlık becerilerle görmeye çalışıyordu. Uçları rengârenk boncuklarla süslü belik belik örülmüş simsiyah saçlarını omuzlarına düşürmüş olan kızlar, gözlerini sofradan bir an bile kaldırmamacasına indirmiş olduklarından onun yüzünü seçememişti yeniden. Nedense o devasa sofrada on beş-yirmi kişi değil de, koca bir oba varmışçasına her şey çabucak tükenivermişti ve kadınlar sofrayı topluyorlardı artık.

Öktem, babasını takip ederek beriye çekilmişti mecburen. Oturması için kendisine gösterilen yer, boş meralara bakıyordu sadece. Az evvelki mahzun tebessüme ve boncuk gözlere sırtını dönmüştü umarsız. Yüzü boşlukta, gözü bozkırın sonundaydı.

Bu esnada her iki ailenin büyükleri bu yaz sürülerin eskisine nazaran daha çabuk semirdiğini konuşuyordu. Havalar uygun gitmiş, meralar tüm nimetlerini esirgemeden sunmuştu, Yafes'in söz dinler çocuklarına. Bereket bahsine kendi sürülerini örnek veren Begrek'in asıl niyeti müstakbel dünürüne durumlarını izah edebilmekti aslında. "Bize kız verenin aklı da, gönlü de beride kalmaz" mesajları dolambaçlı yollarla muhatabına ulaşıyordu her defasında.

Kadınlar sofradan kaldırdıkları tabak ve çanakları dere kenarına indirip yıkamaya başladığındaysa dem fısıltıların demiydi yine. "Görebilmişler mi birbirlerini, beğenmişler mi?" sözleri, en yakındakinin bile güçlükle duyabileceği kısık tınılarla ortalıkta uçuşurken Umay, akrabasını kenara çekti gizlice.

"Bacım nasıl desem bilmem ki?" ile başlayan birkaç mahcup ifadenin sonunda: "Öktem, Gülçiçek'i sevmiş, gençlik işte" diyerek mazeretler üretmeye de başladı. Töre açısından ortada bir yanlış yoktu gerçi ama yine de yakışıksız bulunabilirlerdi bu durum.

"Kime niyet, kime kısmet" sözleriyle akrabasını tartarken "haklısınız, ablası dururken küçüğün istenmesi bence de hoş değil ama gönül işte" demeyi de ihmal etmemişti. Özür beyan eden ve alttan alan sözlerinin ne denli etkin olduğunu görmek için akrabasına baktı bir an.

Kızların annesi kendi başına karar veremeyeceğini söyleyerek biraz zaman istiyordu. Bunun ardınca gelen, "bizim beyle bir konuşayım, hoş göreceğini sanmam ama" cümlesi rutin bir naz için miydi, gerçek bir endişe miydi, belirsizdi şimdilik.

Babalar bu kez de önlerinde bekleyen göç yolunu ve kışlakta yapılacakları görüşürken kızların annesi küçük bir ışık yakacaktı Umay'a. Kızını bahane ederek "Gülçiçek'in ne düşündüğünü bilmiyoruz ki" dediğinde, Umay, iş bu noktaya kadar geldikten sonra son bir hamle daha istedi akrabasından.

"İki genç, üç beş laflık da olsa baş başa kalsalar ya bacım?"

Umay'ın azmi bu sefer de sonuç verdiğinde Öktem'le Gülçiçek obanın hemen bitimindeki gölün kenarında gözlerden uzak bir şekilde baş başa getirilmişti kaçak göçek. İlk kez yalnız kalırken henüz on altı yaşında olan Gülçiçek'in yanakları al aldı utançtan. Akranlarına göre uzun boylu sayılan, omuzları geniş, kafası büyükçe ve dudakları etli olan Öktem'e bakıp bakamadığını dahi belli etmeden öylesine hareketsiz duruyordu.

On dokuzundaki Öktem de ne yapacağını, söze nereden başlayacağını bilememişti. Bir süre gölü seyrettiler birlikte. Dolunay suyun üzerine tepsi gibi yansımıştı ve dalgalar eşliğinde şavkını sallandırarak süzülüyordu bin nazla. Mehtabın üflediği ince, serin meltemler Issık Göl'den[32] yüreklerine cesaret taşımış olmalıydı ki, Öktem nihayet başladı konuşabilmeye.

— Korkuyor musun Gülçiçek?

— Korkmam mı lazım?

— Evlenince ayrılacaksın ailenden. Bu gölü bir daha seyretmek için yıllarca bekleyeceksin belki. Üzüleceksen buna ben sebep olmak istemem.

Gülçiçek tebessümünü yarıda kesip eski mahzun halini kuşanırken "evlendiğinde eşini hiç üzmeyecek misin?" deyiverdi.

Öktem böyle bir şey için söz verilemeyeceğini gayet iyi biliyordu ama durduk yere de niçin üzsündü eşini. Genelde uyumlu bir insan olarak tanınırdı.

—Bugüne kadar kendisini incittiğimi söyleyen kimse çıkmadı karşıma. İstersen analığıma da sor beni.

Gülçiçek sorgulama fikrinden utanmıştı. Al yanaklarını daha bir belli ederek "sen böyle söyledikten sonra" dedi "kimseye bir şey sormam senin hakkında." Meşalelerin aydınlattığı avıla[33] doğru bakarken "gidelim istersen, bekliyordur bizimkiler" diye de ekledi.

—Sen git, ben biraz daha buradayım.

Öktem, kızın kendisini beklediğini fark edince "yalnız gitmeye korkuyorsan" dedi bu kez, "seninle geleyim istersen. Ama belki birileri görür bizi!"

32 Issık Göl; bugünkü Kırgızistan-Kazakistan-Çin sınırlarının kesiştiği üçgende en eski Türk yerleşimlerinin göbeğinde olan bir bölgededir. "Işık" veya "Esik Gölü" diye de bilinir...

33 "Avıl" kelimesi ön-Türkçede "çadırlar topluluğu" manasına gelir... (Hatırlatma Notu)

Cümlenin devamı, "laf söz ederler" olacakken, susuverdi Öktem. Anlamıştı bunu Gülçiçek. Belli etmek istercesine tebessümlerini yeniden belirginleştirdi ve "sağol" dedi, sadece. Öktem'e baka baka ardı sıra birkaç adım daha uzaklaşmıştı. Buna rağmen avıla dönüp dönmemekte kararsız bir hali vardı. Gece vakti arkasındaki gölden daha da siyah duran bir çift gözde sevginin parıltısını bulmuştu kızcağız. Ve Öktem'in sesinde itimat uyandıran bir samimiyet hissediyordu. Erinin, evleneceği kişinin böyle biri olmasını isterdi, seven ve koruyan...

Üstelik ablası Taçlıçiçek dururken kendisini tercih etmesi Gülçiçek'i farklı kılmıştı bir anda. Körpe yüreği "acaba beni ne kadar seviyor?" diye düşünürken sırtını dönmeden önce sevimli bir tınıyla "sen de fazla durma rüzgârda, üşütürsün. Buraların havası sizinkinden keskindir" diye Öktem'i son bir kez uyarmış ve hızlanarak yolunu tutmuştu avılın.

Öktem arkası sıra Gülçiçek'i izliyordu şimdi. Ceylanlara benzetmişti onu. Güzel gözlü, misk kokulu, ürkek ve toprak rengindeki derisiyle bereketli olduğunu vazeden bir ceylan...

Az sonra gönlünün sesini güçlükle bastırıp aklına yol vermeye çalışırken hisleriyle, kanaatlerini er meydanına davet etmişti sanki. İlkin üşütmemesi konusunda kendisini dert edinmesini düşündü. Sonra sözleri geldi aklına. "Sen böyle söyledikten sonra kimseye sormam seni" diyebilen bir inanç, hayat paylaşılacak eş için mutlak bir olmazsa olmazdı.

Issık Göl kenarındaki kısacık buluşmanın sonunda "kadın incitilmekten korkan bir çiçek, sevdiği için kaygılanan, onunla ilgilenen, erine inanan yoldaş değil midir?" diyordu kendi kendine. O an kararını verdi Öktem. Gönlüne ateşi düşmüş olan Gülçiçek'le evlenmeliydi.

Düşüncelerini Begrek'le paylaştığında ilk kez baba-oğul olarak değil de, iki erkek olarak konuştuklarını hissetti. Böylesi bir işe vesile olmakla yetinmeyip bunun için bilfiil mücadele de eden analığına müteşekkirdi. Ancak Gülçiçek'in ailesi erkek tarafının isteğini görmenin cesaretiyle midir, yoksa kız tarafı olmanın mutat nazıyla mı yahut işin zamanla çetrefilli bir hale bürünmesinden duydukları hoşnutsuzluktan mıdır yokuşa sürüyordu işi.

Gülçiçek'in babası "ilk olarak şunu bilin ki, bu iş kısmetse ve olacaksa bile ancak ablasının toyundan sonra olabilir" diyerek uzun uzun niyetlerini açık etmişti.

Sıra kendisine geldiğindeyse Begrek, önce Öktem'e bakmış, ardından, "bizim de acelemiz yok. Söz almak yeter bize. Kısmet ne zamansa toyu o zaman yaparız. Taçlıçiçek kızımıza da hayırlı nasipler dileriz" dedi.

Kızların babası ikinci vaazına başlamadan önce biraz duraklamış, söze nereden başlayacağını tartmıştı. Bir yudum ayrandan sonra bu kez biraz daha yavaş konuşarak "geldiğinizde gördük ki sizin de bi kızınız var" dediği an, ayağa fırladı Begrek. Lafın sonu belliydi.[34] Doğrudan doğruya, "olmaz, kusura bakmayın" diyerek kestirip attı. Sofra başındaki herkes tepkinin fevriliğine şaşmış, bunu kendilerine yapılmış bir saygısızlık kabul etmişti. Yaptıkları onca fedakârlığın karşılığında böylesi bir muameleyi asla hak etmemişlerdi. Ortamın en yaşlısı Gülçiçek'in dedesiydi. Sözlerinde göze göz muamele edebilecekleri tehdidini barındıran sinirli tınılar vardı.

"Geldiniz, başköşemizde ağırladık. Kızımızı, canımızı istediniz, olur dedik. Unutmayın ki bizim kızımız da sizinki kadar nazlıdır, tatlıdır. Gözümüzde kıymetlidir..."

Ortamı yumuşatmak Umay'a düşmüştü yine. Yuvayı yapan dişi kuş, kendi yavrulamadıkları için yalan söylemekten çekinmedi o an.

---

34 Kızlarını uzak bir obaya verecek olan aileler, karşılığında aynı aileden bir kız alarak takibini yapamayacakları 'iyi bakım ve muamele' konusunda bir nevi sigorta veya emniyet tesis etmeye çalışırdı. Kadim Ortadoğu geleneklerinde yer alan 'başlık parası' vermeme uğruna karşılıklı kız alınıp verilmesi yani 'berdel' olayı yukarıda izah edilen durumla en azından amaç ve motivasyon noktasında örtüşmemektedir...

"Aşena zaten sözlü dede. Begrek o yüzden olmaz, dedi size. Yoksa niye yok diyelim. Sizin gibi aile mi buluruz, kısmet değilmiş demek ki!"

Söz uzuyordu ama yüzlere bir serinlik çöktüğü de belliydi. İşin en çetrefilli anında Öktem'in ve Gülçiçek'in ne denli tedirginleştiği Gürhan ve Aşena'nın dikkatlerinden kaçmamıştı. Ama şimdi her ikisi de en az sözlüler kadar rahatlayıvermişti sanki.

Ertesi sabah güneş doğarken kız tarafının verdiği armağanları da yüklenip Aladağ'a doğru yola çıkmıştı kafile. Begrek de, Umay da memnundu söz alabilmekten. Bir ara ikizler geride baş başa kaldıklarında, "ögeyin yalanı olmasa kızı zor verirlerdi" dedi Aşena. Öktem yorum yapmayınca, "olmadı Taçlıçiçek'i isterdik sana" dedi bu kez. Aklını ve gönlünü zaten beride bırakmış olan Öktem, Gülçiçek'siz toyun imasını dahi kabullenememişti. Fevri bir çıkış gösterecekken duruluverdi yine de. Başka bir şey hatırlattı ikizine.

"Kızların büyüğünü, küçüğünü boşversene Aşena. Gülçiçek'ten de, ablasından da büyüksün. Sen düşün artık gerisini. Yaşın geldi, geçiyor!"

Begrek'in gelen tüm dünür adaylarını tuhaf bahanelerle bir şekilde geri çevirdiğini her ikisi de biliyordu. Aşena "babam benden ayrılmaktan korkuyor" diyerek o an için konuyu kapattı ama bozkırın töresi buydu, değiştirilemezdi. Babası da bunu bildiğine göre neden böylesi hassas davranıyor ve konu her açıldığında sinirleniyordu ki? Aşena şimdilik kendisini ikna edebilecek yanıtlardan habersizdi. Nitekim aradan altı gün geçip Aladağ'a iyice yaklaşıldığı esnada Begrek'e sokulup aynı cümleyi tekrarladı.

"Analığım araya girip yalan söylemeseydi, Öktem'in işi zordu sanki!"

Sınamak istediği için babasının tüm tepkileri önemliydi o an. Pür dikkat onu dinlemeye amadeyken sessiz kalışından etkilenmişti usul usul. Adamcağız gözleri dolmuş bir halde, "annen istedi bunu" dediğinde başını kaldırıp kızının yüzüne bakamıyordu bile. Aşena sözün devamını beklerken Begrek suskun kalmayı tercih etti yeniden, ketumluk yeterli bir yanıtmışçasına. Ancak Aşena işin peşini bırakmayacaktı.

"Annem ne istemişti baba?"

Begrek artık bundan kaçamayacağını sezebiliyordu ama yine de cevap verememişti kızına. Birlikte kafilenin berisinden gelmeye devam etti bir süre. Obaya girecekleri esnada atını mahmuzlayıp kafilenin önüne geçti. Bir şeyler için acelesi varmış gibi herkesten önce dalıverdi çadıra. Umay ve çocuklar da geldiğinde Begrek içeriden çıkıyordu şimdi.

Aşena'ya "benimle gel" dediğinde, diğerlerini yanlarında istemediği de belliydi zaten. Kimse Begrek'in neden önleri sıra hızlandığını, çadıra herkesten önce girip çıktığını da anlayamamıştı, Umay'dan gayrı.

Begrek obanın hemen yanıbaşındaki tepenin doruğuna geldiklerinde "sözün sahibi şahidimdir" diyerek, eski eşinin mezarını gösterdi Aşena'ya. Orası Gülce'nin de istirahatgahı olan ve Aladağ'ı karşıdan gören oba mezarlığıydı. Eşinin on dokuz yıllık toprağını avuçlayan Begrek "benden başka da şahit kalmadı" dedi bu kez. Aşena sözün devamını merak ederek sabırsızlanırken, Begrek yine susmayı tercih edince "dinliyorum baba" dedi.

"Bunu annemin istediğini söylemiştin bana."

Begrek o anı yeniden ve en baştan yaşıyormuşçasına sarsılmaya başladı, derinden ve gerginleşerek...

"Söz şudur ki, sen diğer kızlar gibi evlenemezsin. Annen son nefesinde tutsuk artırdı[35] bana. Sen kocanı, yoldaşını bekleyeceksin..."

---

35 "Tutsuk" kelimesi ön-Türkçede "tutulması, yerine getirilmesi zorunlu söz" manasına gelir. "Tutsuk artırmak" ise geride bir vasiyet bırakıldığını anlatır. Nitekim yöresel ağızlar bu deyimi "vasiyet artırmak" şeklinde kullanagelmektedir...

Aşena bunca heyecan ve meraktan sonra böylesi bir söz duyacağını zannetmemişti. Daha gizemli yahut görkemli bir şey söylenecek beklentisindeydi. Babasını incitmek de istemediğinden eğilip sarıldı sevgiyle. Mezara bakarak "her anne ister bunu baba, o seni beklemişti. Bak Gülçiçek de Öktem'i beklemiş bilmeden. Annemin söylediği de bunun gibi bir şey" dediğinde, Begrek ayağa fırladı sinirle. Çaresiz ve söylediklerinden emin olmaya çalışan bir hali vardı. Aşena'nın daha evvel hiç şahit olmadığı şekilde arada bir kekeleyerek konuşuyordu.

"Beni... beni anlamıyorsun kızım. Gülce çok şeyler söyleyecekken elvermedi nefesi. Aslında başka bir şey anlatmak istiyordu sanki... Sanki sen çok önemli biriyle evleneceksin, onun gibi bir şey yani. Bu yüzden nasibini beklemeni istedi. Anlayabiliyor musun beni?"

Sözlerini bitirirken bir yandan da elindeki kumaşı açıyordu özenle. İlk günkü parlaklığını koruyan gümüş bir bileklikti içindeki.

"Evlendiğimizde bunu annene takmıştım. O bunu erinden aldı, sen de bununla gidersin erine!"

Sözün sonunda kızını alnından öpmeyi de ihmal etmemişti. Tekrar atlarına binecekleri esnada nispeten rahatlamış bir halde, "analığın" dedi "Gülçiçek'in dedesine yalan söylemedi sayılır kızım. Ona da söylemiştim senin durumunu."

Öktem, Aladağ'a geldiği günden beri aynı şeyi düşünüyordu gönül koya koya. Evlilik için söz alabilmişler ama toy vaktinin ucu açık kalmıştı. "Ne zaman olacak?" sorusuna cevap bulamadığı o kapkara geceler, artık gündüzün aydınlığını da aynı muğlâklık kaygısıyla köreltmeye başlamıştı. Bunu kendisine itiraf ederken, yoldaşı Kırat gibi belirsizliğin her türlüsünden sıkıldığını kabullense de zamanla anlamıştı ki derdi ayrılıktı doğrudan. Meçhulü bekleme derdi, sadece zarıydı hasretin...

Artık bozkıra her güneş doğduğunda ayrılığı, yinelenen sızılarla, ta en başından alarak yaşıyordu bir başına. Yine sofraya otururken tedirginleşiyor, onu ilk gördüğü andaki gibi kalbi tekliyor, Issık Göl kenarındaki sözleri tekrarlıyor, bir an bu iş kalacak korkusuyla sarsıldıktan sonra ayrılıyordu yârinden...

Yaşananları tek tek yineledikten sonra bu kez de yaşanmayanları düşlüyor, yanağı mahzun tebessümlü, saçları belik belik örgülü yârine Issık Göl'ü şahit kılıp "seni öylesine çok seviyorum ki" diyemediğine hayıflanıyordu.

Aşk ve hasretle sınandıkça kendi içine daldığından işi gücü de boşlar olmuştu. Kalabalıkta boğulduğu hissiyle obada da vakit eyleyemiyordu. Gün boyu ormanları ve meraları adımlayarak hasta obadaşlarına şifa bulmaya çalışan 'otacı' durulmuş, onun yerine tenhada huzur arayan 'âşık' gelmişti tüm hasretiyle. Ilık meltemlerde bile serinlik bulamadığı bu demlerde "şimdi ne yapıyordur?" diyerek sadece ve sadece Gülçiçek'i düşünüyor, düşlüyor kâh aynını onun da yaşadığına olan mutlak inancıyla teselli buluyor kâh bir daha ne zaman görüşebilecekleri konusunda kafa patlatıyordu yek başına.

On dokuz yaşında olmanın verdiği tüm coşkunluk ve aşka adanmışlıkla zihninde sözlüsünden gayrı hiçbir şey yokken, kendi rutinini ve düzenini tamamen kaybetmeye başlamışken, hali herkesin dikkatini çekmişti. Aşena'nın ikazlarıyla kendisini tarttıkça gemin özlemlerin eline geçtiğini anlamıştı. Kendisini bir şekilde dizginlemek zorundaydı. Ama beceremiyordu işte. Yine böylesi bir demdeyken "yanlış yaptım" diye düşündü ilk kez. "Yalnız kalmamam lazım." Aşkın yükünü tek başına çekemezdi ki. Sevdiğiyle diz dize olamıyorsa, derdini anlayabilecek birilerine dillenmeliydi suskun gönlü.

Aklına gelen ilk kişi Aybars'tı. Hem 'kardaştı', Aşena'yla konuşamayacağı konuları açabilirdi ona hem de mesaisini kendisi gibi ormanda geçiriyordu, işinden gücünden olmazdı Gürhan misali.

Ormana birlikte gider gelir olduklarında bir yandan şifalı bitkiler arıyorlar, bir yandan da kuş peşinde koşturuyorlardı güya. Fakat bu esnada gönlünce dertleşemiyordu kardeşiyle. Herhangi bir sorun veya birine ait sıkıntı dinlemeyi sevmeyen Aybars, bir iki cümleden sonra "boş ver abi, nasılsa bir ara evleneceksiniz, dert etme şimdiden" diyerek kestirip atıyordu ilgisiz tavırlarla. Onda aradığını bulamayınca ortanca kardeşini gözüne kestirdi bu kez. Varsın, işi gücü yokken rahatlayabilsindi onun yanında.

Her ikindi sonrası başlayan iki kardaş halleşmelerinde Gürhan, Öktem'i sabırla dinliyor, sözlüsünü düşünmesini gıptayla izliyor; "umarım hep mutlu olursunuz" diyerek abisinin özlemlerine arka çıkıyordu. Oysa bir vakit sonra bu konuşmalar da teselli edemeyecekti. Öktem'in gönlü hoş-beş duymak değil, derttaşıyla söyleşmek arzusundaydı şimdi. Aynı yangınlarda kavrulmayınca kardaşlar bile 'başkası' oluyor, 'haldaş' olamıyordu kendisine.

Derdini artık çiçeklere ifade etmeye başlayan Öktem, en çok gülleri izlerken dinginlik buluyordu. Ne de olsa sevdiği de "Gülçiçek" idi. Kokularında, allarında yârinden bir şeyler gizliyordu o güller. Yine böylesi bir demde, saatler boyu kan gibi kızıl renkli çiçekleri seyrettiği esnada güller yârin sesiyle dile gelmişti adeta. Ötelerdeki toy gönlün de aynen eri gibi yüzündeki mahzun tebessümü yitirmeden cayır cayır yandığını anlatmak istiyordu. Teselli niyetine ta Aladağ'a kadar kendi uyaklarını yollamış "özlemde ve sevmekte senden farkım yok" dercesine gönlündeki ateşi dillendirmişti yârine. Sanki asırlarca söylenegelse bile hiç usanılmadan yinelenecek ve derdini anlatacaktı sevip de özleyenlerin...

"Çiçek aydı kim; min alayim,
Er başinçing min balayım.
Kemmisinden min özgeyim,
Minden uli çiçek bar mi?..

Çiçek aydı kim min kırganım,
Yalçın koyak minim gaanım.
Yagiz donli bala gözlim,
Minden uli çiçek bar mi?..

Al bagarli karli taglar,
Ayal irak ilde aglar.
Çayır çemen boldi taglar,
Ayalimle kemmi aglar."[36]

Abisinin bu haline nicedir üzülen Gürhan, otardığı keçilerin tüylerinin uzamaya başladığını fark edince "tamam" demişti içten içe, "müjdeyi de ben vereceğim ona." Bazgan'a sürüleri emanet edip ağıllardan kaçarcasına uzaklaştığında ormandan dönenleri takip etmeye başladı. Birkaç avcıdan sonra nihayet Öktem de görünmüştü uzaktan. Onun gelmesini bile beklemeksizin atını koşturdu üzerine.

"Sana bir şey söylersem, ne verirsin karşılığında?"

Öktem'in aklı gün boyu güllerle halleştiği ezgilerdeydi hâlâ. Tınmadan yanı sıra geçecekken bu kez de "şifan bende" deyiverdi Gürhan. Sanki kendisi değil de oydu otacı. Gürhan aklındakini henüz söylediği esnada "kışlak" sözü güneş gibi doğdu Öktem'in gönlüne.

---

36 Çiçeklerle söyleşmek-halleşmek asırlarca âşıkların-ozanların meşgalesi olagelmiştir. Yunus Emre'nin "sordum sarı çiçeğe" demesi gibi türkülerimizde de bu durumun varlığı hemen göze çarpar. Yukarıda geçen türkü sözlerinin kurgusal-otantikliği göz ardı edilecek olursa günümüz Türkçesine dönüşümü aşağıdaki gibidir:
"Çiçek der ki; ben elayım / Yiğit başına belayım. / Hepisinden ben alayım / Benden ala çiçek var mı?
Lale der ki; behey Tanrı / Benim boynum neden eğri. / Yardan ayrı düştüm gayrı / Benden ala çiçek var mı?
Nevruz der ki; ben nazlıyım / Sarp kayalarda gizliyim. / Mavi donlu gök gözlüyüm / Benden ala çiçek var mı?
Al baharlı karlı dağlar / Yârim gurbet elde ağlar. / Çayır çimen oldu dağlar / Yârim gurbet elde ağlar…"

Evet, haklıydı kardeşi. Buna üç beş güne kalmaz rüzgârların önü sıra Aladağ'dan obaya doğru sürülecek sararmış yapraklar da şahitti. Gebe kadınlar, yaşlılar ve çocuklar arabalara bindirilip gençler ve erler at sırtında, sürüleri de peşleri sıra bir aylık yol sonunda güneydeki kışlağa geçtiklerinde Gülçiçek'le daha yakın olacaklardı. Göçecekleri kışlaklar hepi topu yarım günlük mesafedeydi. Etrafı tepelerle çevrili avuç içi gibi korunaklı kışlaklarda günler ve geceler pek bir sert geçse de, fırsatlar bulundukça yârini günübirlik ziyaret edebilirdi çok şükür...

Kardeşinin bu muştusu karşısında, "sağol" demeyi bile zul sayıp sarıldı doğrudan. Az sonra aklına gelince, "müjden için ne istersin?" diye sordu. Cevap gelmeyince samur bir börk teklif etti. "Olmaz" demişti Gürhan. Bozayı vurup ayağına çarık, sırtına kürk yapacağını söyledi bu kez. Olmadı yine. Sonunda Kırat'ı, yoldaşını işaret etti Öktem, sanki bu önerisinde sonuna kadar samimi olabilirmişçesine.

"Onu vereyim desem de, en başta babam karşı çıkar buna."

Gürhan türedi bir alınganlıkla "o kadar uzağa gitme" dedi, abisine. "Oğlum olunca büyük amcasının adını koyacağım de, anlaşalım seninle."

Öktem, "başım gözüm üstüne" diyerek, yeniden kardeşine sarıldığında Begrek de yanıbaşlarında bitivermişti. Kızgındı ortanca oğluna. "Ne diye Bazgan'ı tek bıraktın onca sürüyle" diyerek çıkışıyordu ki, Öktem, durdurdu babasını. Adamcağız sebebi öğrenir öğrenmez, kendisini öne sürdü şevkle.

"İkincisi de adını atasından alsın oğul. Bir Begrek, yetmez şu obaya!"

Ertesi gün sabah erkenden çadırından çıkan Öktem, ormana gitmemişti bu kez. Dere boyunca aylanıyordu. Güze dair gördüğü her emarede baharı karşılamaya hazırlanan doğa kadar heyecanlanıp coşuyordu kendince. Zaten ilerleyen günler boyunca kuzeyden esen sert rüzgârlar yüreğini ısıtacak, çil çil öbeklenmiş kozalaklarla tomurcuklar açacaktı acundaki rutine inat. Ne solup giden güllere takılıyor, ne de uzun süre Aladağ'ı göremeyecek olmanın hüznüne giriyordu. Gülçiçek'e kavuşma hayali, öylesine bir coşkunlukla varlığına karılmıştı ki, yaylaktaki günlerin sona erdiğinin nihai ve kati habercisini bile gözden kaçırmıştı.

'Beç Alayı'[37] yola düzüldüğünde ilk kez babasının da bu kafilede yer aldığını bile önemseyememişti. Oysa Begrek artık Aksakallardan[38] biriydi. Heyet rutin üzere o sene de kışlağa göçme arifesinde Tiginlerine takdim edecekleri beçi yüklenip Issık'a[39] gidiyordu.

ଓ

Obanın kışlağa kurulmasının haftasında artık zor işler de halledildiği için Öktem, ziyaret talebini dillendirmişti nihayet. Ama bunu yapabilmek için eksikleri vardı hâlâ. Töre toy öncesi durduk yere yapılan ziyaretleri hoş görmez, ahali dünürler arasında bir sorun çıktığına hükmederdi. Toy öncesi ziyaretlerin laf söz edilmemesi için aranan uygun bahaneyi Umay buldu yine.

Öktem'in önüne düşmüş "ecemi özledik, onu görmeye geldik" diyebilmişti. Ancak bu kez ne bir göl kenarı vardı, âşıkların yalnızlığına beşiklik edecek ne de fısıltı gel-giti vardı, birbirle-

---

37 At, sığır, keçi gibi sürülerden ve samur, ayı gibi hayvanların kürklerinden Tigin'in hakkı olan vergi (beç), her sene Ekim ayında obaların ileri gelenlerince götürülür ve bizzat teslim edilirdi. Tahsilâttan sonra Tigin huzurunda yapılan Güz Kurultayı'nda kışlaklarla ilgili meseleler karara bağlanırdı...

38 Kendi akraba grubunun lideri olarak oba yönetiminde yer alan Aksakallar için "otantik bozkır aristokratları" da denilebilir. Aksakallar yönetiminin bugüne yansıyan hali köylerdeki 'İhtiyar Heyetleri'dir...

39 Issık bugünkü Kırgızistan-Kazakistan-Çin sınırında yer alan tarihi bir Türk şehridir. Hikâyenin geçtiği M.Ö.10.asırdaki yönetimce başkent olarak kullanılıyordu. Kimi kaynaklarda şehrin adı, "Işık" veya "Esik" olarak da geçmektedir. Issık Gölü, adından da anlaşılacağı üzere şehrin yakınlarındadır. Bugün; şehir sınırın Kazakistan tarafında, göl ise Kırgızistan tarafında kalmıştır...

rinden haberdar olabilmeleri için. Kurende[40] toplanan düzinelerce göz arasında âşıkların hasret giderebilmesi kaçamak bakışmalardaki anlık beceriye tabiydi sadece.

Yine de Öktem ve Gülçiçek yaza nazaran rahatlamıştı. Aylık da olsa tekrarlanan bu ziyaretler için artık bahaneler üretmekte zorlanan Umay, Öktem'in yanına kendisi yerine Aybars'ı ve Gürhan'ı da katıyordu. Bu kezki bahanesi "torunlar akrabalarını tanısın, yakınlaşsın" olmuştu. Aşağılanarak terk ettiği ata obasında, doğurdukları birer birer boy gösterdikçe iade-i itibarını sağlamlaştıran Umay "belki onlara da birilerini buluruz" umuduyla daha bir anlam katıyordu bu ziyaretlere.

Bozkır insanlarının genelinde olduğu gibi obadaşları da zorlu kışları sevmiyordu ama Öktem için kış ve kışlak bambaşka bir şeydi artık. Bu konuda Aşena'yla da uyuşamıyorlardı. İkizi habire Aladağ'ı özlediğini söylüyor, yaylağa dönünce yapacaklarını sıralıyordu. Aşena için en birincil iş, tepebaşındaki mezarlığa yapılacak günlük Gülce ziyaretleriydi. Öktem kısıtlı bile olsa kışlakta yâriyle hasret gidermeye çalışırken Aşena, annesinin mezarıyla teselli buluyordu yaylakta.

Altı ayda bir Aşena'nın gönlü olurken, diğer altı ay Öktem'e gülüyordu. Dördüncü kış nihayet Taçlıçiçek evlenip kız kardeşinin önü açıldığında toy vakti karara bağlanmıştı gayrı. Aşıklar ilk kez bir an evvel baharın gelmesini bekleyecekti yana yakıla...

---

40 "Kuren" bazen ahali sohbetlerine ama genelde Aksakalların toplantılarına ev sahipliği yapan geniş çadırdır...

-3-

Beş koca kış ve ondan da koca beş yaz derken Öktem ve Gülçiçek nihayet muratlarına erip birbirlerine kavuşmuştu. Gülçiçek'in kurduğu gerdeği "güneşten değil özlemini dinlemekten bu hale geldiler" dediği gülkurularıyla donatmıştı Öktem. Kızıldan karaya geçmekte olan güllerin kokusunu ciğerlerine çektikçe evvel günlerin hasretlerine inat birbirlerinin olmuşlardı. Yine de ayrı geçen yılları unutmaya niyetleri yoktu. Zaten ayrılık süresince birbirlerini düşünüp özlemeleri, teze evlilerin şimdi sımsıkı bağlanmalarını sağlıyordu.

Erinin "gül çiçek, bal çiçek, baldan da Gülçiçek" diye hitap ettiği saçları belik örgülü, yüzü mahzun tebessümlü güzel, eşiyle hayaller kuruyor, aslında herkes gibi olmak istiyordu. Evlatları büyüyecek, onlar da başgöz edilecek, yanlarında onlara da çadırlar dikecekler, töreyip devam edeceklerdi yaşamlarına. Saygı ve sevgi devam ettikçe bozkırın soğuğu sıcağı, derdi tasası onlara vurmayacak, birlikte kocayacaklardı, etraflarında çocuklar ve torunlarla. Zaten en büyük arzuları her şeyde beraber olabilmek değil miydi?

Yeter ki 'bir' çarpsındı yürekleri...

Umay bizzat kefil olduğu, ailesini razı edebilmek için türlü uğraşlar verdiği geliniyle iyi anlaşıyor, akrabalarına söz verdiği üzere rahat edebilmesi için elinden geldiğince yardımcı oluyordu ona. Aşena da sevmişti Gülçiçek'i. Gürhan ve Aybars ilk kez bir yengeye sahipti. Begrek'se kayınbaba olmanın ötesinde 'ata'[41] olma heyecanındaydı. Bir an evvel torununu sevmek isti-

41 "Ata" dar anlamıyla ailenin yaşayan en büyük erkeğidir. Duruma göre bazen dedeler ata olurdu, bazen de dedenin babası. "Kaynata" kelimesindeki "ata" da buna dairdir. Eşin babasını göstermekle kalmaz, dedesini ve yaşıyorsa

yor, demi geldikçe Umay'a "ah bir de" diyordu, "geridekileri de başgöz edersek daha ne isteriz ki ana baba olarak?"

Bu azmin hedeflediği ilk evlat olan Gürhan yirmi birine girdiğinde düğün vakti belirsiz de olsa söz alınmıştı ona. Hedefteki ikinci evlat içinse kefil olabilecek ne bir aracı, ne de kızını vermeye razı aile vardı tanıdıkları. Begrek bu konu açıldıkça "elbet deli oğlum da bir gün durulur" diye Umay'ı teselli ediyordu her seferinde.

Kış ortasında gelen hamilelik muştusunu Gülçiçek ve Umay ayrı ayrı bildirmişti erlerine. Öktem mi daha fazla sevinmişti, yoksa Begrek mi, ayırt edilemiyordu. 'Baba' ve 'ata' olacaklardı sonunda. Tabii 'anne, babaanne, hala' ve 'amcalar' da vardı umutla bekleyen...

Begrek rakamlara bölmüştü sanki mazisini. "Birdim, üç oldum sonra altı oldum. Yedincinin sayesinde şimdi de sekiz olacağım" diyordu iştahla. Kırk olana değin acundan uçmamak[42] için dualar eden Begrek, Umay'ı ve Aşena'yı olur olmaz tembihliyor, "torunuma iyi bakın" diyerek gebe gelinin işe güce koşturmasına karşı çıkıyordu. Gülçiçek'i şımartmak aile içi bir yarışa dönüverdiğinden Gürhan, iki üç günde bir teze kesilmiş körpe kuzu etleriyle çadıra geliyor, kendi elleriyle kavurup "ye ki bize aslan doğurasın yenge. Adı Gürhan olacak, erine unutturma" diyordu. Begrek çerçiler eliyle karda kışta buldurttuğu kovan kovan balları kâh petekleriyle yediriyor, kâh ezip suyla karıştırarak şerbetler yaptırıyordu.

Kışlaktaki son günlere girilirken mutat üzere kızcağızın bulantıları da yoğunlaşmıştı. Öktem yazdan kuruttuğu zencefilleri ahşap havanlarda döve döve toz haline getiriyor, bizzat sağdığı

---

onun da baba/ dedesini kapsar. Ancak günümüzde kelime daha çok geniş anlamıyla kullanılmaktadır. Saygı duyulan ve köken atfedilen büyükleri belirtir...

42 Şamanist inanışa göre iyi ruhlar ölümden sonra yeryüzünden göklere uçar, kötülerse yeraltındaki bir noktada toplanırdı...

keçi sütleriyle birlikte içiriyordu eşine. Bu sonuç vermeyince karışıma gülyağı da ilave etmiş, nihayet dindirmişti bulantıları.[43]

El bebek gül bebek bir halde müstakbel torun için hazırlanan Gülçiçek, ikizlerin doğumunun üzerinden yirmi beş bahar geçtiğinde hamileliğin son günlerine Aladağ'da ulaşmıştı. Ebe kadınlar ellerinde sıcak su dolu kovalar ve tertemiz bezlerle çadıra doluşurken az ötedeki Öktem ve Begrek'in zihninde kırk tilki dolaşıyordu ayrı ayrı.

Öktem dokuz aylık yoldan beklediği misafirin coşkunluğundaydı. Balası doğup günlerce ağlayacak, bir ara tıpış tıpış yürüyecek, kırık dökük konuşacak, minicik elleriyle babasının saçını okşayacak, gün gelecek belki kendi yerine geçip otacılığı devam ettirecekti. Ne olursa olsun, ailesine ve diğer insanlara hayırlı olsun temennisindeydi.

"Erkek olursa annesi gibi bir eşe düşsün, kız olursa annesine benzesin" diyordu içten içe. Bu teşbihlerden kendisini ırak tutmasının sebebini fark edememişti o an. Ancak tam da bu nokta vardı Begrek'in zihninde. İlk eşi, ikizlerini doğurduktan sonra can vermiş, balalarına dair hiçbir güzelliğe şahit olamamıştı. Aynının gelini ve torununun da başına gelmesinden korkuyordu. Umay'ın ögeyliğini takdir etmeyi ihmal etmeden "evladın kaderi babaya benzemesin" diyerek sanemlerle pazarlıklara girişiyordu kendince.

"Aynısını onlara da göstermeyin" sızlanmasını gökleri ve acunu dolduran ruhlara duyurabilmek için ısrarla yineliyordu bunu.

Öktem'in de kendisi gibi endişeli olduğunu fark ettiğinde birlikte yürümeyi teklif etti oğluna. Aylanarak onun rahatlaması temennisindeydi. Belli belirsiz alakalarla kâh Kırat'ın uysallığın-

43 Bu ve bundan sonra gelecek olan bitki karışımlarına dair tasvir ve formüllerin denenmesi alerji gibi sebepler nedeniyle uzman kontrolü gerektirmektedir. Okuyucuların kendi başlarına bunları kullanması tehlikeli olabilir... (Uyarı notu)

dan, kâh Gürhan'ı da sözlediklerinden bahsediyor, sözü ısrarla doğumdan uzaklaştırmayı deniyordu. Oysa nafileydi çabası. Öktem de farkındaydı her şeyin ve "acaba" diyen karamsarlıklara yuvarlanmaktansa umuda bağlanmaktan yanaydı. Mukayeseyi bir nesil önceye taşıyarak "dedem torunu olduğunda ne hissetmişti?" dedi Begrek'e. Bu bahis esnasındaki üç beş adımlık volta evladı değil, babayı teselli etmeye yaramıştı. Begrek kendilerinden öncekilerin hallerinden, güzelliklerinden örneklerle "sen de toruna tohuma karışasın oğlum" diyerek sarıldığında beriden Gürhan'ın naraları geliyordu.

"Gözümüz aydın olsun abi!"

Haberi alır almaz gözleri doluvermişti Öktem'in. Daha evvel hiç olmadığınca şükrediyordu duyduklarına. "Şükürler olsun" diyordu, yeni bir doğumla bir kez daha yaratana...

Şükürler olsundu anneyi sancılarından kurtarana. Balaya ağlayacak nefesler nasip edene. Bu muştuyu paylaşacak aile ve eş dost verene binlerce kez yineleyerek "şükürler olsun" diyordu Öktem.

Şaşkınlığını üzerinden attığında çadıra koşturuyordu artık. Kendisindekine benzer sevinçler kuşanarak göz aydınlayanlarla oyalanmadan Gülçiçek'in yanına çöktü hemen. Eşinin yorgun yüzünü izlerken bir an boynundan süzülen damlacıkları sildi önce, sanki acilen yapması gereken buymuşçasına. Sonra yastığını düzeltmeyi denedi. Bir parça kabartıp bırakıverdi yeniden. Oysa henüz "nasılsın?" bile diyememişti ona. Hayatı boyunca ilk kez bu denli ne edeceğini bilemez bir haldeydi. Ellerini kendisininkilerin arasına koymak için hamle ettiğinde buz kesmiş parmaklarına değer değmez, üzerindeki hoyratlığın adını koydu nihayet.

Kendisini suçlu hissediyordu, Gülçiçek'e karşı...

O, böylesine bir acıyla dünyaya yeni bir can getirmeye çalışırken, kemikleri çatırdayarak semaya ahlar salarken kendi teni uyuşmuştu sadece. Eşi gibi zangır zangır sarsılacağı yerde kaygının ve beklemenin sıkıntısını çekmişti yalnızca. Bu yüzden tutkundu dili. Bundan sebep elini bile oynatamıyordu şimdi. Bu esnada yanına gelen Umay "kızın annesine benzeyecek, yanakları pembe pembe" diyene kadar ne balasını görmüş, ne de cinsiyetini merak edip sormuştu. Yine de bezler içerisinde sarılı olan bebeciğe hamle etmezden evvel Gülçiçek'e eğildi yeniden.

İki gözünün arasından öptüğü esnada "sizi çoook seviyorum" diyordu, "kızımız bize, biz de ona hayırlı olalım" temennileriyle...

ↈ

Öktem baba, Begrek'se ata olmuştu ilk kez. Onlar için yaşam sanki değişmeye yüz tutmuşken, yeniden bozkır rutinlerine dönülmesi için birkaç gün yetiverdi yaşama. Gülçiçek'in isteği balasının uysal ve çalışkan olması için her kız evladı gibi eşek postuna yatırılması ve kamları ağırlayarak tören eşliğinde tüm obadaşlara isminin duyurulmasıydı. Ancak Öktem yanaşmamıştı buna. Büyüyen görüş ayrılığı yüzünden neredeyse karı koca arasında tartışma çıkacakken Gülçiçek'in geri adım atmasıyla orta yol bulundu sonunda. Teze bala, ceylan postuna sarılıp törensiz bir ziyafetin ardından babaannesinin adını aldı, onun anısını zinde tutması temennisiyle. Zaten tüm yüreklerin ortak paydasıydı bu.

"Bala Gülce, ninesinin adıyla yaşasın, ancak ömrü ona benzemesin!" idi.

Öktem, kundak postu olarak neden ceylan derisi seçtiğini her sorana başka türlü açıklıyordu. Begrek misk kokmasının, Aşena ceylanın toprak rengindeki bereketin, Umay ürkekliğinin buna sebep olduğunu biliyor, ona göre temenni sıralıyordu. Oysa Öktem "ceylanı seçtim, çünkü kızımın da seninkiler gibi güzel gözlü olmasını isterim" demişti eşine.

Doğumun haftasında ilk kez çadırından çıkmasına izin verilen Gülçiçek, Öktem'i razı etmiş, kızlarının göbekbağını bir gül ağacının dibine gömmüşlerdi. Kızları gül gibi koksun, incitilmesin ama ömrü de gül kadar kısa olmasın niyetiyle...[44]

Kızı için, "bal Gülce, bala Gülce, çiçekten Bala Gülce" diyen Öktem, onu yere göğe sığdıramıyor, eşini de araya katarak "siz çiçeklerden benim için toplanmış ballar, peteklersiniz" diyordu. Begrek'se Bala Gülce'yi kimselerle paylaşamamasına rağmen erkek torun isteğini dışa vurmaktan beri kalmıyor, "adın yaşayacaksa erkek evlat lazım" diye Öktem'i uyarıyordu kendince.

Tek çiçekle bozkıra bahar gelmezdi, nę de olsa...

Bala Gülce mi uğurlu gelmişti obaya, yaz mı bereketli geçiyordu Aladağ'da; hayvanlar güzelce semirip tavlanmış, yavruladıkça sürüler genişlemiş, kürk avcıları her senekinden daha fazla samur ve bozayıyla karşılaşmış, ağıllar, keremler, çadırlar tıka basa dolmuştu o sene. Kış aylarına girilirken hazırlanan mutat beç alayı önceki yıllara nazaran daha gösterişli ve zengindi haliyle. Davar sürüleri, yılkılar ve kürklerle birlikte obanın tüm Aksakalları yola düştüğünde beklentileri vergilerini sunup kurultaya katılmak, kışlağa göçme arifesinde çıkabilecek sorunların çözümüne şahit olmak ve gerisin geriye Aladağ'a dönmekti. En yüklü beçi getirdikleri için Tigin tarafından takdir edileceklerine de inandırmışlardı birbirlerini. Ancak Issık'a bir konak kala, ulaklardan kurultayın iptal olduğunu öğrendiler. Zira Tigin'in kardeşi ölmüştü ve tüm şehir yastaydı.

Heyette yer alan Kam Koray, Aladağ'dan gelip geçen çerçilerden Tigin ailesi hakkında birtakım haberler alırdı yıllardır. İnsanların korku nedeniyle fısıltıyla dile getirdikleri 'lanet' için "demek ki Tigin'in kardeşine kadar uzanmış" diyordu. Bu durumda Issık'ta fazla oyalanmamak gerekirdi. Kam Koray Beç

44 Doğumdan bir hafta sonra göbek bağının sembolik yerlere gömülmesi ve bu esnada dilek tutulması âdeti bugün yöresel olarak devam ettirilegelmektedir...

kafilesindeki obadaşlarına "şehirde çok durmayalım" dediğinde herkes ona hak verdi. Nitekim Issık'a girer girmez vekil tahsildarları bulup beçlerini tastamam teslim ettikten sonra acilen dönmeye niyetlendiler. Koray bu kez de başsağlığı için obadaşlarını ikaz etti. "Hem gelip gittiğimizi de bilsin Tigin" diyerek üç kişilik bir ekip kurulmasına karar verildiğinde Koray fikir sahibi olarak baştan gönüllüydü zaten. Yanına iki adam daha istiyordu. Ancak hiç kimse sinirli olması büyük ihtimal olan Andakan'ın huzuruna çıkmaktan yana değildi. Ne yapacağı, kime kızacağı belli olmazdı.

Koray, Koca İnal'ı ismen çağırdığında yaşlı hikâyeci karşı çıkamadı teklife. Bir anda mühim biri haline gelmeye nasıl itiraz edebilirdi ki? Kalan son kişi için hâlâ gönüllü biri yoktu kafilede. Akranlarından ve daha da yaşlılardan ses seda çıkmayınca Begrek bir adım öne çıkıp "gidelim" dedi Koray'la, İnal'a.

"Gidelim, başsağlığımızı dileyelim Tigin'e!"

Kabul çadırına alınmak için saatlerce bekletilen üç kişilik heyet, umutlarının tükendiği anda gelen ulağın ardına takılarak bir bahçeye alındı. Güneyli esirlerin yeşertip ilgilendiği bu bahçedeki beş dakikalık bekleyiş bile büyülemişti onları. Etraf adlarını bilemedikleri meyve ağaçlarıyla rengârenkti. Önleri sıra uzanan gül tarlası, kan kızıl bir kilimmişçesine toprağa işlenmiş, meltemlerle birlikte gelin misali süzülüyordu karşılarında.

"Hoş geldiniz" sözüyle birlikte irkildiklerinde karşılarında tüm heybetiyle ellili yaşların başındaki Andakan duruyordu. Görür görmez diz kırıp selamladılar saygıyla.[45] Endişelerinin aksine dingin bir hali vardı Tigin'in. Halayıklar acilen tahtı yerleştirirken "bu sene bir tek siz sevindirmişsiniz beni" diyordu.

45 Bozkır töresine göre bu hareket; karşıdakine itaat edildiğini belirten en yüce saygı ifadesidir. Bugün kullandığımız "diz çökmek, diz çöktürmek" gibi deyimlerin kökeninde yine bu ritüel vardır...

Bunun bir takdir olduğu zannıyla heyettekiler yücelmeye başlarken "seneye daha çok sevindirirsiniz" cümlesi ağır bir ültimatommuşçasına boğazlarına dizildi. Üçü de aynı şeyleri düşünüyordu. Bu senenin bereketi seneye de görülecek miydi? Yok ahalinin dediği gibi Öktem'in balası Aladağ'a uğurlu geldiyse eğer seneye de bir torun lazımdı artık.

Kısacık ziyaretinde bile tahtına kurulmuş olan Tigin, ayağa kalkmış ve "yolunuz açık olsun" demişti yekten. Ne sözünün üstüne söz söylenmesine vakit bırakmış ne de ziyaret sebebi olan başsağlığının sunulmasına fırsat vermişti.

Nice umutlarla çıkılan Issık yolundan taziye haberi ve türlü tedirginliklerle dönmekte olan Aksakallar, yol boyu birbirlerine umut aşılamaya çalışmış, "bereket seneye de devam etsin" temennilerini bozkırın saygı duyulan tüm sanemlerine iletmişlerdi birer birer...

Olağan mevsimsel göçün ardından kışlağa geçtiklerinde ikinci hamileliğin muştusu tüm ailenin yüzünü güldürüyordu yine. Sadece kız atası olan Begrek "bu sefer erkek olur" dualarına Kam Koray'ı da ortak ediyor, adaklar adıyor, başta Daşgazıt[46] olmak üzere sanemlere ve göçüp gidenlerin ruhlarına tazim gösteriyordu ayrı ayrı. Umay ve Gülçiçek'in de eşlik ettiği bu alkışlara[47] Aşena ve Öktem'in kayıtsız kalmasınaysa anlam veremiyorlardı. Bir keresinde ayine katılması için ikizlere ısrar etmişler ancak Öktem'in "oğul da bir kız da bir, boşuna yormayın kamların nefesini" demesiyle vazgeçilmişti ayinden. Begrek yaptıklarının yanlış olduğunu, sonunda ruhların öfkesini çekeceklerini söylediğinde tehdidi de umursamamıştı ikizler. 'Çor belası' ve 'Süt-Kısrağın iduk' olmasından beri kamların yaptıklarını an-

46 Daşkazıt'ın kısmetleri dağıtan sanem olduğuna inanılırdı...

47 "Alkış" kelimesi ön-Türkçede "yakarış, dua" manasına gelmektedir... (Hatırlatma Notu)

lamsız buluyorlar, Koca İnal'ın bahsettiği Yaratıcının sanemlerle, kamlarla işi olamayacağını düşünüyorlardı.

İkinci torun haberiyle birlikte Umay'ın gönlünde başka bir heyecan, başka bir fikir daha belirmişti. Göçten sonra Aladağ'a yeniden ulaştıklarında dünürlerini ikna edip Gürhan'ın düğününü de yapabilirlerdi. Hatta doğum ve düğün toyları bir arada olabilirse en güzeli olacaktı.

Tüm aile bu fikir üzerinde uzlaştığında dileklerini açmak için kızın obasını ziyaret etmeye karar verdiler. Ama Aybars'ın hiçbir şeye karışmayan, isteksiz, heyecansız hali hoşlarına gitmiyordu. Begrek bir akşam "kardaşın niye böyle oldu?" diye Öktem'e dert yanmış, oğluna ilk kez bir acizliğini açık etmişti. Evvel baba-oğul olan, evlilik arifesinde iki erkek konumuna gelen Begrek ve Öktem, Aybars konusunda iki babaydı artık.

Öktem "ben onunla ilgilenirim, sen üzülme" diyerek babasını teselli ettikten sonra yanına Gürhan'ı da alarak Aybars'ı bir köşeye çekmiş, bir iki tartıp derdi, sıkıntısı olup olmadığını sormuştu ve söz her nasılsa göç yoluna bağlanmıştı sonunda.

Kışlaktan yaylağa dönüş her sene tekrar edilen bir adetti. "Tıpkı büyüyüp evlenmek gibi" diyerek bunun da bir adet olduğunu hatırlattı Öktem. Bu esnada Aybars sessizce onları dinliyor, "haklısınız, tabii ki" gibi kısa cevaplar veriyordu abilerine. Öktem bunun cesaretiyle "gözünü dört aç kardaş. Gürhan'ın toyuna gelenlerden biriyle de sana söz keser, seneye de seni evlendiririz" dediğinde hiddetlenmişti Aybars. Hiçbir söz etmeksizin atını şahlandırdı aniden. Arayı açarak uzaklaşırken aynı hışımla yeniden dönüverdi abilerine. Sessiz meydan okumaların ardından yüzündeki muğlâk öfkeyi belirginleştirdi ve cevabından emin olduğu soruya geçti. Maksadının öğrenmek değil, sorgulamak olduğunu da belli ederek...

"Size benzememi mi istiyorsunuz?"

Ne demekti ki bu? Aybars'ın derdini anlayamamıştı Öktem.

Gürhan az sonra bir cıngar çıkacağından çekinerek etraflarındaki üç beş obadaşını takip etti gözlerinin ucuyla. Aybars'ın deli dolu konuşacağı açıktı. Belki yine ortalıktan kaybolacaktı birkaç zaman. Anne ve babasının üzülmesini istemediğini belli ederek sakinleşmesini söyledi kardeşine.

Öktem araya girerken az evvelkine nazaran daha sakin bir sesle "nolmuş bize?" dedi. "Neden bize benzemek istemiyorsun?"

Aybars nesillerdir süregelenlere mi isyan ediyordu, yoksa kişi-evladının kaderine mi? Boğazını gere gere konuştu.

"Doğdum, gün vurdu yaylağa çıktım. Kar yağdı, kışlağa indim. Bir gün evleneceğim, baba da olacağım. Peki ya sonra?"

Öktem'in sessizleştiğini fark eden Gürhan başladı söze: "Herkes gibi bir gün sen de öleceksin Aybars, sonrası bu" diyordu. Oysa Aybars bu cevapla tatmin olmak yerine daha bir sinirlenmişti şimdi.

"Hepsi bu mu, diyorsun?"

Gürhan kardeşini ikna edebilecek bir şeyler bulmaya çalışırken havanda su dövüyordu ama bunun farkında bile değildi. Söyledikleri ne Aybars'ı sakinleştiriyor, ne de Öktem'e ulaşabiliyordu. Üç kardaşın en büyüğü, Aybars'ın az önceki sorusu karşısında içine kapanıvermişti ansızın. Zihnindeki sesi takip ediyordu umarsızca.

"Doğdum, evlendim, baba da oldum ve öleceğim!"

Ses beyninin içinde yankılanıyor, peşi sıra yedekte bekleyen sorular ve sorunlar yaratıyordu, kendince bereketli bir mecrada.

"Sonra ne olacak? Neden doğdum, niye öleceğim?"

Öktem kendine geldiğinde Aybars, atını mahmuzlayıp göç kafilesindekilerin önleri sıra uzaklaşıyordu dörtnala. Gürhan, küçük kardeşleri için, "bu deli oğlan başımızı daha çok ağrıtır abi" diyordu. Öktem'in de bunu onaylamasını istemiş olmalıydı ki, yüzüne baktı bir şeyler söylemesi için. Hâlâ zihnindekilerle boğuşmakta olan Öktem, Gürhan'ın bir cevap beklediğini hissettiğinde kendi halini Aybars'a yükledi nedense.

"Kafası karışık biraz" diyordu, "belki söyleyemediği bir derdi vardır, üstüne gitmeyelim."

Çocuk beklediği esnada Öktem'i ikinci bir sorunla muhatap etmek istemeyen Gürhan "sen bu işi bana bırak abi. Altından girer, üstünden çıkar, onun hakkından gelirim, hele bir Aladağ'a varalım" diyerek kendince noktayı koymuştu bu meseleye.

Aladağ'a dönüldüğünde tüm oba rutin yerlerinde kendi çadırlarını kurmuş, hayat bir önceki bahardan kaldığı şekilde yeniden yaşanır olmuştu. Sürüler yeşeren meralarda otluyor, kürk avcıları ormanda samur ve bozayı kovalıyor, kadınlar dere kenarıyla çadırlar arasında mekik dokuyordu, evvelki yaylak günlerine herhangi bir halel getirmeden.

Oysa Aybars ne Gürhan'ın ikazlarıyla kendisine çekidüzen vermiş, ne de çadırların kurulmasında yahut herhangi başka bir iş için ailesine yardım etmişti. Kartallarıyla birlikte kaybolduğu ormandan gün aşırı dönmeye de başlayınca bir an parlayan Öktem "sen nasıl bir insansın, azıcık şu işlerin ucundan tutsan" diyerek tartışmayı alevlendirmiş ve o münakaşadan sonra gittiği ormandan dönmemişti Aybars.

Begrek ve Umay başlarda olayın üzerine düşmeyip "üç beş güne kalmaz döner" diye avunmuştu ama süre uzadıkça tedirginlikleri de artıyordu. Öktem bitki toplamak, kaynatmak ve kurutmak dâhil tüm işlerini bir kenara koyup delimsek kardeşini bulabileceği her yere bakıyor lakin ona dair herhangi bir ize ulaşamıyordu. Neredeydi kardeşi ve ne zaman dönecekti aralarına, meçhuldü her şey. Aybars eğer vicdan azabı çektirmek için yapıyorsa bunu başarmıştı sonunda. Öktem yaşananlardan dolayı hem kendisini suçluyor, hem de hiç hazzetmediği belirsizliğin yeniden ve başka bir şekilde devam etmesiyle asabileşiyordu günden güne.

Aşena'ysa yaylağa yerleşme işleri biter bitmez altı aydır hayalini kurduğu şekilde annesinin yanındaydı. Onsuz geçen yirmi altıncı kış da bitmiş, yirmi yedinci bahar onları yeniden tepebaşında buluşturuvermişti. Kış boyunca yağmurlar, kar ve rüzgâr mezara zarar verdiği için önce sağı solu onarmıştı. Sonra gölge yapsın kabilinden çevreye diktiği elma ağaçlarının çarçabuk boy vermesi için gün aşırı ağaçların dibini havalandırır olmuştu.

Yaylaktaki birinci ayın sonunda hâlâ Aybars'tan herhangi bir haber alınamamışken Gülçiçek'in durumu da Öktem'in sırtında yeni bir mihnet olmaya başlıyordu. İlk hamileliğindekine nazaran mide bulantıları ve kusmaları daha yoğun olan eşine ne zencefiller, ne de gül yağları kâr etmişti bu kez. Dereotu ve aslanpençesi[48] kullanarak bazı yeni karışımlar denemiş ama sonuç değişmemişti. Kadıncağız her gün yediklerini çıkarıyor, çıkardıkça da bitap düşüyordu. Aşena veya Umay'ın yardımları olmasa karnını doyurmak veya altını temizlemek gibi Bala Gülce'nin sıradan bakımlarıyla bile ilgilenemeyecek hale gelmişti.

Eşi için daha önce hiç denemediği otlar bakan Öktem, vaktinin çoğunu yine Aladağ'a ve ormanlara ayırıyordu. Bu esnada hem Aybars'a dair bir iz, hem de eşi için şifa arayan Öktem'i zihnindeki sesler de rahat bırakmıyordu. Uzandığı her bitki sanki dile geliyor "doğdun, evlendin ve öleceksin" haykırışlarıyla hesap soruyordu kendisinden. Artık dirayetinin sarsıldığını hissediyordu. Evvelki yar hasreti belirsizliğinde gönlüne türküler çığıran güller bile şimdi düşman kesilmişti aklına. Koskoca ormanda bir başına geçirdiği saatler boyunca gölgesiyle dahi cebelleşen Öktem, an oluyor kendisini tanıyamaz hale geliyordu.

---

48 Dereotu (*Anethum Geaveolens*) ve Aslanpençesi (*Alcehemilla Vulgaris*); hamileliklerde bulantı ve kusmalara karşı kullanılır. Sinirleri gevşetir. Emzikli kadınların sütlerini artırır...

Kendisini tartabildiği demlerde içindeki tarifsiz gerilimler ve sıkıntılar için öncelikle en küçük kardeşini suçluyordu. Aybars derdini tasasını kendisinde bırakıp ortalıktan kaybolmuştu ya sanki üzerine üzerine gelen dünyaya karşı toptan bir savaş açma arefesindeydi. Kardeşinin kaçıp gitmesine sebep olmak pişmanlığı, ne zaman döneceğinin veya dönüp dönmeyeceğinin belirsizliği ve tüm bunların üzerine tuz biber olan iflah olmaz hamilelik sorunları karşısında beli bükülüyor ve çözemiyordu üzerindeki düğümleri. Üstelik bu kezki doğum esnasında eşinin de annesi gibi can vereceğinden iyiden iyiye korkuyor, babasıyla aynı kaderi yaşayacağını düşünmekten içi daralıyordu.

Yaşama dair tüm korkuları aynı dönemde depreştiğinden anlamlandıramadığı bu rutini 'doğmak-evlenmek-ölmek' sarmalıyla iyice dert sarmıştı canına. Bu tuhaf hal önce eşinin ve ikizinin, ardından tüm ailesinin ve Koca İnal'ın da dikkatini çekiyordu artık. Begrek birkaç kez oğluyla konuşmayı denemiş ama onu eski haline döndürmeyi başaramamıştı.

"Böyle yaparsan uğursuzlukları üzerine çekersin oğlum. Karın çocuk bekliyor, dikkat et kendine" diyen Begrek söyledikleriyle kalmış, bir yerden sonra Öktem'in erkek evlat için sıkıntıya girdiğine hükmetmişti. Araya kendi derdiyle giren Gürhan da vaktiyle abisini dinlediği şekilde bu kez kendi hasretini ona açar olmuştu. Sözlü olması ve toyunu beklemesi Öktem'in birkaç yıl önceki halini kuşanmasına yetermişçesine özlemlerini hep onunlayken dile getiriyordu. Bu esnada iyice içine kapanan Öktem'i Umay da uyardı sonunda. Aybars'ın mutlaka geri döneceğini, Gülçiçek'in ikinci doğumunu da ilki gibi atlatacağını ve Gürhan'ın toyunda hep beraber halaylar çekerken bugünleri hatırlayıp güleceklerini söylemişti.

Yaşadıklarını kendince abarttığına inanan Öktem, yine de sükûn bulamıyordu bir türlü. Yalnızlıktan da kalabalıktan da kaçar olmuştu. Bu durumu Aşena'yla konuştuğunda ikizi ellerinden tutup tepebaşına getirdi onu. Aşağıdaki obayı ve devam eden hayatı izlemek, bu arada yanıbaşlarındaki annelerinin toprağını görmek Öktem'in dinginleşmesini sağlamıştı. Ormanda üzerine üzerine gelen her şeyin burada kendisine ilişemediğini seziyordu. İlk kez o an öz annesinin tavrını merak etti bir konuda. Şu an yaşıyor olsaydı ne derdi kendisine?

Az sonra bu merakından utandı Öktem. Umay söylenebilecekleri, yapılabilecekleri denemişti oysa. Kendisine yüklenecek yeni bir mesele bulmuşçasına, içten içe "analığına nankörlük ediyorsun" deyiverdi. Doğrulup yoldaşına atladı. Saatlerce koşturup Kırat'ın nefesini, rüzgârın sesini dinledi. Obaya döndü.

Ertesi sabah yine Kırat'la amaçsızca dolaşmak istemişken, tepebaşına çıkmaya karar verdi. Artık buna devam edecekti bir zaman. İkizi ve annesiyle birlikteydi gündüzleri. Elma ağaçlarının dibini havalandırıyor, mecburi işlerini bitirir bitirmez yeniden mezarlığa dönüyordu. Üstelik 'doğmak-evlenmek-ölmek' rutini üzerine konuşmaya da başlamışlardı. Zaman zaman yineleyerek "ben mi büyütüyorum yaşadıklarımı?" vehmiyle kendisini yokluyor ama bulamadığı yanıtların ardınca yeniden kapanıyordu iç âlemine.

Kırk gün devam eden bu halin neticesinde bulutsuz, masmavi bir temmuz ikindisinde Aşena'nın buğulanmış ela gözlerinde yine yaşamı tartıyorken muğlâk bir huzur yakaladı Öktem. İçindeki gel-gitleri az da olsa dindirecek mukayeselere girişiyordu nihayet.

Sadece bozkırda değil, üzerine güneş doğan her yerde yaşanan biricik kader değil miydi bu? Yer ve gök bile ayrı ayrı doğup bir araya geldiklerinde kişi-evladına kucak açmış ve bir gün ölmeyi hak etmemişler miydi? Gülçiçek de, Aybars da, kendisi de bir gün ölecekti elbette. Her şeyi var eden şüphesiz ki yok etmekten de aciz olamazdı. Eğer O'nun muradı her şeyi sonlandırmak idiyse...

Peki o 'son' nasıl bir şeydi?

Ataları, kendileri, çocukları, hatta Kırat ne olacaktı o 'son' ile birlikte? Her şeyin tükendiği nokta mıydı bu? Yoksa tüm bilinmezlerin tek tek meçhulden sıyrılıp bilineceği zaman mıydı?

Zihnindeki 'son' kaygısı yerini anlık tesellilere bırakırken annesinin yaşasaydı, şu an kendisinden ne isteyeceğine karar vermişti. İnsan içine karışmalıydı. Dert de orada, derman da oradaydı. Herkes, her şey kendi cinsiyle bir arada olmalıydı.

Bunun ilhamıyla birkaç gündür sabahları erkenden ormandaki işlerine koştursa da öğlene bile kalmadan obaya dönüyor, çadırda ailesiyle birlikte geçirdiği zamanın ardından ikindi sularında meydana geçip hoş-beşlerle eğliyordu kendisini.

O gün de bu yeni rutini takip edip meydana geldiğinde babasını gördü ilkin. Begrek, Koca İnal'ı halkalamış olan insanların arasındaydı. Yine eskilerin hikâyeleri dinleniyordu merakla. Sessizce kalabalığa ilişip bir kenara oturduğunda Koca İnal, "bir varmış, bir yokmuş" diyerek yeni hikâyesine başladı. Bu kez kahramanlar Yafes ve onun avladığı bilge güvercindi. Koca İnal dinleyicilerin isteğini sınarcasına "daha önce anlatmamıştım değil mi?" diye sorunca kalabalık arasından "anlat, anlat, bu ilk olacak" sesleri yükseldi. Yaşlı hikâyeci ayağa kalkarak kâh taklitlerle, kâh elleriyle o anı canlandırıyormuşçasına coşku dolu bir halde devam etti sözlerine. Bazı kelimelerin altını çizmek içinse uzatıp büzüyordu ağzını.

"Güvercin Yafes'in ellerinde... Kuşcağız körük gibi soluyor. Birazdan ateşi görüp kızaracak ya buram buram korkmuuuuş mu korkmuş el kadar canıyla. Öyle bi korkmuş ki gözleri dönüyor fır fır. Yafes'se ateşi harlıyor habire. Kuş iyice kızarsın da iki lokma sıcak et yesin derdinde. Güvercin korkudandır herhalde, dile gelmiş birden: Ey Yafes! Benden önce koca bi keçiyi yedin, üstüne okka okka gül şerbetleri içtin. Onlarla kanmadın da yumruk kadar etimle mi doyacaksın? Kuş haklı ama Yafes de aç hâlâ. Yemeyip de napacağım seni, demiş. Güvercin bunun üzerine 'her kuşun eti yenmez, ben bildiklerinden değilim', demiş ona. İyisi mi üç nasihat vereyim iznin olursa. Beni dinlersen daha çok hayrım dokunur sana."

Koca İnal söze devam etmeden önce boğazını temizleme bahanesiyle durakalmıştı. Zaten "eee sonra nolmuş?" nidaları olmaksızın devam etmezdi hiçbir zaman. Israrlar karşısında erirken "kuşla Yafes anlaştılar" dedi nihayet.

"Yafes ilk nasihatten sonra kuşu salacak, güvercin ikinci nasihati ağacın dallarından seslenecek, üçüncüsündeyse havalanıp uçacak pıııır pır ederek..."

Koca İnal yine peşrev çekmeye başlayıp tek tek kendisine yönelmiş bakışları süzdüğünde Begrek, "de hadi miskin" diye çıkışmıştı. "Acelemiz var, daha meralardan sürüleri getireceğiz."

İnal güya bozuntuya vermeksizin devam edecekti anlatmaya: "Güvercin: 'sakın ha olmadık şeylere inanmayasın Yafes. Bu sana birinci nasihatimdir', deyip tünemiş ağaç dalına. 'İkinci nasihatim da odur ki değiştiremeyeceğin şeyler için pişman olup vahlanma asla. Giden gitti, geleceğe bak her an'. Yafes bükmüş boynunu, 'haklısın Güvercin kardaş', demiş. Kuş anlaştıkları şekilde havalanmış iki ağaç boyunca. 'Üçüncü nasihate geçmeden önce dur sana bir de sır vereyim', demiş sesini kısa kısa. Yafes merak etmiş nerden çıktı bu sır, diye. Güvercin el kadar balalar gibi büzmüş ağzını, 'vah benim bahtsız Yafes'im', demiş. 'Karnımda on tane incim vardı benim. Kesip yeseydin inciler de senin nasibindi'. Yafes aldatıldığını düşünüp sinirlenmiş, köpürdükçe yüzü kızarmış, kızardıkça heybetlenmiş aç kurtlar misali. 'Beni süslü sözlerinle kandırdın be hey uyanık', diye ahlar vahlar etmiş güvercine..."

Bu esnada tüm dinleyiciler merakla ağzının içine bakarken Koca İnal bir an duraklayıp ekşi ayranla ıslattı boğazını.

"Yafes kızmış, köpürmüş ama güvercin artık ellerinde değil ki şöyle teleklerini yolsun tek tek, canını yaksın. Dinginleşmiş mecburen. Güvercin bu kez demiş ki: 'Hani hiç vahlanmayacaktın, pişman olmayacaktın Yafes! Nedir bu halin böyle? Hem nasıl inanırsın üç parmak kuşta on inci olduğuna?' Yafes utanmış. Utanır tabii, güvercin yerden göğe haklı. Yarım avuç canıyla onca inciyi neresine sığdırsın kuşcağız? 'Üçüncü nasihatini de söyle bari. Sen bilge bir kuşsun anladım seni, belki ben de akıllanırım sayende' demiş. Kuş: 'benden bu kadar, kusura bakma Yafes kardaş' demiş. 'İlk iki nasihatimi tutmadın ki, sonuncusunu da söyleyeyim sana.' Lafını bitirince kanatlanıp gözden kaybolmuş. Uçmuuuş, gitmiş Fizan'a"[49]

Koca İnal hikâyeyi ucu açık bağlarken hâlâ son nasihati duymayı bekleyenlere "bana bir şey sormayın" diyordu tek tek, "ne Yafes bilir bu hikâyenin sonunu, ne de size anlatan!"

Kendisiyle kalmak isteyenler içinse "acelesi olanlar işine varsın, işi olmayanlar bana kalsın" demeyi de ihmal etmemişti. Oysa güneş batmadan sürüler ağıllara getirilmeliydi. İş güç vakti olduğundan kalabalık dağılıyordu gayrı.

Bilge güvercinin ikinci nasihati bir yanıyla aklına yatmıştı Öktem'in. Değiştiremeyeceği şeyler için ah vah edemezdi daha fazla. Aybars, Umay'ın da dediği gibi eninde sonunda ormanlardan bıkıp dönecekti obaya. İçten içe"ağzına sağlık İnal usta" diyerek çadırının yolunu tuttu yeniden.

İçeriye girdiğinde Gülçiçek döşeğe uzanmış, bitkin vücudunu dinlendirmeye çalışıyordu. Öktem, yanıbaşına oturduğunda eşinin hâlâ uçları boncuklarla süslü olan belik belik saçlarında gezdirdi ellerini. Yedi yıl önce Issık Göl'ün kenarındaki kıza nispetle can taşıyan Gülçiçek daha güzeldi ve ilk gördüğüne nazaran daha da sevimliydi kendisine. Üstelik göçüp gidenin yerine yeni bir 'Gülce' getirmişti yeryüzüne.

Elleri, sevgi ve erkeksi bir şefkatle eşinin saçlarını tararken bir an yüzünü yaklaştırıp alnından öpüverdi Gülçiçek'i. O da maziden devşirdiği hisleri anın huzuruna karmak istemiş olma-

49 "Fizan"; efsanelerden kalma bir yer adıdır. Çok uzakta, belki de Turan'ın öte ucunda olan bir yerleri anlatır...

lıydı ki yakaladığı iki eli dudaklarına götürüp "iyi ki beni seçmişsin" dedi erine.

"İyi ki evlenmişiz. Ben sensizken ben olamazdım asla."

Doğuma dair korkularını hortlatan "sensiz" kelimesine inat, ilk tanıştıklarında veremediği sözü vaad ediyordu Öktem.

"Seni üzmem, üzemem Gülçiçek'im. Canımsın sen benim!"

Bunu başarmanın kolay olmadığını her zamanki kadar iyi biliyordu Öktem. Aşkın emek istediğini de unutmamıştı. Bu iş, bilge de olsalar güvercinlerin verecekleri nasihatlerden değildi. Sonucunun ne olacağına bakılmaksızın uğraş verilmeliydi sevgiye, sevgiliye. Yinelenen bir umutla ayağa kalkıverdi birden.

"Nasıl edeceğiz senin şu kusmalarını?"

Kızcağız bulantıların devam etmesine razıydı artık. Zaten ebe kadınlar da "birkaç haftaya kalmaz kendiliğinden geçer gider" demişti. Ama şu teze peyda olmuş kemik ağrıları yok muydu, bedenini gerip gerip gevşeten; bugün iyice azıtmıştı.

İçinde şımartılmayı seven, tatlı muziplikler barındıran bir sesle "elim kolum tutsun ki balamla kendim ilgileneyim" dedi Gülçiçek. Yanaklarındaki mahzun tebessümü de belirginleştirerek...

Öktem yeni karışımlar yapabileceğini düşünüyordu o esnada. Bulantılara faydası olmasa bile Gülçiçek'in kendisini zinde hissetmesine yardımcı olabilirdi. Bir koşu keremlere varıp bademyağı[50] getirdi. Tatlanması için de bir parça balla karıp sulandırdı iyice.

"Yanında biraz taze çörekotu[51] alırsan kemiklerine fer gelecek, içince rahatlayacaksın" diyerek kazanın altını yaktı hemen. Oysa bir kenarda kurumakta olan bitkilerini karıştırırken yüzündeki sevinç sönmeye başladı usul usul. Çörekotu kalmamıştı.

---

50 Bademyağının (*Prunus Dulcis*) tadı acıdır ve kalsiyum eksikliğine bağlı kemik ağrılarına iyi gelir, hamileleri güçlendirir...

51 Çörekotu (*Nugella Satina*) hücrelerin yenilenmesini ve varsa yaraların iyileşmesini hızlandırır...

Birkaç gün önce düşüp dizlerini parçalamış olan bir çocuk için son yaprakları kullandığını hatırladığında kararını verdi Öktem. Ormana dönecekti hemen.

Gülçiçek "akşam olacak birazdan" diyerek işi sabaha bırakmasını istese de, Öktem kararlıydı. Karanlık çökmeden döneceğini söyledi. O esnada kucağında yeğeniyle Aşena gelmişti yanlarına. Hamilelik nedeniyle sütten kesilmeye alışamadığı için ağlıyor, ille de meme istiyordu bala ama bulamaç ve muhallebilere devam etmek zorundaydılar.[52] Aşena, "keçi sütü kaldı mı çadırda?" diye sorarken, Öktem "size kolay gelsin, çabuk dönerim" diyerek zıpkın gibi çıktı çadırdan.

Kırat'ın sırtında ormana dalan Öktem, meralardan dönmekte olan sürüleri görmüş, en fazla bir saatlik vakti kaldığını anlamıştı. Gece karanlığı çökmeden otlarını seçip dermek zorundaydı.

O esnada Gürhan ve Bazgan şaşkınlıktan kendi ağılını bulamayan, diğer sürülerle karışabilecek hayvanları takip ediyor, Begrek'se ağılın ağzında içeri girenleri sayıyordu. Kırk beş at, yüz küsur sığır ve düzinelerce keçiden mürekkep sürü tastamam ağıllara alındığında çobanlar için günün zoru bitmişti gayrı. Günlük rutinin emrettiği şekilde, sırada oba meydanında diğer insanlarla üç beş kelam etmek, eşe dosta hal hatır sormak, nazlanmazsa Koca İnal'dan bir hikâye daha dinlemek ve güneş batar batmaz çadırlara çekilip sofralara oturmak vardı.

Ancak ufukta görülen süvariler rutinin bozulacağını gösteriyordu. Dikkatle bakıldığında gelenlerin iki düzine asker olduğu anlaşıldı. Önlerinde elli yaşlarındaki vekil Tahsildar ve daha önce hiç görmedikleri bir subay vardı.

---

52 Şamanist dönem eski Türklerinde 'sütannelik' benimsenmiş bir adet değildi. Bebeği ya doğuran anne emzirir, ya da bu tür durumlarda olduğu gibi doğrudan muhallebilere, hayvan sütlerine geçilirdi…

Aksakallar gelenleri karşılamak için obanın girişindeki ağıllar bölgesinde toplanmaya başladığında Koca İnal geçen yazki konuşmaları hatırlatmış ve kontrol edileceklerini, sürülerinin sayılacağını söylemişti. Begrek, "eğer öyleyse bile erken geldiler" dedi akranlarına. Beç alaylarının yola çıkarılmasına daha aylar vardı. Temmuz ortasında sürü mü sayılırdı? Koray da destek verdi ona ama gelenler de pekâlâ biliyor olmalıydı bunu. Bozkır rutinine uymayan bu ziyaret karşısında meraklanıp işkillenmişlerdi. Hatta Aksakallardan biri "ne sayacaklarsa sayarlar sonra da defolup giderler" diye öfkelenmişti. Ama gelenler Tigin'in adamlarıydı sonuçta. Onun adına gelenleri de azami saygıyla karşılayıp ağırlamak zorundaydılar. Sorun çıkarmak kendileri için akıllıca bir iş olmazdı.

Süvariler ağıllar bölgesine geldiğinde Subay'ın ardınca Tahsildar da iniverdi atından. Askerler adet üzere temkinli bir şekilde emir bekliyordu atlarının üzerinde. "Hoş sefa geldiniz, nasılsınız" muhabbetlerinden sonra Subay, başıyla adamlarına işaret edince askerler ağıllardaki hayvanları saymaya başlamıştı.

Oysa Kam Koray, "önce yemek yiyelim" diyerek, gelenleri konuk çadırına davet etmek arzusundaydı. Subay kesin bir cevapla, "acelemiz var, önce işimizi bitireceğiz" dedikten sonra bizzat ağıllara yöneldi. Sığır ve keçilerin üçte birini ayırmış olan askerlerine "şu, şu da" diyerek özellikle cins atları işaret ediyordu.

O an anlaşılmıştı ki gelenlerin niyeti sayım yapıp gitmek değildi. Onlar bizzat tahsilât için gelmişti. Ama neden böyle oluyordu ki bu sene? Herkes şaşkın şaşkın Tahsildar'a bakarken o, birlikte geldikleri subaydan adıyla bahsederek "Temir işi bitirip Issık'a dönmekten yana, uğrayacak daha çok oba var" dedi. Koca İnal erken ve doğrudan girişilen tahsilâttan savaş kokusu almış, sezgilerini teyit ettirmeye çalışıyordu. Ancak Tahsildar dut yemiş bülbülcesine suskunluğunu bozmadı.

Subay ağıllardaki cins atları seçerken Begrek, Öktem'i bulması için Gürhan'ı tembihleyip usulca yola çıkartmıştı bile.

Bu kez Süt-Kısrak'ın iduk olmasına benzemiyordu iş. Tigin'in adamları el koymadan Kırat saklanmalıydı bir an evvel. Yoksa Gülce'den emanet yoldaşın elden gideceği aşikârdı. Gürhan koştura koştura abisinin çadırına yaklaştığında içeriden kucağında Bala Gülce ile çıkan Aşena'yla karşılaştı. Kısık sesle dillendirilen sorunun cevabını aldığında rahatlayan Gürhan "gittikleri iyi olmuş" dedi.

"Babama da haber vereyim Kırat için boşuna endişe etmesin."

Aşena da Gürhan'ın hislerine ortaktı. Ancak az sonra sevinmekte acele ettiğini anladı. Ya askerler gitmeden Öktem obaya dönerse, ne olacaktı o zaman? Nitekim ikizi "çabuk dönerim" demişti kendisine. Daha obaya girmeden yakalayıp uyarmalıydı onu. Koştura koştura obanın ormana açılan ağzına gidiyordu şimdi.

Temir bir yandan sayım ve seçim işlerine refakat ederken, bir yandan da Aksakalları izliyordu. Yüzlerindeki tedirginliği ve hoşnutsuzluğu tiksindirici bulmuştu. Kendisi gibi kelle koltukta yaşamadan yiyip içen ve aileleriyle bir arada olanlar buna rağmen kazançlarını paylaşmaktan nasıl çekinirdi, anlam veremiyordu. Az sonra ağılların ormana yakın tarafına baktığındaysa kalp atışlarının hızlandığını fark edecekti. Henüz adını bilemediği, ilk bakışta kendisinden birkaç yaş küçük olduğu anlaşılan uzunca boylu bu kızın bir yanında uçsuz bucaksız bozkır, diğerinde yemyeşil orman ve hemen berisinde yarısı dağlara saklanmış halde rengi gittikçe kızaran güneş vardı. Ve hepsini birden kıskandıracak denli güzel olan için "acep kimin kızı?" dedi içinden.

Aşena kendisine bakan gözlerden habersiz, ormandan dönecek atlıyı bekliyorken az sonra bir süvari fark etti doludizgin gelen. Güneşin son ışıkları doğrudan gözbebeklerine vurduğundan kim olduğunu anlayamamıştı henüz.

Aslında gelen kardeşiydi ama beklediği o değildi. Omuzları ve atının terkisi avcı kartallarla dolu olan Aybars'tı gelen. Yavaşlamadan Aşena'nın önünden geçip gitmiş, askerlere odaklanmıştı doğrudan. Begrek en küçük oğlunu gördüğü an haftalar sonra ona kavuşacak olmanın sevincini yaşayacağına, "eyvahlar" çekti derinden.

"Tam da zamanını buldun obaya dönecek!"

Aybars, Aksakal ve askerlerin önünde durduğunda yırtıcı kuşlar atının etrafında uçuşuyordu. Babasına sokulurken duyan olur mu endişesi taşımaksızın gür bir sesle, "ne işleri var burada?" demişti. Vergi için beklenilmeyeceğini, tahsilâtın şimdi yapılacağını öğrendiğindeyse, "erken gelmişler" dedi,"ne gebe atlar doğurdu daha, ne de koyunlar kuzuladı. Kör mü bu adamlar?"

Begrek izahlarla vakit kaybetmek yerine derhal çadırına gitmesini söylüyordu ki arkalarından feryatlar yükselmeye başladı. Bir asker, kafasını gagalayan kartalların altında debelenip duruyor ama kimsecikler yardım edemiyordu ona. Temir askerinin yanına koştururken "kuşlarını çağır, ne duruyorsun öyle bön bön" diye seslendi Aybars'a. Begrek'in korktuğu başına gelmek üzereydi. Aybars emredilenin aksine önce Temir'e, ardından kuşlarına bakıverdi. Sessizliğinde "becerebilirsen sen çağır onları" diyen inatçı bir meydan okuma gizliydi, kendisine yaraşır bir şekilde. Begrek'in araya girip bizzat kartallarını çağırmasını söylemesi de nafileydi. Aybars yine hiçbir şey yapmadan "iki kuşla bile baş edemiyorlar. Ne diye korkuyorsunuz şu adamlardan?" dediği esnada Temir başlarına dikildi nihayet.

Begrek'e "oğlunu al ve var git buradan babalık" diyordu.

Aybars için bardağı taşıran son damlaydı bu. Ayağa kalkıp herkesin şaşkın bakışları arasında Temir'e bir yumruk indirdiğinde karşılığını alması gecikmedi. Ortalık karıştığında askerler kılıçlarına sarılmış, ötede Öktem'i beklemekte olan Aşena bile ağıllara yetişmişti panikle.

Temir, askerlerine dönüp “sokun kılıçlarınızı kınına” derken, Gürhan gelmiş ve herkesin içinde Aybars’a bir tokat atıp uzaklaştırabilmek için onu çekiştirmeye başlamıştı. Aybars “sen karışma bu işe abi” diyordu halen. Mıh gibi sabitlenmişti olduğu yerde. Ne bir adım geri atıyor, ne de ilerliyordu. Begrek yalvaran gözlerle “seni anlıyorum oğlum, sen de beni anla nolur, sonu kötü olacak bu işin, git burdan” dediğinde, kerhen de olsa gidiyordu nihayet. İşi sağlama almak için Gürhan ve Bazgan da koluna girip refakat ediyordu ona.

Aşena, Begrek’in yanına gelmiş ve teselli edici bir şeyler söylüyorken, Temir merak ettiği güzelin kimin bacısı, kimin kızı olduğunu sert bir yumruk yeme bahasına öğrenmişti artık. Burnundan süzülen kanları önemsemiyordu bile.

Anlık bir boşluk gözleyen Koray, fırsatı yakalayınca hemen Tahsildar’a yanaşıp “şu an yorgunsunuz, bu gece konuğumuz olun, yarın da seçtiklerinizle birlikte Tiginimizin yanına dönersiniz” deyiverdi. Tahsildar, subayın bu teklife razı olmayacağını düşünüyordu ama yanıldığını anladı. Temir “sabah olsun hayrolsun” demişti bu kez. İşlerin yeniden yoluna girdiğini düşünerek en çok Begrek sevindi bu duruma. “Sizi ağırlamak bana düşer gayrı” derken meydana kadar Temir ve Tahsildar’a eşlik edecek, kanayan burnun temizlenmesi için de bizzat su ve temiz çaput getirecekti.

Aybars yol boyu Gürhan ve Bazgan’ı da itham ederek “siz ne korkak insanlarsınız” diye iki ucu keskin laflar etmiş, onları mıymıntılıkla suçlamıştı. “Sürülere yaz kış emek veren sizsiniz, adamlar gelip daha doğmamış taylara bile ortak çıkıyor. Biri kartallarıma dokunsa onu pişman etmeden bırakmam asla” dediğinde, üstüne gidilemeyeceği belliydi. Gürhan ve Bazgan “haklısın ama” ile başlayan teskin edici cümleler kurmayı denedikçe, işe yaramadığını da görüyorlardı. Çadırın önüne geldiklerindeyse Aybars’ın öfkesi nispeten azalmıştı artık.

Onların artları sıra Aşena da çadıra dönüyordu aceleyle. "Akşama konuk var, babam hazırlık istedi" diyecekti analığına. Yaklaştığında elindeki bıçağıyla sert ve seri hamlelerle bir sopayı kertmekte olan Aybars'ı gördü. Berisindeki avcı kuşlar pençeleriyle tuttukları parça etleri gagalıyordu iştahla. Bazgan ve Gürhan gerginlikten daha fazla nasiplenmemek için suskun bir şekilde Aybars'ı izliyorsa konuşmaması konuşmaktan yeğdi Aşena için. Hızlıca önleri sıra geçecekken başını sopasından kaldıran Aybars seslendi.

"Noldu abla, gittiler mi?"

Aşena ne cevap vereceğini bilemiyordu ama soru yinelenince zaten öğrenecek kaygısıyla "bu gece buradalar, konuk edilecekler" deyip çadıra giriverdi hemen. Aybars duyduklarıyla daha da sinirlenmişti şimdi. Diğerlerine dönüp "bir de bu adamları ağırlıyorsunuz ya" diyerek hışımla elindeki sopayı ve bıçağı atıp ayağa kalktı, şahinleri de peşi sıra havalanmıştı. Hep beraber uzaklaşıyorlardı oradan.

Kardeşini takip etmemesi için Bazgan'ın elini tutan Gürhan "bırak deliyi" dedi, "gezer, dolanır, sonunda döner buraya." Ancak içten içe Aybars'a hak vermiyor da değildi. Bazgan'a "benim toy bu sene yatar kardaş" diyecekken annesinin kendisine seslendiğini duydu. Umay konuk çadırını temizlemesini istiyordu kendisinden. "Bu işler bana mı kaldı?" diye itiraz ettiğinde saydırmaya başladı Umay.

"Gebe geline mi yetişeyim oğlum, kundaktaki balaya mı? Ablanın da iki eli bir pabuçta zaten. Hadi oğlum, hadi. Acele et!"

Aşena bir yandan pastırma, yoğurt ve kavurma çıkartıyor, bir yandan da Bala Gülce'yi susturmaya çalışıyordu o an. Gürültülere çıkan Gülçiçek, "Öktem döndü mü Aşena?" dediğindeyse kızcağız artık ne yapacağını şaşırmış bir haldeydi.

Öktem aradığı çörek otları için önce çıplak yamaçlara bakmış ama güneşte kurumuş olan bu bitkileri beğenmeyerek gölgelik yerlere, ormanın kuytularına dalmıştı. Yeter miktar topladığında oyalanmadan obaya dönüyordu şimdi. Güneş battığı için ayın şavkından başka fener, ateşböceklerinden gayrı parıltı yoktu civarda. Yanına çakmak taşı almadığı için meşalesini de yakamıyordu. Dikkat etmezse yolunu kaybetmesi an meselesiydi. Nispeten yavaş ve temkinle ilerlerken Aybars'ı düşündü yeniden. Şu kör ormanda haftalarca gecelemek, titreyen yaprakları ve rüzgârın korku saçan fısıltılarını ay ışığı altında dinlemek nasıl bir tutkuydu, anlayamıyordu onu. Tek bildiği bir an önce obaya dönmesi gerektiğiydi. Aybars'tan sonra bir de kendisi için tedirgin edemezdi ailesini.

Düşüncelerini dağıtan Kırat'ın aniden huysuzlanması oldu. Yılların sakin yoldaşı kulaklarını dikivermiş bir halde belli belirsiz sallıyordu başını. Hamle edip atını güç bela dizginleyebilmişti ki, takip edildiğini sezinleyiverdi. Etrafına bakınıyordu pür nefes. Az sonra çalıların arasından gelen bir hışırtı işitti. Sesin geldiği tarafa döndüğünde derinden gelen birkaç hırıltının ardından bir yaban domuzu peyda oldu. Uçları bıçak misali keskin iri dişleriyle koştura koştura kendisine doğru geliyordu hayvan.

Kırat'ın terkisinden yayını alıp —ucunda cilalanarak sivrileştirilmiş kemik olan—okunu kirişe yerleştirdi hemen. Yayı kulaklarına değin gerip nefesini tuttuğunda aralarında on on beş adımlık mesafe kalmıştı artık. İkinci atışı deneme şansı yoktu. Bunu bilerek bekledi bekledi ve önce kirişi bıraktı, ardından nefesini...

Boynundan vurmuştu yaban domuzunu. Birkaç adım daha atıp Kırat'ın önüne serildiğinde hayvancağızın göğüsleri körük gibi inip inip yükseliyordu ama başını kaldırmaktan bile acizdi. Öktem, atından inerken bıçağını da çekti. Uzunca süre can çekişmemesi için seri bir hamleyle yaralı hayvanın başını kesip kanını akıttı toprağa.

Yeniden atına binecekken başka bir hışırtı duyup okunu yayını hazır ettiğinde hedefin ortaya çıkmasını bekliyordu yine.

Muğlâk bir tehlikeye karşı tedirgin edici bekleyişler esnasında hışırtılar artıyor ama ortalıkta bir şeycikler görünmüyordu. Artık yayını indireceği esnada nereden çıktığı belli olmayan bir ceylan, ne zahmetlerle toplanmış olan otları kapıverdi. Anlık şaşkınlığını üzerinden atan Öktem'in yolladığı ok, bu sefer hedefini ıskalamıştı. Üstelik ceylan az ileride arsız ve kıpırtısız bir halde Öktem'i izliyordu. Yeniden yayına ok koyacakken ceylan salınmaya başladı. Yayını yere bıraktığındaysa hayvancağız da sanki bunu bekliyormuşçasına durdu yeniden.

Aksakallar ve Kam Koray oba meydanındaki ateşin başında konuklarla beraberdi. Begrek bir yandan "ayıp oldu, yemek de gecikti" düşüncesiyle sıkılıyor, bir yandan da Koca İnal'dan defalarca dinlediği hikâyeleri ilk kez duymuşçasına heyecanlı görünmeye çabalıyordu.

Bazgan yemeklerin hazır olduğu haberini fısıldadığında Begrek hemen ayağa kalktı. "Buyurun, gidelim" diyerek eliyle yol gösteriyordu konuklara. Mahcubiyetini attığı için gür bir sesle konuşuyordu şimdi.

Grup önlü arkalı ilerlerken Koray, Tahsildar'ın yanına ilişmişti. "Akşamki hadise için gerçekten çok özür dileriz, Tiginimize her zaman minnettarız" diyor, iyice anlaşılması için özrünü küçük değişikliklerle yineliyordu ha bire. Nihayet Tahsildar en baştaki konuk çadırına girerken, Bazgan da yandaki çadıra ilerledi. "Sizin için de burası hazırlandı" diyerek Temir'e de başka bir çadırı gösterdi.

Temir, Koray ve Bazgan'ın uzaklaşmasını bekledikten sonra nispeten kısık bir sesle "size bir şey soracağım" diye fısıldamıştı Begrek'e. Ardından utanıp vazgeçti, soramıyordu. Kararsızlık ve şaşkınlığı o denli fazlaydı ki, dayanamayıp "kızınız" diyebildi sadece. Utandığını gizlemeye çalışarak, Begrek henüz hiçbir şey söylememişken, "boş verin" dedi bu kez de. Düştüğü hale kendisi bile hayret ediyordu. Durduk yere öylesine sıkışıvermişti ki Aybars'ın az ileride küçük bir ateşin başında İnal'la oturup sinirle kendisini izlemesine bile takılmıyordu.

Beride Aşena ikramların konduğu kocaman bakır tepsiyi kucaklayarak konuk çadırlarına doğru geliyordu. Bazgan, Aşena'nın elindekileri bir koşu alıverdiğinde Tahsildarınkini verdikten sonra gelip Temir'inkini de götürmesini istedi Begrek. Akşamüzeri yaşanan sıkıntılardan sonra konukların ağırlanması daha bir önemli hale gelmişti ne de olsa. Yemeklerden sonra meyve de götürülmeliydi sini sini.

Bazgan tepsiyle birlikte konuk çadırına ilerlerken ne babası Koca İnal, ne de Aybars ateşin başındaydı. Onların yerinde atlarını tımar ederek Koray'la konuşan birkaç asker vardı sadece. "Dönüşte onlara da bir şeyler getireyim" diye düşünerek ilk konuk çadırına girdiğinde koşarak kaçan bir karaltı görmüştü belli belirsiz. Çadırın arka tarafını yırtan da o olmalıydı. Bazgan ne olduğunu henüz tam olarak anlayamamışken Tahsildar'ın yüzükoyun bir halde yerde debelendiğini fark etti bu kez. Tepsiyi bir kenara koyup adamı kendisine doğru çevirdiğinde Tahsildar'ın boynundaki kanlar eline bulaşmıştı ve çırpına çırpına can çekişiyordu adam. Kaldırmak için sarıldığında Tahsildar'ın elleri can havliyle Bazgan'ın yakasındaydı artık. Gürültüler üzerine içeri giren askerler Tahsildar ile Bazgan'ı yaka paça halde kanlar içerisinde görmüştü. Az beride ağzı açık halde duran bir de altın kesesi vardı. Tahsildar hırıltılarla son nefesini verdiği esnada "katili yakaladık" diye bağırıyordu askerler, hançerelerini yırtarcasına. Bazgan kıskıvrak bir halde dışarı çıkarılırken olayı duyan herkes meydana koşturuyordu akın akın.

Bazgan suçlamayı reddederek "ben çadıra girerken biri kaçıyordu arkadan" diyordu ama ne askerler şahitti böylesi birine, ne de Koray. Temir boş keseye baktığında cinayetin sebebi de aşikârdı kendisine.

"Üç beş altın için Aladağ'da adam mı öldürüyorsunuz artık" diye bağırdı öfkeyle.

Bazgan askerlerin gözünde mutlak suçlu bulunduğunu anladığında "siz de mi inanmıyorsunuz bana?" diyerek obadaşlarına döndü. "Ne olur bir şey yapın, ben kimseyi öldürmedim" diye yineliyordu sözlerini. Begrek teşhis için herkesin meydanda toplanmasını teklif ettiğinde İnal ve Aybars da kan ter içerisinde oradaydı artık. Akşamüzeri yumruklaştığı gencin yakasına yapışan Temir şimdi de "Bazgan haklıysa Tahsildar'ı sen öldürdün" diyordu Aybars'a.

Aybars, Temir'i ittirip "size bi şey yapmak isteseydim, ilk gördüğümde yapardım; sorsana, beni mi görmüş" dediğinde herkes nefesini tutmuş bir halde Bazgan'a dönüverdi. Ancak Bazgan isim vermek yerine bir süre durakalmıştı, sonra muğlâk bir ifadeyle, "bilmiyorum" diyebildi sadece; "karanlıktı pek seçemedim kaçanı."

Yine de işi sıkı tutmaktan yanaydı Temir. Obanın tüm erkeklerini meydanda toplayıp tek tek "bu muydu?" diye soruyordu. Bazgan hiçbiri için "çadırdan kaçan oydu" diyememişti, üstelik iddiasına destek çıkacak kimsecikler de yokken...

Koca İnal tüm Aksakallar'ın Tigin'in hışmından çekindikleri için bir an önce katili infaz etmekten yana davranacağını biliyordu. Ama doğru kişiydi bu, ama değil; yeter ki birinin kanı akıtılsındı Tahsildarınkine karşılık. Begrek de olacakları biliyordu. Kamlar Bazgan'ın son şansı, son umudu olabilirdi. Avazınca bağırarak herkesi susturduktan sonra önerisini haykırmaya başladı.

"Doğruyu tespit için tek yol kaldı. Kam Koray ve ruhları katili bulacak!"

Ceylan her seferinde Öktem'e yakalanacak kadar bekleyip sonra ondan uzaklaşmış, ağzından düşürmediği ot parçalarının ne denli kıymetli olduğunu biliyormuşçasına otacının peşi sıra gelmesini sağlamıştı. Nihayet bir mağaradan girerek gözden kaybolduğunda Öktem, buranın kendisi ve yoldaşının dünyaya geldikleri yer olduğunu bilmiyordu henüz. "Artık elimden kaçamazsın" diyerek mağaraya dalacaktı ki, uysal yoldaşı huysuzlandı yine. İlerlemiyordu bir türlü. Kırat'ın kulaklarına baktığında dikelip geriye çekildiklerini de görmemişti bu kez. "Bir şeylerden korkmadıysan nedir bu halin?" diyerek Kırat'a bakıverdiğinde, yoldaşı huysuzluğuna devam ediyordu hâlâ. Bunca uğraştan sonra obaya eli boş dönmek istemeyen Öktem, tek başına girdi mağaraya.

Zifiri karanlıktı içerisi. Mecburen sesleri takip etmeliydi. Bir tıkırtı duysa ceylanı kesin yakalardı. Koca hayvan kendisi izin vermedikçe asla kaçamazdı buradan. Onu ararken ayağına bir şeyler takıldı. Eğilip aldığında peşinden koşturduğu çörek otlarını tutuyordu. Ceylana "seninle işimiz kalmadı kardaş, kal sağlıcakla" diyecekken takip edildiğini hissediverdi yine. Bilemediği bir çift göz kendisini izliyor olmalıydı. "Orada kimse var mı?" diye seslendiğinde sadece sözlerinin yankısını duyuyordu. Elinde otlarla Kırat'a dönmeye niyetlenmişken mağara ağzında duran birini fark etti.

Çıkışı kapatmıştı...

Maktulun cesedi oba meydanında büyükçe bir ateşin hemen dibine konmuştu ve askerler elleri arkada olacak şekilde kıskıvrak bağlayıp dizleri üstüne çöktürmüştü Bazgan'ı. Tahsildar'ın cesedinin etrafında kuzu kemikleri ve tütsüler de yakılmıştı. Koray esrik haller içerisinde davul çalarak ateşin çevresinde koşuyor, aynı anda dualar okuyordu.

"Ey korkulan Bayülgen

Ulu anam Tasıgan

Yardıma gelin bana

Göğün oğlu Aşınkan

Ulu atam Erlikan

Davuluma izin ver

Dilim sözüm oluver..."

Dualar esnasında diğer kamlar tüylerini yola yola kaz kurban ediyor, bir yandan da maktulü süslüyordu aceleyle. Alkışlar eşliğinde iduğun kanını ateşe damlattıklarında Koray da koşturmayı bırakıp kanın kalanını yüzüne ve davuluna sürüyordu.

Temir bir yandan Koray'ı izliyor, kaçamak bakışlarla da olsa Aşena'yı görmeye çabalıyordu. Aşena ise kendisini gözleyenden habersiz şekilde yeni gelmiş olan Gülçiçek'e durumu izah ediyor, hep birlikte korkuyla Bazgan'a bakıyorlardı.

Öktem "kimsin?" diye seslenirken mağaza ağzındaki esrarengiz yabancı ışıl ışıl parlamaya da başlamıştı. Gözlerini ovuşturan Öktem'in az evvelki heyecan ve merakı, yavaş yavaş korkuya evriliyordu artık. Ona sırtını dönemediği için adımlarını geri geri atarken "başka bir çıkış var mı?" düşüncesiyle etrafına bakındı birkaç kez. Ancak kendisindeki bu hale nispet, ışık üzerine üzerine gelmeye devam ediyordu hâlâ. Ona "yaklaşma, uzak dur benden" diye seslenmeye çalıştığında sesinin ağzında hapsolduğunu anlamıştı. Nefesi ciğerlerinden sökün edebilse de, boğazına kadar geliyor ama dışarı çıkamıyordu umarsız.

Yüksekçe bir yerde başka bir çıkış olduğunu fark ettiğinde umutlanıverdi bir an. Sanki oradan kaçıp kurtulabilirdi bu yabancıdan. Ama bir parça tırmanmışken geri düşüyor, nefes nefese bir halde yeniden çıkmaya çalışıyor, yine başaramıyordu. Gücü tükenene kadar bunu tekrarladıktan sonra pes etmişti gayrı. Ne derman vardı kollarında, ne de kaçmakla kurtulacağına inanıyordu şimdi. Mağaranın duvarlarına sinmiş bir halde, bir elini kamaşan gözlerine siper ederken yaklaşan gizemi seçmeye çalışıyordu. Tam da bu anda ışık kümesinden yükselen ses, altı yönden kulaklarına dolmaya başlayacak ve her bir söz zihnine kazınacaktı, devasa koyaklarda yankılana yankılana.

"Tek olan Tanrı'nın,
Annene vaat ettiği 'Kut' ile geldim.
Sen 'Kut'landın Öktem!"

Öktem, henüz "adımı nereden biliyorsun?" bile diyemeden şimdi öylesine ağırlaşmıştı ki, kemiklerinin tek tek etinden sıyrılacağını hissediyordu. Koca Aladağ sanki boynundan yukarısına oturup olanca yüküyle bastırıyor, sarsıldıkça göğüs kafesinden yükselen çatırtıların sesi dolduruyordu varlığını. Şakaklarından süzülen terler boynuna bile varamadan billurlaşıp havaya karışıyordu hızla. Gece karası gözlerinde beliren kızıl haleler, alev alev yandığına şehadet edercesine kâh görünüp kâh kayboluyordu anlık fasılalarla. Tepeden tabanına doğru yayılan hararet yüzünden boğazının yırtılacağını, dudaklarının çatlayacağını düşünüyordu. Elleri ve ayakları da uyuştuğundan olduğu yerde külçe gibi kalakaldı sonunda.

Yine de birazdan sözlerine devam edecek olan meleğe dudaklarıyla eşlik edecekti gayri ihtiyari. Duyduğu her kelimeyi sanki ezberinden tekrar edermişçesine hatırlıyordu anında. Yaşadıkları, duymak ve duyar duymaz anımsamak, bakmak ve görür görmez bilmek gibi bir şeydi.

"Ateş, töreyi kim bozmuşsa onu yakar,
Yüzünü gül gibi kızartır.
Gözleri önünde masumlar öldürülürken bile,
Zalimin yüreği ürpermez.
Boynundaki kandır onun biricik varlığı..."

Öktem mana veremediği sözler karşısında, "benden ne istiyorsun?" diye düşünürken ve bu henüz daha zihninden geçerken cevabını almaya başladı. Yine duyulan ve görülenler anlık olarak hatırlanmaya devam ediyordu. Ancak bu kez sözler devam ettikçe tabanlarındaki kayanın eridiğini de görüyordu.

"Seni yaratan,
Karanlıkta ve aydınlıkta
Neler yapıldığını görendir
Ve neler fısıldandığını duyan...

O bildirmedikçe, kim sana
Meçhulden kim haber verebilir?
O'dur masumların esenliğine kefil olan.
Ve can borcudur sana, mazlumu savunman..."

Devam eden her sözde basıverdiği kayayı biraz daha eriten Öktem üç parmak kalınlığınca yere saplandığını görüyordu şimdi. Kimbilir, sözleriyle birlikte ışık da kaybolmasa belki canlı canlı giriverecekti kayanın içine. Külçeleşmiş ayaklarını güçlükle kaldırdığında cırcır böcekleri ve rüzgâra dair gece ezgilerini de işitebiliyordu artık. Mağaradan dehşetler içerisinde çıkan Öktem, yaşadıklarını bir an evvel Aşena'yla paylaşmak arzusundaydı. Bir saat önce karanlık yüzünden yolunu kaybetmekten çekinen ve ağır aksak ilerleyen otacı şimdi hiçbir şeyden korkmuyordu nedense. Üstelik toynakları toprağın üzerinde kayıyormuşçasına tüm oba yolunu fenersiz, ışıksız ama ezbere koşturacaktı yoldaşı.

ꕥ

Koray ayin boyunca başka bir ses tonuyla, üstelik kekeleyerek konuşmuştu. Esnemeleri hızlanıp yavaşlarken sımsıkı kapattığı gözleriyle görünmeyen bir varlıkla kavga edercesine başını sallarken sanki kendi arzularını ona da kabul ettirmeye çalışmıştı.

Gözlerini açtığında maktulun önünde durup davuluna vurmaya başladı. Bir an öylesine hızlanmıştı ki sonunda patlayıverdi davulu. Kollarını her iki yana savurarak dışa doğru daireler çiziyordu şimdi. Dokuzuncu daireyi de tamamladığında davulun üzerine çıktı titreye titreye. Eski ses tonuyla kekelemeden ama nefes nefese konuşuyordu bu kez.

"Ölülerin efendisi Ulu Erlikan, kısas olarak katilin canını istiyor. Ölünün ruhu ve Ulu Tasıgan dokuz kat semanın ardından seslendi: Tahsildarı öldüren katilin adı... Bazgan!"

Öktem doludizgin bir halde obaya yaklaşıyordu bu esnada. Bir an önce Aşena'yı görmek istediğinden meydanda toplanan ahali bile ilgisini çekmemişti ilkin. Sıklıkla tekrarlanan şölenlerden sanmıştı. Ancak yaklaştıkça obada rutin harici bir şeyler yaşandığını sezdi.

"Askerlerin bu vakitte obada ne işi var?" diye düşünürken kalabalığın arasındaki Aşena ve Gülçiçek'i gördü nihayet. Yanlarına geldiğinde kendisinin bir şeyler söylemesine fırsat verilmeden obada bir konuğun öldürüldüğü söylenmişti.

Bazgan mıydı katil? "Olamaz" diye düşünüyordu ki Temir, kendisini işaret etti askerlerine. "Onu da getirin buraya" diyordu. O da Bazgan'ın karşısına dikilmeli ve sorgulanmalıydı herkes gibi. Öktem bu isteğe uymuş, Bazgan ve Temir'in ortasına kadar gelmişti şimdi. Her ikisini de ayrı ayrı süzerken az önce mağarada yaşadıklarını da zihninde tekrarlıyor, berideki Koca İnal'ın "bırakın oğlumu o masum" yakarışlarını işitiyordu.

Temir'e "neyi bekliyoruz?" dediğinde, subay kendisine değil, Bazgan'a seslendi.

"Çadırda gördüğün adam o muydu?"

Bu soru en başta Kam Koray'ın zoruna gitmişti. "Dokuz kat semadaki ruhlarla boşuna mı konuştum?" diyordu yanındakilere.

Tüm ahali, özellikle de Öktem'in ailesi Bazgan'ın ifadesini bekliyordu merakla. Koca İnal "gördüğüm oydu dersen yırtarsın oğlum" diye içten içe sanki akıl veriyordu oğluna. Aynı fikir

Bazgan'ın da zihninde olmalıydı ki Öktem'i izliyordu, varlığına karılmış ikircikler arasında. Kaderi hiç olmadığınca kendi ellerinde olduğundan onulmaz çelişkilerdeydi Bazgan. Hiçbir şey yapmazsa birazdan öldürüleceği mutlaktı. Son bulacaktı yaşam. Ne bir daha güneşin doğuşunu izleyebilecek, ciğerlerini kekik kokulu bozkır havasıyla dolduracak ne de sevdikleriyle olabilecekti bir daha. Çadırdan kaçan kişi için "gördüğüm Öktem'di" demek son fırsatıydı. Belki de gerçekten çadırdan kaçmakta olan karaltı oydu ve ormana gidip her şeyden habersizmişçesine dönüvermişti yanlarına. Hem kim olursa olsun, asıl katil keyif çatıp hayatına devam ederken niçin gençliğini yaşamaktan feragat edecekti ki? İçindeki ses Koca İnal'ın serzenişlerini aynen tekrarlayarak "gördüğün Öktem'di. Çünkü sadece o yoktu obada" diyordu yükselen tınılarla.

"Katil oydu dersen kesinlikle kurtulursun bu beladan!"

Aklın emrettiği yegâne kurtuluş yolunu bilmesine rağmen yine de içindekileri diline vuramıyordu Bazgan. Öktem'i izliyordu. Ondan bugüne kadar hiçbir zarar görmemişti. Hukuklarının karşılıklı olduğuna da inancı tamdı. Nasıl harcayabilirdi Öktem'i? O, kendisiyle aşını-işini paylaşan Begrek'in oğlu, en yakın arkadaşı Gürhan'ın abisi değil miydi? Ölümden yırtsa bile onların yüzüne nasıl bakacaktı? İçindeki sorular gittikçe çoğalırken Temir gelip sarstı onu.

"Dinliyorum Bazgan, çadırdan kaçan o muydu?"

Gülçiçek'in elleri korkudan ağzına varmıştı gayrı. Bazgan, "evet" dediği an kendisi de ölecekti eriyle. Yüreğinin sesini duymuyor muydu yanındakiler? Gümbür gümbür yükselen bu ses sevdiğinin, Bala Gülce ve doğmamış bebeğin babasının ölüm yürüyüşüne eşlik ediyordu sanki. Begrek'e baktı bir an. Acilen bir şey yapsın istiyordu.

"Neden öylesine duruyorsun baba?" dedi, hesap sorarak: "Bir şeyler yapsana, oğlun öldürülecek, görmüyor musun?"

Tigin'in askerlerine karşı çıkmaya kimse cesaret edemezdi. Kargaşa çıktığında düzinelerce kişinin ölmesi, öldürülmesi an meselesiydi. Begrek, elini ayağını bağlayan çaresizlikle "kendi evladımı kurtarırken başkalarınınkine kıyamam" diyordu içinden. Üstelik Gülce'ye verdiği sözü unutmuş da değildi. İkisi arasında yaşadığı onulmaz mihnetlerle sanemlerine yakardı "onu kurtarırsanız, canım sizin olsun" diyerek...

Aşena kendi kaygılarıyla bile baş edememişken, yeniden kusmaya başlayan Gülçiçek'le de ilgilenmek zorundaydı. Omuzlarından tuttuğu yengesine, oturabilmesi için yardım ediyordu.

Öktem için endişelenenlerin bekledikleri çıkış —dolaylı da olsa— Koray'dan geldi az sonra. Doğrudan Temir'i muhatap almış, onu itham ediyordu.

"Bazgan'ı yakalayan şahitler senin askerlerin değil miydi? Ruhların haberini size bildirmedim mi? Daha neyin derdindesin? Konuğu öldüren, töreyi bozan Bazgan... İnfaz edin onu, aklansın gayrı Aladağlıların alnı..."

Temir, itirazın geldiği tarafa ilerlerken gözler de kendiliğinden oraya dönmüştü. Kararın ve itirazın neye bağlanacağını merak ediyorlardı.

Oysa beride bambaşka şeyler yaşanıyordu. Öktem için *'töreyi bozan'* kelimeleri sıradan değildi artık ve mıh gibi çakılmıştı zihnine. Üstelik mağarada yaşandığı şekliyle, harici tüm sesler yine anında kesilmiş, yüreği yerinden fırlayacak gibi olmuş, şakaklarından tabanlarına vuran hararetle titremeye başlamıştı. Başı da dönüyordu.

Sendelediği esnada ezberindeki ses *"ateş, töreyi kim bozmuşsa onu yakar"* diyordu yeniden ve yeniden.

Koray'ın çıkışı işe yaramış, Bazgan'ın Öktem'i veya herhangi birini teşhis edememesi yüzünden infaz kararı onanmıştı artık. Kamlar, ruhunu arındırmak için Bazgan'ı ölüm ayinine hazırlıyordu aceleyle. Kadınlar, çocuklar, gençler, herkes pür dikkat bu ritüeli takip ediyorken Gülçiçek, Öktem'e sarılıp "az kalsın öldürülecektin" diyordu onu kaybetme korkusuyla.

Hâlbuki Öktem, Gülçiçek'in kollarını hafifçe yana düşürüp ondan uzaklaşacak ve çevreyi izlemeye başlayacaktı boş gözlerle. Gerginliği, ona bir haller olduğu belliydi. Gülçiçek, erinin ardı sıra gitmek istiyordu ama yeniden kusmaya başladığından adım atabilecek durumda değildi. Umay'ın yardımıyla bir kenara ilişip oturmaya uğraşırken karnındaki için de endişeleniyordu.

İkizler, Begrek'in yanına geçtiğinde arkadaki askerler Bazgan'ı soymuş, belden yukarısı çıplak bir şekilde ellerini kollarını bağlamıştı. Etrafında davul çalan kamlar, birazdan ölecek kişiyi kabullenmesi için yeraltı ruhlarına ve Erlikan sanemine yakarıyordu, esrik hallerini devam ettirerek...

Begrek de Öktem'in yanına gelmişti şimdi. "Önce Aybars öldürülecek diye korktuk, sonra senin için" diyor, kendi evlatları gözünün önüne geldikçe Bazgan'a olan merhameti perdeleniyordu adım adım. Oysa Öktem, babasının sözlerini ne duyuyor ne de ona cevap veriyordu. Aradığı ama bulamadığı izin peşindeydi o ve nihayet gözleri bir yerlere odaklandı.

Aybars beride bir yerde Gürhan'la beraberdi. Yanı başlarındaki ocağın alevi yüzlerinde kirli, bulanık gölgeler yaratıyorken Öktem'in kulaklarında "*ateş yüzünü gül gibi kızartır*" sesleri yankılanmaktaydı. Babasına ve Aşena'ya hiçbir şey söylemeden erkek kardeşlerine yaklaştı. Aynı anda süzüyordu her ikisini de. Beride kamların duası sonlanmak üzereydi ve infazcı asker bıçağını bileyliyordu, Bazgan'ın yüreğini bir hamle de sökebilmek için...

Abilerinin dik dik kendilerine baktığını gören Gürhan ve Aybars, mana veremedikleri bu bakışlardan kaçınmaya çalışırken, Öktem "*gözleri önünde masumlar öldürülürken bile zalimin yüreği ürpermez*" diyen o esrarengiz sesi duyuyordu yeniden. Mağaradayken anlam veremediği bu sözler birer birer mana kazanıyordu şimdi.

Katil kardeşlerinden biri olabilir miydi? Öyleyse bile onu kendi elleriyle mi ortaya çıkartacaktı? Sadece bir saat önceki o esrarengiz ses uğruna kardeşlerinden birini feda edebilir miydi? En baştan sarsılmaya başlayan Öktem'in yürek ritimleri bile değişmişti artık. Nabzı durmuşçasına donuk bir sıfatla dönüp Bazgan'a baktı o an. Aklındakini yapmaz, yapamazsa az sonra yok yere öldürüleceğinden emindi.

"Bazgan gerçekten masumsa" diye düşünürken kararını verdi Öktem. Daha fazla kaçamazdı bundan. Ani bir hamleyle Aybars'ın gömleğini yırttı beline kadar. Kardeşleri onun ne yapmaya çalıştığını anlayana kadar uzanıp Gürhan'ın da gömleğini yırttığında gördüğü manzara, meleğin söylediklerini teyit ediyordu.

"Boynundaki kandır, onun biricik varlığı..."

Gürhan, abisinin nereye baktığını anlamıştı. Boynundaki kan lekesini kapatmaya uğraşırken Öktem onu sürükleye sürükleye meydana getiriyordu şimdi. İnfazcının bıçağı Bazgan'ın boğazına dayanmışken seslenmeye başladı.

"Bazgan'ı bırakın, o masum... Aradığınız katil, kardeşim Gürhan!"

Gürhan böylesi bir durumu hiç beklemiyordu. Kurtulmasına ramak kala bunlar nasıl gelmişti başına anlayamamıştı henüz. Tek bildiği ölmek istemediğiydi. Temir, infazcıya beklemesini işaret ederken abisinin elinden kurtulup panikle koşmaya başladı. Begrek ve tüm ailesi şoktayken bu durumdan memnun olan tek kişi Koca İnal'dı elbet. Oğluna sarılmış "şükür kurtuldun" diyordu coşkuyla.

Gürhan kaçarken bir meşale kapmıştı. Kendisine yaklaşan askerlere sallıyordu şimdi. Onlardan kurtulmuştu ki bir süvari kesiverdi önünü. Elindeki meşaleyi ona doğru da savurduğunda at şaha kalkıp binicisini attı üzerinden. Üstelik asker, kafasını taşa çarptığından cansız uzanıvermişti anında.

Gürhan boşta kalan ata binip dörtnala uzaklaşırken beride bir yerden yayını gerdi Temir. Bu esnada Aşena önce Temir'i görmüş, ardından kardeşine, "dur Gürhan, kaçma" diye bağırıyordu avazı çıktığınca. Temir tepebaşındaki güzelin kardeşine doğrulttuğu oku, kirişten serbest bırakıp bırakmamakta tereddüt ediyordu o an. Aşena hem kaçan kardeşine, hem de nişan almış okçuya "durun" diye bağırırken Gürhan, ormana dalmak üzereydi gayrı. Birazdan gözden kaybolacağı kesinken Temir, Aşena'yla ilk kez göz göze gelmişti ve parmaklarının arasından kayıp gidiveriyordu ok.

Sırtından vurulmuştu Gürhan. Cansız şekilde attan düştüğünde Umay, Begrek, Aşena ve Aybars, Gürhan'a koşturuyordu yürek yakan feryatlarını semaya doğru salarak.

Öktem az evvel yaşananlara inanamaz bir halde donakalmıştı oysa. Bildiği, tanıdığı Gürhan'ın birini öldürebileceğine ihtimal veremezdi asla. O sürüden ayrılan koyunları bile tekmelemekten çekinen, Aybars gibi adı belayla birlikte anılmasın diye her tür münakaşadan sakınan biriyken ne olmuştu da böylesi bir işe kalkışmıştı? Adımlarında fer yoktu ve olduğu yerde "Gürhan" diyordu içinden "neden yaptın bunu kardaşım, neden?"

Düşünceleri birbirine karışmıştı iyice. Beyninin içinde davullar çalıyor, yüreğinde fırtınalar boranlar dolaşıyordu. Az sonra param parça olacakmış gibi tüm vücudunun gerildiğini hissederken adımları toprağa cansız uzanan kardeşine yöneldi kendiliğinden.

Umay biraz daha ısrar etse sanki dirilecekmişçesine sarsıyordu Gürhan'ı. Aladağ'ı dolduran "oğluuum aç gözlerini, açsana oğlum" çığlıkları peş peşe sıralandıkça Begrek'in de yüzü kızarıyordu. İkinci kez gözleri önünde canını yitirmişti ve bu, ilkindeki gibi çaresizlik sonucu değildi üstelik.

Öktem, Umay'ı ittirerek kardeşine sarıldığında sesinin tüm gökyüzünü kuşatmasını, Fizan'a kadar herkesin ahını duymasını istercesine bağırmak istiyordu bu kez.

"Neden yaptın bunu Gürhan, neden?"

O esnada Umay "dokunma Gürhan'a" diyerek Öktem'i çekiştiriyordu ha bire. Begrek de Öktem'in uzaklaşmasını istiyordu. "Git buradan, kardeşine elini sürme" derken, ne yapacağını bilemez bir haldeydi. Önce büyük ve küçük oğulları ölüme yaklaşmış ama kurtulmuş, ardından hiç beklemediği bir anda ortanca oğlu öldürülmüştü, hem de kendi abisinin ihbarı yüzünden.

Öktem söylenenleri duymuyor, sadece Gürhan'a bakıyordu. Cansız beden dile gelsin ve ne olduğunu söylesin arzusundaydı. Donakalmış olan Öktem'i kendisine getiren Temir oldu. Sıkıca kolundan kavrayarak "bunu nasıl bildin?" dedi, "katilin kardeşin olduğunu nasıl bildin, söyle bana?"

Öktem cevap vermek yerine itiş kakışla da olsa Temir'den kurtulduğunda Kırat'a atlayıp mağaraya, esrarengiz sesin sahibini yeniden görmeye gitmek istiyordu. Temir bu kez yularından tuttu atın. Askerler de etraflarını sarıvermişti.

"Katilin kardeşin olduğunu nasıl bildin? Bunu öğrenmeden asla bırakmam seni."

Diğer insanlar da toplanmıştı başlarına. "Tahsildar'ı öldürürken kardeşini gördün de niye engel olmadın ona?" diye Öktem'in yakasına yapıştı Umay. Begrek "durdursaydın kardeşin de, o adam da şimdi yaşıyor olacaktı" diyordu. Öktem sessiz kaldıkça Begrek üstüne üstüne yürüdü oğlunun. Çıldırmıştı öfkeden. Sürekli "niye engel olmadın kardeşine?" diyerek sarsıyordu Öktem'i. Aybars'sa inanılmaz derecede tepkisizdi en baştan. Tüm yaşananlar bir hayalmişçesine anlamaz gözlerle bakıyordu insanlara. Arada bir Aşena'ya dönüyor, onun ne yapacağını izliyordu. Haftalar sonra döndüğü oba nasıl olmuştu da bu denli karışmıştı, nolmuştu böyle ailesine, anlayamıyordu.

Begrek aksi seda gelmedikçe daha bir öfkelenmişti artık. "Cevap versene" diyerek Öktem'e bir tokat attı sonunda. "Sen de babasın" dediği esnada Öktem ketumluğuna son verip tane tane konuşmaya başladı. Tüm nefeslerin pür dikkat kendisiyle olduğunu da bilerek...

"Obada yoktum. Yeni geldiğimi hepiniz gördünüz. Ben cinayeti de, Gürhan'ı da görmedim baba!"

Begrek oğlunun sözlerini bitirmesine fırsat vermeden "öyleyse ne diye kardeşim katil diye ortaya düştün, korkuttun onu? Kaçayım derken bak, senin yüzünden öldü o" diyerek yanındaki askerin kılıcını kaptı hışımla.

"Sen de babasın Öktem" dedi yeniden: "Evladına gözünün önünde bunlar yapılsaydı sen ne yapardın, söyle bana?"

Cevap alamadığı o birkaç saniye boyunca oğlunun gözlerine bakan Begrek "annene söz vermemiş olsaydım" diyerek kılıcı bırakıverdi elinden. Ama bu kez Umay sarılmıştı Öktem'e. Yumruk olmuş avuçlarını peş peşe Öktem'in göğsüne indiriyordu ama sözlerince canını acıtmıyordu bu.

"Yalan söylüyorsun. Obaya döndüğünde Gürhan'ı gördün ama ona engel olmadın. Sen nasıl bir kardaşsın? Yıllarca baktım büyüttüm seni. Şu cansız yatan kardaşından bir gün ayrı tuttum mu sizi? Ne de nankörmüşsün sen?"

Öktem cevap verememişti Umay'a. Ne söyleyebilirdi ki? Bağrı en çok yanan o değil miydi zaten? Umay'ı bırakıp babasına dönüverdi mutlak bir inançla. "İnanmıyorsan beni öldür baba" diyerek kılıcı yerden alıp Begrek'e uzattı. Kılıcı elinin tersiyle ittiren Begrek son kez oğlunun yakasına yapışmıştı, hesap soruyordu ısrarla.

"Gürhan görmediğin bi şey için mi öldü oğlum, çıldırdın mı sen?"

Öktem yutkunuyordu. Düğüm düğümdü boğazı. Birkaç saat önce mağarada yaşadıklarını anlatabilir miydi insanlara? Aşena'ya baktı o an. Birkaç adım geri çekildikten sonra gür bir sesle ilan etmeye başladı.

"Bu gece Haberci Erdenay[53] göründü bana. Beni Kut ile müjdeledi. Kutlandığımı söyledi. Gürhan'ı Tahsildar'ı öldürürken görmedim. Ama katilin kardeşim olduğunu Tanrı bildirdi bana."

O akşam obada yaşanan ikinci şoktu bu. Begrek'in dizleri boşalmıştı, olduğu yere yığılıp kaldı. Öktem, Aşena'nın gözlerinin içine bakıyor, bir şeyler söylesin istiyordu. Ancak Koray'ın öfke dolu sesi geldi beriden. İktidarının sallanmasına daha fazla müsaade edemezdi.

"İnanmayın ona" diye bağırdı: "Süslü sözlerle kendisini aklamaya çalışan yalancının teki o. Görmüyor musunuz; kamların haber veremediğini ben bildim demek için kumpas kurmuş? Benim yerime geçmek için kardeşini bile öldürtecek kadar rezil biri o."

Her sözüyle birlikte suçlamalarının dozunu artırıyordu Koray. Ama Öktem, kınayıcıların kınamalarına aldırmadan Aşena'ya yaklaştı usulca. En çok onun fikri önemliydi kendisi için. "Bir şey söylemeyecek misin?" dediğinde, gelen ikrarla şükrediyordu teze 'Kutlu'...

Kardeşi "sana ve seni seçen Tanrı'ya inanıyorum" demişti yekten. Üstelik herkesçe duyulmasını isteyerek tekrarlıyordu sözlerini.

"Öktem'e ve onu seçen Tanrı'ya inanıyorum!"

Öktem dar zamanında yetişen tasdikle üzerinden koca bir yükün kalktığını hissederken, Begrek dikiliverdi karşısına. İkisinin de gözleri dolmuştu birbirlerini süzdükleri esnada. Öktem "baba, başımız sağolsun" diyebildiğinde sımsıkı sarılmışlardı artık. Begrek'in sinirleri boşalmıştı ve ağlıyordu oğlunun omuzlarında. Sarılmaya devam ederlerken aniden ittirip geri çekildi Begrek.

---

53 "Haberci" kelimesi terimselleştirilerek "Cebrail" yerine kullanılacaktır. Ön-Türkçe olan "Erdenay" kelimesi de aynı anlamdadır.

Öfkeden kızarmış gözlerle "kardeşini öldürtmek için mi seçildin Öktem?" dedi. "İnanmıyorum sana, yalan söylüyorsun!"

Temir de obadaki herkes kadar şaşkındı ve herkes kadar allak bullak olmuş bir halde ikizleri ve Begrek'i izliyordu. Koray ne yapacağını sorunca "suçlu bulundu, infaz edildi, bu konu da kapandı" demişti. Koray "Tigin'i durumdan haberdar etmesi için sen mi adam yollarsın, ben mi?" diye sorduğundaysa, ona cevap vermek yerine bir askerine dönüverdi ve toplanmalarını emretti. Geceyi geçirmeden Issık'a döneceklerdi.

Günlük rutinin görülmedik işitilmedik olaylarla bu denli ani değişmesi, herkesin zihninde farklı akisler yaratıyordu. "Öktem ne diye kardeşini ihbar etti?" veya "ormanda kala kala tinler musallat olmuş Öktem'e" diyenler olduğu gibi; "Bazgan, gördüğüm sendi deseydi, şimdi nalları dikmiştik" diye onca kargaşadan sonra kendileri adına sevinenler de vardı.

Aşena'yla yalnız bırakıldıklarından beri sarsıcı bir ürperme almıştı Öktem'i. Zangır zangır titriyordu ikizinin karşısında. Yeterince olgunlaşmadığı için yere düşmeyen ve bahar rüzgârlarına karşı direnemediğinden ha bire dalında sallanan elmalar gibiydi o an. Aşena'ysa kardeşine sımsıkı sarılmış bir halde dua ediyordu Rabbine.

"Onun gönlünü ferahlat, yüreğine genişlik ver Tanrım!"

Az sonra titremeleri durulduğunda yüzü toprağı görecek şekilde başını bacaklarının arasına almıştı Öktem. İki eliyle saçlarını kavrar bir haldeyken ateşin çıtırtılarını izliyor, her alazda ayrı bir düşünceyle geriliyordu. Gülçiçek'le toylarının ne zaman olacağı belirsizliğini kaldıramamışken, son kırk gündür yaşadığı meçhullüğün altında ezilmekten kaçınamamışken şimdi olanları nasıl sindirebilirdi ki? Üstelik Aybars'ın başına kendisi yüzünden bir kötülük gelebileceği endişesi bile bunca sıkıntı yaratmışken, bilfiil Gürhan'ın öldürülmesine sebep olmasını nereye koyacaktı şimdi? Babasının da dediği gibi seçilen biri ilk iş olarak kendi kardeşini mi öldürtecekti? Bu nasıl bir seçilmişlikti böyle?

"Babam haklıysa" derken, tüm evrenin tekyekün haline gelip karşısında saf tuttuğunu hissediyordu. Önü sıra yanan ateş, odunları yedikçe hayat buluyordu ya kendisinin de onunla denk olduğunu sezinliyordu. Yanıp yakacak bir yola girmişti artık.

Aşena "şimdi ne olacak?" dediğinde, cevap veremedi ikizine. Ne olacağını Tanrı'dan gayrı kim bilebilirdi ki? Belirsizliklerden hazzetmeyen birinin başına gelebilecek en son şey miydi bu? Beklemek ne içindi? Ne yapmalıydı? Kayalar ağırlığınca tokmaklar ard arda iniyordu beynine...

Tam da o esnada beriden Koca İnal yaklaşıyordu ürkek adımlarla. İkircikli bir hali vardı. Daha bir saat önce Bazgan'ın "gördüğüm Öktem'di" demesini temenni etmiş, şimdiyse pişman olmuştu. Ama müteşekkirdi Öktem'e ve bunu ifade etmek için fırsat kolluyordu.

"Sen olmasaydın, oğlum yok yere öldürülecekti" dediğinde, Öktem hışımla kaldırdı başını. O gece karası gözler çakmak çakmaktı ve yakacak yer arıyordu sanki. Sinirli bir tınıyla "bana değil, Tanrı'ya şükret. Kardaşımın hayatına karşılık oğlunu bağışladı" dedikten sonra gitmesini söyledi. Zira varlığıyla yüzleşmek istemediklerini hatırlatıyordu yeniden ve en baştan.

"Müsaade et bize" diyerek arzusunu yeniden belli etti ama Koca İnal ayrılmıyordu inatla. Aşena da gitmesini söylediğinde Yafes'e söylenen ilk nasihati hatırlattı İnal. Ne demişti bilge güvercin? "Olmadık şeye inanmayasın!" Sonra pişman olmak kaçınılmazdı. "Anlamadan, tartmadan nasıl kandın gördüklerine?" diyordu bu kez. Öktem'in onca şeyden sonra nasihat dinleyecek hali yoktu. Tek başına hızla oradan uzaklaşmaya başladığında Koca İnal arkasından sesleniverdi.

"Nuh' u ve İbrahim'i bilmez misin evlat?"

Daha ilk kelimeyle birlikte aniden döndü Öktem. Sinirli birkaç adımdan sonra "onların hakkında üç beş rivayetten başka ne biliyorsun?" dedi.

Koca İnal daha evvel anlattığı hikâyelerden biriymişçesine duygusuzdu o an. Ancak sözleri teze Kutlu'nun bam teline vuruyordu.

"Şunu bilirim ki" dedi, "Nuh keçe çadırlarda doğup at sırtında ölenlerin atası Yafes'in babasıdır. İbrahim Yalavaç ise ateşlerin yakmadığı Kutlu kişidir..."

Öktem "oğlunu kurtarmamı isteyen, Nuh'u ve İbrahim Yalavaç'ı[54] Kut'la müjdeleyendir" dediğinde, Aşena pür dikkat izliyordu onları.

Yaşlı hikâyeci "emin misin gördüklerine?" dedi bu kez. "Sana görünen Haberci Erdenay değil de, ormanın kötü ruhlarından olmasın sakın?"

Öktem sinirlenmişti bu soruya ve genelde olduğunca ketumluk zırhına bürünüverdi anında. Koca İnal devam ediyordu ısrarla.

"Nuh ve İbrahim Yalavaç, Tanrı katından delillerle geldiler. Eğer seçilmiş biriysen, gerçekten Kutlandıysan, delilin hani Öktem? Neyle geldin insanlara?"[55]

Öktem suskunluğuna devam edecekken sinirle haykırdı sonunda. "Tanrı'dan ve bana gönderdiği Haberci'den gayrı tek şahidim odur" diyerek Kırat'ı gösterdi ve ona binip dörtnala uzaklaşmaya başladı.

Mağaraya döndüğünde elinde meşalesiyle duvarları izliyordu. Tırmanıp kaçmaya çalıştığı oyuğa baktı bir süre. Erimiş kayadaki izler yerli yerinceydi ve hâlâ sıcaktı. Ardından yerdeki otları fark etti. Onlar bahane edilerek buraya kadar çekilmişti. Hepsi

---

54 "Yalavaç"; ön-Türklerce "Peygamber, Nebi" manasında kullanılmıştır. "Savçı" kelimesi de aynı anlamdadır ancak bu romanda "Yalavaç" ile birlikte "Kutlu, Kutlanmış" kelimeleri tercih edilecektir...

55 Bakara Suresi:118.Ayet'e atfen... (*) Atıf yapılan ayetlerin içerikleri kitabın son kısmında ana başlıklarına göre sıralanmıştır...

de şahitti Erdenay'la görüşmesine ama melek yoktu ortada. "Çık ortaya, nerelerdesin?" diyerek boşluğa seslendi birkaç kez. Sonra gönlündeki ilhama uyarak aracısız şekilde Rabbine yöneldi. O'na yalvarıyordu sadece.

"Kardeşini öldürtmek için mi seçildin? Kutlandıysan delilin hani?" diyen, tatmin edilmesi zorunlu sorular vardı zihninde.

"Babam bile inanmıyor bana. İnsanlarımı ikna edebilmek için bana katından bir delil lütfet Rabbim..."

Niyazını bitirdiğinde vücudunun uyuşmaya başladığını hissetmişti. Az sonra gözlerini kapatacakken meşaleyi izliyor, çıtırtıları dinliyordu. Evvel dert edindiği rutin vardı gönlünde.

"Doğdum, evlendim ve öleceğim!"

Ancak bu kez devamı da geliyordu. Aralarındaki akitti bu.

"Senden geldim, Sana döneceğim!"[56]

ଓ

Sabah henüz ortalık ışırken Koray gelmiş ve yoğ merasimini[57] kendisinin yapacağını, bu işi başka kamlara bırakmamalarını söylemişti Begrek'e. Adet üzere üç gün boyunca Gürhan'ın cesedi ölü çadırında açıkta bekletilmeliydi. Umay da, en az Begrek'in arzuladığı kadar her âdetin eksiksiz bir şekilde yerine getirilip oğlunun ruhunu sükûna erdirmek istiyordu. Nitekim hemen işe koyulmuşlar, sürülerin içerisinden iduk olarak dokuz keçi seçmişler ve onları tek tek kurban ederken sagular[58] yakıp, kanlı gözyaşları[59] akıtmışlardı. Koray ısrarla "Erlikan, Gürhan'ın ruhunu kendi yanına kabul etmiyor" dediği için dokuz adet de koyun seçmişler, onları da kurban etmişlerdi.

---

56 Bakara Suresi:156.Ayet'e atfen...

57 Ölünün defnedileceği güne kadar yapılan Şamanik ayinlere "yoğ töreni" denirdi...

58 "Sagu" kelimesi "ağıt" manasına gelmektedir...

59 Yanak ve avurtları çizerek gözyaşlarını kanlandırmak Şamanist dönem adetlerinden olup günümüzde "kan-uğut" adıyla Anadolu'da bazı yörelerde devam ettirilmektedir...

Yoğ aşına[60] katılanlar "umarız Gürhan acundan çekilir, sizleri rahat bırakır" dilekleriyle geride kalanları rahatlatmaya çalışıyordu. İnançlarına göre eğer biri kendisinden geride bir mesele bırakarak ölmüşse bunun hesabını sormadan gidemezdi, ruhların toplandığı diyara. Gürhan'ın ruhu özellikle geceleri serbest kalıp çadırlarda dolaşacak ve eğer cinayet konusunda kendisine iftira etmişse Öktem'den mutlaka intikamını alacaktı.

Koray bir yandan bu tür korkuları gün yüzüne çıkarırken, bir yandan da "Öktem bir cahillik etti, işime karıştı ama ben yine de onu kurtaracağım" diyordu. Henüz mağaradan dönmemiş olan Öktem için iyice endişelenmeye başlayan Gülçiçek "bu işi hallet, erimin aklı başında değil" diyerek Koray'a birkaç kez yalvarmıştı. Umay'ın çekimser kaldığı bu istekler karşısında Aşena da kayıtsızdı ama her ikisinin sebepleri de kendinceydi. Umay henüz közlenmemiş buram buram acısını terk edip Öktem'i kurtarmanın derdine düşemezken, Aşena, Koray ve sanemlerinin böylesi bir yardım veya tehdidinin olamayacağına kaniydi zaten. Oysa Begrek en az gelini Gülçiçek kadar Koray'a yalvarmaklıydı. Aybars'ın haliyse hepten karışıktı. Delimsek kuşçu başını alıp ormana çekilmişti yeniden. Sabah gidip gece dönüyor, hiçbir işe karışmıyordu.

Üç günlük yoğ töreni bittiğinde Koray merakla beklenen açıklamasını yapıyordu sonunda. Erlikan, Gürhan'ı zaptedemeyeceğini söylemişti. Zira Gürhan masumdu ve ruhu öç almak derdiyle yanıyordu. Koray bunları iddia ederken infaz gecesi yaşananların intikamını almak ve sarsılan itibarını düzeltmek istemişti. Kendisinin katilin Bazgan olduğunu söylemesine rağmen Öktem'in işgüzarlığı yetkinliğine şüphe düşürebilir korkusundaydı hâlâ.

---

60 İduklardan hazırlanan yemeklere "yoğ aşı" denir ve ziyarete gelmiş olan mevtanın eş dostuna ikram edilirdi. Bu adet günümüzde "lokma" adıyla bazı yörelerde devam ettirilmektedir...

Gülçiçek ve Begrek, Öktem'i Gürhan'ın yaralı ruhundan kurtarmanın hiç mi yolu kalmadığını sorduğunda Koray "belki" dedi küçük umutlar vaat ederek; "Gürhan'ın cesedini yakarsak ruhunu zaptedebilirim ve Erlikan'a yollarım onu. Böylelikle o da Öktem'e ilişemez!" Bu öneriye ilk itiraz eden Aşena'ydı. Kardeşi katil bile olsa bunu hak etmemişti asla. Umay da katılıyordu kendisine. Oysa Gülçiçek, Öktem'e dair korkularıyla başa çıkamadığı için bunun tek şansları olduğuna inanmıştı ve cesedin yakılmasından taraftı. Begrek'i de yanına çekmeyi denemiş ama onun isteksizliği karşısında yalnız kalmıştı. Yaşadığı ızdıraplar devam edegelen mide bulantıları ve halsizlikle birleşince kerhen pes etti sonunda. Ancak "Öktem'e bir şey olursa sizi asla affetmem" diyerek hem Aşena'yı, hem de Umay'ı tehdit etmeye devam ediyordu. Erine olan aşkı ne denli büyükse korkuları da o denli heybetliydi ve bu uğurda en azından kendi adına her türlü bedeli ödemeye razıydı.

Ateşte yakma fikri reddedildiği için defin merasimine geçiliyordu gayrı. Üçüncü gün güneş tam tepedeyken Gülce'nin az berisindeki yer Gürhan için hazırlanmış, kabrin kenarları tomruk ve ağaçlarla güçlendirilip oda haline getirilmişti.[61] Kurt postlarına kefen misali sarılan ceset, ölünün özel eşyalarıyla birlikte mezara indiriliyordu şimdi. Böyle olmasını yine Koray istemişti. İddiasına göre yakılmadığı ve de Erlikan tarafından kabullenilmediği için Gürhan'ın ruhu yeniden obaya dönmek isteyecekti.

61 Orta Asya'da bulunan binlerce yıllık mezarlar, ön-Türklerin üzerinde uzlaştığı tek tip bir defin ve kabir modeli olmadığını göstermiştir. Bunların içlerinde en çok bilinen ve "kurgan" denilen anıt-mezarlar; birkaç kat inşa edilirdi. Üst katta mevtanın özel eşyaları, en alt katta ceset ve eğer varsa orta katta da mevtanın atı yer alırdı. Kurganlar maliyetli ve külfetli oldukları için ekseri zenginler ve soylular için yapılmıştır. "Gürhan" karakteri için betimlenen mezar modeli haliyle bozkırda en yaygın kullanılandır. Burada gözden kaçırılmaması gereken ana nokta, kabir farklılıkları ile dini inanışlar arasındaki paralelliktir. Tarihçiler M.Ö.9–10. asırdan itibaren ritüel ve form değişiklikleri yaşandığını ifade etmektedir. Buna göre putperest Şamanistlerdeki kabir çeşitliliği 'Gök Tengri' inancının yaygınlaşmasıyla birlikte tekdüzeliğe yani bir standarda kavuşmaya başlamıştır diyebiliriz...

Tüm eşyaları mezarda olursa Aladağ'da rahat bulamayıp kendi rızasıyla acunu terk edecekti Gürhan.

Begrek ve Umay yanaklarını, gözaltlarını bıçakla kertip yine kanlı gözyaşı akıtırken, mezarın üstünü tomruk ve dallarla örtüverdi Aybars. Koray ise göğsü yarılıp iç organları çıkarılmış olan Gürhan'ın iduk atını baş-deri-ayaklar ve kuyruk tek parça olacak şekilde mezarın başındaki direğe astırıyordu. Bu kezki gerekçesi mevtanın atıyla birlikte Bayülken'in yanına, göğün dokuzuncu katına ulaşması ve bu sayede geride kalanlara ilişmemesiydi.

Koca İnal tüm bu ritüellerin hangi saikle yapıldığını anlamamışçasına sırtlandığı balbalı[62] getirmişti o esnada. Zira ona göre Tahsildar'ı öldüren Bazgan değil, Gürhan'dı ve bu balbalı da alnının teriyle(!) hak etmişti. Koray, balbalı görür görmez çıngar çıkarmaya niyetlendi. "Kaldırın o taşı oradan" demesine rağmen kimseden bir hamle gelmiyordu oysa.

Begrek ve Gülçiçek bir taraflarıyla buna inanmak istiyordu hâlâ. Her ne kadar Koray aksini söylese de katil Gürhan olmalıydı. Haliyle kabrin yanıbaşına balbal dikecekler ve Gürhan'ın yaralı ruhuna ona inanmadıklarını göstereceklerdi. O ana kadar nehre kapılmış dal parçası gibi anne babasının isteklerine uyar görünen ve bunu zor zamanda gelmiş bir erdem, bir fedakârlık kabullenen Aybars sonunda isyan etti yaşananlara.

"Artık karar verin; katil Gürhan mı, Bazgan mı? Eğer Bazgan'sa Gürhan'ın ruhunu sakinleştirmek için niye bu kadar iduklar kesildi? Yok katil Gürhan'sa niye balbalı dikilmesin abimin?"

Koray sözün uzayacağını ve davanın büyüyeceğini hissettiğinden mezarlığı terk ediyordu ama bu esnada "yanlış yaptınız" diye söylenmeyi de ihmal etmedi. Ardı sıra Begrek veya Gülçiçek'in yalvaracağını da sanmıştı ama tüm aile sessiz kal-

62 Balbal taşları da Şamanist dönem adetlerindendir. Özellikle erkek mezarlarında rastlanır. Sayıları mevtanın hayattayken kaç kişinin canını aldığını gösterir...

mıştı bir şekilde. "Giden gitti, bari kalanlara bir şey olmasın" sessiz mutabakatıyla balbala razıydı hepsi de. Koray içten içe "siz görürsünüz" diye giydirirken çoktan meydana ulaşmıştı bile.

"Begrek, kızının-gelininin aklına uydu yoldan çıktı. Böyle giderse tinlerin onu çarpmasına mani olamam" diyerek ilencini her rastgeldiğiyle paylaşıyordu.

Koray gittikten sonra sagular ve alkışlar arasında kabrin toprağı doldurulmuş, eş dost usul usul ayakaltından çekilmeye başlamıştı. Bala Gülce'yi bahane eden Gülçiçek de karnını tuta tuta çadırına dönerken Gürhan'ın başucunda ebeveyni, iki kardeşi, birkaç Aksakal ve Koca İnal kalmıştı.

Öktem üç günlük kapanışının ardından mağaradan çıkmış ve kimselere görünmeksizin tepebaşına gelmişti doğrudan. Ancak iştirak etmek istemediği bu yoğ ayini yüzünden beride bir yerde ağaçların arkasından izliyordu ailesini.

Aşena'nın da katılmayıp bir kenarda beklediği sagular ve alkışlar sonlanırken, Koca İnal ufuktaki hareketliği fark edip obayı işaret etti akranlarına. Üç gün önce yine akşamüstü gelenler bu kez daha kalabalıktı.

Henüz tepebaşındaki kimseye görünmemişti Öktem ve hâlâ uzaktan da olsa mezarı izliyordu. Aksakallar ve İnal ile birlikte babası da uzaklaşınca mezarın başına geliverdi artık. Oğlunun toprağına sarılmış halde ağıtlarına devam eden Umay, Öktem'i fark eder etmez başını kaldırıp, "Ne işin var senin burada?" dercesine kinle baktı yüzüne. Öktem bu bakışı daha önce hiç görmemişti onda ve yaşananları sindirmenin kolay olmadığını da biliyordu. Umay'ın acısına saygı göstererek ona hiçbir tepki vermeden eğilip toprağı okşamaya başladı. Sanki aynı anda Gürhan'ın ellerini, saçlarını tutuyor, kardeşiyle özlem gideriyordu ancak yaşadıkları için suçluluk hissettiği söylenemezdi.

Geldiğinden beri Öktem'i izlemekte olan Aybars, bu ikircikli hali garipsemişti. Umay'dan önce o çıkıştı.

"Biz Gürhan'la kardaştık, karındaştık[63] ama sen abime karındaşlık yapmadın!"

Dört kardeşin evvel ilişkisinde bu konu hiçbir surette sorun edilmemişken şimdi dışlanmak zordu Öktem için. Acılar tazeyken hiçbir şey söylememeyi tercih ediyordu hâlâ. Kalanlarla değil gidenle ilgilenecekti yeniden.

Gürhan'ı Kırat'a ilk kez bindirdiği günü hatırlayınca gözleri dolmuştu. Gülçiçek'le sözlü oldukları demlerde başı dumanlıyken ekseri onunla konuşup dertleşmişti. Bala Gülce doğduğunda müjdeyi ilk veren Gürhan olmuştu yine, en az kendisi kadar sevindiğini de belli ederek...

Ama evlenip murada erecekken katil olmuş ve öldürülmüştü kardeşi. Gürhan'ın sürüler alındığında toyun sonraki bahara kalmasından korktuğunu ve kahraman bilinip cesaretinin dillendirilmesini istediğinden nasıl bahsedebilirdi ki? Giden her şeyiyle aziz ve temiz bir anı bırakmak zorunda değildi ama arkasından kötü konuşmak da olmazdı. "Yaptığı kötülüğün karşılığını gördü" dese, diğer kötülükler sorulacaktı bu kez. "Tek suçlu Gürhan mıydı ki; sadece o cezalandırıldı?" deseler ne cevap verecekti? En doğrusunun susmak olduğuna karar verdi. Ancak Aybars ısrar ediyor, damarına damarına basıyordu sürekli.

"Sana çadırdaki cinayeti haber veren ruhlar Gürhan için ne dedi?"

Aşena, Öktem'in elini tutmuştu o esnada ve cevap vermemesini istiyordu. Bir an analığıyla göz göze geldiklerinde "Öktem'in bize bakacak yüzü var ama söyleyecek sözü yok oğlum" diyerek ayağa kalktı Umay. Aybars'ın da peşi sıra gelmesini istiyordu. Lakin oralı olmamıştı delimsek kuşçu. Cevap bekliyordu Öktem'den.

---

63 "Kardaş" babada birliği, "Karındaş" ise annede birliği anlatır...

"Ruhların ne diyor bu işe?"

Analığının uzaklaşmasını bekledikten sonra bu konuda bir daha asla konuşmayacağını söyledi Öktem. İlk ve sondu bu. Sanki o anı bire bir yaşıyor yahut her şey gözlerinin önünde cereyan ediyordu. Konuşurken şakaklarından süzülen terlerle bile ilgilenmeksizin kıpırtısızdı.

"Gürhan kimse yokken çadırı derleyip toparlamaya gitti..."

Aşena daha ilk cümlede kardeşini onaylamak için başını salladığında Öktem bunun için bile ikaz etti hemen. Sadece dinlensin istiyordu. Bir kez ara verse sözün devamını getiremeyecekmişçesine tedirgindi.

"Gürhan yatağın altını temizlerken Tahsildar'ın içeri girdiğini gördü ve gizlendi. Adam, kaftanını çıkarırken altın kesesini yatağa bıraktı. Gürhan sadece keseyi alıp ona görünmeden çıkmak istedi. Sürüler gitti, bari altınlar bizde kalsın, diye düşündü. Keseyi usulca alıp çıkacaktı ki Tahsildar fark etti onu. Boğuşmaya başladılar. Gürhan bağırmasın ve dönüp kendisini göremesin diye adamın boynunu tuttu. Tahsildar bıçağını çekti o esnada. Daha genç ve kuvvetli olduğu için adamın elinden bıçağını alacağını zannetti, ama öyle olmadı. Boğuşma esnasında adamın boğazı kendi bıçağıyla kesildi. Kanları Gürhan'a da bulaştı."

Aybars "Gürhan öldürmese Tahsildar onu öldürürdü. Bilerek adamı öldürmemiş ki abim" diyerek araya giriverdi sinirle.

"Senin ruhların bunun için mi harcadı karındaşımı?"

Öktem az evvel Aşena'ya verdiği tepkiye nazaran daha halimdi şimdi. Aybars'ın delimsek halini düşünerek eski ses tonuyla devam etti anlatmaya.

"Gürhan çadırdan kaçtı. Üstünü başını değiştirdi. Elini yüzünü yıkayıp döndüğünde suç başkasının üzerine kalmıştı. Bazgan kimseyi teşhis edemeyince bu işten külliyen kurtulduğuna inandı. Hakkaniyete bakmadan hakkını arama derdine düştüğünde

Tahsildar ölmüştü. Ardından haddi daha da aştı. Kendisi için başka birinin, hem de tamamen masum olan birinin, üstelik dostunun öldürülecek olmasına seyirci kaldı. Hâlbuki içi elverse Bazgan da birini suçlardı. Gördüğüm Öktem'di, Aybars'tı, filancaydı dese, belki de o an aklanırdı. Ama o bunu tercih etmedi. Gürhan hatasında ısrar ettikçe askerlerden de birini öldürmüş oldu."

Öktem sözlerini tamamladığında "Tanrı yaptıklarını görüyordu kardaşım, umarım seni affeder" diyerek Gürhan'ın mezarını öptü. Ayağa kalktığındaysa sağ elinin parmaklarını dudaklarının üzerinde kaydırarak yana doğru çekti. Artık bu konuda konuşmayacaktı. Mevzu sırlanmıştı üçünün arasında. Aybars duyduklarından etkilenmişti ama kani değildi hâlâ. Cevap bekleyen bir sorusu vardı.

"Tanrın her şeyi görüyorsa ve her olan biteni biliyorsa neden Tahsildar öldürülmeden önce haber vermemiş sana? Şimdi üç kişi daha yaşıyor olacaktı."

Öktem'in gergin çehresi boşaldığında, Aybars "dinliyorum" dedi sertçe. "Söylesene, neden önceden haber vermemiş sana?"

O ana kadar sessizliğini bozmayan Aşena giriverdi araya. Cevabın kendisi de bir soruydu aslında.

"İnsanlara kendisinden bile hesap soracak kadar akıl veren Tanrı, yapacağımız her yanlışı birilerine mi ihbar etsin?"

Aybars'ın kafası bu cevapla iyice karışmıştı. Obayı işaret ederek "gidin" dedi, "onlara anlatın bu süslü laflarınızı. Anlayan olursa o da bana anlatsın..."

Andakan Tigin'in ipek işlemelerle süslü taht arabasını her biri altın kemerler ve zırhlar kuşanmış rahvan koşturan dört at çekmişti. Yanında yüzden fazla koruma süvarisi vardı. Temir yine birliğin komutanıydı. Ellili yaşların başındaki Tigin'e sağ kolu ve yeğeni olan Baycu eşlik ediyordu. Kafile daha uzaktan göründüğü anda tüm Aksakallar hizaya geçmiş, oba girişinde karşılamıştı onları.

Tigin'in arabası durduğunda altın ve gümüşle kaplı, üzerine geyik ve kurt motifleri işlenmiş ahşap bir merdiven getirilmiş, inmesi beklendikten sonra tüm Aksakallar diz kırıp selam vermişti. Andakan obayı, çadırları, sürüleri süzdükten sonra el pençe bekleyen Aksakallara diğerlerinin nerede olduğunu sormuştu. Ya karşılama ekibini görkemli bulmamış, ya da görmek istediği birilerinin eksikliğini fark etmişti. Koray, "Begrek'in oğlunu defnediyorlar Tiginim" dediğinde Temir'e dönüp "onlar da gelsin, toplantı başlasın" istemişti Andakan.

Begrek ve İnal da çadıra girdiğinde Aksakallara karşı "çok mu kocadım ki artık benden korkmaz oldunuz" diyerek fırça atıyordu şimdi. Tepkileri ölçmek için adamların yüzüne bakıyor "burada kadınlarınız ve çocuklarınızla yiyip içmenizi kime borçlusunuz? Sürüleriniz benim yaylalarımda otlamıyor mu? Bana böyle mi teşekkür ediyorsunuz?" diye hesap soruyordu gür nidalarla.

Koray "bizi bağışlayın Tiginim. Size saygısızlık edeni bulduk, hakkını da bildirdik" dediğinde, sesin sahibine dönerek "sen mi buldun?" diye diklendi Andakan. Koray, 'kim söylemiş olabilir' refleksiyle Aksakallara bakmaktan bile çekinmişken, Tigin ihtişamla tahtına kuruldu.

"Kardeşi ihbar etmeseydi, içinizdeki katili bulacak mıydınız?" dedi bu kez.

Az sonra sırayı yeğenine bırakmıştı. Baycu da amcası gibi Aksakalları süzerek "yaptığınızın diyetini ödeyebilecek misiniz?" dediğinde, dünkü konunun kapandığını sananlar aldandıklarından emindi. Tigin'in istediği diyet, vergiden öte bir şeydi. Çadırdaki obadaşlarından ses çıkmayınca mevzunun göbeğinde olan Begrek izin isteyerek söz aldı. Kurnaz ve ikna edici olmak zorundaydı. Sözlerini azami dikkatle seçiyordu.

"Size bu saygısızlığı yapan benim oğlumdu. Az evvel gömdük onu. Sürülerim ve keçe çadırımdan gayrı hiçbir şeyim yok. Eğer onları kabul ederseniz beni onurlandırırsınız Tiginim. Her şeyim sizindir."

Andakan mimik vermeden dinledikten sonra yeğenine dönüp "her şeyi benimmiş" dedi, başını imalı imalı sallayarak. Kısa bir sessizliğin ardından eskisine nazaran daha yüksek perdeden konuşuyordu şimdi. Tek tek Aksakalları dolaşarak yüz be yüz "benim sizin mallarınıza, sürülerinize ihtiyacım mı var? Sadakatinizi üç beş atla, kıl çadırla mı göstereceksiniz?" diyordu yineleye yineleye. Neden sonra aniden sakinleşiverdi sesi.

"Dün bu obada iki adamım öldürüldü. Benden iki cana karşılık sizden tek can yeter mi?"

Sessizliğin ardından "seni dinliyorum Begrek, iki cana karşılık tek can?" diye sorusunu yineledi. Bu kez cevabı kimden beklediğini de açık etmişti.

Bu esnada dışarıdaki ahali merakla bekleşiyordu ne olacağını. Askerler çadırın ve kalabalığın etrafını sarmış, elleri kılıçları ve kargılarında olduğu halde tetikteydi. Temir'se dünkü güzeli arıyordu gözleriyle. Onu görse bakabilecek miydi yüzüne? Bunun tedirginliğini üzerinden atamamışken yanında birileriyle tepeden aşağıya doğru geldiğini fark etti. Kardeşini öldürmüştü gözleri önünde ve henüz defnedildiğinde yeniden karşısındaydı üstelik. İçindeki bir ses "Aşena'dan utanıyor musun?" dediğinde, hemen yalanlayıverdi. Kendisini suçlu hissetmiyordu ki. Öyle de olsa, böyle de olsa Gürhan bir cinayet işlemişti ve infaz edilecekti her halükarda. O esnada önde Tigin ve Baycu, arkalarında Aksakallar dışarıya çıkıyordu çadırdan. Tahtı da taşındığında Tigin ihtişamla kuruldu yerine. Baycu birkaç adım ilerleyip gür bir sesle nida etti ahaliye:

"Sadakatinizi sunabilmeniz için cömert Tiginimiz size bir fırsat veriyor!"

'Sadakat sınaması' ve 'fırsat' insanların aklını karıştırmıştı. Gençler ve çocuklar ne olduğuna anlam veremese de, güngörmüşler bela kokusu alıyordu iyiden iyiye. Gülçiçek, Umay'la birlikte kalabalığın arka taraflarındaydı. Özellikle son üç günde yaşadığı sıkıntılar nedeniyle iyice halsiz düşen bedenini dinlendirmek için bir ağaca yaslanmış, öylece izliyordu meydandakileri.

Baycu, amcası Andakan'ın tüm kudretini kuşanmışçasına pervasızdı hâlâ. Aksakalları tek tek izleyip her birinin içine korku düşürdüğüne iyice emin olduktan sonra Begrek'e dönüverdi.

"Tiginimiz seni dinlemek istiyor."

Begrek hissetmişti olacakları. Erlikan'a bir can daha uğurlanacaktı. O can ya kendisininkiydi, ya da iki oğlundan birinin. Birkaç adım ilerleyip gür bir tınıyla "oğlum Gürhan'ın Tiginimize yaptığı saygısızlığın diyeti bendedir" derken, tahtın hemen yanı başındaki Temir'in önünde durdu. Umay dehşetle izliyordu kocasını. Gülçiçek, Öktem'e uzaktan işaret etmiş ama yerini belli edememişti ve ikizlerle Aybars, Andakan'ı izlemekte olan kalabalığın arasına karışıyordu şimdi.

Begrek elini Temir'den taraf uzatmıştı, kılıcını vermesi için. Ancak Temir olacakları tahmin ettiğinden anlamazlıktan gelerek birkaç adım beriye çekildi. Bu işe müdahil olmaktansa olayın dışında kalmayı yeğliyordu. Fakat Begrek de kılıcı bekliyordu ısrarla. Verilmeyince uzanıp kendi elleriyle çıkardı Temir'in kınından. Bir kulaç uzunluğundaki mat renkli kılıcı ters çevirip, işlemeli sapını Tigin'e uzatarak karşısında diz çöktü huşuyla. "İşte senin'im, bu işi bitirelim" diyen gözlerle muhatabına karşı vakar, evlatlarınaysa merhamet dolu bakıyordu. Vaktiyle Kıratlar ölmesin diye iduk olan Süt-Kısrak'ı hatırlamıştı bir an.

O esnada Öktem ve Aybars kalabalığı yararak meydana ilerlemeye çalışıyordu hâlâ. Görenler sessiz bir mutabakata uymuşçasına onlara yol vermemek istiyordu. Az sonra yaşanacak vahşete evlatların şahit olmasına nasıl müsaade edebilirlerdi ki?

Tigin kendisine uzatılan kılıcı alıp ayağa kalkmıştı şimdi. Diz çökmüş olan Begrek'in ölüme amade duruşuna hayrandı ama iktidarını göstermesi de lazımdı. Kılıcı havaya kaldırdığı an "bunu yapmaya hakkın yok" diyen sese döndü, böylesi bir cürete hayretler ederek...

Öktem kalabalıktan ve askerlerden kurtulup meydana atıldığında itiraz cüretinin kimden geldiğini de gösteriyordu Tigin'e. Aybars'sa hemen yanı başındaydı. Begrek son kez oğullarına bakıp bu işe karışmamalarını istemişti içinden. Bir oğlu üç gün önce gözleri önünde öldürülmüşken ikincisini görmeye razı olamazdı.

Tigin "sen mi engel olacaksın bana delikanlı?" diyerek Öktem'e baktıktan sonra, Baycu ve askerlerine de beklemelerini işaret etti.

Az sonra söyleyecekleri Kutlu'nun ilk manifestosuydu aslında. "Kimsenin suçu başkasına mal değil[64].Yapmak istediğin şey töreye aykırı!"

Tüm yüzler Tigin'e çevrilmişti aniden ve nefesler tutkun halde ne cevap vereceği bekleniyordu. Oysa onun cevabı dilinde değil, kılıcın keskin yüzünde gizliydi. Öktem'e baka baka, kılıcını hınçla indirip ikiye biçti Begrek'i. Adamcağız son nefesini verirken Gülce'yi düşünüyordu huzurla. "Emanetine dokunmasınlar diye ölüyorum" diyordu içinden. Nefesi göğüs kafesinde hapsolduğu esnada bile mütebessim bakıyordu geride kalanlara.

Öktem ve Aybars ileri atılmıştı hemen. Ancak askerler anında barikat kurmuştu ve geçmelerine izin vermiyordu. Kardeşler önlerine çıkanların birkaçını devirdiğinde itişip kakışmaların sonunda kementlerle kıskıvrak hale getirildiler. Diğer insanların da işe karışabileceğinden çekinen askerler tedbiren oklarını, mızraklarını doğrultmuş, en küçük bir hareketlenmede kadın çocuk demeden herkesi öldürmeye amadeydiler artık.

---

64 Nisa Suresi:111.Ayet, Zümer Suresi:7.Ayet ve İsra Suresi:15.Ayet'e atfen...

Temir'in bilinçli göz yummasıyla Umay ve Aşena asker barikatından kurtulup Begrek'in cansız vücuduna sarılmıştı şimdi. Berideki Gülçiçek gördüklerinin şokundaydı hâlâ. Başı dönüyordu. Ağaca yaslanmaya çalışsa da başaramamış, gözlerden ve ilgiden uzak bir şekilde düşüvermişti toprağa.

Öktem ve Aybars tepelerindeki askerleri ittirmeye çalıştıkça tekmeler yumruklar yiyor, yeniden oturtuluyordu kıskıvrak bir halde. Yine de çakmak çakmak gözleriyle Tigin'e bakmaya devam ediyordu Öktem. Begrek'in yanı başındaydı Andakan.

Aşena'ya "baban sadakatini gösterdi, görmek istediğim sadece buydu" dediğinde kızcağız tiksintiyle bakıverdi yüzüne. Yaralanmış dişi kurtlar gibi atılabilirdi üzerine. Bunun ceremesi olarak öldürülmekten bile çekinmiyordu ama ahaliye çevrilmiş silahları yadırgayamazdı. Yutkunup "Tanrım" dedi, içten içe. "Senin zalimlere de bir vaadin vardır. Onu Sana havale ediyorum."

Tigin, Öktem'e doğru geliyordu şimdi de. Bu esnada Koca İnal sadece kendisinin duyabileceği şekilde "evlat yanlış bir şey yapmayasın" diyerek Öktem'i tembihliyordu sanki. İtaat etmek can kurtaracaktı.

Tigin, Öktem'i suçlamaya başlamıştı. "Sen" dedi, "babana layık bir evlat değilsin, bana saygısızlık ettin."

Öktem "bu yaptığın adil değil, bir gün sen de hesap vereceksin" diye cevapladığında, "hesabı sen mi soracaksın?" naralarıyla ona vuruyordu Baycu. Tigin, Öktem'le daha fazla muhatap olmak istemediğinden Aksakallara dönerek herkesteki korkuları teyit etti.

"İstesem, şuracıkta öldüremez miyim hepinizi? Oysa ben buraya sizinle anlaşmaya geldim, oğullarınızdan akıl almaya değil..."

Tigin asıl ziyaret amacını açıyordu şimdi ama öncesinde adım adım Aşena'ya yaklaştı.

"Aramızda alacak verecek kalmadı artık. Benden iki kişi gitti, sizden iki kişi. Gayrı barış zamanı. İçinizden birini eş olarak alacağım kendime. Obanız şereflenecek ve bu dava bitecek..."

Sözlerinin son kısmında kızın başucundaydı Andakan. Öktem, onun niyetini anlar anlamaz yanındaki askerleri ittirip Tigin'e omuz atabilmişti ama yeniden altı yedi askerin altında kaldığında yumruklar ve tekmeler peş peşe iniyordu yüzüne. Yine de "onu alamazsın" nidalarının tüm Aladağ'da çınlamasına engel olamıyordu askerler.

Tigin tüm lütufkârlığıyla "bağışlanmak istemiyor musun genç?" dediğinde Öktem, yüzünü öteye çevirdi öfkeyle. Kırbaçlar suratına suratına inerken bile kımıldamamıştı. Gözleriyle isyanını ve ona asla itaat etmeyeceğini anlatabiliyordu bir şekilde. Tigin yeniden vurmaya başlayacaktı ki "yapmayın" diyen bir ses bastırıverdi tüm çığlıkları.

"Durun, vurmayın ona" diyordu Aşena.

Gülçiçek az evvel düştüğü yerden güç bela doğrulduğunda Öktem'in kaftanından tutularak sürüklendiğini ve askerlerce dövüldüğünü görmüştü. Aşena bunu bir an engelleyebildiğinde rahatlamak yerine iyice fenalaşıyordu artık. Midesi bulanırken yeniden rutin kusmaların başlayacağını zannetmişti, oysa karnı yırtılıyordu sanki. Önce belinden aşağısı aniden buz kesmiş, az sonra bacaklarından süzülen ılıklığı hissettiğinde baş dönmeleri de hızlanmıştı. Elini bindallıdan içeri soktuğunda avuçlarının kanlandığını gördü. Kalabalığın olduğu tarafa seslendi birkaç kez, fakat bulunduğu yerden kimseciklere fark ettiremiyordu kendisini.

Tigin aralarından çekilerek Aşena'nın kardeşine sarılmasına izin vermişti, her şeye hükmedebildiği vehminin varlığına kardığı lütufkârlıkla. Peşi sıra yine ahaliye dönerek "gördünüz" dedi, "benim derdim sizin canınızı yakmak değil!"

Bu esnada Öktem'i boynundan öpen Aşena sadece onun duyabileceği şekilde "kaderlerimizi yaşayacağız" demişti ikizine.

Öktem'in mutlaka hayatta kalması gerektiğine inanıyordu. Onu seçen, bunu boşuna yapmış olamazdı ki zaten.

İkizini son kez öptükten sonra çadırına kadar gitmek için Tigin'den izin istedi Aşena. Yanına alması gereken bir şeyler vardı zira. İsteğini gerçekleştirdiğinde annesinden emanet gümüş bilekliğini takmıştı. Bu kararını belirleyen ana etken Begrek'in "annen bunu erinden almıştı, sen de erine bununla gidersin" sözleriydi. Babasının "evleneceğin kişi çok önemli biri olacak, başına devlet kuşu konmalı" demesinin boş bir vaad olmadığını düşünüyordu. Yıllarca beklediği günün ve kişinin böylesi bir olayla ve baba katili olarak karşısına çıkması hazindi ama buna uymazsa kardeşlerinin öldürüleceğini de seziyordu. Üstelik buna razı olmazsa hem annesinin vasiyetini boşa çıkarmış olacak, hem de babasının ölüme yürüyüşünün bir manası kalmayacaktı.

Acılar içerisinde ama yaptığından emin bir halde "ben atamın, ecemin kızıyım" diyerek gidiyordu Aşena.

Tigin günün bereketinden memnundu ve otoritesini yenilemekle kalmamış, ayrılmazdan önce Aladağlılar ne denli cömert olduğunu da anlasın istemişti.

"Bu seneki beçiniz ve yılkılarınız sizin olsun" diyordu, en az atalarınca kudretli ve eli açık olduğunu yineleyerek. Sanki hepsinin yerine alıkoyduğu Aşena, Aladağ'ın kefaretiydi. Öktem'in ve Aybars'ın canları gibi tüm obanın vergisi de kızcağızın iki dudağının arasında gizliydi.

Tigin, Aşena'yı kendi yanına oturturken maiyeti de atlarına binmişti artık. Az sonra Öktem'in önü sıra geçeceklerken son kez göz göze geliverdi ikizler.

"Mecburum, vaadedilen bu. Yoksa öldürüleceksin" diyen ela gözler, "gitme" diye haykıran bir çift karaya aldırmıyordu. Bakışlarındaki "senin mutlaka yaşaman lazım, ben acılar içerisinde kalsam da fark etmez" manası belirginleşirken, Tigin'in omzuna dokunmasıyla birlikte irkiliverdi Aşena. Kendi yerinde öylesine köşeye büzülmüştü ki, küçük bir kız çocuğunun ürkekliğiyle donandı birden.

Müstakbel eşini rahatsız etmemek için geriye doğru çekilen Tigin ise, "bu kız gerçekten o mu?" diyordu içinden. O muydu Aşena? İstediğini kendisine verebilir miydi? "Neden olmasın?" diye düşündü. Değilse bile artık onun olmasını istiyordu. Ela gözleri, pembe yanakları ve bu güzel yüzü bütünleyen incecik narin bedeni sevmişti Andakan.

Araba uzaklaşırken Öktem'in önü sıra Temir geçiyordu bu kez. Onunla da göz göze gelmişlerdi. Ancak gece karası gözlerde az evvelki gibi özlem veya yakarma yoktu bu kez. Aybars'ın şahinleri gibi izliyordu avını. Sanki Temir'in gözlerine değil doğrudan içine bakıyordu bir şeyler yaparcasına. Aslında Öktem bile neden böylesine derin baktığını anlayamıyordu o an. Dalıp gitmişti onun karşısında ve bu haliyle muhatabını korkutmaya bile başlamıştı. Temir'in gönlünde beliren bir ses "hesabı senden sorulacak" der gibiydi, bu cebri götürülüşün...

Kafile uzaklaşırken Begrek'in cansız bedenini bırakan Umay, Öktem'i suçluyordu içi yanarak.

"Yüzünde şaklayan kırbaçla, sırtında kırılan iki üç sopayla kurtuldun sen ama benim dünyam yıkıldı. Önce oğlumu sonra kocamı aldın benden. Sen nasıl bir evlatsın, ne de nankörmüşsün" diyor, Öktem'i sarsıyor, kendisine bir şeyler söylesin istiyordu.

Oysa Öktem, analığına cevap vermek yerine Bazgan'a seslendi. Acilen kendisini çözmesini istiyordu. Serbest kalınca kafilenin ardınca gideceği açıktı. Bazgan hamle edecekken Koca İnal engelledi oğlunu. Öktem yeniden "çözün beni, Aşena gidiyor" derken bu kez daha öfkeliydi. Koca İnal nafile bir çabayla ikna etmeye çalıştı onu.

"Yapma evlat! Baban boşuna mı can verdi, Aşena yok yere mi gidiyor Tigin'le?"

Öktem akıl almak değil serbest kalmak istiyordu, hem de derhal. Umay, küçük oğlunun kementlerini kesince o da Öktem'in bağlarını çözdü ve "şimdi ne olacak?" diye abisine baktı.

Günün sessiz adamı sonunda ortaya çıkmıştı. Koray pişkin bir şekilde "sana akıl veren ruhlar babanın öldürüleceğini, kardeşinin götürüleceğini de söylemediler mi?"dediğinde Öktem hışımla doğrulup yakasından tuttu onu. Yumruğunu sıkıyordu hınçla.

Tam vuracakken "benden uzak dur Koray" diyerek ittirip bıraktı onu. Kırat'ın sırtına çıktığında Aybars ve Bazgan da atlanmıştı kendisi gibi. Önde Öktem, arkada Aybars ve Bazgan dörtnala uzaklaşıyorlardı obadan. Oysa Öktem kimsenin kendisiyle gelmesini istemiyordu. Kırat'ı durdurup "obaya dönün" dedi takipçilerine. Kendisine can borcu olduğunu yineleyen Bazgan'ın ağzını kapattı elleriyle. Ondan bir daha bunu duymak istemiyordu.

"Sen sadece Tanrı'ya borçlusun Bazgan. Şimdi sözümü dinle ve obaya dön!"

Ancak Aybars'ı bu şekilde durdurabilmesi mümkün görünmüyordu.

"Benim kimseye borcum yok, o Tigin şerefsizinden de alacağım var" diyen Aybars, atını koşturup Öktem'in önüne geçmişti gayrı. Kardeşine yetişebildiğinde "sana bi şey anlatacak vaktim yok" dedi kati bir sesle; "geri dön Aybars. Beni yalnız bırakın. Bu dava benimle onlar arasında!"

Bu işin kan davası olamayacağını düşünmüştü Öktem. Babasını öldürdüğü için Tigin'in peşine düşmüyordu ki. Fakat Aybars "öyleyse neden gidiyorsun?" dediğinde cevap bulmakta zorlanmıştı oysa. "Gelmeyeceksin" demek, hele de böylesi delimsek bir kardeşi ikna edemezdi elbet. Bunu bile bile "beni daha fazla yolumdan alıkoymayın, geri dönün" diyordu ki mutlak sükûnet başladı yine. Kırat da huysuzlaşmıştı. Kendi sözleri dâhil hiçbir sesi duyamıyordu Öktem. Cebrail'in yakınlarda olduğunu anladığı için çevresine bakınıyordu.

Gördüklerine anlam veremeyen Aybars ve Bazgan, Öktem'i sarsıyor ama durumda bir değişiklik olmadığını da görüyorlardı. Mutlak sessizlik bittiğinde ilk olarak Bazgan'ın "iyi misin, noldu sana?" sözlerini duymuştu Öktem. Ona cevap yetiştirmek yerine Kırat'ı mahmuzluyordu ha bire. Lakin yılların yoldaşı bir adım bile ilerlemiyordu. Son kez mahmuzladığında ağaççasına kıpırtısız duran Kırat'tan inip düşürme bahasına Aybars'ı çekti ve onun atına biniverdi. Bu kez dörtnala koşturuyordu kafilenin arkasından. Üstelik kendisini takip edebilecek kimse de yoktu berisinde.

Öktem etrafı derin yamaçlar olan bir geçide geldiğinde Aşena'nın götürüldüğü kafileyi görebiliyordu artık. Bir an ne yapacağına karar vermek üzere onları izlerken yine mutlak sükûnet başladı ve etrafta kimsecikler yoktu. Atın kulakları dikelip geriye doğru çekilmişti. Hayvancağızın bir şeylerden korktuğu belliydi. Bırak ilerlemeyi, adımlarını geri geri atar olmuştu. Öktem, gemi ve yuları çekiştirerek onu kontrol altına almaya çalışırken kayalardan gelen acı çatırtılarla birlikte mutlak sessizlik bozuluverdi. Koca koca taşlar mahşeri gürültülerle yuvarlanıp yolunu kapatıyordu. Çekilip yamaç yukarı sürecekken atı yine mıhlanmıştı. Artık yaya olarak devam edecekti. Kayaları aşmak için yamaca tırmanırken, birkaçı az kalsın kendisini ezip geçecekken son anda kurtulmuştu. Geçidi aşmak için yeniden tırmanmaya başladığında büyükçe bir kayanın üzerine üzerine geldiğini gördü. Güç bela ondan da kurtulduğunda ayağı kaydığı için yuvarlanmaya başladı hızla. Başını ve gövdesini bir yerlere çarpa çarpa durabildiğinde doğrulup tam da kalkacaktı ki bu kez koca bir ağaç devriliyordu üzerine. Son bir hamleyle kendisini beriye çekebildiğinde kayalar ve ağaçlar arasında mahsur kalmıştı gayrı.

Baygın yatıyordu ve gözlerini bile açamayacaktı bir süre.

ଔ

Aybars obaya döndüğünde insanlar "Gülçiçek'e yazık oldu" diyordu, yüzlerindeki acınma ifadeleriyle. Kötü bir şey olduğu belliydi. Ancak kimse net konuşmuyordu kendisiyle. Çadıra geçecekken annesini görmüştü. Umay elleri başında ağıtlar yakıyordu hâlâ. Gözleri kan kızıldı ağlamaktan. Üç beş güne sığan iki acıya, evlat ve eşin öldürüldüklerini görmeye kim dayanabilirdi ki zaten? Kendisi de perişandı ama duydukları doğru muydu? Annesine bir şey sormaktan çekiniyor, onu üzecek olmaktan korkuyordu ilk kez.

Umay, Aybars'ı fark ettiğinde bir şey söylememişti önce. Sonra içerideki ebe kadına seslendi. Öktemlerin çadırından çıkan kadın, durumu anlamışçasına kenara çekti Aybars'ı. İkinci yeğenin düştüğünü, yani doğamadan öldüğünü söylüyordu, başsağlığı dileklerinin ardınca.

Umay, "bunların hepsi senin o uğursuz abin yüzünden oldu" diyordu şimdi. Açmıştı ağzını, ne gelirse söylüyordu ard arda.

"Öldürülmeden önce babana bir de evlat acısı yaşattığı için oldu bunlar. Ruhlarımıza saygısızlık etmese, onların öfkesini çadırımızdan içeri sokmasa, başımıza gelir miydi bunlar?"

Bir an durakaldığında "Koray haklıymış oğlum" dedi bu kez: "Tahsildar'ı öldüren abin değil Bazgan'mış. Cesedini yakmaya da izin vermediğimiz için abinin ruhu Öktem'den intikam almak istedi, gelin balasını düşürdü!"

Aybars özellikle son sözlerin kimin başının altından çıktığından emindi. Öfkeyle fırladı. Meydanda yakaladığında Koray'a kötü şeyler yapacağı belliydi. Üç beş kişi koluna girip güç bela onu zaptetmeye uğraşırken "sus" dedi Koray'a.

"Bir daha sakın bizimle ilgili bir şey konuşma, dilini keserim senin!"

Koray az uzaklaşmıştı oradan ama Aybars döndükten sonra çevresindekilere zehrini saçmaya devam etti.

"Dediğimi yapsaydınız bir tek Bazgan ölecekti ama Öktem her şeyi mahvetti. Önce bir askerin, sonra kardeşinin, ardından babasının, en sonunda da doğmamış balasının kanına girdi. Söyleyin dostlar aradığınız böylesi bir adam mıdır? Size söylüyorum. Bu adamın zararı kendine değil, size ve evlatlarınıza dokunacak!"

Kafile kuyu başına geldiğinde mola verilmişti. Tigin kendisi için kurulan merdivenden inerken Aşena'ya yüzünü yıkamasını ve su içmesini söyledi. Kızcağız "inmeyeceğim" demeye bile tenezzül etmeden durakaldığında, Tigin kendisine getirilen maşrapayı kafasına dikti ve "Issık'a kadar mola yok, sonra pişman olursun" diyerek ikaz etti Aşena'yı.

Askerler ve atları su içerken halayıklar da yiyecek hazırlamaya başlamıştı şimdi. Tigin, sofraya kurulduğunda Aşena, arabada yalnızdı. Gözlerini toprağa indirmiş halde kâh birkaç gün içerisinde ölen yakınlarını düşünüyor, kâh ikizine yardım etmesi için Rabbine yalvarıyordu. Dilinden dökülenler "onun gönlüne genişlik ver Tanrım" sözleriydi yine.

Duaya devam ederken bilekleri sıyrıklarla dolu, damarları pörtlek güçlü bir el gördü. Keçi derisinden yapılma bir matara tutuyordu. Yüzünü kaldırdığında Temir vardı karşısında. Su verdiği fark edilmesin diye etrafı kolaçan ediyordu ha bire. Ama yüzüne bir an bile bakamamıştı. Öylesine bekleyip suyu kabul etmesini istiyordu. Aşena, bir şey istemediğini belli etmek için elleriyle matarayı ittirdiğinde, ilk kez onun yüzündeki suçlu ifadeyi fark etti. Daha üç beş gün önce Gürhan'ı öldürmüş olan bu subay, nedense utanıyordu kendisinden. Beride birkaç halayık sofrayı kaldırmaya başlamıştı, artık askerler de yeniden atlanıyordu. Az sonra birilerinin Temir'i göreceği muhakkaktı sanki. Her ikisi de bunu biliyor ve hallerini bozmuyorken, Aşena alıverdi matarayı. Kapağını bile açmamıştı ki, Temir işini tamamlayan sıradan bir askermişçesine anında uzaklaştı oradan. Hak ettiği teşekkürse ardı sıra gelecekti.

Aşena, fısıltıyla da olsa, "sağol" demişti Temir'e...

Lakin içindeki sesler fazlasını da söylüyordu.

"Konuşmaktan bile imtina ettiğin Tigin, babanın katili. Elinden bir yudum serinlediğin kişi de kardeşinin..."

O sese hak veren Aşena, elindeki mataradan bir yudum bile içememişken attı onu elinden.

"Tanrım yardımcım ol" diyordu. Üstelik bu yardımı neye karşı istediğini tastamam bilmenin ve buna rağmen adını bile koymaktan korkmanın ikircikliğiyle...

-4-

Gözlerini nihayet açabildiğinde doğrulmaya çalışmıştı bir gayret. Ancak ağacın devasa gövdesi dizleri hizasınca uzandığı için başaramadı bunu. Dallar ve yapraklar yüzüne yapışmış bir haldeyken ayaklarıyla ağacı ittirmeyi denedi şimdi de ama o kocaman kütleyi bırak oynatabilmeyi bir parmak olsun kımıldatamamıştı yine.

Dili damağı güz yaprakları misali kupkuruydu ve açlıktan midesi yırtılıyordu. Baygın halde ne kadar yattığını da bilmiyordu üstelik. Kayaların arasından süzülen huzmelere bakılırsa öğlen olmalıydı vakit. Uzun uğraşlar neticesinde ellerini göğsünde ve boynunda dolaştırabildiğinde yaralarının kabuk bağladığını fark etti. Sıyrıkların kermeleri de dökülmek üzereydi. Belli ki en az üç gündür baygın yatıyordu bu şekilde.

Vücudunun sesini dinlemek yerine sevdiklerine yöneldi birer birer. Aşena, Issık'a varmış mıydı acaba? Her ne hissediyor veya yaşıyorsa kendisinden hallice olduğuna dair umutlar besleyebiliyordu. Peş peşe kaybettiği babası ve erkek kardeşini düşünürken içi ezildi en baştan. Onlar inançla tanışamadan ölmüştü. 'Son'un başındaydılar ve hesap gününü bekleyeceklerdi hiçbir şey yapamadan. İyilikleri ve kötülükleri için, yaptıkları ve yapmadıkları için tek tek yargılandıktan sonra Tanrı'ya eş koşmanın, O'nu bırakıp kendilerine bile faydası olmayan sanemlerin peşi sıra gitmenin bedeli sorulacaktı sevdiklerinden. Hurafe inanışlarla dolu bir yaşamın nihayetinde pişmanlıklarının bir faydasını da göremeyeceklerdi öte tarafta.

"Keşke" diyen tüm sesler yitip giden sevdiklerinin Tanrı inancı üzere yaşamış olmasını arzuluyordu.

Peki ya kendisi?

Canlı canlı girdiği şu kabir babası ve kardeşininki kadar soğuk ve iç bunaltıcıyken, kıpırtısız şekilde mukadder sonu beklemek ortak kaderleri miydi? Nefes alıp veren, güneşi görünce canlanan, geceleri uyuyup sonra yeniden uyananlara duyuramazdı sesini.

Her dem 'Diri'[65] ve'Esirgeyip Merhamet Eden'[66] 'En Yüce'yi[67] düşünürken dudaklarında Haberci'nin mağaradayken getirdiği sözler vardı yeniden.

"Rabbin karanlıkta ve aydınlıkta
Neler fısıldandığını duyandır
Ve neler yapıldığını gören."

Bundan şüphesi yoktu Öktem'in. Aynen inanmıştı ve inanmaya devam ediyordu göçükler altındayken bile. "Burada açlıktan ölmemi beklemezsin, yardımsız koymazsın senin için yola çıkanları" diyecekken, henüz düşünceleri dile bile dökülmemişken, anında geliverdi cevap. Yanı başında bir tavşan debeleniyordu. Öktem onun ne yapacağını izlerken hayvancağız ağzıyla çekiştirdiği bitkileri getirip bıraktı dudaklarının arasına. Yakından bakabildiğinde anlamıştı ki, atkuyruğu otuydu[68] bunlar. Tavşancağız getirdiklerini rahatça yiyebilmesi için Kutlanmış yüzü çevreleyen dalları da ayırıyordu birer birer.

---

65 Allah'ın 99 isminden (Esma-ül Hüsna) biri de "HAYY"dır. "Her dem diri olan, işler gören" manasına gelir. Romanda Tanrı'yı kast ederek kullanılacak olan "Diri" kelimeleri "HAYY" ile eşanlamlı düşünülmüştür...

66 'Esirgeyip merhamet eden' "RAHMAN"dır...

67 'En Yüce'; "MÜTEKEBBİR" olan Allah'tır...

68 Atkuyruğuotu (Equisetum Arvense) kök sapı uzun ömürlü, eğimli arazilerde ve hendek kenarlarında yetişen şifalı, çiçeksiz, otsu bitkilerdendir. Vücudun mineral dengesini bozmadan asit ve zararlıları atar. Kanamalarda yararlıdır. Kemik ve kasları güçlendirir. Ödem giderir. Akyuvar miktarını artırarak bedenin direncini yükseltir...

"Tanrım rızkıma kefil olan Sen'sin" diyerek O'nun adıyla[69] gelenlerden bir iki lokma alabildiğinde ışıkların süzüldüğü yerden dudaklarına damla damla su düşmeye başladı.

Bu nimetleri için şükretmesi gerekiyordu Rabbine ve şükrediyordu Öktem...

Bedeni zindeleştiği ve yalnız olmadığı da hissettirildiği için yinelenen umutlarla kendisini çevreleyen ağaç ve kayalara tekrar yüklendiğinde hayalkırıklığı yaşayacaktı oysa. Azıcık da olsa etrafındakileri ittirememiş, bacaklarını bile kurtaramamıştı hâlâ.

"Tanrım yardım et" niyazıyla yeniden uğraşmaya başladığında yine olmayacaktı dileği. Mahsur kaldığını artık kabullenmek zorundaydı. Nitekim saatler, günler geçtikçe durumda hiçbir değişiklik yaşanmadı. Her seferinde bir umut ağaca ve kayalara yükleniyor ama sonuçsuz kalıyordu yeniden ve yenilenen her teşebbüsle...

Tanımadığı insanların arasında daha önce hiç görmediği bir yerdeydi. Etraflarını saran kalabalıklar birini görmeye çalışıyordu ısrarla. Kendisi de onu merak ediyor ama araya giren insanlar nedeniyle yüzünü seçemiyordu bir türlü. Önü sıra bekleşenleri ittirip ilerleyecekti ki kız kardeşi uyandırmıştı panikle. Kendisine gelmesi için "babam bekliyor bizi" dedi, acele etmesini de yineleyerek...

Dolunay yavaştan alınca kardeşi Burçin onu bırakıp tek başına çıkmıştı çadırdan. Halayığı da uğrayıp "babanız yine sordu sizi" deyince nispeten hızlanıverdi artık.

İpekler ve altınlarla süslü huzur çadırına girdiğinde babasını tahtın başında Baycu'yla konuşurken bulmuştu. Adet üzere varıp elini öptü önce. Babası "sizi biriyle tanıştıracağım" derken, halayıklar da konuğu getiriyordu huzura.

---

69 Allah'ın 'Rızka kefil olan' ismi "REZZAK"tır...

Kaç günlük yoldan gelmesine rağmen diri kalmak için direnen, buğulu bakışlarından süzülebilecek her türlü anlamı etkisiz kılmak istercesine dingin görünmeye çalışan bu konukla yaşıtlardı. Onun ne için geldiğini de biliyordu.

"Siz yokken hastalandım, izin verirseniz dinlenmeye devam etmek istiyorum" dedi, babasına.

Gidebileceğinin işaretini aldığında kardeşinin de gelmesini istemişti. Ancak nedense küçük kız bir yere ayrılmamıştı ve ela gözlerin sahibine "abla senin adın ne?" diyordu.

"Aşena" adı, ille de hayali, birkaç yüz metre ilerideki çadırın da içindeydi. Temir gözleri kapalı bir halde tepebaşında güneşi ardına almış olan kızı düşünüyordu. Bazgan infaz edilecekken tedirgin olan, ikizi garip sözler ederken ona destek çıkan, babası ve kardeşi cansız şekilde uzandığında onlara sarılıp ağlayan kızdı o. Kuyu başında bir yudum suydu. Kardeşinin dilinde "gitme" idi, yana yakıla...

"Ya şimdi?" diye düşündü Temir...

Efendisinin çadırındaydı Aşena. O gözler uçsuz bucaksız bozkırda erinin yolunu beklerdi ama Issık'ta, Tigin çadırında kendisini görebilir miydi elalar? Düşünceleri gittikçe yoğunluk kazanırken Gürhan'ı hatırladı yeniden. Kaçmaya çalıştığında kendisi vurmuştu onu, hem de o ela gözleri görebildiği biricik anda. Bunu unutabilir miydi Aşena? Kim bilir molada matarayı uzattığında içinde su değil, kendi kanının olmasını istemişti belki de. İntikam niyetine kendi kanına susamış olabilir miydi Aşena?

Uykusu dağlara kaçmış, kuş olup göklere çıkmıştı. Çadır üstüne üstüne yıkılıyor, yatak etine batıyordu. Dışarıya geçtiğinde meşalelerle ışıl ışıl parlayan Issık'ın hiç olmadığınca yas tuttuğunu hissetti. Koca şehir teze konuğunun bahtsızlığına yanıyor, "keşke"leri dinlemekten korkuyor olmalıydı.

"Nolurdu seni başka bir yerde, başka bir zamanda görseydim? Öylece çıksaydın karşıma."

Başına geçtiğinde odunla küreleyip harını artırmıştı ateşin. Pervaneleri izliyordu umarsızca. İçindeki bir ses "ateşe uçan kanatlar yanar" derken, diğeri mukadderi vazedercesine "ateşe uçmayan kanat neye yarar?" deyiverdi.

Ateşe uçmayan, uçamayan, bunu göze alamayan bir çift kanatla yaşamak...

Zihni ve gönlü paramparçaydı, en az göğün ve yerin birbirlerinden uzak kalışı nispetince...

Beşinci günün sonunda tavşanın getirdiklerine dokunmamıştı Öktem. Tepesinden damlayan sulara karşı da sımsıkı kapalıydı dudakları. Bir yudumun bile boğazından geçmesini istemiyordu artık. İçindeki sesler gayrı sitemlerin tercümanıydı.

"Sana inandım ve masum birini korumak için canımdan bir parçayı, kardeşim Gürhan'ı ortaya çıkardım, hem de kendi ellerimle. Evlat acısı yaşattıktan sonra babam da öldürüldü. Yetmedi Aşena'yı aldılar benden. Onlar da masumdu. Neden yardım etmek yerine burada tutuyorsun beni?"

Bir yanıyla kırgındı Rabbine. İçindeki ses pervasızca söylenmeye devam ederken, "terk mi edildim?" şüphesi[70] iliklerine değin ürpertti varlığını.

En derinlerden gelen o ses "yarı yolda bırakıldın Öktem, bunu artık kabul et" diyordu. Koca İnal haklı mı çıkacaktı? Tanrısal hiçbir delil görmeden girdiği bu yolda kandırılmış olabilir miydi gerçekten?

Dehşetle irkildi bir anda.

"Asla" deyiverdi, içindeki tüm seslere karşı: "Tanrım, terk edenlerden değildir. Kişi, O'nu bırakmadıkça O, kişiyi bırakmaz asla!"

Bir gün sonra çatırtılarla uyandı Öktem. Bir kaya yer değiştirdiği esnada ağaca baskı yaptığı için hiç değilse bacaklarını

70 Yusuf Suresi:110.Ayet'e atfen...

kurtarabilmişti nihayet. Şükrediyordu Rabbine. Hâlâ tutsaktı belki. Hâlâ dışarı çıkamıyordu ama hücresi genişlemişti bir parça. Olduğu yerde doğrulmaya çalışırken tenini kast ederek "topraktan geldik, toprağa döneceğiz" dedi. O esnada dizleri üzerinde doğrulabilmişti de. Alnını ve burun kemerini, her iki ayasıyla birlikte yere bastıracak şekilde eğildi. Toprakla hemyüzken bu kez asli varlığı için, —toprağa can katan ruh için—"Senden geldik, Sana döneceğiz" dedi.

Secdedeydi Öktem...

Bedeni toprağa yapışmışken, ruhu daha önce hiç olamadığınca derin yakarışlar içerisindeyken, boynunu eğmiş, tevazuuyla alçalmıştı 'Âlemlerin Rabbi' huzurunda. Yeri ve göğü dolduranların, sabahı ve akşamı görenlerin, asılları ve gölgeleri gibi secdedeydi Öktem.[71]

"Nerede yanlış yaptım Tanrım?" dedi, tüm samimiyetiyle. "Bunu anlayacak idrak ve kabul edilecek tevbe nasip eyle!"

Yedinci günün sonunda bile alnı topraktaydı hâlâ. Rabbini anmak, tevbe etmek ve şu anki haline bile şükretmek makamındaydı.

Ve belirlenmiş vakit tamama erdiğinde kulaklarındaki ses *"masumların esenliğine kefil olan O'dur"* diyordu yeniden. Mağaradayken Haberci'den duyduğu sözlerdendi bu. Şimdi daha iyi anlıyordu ki kendisine düşen mazlumu savunmaktı. Bu uğurda elinden geleni yapmakla mükellefti sadece. Sonuç ve mukadderat O'na ait olduğu için mutlak 'Kefil' olan Tanrı'ydı sadece. Aşena veya herhangi bir masum için değil, ulaşabildiği tüm insanları ikaz etmek, Tanrı'nın yoluna, O'nun esenliğine çağırmak için seçilmişti kendisi.[72]

Dışarıdaki rüzgârın sesi dâhil yürek ritimleri bile kesildiğinde ziyaretçisi olduğunu anladı. Haberci yeniden gelmişti günler sonra.

---

71 Rad Suresi:15.Ayet'e atfen...

72 Nur Suresi:54 Ayet, Kehf Suresi:56.Ayet, İbrahim Suresi:10.Ayet'e atfen...

"Kardeşin Yunus, balığın karnına düştüğünde
Hatasını anlayıp af dileyen ve affı kabul edilendi.
Yusuf kuyuya salındığında bile şükretti Yaratanına
Ve Tanrı'nın nimetlerine kavuştu...

Deden İbrahim ateşe atılacakken,
Kendisine yardıma gelen meleğe bile
'Bana Rabbimden başka yar ve yardımcı yok' demişti.
O, Tanrı'nın; Tanrı O'nun dostuydu...

Ey Kutlu kişi; sen ve sana inananların
Sizden evvelkiler gibi sınanmayacağını mı sandın?
Unutma ki, seni ve her şeyi yoktan var eden Rabbin;
Affetmeyi, nimetlendirmeyi ve dostlarını sever..."

Öktem, Tanrı katından gelen sözleri dinlerken bir an bile olsun alnını topraktan kaldırmamıştı. "Ben kendi kendime zulmettim" derken, 'Bedenlerin Atası' olan Âdem'den kendisine kadar gelen tüm Kutlu kişilerin yaptığı şekilde tevbesinin kabulünü istiyordu.

Bir an boğazı düğüm düğüm olduğunda 'Ruhların Ata-sı'na, Âdem'den de evvel var edilen 'İlk Kutlanmış'ın[73] ulu hatırına sığındı bu kez.

73 Yaratılanların ilki, kendinden sonrakilerin de yaratılma sebebi olan "NUR-I MUHAMMED"dir. Tüm âlemler onun aşkına yaratıldığı için "Fahr-i Kâinat" (Evrenin övüncü) olarak da anılan Hz. Resulullah; "atam Âdem henüz balçıkla çamur arasındayken ben peygamberdim" buyurmuştur. Haliyle Hz. Muhammed (S.A.V.) ismi bilinen veya bilinmeyen sayılarının 124 bin olduğuna inanılan Nebilerin ve diğer milyarlarca insanın ruhen atasıdır. Bu mana itibariyle tüm peygamberler O'nun halifeleridir, nurlarını ondan almıştır. Hz.Resulullah yine bu konuyla ilgili olarak; "yeryüzündeki adım Muhammed'dir ama gökler katında yazılı olan Ahmed'dir" buyurmuştur. Yeryüzüne gönderiliş sırasına göreyse 'Bedenlerin Atası' olan Hz. Âdem'in torunu ve peygamberlerin sonuncusudur. Bu yüzden "Mühür" anlamında "HATEM" diye adlandırılmıştır. Bu meyanda Hadid Suresi:3.Ayette geçen "O ilktir, sondur; açık ve gizli olandır" ifadesinde "O" ile kast edilenin sadece Cenab-ı Allah değil, aynı zamanda Hz. Muhammed olduğu da iddia edilmiştir...

"Atam Âdem'in ve Dedem İbrahim'in 'Torunu' için, uğruna âlemleri yarattığın 'Mührün' aşkına beni bağışla Tanrım" diyor, yerinden oynamakta olan kayalara aldırmaksızın secdesine devam ediyordu vecdle.

Yedi rengi toplayarak ışığı yaratan ve gökyüzünü de yedi kat sema olarak düzenleyen[74] biricik Yaratıcı, yedi günlük mahsurluk sonrasında affediyordu Kutlu kulunu. Öktem, O'nun adıyla kayaları yeniden ittirdiğinde ilk olarak ışıl ışıl parlayan 'Hilal'i görüverdi mehtapta. Ay bile selama durmuştu Kutlu'nun dönüşüne...

Can yoldaşı da kendisini bekliyordu bir kenarda. Ne zaman gelmişti, neden sesini hiç duyurmamıştı, önemsizdi Öktem için. Boynuna sarılıp başını, yelesini okşadı. Alnının orta yerinden öptükten sonra sırtına çıktı Kırat'ın[75] Kafilenin gittiği tarafa bir an bile olsun bakmadan obaya dönüyorlardı dörtnala.

Tanrı sevgisi ve bilgisinin asli muhatapları kendilerini bekliyordu ne de olsa...

ന

Davet edildiği sofranın mükellef oluşu iştahını açmamıştı ve hiçbir şeye el sürmeden bekliyordu Aşena. Yiyeceği her şeyin kendisine ihanet edeceğinden, hesap sorulan bir günde aleyhine şahitlik yapacağından çekinircesine kayıtsızdı önündeki lokmalara. Tigin ise taze pişirilmiş ekmeklere kendi elleriyle yağ bal sürüyor, arada konuşarak kahvaltısına devam ediyordu. Aşena'yı çok ilgilendirirmişçesine babasından, dedesinden, atalarından söz ediyor, nesiller boyunca verilen emeğin kendisine değin uzandığını anlatıyordu.

Aşena söylenenleri elbette işitmişti ama dinlediği pek söylenemezdi. Aklında on gün önce ölen kardeşi ve babası, Öktem'in

---

74 Bakara Suresi:29.Ayet'e atfen...

75 Türkler, Müslüman olduktan sonra da atların alnında nur olduğuna ve mübarek kılındıklarına inanmışlardır...

'Kut'lanması, bunun bedeli, öncesi ve sonrası vardı hâlâ. Ne ihtişam, ne güç, konfor çekiyordu ilgisini. Tigin de iyi kötü farkındaydı bunun ancak yine de devam etti konuşmasına.

"Burçin'e sevdirdin kendini, Dolunay da zamanla alışır sana."

Bu esnada yağ bal sürdüğü sıcak ekmeklerden birini de Aşena'ya uzatmıştı. Kızcağız ikramı kabul etmek yerine diğer taraftaki peynire hamle etti belli belirsiz. İkram hâlâ kabul edilmeyi beklerken Aşena, peyniri bırakıp bu kez de yoğurda uzandığında, ekmeği kendi ağzına götürüverdi Tigin. Tavrı anlamış ama görmezlikten gelmişti. Tartışmak yerine büyüklüğünü göstermekten yanaydı. Gücünü, kudretini anladığında Aşena'nın kendisine itaat edeceğine inanıyordu. En azından bunu umuyor ve kendisinin belirlediği kurallarla bunu denemek istiyordu.

"Daha Issık'ı gezmemişsin. Halayıklara söyleyeyim seni gezdirsinler, seversin burayı."

Alışması gerektiğini ima ederken tepkisini ölçmek adına kızın yüzüne de baktı Andakan. Oysa kızcağızın gündemi farklıydı. Bakışlarında gizlenmiş olan merakı nihayet kelimelere de döktü.

"Neden benimle evlenmek istiyorsun?"

Günün ilk sözleri Tigin'e tebessüm ettirmişti. Yine de soruya cevap vermek yerine balda bekletilmiş olan kavuna uzandı.

"Çok lezzetliymiş, yemezsen pişman olursun yoksa!"

Aşena sorusunu yineleyince sanki alelade bir şey söylemişçesine, "güzelsin" deyiverdi bu kez. Baştan savarcasına konuşmuş, ardından kadehine uzanıp yalçın tepelerden indirilmiş olan karlara karılan gül şerbetini dikmişti kafasına. Doymuştu. Sofradan kalkıyordu ki Aşena "cevap ver" diye sesinin tonunu yükseltti. Tigin kendisinden hesap sorulmasına alışkın değildi elbet, ciddileşti bir anda. Bağırıp kükreyecek gibi bir hali varken alaycı tebessümlere sığınıp "varisimin annesi olmak istiyormuşsun" dedi. O kadar atayı, kendisine kadar uzanan nesli boşuna saymamıştı ki. O neslin yürümesi gerekiyordu. Üstelik hatırlatmak istediği bir şeyler vardı zihninde.

— Sen niye geldin benimle?

— Başka çarem mi vardı? Gelmezsem kardeşimi öldüreceksin diye korktum!

Bu cevap şimdilik yeterliydi Andakan'a. Yine de elindeki kadehi bırakıp Aşena'nın ela gözlerine baka baka, üstelik tehditlerini de sakınmadan "doğru düşünmüşsün" dedi; "korkmak ömrü uzatır..."

Aşena, Tigin'de gördüğü bu ululanmadan dolayı az evvelki cevabından pişman olmuştu anında. Hışımla ayağa kalkıp huzurdan çıkarken izin bile istemedi ondan. Sert adımlarla uzaklaşıyordu sofradan. Müstakbel eşinin gidişini izleyen Andakan elindeki kavunu dişleyerek arkasından mırıldandı belli belirsiz.

"Yemediğine pişman olacaksın Aşena!"

Söz henüz bitmişken Tigin'le başbaşa konuşmayı bekleyen Baycu giriverdi huzura. "Talimler devam ediyor" demişti. Koca İnal haklıydı. Savaş vardı ufukta. Tigin, kendisine baş kaldıran güneydeki çiftçileri, ordusuyla birlikte ziyaret edecekti. Bereketli Sarı Nehir havzasında pirinç tarımıyla zenginleştikçe asi olan insanların tepesine balyoz gibi inmeliydi. Seferin iki hafta sonra olmasını emretti. Süvarilere cins atlar ve ordu iaşesi olarak sığır, keçi temin edilmesine; silahlar için yola çıkarılan kervan ve tüccarların Issık'ta toplanmasına bu kadar süre yeterliydi.

Talimatları sonlandığında "sefer bitsin, toyları da yaparız" dedi.

Kendisi Aşena'yla evlenecek, Baycu'yu da büyük kızı Dolunay'la baş göz edecekti. Verdiği muştuya rağmen durakaldı bir an. Ailesinin üzerindeki laneti hatırlamıştı.

"Keşke" dedi hayıflanarak "baban da görebilseydi bu günleri..."

Sabahın erken saatleriydi. Tepeyi aştığında tüm oba ayaklarının altındaydı Öktem'in. Tanrı mesajına muhatap olanları izledi bir süre. Kadınlar dere kenarında çamaşır yıkıyor, genç kızlar çadırlara su taşıyor, eli iş tutanlar ahşap tezgâhlarda keçi kılından halı kilim dokuyor, çocuklar ellerindeki sopalarla at misali koşturarak oyunlar oynuyordu. Yaşlılar öbek öbek toplanmış, birbirlerine hastalıklarını anlatıyor, evlatlarından, gelinlerinden şikâyet ediyor olmalıydı. Yukarıdaki merada sürüler de otladığına göre hayat kendi rutini içinde akıp gidiyordu her zamanki gibi.

Meradaki çobanlar arasında Bazgan ve Aybars'ı seçebildiğinde o tarafa koşturmuştu Kırat'ı.

Babası ve küçük abisinin ölümlerinden sonra sürülerle bizzat ilgilenmek zorunda kalan Aybars, kendilerine doğru gelen Öktem'i gördüğünde ona doğru koşturdu bir umut.

"Nerelerdeydin, noldu bunca zamandır, Aşena nerde?" diyerek peş peşe sıraladı merak ettiklerini.

İleriden İnal da geliyordu, yanında Koray ve birkaç Aksakalla beraber. Öktem onları fark edince Bazgan'ı yanına çekti. "Güvendiğin herkese tek tek haber ver, burada toplanalım, akşam konuşacaklarım var" diyerek uzaklaşmaya başladı. Öktem'in oyalanmadan çadırına gitmek istediğini Aybars da, Bazgan da anlamıştı. Hatta küçük kardeşi bir an Öktem'in arkasından seslenip acı haberi vermeyi düşündü ama vazgeçti. En iyisi kendi gözleriyle şahit olmasıydı.

Koray, "Tigin'le yeniden sorun çıkarmış mı Öktem?" merakı için cevap arayacaktı kendince. Bu esnada Aybars'ı değil Bazgan'ı muhatap almıştı. Bazgan bilmediğini söyleyince bu kez "nerdeymiş bir haftadır?" dedi. Aynı şeyleri kendileri de merak etmiş ancak öğrenememişlerdi. Bazgan her soruya "bilmiyorum" cevabını yenileyince Koray gemi azıya aldı iyice.

"Öktem burada esti gürledi ama orada zoru görünce Aşena'yı bırakmış belli ki!"

Bu esnada Aybars'ı takip ediyordu göz ucuyla. Onun sinirlendiğini fark eder etmez sessizce sıvışıverdi.

İnal, "hiç mi bir şey söylemedi size?" kabilinden laf almak istiyordu hâlâ. Bir şeyler konuştuklarını görmüştü fakat Bazgan akşamki plandan bahsetmeden Öktem'in hanımına ve kızına gittiğini söyledi sadece. Hepsinin de düşüncesi ortaktı. Öktem, teze balasının doğamadan öldüğünü ve Gülçiçek'in durumunu bilmiyordu henüz.

Öktem çadırın önüne gelirken Umay'ı görmüştü ileriden. Kızına süt ve kurutulup dövülen dutla yapılan bir çeşit muhallebi yediriyordu. Kendisi de çok severdi bunu. Bala Gülce kadarken Umay kendisine de yedirirdi bu muhallebilerden. Maziye gitmişti bir anda. Annelerini hiç görememişler, babaannelerini de emeklerini hatırlamayacak kadar küçükken yitirmişlerdi ama Umay öyle miydi? Kendi doğurmadığı balalara doğuran her anne kadar emek vermiş, hastalandıklarında başlarında sabahlamış, ağladıklarında üzülmüş, güldüklerinde sevinmemiş miydi? Gürhan ve Aybars'tan sonra "özdü, üveydi" demeden dört çocuğa da yetişmek için kendisini paralamamış mıydı? Şimdi kardeş ve baba katline sebep gördüğü Öktem'e —arada kocası da yokken— eskisi gibi davranabilecek miydi ögeyi?

Öktem içten içe dua etmişti analığı için; "acılarına sabredecek güç ve yüreğine esenlik ver Tanrım" diyerek...

Umay da fark etmişti Öktem'i ama istifini bozmadan Bala Gülce'yle ilgilenmeye devam etti. Kan yoluyla babaannesi değildi bebeciğin. Buna rağmen doğurmadıklarına gösterdiği ilgiyi torunundan da esirgemiyordu. Doğuramadığı için yıllarca "dölsüz" diye aşağılanan kadın, her doğana annelik yaparak mı yüceliyordu? Yoksa acılarını unutmak için meşgale miydi Bala Gülce?

Ne fark ederdi ki Öktem için?

Usulca yanlarına oturuverdi. İlk anda Umay'la göz göze gelmek istemediğinden kızına uzandı. Onu öpüp koklamak, "bal

Gülce, bala Gülce, çiçekten Bala Gülce" demek istiyor ama yapamıyordu. Utanıyordu Umay'dan. Analığı, evladını yitirmişken kendisi nasıl sevebilirdi balasını? Ama Cebrail'le karşılaştığından beri on koca gün geçmiş ve yavrusuna bir an bile dokunamamış, onu koklayamamış, minicik ellerini dudaklarına götürememişti. İnsanlar için gelen Kutlu kişi, kendi yavrusundan uzaklaşmıştı umarsız. Seçilmek böyle bir şey değil miydi zaten? Söylenmeye hakkı da yoktu, isteği de...

Hissedilen, düşünülen onca mihnetin üzerine tuz biber olmak istercesine Bala Gülce ilk kez "baba" demişti o an. Heceliyor ve tekrarlıyordu bunu.

"Ba-ba, ba-ba..."

Öktem'e belirgin bir tepki vermemiş olan Umay'ın aklında o an başka bir baba vardı elbet. Öktem'in ve Gürhan'ın atası, kendisi toprak altında olan ama acısı ve davası yeryüzünde duran Begrek de babaydı birkaç hafta öncesine kadar. Neden sonra Bala Gülce'yi süzmeye başladı Umay. Minicik elleri babasının yüzünde dolaşıyor, dudaklarını sıkıyor, kendisini daha fazla sevdirebilmek adına her şeyi yineliyordu tüm masumiyeti ve hesapsızlığıyla. Aynısını Öktem de Begrek'e yaparken evladın sürekli sevileceğini düşünmemişler miydi? Günün birinde Bala Gülce de önce kardeşinin sonra babasının ölümüne sebep olabilir miydi? Hepsinden önemlisi Öktem böylesi bir şey bekler miydi, şu sevimli ve korunmasız baladan?

Umay'ın gözleri dolmuştu boncuk boncuk. İçindeki ikircik bir o yana, bir öteye çekiştiriyordu varlığını. Bahtsız Gülçiçek'i düşünüyordu şimdi de. O da anneydi. Dört beş ay karnında taşıdığı yavrusunu, tıpkı Bala Gülce'yi kucakladığı gibi kollarının arasında görmek istemiyor muydu? Buna hakkı yok muydu gelinin?

İçten içe "kendisine görünen şey, her ne idiyse, onun peşinden giderek hepimizi perişan etti Öktem" demişti.

Bala Gülce'ye "hadi annenin yanına git yavrum" diyerek ayağa kalktığındaysa kendi çadırına geçiyordu artık. Aslında Öktem'e "git karını gör" demek istemişti bu esnada ama onunla doğrudan konuşmaya ne dili, ne de gönlü elveriyordu.

Öktem mesajı anlamışçasına kucağında balasıyla kendi çadırına geçerken eşini, sevdiğini düşünüyordu. On koca günün bir mağduru da Gülçiçek değil miydi? Ona şifa bulmak maksadıyla gittiği ormandan Kutlanarak dönmüş, onunla hiçbir şey paylaşamadan, yaşadıklarını ona dillendiremeden neler gelmişti başlarına.

Üstüne çekidüzen verip içeri girdiğinde Gülçiçek'i yer minderinde otururken görüverdi. İleri geri salınıyordu ha bire. Sırtı perdeye dönük olduğundan kimin geldiğini görememiş olmalıydı. Bala Gülce'yi beşiğine bırakırken sesten dolayı fark edileceğini sandı Öktem. Ancak Gülçiçek hâlâ tepki vermiyor, salınmalarına devam ediyordu aynı şekilde.

Eşinin yanına oturduğunda sağ elini omzuna atmış, onu bağrına doğru çekiyorken içinden geldiğince "gül çiçek, bal çiçek, baldan da Gülçiçek" diyordu hasretle. Çenesini, enseye yakın yerinden öperken "geldim" dedi eşine.

"Geldim, bak yanındayım işte!"

Ama çıt yoktu Gülçiçek'te. Öktem belki coşkuyla karşılanmak istemiyordu ama bu denli tepkisizlik de şaşırtıcıydı. Dizlerinden çekerek tam karşısına almıştı şimdi. Kadıncağız kendisini görmüyordu sanki. Salınmaya bu şekilde de devam ediyor, ara sıra dudaklarını oynatmak haricinde hiçbir tepki vermiyordu. Sevdiğinin kâküllerini geriye atıp yüzünü sıvazlarken yineledi Öktem.

"Döndüm işte. Bak karşındayım!"

Gözbebekleri anlık oynadığında Gülçiçek'in dilinden dökülenler "gitti" kelimesiydi sadece. Ha bire tekrarlıyordu bunu.

"Gitti...gitti!"

Gelen kendisiydi ancak gideni yine de soramıyordu Öktem. Sıkıca sarıldı eşine. Gülçiçek'in dermansız kolları boşta kalan bir çift kanatçasına iki yanına düşerken, Bala Gülce avazınca ağlamaya devam etmese "gitti, gitti" sözleri belki saatlerce devam edecekti. Öktem, kızı için ayağa kalktığında Umay perdeyi aralamış. Bala Gülce'yi alıp yeniden çıkıvermişti.

Gülçiçek'in yanına döndüğünde bu kez sarılmayıp izlemek ve kendisi yokken eşine neler olduğunu anlamak arzusundaydı Öktem. Gülçiçek ellerini karnında birleştirip "gitti" diyordu yeniden.

"Albastı balamı aldı. Albastı sana kızdı, benim balamı aldı. Sana kızdı, balamı aldı Albastı."[76]

Bu sözler dişlerinin arasına takılmıştı sanki. Sürekli yineliyordu kadıncağız.

Öktem, Gülçiçek'in uçları boncuksuz ve dağınık saçlarını öperken "Bala Gülce'yi veren onun kardeşini aldı" diyebilirdi belki. Söylenecek söz çoktu. Ancak kadıncağız bu haldeyken hiçbir anlamı yoktu söyleyeceklerinin. Sıkıca sarılmış bir haldeyken Gülçiçek'in saçlarını ve alnını öptü. Ne yapacağına karar vermeye çalışıyordu. Öncelik onun toparlanıp güçlenmesini sağlamaktaydı. Vücudu kendine gelince zihin, idrak ve sırayla tüm varlığı eski haline gelecekti. Hemen yoğurt pekmez ve ne bulduysa hazırlamaya koyuldu. Eşinin özellikle tatlı bir şeyler almasına dikkat ediyordu. Gülçiçek kendi kendine bir şeyler yiyebilecek durumda olmadığı için lokmaları tek tek bölüp hazır olarak verdi ağzına. Bir yandan da konuşturmaya çalışıyordu onu.

---

76 Şamanist dönemin yaygın inancına göre Albastı; ya hamile kadınlara musallat olup düşüklere sebebiyet verir veya doğum sonrası kadınları çıldırtmaya uğraşırdı. Modern tıbbin hamilelik sürecinde ve doğum sonrası değişen hormon-kan dengesiyle ilgili sinirsel rahatsızlıklar olarak gördüğü bazı durumlar dönem insanlarınca boş geçilmemiş ve bunlara bir sanemin sebep olduğuna inanılmıştır. Bu inanış günümüzde aynı isimle veya "Al-karısı" adıyla yöresel bazda hâlâ etkindir...

En son üç gün önce birkaç yudum ayran içmesine izin verilmişti. Koray, "Gürhan'ın ruhu Öktem'in peşinde. Ulu Satılay[77] ve Erlikan obaya Albastı yolladı bu yüzden. O da Gülçiçek'in ağzından girip balasını çaldı. Bir daha ağzını açarsa Albastı canını da alır, kızı Bala Gülce'ye de musallat olur" diyerek Umay'ı ve gelini korkutmuş, henüz düşük yapmış olan kadıncağızın yemesini içmesini, hatta konuşmasını dahi yasaklamıştı. Yaşadığı zorlukların ardından bir de gıdasız kalan, üstüne üstlük derdini anlatmasına, birileriyle paylaşmasına bile izin verilmeyen Gülçiçek çıldırma arifesindeydi artık. Albastı geldiğinde onu yalnız yakalamasın korkusuyla gelininin yanında nöbet tutan Umay, acılarının etkisiyle sürekli ağıtlar yakmış, eş dostla Gürhan ve Begrek'in acısını paylaştıkça Gülçiçek, eri adına suçluluk duyarak iyice içine kapanıp bu hale gelmişti sonunda.

Karnını doyurduktan sonra Gülçiçek'ten uyumasını istedi Öktem. O uyuyana kadar da alnını, saçlarını okşayarak başında bekledi. Nihayet gözleri kapandığındaysa dışarı çıktı.

Umay her akşam Begrek ve Gürhan'ı beklediği şekilde keçi kılından yapılma kilimin üstüne oturmuş, çadırının önünde Bala Gülce'yi eğliyordu hâlâ. Aslında içeride neler olduğunu da merak ediyordu, bu yüzden uzaklaşmamıştı. Öktem'in içeride gördüklerinden çekinip sonunda akıllanacağını var saymıştı ve bu yüzden de Koray'dan yardım isteyeceğini sanıyordu. Zaten Koray'ın isteği de "Öktem'in hanımını bile ben kurtardım" diyerek caka satmak, sarsılan otoritesini daha güçlü bir şekilde gösterebilmekti yeniden.

Öktem, Bala Gülce'yi öptükten sonra, "Gülçiçek uyuyor, kalkarsa ona biraz daha pekmez verir misin?" dediğinde, Umay itiraz etti hemen.

"Koray bir şey vermeyin..."

Sözlerini bitirememişti ki araya girdi Öktem:

---

77 Satılay, insanları çıldırttığına inanılan bir sanemdir...

"O karışmasın bizim işimize. Sen analığım olarak yardım edecek misin, onu söyle bana?"

Bu sözler aynı zaman da "eski hukukumuz devam ediyor mu?" sınamasıydı. Umay cevap verememişti buna. Öktem "içerde yatan kadın, oğlun Aybars'ın yengesi, annesi dayın kızın. Onların hatırına Gülçiçek'le ilgilen" deyince uzlaşacak noktaya gelmişlerdi. Lakin Koray'ın isteğine sırt çevirirlerse ve gelin daha da kötüleşirse ne olacaktı? Öktem, Umay'ın kaygılarının farkındaydı. Kadıncağız kendisinin Kutlandığına, Koray'ın insanları aldattığına inanmıyordu ki...

O an mahsurken verdiği söz geldi aklına. İnsanları uyaracaktı. Bu onun asli işiydi ve Umay da Tanrı ikazlarının muhatabıydı. Herkes kadar gerçeği duymak hakkına sahipti. "Mutlaka ona ulaşan bir yol vardır" umuduyla başladı sözlerine.

"Beni bi evlat olarak bildin, bağrına bastın. Altıma ıslattığım zamanlar var hatırında. Üstümü başımı giyinmeyi bile sen öğretmişken söyleyeceklerimi kabullenmen çok zor biliyorum. Ama inat etme, Tanrı'nın buyruğuna gel ana. Seni, beni ve şu balayı yaratan başkasından korkmamızı istemiyor. Öncekilerden dinlediğimiz sanemler hiçbir işe kudreti olmayan hayallerden başka bir şey değil..."

Söz uzayacaktı ancak Umay izin vermedi buna.

"Karını ve kızını bırakıp her nereye gideceksen git ama atalarıma ve onların sanemlerine laf söyleme" dedikten sonra, "için rahat etsin. Gülçiçek uyandığında o pekmezi içecek, kızına bakmaya da devam edecem" diye ekledi.

Umay bütün bunları neredeyse tek nefeste söylediğinden niyetine önceden karar verdiğini anlamıştı Öktem. Buluşma yerine varana kadar ögeyi için dua etti yine "Tanrım ona inanç nasip eyle, acılar gözünü ve yüreğini kapatmış, ona merhamet et..."

Yılkıya yaklaştığı esnada Bazgan'ın davetine icabet edenleri gördüğündeyse "konuşan dilim, tutan elim ol Tanrım" diyordu

Öktem. Toplananların çoğunluğu gençti. Kızlı erkekli gelmişlerdi. Aybars hemen Bazgan'ın yanında oturuyordu. Öktem onların yanına meyledip herkesi görebilecek şekilde ortalarında duruverdi. Gözlerini bir an kapatıp daldıktan sonra yeniden açtı ve sanki taşa oyarcasına tek tek tüm kelimelerini vurgulamaya başladı.

"Üze kök, asra yağız yir kılındıkta, ikin ara kişi-ogli kılındi. Acunu, kişiyi, kemmisini kılan Bir-Törütgen'dir. Ol Tengri, Bengüdir, Bayatdir. Hemmi tayda Diri ve Erki bolan Mungsuzdir Ol. Ogan'dir Tengri..."[78]

Bazgan, Aybars ve diğerleri onu şaşkınlıkla dinleye dururken teze Kutlu, insanlık ve kâinat için yaratılış sebebine giriyordu şimdi.

"Tanrı kişi-evladı için acunu yarattı. Çünkü bilinmezken bilinmek, tanınmazken tanınmak istedi[79] Üzerine güneş doğan her şey kendilerine teklif edilen bilmek-tanımak ödevinden çekindi. Ta ki insana kadar... Zira kişi-evladı buna talip olmuştu ezelden. Bu yüzden kişi Tanrı'nın en büyük delilidir, Kutsaldır. Hepimiz O'ndan geldik, O'na döneceğiz. Kısas ve cana kast olmadıkça, kişiler arasında bozgunculuk yapılmadıkça cana kıyamayız. Tüm yapılanların ve yapılmayanların tek tek hesabının sorulacağı gün hakkına kimseye haksızlık edemeyiz..."

---

78 İfadenin esin kaynağı 'Orhun Anıtları'na dayanmaktadır. İçindeki bazı terimler ilk Türkçe sözlük olan *Divan-ı Lügat it-Türk*'ten alınmıştır. Metnin günümüz Türkçesine çevirisi –parantezler eşliğinde—aşağıdaki şekildedir: "Önce gök sonra yeryüzü yaratıldığında; ikisinin arasında insanlık (kişi-ogli) da yaratıldı. Dünyayı, insanı ve her şeyi yaratan Halik'tir (Bir-Törütgen). TENGRİ(*) sonu olmayan Ebed'tir (Bengü) ve başı olmayan Ezel'dir (Bayat). Her an canlı olan ve işler gören Hayy'dır (Diri) ve mutlak irade sahibi Kadir'dir (Erki). O, kendi kendine var olmuş, doğmamış-doğrulmamış Ahad-Samed'tir (Mungsuz). Kudret sahibidir (Ogan)... (*) Asırlardır kullanılagelen "Tanrı" kelimesinin otantik ön-Türkçe hali "Tengri"dir. Türkçe gibi sondan eklemeli bir dil olan ve M.Ö.20.asırda Hz. İbrahim'in de kullanmış olduğu Sümercede bu kelimenin karşılığı "Dengir"dir...

79 "Gizli bir hazine idim. Bilinmek, tanınmak istedim" Hadis-i Kudsi'sine atfen...

Sözler uzayıp giderken Koray uzakta bir yerden toplantıyı takip ediyor ama söylenenleri duyamıyordu. Öktem'in başına birilerini toplamış olması bile öfkelenmesi için yeterliydi. Ancak kalabalık içerisinde kendi ailesinden kimsenin olmamasıyla teselli buldu bir parça. İçinden "Aksakallarla konuşmalıyım, onlar da sahip çıksınlar gençlerine" diyordu.

Öktem sözlerini bitirmişti ve muhataplarını takip ediyordu tek tek. Kimileri boş gözlerle kendisine bakıyor, kimilerinin aklının karıştığı ablak ablak bakan suratlarından belli oluyordu. Oysa Aybars'ın suskunluğu hiçbir sır vermiyordu dışarıya. Dele dele kendisini izliyordu sadece. Öktem, kardeşinin üzerinde fazla durmadan Bazgan'a baktı bu kez. Bazgan ayağa kalkıp birkaç adım ilerlediğinde konuşma sırası kendisindeymişçesine orada bulunan obadaşlarına döndü.

"Bugüne kadar Öktem'in yalan söylediğini görmüş değilim. Canımı kurtardığında boğazıma dayanmış olan keskin bıçağın az sonra beni öldüreceği mutlaktı. Buna vefa göstermemi bile zül saydı o. Şimdi ne canım tehlikede, ne de minnetim doğrudan kendisine..."

Sözlerinin devamında Öktem'in yanına gelmiş, gözlerinin içine bakarak ellerini uzatmıştı. Kutlu eller de kendisininkileri tutsun istiyordu. Öktem aynıyla cevap verdiğinde dört bilek sıkıca sarıldı birbirine.

"Beni önce yaratan sonra vakitsiz ölümden kurtaran Tanrı şahidimdir ki sen O'nun bize yolladığı Kutlulardansın. Sana ve seni gönderen Tanrı'ya şükürler olsun!"

İkrarın ardınca eğilip bileklerinden öptüğünde Öktem kollarını açarak "kardeşim" dedi Bazgan'a.

"Seni bana yoldaş kılana şükürler olsun!"

Gayrı sarılmışlardı birbirlerine. İnsanlar pür dikkat onları izliyorken Aybars da ayağa kalktı ama hiçbir şey söylemeden çekip uzaklaşıverdi oradan. Bunu neden yapmıştı? Tavır mıydı, peşinden gelinsin mi istiyordu, kimse anlam veremedi. Aybars ormana dönerken Öktem "kardeşime de inanç nasip eyle Tanrım" diyordu herkese dilediğince...

Sabah tüm Aksakallar meydandaki alaçuda[80] toplanmıştı. Her kafadan ayrı bir ses çıkıyordu. Koray "Öktem insanların arasına ikilik ekecek" diye çıkıştı. Sözlerine destek gecikmedi. "Atalarımızın ruhlarının hiçbir işe yaramadığını söylüyormuş, gençlerimizin aklına giriyor" dedi biri. Koca İnal, "Öktem büyük bir erdem gösterdi, yok yere suçlanan Bazgan'ı ölümden kurtardı. Ondan hiçbirimize zarar gelmez" diye savunmaya geçecekken, Koray, "erdemli dediğin adam babasını ve kardeşini öldürttü. Zoru görünce kız kardeşini düşmanında bırakıp döndü. O yalancının, palavracının teki" diyordu öfkeyle.

Ateş obaya düşmüştü artık. İnsanlar Öktem'den duyduklarını ya yabana atacak, ya doğrudan tavır alacak yahut peşi sıra gelecekti Kutlu'nun...

Sefer günü gelip çattığında ordunun önünde piyadeler vardı. Hemen berilerindeyse binlerce süvari bahçeye özenle ekilen fideler gibi sırasını şaşırmadan, önlü arkalı, sağlı sollu dizilmiş Tiginlerini bekliyordu. Andakan, çadırından kılıcını kuşanmış bir halde çıktığında, son kez ailesiyle vedalaşıyordu. Dolunay ve Burçin, babalarının elini öpmüşler; Aşena biraz daha geride hareketsiz kalmıştı. Töre, toydan önce eş adayının bu şekilde saygı göstermesini mecbur kılmazdı gerçi, yine de iki kelam duymak istiyordu Tigin.

Aşena'nın yanına geldiğinde "bir şey söylemeyecek misin?" dese de, Aşena suskunluğunu bozmadı. Başını da kaldırmıyordu. Tigin beklemeye devam edince "ne zaman döneceksiniz?" dedi sadece. Andakan, "bunu bana değil düşmanlarıma sormalı. Ne zaman kırılırlar, karşımda diz çökerlerse o zaman gelirim"

80 Alaçu; toplantı yapılan büyük çadırdır...

diye sert ve kararlı konuşurken, savaş meydanına varmadan düşmanlarına korku salmak ister gibiydi. Aşena'dan hiç değilse "yolunuz açık olsun, atlarınız düz bassın"[81] temennisi duymayı bekliyorken "huzurumu bozmak için ne vakit döneceksin?" imalı sözler duymakla moralini düşürmek istemiyordu. Zaferle döndüğünde Aşena'nın gözünde kat kat büyüyeceğine emindi bir şekilde. Kendisi yokken tahtına refakat edecek olan Baycu'ya son emirlerini de verince askerlerine yöneldi tüm kudretiyle.

Temir, hemen ardındaydı Tigin'in. O da Aşena'yla vedalaşmak istiyordu. Ama adını ne koyacaktı ki bunun? "Müstakbel Tigin hanımıyla vedalaşmak" diye bir şey olabilir miydi hiç? Göz ucuyla takip ediyordu onu. Belki kızcağız "Gürhan'ı vurduğun gibi vurulursun, döndüğünü göremem" diyordu kin dolu bir yürekle. Emin olduğu yegâne şey, ela gözleri bir daha görmek istiyorsa her şeye rağmen yaşaması gerektiğiydi.

Tigin bu kez taht arabasında değil atının üzerindeydi bizzat ve kendisini çevreleyen elli korumayla birlikte tüm ordusuna hareket emri verdi. Ordunun en arkasında iaşe için koyun ve keçi sürüleri vardı. Onlar da gözden kaybolana kadar Aşena yerinden ayrılmamıştı.

Burçin, "babama bir şey olmasın" diyerek sanemlere tazim gösterirken, Dolunay geride kalan taht refakatçisini düşünüyordu. Baycu'yla birlikte büyümüşlerdi. Huyunu suyunu bilirdi kuzeninin. Kendisine karşı şefkatli, insanlara karşı otoriterdi. Kızların çoğu dışarıda aslan, içeride kedi olabilen bir eş istemez miydi zaten? Kıskanıldığını bilmeyi umursamıyordu yine de. Ama hakkını teslim etmek gerekirse Baycu'nun, babasından daha iyi bir eş olacağına inancı tamdı. Annesinin kaderini kendisine yaşatmazdı Baycu. Aşena yanına geldiğinde sözlüsü hakkındaki düşünceleri dağıldı artık. Zira analık adayı "umarım tez kavuşursunuz babanıza" demişti ve bu sözlerin ne derece

---

81 Talih, şans dilemek için kullanılan bu ifade; günümüzde ekseri olarak at yarışları öncesinde söylenegelmektedir.

samimi olduğunu sorguluyordu Dolunay. Belki de utandığı için dileğini dolaylı anlatmış, Tigin'e susmuş ama kendisine açılmıştı Aşena.

Ne fark ederdi ki? Ona "sağol" bile demeyecekti.

Öktem'in reçetesi birkaç gün içerisinde işe yaramış Gülçiçek, Bala Gülce'yle bizzat ilgilenebilecek kadar dinçleşmişti ama yine de yaşadıklarını unutamıyordu bir türlü. Eri, kendisini üzmeyeceğine söz verdiği gün bitkiler toplamak için gittiği ormandan Kutlandığını söyleyerek dönmüş, ilk icraatıyla kardeşini öldürtmüş, sonra çekip gittiği ormandan üç gün gelmemişti. Döndüğünde bu kez de babası öldürülmüş, ikizi götürülmüş, onların ardınca gittiği bozkırdan ancak bir hafta sonra dönmüştü. Aslında sorunlar son günlerde başlamamış, sadece yüzeye çıkmıştı. Kışlaktayken ikinci hamileliğindeki ayinlere Öktem'in katılmadığını ve Begrek'in bu yüzden onu uyardığını da hatırlıyor, Koray'ın kışkırttığı ve Umay'ın da tasdiklediği Albastı korkusuyla Bala Gülce'yi her an gözetmeye uğraşıyordu. Üstelik söylenildiği gibi Gürhan'ın ruhu, kendisine iftira ettiğini düşündüğü Öktem'den intikam almak için Albastı'yla anlaşmış olabilirdi.

Kızı ve kocası için ayrı ayrı korkular damıttıkça her ikisini de koruyup kollaması gerektiğine inanarak anaçlığının doruklarındaydı Gülçiçek. Öktem birkaç kez kendisiyle 'Kut' üzerine konuşmayı denemiş, her seferinde dudak bükmüştü ona. Hatta son konuşmalarında "senin için çok üzülüyorum Öktem. Herkes senin orman tinlerine çarpıldığını söylüyor, izin ver Kam Koray onları kovsun senden" demişti.

Altı yıl önce ilk kez baş başa kaldıklarında "seni başkalarına sormam" diyen inanç ve güven sarsılmıştı sonunda. Gülçiçek "buraların havası sizinkine benzemez, üşütürsün" dediği andaki kadar Öktem'in savunmasız olduğunu düşünüyordu. On dokuz yaşındaki Öktem'in göl kenarındaki Gülçiçek için "incitilmekten korkan bir çiçek, sevdiği için kaygılanan, onunla ilgilenen, erine inanan-güvenen yoldaş" düşüncesi tamamen çökmemişti ama bir tarafıyla, hem de çok önemli tarafıyla yaralıydı artık.

Aslında her ikisi de istemeden de olsa aynı duyguda 'bir'lenmişti. Ama bu birlik, uyum değil çatışma yaratacaktı bundan böyle. Öktem, Gülçiçek için eşi de eri için "yanlış yolda ve bu halde devam etmesin" düşüncesindeydi.

Yekdiğerini kurtarmak isteği 'ona rağmen, onun için' zorlamalarına yönelmiyorsa bunun en büyük nedeni aralarındaki aşkın hâlâ eskisince canlı ve yoğun oluşuydu. Zaten karşılılıklı dile dökmedikleri sessiz mutabakatın gereği olarak bu tür konulara girmemeye çalışıyorlardı.

"Sizi uyarmak için gönderildim" diyen Öktem'in söyleminden birkaç hafta içerisinde önce ailesi ve yakınları sonra tüm obadaşları bire bir haberdar olmuştu. Tek tek yaşlısı genci, kadını erkeği, hastası yatalağı, herkesle ilk ağızdan görüşüp onlara Tanrı'nın birliği ve tekliğini, benzersizliğini ve eşsizliğini anlatmış, bozulan törenin aslını göstermeye çalışmış ancak inanmaları konusunda sonucu yine Tanrı'ya bırakmıştı Öktem.

Dışarıya açılmalıydı gayrı. Kırat ve Bazgan'la birlikte oba oba dolaşacak, bazı yerlerde gizemli bir hikâyeci olarak karşılanacak, bazen sözünü tamamlamasına bile fırsat tanınmadan kovulacak, kimileri ilginç bir kam olduğunu düşünecek, kalpleri inanmaya hazır olan bir avuç kişiyse ona ve Tanrı'ya müteşekkir olacaktı.

Oysa Gülçiçek, insanlar için koşturan bir anlatıcı değil ailesi için didinen bir er istiyordu hâlâ. "Neden kocam da diğerleri gibi değil?" serzenişleriyle yaşadığı her şeyi, 'eski' mutluluklarını baltalayan bahtsızlıklar olarak görmeye devam ediyor ve tüm bunları erinin sırtını yere vermeden kendi içinde yaşamak istiyordu.

Ordu dönmeden önce ulaklar yetişmişti şehre. Tigin parlak bir zafer kazanmış, asilere boyun eğdirip diz çöktürmüştü. Muzaffer Andakan birkaç saat içinde Issık'a girecekti. Şehir acilen Tigin'i karşılamaya hazırlanıyordu.

İki kız en güzel elbiselerini giymiş, takılarını aksesuarlarını kuşanmış, Aşena'nın da kendilerine katılmasını bekliyordu. Baycu'nun acele edilmesi uyarılarına rağmen Aşena kendi odasına kapanmıştı ve gümüş bilekliğini izliyordu hâlâ. Toyun vakti yaklaşmıştı iyiden iyiye. Begrek'in "başına devlet kuşu konmalı kızım, erine bununla gideceksin" dediği vaat gerçekleşme arefesindeydi. Tigin eşi olmak, annesinden babasına, ondan da kendisine gelmiş bir vasiyetken, müstakbel eşi toyun vaktini bile belirlemişken "baba katiliyle evlenmek nasıl bir kader?" diye düşünüyordu Aşena.

Dolunay ve Burçin'le birlikte şehrin giriş kapısında kendileri için kurulmuş yüksek eyvana geldiğinde meydandaki davulculara takıldı bu kez. Muzaffer ordu yaklaştığı için gittikçe yükselen şölen seslerinin toyunda da aynen böyle gümbürdeyeceğini düşünmek mutlandırmıyordu kendisini. Az sonra Dolunay'a dikkat kesiliverdi. Onun yüzünde de kendisininkine benzer endişeli bir hal vardı.

İstemediği bu evliliğe babasından nakledilen bir vaat ve ikizinin can güvenliği adına razıyken, Dolunay'ın böylesi bir sorunu olmadığını kadınsı hislere bile gerek kalmadan anlayabiliyordu. Baycu'yla yan yanayken birbirlerini seven ve anlaşan iki yetişkin gibi durmalarına rağmen Dolunay'ın da toyun yakınlaşmasından hazzetmemesini yadırgadı. Sebebini bilemediği bu halin üzerinde daha fazla durmadan Tigin'in şaşaasını görmüştü.

Ordunun en önünde koruma birliğiyle birlikte geliyordu Andakan. Kapıya yaklaştıklarında yüzler de seçilmeye başladı. Tigin her zaman olduğundan daha mağrur ve ihtişamlıydı. Rahvan ilerleyen atının üzerinde eliyle halkını selamlıyor, savaşın ve yolun yorgunluğuna rağmen karşılaştığı coşkunlukla beraber dinçleşiyordu on sekizlik delikanlı gibi.

Oysa Aşena'nın gözleri aradığını bulamamıştı henüz. Az sonra fark etti onu.

"Çok şükür Temir de sağ" idi...

Dikkatle bakabildiğinde Temir'in yüzündeki ve kolundaki sıyrıkları da görmüştü.

Kapıdan geçip Tigin için hazırlanan meydan çadırına ulaştıklarında Temir de aranmaklıydı. Bir çift elayı yeniden görebildiğinde kalbinin duracağını sandı. Savaş meydanlarının korkusuz subayı, o ela gözler karşısında eriyordu yavaş yavaş. Dikkat çekmemek için ilgisini başka taraflara yönlendirmek istiyor fakat başaramıyordu. Bu gidişle toy esnasında kendisini darağacında bulması kaçınılmazdı. Nedense bundan korkmuyor, bilakis böyle olmasını istiyordu. İçindeki o ses, "ateşe uçmayan kanat neye yarar?" diyordu yine.

Andakan, o koca tahtına gururla kurulup şehir halkına seslenmeye başlamıştı. Sözlerini birkaç çığırtkan daha gür bir şekilde tekrarlıyor, uzaktakilerin de duymasını sağlıyordu. Tigin kendisini ve güneye düzenlediği seferi övdükten sonra sıra müjde vermeye gelmişti. Toyların üç hafta sonra yapılacağını, herkesin yağma şölenine[82] davetli olduğunu söylediğinde halk bu haberi büyük bir sevinçle karşılamıştı. Oysa hemen Andakan'ın yanıbaşındaki Dolunay'ın ikircikliği yüzüne vuruyordu iyice. Üzüntüsünün

82 Ön-Türklerde düğün veya herhangi bir eğlence-şölen sırasında davet sahipleri armağanlar hazırlar ve konukların bunları yağma edercesine kapışmasını isterdi. Zamanla güç ve misafirperverlik sembolü haline gelen bu adet Anadolu'ya kadar taşınmıştır. Beyler, ağalar, padişahlar; sünnet, düğün gibi toylarda "han-ı yağma" denilen bu tür uygulamalar gerçekleştirmiştir. Sosyologlar bu olguya "Potlaç" der. Kelime, Kızılderili dilinden alınmıştır. Potlaç adetleri günümüzde havaya para saçılması, tabak-çanak kırılması ve çocuklara para toplatılması şeklinde devam edegelmektedir...

sebebi kendi evliliği değil babasınınkiydi. Aşena'ya dik dik bakıp bir şeyler mırıldandı belli belirsiz...

Şölen devam ederken Tigin maiyeti ile birlikte han çadırına geçmişti. Tahtına kurulduğunda derin bir "oh" çekti nihayet. İlk kez yorgun olduğuna dair emareler göstermişti. Aşena ve kızları huzura buyur edildiğinde bitkin omuzlarını tekrar dikerek Baycu'ya savaşı anlattı. Düşmanlarından "pirinççiler"[83] diye söz ederek "bozulmaları ani oldu" demişti. Baycu esirlerin ne yapılacağını sorduğundaysa rayici pirinççi başına bir kese altın olarak açıkladı. Az sonra devlet işlerini bir kenara bırakıp kollarını sonuna kadar gererek "gelin babanıza bakayım güzel kızlarım, sizi çoook özledim" deyiverdi.

Aşena o güne kadar gaddarlık, güç gösterisi ve duygusuzluk haricinde hiçbir şey göremediği Andakan'ın birilerini sevebildiğini anlamıştı ilk kez. "Özledim" derkenki halini Begrek'ten de hatırlıyordu. Babası her nereye gitse ve üç beş gün görüşemeseler böylesi bir özlemle dönerdi ve kendisi de tıpkı Burçin'in yaptığı gibi koşarak sarılırdı babasına.

Burçin "yaralanmadın mı hiç?" diyerek babasının yüzüne, boynuna, kollarına baktıktan sonra iki yanağından öpmüştü peş peşe. Bir baba nasıl seviliri Dolunay'a göstermek istiyormuşçasına yakındı Tigin'e. Hatta "baba aç mısın?" diye sorduğunda Dolunay dayanamayarak araya giriverdi.

"Bırak, onu da hanımı düşünsün Burçin!"

İğneleyici sözler kimsenin dikkatinden kaçmamıştı. Andakan, müstakbel eşini muhatap alarak "söyle halayıklara, sofrayı hazırlasınlar" dediğinde, Aşena yıllar öncesinden dönüyordu aralarına. Ne söylendiğini anlayamamıştı henüz. Emir tekrarına gerek yoktu ancak halayıklar yine de Aşena'ya bakıyor, ondan bir işaret bekliyorlardı harekete geçmek için. Aşena en yakının-

83 Bu romanda "pirinççi" veya "güneyli çiftçiler" diye bahsedilenlerin günümüzdeki anadilleri Çincedir...

dakiyle sadece göz teması kurduğunda halayıklar koşturmaya başladı.

O esnada terziler girmişti içeri. Tigin'in ölçüsü alınacaktı ve konudan Baycu'nun da haberi yoktu. Tigin sanki ona izah edermişçesine Aşena'ya duyuruyordu yapmak istediklerini.

"Pirinççilerden on at ağırlığınca ganimet aldım. Çil çil altınlarla döndüm. Onlarla çizmesinden, miğferine, kınından, yeleğine kadar tamamı altın olan bir elbise diktireceğim kendime."

Terzileri uyarmak içinse "toya kadar yetiştiremezlerse derilerini yüzüp sana da kürk yaptıracağım Baycu" diye ekledi.

Elbise bahsi sofrada da devam etti. Andakan, esir diyetlerinden gelecek altınlarla kızlarına ve Aşena'ya da altından kıyafetler yaptırmayı düşünüyordu. "Ama hepsini birden toya yetiştiremezler, sizinki sonraya kaldı" diye de şerh düştü.

Ertesi günün konusu "dünürcülük" denilen kız tarafına yollanacak toy armağanlarıydı. Tigin, dünürcülükle bizzat ilgilenmesini istiyordu büyük kızından. Niyeti bu sayede Aşena'yla yakınlaşmalarını sağlamaktı. Dolunay yine tavırlı durunca tüm hizmetlileri dışarı çıkardı Andakan. Başkalarının yanında kızlarına sert davranmazdı asla.

Başbaşalarken Dolunay'ın yanıbaşına kadar gelip "senden izin isteyecek halim yok kızım" dedi; "onunla evleneceğim ve o da bana varisimi verecek."

Dolunay "iyi de annem ne olacak?" diye sorarken Aşena girmişti çadıra. Anında kıpkırmızı kesilen Dolunay, büyük bir sır ifşa etmişçesine panikledi, özür dolu gözlerle babasına bakıverdi.

Tigin aniden hiddetlenerek "bu ne büyük terbiyesizlik" dediğinde, ilk kez Aşena'ya bağırmıştı da. Bunca tepki "annem ne olacak" çıkışına mıydı? Yoksa baş başa konuşmalarına birinin şahit olmasına mı? O an ayırdına varamadı Aşena.

"Etrafta halayıkları göremeyince burada değilsiniz diye düşündüm. Gizli konuşmaları dinlemek gibi bir huyum yok" diyerek geri çıkıyordu ki Tigin daha kısık tonda ama yine de otoriter bir edayla "dur gitme" dedi.

"Dolunay yardım edecek sana. Birlikte ailen ve obadaşların için dünürcülük hazırlayın."

Kızlar çıkarken ardları sıra bakan Tigin, Aşena'yı düşünüp "bana benziyor, kaburgası kalın" demişti içten içe. Belki de bu yüzden oydu aradığı.

"Varisim için daha güzel, daha doğru bir anne bulamazdım" diyerek gururlanmıştı kendisiyle.

ꝏ

Halayıklar ipekli, altın-zümrüt işlemeli türlü hediyeler hazırlıyor, odanın her yerini armağanlarla dolduruyorken, Dolunay bohçalanacak, katlanıp dürülecekler için hizmetlilere emirler yağdırıyordu. Aşena ve Burçin ise kenarda bir sofanın ucuna oturmuştu.

Hâlâ çadırda duyduklarını merak eden Aşena "anneniz nerede" diye sorduğunda "ölmüş, ben hiç görmedim onu" cevabının ardı sıra ablasının yanına gitti Burçin. Aşena da peşi sıra geldiğinde Dolunay hediyeleri göstererek "bunlardan görmemişsindir. Şunlar Fergana'dan, bunlar Altay'dan geldi senin için" diyordu halen. Babasının arzusu üzere Aşena'yla yakınlık kurmaya çalışıyordu güya.

Aşena, Dolunay'ın elini tutarak "hediyelerin hiçbiri umurumda değil" dediğindeyse halayıklara sert bir bakış attı Dolunay. Hizmetliler durumu anlayarak koştura koştura çıkıverdi yanlarından.

Dolunay "umurunda olan ne?" diyerek Aşena'ya diklenirken, Burçin gelmişti aklına. Onun da çıkmasını istedi ve baş başa kalabildiklerinde aynı tonla devam etti sözlerine.

"Niye evlenmek istiyorsun babamla? Ona gönlünü mü kaptırdın? Yarın kocan olacak adamı sevmediğin her halinden belli oysa."

Dolunay, Aşena'nın servet ve güç uğruna evleneceğini sandığı için aksine dair ilk işareti bahane ederek hesap soruyordu, akranı olan müstakbel analığından.

Aşena o güne değin Issık'ta kimselere dillendiremediği sıkıntılarını açıyordu ilk kez. Vasiyet kısmı hariç olmakla her şeyi bir bir anlatırken sözünün sonunda "babana karşı çıksaydım, kardeşimi öldürtecekti!" dedi.

Bu cevap Dolunay'ın duymayı umduğu en son bahaneydi. Şaşkınlıktan durakaldı bir süre. Hiçbir şey söyleyemeden yüzüne bakmış, ona karşı yumuşamış ve acımıştı. Sevilen birinin öldürülecek olmasının ne demek olduğunu gayet iyi bilirdi. Oysa babası bu meseleyi başka türlü anlatmıştı kendisine.

"Senin obanda babamın iki adamı öldürüldü mü?" diye sorarken, kafasındakileri de toparlamaya çalıştı.

Aşena'nın onayının ardı sıra bildiklerini detaylandırıyordu Dolunay.

"Onların öldürüldüğü gece sizin obadan bir kam haber gönderdi babama. Ruhlarla konuşurken katilin kardeşini gördüm, size eş oluyordu; ölen erkek kardeşinin yerine size oğullar doğuracak, aradığınız kadın o, demiş babama..."

Aşena tüm olanları ve niyetleri bir bir çözüyordu bu esnada. Tahsildarın öldürülmesinden sonra Gülce'nin vasiyetini güya ruhların öngörüsüymüşçesine pazarlamıştı Koray. Bu şekilde Tigin'e hoş görünmek, cinayeti aydınlatmaktaki hatasını örtbas etmek istemiş olmalıydı. Peki bu vasiyeti nereden öğrenmişti kamlar? Az sonra onu da hatırladı. Babası, "analığın da biliyor Gülce'nin vasiyetini" demişti vaktiyle. Koray, Umay'dan öğrenmiş olmalıydı bunu.

Aşena bu kez çadırda duyduklarını merak ederek annelerini sordu yeniden. Dolunay cevap vermek istemeyince ısrar etti sonuna kadar

"Annem, diyordun babana, duydum bunu. Ne olacak ona?"

Burçin gibi Dolunay da "yıllarca önce öldü annem" demişti ilkin. Aşena buna inanmayıp üstüne üstüne gidince hışımla bakıp ellerinden tuttu Aşena'nın. "Benimle gel" dedi bu kez, "seninle bir yere gideceğiz."

İki kız yanlarında koruma veya halayık olmaksızın tebdili kıyafet çıktılar dışarıya. Taş döşeli yollarda ilerlediler. Etrafta ahşap evler vardı. Bir ara pazara girmişlerdi. Askerlerin yanından geçerken tanınacaklarmış korkusuyla adımları daha da hızlandı. Deriler ve kürklerle yüklü kafileler, ipek ve kilim pazarlıkları yapan tüccarlar arasından geçip dar sokaklara geldiler. Artık taş döşeli yollar bitmiş, çamur ve pislik başlamıştı. Sadece çadırlar vardı öbek öbek.

Çadırlar da bitip çorak ve boş topraklar başladığında çıkmaz bir sokakmışçasına üç tarafı derin koyaklarla çevrili korkutucu bir yere gelmişlerdi. Etrafı hayvan kemikleri ve sanemlerle çevrili, eski solgun kumaşlarla kaplanmış bir çadırın önünde durduklarında, Dolunay "kimseye bir şey söylemeyeceksin" diyerek son kez tembihledi Aşena'yı.

Önce Dolunay, arkasından Aşena giriverdi çadıra. Tavandan aşağı perde gibi sarkan küf kokulu, yıllanmış çaputlarla bölme bölmeydi burası. Küçücük deliklerden ışıklar süzülmesine rağmen karanlıktı ekseri. Dolunay kumaşları sağa sola öteleyerek ilerliyordu. İleride, etrafında tütsüler yanan, yer yatağına uzanmış biri vardı. Aşena, onu seçmeye çalışırken Dolunay "anne ben geldim" dedi.

Gölge hafifçe doğrulup "yanında kim var?" diye sormuştu titrek, yıpranmış ve ürkütücü bir sesle. Dolunay, Aşena'ya bakarak "arkadaşım" dedi, "buraya yeni geldiler."

Kadının siması net değildi hâlâ. "Issık'a niçin geldin?" diye sorduğunda, Aşena durakaldı bir an. Dolunay'ın yalanına mı devam etmeliydi, emin değildi. Neden sonra "babam sürülerimizi satacaktı, onunla geldim" dediğinde, kadın bu kez de "Issık'ta çok duracak mısın?" diye sordu.

Dolunay girmişti araya: "Aşena'nın acelesi var anne, çıkmamız lazım. İstediğin bi şey var mı?"

Kadın "sağol kızım" diyerek, 'uğurlar olsun' anlamında ellerini sallarken Aşena ilk o an fark etti ki kadıncağız bileklerinden zincirliydi direğe.

Dışarı çıktıklarında aydınlıktan gözleri kamaşıyordu her ikisinin de. Ellerini siper ederken "annem yıllardır bu güneşi göremedi" dedi Dolunay. Neden buradaydı peki? Cevap vermiyordu yine. Yürümeye başlamıştı. Aşena "bekle" diyerek ancak yetiştiğindeyse "yaşıyor mu, nerede dedin gösterdim, başka bi şey sorma" diye diklendi bu kez.

Geceleyin kuş tüyü yatak ve ipekten sırıtılmış yorganlar diken olacak, Aşena'yı uyutmayacaktı asla. Dolunay'ın annesi zincirlere vurulmuş haliyle gözlerinin önünden ayrılmıyordu bir türlü. Dolunay kendisi için "arkadaşım" diyerek neden yalan söylemişti annesine? Orada ne işi vardı kadıncağızın? İlle de "annem ne olacak?" diye babasına sorması hâlâ cevapsızdı. Koray, Tigin'e neden "aradığınız kadın Aşena" demiş olabilirdi? Dolunay'ın ketumluğuna ne demeliydi? Niçin bu konuda konuşmaktan bu kadar korkuluyordu?

Hepsini öğrenebilmek için yapabileceği tek bir şey vardı Aşena'nın. Sırtına bir örtü alıp çadırından çıktı. İki nöbetçi asker ileride ateşin başında oturuyordu. Onlara görünmeden gizlice arka tarafa geçti. Meşalelerle gezen devriyeleri atlatırken dilinde dualar vardı sürekli. Parmaklarının ucunda, nefesini bile gıdım gıdım alıp vererek ilerliyordu.

Gündüz Dolunay'la geçtikleri yerlerdeydi yeniden. Sokaklar ve pazaryeri boyunca ilerledi. Devriyeler haricinde kimsecikler yoktu şimdi. Onları da meşalelerinden fark edip zulalanıyor sonra devam ediyordu yoluna. Nihayet o ürkütücü çadırın önüne kadar geldiğinde aniden fırlayan bir köpek yüzünden korkup bayılacaktı az kalsın.

Çadırdan içeri girdiğinde nefes alış verişleri hâlâ rutine dönmemişti. Körük gibi inip kalkan göğüs kafesine bastırdı ellerini. Bir anlık durgunluktan sonra yavaş hareketlerle kat kat perdeleri açarak ilerlerken kilime takıldı ayağı. Kadıncağız anında seslendi kendisine.

"Kimsin sen?"

Aşena ne cevap vereceğine karar vermeye çalışırken yeniden sordu kadıncağız "niye ses vermiyorsun?" diyerek.

"Benim Aşena... Gündüz Dolunay'la gelmiştik!"

Cümlesini bitirirken son perdeyi de açmıştı Aşena. Kadının yanında bir kandil vardı. Kâh şıngırtılardan, kâh gölgelerden sebep zincirleri fark etti yeniden. Kadının başı ve yüzü kumaşlarla örtülüydü. "Issık'a ne için geldiğimi sormuştun" derken, kadın "yalan söylediğini biliyorum kızım" deyiverdi. "Kızım" hitabı Aşena'nın dikkatini çekse de asıl öğrenmek istediklerini düşündü o an. Bir an durakaldıktan sonra ortamın daha aydınlık olması için kandile uzandı. Açarken neden zincirlendiğini de soruyordu. Kadın anında tepki verdi ışığa.

"Açma onu, kısık kalsın..."

Aşena ışık konusunda söyleneni yapmıştı. Ancak kadın "kocamla evlenecek misin?" diye sorduğu halde, "neden zincirlendin?" diye yineledi kendisi. Cevap değil karşılıklı sorular geliyordu sürekli. Her ikisinin de diğerinde merak ettiği ve bir an önce öğrenmek istediği bir şeyler vardı.

"Burçinimle tanıştınız mı?" sorusunun ardından pes etti Aşena. İlk cevabı kendisi verdi, başıyla tasdik ederek. Kadıncağız "Dolunay'dan önce" deyip kendi cevabına başladı. Arada bir düşünüp unuttuklarını hatırlamaya çalışıyordu sanki. Ellerini kaldırdığı her sefer zincirlerin ağırlığına dayanamayarak gerisin geriye onları koyveriyordu iki yanına.

"Dolunay'dan önce bir oğlum oldu, üç de sonradan. Yürümeye bile başlamadan öldü hepsi de. Andakan'a uğursuz bir kadın olduğumu söylemişler. O da buraya tıktı beni. Benden sonra bir daha evlendi. İki oğlu daha oldu. Başlarına bir hal gelmesin diye onları sarayın dışına bile çıkartmıyordu. Geçen sene oğullarını ve annelerini aynı gece ölü bulunca benden bildiler yine. Ilgın kadın yaşadığı müddetçe senden doğan bütün erkek çocuklar ölecek, demişler. Ona yardım edenler de, onların oğulları da teker teker ölecek demişler. Geçen yaz Baycu'nun babası da öldü benim yüzümden. Bundan sebep herkes korkar benden. Adetten kesilmiş, çocuksuz bir iki kadından başkaca kimsecikler ilgilenmez, uğramaz yanıma..."

Ilgın kadının sesinde kendisiyle ilgili tüm suçlamaları kabullenmiş bir dinginlik vardı.

Evvel yaşadığı bahtsızlıklara razıydı olabildiğince. Ancak sözün devamında fısıltıyla konuştu.

Olacaklardan tedirgindi zira.

"Tigin seninle evlenecek, senden doğacak oğlunun yaşaması için..."

Artık düğüm düğümdü boğazı, devamını getiremiyordu Ilgın. Sözlerini Aşena tamamlasın istiyordu sanki. Bir an toparlanabildiğinde "senden doğacak oğlunun yaşayabilmesi için" dedi "düğünden sonra beni öldürtecek."

"Seni öldürtecek!"

Aşena şaşkınlıktan tekrar etmişti son cümleyi. Kollarını açıp sarıldığında kadıncağız aniden dirilip "dokunma bana kızım, sonra sen de lanetlenirsin" deyiverdi. Bu nasıl bir suçlanış ve nasıl bir kabullenişti? Aşena neye şaşıracağına bile karar veremiyordu. Anlamadıkları, çözemedikleri her şeyi "lanet var" diyerek ruhlara ve kadınlara ısmarlayanların vicdanı nasıl rahat ediyordu?

Aşena yatağına döndüğünde yine uyuyamayacaktı. Nasıl bir keşmekeşin içinde olduğunu düşünüyordu. Göz göre göre masum biri öldürülecekti, kendisinin de içinde olduğu bu iş yüzünden.

"Evlenirsem kızların annesi, evlenmezsem kardeşim" dedi az sonra.

İkisi arasında seçim yapmak yerine varsa üçüncü bir yol göstermesi için dua etti Tanrı'ya. Kardeşine bildirilen hükme göre birini öldürmek, hele de buna sebep olup izleyecek kadar duyarsız kalmaktan büyük hangi günah vardı?

Seçim mi yapacaktı?

Asla...

Tigin'le konuşup onu ikna etme şansı da yoktu. Üstelik bunu yaptığında Dolunay'ı da ateşe atardı. Bu meseleyi nereden öğrendiğini Andakan'a nasıl izah edecekti? Sorular gittikçe birikiyor, Aladağ'a yağan karcasına biri erimeden diğeri evvelkinin üstüne yığılıyordu.

Dem sığınma demiydi. Karanlık ve aydınlıkta her şeyi görüp gözetene yalvarmak, acizliğini kabullenip en güçlü olana bağlanmaktan daha emin bir yol yoktu o an.

Ertesi sabah kahvaltıya katılmamış, kimseye görünmemişti. Sadece yalvarıyordu Tanrı'ya. Israrla bir işaret bekliyordu O'nun katından.

Öğlen gelen halayıklara da dışarı çıkamayacağını söylemişti yine. Yüzünü dünyaya geldiği ve Öktem'in kutlandığı mağaradan taraf çevirdi. Gözleri kapalı halde uzakları düşünüyordu.

Gülce'nin vasiyeti "kocasını beklesin, önemli biriyle evlenecek, başına devlet kuşu konmalı" idiyse yapabileceği bir şey yoktu. Evlenecek ve göz göre göre masum bir kadıncağızın öldürülmesine razı olacaktı.

İçindeki sesleri ayrıştırmaya deniyordu şimdi de.

Evlenirse kaçınılmaz son Ilgın kadın birkaç haftaya ölüyordu. Buna seyirci kaldığı an ateşe yakın olanlardan biri de kendisiydi. Bu bir lanet değil, zalimlere karşı Tanrı'nın masum kullarına vaadiydi, adaletin ta kendisiydi. Ya Gülce'den Begrek'e; Begrek'ten kendisine aktarılan vasiyet, onu ne yapacaktı? Evvelkilerin her yaptığı, her sözü doğru mu alınmalıydı? Tanrı'nın açık buyruğu yanında rivayetler ne kadar yetkin kabul edilebilirdi ki?

Şimdi de tam tersini düşünüyordu.

Evlenmezse Andakan intikam olarak Öktem'i öldürürdü. Kutlu kişi, ikizi yüzünden mi öldürülecekti? Kendi kendisini yakalamışçasına, "kardeşim" dedi yeniden. Kan bağı mıydı, kendisini böylesi çaresiz bırakan? Gürhan da kardeşti oysa. Öktem buna rağmen masumu kurtarmayı seçmemiş miydi?

Beklediği işaret, kulaklarına değil yüreğine ilişen seste gizliydi o an.

"Nimete yakın olan, bedele de yakın değil midir?"

Bazgan "insanlar neden böyle davranıyorlar sana?" dediğinde, Öktem az evvel söylediklerini yineledi.

"Nimete yakın olan, bedele de yakın değil midir?"

Birçok oba dolaşmışlar, bırakın herhangi bir inanan bulmayı; iki elin parmakları sayısınca insandan başka kimseden hürmet görmemişlerdi. Bazgan'ın zoruna gidiyordu bu durum. Oysa Öktem "bunlar daha iyi günlerimiz" diyerek yol arkadaşının gönlüne korku ekiyor, mevcut hallerine şükretmesini salık veriyordu.

Ardından "bu işin karşılığı Tanrı'dan beklenir, insanlardan değil" dedi umut niyetine. Zorluk ve kolaylık, hürmet veya kınanmak, sevilmek yahut sövülmek yüce bir yolun yolcusuna ne verebilir, ondan ne alabilirdi ki? Bazgan "doğrusunu, güzelini, iyi olanı sen bilirsin" kabulüyle kesti serzenişlerini.

Aladağ'a dönüyorlardı. Öz yurtlarındaki halleri de dışarıdakinden farksızdı. Analığı ve eşi bile Öktem'e inanmıyordu. Aybars ilk toplantıdan sonra ormana gitmiş, dönmemişti bir daha. Koca İnal bir öyle atıyor, bir böyle tutuyor, bir türlü açık davranmıyordu. Öktem onun için "baban bir şeyler bildiğinden dolayı beni sınama derdinde, yanlış ve eksik bilenin hali hiç bilmeyenden de kötü" diyerek misal getirdi.

"Onun durumu aslını inkâr eden katırlara benzer. Bir yanı eşeksin sen, boşver dörtnala koşturmayı diyor; öte yanı atsın sen, yakışır mı sana yük çekmek diyor..."

Sözü biterken alınmış olabilir kaygısıyla yol arkadaşının yüzüne bakmıştı Öktem. Bazgan bundan bile hicap duyarak "sen böyle dedikten sonra, babam için dua etmekten başka bir şey düşmez bana!" deyiverdi.

Öktem yine de gönlünü alıyordu dostunun. "Katırın meyvesi olmaz ama Koca İnal, seni bıraktı bana."

Öktem, Kırat'tan sonra ikinci yoldaşını da bulmuştu. Bazgan da tıpkı binit yoldaş gibi her nereye gitse kendisiyleydi gayrı. Atılan taşlara siper oluyor, "sana kim inanır?" aşağılamalarına karşı "tek de kalsam Öktem'e inanmaya devam ederim" diyordu. Adanmışlığını vefa ve bağlılıkla süslüyor, Kutlu'ya en ufak bir zarar gelmemesi için her an tetikte bekliyordu.

Aladağ'a ulaştıklarında Aybars'ın obaya döndüğünü ve iki gündür kendilerini beklediğini gördüler. Beklerken Koca İnal'la konuşuyordu Aybars. Ormanda bir başına geçen haftalar boyunca düşünmüş, bir türlü sonuca bağlayamamıştı kafasındakileri.

İki kardeş yan yana geldiklerinde sevgi ve özlemle sarıldılar önce. Ardından Öktem'i bir köşeye çekti Aybars. Sıkıntılı bir hali vardı.

"Bugüne kadar aklıma ilk geleni yaptım hep. Hiçbir şey için iki kere düşünmedim" diyerek kafasının ne denli karıştığını anlatmıştı. "Ama bu kez çok düşündüm. Geceleri yıldızları ve ayı takip ettim. Gündüz güneşi, kurtları, ağaçları izledim. Çadırların bile bir dokuyanı, işleyeni var, gökleri de biri işledi, tel tel dokudu, liğme liğme ördü, dedim. Bunları yaparken kalabalık olsalardı birinin işini diğeri bozar, her şeyi birbirine karıştırırlardı, dedim. Yapanın, kuranın tek olduğuna kaniyim şimdi. Tanrı yarattı hepimizi, her şeyi. Başım gözüm üstüne abi. Ama?"

Aybars'ın itirazı da bundan sonrası içindi. O an Koca İnal'ın yüzünde "sonunda sözüme geliyorsun Öktem" diyen bir parıltı belirmişti. Sözün devamına müdahale etti bin bir heyecanla.

"Pekii sen, Tanrı'nın Kutladığı kişi misin Öktem? Nereden bileceğiz ki sen seçildin? Ben de diyorum ki, Tanrı var, her şeyi O yarattı. Ama seçilmedim işte. Kimseye seçildiğimi de söylemedim bugüne kadar."

Aybars'ın sıkıntısı tam olarak buydu zaten. Onlar gelmezden önce Koca İnal'la bunu konuşuyorlardı aralarında. Öktem'e baktı, cevap bekliyordu. Bazgan'sa katır meselini hatırlamıştı yeniden. Babası ne yük çekiyor, ne de koşturuyordu deli taylar gibi. Dayanamıyordu artık.

"Baba sus, nolursun sus!" dedi: "Yarın hesap gününde bakamazsın Öktem'in yüzüne. Tanrı sözü için kardaşından vazgeçip sana oğlunu bağışlamadı mı? Sen bunu Öktem için yapabilir miydin baba?"

Koca İnal, oğluna burun kıvırarak "Kutlanan kişi kardeşini, babasını mı öldürtür?" deyiverdi.

Bazgan'ın o anki hiddetinden Öktem bile çekinmişti. Eliyle geri çekilmesini işaret etti. Biliyordu ki ilahi cilvede böylesi keşmekeşler çoktu. Tanrı, 'Adil' sıfatı gereği, inanmak için de, inkâr için de aynı şeyleri kullanabiliyordu.[84] Evladın gördüğünü babası göremiyor, görenle görmeyen yekdiğerini suçlayabiliyordu.

Öktem yine mesele başvurdu: "Elmalara, fidelere emek verir, büyümesini beklersin. Bahar gelir, yağmur yağar; rüzgâr çıkar, dallar aşılanır; gün ışık verir ve bir an patlar tomurcuklar. Tanrı her tohumdan meyve bitirmez. Ama lütfeder de o tohumdan biterse bir elma, göğerip olgunlaşırsa dalında, sallanmaya devam eder bir müddet. Emek veren gelir de dalından koparırsa elmaları ne ala? Karışanı edeni yoksa elmalar biraz daha bekler, sonra kendiliğinden düşer toprağa..."

---

84 Bakara Suresi:26.Ayet'e atfen...

Son cümleyi söylerken sanki Aybars'ın gözlerini içiyordu Öktem.

"Ya bahçıvanın eline, ya da yağız toprağa..."

Üçüncüsü yoktu bunun.

Aybars dolambaçlı anlatımları sevmediği için ne sözlere verebilmişti kendisini ne de bakışları takip edebilmişti. Keşke "senin iki elin, iki ayağın var" dercesine açık ve seçik olsaydı abisi. Arafta kalmak, taraf olmaktan da beterdi. İkna olması için ısrar etse, eski günlerdeki yaramazlıklarındaki gibi "gel inat etme Aybars" dese, belki sarılacak, "tamam, o sensin" diyecekti Öktem'e. Fakat üzerine üzerine gelmiyordu abisi. Az buçuk tanımıyor olsa kıtlıkta bile mal vermeye yanaşmayan, burnundan kıl aldırmaz çerçilere benzetecekti onu. Niye bunca yalnızken böylesine dingin olabiliyordu ki abisi? Obadakiler kendisini dinlemezken herkesle tek tek ilgilenmemiş miydi? Onlara gösterdiği ilgiyi neden kendisinden sakınıyordu şimdi? Sinirle çekip uzaklaştı Aybars.

Öktem'se kardeşinin arkasından az evvelki sözleri mırıldandı yine.

"Ya bahçıvanın eline, ya da yağız toprağa!"

ꕥ

Rüyasında her zaman gördüğü kalabalığın içindeydi yeniden. Ancak bu kez yanında Burçin ve annesi de vardı. Kadıncağız kırk kat kumaş altında, eğilip bükülmüş elleriyle kendilerine yol açmaya çalışıyordu. Kalabalıkları aşabiliyor, zor da olsa ilerliyorlardı. Birazdan insanların coşkuyla karşıladığı kişiyi görebilecekti ki, güçlü bir el çekiştirmeye başladı kendisini. O kaslı elin parmağında kendisinden hediye zümrüt bir yüzük vardı. Elin sahibi Baycu'ydu. Ondan kurtulmak istiyor ama kurtaramıyordu kendisini. Sadece Burçin'i tutabilmiş, annesini kaybetmişti kalabalığın arasında.

Uyandığında kan ter içerisindeydi. Şerbetle boğazını yumuşatırken rüyasını düşündü en baştan. Zümrüt yüzüğün sahibiyle evlendiği gün, babası da Aşena'yla evlenecek ve annesi öldürülecekti. Rüyalarındaki Baycu, annesinin peşi sıra gitmesine izin vermeyerek onunla aynı kaderi paylaşmasını mı engelliyordu?

Düşüncelerini dağıtan çıtırtılara dönüp baktığında içeri halayıklardan birinin girdiğini sanmıştı. Aşena olduğunu fark edince şaşırıverdi. Müstakbel analığının bu saatte, kendi çadırında ne işi olabilirdi ki?

"Ne oldu?" diye sormasına bile fırsat tanımadan "bana yardım et" dedi Aşena. Dolunay niçin yardım istendiğini düşünürken, Aşena pervasız ve kararlı bir tonlamayla "babanla evlenmeyeceğim" dedi bu kez. Dolunay yanıt vermek yerine etrafa bakınıvermişti, kendilerini duyabilecek bir halayık var mı endişesiyle. Nasıl olacaktı ki bu iş? İkaz etti Aşena'yı.

"Seni de, kardeşini de öldürtür babam, deli misin sen?"

Oysa Aşena bunu hiç duymamışçasına şartını koyuverdi ortaya.

"Annenin kurtulmasını istiyorsan bana yardım edeceksin!"

Dolunay, ögey adayının annesiyle ilgili mevzuu öğrendiğini ve sonuçlarına razı olduğunu anlamıştı. "Birazdan gelirim" diyerek aceleyle çıktı çadırından. Onu beklerken Burçin'i izlemeye başladı Aşena. Kendisi de onun kadarken böylesi rahat uyurdu. Büyümek biraz da uyuyamamaktı belki de. Geceyle gündüzün, yerin ve göğün hâkimi derdi de, nimeti de insanla birlikte büyütüyordu ne de olsa. Hazırlamadan yüklenmiyor, kaldıramayacağıyla baş etmesini istemiyordu kişi-evladından.[85]

Az sonra Dolunay gelmiş, "hadi" diyordu kendisine. Aşena, "Tanrı'ya emanet ol" temennisiyle son kez Burçin'e baktıktan sonra çadırdan çıktılar. Nöbetçiler ateşin başındaydı yine.

---

85 Enam Suresi:152.Ayet, Bakara Suresi:286.Ayet ve Müminun Suresi: 62.Ayetlere atfen…

Onlara görünmeden arka tarafa geçeceklerken bir asker "durun" diye seslendi. Aceleyle gelmiş, Dolunay'ı tanıyınca da hazırola geçmişti. Bir yere gideceklerse eşlik etmeleri gerektiğini söylüyordu. Dolunay sert çıkınca bunun Tigin'in emri olduğunu yineledi asker. Dolunay derhal yerine dönmesini isterken bunun kadınlarla ilgili bir mevzu olduğunu da ekledi. Asker mana veremediği bu istek karşısında ısrarından dönmüştü kerhen.

Çadırlar bölgesinden uzaklaşırken karşılaştıkları devriye de 'kadınlarla ilgili mevzu' karşısında geri adım attı. Köşeyi döndüklerinde ilerideki ağacın altında bir at hazırlanmıştı ve Aşena'yı bekliyordu.

Dolunay "yolun açık olsun, toynakları düz bassın" derken, Aşena yuları çözüp ata binmişti artık. Tam da o an nereden çıktığı belli olmayan bir asker önüne geçerek "dur" dedi Aşena'ya.

"Bir yere gidemezsiniz!"

Aşena atını yine de mahmuzlamıştı ama asker yulardan tutmaya çalıştığı için hareket edemiyordu bir türlü. Atını şaha kaldırdığında asker dengesini kaybedip devrilince, Aşena dörtnala koşturabilmişti nihayet. Devriyeler koşturarak uzaklaşan birini gördüğünde karargâhta alarm vardı artık. Çadırlarından fırlayan askerler sağa sola koşturuyor, süvariler at binmeye başlıyordu.

Aşena şimdi daha da hızlanmıştı. Piyade vaziyette kendisine doğru gelen askerleri aştıkça çitlerin arkasına ulaştı. Önü sıra uzanan ormana daldığında izini kaybettireceğini umuyordu. Ancak berisindeki askerlerden biri uçlarında taşlar olan kement bağı fırlatınca atın ayakları birbirine dolanmıştı ve atla birlikte Aşena da devrildi umarsız. Güçlükle ayağa kalkabildiğinde artık aksayan bacağına rağmen biraz daha koşturmuştu fakat az sonra karşısına dikiliveren askeri görünce ürkmeye başladı. Yerden aldığı taşla ona hamle ettiği sırada Baycu'dan alacağı ödülü düşünen asker, çoktan ellerini bağlamaya başlamıştı bile. Canhıraş çırpınışlarla bitkin düşen Aşena, Tigin'e vereceği ifadeyi düşünmeye başlayacakken bacağına saplanan okla yığılıverdi asker.

Aşena yerde kıvranan askerin bıçağıyla ellerini, kollarını çözmeye çalışırken beriden başka askerlerin de koşturduğunu görmesine rağmen yinelenen bir umutla gayrete gelmişti iyice. Kendisinden sonra ayakları birbirine dolanmış olan atı da bağlarından kurtardığında, üzerine doğru gelen süvarilerden biri daha oklanmıştı.

Aşena, okçunun ateşe uçan pervanelerden biri olduğunu görecekti birazdan. Mutlak karanlığın içinden elinde yayıyla çıkagelen süvarilerden önce yetişmişti nefes nefese.

Önce Aşena'yı bindirip sonra kendisi de aynı ata zıpladığında dörtnala koşturuyorlardı artık. Berilerinde onları takip eden askerlerde vardı. Az sonra iki kişi bir atın sırtındayken arkalarındaki süvarilerden daha fazla kaçamayacaklarını anlamıştı Temir. Dağ kıvrımına kadar geldiklerinde binitlerini durdurup seri bir hamleyle atlayıverdi yere.

O ana kadar Temir'in neden kendisine yardım ettiğini düşünen Aşena "ne yapıyorsun?" demişti şimdi.

"Haydi acele et. Atlasana yeniden!"

Temir umutsuz bir halde tek bir şey isteyebildi o an.

"Affedebilecek misin beni?"

Aşena sessiz bakışlarına devam ettikçe takipçiler de yaklaşmıştı artık. Henüz cevapla yüzleşemeden peşlerindeki süvarilerin korkusuyla atın kalçasına sert bir tokat attı Temir. Kardeşi Gürhan'ı öldürdüğü için affedilmek Aşena'dan tek isteğiyken bunun cevabını alamamıştı ve ardınca ona bakıyordu umarsız. Tam da o an dörtnala koşturan Aşena'nın elinden bir şeylerin süzüldüğünü gördüğünde aceleyle varıp onu kaldırdı yerden. Ellerinin arasında gümüş bir bileklik tutuyordu ve o an Aşena'ya dair umutlar belirmişti gönlünde. Affedildiğini bilmek veya bu bilekliği iade edebilmek için yaşamaktan gayrı çaresi yoktu.

Yayını gerip bir dizi yerde olacak şekilde beklerken köşeyi dönen ilk süvariyi göğsünden mıhladı az sonra. Yayını yeniden gerdiğinde kendisine birkaç metre kalan süvariyi de vurdu. Üçüncü süvarinin kılıç hamlesini savuşturduktan sonra yerden uzunca bir odun alıp yeniden gelen ata çelme taktı. Yerdeki askeri hakladığı esnada diğer süvariler tarafından yaralanmış olmasına rağmen onları da tepeleyebilmişti. Ama geriden başkaları da geliyordu. En öndeki asker kargısını fırlatacakken, ondan erken davranıp kılıcını bıçakmışçasına attı Temir. Onu da saf dışı bırakmıştı ama silahsızdı artık. Aşena'ya zaman kazandırmak için askerleri kendi üstüne çekmek istiyordu. Yamaç yukarı tırmanmaya başladı. Nitekim kendi yetiştirdiği askerler, Temir'in peşi sıra yamaca yönelmişti.

Ertesi sabah 'kadınlarla ilgili mevzu' zokasını yutan devriyeler Baycu'nun ayaklarına kapanmıştı. Aflarını diliyorlardı. Onlar için infaz emri verildiğinde sözlüsüne yetişiverdi Dolunay. "Toyumuz hatırına onları bırak," diyordu. Baycu ne karar verecek diye beklenirken tüm öfkesiyle Andakan belirmişti az öteden. Eliyle defolmalarını emretti askerlere. Ardından Dolunay'a baktı. "Sana da sıra gelecek" diyerek kızını tehdit ederken, hiç beklemediği bir anda hınçla dönüp bir tokat attı Baycu'ya.

"Temir nerede" diyordu ısrarla. "Koruma birliğimin komutanı nerede?"

Baycu bilmediğini söyleyemezdi elbet. Sessiz kalmayı tercih etmişti.

Tigin az evvelki kabarmış halini terk edip nihayet sakinleşebildiğinde "nereye gidecekleri belli" dedi; "git ve getir onları buraya."

ଔ

Aşena mecalsiz bir halde atın boynuna sarılmış, düşmemeye çalışıyordu. Hayal meyal obayı gördüğünde at biraz daha ilerleyip çelik çomak oynayan çocukların önünde durdu kendiliğinden. Onlar haber vermek için obaya koştururken kızcağızın gözleri kapanıyordu gayrı.

Yeniden açtığında Öktem, Gülçiçek ve Aybars vardı başucunda. İkizi su uzatıyordu kendisine. Aşena göz ucuyla etrafındakileri tararken gayri ihtiyari "Temir" deyiverdi. O da gelmiş miydi? Ardından utanıp doğruldu bir parça. Öktem "Temir?" diye sorunca, "o olmadan kaçamazdım Issık'tan" cevabıyla yaşadıklarını özetledi ela gözlü ikiz.

Koca İnal, Koray ve birçok Aksakal, çadırın önünde haber bekleşiyordu bu esnada. "Aşena neden yalnız gelmiş, dünürcü alayıyla niye gelmemiş?" şeklinde sorular sıralandıkça her ağızdan ayrı ayrı yorumlar çıkıyordu.

Aşena sözlerinin sonunda kendisini tepeye çıkarmasını istedi Öktem'den. Annesi ve babasının mezarını görmeliydi. Yan yana yatan Gülce ve Begrek'in toprağına sarıldığında kendisi için öngörülen vasiyeti yerine getiremediğini itiraf etti. Neden sonra Bala Gülce'ye sarılıverdiğinde ilk kez gözleri doluyordu.

"Tanrım seni iyilerle karşılaştırsın, güzellik içine ve dışına dolsun, işlerin hayrolsun halacık."

Öktem, Aşena'nın yanına geldiğinde 'Halacık' da annesindeydi artık. Aybars ve Gülçiçek'in neler olduğunu anlamaya çalışan şaşkın bakışları arasında kenara çekildi ikizler. Önce Öktem konuştu.

"Anneme bildirilen haktı. Babamın sana söyledikleriyse kendi zannıydı sadece."

İki kardeş ilk kez vasiyet hakkında konuşuyordu. Aşena -zan da olsa- gidişiyle Öktem'in hayatını kurtarmıştı. Ancak Gülce'ye müjdelenen 'hak' vaki değildi hâlâ. Bunun ne zaman ve kimle olacağını sormak isterken Öktem'in çıkışıyla donakaldı.

"Sana bir vasiyet emanet edilecek kardeşim. Gayrı ona sarılacaksın sımsıkı!"

Vasiyet kimden gelecekti? Sormaya bile cesaret edemedi Aşena. Kardeşinin gözlerine dalmıştı ve içindeki zarfı sıyırabilse ne demek istediğine ulaşabilecekti sanki. Sükûtlarına halel getirmeden birbirlerini izliyorlardı. Bıraksalar bu hal saatlerce sürebilirdi ancak Aybars, "insanlara bir şey söylemek lazım" diyerek bu sessizliği bozdu. Öktem'in kimseye bir şeyler izah etmeye niyeti yoktu hâlâ. "Öğrenirler" diyerek Kırat'a atladı. Gülçiçek ve Halacık'la birlikte kendi çadırlarına dönüyordu.

Aşena yalnız kalmak isteyince "sizi anlamıyorum" diye söylenerek Aybars da uzaklaştı oradan. Şahinlerini alıp ormana gitmek istemişken vazgeçti. Artık ormanın da tadı yoktu, avlanmanın veya kuşların da.

Avıla indiğinde Koray'ın ve Aksakalların ısrarlı ve mükerrer sorularına "bekleyin patlamadınız ya" diyerek sinirini onlardan aldı. Ama Koray iyice işkillenmişti bu işten. Aybars'tan ıraklaşıp çevresine birilerini topladığında, "bela kokusu alıyorum" dedi; "dokuz kat semanın ruhları bize lanet edecek." Sözleriyle korku saçıyordu etrafındakilere. İsteği bir an evvel Aşena'yı gerisin geriye Issık'a yollamaktı. Obadakilerin bilmediği ama Tigin'in gayet rahat hatırlayacağı "aradığın kadını buldum, ruhlar onun Aşena olduğunu söyledi" kehaneti yıkılıp gidiyordu ikizlerin son işgüzarlığıyla. Artık kendisini nasıl kurtarırdı Tigin'den, bir an evvel bunu bulmalıydı.

Aşena ufka odaklanmış bir şekilde tepeden aşağıyı izliyor, yol gözlüyordü hâlâ. Kaçmasına yardım eden ama yolun devamını getiremeyen 'yoldaş' nerede kalmıştı? Gümüş bileklik onunla mı dönecekti kendisine? Tam da onun konusunu açacağı sırada Öktem'in bahsettiği 'emanet edilecek vasiyet' neyin nesiydi böyle? Zihni gittikçe karıştığı için yeniden başa döndü. Yolda kalmış yoldaş için "Tanrım onu bana bağışla" dedi; "önünü aç, menziline kavuştur onu!"

Duası bu kadar çabuk mu kabul olmuştu, yoksa önce Temir görünmüş sonra mı Aşena yalvarmıştı; ufukta bir asker belirdi, yayan ve yaralı halde. Ona ilk yetişen Aybars'tı. İki ay evvel yumruklaştıkları yerde yatıyordu Temir. Abisi Gürhan'ı sırtından okladığı yer de az berilerindeydi üstelik. Ama Aşena'ya yardım ettiği, bundan sebep yaralandığı için yerden kalkamayacak denli yardıma muhtaç düşmüştü işte. Buna saygısından olsa gerek Temir'i yerden kaldırıp koluna girdi Aybars. Tepeden aşağıya doğru koşturan Aşena'yı da görmüştü. Yaralı olduğu ve kan kaybettiği için bir an evvel Öktem'e göstermeliydi onu. Çadıra girerken Aşena da yetişmişti kendisine.

Yaşananlara tek tek şahit olan ama anlamlandıramayan ahali, obanın dedikodu düzeneğini harekete geçirmiş, kimileri, "Koray dediydi" iddiasıyla belanın olgunlaştığını söylüyor, kimi "Aybars, Gürhan'ın kemiklerini sızlatıyor" diyerek kardeşlerin üçünü de kınıyordu.

Aksakallar acilen meydandaki çadırda buluşmuş, görüş alışverişi yapıyordu. En yaşlılardan biri, "Temir'in ne işi var burada, o da mı Begrek'in mezarını görmeye gelmiş" dediğinde, orta yol bulma heveslisi İnal, "ben Öktem'le konuşurum" diye görüş bildirmiş, Koray ise "belayı hak ettiler, onları obadan sürelim" demişti. İlk kez bu kadar ileri gitmişti. Diğer Aksakalların tepkisini merak ediyordu.

Aşena, Temir ve Öktem'in çadırdan dışarı çıkmasını beklerken "yanlış yaptın" demişti Umay. Öktem'i de katarak "sizin için onca fedakârlık yapan babanıza layık olamadınız" diye ekledi. Dinlenmediğini fark etmez bir halde söylenmeye devam edecekken, Aşena'nın dikkatini Gülçiçek çekiverdi. Yengesinin karnı büyümemişti. Sormaya cesaret edemiyor, izliyordu sadece. Gülçiçek durumu anlayınca karnını tutarak "sen Öktem için çekip giderken Albastı da yavrumu aldı benden" dedi. Bunun için hâlâ erini suçladığını da belli etmişti.

Aşena, yengesine bir şeycikler söyleyemediğinden Bala Gülce'yi işaret etti. Bakışlarıyla da olsa "o yaşıyor, gideni değil kalanı düşün Gülçiçek" demek istiyordu. Bu anlamını bulduğundan olsa gerek Gülçiçek, kızına sımsıkı sarıldı ve "sadece sen kaldın" deyiverdi.

"Seni asla bırakmam kızım. Seni de vermem ki Albastı'nın peşi sıra gidesin acundan!"

Öktem, Temir'in altına bir kilim sermiş ve yere uzatmıştı onu boylu boyunca. Kazandan çıkardığı atkuyruğuotlarını hazırda bekleyen merhemlerle karmıştı ve Temir'in yaralarına bastırıyordu usul ve titiz hareketlerle. Temir, kâh Gürhan'ı vurduğu anı, kâh Aybars'ın kendisini yüklenip çadıra getirmesini ve ille de Aşena'nın gözlerini düşünüyordu o esnada. Bir çift elâda kendisi için endişe görmüştü ilk kez. Bu, kaçmasına yardım ettiği için duyulan bir minnet miydi, yoksa sevginin eseri mi, bilemiyordu henüz. Gömleğinin arasına sıkıştırdığı gümüş bilekliği çıkarırken, "emaneti getirdim" diye vaazeden bir sükûnet ve ağırbaşlılıkla kuşandı. Elden ele uzatmaya bile hicap ederek usulca yanıbaşındaki minderin üzerine bırakıverdi bilekliği. Öktem geri getirilen emanetle değil önü sıra yatmakta olan yaralıyla ilgileniyordu oysa.

Ve henüz hiçbir söz dillenmemişti aralarında...

İlk ses Öktem'den geldi az sonra. Yaralarına bastırırken "derin değil çabuk iyileşirsin" dedi. Temir'de ses yoktu hâlâ. Obayı terk ederken Öktem'in önü sıra geçtiği esnada çakmak çakmak kendisine bakan gözlerin yaktığı kıvılcımdan korkmuştu ya bir daha kendisine öylesine bakılmasından korkuyordu hâlâ. Ancak Öktem üstüne üstüne gidecekti.

Merhemi yayarken "Aşena'ya neden yardım ettin?" dedi bu kez. Bir an canı yanan Temir'in yüzü acılaştığında "bundan daha da fazlasını göze almıştın, neden yardım ettin kardeşime?" dedi, yinelenen ve sorgulayan tınılarla.

Temir bir gayret yataktan doğruluverdi artık. Cevap vermeden önce buna hazırlanmak istiyordu sanki. Birazdan söyleyeceklerine yol boyu düşündükten sonra karar vermişti. Başını önüne eğerken "sana görünen Haberci hakkına" dedi. Sonra yüzünü kaldırıp doğrudan Öktem'in gözlerine baktı, tüm cesaretini toplamış bir halde.

"Seni Kutlayan Tanrı hakkına söyle bana; yanlış mı yaptım?"

İkrarın şahidi olan gece karası gözler, bu kez korku değil umut karıyordu Temir'in gönlüne. "Nerede kaldın yoldaş?" dercesine bakıyordu. Yaralı asker, saygıyla eğilmeye uğraşırken "seni yollayan Tanrı'ya şükürler olsun" sözleri bu kez Öktem'in dudaklarından döküldü. Üstelik hemen peşi sıra eğilip toprağa yaslayıverdi alnını.

Affetmeyi, nimetlendirmeyi ve dostlarını en çok sevene karşıydı secdesi. Temir de uymuştu ikrarının şahidine. Öktem'in ardınca alnını toprağa yaslamışken "seni sevenlere çektirdiğim acılar için beni bağışla Tanrım" diyordu binlerce defa.

Baycu kuyu başındaki mola esnasında Temir'in miğferini bulduğundan beri emindi, o da Aladağ'a gelmişti. Ancak kendisini karşılayan Aksakallara sadece Aşena'yı sormuş, ikiziyle birlikte derhal huzuruna gelsinler istemişti. Buna rağmen bekletiliyordu işte. Neredeydi bu şuursuz saygısızlar ve neden gelmiyorlardı huzuruna? Andakan'ın otoritesine vekâlet etmenin ağırlığıyla bekletilmekten ifrit olmuştu. Aksakallar peş peşe özürler dilerken, Koca İnal yine orta yol bulma niyetiyle, "kardeşi ve hanımı hasta, çadırından ayrılamıyor, siz lütfetseniz" deyiverdi.

Teklifi rağbet görmüştü. Baycu ve yanındaki iki düzine asker, çadırın önündeydi şimdi. İnal içeri girdiğinde Öktem, Temir'in yaralarını sarıyordu halen. "Dışarı çıkman lazım" sözlerinin duyulmadığını zanneden Koca İnal, yineledi isteğini. Fakat Öktem ağırdan alıyordu ısrarla. Temir'le olan işinin bitmesini bekleyeceği aşikârdı. Koca İnal tekrar dışarı çıktığında Aşena'nın, Gülçiçek'le beraber Umay'ın çadırında bekleştiğini gördü. Hiç kimse gelenin Tigin vekili olduğunu düşünmüyor olmalıydı.

"Boşu boşuna sinir edilecek Baycu" demişti içinden. Sırası mıydı şimdi ağırdan almanın?

Koray da bu hali küstahça bulmuş, Aksakallara: "Bu çocuk iyice çıldırdı" diyordu. Baycu nihayet Öktem'i gördüğünde "Tiginin fermanını getirdim" diyerek süslemeli ahşap bir kabın içinden otantik bozkır diyagramlarıyla yazılmış bir ceylan derisi çıkardı. Okurken muhataplarına korku salmak istediğinden arada bir Öktem'i ve Aşena'yı süzecekti.

"Issık'ın, Baykal'ın, Fergana'nın, günün doğduğu ve battığı yerlerin Tigini Andakan'ın, Aladağ otacısına hükmüdür: Aşena ve Temir'i kendi ellerinle getirirsen toyumda yer içer, davul zurnayla kardeşini evlendirirsin. Yok, sen değil de ben gelirsem toyumu orada yapar, ölülerinizin ardından kesilecek bir tane koyun keçi bile bırakmaksızın hepinizi kırarım..."

Öktem "anladım" diyerek Baycu'yu durdurduğunda, Koca İnal "eyvah" dedi ellerini yüzüne götürerek, "eyvahlar olsun!"

Aksakalların zihninde de "sonunda Koray'ın dediği başa gelecek" endişeleri vardı. Umay, Aybars'a bakıyor; abisine engel olsun istiyordu. Nefesler tutulmuşken Öktem "var git Tiginine söyle" dedi.

"İlk gittiğinde de kardeşimi ben teslim etmedim ona, şimdi de etmem."

Temir'e bakarak da "bize sığınanı gerisin geriye yollamak töremizde yok, istersen kendisine sor, geliyorsa gidin" diye ekledi.

Temir, Tigin'in bütün askerlerinde olan tüylü nişaneyi sökmüş, evvel efendisine uzatıyordu şimdi. Baycu elinin tersiyle vurduğu berçemi düşürdükten sonra zümrüt yüzüklü işaret parmağını tehditkâr bir şekilde Aksakallara doğru sallayarak "Tiginim nihai cevabı sizden bekliyor gayrı" dedi.

"Toya iki hafta var, aranızda düşünün taşının!"

Fermanı Koray'a bırakıp Issık'a dönerken son bir kez daha "iki haftanız kaldı" diye seslenmişti.

Tüm Aksakallar bir araya gelip tehdidi nasıl savuşturacaklarını konuşuyordu şimdi. Koray yine "ben dediydim" çalımlarına sığınmıştı: "Sahtekârın teki Öktem. Belası kendi ailesinden çıktı, bize ve evlatlarımıza ulaşmaya başladı. Onları sürelim dediğimde yan çizdiniz, hâlâ neyi bekliyoruz..."

Koca İnal "onları sürsek bile artık kurtulamayız Tigin'den. Bizden de bunun hesabını sorar" diye karşı çıktı Koray'a. Aksakallar da aynı görüşteydi. Öktem'i inadından vazgeçirtmekten, Aşena'yı kendi elleriyle Tigin'e götürmeye razı etmekten başka seçenekleri yoktu artık.

Koray hâlâ "dediydim" efsanesiyle Gürhan'ı ve Begrek'i hatırlatırken son sözlerine Öktem de şahit olmuştu. Kam'ın sözleri bittiğinde kendisini savunmak yerine bilakis hesap soruyordu Öktem.

"Tigin'den korktuğunuz için alelacele masum birini öldürtecek olan sizdiniz. Tigin, Atamız Yafes'in kısas töresini bozarken susup bunu kabullenen de sizdiniz. Beni Kut ile müjdeleyen Tanrı'ya ant olsun ki artık hüküm sizde değil. İnsanları kandıramayacaksınız."

Koray, açıktan ve doğrudan yapılan başkaldırıyla sineceğe benzemiyordu. Çadırdan çıkıp merakla bir karar açıklanmasını bekleyen ahaliye seslendi, elleri ve kollarını da sözlerine destek kılarak...

"Öktem, bir tek bir masumun canı yanmasın diye kardeşini ve babasını öldürtmedi mi? Hepiniz şahit oldunuz buna. Şimdi Aşena için ve kardeşi Gürhan'ı öldüren bir yabancı için beni ve hepinizi feda etmek istiyor."

Sözün devamında arkasında duran Öktem'e döndü. Sanki obadaşları için yalvarıyordu ona. Oysa en can alıcı anda, en nameli noktasından vuruyordu rakibini.

"Tigin'le aranızdaki meseleyle alakası olmayan bu kadar masum can için ruhların bir şey söylemiyor mu sana? Aşena için yüzlerce kişi ölsün diyen ruhlara mı inanacağız? Kendini yakacaksan yak ama bize dokunma Öktem. Artık düş yakamızdan!"

Koca İnal, Öktem'in yanına gelmiş, "Kam haklı bu kez" diyordu ki, Koray bundan güç alarak daha da hızlandı.

"Hüküm artık sizde değil diyorsun Öktem. Buyur sen ver hükmü. Aşena mı, yoksa bütün oba mı?"

Öktem kendisini takip eden yüzlerce gözdeki korkuyu izleyecekti bir süre. Analar çocuklarına sarılmış, kardeşler birbirine yanaşmıştı. "Vazgeç" diye yalvaran yüzler, merakla bir söz beklerken duyduklarını muğlâk buldular sadece.

"Ne yapılacağını ben bilemem. Aşena'nın da, sizin de sahibiniz olan Tanrı bilir bunu!"

Kalabalık içerisinden uğultular yükselmeye başlamıştı. Oba halkı daha evvel hiç olmadığınca Öktem'i ve onu Kutlayanı inkârdaydı. Yok saymanın zirvesindeydi korku dolu yürekler. İçlerindeki kini kabartarak "bu nasıl bir yaratıcı ki hepimizi gözden çıkartmış" diyorlardı. Daha evvel Öktem'e sadece acıyanlar bile öfke doluydu gayrı. Gözlerinden hınç fışkırıyor, "yazık seni doğuran anaya babaya" diyerek kızgınlıklarını bir nesil önceye taşıyorlardı.

Evvel 'kınayıcıların kınamasına' kapalı duran yürek şimdi olan biten her şeye açıktı. Sessizce meydanı terk ederken bir avuç insan geliyordu peşi sıra. Onlarla birlikte obadan görülmeyen aşağıdaki dere kenarına inerken ağzını bıçak açmamıştı hiçbirinin. Suyun şırıltısı da dinleyicilerine huzur vermiyordu bu kez.

Kaygının sesi Gülçiçek'ten gelmişti ilkin. Kocasının önünde diz çökmüş bir halde "sadece Bala Gülce kaldı, kıyma ona" dedi. Öktem hiçbir şey söylemeden eşini ayağa kaldırdı. Önce bakışlar anlattı derdini.

Şu anki Gülçiçek, göl kenarındaki ilk buluşmanın yüzü mahzun tebessümlü kızcağızı kadar erine inanamıyordu ama eskisine nispetle daha da fazla sevmiyor muydu Öktem'i?

"Ya sen" dedi erine; "beni o günkünden daha mı az seviyorsun?"

-Asla... Sevgim arttı eksilmedi. Ne senin, ne de Tanrı'nın bahşettiği şu masum balanın acısını görmeye dayanamam Gülçiçek.

"Öyleyse vazgeç bu işten Öktem. Bırak, Aşena geri dönsün Issık'a!"

Öktem, eşinin muğlâk bulduğu cevabı yineledi: "Ne yapılacağını Sahibi bilir, ben bilemem" diyerek...

Gülçiçek çıldırıyordu yavaş yavaş. "Ne zaman bileceksin Öktem, hepimizi de mezarlara koyduklarında mı?" dedikten sonra ailesine verdiği sözü de hatırlattı erine.

"Hani beni üzmeyecektin. Hani Gülçiçek ve balan, baldan da tatlıydık sana? Beni, kucağımda balamla canlı canlı toprağın altına koyma derdinde misin Öktem? Ne oldu sana?"

Kirişten kopup avına yönelen oklara benziyordu sözleri. Liğme liğme erinin yüreğine işliyordu ama durmayacaktı Gülçiçek. Avazınca ağlıyor, ağladıkça yalvarmayı kesip hesap sormaya başlıyordu sevdiğinden.

"Seni bilmediğin bir yola koyan ruhların nerede şimdi? Bir sözün peşinden gidip tüm sevdiklerini kaybediyorsun..."

Devamını getirememişti gayrı. Boğazı düğümlendi ilmik ilmik. Hıçkırıklar yeni sözlerine engeldi. Konuşabilecek kadar toparlandığında yeniden Öktem'in eline yapıştı. Hem öpüyor, hem de sevgisinin yüceliğini göstermek istiyordu eskisince.

"Canın tehlikede olsa hiç düşünmeden ölürüm senin için. Var mı buna şüphen?"

Gece karası gözler onaylamıştı sevdiğini. Asla şüphesi yoktu bundan. Gülçiçek hızlanarak devam etti sitemlerine.

"Ama sen sırf Aşena buradan gitmesin, Tigin'le evlenmesin diye beni, kızını, tüm obadaşlarını canlı canlı yağız toprağa sokuyorsun. Hepimiz öldükten sonra Tigin yine de alacak Aşena'yı.

Ne diye inat ediyorsun Öktem? Aşena'yı ölüme mi yolluyorsun? Bacın Ece olacak herkese. Daha ne istiyorsun?"

Öktem sözlerle bunu cevaplayamayınca eğilip sarılmayı denedi eşine. Fakat Gülçiçek ittirmişti onu. Ailesini boşlayan erinin akıllanmasını istiyordu kendince, hem de onca sevgisine rağmen.

Gülçiçek, Aşena'ya yöneldi bu kez. Bala Gülce'yi göstererek "annenin mezarı başında onun için dilediğin hayır bu muydu?" diye haykırdı.

İkiz de suskundu. Kutlu aralarındayken ne söyleyebilirdi ki? Nitekim Öktem giriverdi araya.

"Bilmiyorsun Gülçiçek, bu işe karışma" derken sesindeki üst perde öfkenin değil merhametin eseriydi ona göre. Ama bu nasıl bir rahmetti ki böyle, kendisi bile titremişti söylerken.

Gülçiçek "benim bilmediğim ama senin bildiğin ne?" diyordu şimdi de. "Sahibin bilir, öyle mi? Sen gerçekten çıldırdın mı Öktem?"

Gülçiçek'in yorgun bedeni artık dayanamıyordu içindekileri dökmeye. Sarsıla sarsıla Umay'a tutunmuştu. O da anneydi. Her şeyden çok sevdiği eri analığına yaşattığı acıları şimdi de kendisinin çekmesini mi istiyordu? Toprağa uzandığında dilindeki yegâne ses "neden?" idi. Neden tüm bunlar onların başına gelmişti? Her şeyde birlikte olma arzularına ne olmuştu böyle? Üstelik olağanüstü biri olacak diye sevmemişti Öktem'i. Herkes gibi yaşayıp herkesten daha çok sevmek, sevilmek yetmemiş miydi kendilerine?

Öktem yumuşak karnından yakalanmıştı bir kez daha. Üstelik ketumlukla zırhlanamayacağını da biliyordu. Yine de boranlarla üzerinden toz kalkmayan Aladağ gibi dimdik durabiliyorken, Aybars dikildi karşısına. Umay, iki kardeşin kavga edeceklerine emindi o an. Birkaç ay öncesine kadar hayatta görmeyi en son isteyeceği şey buydu belki. Ama iş bu noktalara gelmişse, söz bitmişse varsın kavga etsinlerdi gayrı. Birinin Öktem'i durdurması lazımdı, bedeli her ne pahasına olursa olsun. Ancak Aybars, Bazgan'da gördüğü şekliyle ellerini uzattı abisine.

İlk sözü "sen, düşmanından daha büyüksün, bunu bugün anladım" olmuştu. Ardından "sana ve 'En büyük' olana inanıyorum" diyerek bileklerinden öptü Öktem'in.

Sarılmışlardı. Elma yağız toprağa değil bahçevanın ellerine düşmüştü, hem de güneşin en sıcak deminde. İkrarın böylesi sıkıntılı bir anda gelmesi sadece delimsek Aybars'a yakışırdı elbet.

Umay içten içe "ne oldu bizim evlatlara?" derken, dıştan hiçbir şey söylememeye de kararlıydı. Gülçiçek söylenebilecek her şeyi bir bir saymışken, Öktem bir nebze bile geri adım atmamıştı zaten. İçindeki bir ses "doğduğunda kurdunkine değil de, katır postuna mı sardılar seni. Bırak inadını Öktem" diyordu ama bunu da dillendirmedi. İnanıyordu ki erlerin kararı, kadınların kaderiydi.

Temir en başından beri Aşena'yı takip ediyordu merakla. O ne yapacaktı? Nitekim Öktem, ikizine baktığında Aşena usulca yaklaştı ona.

"Tanrı'nın hükmü her ne olursa olsun, kabulümdür" diyerek sağ elini parmak uçlarından öperek huşuyla alnının üstüne koydu. Razıydı kendisi için verilecek hükme. Sonucu her ne olacaksa olsun, yeter ki Tanrı'dan gelsindi.

Öktem hiçbir şey söylemeden Kırat'la birlikte uzaklaşıyordu gayrı.

Umay ve Gülçiçek için tek bir dilek vardı gönüllerinde. O her kim idiyse, Öktem onunla görüşüp akıllanmalı ve toydan önce Aşena'yı Tigin'e yollamaya razı olmalıydı sağlıklı her aklın emrettiğince...

Öktem mağaradan içeri girdiğinde diz kırıp boyun bükerek huşuyla oturuverdi. Meydanda ve dere kenarında yaptıklarından emin ve kararlı görünen Öktem gitmiş, yerine aciz, çaresiz bir adam gelmişti sanki. "Şimdi ne yapacağım?" diyordu içinden. İnsanlarına bir cevap götürmeli, onlara Tanrı'nın hükmünü bildirmeliydi.

Obayı Tanrı'dan izinsiz terk ettiğinde mahsurluk yaşadığı o yedi günün hiçbiri bugünkünden daha zor ve mihnet yüklü değildi kendisine. Alnını yine toprağa dayamış bir halde "Tanrım çıkış yolu göster" nidalarıyla yalvarıyor, Rabbinden merhametine talip oluyordu.

"Aşena senin muradın uğruna kalacak. Ama diğerleri bir şey bilmedikleri için inkâr ediyor, onlara bir zarar gelmesine izin verme Tanrım!"

Niyaz esnasında Kutlu alnını secdeden kaldırmıyordu Öktem. Bu durum saatlerce sürüp gecenin son çeyreğine gelinirken hâlâ hüküm veya herhangi bir işaret alamadığı için iyice daralmaya başladı. Yüzlerce masum can ve Tanrı'nın muradı arasında öyle ezici mihnetler, öyle zorluklarla sarsılıyordu ki terk edilmediğini bilme arzusu bastırdı dört bir yandan.

Yeniden ve yeniden "Sen affetmeyi, nimetlendirmeyi ve dostlarını en çok sevensin, merhamet et bize" diyordu, toprağa iyice bastırırken alnını...

Oysa bir an rüzgâra, kuşlara ve geceye dair tüm sesler bıçak kesiliverdiğinde zıpkın gibi doğrulup fırladı mağaradan.

Sırtındaydı yoldaşının...

Yamaç boyunca at koşturuyordu Aladağ'da. Ayrılık günlerindeki 'delikanlı-âşık' Öktem'in bile çıkmaya cesaret edemediği o en yüksek noktaya ulaşmak arzusundaydı bir an evvel. Bu tırmanış sadece zamana karşı değildi. Zirveye doğru koşturdukça yüceliyor, yüceldikçe içindeki tüm kaygıları da birer birer aştığını seziyordu. Nihayet o en yüksek noktaya ulaştığında etrafı izlemeye başladı. Dikkatini çekecek bir şeyler arıyordu. Kâh görülüp kâh kaybolan kurtlar, ceylanlar, sincaplar ve Aladağ'ın tüm sakinleri olacakları hissetmişçesine bir yerlere koşuşturuyordu. Hepsine nispetle sadece Kırat koruyabilmişti uysallığını. Bu kez o da Haberci'ye birebir şahit olma hevesindeydi sanki.

Ortalıkta kaçışan hayvancık kalmadığında, tamamen yoldaşıyla başbaşalarken pırıl pırıl ışıldayan semaya kaldırdı başını. Kutlu ellerini uzattığında her bir yıldız dalından koparılacak elmalarmışçasına yakındı kendisine. Anlık fasılalarla yanıp sönen gökyüzü kandilleri, tüm evrenin biricik Sahibinin izniyle göz kırpıyor olmalıydı Kutlu tenine. Güya onlar değildi de, kendisiydi ışıl ışıl parıldayan. Yine de dizleri üzerine çöküverdi ve iki yanına saldı ellerini. Avuç içleri gökyüzünü görecek şekilde ayrılmıştı birbirinden.

"Âlemlerin Övüncü aşkına" diyordu; "bize acı, merhamet et. Katından nimet verdiklerinden eyle bizi!"

Neden sonra kaymakta olan bir yıldız gördü mehtapta. Önceleri alelade bir parıltıyken gittikçe yaklaşan bu yıldız, kocaman bir alev topuna dönüşmüş, göğü yırtarak üstüne üstüne geliyordu şimdi. Kırat yeni ve sıradışı olan hiçbir şey yokmuşçasına sakindi hâlâ. Alev topu mahşeri bir gürültüyle az ilerisine düştüğünde meteor parçaları etrafa yayılmıştı ve her biri alev alev, için için yanıyordu karşısında. Peşi sıra yağmur da başlamıştı.

Öktem hayretler içerisinde gökyüzünden indirileni[86] seyrederken ateşlerin arkasından Haberci çıkageldi. Tanrı'nın hükmünü ve nimetini getirmişti Kutlu'ya. Sesi, Aladağ'ın her kayasından ayrı ayrı yankılanarak doluyordu Öktem'in gönlüne. Ve her söz anında hatırlanıyordu sanki.

---

86 Betimlenen bu olay Hadid Suresi:25.Ayet'te geçen ifadelerden esinlenilmiştir...

"Atan Âdem'i en güzel şekilde yaratan Tanrı,
Bütün elçilerini apaçık delillerle yolladı.
Ve o dehşetli günden korunabilmesi için
Nuh'a gemi yapmasını emretti.
Sonra onun neslini dünyanın dört bir yanına saldı...

Rabbinin inayeti sizinle,
Göklerden indirilen bu nimeti
Size hamur gibi yumuşatacak,
Ona şekil vermesini ve onunla kuşanmanızı
Öğretecek olan Rabbindir...

Elverir ki ardından gelenler,
Tanrı'nın adaletini inkârcı zalimlere de gösterir.
Rabbin en kuvvetli ve mutlak galip olandır.
Hükmü ve hikmeti sonsuzdur O'nun.
Ve O verdiği sözden asla dönmez..."

O sabah çobanlar sürülerini meraya çıkarmamış, avcılar ormana gitmemiş, beşiğindeki balasından, beli bükülmüş ihtiyarına, seveninden sevmeyenine herkes Öktem'i beklemişti dört gözle. Dönmekte olduğunu gören duyan merakla meydanda toplanıyordu şimdi. Koray söylediklerinden emin bir şekilde "böyle yaparak boşuna büyütüyosunuz onu, Aşena gidecek. Öktem, Tigin'e hısım olacak, bu dava da böylelikle bitecek" diyordu halen. İşgüzar otacı, koskoca bir gece boyunca düşünüp taşınıp inadında devam edemezdi ya!

Öktem, Kırat'la birlikte meydanın ortasına kadar geldiğinde heybesinde neyin üzerine sarıldığı belli olmayan bir örtü vardı. Ahaliyi izledi önce. Bir gün önceki korku silinmemişti yüzlerden. Endişe hâkimdi yüreklerde. Gülçiçek, Bala Gülce'yi omzuna almış, babası görsün de ona göre konuşsun istemişti belli ki.

Bazgan, Temir ve Aybars yan yanaydı Öktem'i gördüklerinde. Aşena'nın razı olduğu hüküm ve kader bekleniyordu artık. Temir, ela gözlerdeki inancı yeniden gördüğünde "Tanrım, onu yollama gerisin geriye, ben giderim ama o" diyordu içinden. Bu bir pazarlık değil, razı olunan bedeldi kendisi için.

Sessizliği Koca İnal bozdu. "Seni bekliyoruz evlat, bize bi şey söylemeyecek misin?"

Öktem cevap vermeden önce Kırat'a ilerlemişti. Heybedeki örtüyü sırtlandı. Özenle açtığı örtünün altından dört tane kılıç çıkardı. Onları, Haberci'yle birlikte gökten inen cevherle yapmışlardı.

Kılıçlar daha önce kimsenin görmediği bir şekle sahipti. O güne kadar bilinenler, bir kulaç uzunluğunda, altı yedi parmak eninde, kül renkli, mat ve dümdüz kılıçlardı. Ancak Öktem'in getirdikleri iki kulaç boyunda, üç parmak enindeydi. Güneş vurdukça ayna gibi parlıyor, uçlara yaklaştıkça incelip yay gibi kıvrılıyordu. Üstelik diğerlerinden daha hafif olduğu için taşınması ve kullanılması daha rahattı. Dört kılıcın birbirlerinden yegâne farkıysa saplarının rengiydi.

Öktem kabzası kızıl olan hariç diğer üçünü göbek hizasından yere bıraktığında kılıçlar kayaya saplanıp kalıverdi, rüzgârda dalgalanan sancaklar misali.

Elindeki kılıcı havaya kaldıran Öktem, İnal'ın karşısında duruyordu şimdi. "Delil istiyordun, bak" dedi; "iyice bak. Daha önce gördüklerine benziyor mu?"

Koca İnal da herkes kadar şaşkındı gördükleri karşısında. Öktem'in böylesi bilinmedik kılıçlarla, üstelik bir gecede gelmesi tuhaftı. Kimse buna kayıtsız kalamazdı. Kılıcı kavrayıp denedikten sonra İnal kaniydi artık. Muradına ermiş, delili bizzat görmüştü sonunda. Meydana geçip ikrar verdi Öktem'e.

"Tamam ben de inandım ki sen Kutlanmışlardansın. Tanrı katından bize gönderilmiş elçilerdensin!"

Öktem sadece yaşlı hikâyeciye değil herkese sesleniyordu o an.

"Güneşe delil isteyen başını kaldırıp göğe baksın. Ancak siz, güneşe inanmak için bile gölgelerin uzayıp kısalmasını görmek istediniz. Yine de Tanrı çok merhametlidir. İnkârı terk etmeniz için, şüphelerden arınmanız için size bu nimetini gönderdi. Şimdi delili gördünüz ve onu gönderene inandınız mı?"

Önce birkaç genç, ardından daha büyükleri, derken ahalinin çoğu Öktem'in önünde halkalanmaya başladı. Bir gün önce inkârın zirvesinde olanlar, şimdi ikrar veriyordu teker teker. "Sana ve seni yollayan Tanrı'ya inanıyoruz, bizi bağışla" cümlesini hep birden haykırıyorlar, inanca koşuyorlardı coşkuyla.

Öktem delili gölgede arayanlarla güneşe doğrudan bakanları ayırmak için kalabalığın arasından Bazgan'ı, Temir'i ve Aybars'ı yanına çağırdı göz işaretiyle. Az evvel düşüp kayaya saplanan kılıçların başına geldiklerinde sapı gök renginde[87] olanı kavrayıp yerinden çıkardı ve Bazgan'a uzattı.

"Tanrı sadakatini ululasın" diyerek.

Aybars'ınki kara saplıydı. "Tanrı cesaretini ululasın" diyordu ona.

Temir'e kalansa ak kabzalı kılıçtı. Öktem "Tanrı seninle gelenleri ululasın" derken Aşena'yı da izliyordu.

Koray da gördüğü kılıçlardan etkilenmişti. Herkes gibi o da merak ediyordu. Kılıçlar nasıl bir alaşımdan yapılmıştı ki böylesine ince ve uzundu. Çatlamadan nasıl kıvrılabilmişti uç tarafları? Hepsinden önemlisi Öktem bu alaşımı nereden bulmuştu? Kendi atını nallamaktan bile acizken, böylesi kılıçlarla bir gecede nasıl dönebilmişti aralarına? Ruhların bunu öğretmesi mümkün müydü? İkrar verenlerle aynı sorulara sahip olan Koray, inanca açılacağı yerde "bu işin aslını esasını elbet öğrenirim" demişti içinden. Şimdilik kimseye bir şey söyleyemezdi.

---

87 Ön-Türkçede "gök" diye belirtilen renk, mavinin yeşile çalan bir tonudur. Günümüzde tüm dünyada "Turkuvaz" olarak bilinir...

İnsanlar Öktem'den yanaydı bir şekilde. Kılıçların ortaya çıkması bir anda durumu değiştirmişti.

Ve sıra Tanrı hükmünü bildirmeye gelmişti artık. Öktem gür bir sesle ilan etmeye başladı.

"Benden bir karar bekliyordunuz. Hüküm Tanrı'nındır. O zalime boyun eğmemenizi ve hakkınızı aramanızı istiyor sizden."

Bu esnada direkte asılı duran Tigin'in fermanına yaklaştı. Yırtıp attıktan sonra kızıl saplı kılıcını göğe, Kırat'ıysa şaha kaldırarak haykırdı.

"Tanrı'nın inayeti bizimle! O'nunla beraber olmaya var mısınız?"

-5-

Andakan'a düğün için sipariş ettiği altın elbisenin hazır olan parçaları getirilmişti. Onları denerken bir ulak girdi içeri. Aladağ'dan gelen ziyaretçiler olduğunu söylüyordu. Baycu "Aksakallar aklın yolunu seçti, bu iş de sonunda halloldu" rehavetiyle kasılırken, Tigin ihtişamla tahtına kuruldu.

Huzura alınan ziyaretçiler başlarında Koray olduğu halde saygıyla diz kırıp selam verdi. Ancak içlerinde Öktem, Temir ve Aşena'nın olmaması Dolunay hariç herkesi öfkelendirmeye yetmişti. Toya on gün kalmışken hâlâ ortalıkta yoktu gelin.

"Onlar nerede?" diyen bakışlar karşısında "Öktem, kimseyi iade etmeyecek" dedi Koray.

Tigin, kendinden beklenen hiddeti aynen açık ederken "bunun ne demek olduğunu ona söylemediniz mi?" bağrışlarıyla tahtından doğruldu. Nasıl göze alınabilirdi, emrine karşı çıkmak? Üstelik onca tehdidi boşuna mı yapmıştı? Şu garip otacı taş üstünde taş, gövde üstünde baş bırakmayacağını bilmiyor muydu?

Koray, "haklısınız Tiginim" diyerek başladığı sözlerine "biz gereken her şeyi söyledik. Tek tek ikaz ettik ama bu uğurda sizinle savaşmayı bile göze aldılar" diyerek devam etti. Tigin son haber karşısında gülüyordu artık. Kahkahalarına önce Baycu, ardından huzurdaki herkes aynıyla eşlik ediyordu. Ancak az sonra aniden ciddileşti Andakan. Aladağ çobanlarıyla savaşmak koca bir Tigin için ne büyük talihsizlikti. O güne değin düşmanlarının büyüklüğüyle övünmüştü sürekli. Sonuçta hepsini yenen, en büyük olan kendisi değil miydi zaten?

Tedirgin olma sırası Dolunay'daydı şimdi. Aşena'yı düşündü. Başlarda hiçbir şekilde hazzetmediği ama annesiyle olan meselede asaletini ve cesaretini görüp takdir ettiği kızcağız, tüm obadaşlarını ölüme götürüyordu göz göre göre. Biraz daha düşünse işin içinden çıkamayacaktı. O değil miydi "benim yüzümden bir masum ölecekse kardeşimin ölümünü bile göze alırım" diyebilen? Şimdi neden bu kadar fütursuz olabilmişti? Anlayamıyordu.

Tigin, heyetin düşüncesini merak edince, ziyaretçiler "bu bizim davamız değil, aranızdaki işe karışmayız" dedi. Bunun üzerine Baycu'ya nihai emrini verdi Andakan.

"Günü geldiğinde senin ve Dolunay'ın toyunu burada, Issık'ta yapacağım. Sonra Aladağ'a yürüyeceğiz benim toyum için. Bütün bozkır bana karşı çıkanlara yapacaklarımı konuşacak."

☙

Cevherin işleneceği ocak, Tanrı inayetiyle mağaraya kurulmuştu. Yanına Bazgan, Aybars ve Temir'i de alan Öktem, bir an önce kılıçlar, zırhlar ve ok-mızrak temrenleri[88] yapmaya girişmişti. Zaten silahlanmak için fazla zamanları da yoktu.

Andakan'ın —veya o dönemki herhangi birilerinin— kullandığı silahlar bakırın saflaştırılması esnasında yan ürün olarak elde edilen sünger demiriyle yapılıyordu. Böylesi sert alaşımlarla yapılan silahlar ağır olmalarının yanı sıra zamanla çatlamaya başlıyor ve bakımları ihmal edildiğinde çarçabuk köreliyordu. Hele de kılıçlar, katların yeterince kenetlenmemesi nedeniyle zoru gördükçe kabarıyor, hemyüzlüğünü yitirdikten sonraysa bir daha işe yaramamacasına eğilip bükülüyordu. Oysa yeryüzüne indirilen cevherde Tanrısal lütufla demire karılmış göksel mineraller[89] vardı. Haberci'nin söylediği şekilde cevher onların

88 "Temren", ok başlığı demektir...

89 Burada bahsedilen Karbon elementidir. Yaygın adıyla "Çelik" diye bilinen Demir-Karbon alaşımlarının kullanımı saf demire nispetle daha kolay ve ve-

elinde hamur gibi yumuşayacak ve istenilen kalıplara dökülebilecekti.

Öktem'in, Tanrı'yı yücelten ve kişi-evladı için indirilenlere şükreden nefesiyle yeniden kızgın eriyik hale gelen cevher kılıç olana kadar birçok işlemden geçirilmek zorundaydı. Öktem işin her aşamasında sanatla ilgili sırları, yani Cebrail'den öğrenmiş olduğu mahareti çıraklarına aktaracaktı az sonra.

"Birinci kural" dedi; "cevheri kat kat döveceğiz, onu katlayıp, büküp, çekiçle yeniden yayıp, yine katlayıp kıvama gelinceye dek tekrarlayacağız bunları."

Tüm bu işlemler sabır gerektiriyordu şüphesiz ve inkârla kararmış yürekleri defaatle uyarmaya, onlara güzel-doğru-iyi olanı yineleye yineleye göstermeye benziyordu. Nasıl ki Kutlanmışın görevi yaşamak-göstermek-anlatmak ise zanaatkâr da cevheri istenilen kalıba alıp işini tamam eylemek zorundaydı.

Ancak bunu gereğinden fazla tekrarlayacak olurlarsa bu kez de alaşımın içeriğindeki ağır parçalar, diğerlerinden ayrışarak dibe çökelebilir ve cevherin yeknesaklığı bozulabilirdi. Tıpkı vaktinden er ya da geç kişi-evladına verilecek Kutsal nimetlerin onları hazırlıksız yakalaması veya geçkin bir coşkunlukla karşılanması gibi. Kıvam cevheri ve kişiyi Yaratan'ın bilgisindeydi. O karar verecekti, ne vakte değin işlemlere devam edileceğine...

İkinci kural eriyiğin içindeki kabarcıkların tek tek çözülmesi, Öktem'in "egiş" dediği artık ve curufların cevherden alınmasıydı. Bu yapılamadığında alaşımın içinde boşluklar ve yabancı cisimler kalacak, böylece göksel cevheri kullanmanın da bir hükmü olmayacaktı.

---

rimlidir. Zaten metalürji bilimi demir-karbon ilişkisinin ve buna bağlı teknolojilerin gelişmesiyle doğmuştur...

Öktem bu misal üzerinden "yüreğimizi her zaman bizi gözetene açmalıyız" dedi yoldaşlarına. "Yoksa O'ndan beri kalan yerlere yeryüzüne dair korkular, arzular ve mal mülk sevdası dolar."

Kabarcıklar alındıkça dövülüp katlanıp açılan her katman daha sıkı perçinleniyordu diğer tabakalara. Öktem "benliğimiz ayrı kalma, sadece kendini düşünme arzusundadır. Oysa siz aradakileri kaldırdıkça benlik ruha yaklaşacak, kendini var eden ışığa karışacaktır" demişti şimdi de.

Üçüncü kural eriyiğin nasıl soğutulacağıyla ilgiliydi. Sert alaşımlar suyla aniden soğutulduğu için zamanla kılıçlar üzerinde çeltikler oluşuyordu. Öktem kendi yoğurduğu kille cevher eriyiğini kaplarken onu yavaş yavaş soğutacaklarını söyledi. Bu bir anlamda Tanrı'nın esenliğine adım adım yaklaşmaktı da. Nitekim İbrahim olamadan ateşe atlayanların kül olmaları kaçınılmazdı.

Bu şekilde yapılan kılıçları güneş ışığına tutan Öktem "iyiliğini sınamak için hemyüz olup olmadıklarına bakın" dedi bu kez. "Üzerinde herhangi bir kabarma veya yassılık olan kılıç, yarın er meydanında sahibini yalnız koyar, onu utandırır."

Kılıç, zırh ve ok-mızrak başları yaptıkları üç günün nihayetinde Öktem, diğerlerini işe karıştırmadan kan gibi kızıl renkli bir küre dökmüştü cevherden. Onun hakkında hiçbir şey söylemeden, "gayrı işimiz obadakilerle" diyerek, çıktı ocaktan. Obaya döndüklerinde kırk at yükünce silah vardı yanlarında. Başta Koca İnal olmakla, tüm Aksakallar aynı şeyi merak ediyordu hâlâ. Bu alaşım aslında nereden gelmişti ve daha da önemlisi nasıl işleniyordu. Oysa Öktem her seferinde aynı izahı yapacaktı onlara.

"Cevher, Tanrı katından bir delildir ve ehline emanet edilmiş bir sırdır, o."

Ocakta imal edilenleri tek tek inananlara dağıttıklarında sırada insanlara bunların nasıl kullanılacaklarını göstermek vardı. Öktem kılıçlı talimlere Temir'in komuta etmesini istemişti.

Evvel eli kılıç tutmuş olanlarla hiç tutmayanlar ikili gruplara ayrılıyor, sabahtan akşama kadar Temir'in gözetiminde nasıl hamle yapacaklarını ve karşısındakilerinkini nasıl savuşturacaklarını çalışıyor, zırhlar ve kalkan sayesinde korunmanın inceliklerini öğreniyordu.

Başında Aybars'ın olduğu ikinci grubun öncelikli görevi mümkün olduğunca çok sayıda ok imaliydi. Bunun için sazlıklardan ince kamışlar kesiliyor, kızgın şişlerle içleri dağlanıyor, tamamen temizlendiklerine kani olunduktan sonra bu kez ince dere kumlarıyla içleri dolduruluyor, keçi veya koyun kanlarının kamışlara akıtılıp karışımın dondurulmasıyla birlikte her parçası eşit ağırlık ve uzunlukta olan düzgün, yeknesak oklar elde ediliyordu. Temrenlerin de takılmasının ardından okların parmak arasında tutulan kısmına geçiliyordu. Aybars'ın yakaladığı Aladağ kartallarının telekleriyle yapılan manevra tüyleri okların yaydan fırlarken ve hedefine saplanırken özgün bir ıslık sesi çıkartmasını sağlıyor, üstelik evvel yapılan okların titrekliği bu sert tüyler sayesinde ortadan kalktığı için hedefe tam isabet ettirmek de kolaylaşıyordu.

Talimler ve diğer uğraşlar sırasında yarım gün ortadan kaybolan Öktem ve Bazgan ormandan döndüğünde atlarındaki yeni koşumlar dikkatleri çekmişti hemen. Eyeri atın göğsünden ve sağrısından geçen bir kuşak sayesinde yularla sabitlemişler, binicinin ayaklarını yerleştirmesi için de cevherden kancalar yapıp eyere bağlamışlardı. Bu koşum aslında üzengiydi[90] ve insan-

90 Atın ehilleştirilmesi yani insanoğlunca kullanılmaya başlaması 8000 yıllık bir maceradır. Atlar evcilleştirilmelerinin ilk döneminde —aynen sığır, koyun ve keçilerde olduğu gibi—sütleri, etleri ve derileri için beslenmiş, sabana bile koşulmuştur. Tekerleğin icadından sonra ilk olarak bozkır göçerleri atları arabalara koşmuştur. Bu arabalar önceleri sadece nakil amaçlıyken zamanla savaşlarda da etkin roller oynamıştır. Eski Sümer ve Mısır şehir devletlerinin komşularına karşı üstünlük kurması ve kendi içlerinde birleşerek imparatorluklar haline gelmeleri bu atlı savaş arabalarını kendi medeniyetlerine transfer etmelerinin sonucudur. Binlerce yıl sadece arabaya koşulan atların sırtına çıkılmasıysa yular, gem ve eyer sayesinde olmuştur. Bu dönemde bile kullanımı çok zor olduğu için atlar genel manada binitlikten ziyade çekici olmaya

lık onunla ilk kez tanışıyordu. Öktem bütün süvarilerin bununla kuşanacağını söylediğinde, Koca İnal beride bir yerden hazırlıkları izliyor, işin nereye varacağını kestirmeye çalışıyordu.

Yeterli miktarda ok imali ve tüm atların üzengiyle kuşanmasının ardından süvari talimlerine geçilmişti. Burası eğitimlerdeki en önemli kısımdı. Binici ve binitin yoldaşlığını Öktem ve Kırat gösterdi ilk olarak. Eyer atın gövdesine sabitlendiği için kaymıyor, süvari bacaklarıyla yoldaşına istikamet verebildiği için onun üzerinde istediği yöne dönerken elleriyle yuları tutmak veya düşmemek için atın boynuna sarılmak zorunda da kalmıyordu. Haliyle her iki el de boştaydı artık. Süvariler tamamen düşmanıyla ilgilenebilecek, tüm atlar bu yeni koşum takımı sayesinde binicisiyle ayrılmaz yoldaşlar olacaktı.

Atlarıyla yekvücut olmayı öğrenen Kut süvarileri, eyer üzerindeyken bir ellerinde yay, diğerinde oklarla devam etti talimlere. Hatta son gün kızgın boğaların üzerine adam büyüklüğünce ağaç parçaları yerleştirmişler, hepsinin tepesinde duran keçi tulumlarına nişan almışlar, kendileri at sırtında koştururken delice sağa sola saldıran boğaların üzerindeki hedefleri bile vurabilmişlerdi. Askerler hazırdı gayrı.

---

devam etmiştir. Tarihçilerin üzerinde ittifak ettikleri şekilde üzengi; atçılığın son evresi olan binitliği kolaylaştırıp yaygınlaştırmıştır ve bu konudaki 8000 yıllık sürecin en önemli icadıdır. Askeri tarihçilik açısından üzengi öncesi ve sonrası at kullanımlarının iki farklı fonksiyonu vardır. Önceki evrede at, binicisinin sadece hızlı intikalini sağlamışken sonraki evrede binit ve süvari yeknesak şekilde bir savaş birimi haline gelmiştir. Kendi dönem şartları içinde bugünle mukayese edildiğinde atlar için üzengi ne ise, otomobiller için de direksiyon ve pedallar odur diyebiliriz. Tüm atçılık tarihçilerinin üzerinde mutabık oldukları diğer bir konuysa üzenginin ilk olarak M.Ö.10.asırda Orta Asya bozkırlarında görülmeye başladığıdır. Hatta üzengi doğulu kimliğini 2000 yıldan daha uzun bir süre devam ettirmiş, ancak Haçlı Seferlerinin ardından Avrupalılarca da önemi kavranıp kullanılmaya başlanmıştır. Çövgen, cirit ve buskaşi gibi geleneksel bozkır atlı oyunları da haliyle üzengi kullanımı sonrasında ortaya çıkabilmiştir...

Baycu'nun karar için bildirdiği güne yaklaşılırken sıra en son ve en girift işe gelmişti. Öktem yoldaşlarıyla birlikte savaş taktiklerini konuşacaktı. Batmakta olan güneşi izlerken üçünden de kılıçlarını çıkarıp kendisine vermelerini istedi. İsteği yapıldığında önce Bazgan'ın kılıcını alıp toprağa sapladı. Aybars'ınkinden sonra kendi kılıcını, en son olarak da Temir'inkini...

"Bu da Tanrı'nın bize bir inayetidir" diyerek başladı sözlerine. Kılıçları tek tek gösterirken konumlarına ve renklerine dikkat edilmesini söyledi. Ak saplı kılıç batıda, kara olan kuzeyde, gök renkli doğuda ve kızılsa güneydeydi. Bu mutlaka böyle olmalıydı. Vurgulamak için, "tüm yapacağımız bunu er meydanında tekrarlamak" dedi bu kez. Sözleri anlaşılır değildi hâlâ. Üçünden de kendi kılıçlarının başına geçmesini istediğinde, Aybars kuzeyde, Bazgan doğuda, Temir'se batıda konuşlanmıştı.

"Süvariler" diyordu Öktem, "bu renkleri iyice bellemeli ve ayırt etmek zorunda. Yağızlar, dorular, kırlar ve bozlar[91] doğru zamanda kendi yerini aldığında Tanrı, zaferi bize bahşedecektir."

Öktem'in sözleri bittiğinde Temir renkleri ve yönleri düşünüyordu. Daha evvel düzinelerce savaşa katılmıştı ama ne kendileri, ne de düşmanları böylesi bir taktik sergilememişti. Sözler dünkü otacıdan değil, bugünkü Kutlanmıştan yani Tanrı katından geliyordu, bunu bir subay olarak en iyi kendisi anlayabilirdi zira.

Bazgan'ın aklında daha çok kılıçların toprağa saplanma sıralaması vardı. Gök, Kara, Kızıl ve Ak... Aybars'ın dolambaçlı anlatımlardan hazzetmeyen yanı törpülenmiş olsa gerek, her

---

91 "Kır, Doru, Boz" ve "Yağız"; at donlarını niteleyen sıfatlardır. Derisi beyaza yakın olan atlar için "kır", çayınkine benzer kırmızı renkli atlar için "doru", sarıya çalanlara "boz" ve siyah derililere ise "yağız" denmektedir. Haliyle bahsi geçen renk-yön-at donu eşleşmeleri "Kara-Kuzey-Yağız", "Ak-Batı-Kır", "Kızıl-Güney-Doru " ve "Gök-Doğu-Boz" şeklindedir...

sözü, işareti, mimiği dikkatle takip etmiş, aldıklarının yüceliği karşısında doğrudan bir şey gösterilmemesine sabır göstermişti.

Sözün nereye bağlanacağını görmek için hepsi de er meydanını bekleyeceklerdi gayrı.

Toy davullarıyla tüm şehir inliyor, sanemler için iduklar kesiliyorken Andakan, altın elbisesinin son parçalarını da kuşanmıştı. Kıyafet istediği gibiydi. Çizmesinden, miğferine, bilekliğinden kınına, yeleğinden zırhına kadar ışıl ışıl parlıyordu sonunda. "Ağırlığınca altın" sözü kendisinden daha çok kime yakışabilirdi ki zaten?

Birazdan yağma şölenini başlatacaktı. Müjdeyi vermek için dışarı çıktığında tüm şehir gözlerini ondan alamamıştı. Batmakta olan güneşi arkasına alarak, "ben daha parlağım" çalımlarıyla tahta çıktı. Çığırtkanlara işaret verdiğinde, "yediğiniz içtiğinize afiyet olsun, aldığınız gördüğünüz sizinle olsun" muştusu tüm davetlileri çılgına çevirmeye yetmişti. Çadırlarda kendilerini bekleyen ipeklileri, çömlekleri, kürkleri yağmalıyor, birbirlerini ezme bahasına daha fazla mal kapmak için yarışıyorlardı. Andakan ise halkını izleyerek atalarının cömertliğini bugüne taşımanın gururunu yaşıyordu.

Dolunay'ın aklı kendi toyunda bile babasıyla Aşena'daydı. Planlanan şekilde bugün onlar da evlenmiş olsaydı annesi öldürülecekti gece yarısı. Buna izin vermediği için Aşena'ya müteşekkirdi. Andakan da farkındaydı bunun. Şimdi sadece yeğeni değil aynı zamanda teze damadı da olan Baycu'ya takılırken, Dolunay'daki sevincin geçiciliğini hatırlatmak istemişti.

"Beni bekleyeceksiniz" diyordu, "vârisimden önce kucağıma torunumu almak istemem asla."

Dolunay anlamıştı mesajı. Babası, annelerini kendilerinden ayırmaya yeminliydi sanki. Bugün ya da ertesi sonunda öldürülecekti annesi. Bu esnada Aşena için de üzüldüğünü fark etti. Ögey adayı olarak tanıdığı Aşena'nın bunları hak etmediğine inanıyordu. Ama toy kendi toyuydu ya, içindeki her sıkıntıyı ötelemek zorundaydı. Meydana geçip akranlarının arasına karışarak oynamayı denedi bir süre. Baycu önü sıra ellerini açmıştı kartallar gibi. Dizlerini sırayla yere verip doğrulurken bir yandan da tebessüm ediyordu kendisine. Neşesini kendisinden de beklediğini belli etmişti eri.

Dolunay en mutlu olması gereken bir günde mutlanamamanın sıkıntısıyla oturuverdi az sonra. Babasının yaptırdığı devasa gerdekten içeri girerken rüyasını düşünüyordu yine. Baycu güçlü elleriyle annesinin ardından gitmesine müsaade etmemişti. En azından bunun için sevinmeyi deniyordu o an.

"Baycu babam gibi olmayacak. Çünkü ben annem gibi değilim" diyerek korkularını da alt etmeye çalışıyordu en baştan.

Az sonra çadırın çıralarını söndürürken ikazı unutmamıştı güvey. Varisten önce torun sevmek istemeyen Tigin için muradı erteleyeceklerdi. Aralarına bir kılıç koyup sırt sırta yatmaktan başka seçenekleri yoktu.

O esnada taht çadırındaki Koray, mutlu günü ganimet bilip bazı akrabalarının affını istiyordu Andakan'dan. Bunu başarmanın güveniyle bu kez, "Aşena'nın böylesi bir delilik yapması ve Öktem'in asilikte direnmesinin asıl sebebini merak etmediniz mi?" diyerek dikkatleri üzerinde toplamıştı.

"Öktem Kutlandığını, Nuh'un ve Yafes'in soyundan gelen seçilmişlerden[92] olduğunu söylüyor. İnsanlar Tiginlerinden değil de tek ve emsalsiz olan Tanrı'dan korkmak zorundaymış. Bu adamın asıl derdi altınızı oymak Tiginim."

Andakan duyduklarından memnun olmamış, ancak pek de önemsememişti söylenenleri. "Peşinden gidenler önemli" dedi. Koray, "tehlikede burada" diye başladı cevabına.

---

92 Saffat Suresi:78.Ayet ve Hadid Suresi:26. Ayet'e atfen...

"Ben bile konuşur konuşur sonunda usanır, insanlar onu kovar, çocuklara taşlatırlar bu deliyi diyordum ama sonradan işler değişti. Bir gece Aladağ'a gitti. Ertesi sabah daha önce hiç görmediğimiz kılıçlarla dönüverince insanların aklı karıştı. Şimdi ona inanan birçok insan var ama sizin kılıçlarınızı tattıklarında akılları başlarına gelecektir Tiginim."

Andakan iç sıkan sözlerin umutla bitmesinden hoşnuttu. "İnsanlara arada bi zoru hatırlatacaksın ki güce itaat etsinler" diyerek noktayı koydu.

O gün talim yoktu.

Güneş en tepedeyken yoldaşları ve diğer üç yüz Kut süvarisiyle birlikte meydana geldi Öktem. Elma şeklindeki kızıl küresini Kırat'ın heybesinden çıkartıp meydandaki direğin tepesine asıverdi, Tanrı adını yücelterek. Bu esnada süvarilere ve onları uğurlamak için toplanmış olan herkese karşı, "sır, Öktem'den üzredir" dedi, sanki cevheri kastetmişçesine.

Bu söz, her zihinde farklı akisler yaratsa da tüm süvariler tarafından tekrar ediliyordu şimdi.

Sır, Aybars'tan, Temir'den, Bazgan'dan, yardan, atadan, evlattan, yurttan, günden, güneşten üzreydi.

Dem, vedalaşma demiydi gayrı. Öktem, Kırat'tan inip Bala Gülce'ye sarıldı önce, ardındansa Gülçiçek'e. Kadıncağız, "dönecek misin?" diye sorunca Öktem yine, "Sahibim bilir" derken muğlâk değil olabildiğince kati konuşmuştu. Lakin muhatabı ne anlatılmak istendiğini anlamıyordu yine. "Elde kalan tek varlığım" diye üzerine titrediği balasını göstererek "onun için dönmeye çalış" dedi. "O sensiz olamaz ki!"

Kut süvarileri obayı terk ederken birkaç Aksakal son kez uyardı gidenleri, "geri dönün, Tigin hepinizi öldürecek" diyerek...

Gülçiçek, Umay ve Aşena, atlılar gözden kaybolana kadar ayrılmamıştı yerlerinden. Hepsinin de içinde fırtınalar kopuyordu. Bala Gülce'nin babası anlamsız bir kavga yaratıp ölüme gidiyordu Gülçiçek'e göre. "Benim erim de herkes kadar uysal, herkes gibi ailesinden başka bir şey düşünmeseydi" hayıflanması yüreğini kabartıyordu ha bire.

Umay, özüyle üveyiyle iki evlat uğurlamıştı ölüme. Bunca acılarına yenileri eklenecekti durduk yere. Ruhlar neden azıcık da olsa akıl vermiyordu oğullarına? Gelini, torunu ve Aşena'yla kadın başlarına Tigin'in gelip kendilerini de öldürmesini mi bekleyeceklerdi? Tüm sanemlere, "oğullarımıza yardım edin, Tigin'in gönlüne insaf düşürün" diye dualar ediyordu içinden.

Aşena'nın zihnindeyse tepebaşında ikizinin bahsettiği 'tutsuk' vardı hâlâ. Kutlu dillerin "dört elle sarılacaksın" dediği bir vasiyet gelecekse, tam da bunun zamanı değil miydi?

ଓ

Öktem ve süvarileri son tepeyi de aştığında karşıları sıra ışık seli halinde duran ordugâh ateşlerini görmüştü. Temir, "bizden altı kat daha kalabalıklar ama yine de yalnızlar" derken Öktem'i izledi mutlak bir inançla. "O varsa, gam yok, O bizimle oldukça, bize yenilgi yüzü yok" diyen bir güven belirmişti gözlerinde.

Kutlu Komutan, atların dinlendirilmesini ve burada kamp kurulacağını söylediğinde düzenli bir koşuşturma başladı. Öktem üç yoldaşıyla birlikte hâlâ Tigin'in ordusunu izliyordu ışıl ışıl. Aybars'a dönüverdi bir an, "ulak yolla" diyerek.

Son kez Tigin'le konuşmak, onu uyarmak arzusundaydı ve hâlâ barış için anlaşabilirler düşüncesindeydi.

Andakan davet haberini aldığında yanında Baycu ve diğer subaylarıyla savaş planlarını konuşuyordu. Yeğeni görüşmeyi gereksiz bulmuştu ama Andakan davete icabet edecekti. Yanına onu ve iki subayını daha alarak orta bir yerde Öktem'le buluştu.

Temir'i tamamen görmezlikten gelerek Aybars ve Bazgan'ı süzmeye başladı dele dele.

Sanki "bu otacıda ne buldunuz da onun için ölüme koştunuz?" demek istiyordu. Ancak söze Öktem'in başlamasını, daha doğrusu kendisine yalvarmasını beklediği için sükûnetini bozmadı.

Bakışmalar son bulurken Kutlu nefes dingin tınılar eşliğinde çarptı Tigin'in yüzüne.

"Tek olan ve her şeyi var eden Tanrı'nın isteği" diyordu Öktem, "haddini aşmaman, kendine ve insanlarına zorbalık yapmayı terk etmendir."

Andakan söylenenlere bire bir cevap vermek yerine kendi arzularını dile getirdi sadece.

"Aşena'yı ve Temir'i teslim edip hısmım olacaksın. Bu dediğim bana hasım olmandan daha iyidir otacı!"

Gayrı sözün bittiği aşikârdı. Sabah başlayacak olan savaş, haddi aşanı, teslim olanı ve hasımlığı gösterecekti tüm bozkıra...

Aşena o geceyi dua ederek geçiriyordu. Öktem gibi o da alnını toprağa dayamış, "yardımcıları Sen'sin" diyordu Rabbine. Birkaç kez ikizinin çadırına gitmiş, ağlamakta olan Bala Gülce'yle ilgilenmiş, bu esnada, "ona da merhamet buyur Tanrım" diye eklemişti. Gözleri uykuya hasret olan Gülçiçek, duaları duydukça daha bir sinir oluyordu. Sonunda ayağa kalkıp Aşena'nın yanında bitiverdi.

"Sızlamaya mı başladı vicdanın? Gülce'nin ve diğer balaların babaları, amcaları senin inadın yüzünden can verecek Aşena. Tigin onların cesetlerini sırtlanıp obaya geldiğinde koşa koşa kapanmayacak mısın ayaklarına?"

Aşena, "ben Tanrı'nın hükmüne tabiyim. Yarını da O'ndan başkası bilemez" dediğinde Gülçiçek, "gölgenin uzadığını görüyorsan güneşin batacağını da bilirsin" diyerek öfkesini açık etti iyiden iyiye. Üstelik bu kez batmak ne kelime, doğrudan obanın üstüne devrilecekti güneş. Yakacaktı tüm çadırları.

Gözü Bala Gülce'nin üzerindeydi şimdi. Onunla konuşuyordu sanki. "Baban, seni, beni hiçe sayıp ölümü davet ediyor ailemize" sözüyle noktayı koymuştu nihayet.

"Öktem sağ dönerse eğer, bizi çadırımızda bulamayacak Aşena!"

Bu kadar kırıldıktan sonra artık eriyle bir arada yaşamak istemiyordu Gülçiçek. Kendi obasına, anasının atasının yanına mı döner, burada kalıp Umay'ın çadırına mı geçerdi, bu konuda bir şey söylememişti henüz. Aşena, onun ısrarla görmekten kaçındığı noktadan giriverdi sözlerine.

"Öktem'in döneceğine umudun varsa neden şükretmek yerine öfkeleniyorsun? Cevheri görenler ona söylediklerinden pişman oldu birer birer. Sen niye direniyosun hâlâ?"

Gülçiçek bununla defalarca yüzleşmişti. Çözümsüzlüğün sebebi mukayeseye başladığı noktada gizliydi belki de. Durduğu yerden bakınca sonuna kadar haklıydı.

"Ben, onunla ilk tanıştığımda beni rahat ettirecek diye sevmedim Öktem'i. Böylesi bir şeyi de hayatta istemedim ondan. Birlikte azıcık aşımızla mutlu olmak yetiyordu bana. Ta ki, o çıldırıp sevdiklerinden vazgeçene kadar. Ne getirir, ne gösterirse kendinin olsun. İsterse ruhları ona gökyüzünden güneşi indirsin, umurumda değil gayrı. Baban Begrek, senin o inançsız gördüğün Begrek, çocuklarının annesinin bir sözüyle canından geçti. Peki Öktem ne yaptı? Doğmamış balasını toprağın altına gönderdi. Yetmiyor gibi beni de, elde kalanı da ateşe atıyor. Ailesini seven hangi er yapar bunu?"

Aşena kırıldığı için kapanmış olan bu kalbi hangi anahtarın açacağını bilmiyordu ama açarın Sahibine dua edebilirdi.

İçinden, "Onun gönlüne esenlik ver Tanrım" diyordu, "çektiği acılar kör etmiş gözünü!"

ᘓ

Güneş, Andakan'ın arkası sıra doğarken Koray, "şu sarı tepsiyi karşıdaki Öktem'in tepesine indireceksin" diyerek Tigin'e kehanetlerini ve temennilerini sunuyordu.

"Dokuz kat semanın ruhları kendilerine ve size saygısızlık eden bu çılgını parça parça karşınıza diktiğinde artık onlar için çok geç olacak" diyerek öfkesini kabartmaya devam ediyordu kendince. Savaştan sonra Tigin'in Baş Kamı olacağını umarken, "sizin gücünüz arkanızdaki askerlerde değil, tepenizde dolaşan ruhlarda" demişti.

Andakan sözlerin içeriğinden ziyade gururunun okşanmasıyla ilgiliydi o an. Artık giyinmeye başlayacağı için çadırına geçti. Sandığını araladığında altın elbise tüm haşmetiyle önündeydi yeniden. Halayığının hayranlık dolu bakışlarından güç devşirmiş, ululanmıştı iyice. Kendisine uzatılan parçaları tek tek kuşanırken çıkardıkları iş için terzileri de takdir etti gıyaplarında. Döndüğünde onlara da ganimetten pay vereceğini söylemişti yanındaki hizmetçisine.

Her parçası ve zerresi som altından olan bu elbisenin başlığı ok ve tuğlarla süslüydü. Alın hizasında başlayan koç, geyik ve at kabartmaları sahibinin ne denli yiğit ve atılgan olduğunu gösteren bir imzaymışçasına kama kılıfında ve kemer boyunca da devam ediyordu. Solunda asılı duran kılıç kınında altının yanı sıra parça zümrüt de kullanılmıştı. Ceketin altındaki düz pantolonun paçaları çizmenin içine giriyordu. Ceket yüzlerce üçgen şekilli altın zincirin birleştirilmesinden oluştuğu için aynı zamanda zırh vazifesi de görüyordu. Çorabın çizme ile diz kemiği arasında kalan kısmında yine üçgen altın parçalar, çizmede ise dörtgen kancalar vardı.

Çadırından dışarı çıktığında üzerindeki altın elbiseyle güneşe dönmüş bir halde, "bugün bozkırın evlatları efendilerinin gücünü bir kez daha görecek" dedi Baycu'ya. Pirinççi esirlerden oluşan piyadelerin hazır olduğu söylendiğinde, süvarilerin de bir an önce düşmana atılmak için sabırsızlandığını hissediyordu. Kargı[93] atan mancınıklar sonuna kadar gerilirken hücumu başlatmak için Andakan'ın emrini bekliyordu Baycu. Oysa Tigin ilk işareti Koray'a vermişti. Elinde davuluyla[94] askerlerin önüne geçen ihtiyar emindi artık, savaştan sonra kesinlikle Issık'ın Baş-Kamı olacaktı.

Güneşi karşıdan gören taraftaki Kutlu komutan, çadırından çıkmamıştı henüz. Kefenmişçesine beyaz olan elbiseler içinde, kendi eliyle yaptığı zırhını ve kılıcını kuşandıktan sonra toprağa eğildi huşuyla.

Alnını iyice yasladıktan sonra, "Senin için yola çıkanları mahcup etmezsin" diyordu, "biz azmadıkça yahut başka bir muradın yoksa. Bizleri haddini aşmayanlardan ve muradın için sonuna kadar gidenlerden eyle."

'En güçlü' olana secde ederken, yaratılmışlara has mutlak acziyeti kabullenmiş bir teslimiyet içerisindeydi.

"Zafer her zaman senindir ve onu dilediğine verirsin" dedikten sonra Kutlu avuçlarını yüzüne sürüverdi. Ayaktaydı artık. Çadırından çıkarken kızıl başlığını koltuğunun altına aldı. Kırat'ın yanına kadar yürüdükten sonra Kut süvarilerini izlemeye başlamıştı. Hepsi de atlarının sağına geçmiş, piyade vaziyette kendisini bekliyordu. Üç yoldaşı da süvarilerin birkaç adım önündeydi.

Öktem binit yoldaşın başına geldiğinde gopça yaparcasına Kırat'ın kuyruğunu bağladı önce. Ardından yanağını ve yele-

---

93 Fırlatmak amacıyla yapılmış kısa mızraklara "kargı" denirdi...

94 Kamlar, ayinleri esnasında kendilerine özgü küçük ebatlı ve üzeri hayvan motifleriyle dolu olan davullar çalardı. Bu şekilde uğursuz-kötü ruhları kovduklarına, uğurlu-iyi ruhlarıysa başlarına topladıklarına inanırlardı... (H.N)

sini okşayarak alnından öpüp helalleştiğinde sırtına çıkmıştı Kırat'ın. Kızıl başlığını takarken tüm ordu aynı anda bu ritüeli tekrarlıyordu, tek bir vücudun parçalarıymışçasına...

Değişik renklerdeki sancakları üç yoldaşına ayrı ayrı takdim ettikten sonra atını arada bir şahlandırıp saflar boyunca ileri geri hareket etmeye başladı. Sesindeki tokluk, Kut savaşçılarının önce kulağına ardından gönlüne vuruyordu Issık Göl'ün dalgalarınca...

"Bugün" diyordu, "hep birlikte geldik bu er meydanına ama Tanrı bilir, hep birlikte dönemeyeceğiz Aladağ'a. Hep birlikte inandık O'na ve hep birlikte diriltileceğiz hesapların sorulduğu günde."

Önce toprağı, sonra gökyüzünü işaret ederken, "O'ndan geldik, O'na döneceğiz" diyordu bu kez.

"Tanrı'nın verdiği inanca şükürler olsun. O'nun inayetiyle indirilenlere şükürler olsun. Unutmayın ki kişi, Tanrı'nın en büyük delilidir, Kutsaldır. Bu yüzden aman dileyene el kaldırmak yakışmaz bize."

Elleriyle düşman hatlarını işaret ederken "onları asla kınamayın" diyordu şimdi de.

"Karşınızdakilerin bugün size kılıç çekecek olması onların en büyük talihsizliğidir zaten. Ama yarın belki Tanrı onlara da lütfedecek ve doğru yolu onlar da bulacak belki..."

Sözleri biterken karşı taraftaki Koray'ı ve birkaç Aksakal'ı fark etmişti. Safları ortaya çıkaran Tanrı'ya şükrediyordu bunun için. Obadaşlarına karşı zalim Tigin'in yanında yer tutan inancı ikircikliler, er gününde tarafını belli etmişti.

ɞ

Kam ayini bittiğinde Baycu'nun işaretinin ardından mancınıklardaki kargılar kontrol ediliyordu son kez. Bu esnada Andakan, ordusunun karşısına geçip askerlerini izliyor, ganimetin hepsini onlara pay edeceğini vaat ediyordu. Sözlerini bitirdiğinde işaretiyle birlikte uzun mızraklı piyadeler ilerlemeye başladı.

Onlar henüz meydanın ortalarına bile yetişememişken Bazgan'ın kaldırdığı Gök renkli sancağın ardından başlarında Öktem olmak üzere Kut süvarilerinin tamamı hareketlenmişti artık. Nefes nefese koşturan kısrakların toynakları toprağı ezdikçe nallarından kıvılcımlar çıkartıyordu peş peşe. Bir sabah vakti tozu dumana katarak karşılarındaki düşmana dalanlar, üzerine ant içilen emsallerince korkusuzdu o an.[95]

Güneyli pirinç çiftçilerinden müteşekkil piyadeler, daha önce Tigin'in karşısında bozuldukları gibi patır patır eriyordu Aladağlı süvarilerin kılıçları altında. Andakan beklediği bu hamlenin gerçekleşmesine sevinmişti aslında. Birazdan hem diyetleri ödenmemiş olan esir pirinççileri daha fazla beslemekten kurtulacak, hem de az bir kayıpla işini bitirecekti Öktem'in. İşaretiyle birlikte mancınıkların bağları kesildiğinde devasa yaylardan boşalan kargılar gökyüzünü doldurmuş, oluk oluk meydana yağıyordu şimdi. Fakat Kut süvarilerinin atlarından inmeden kalkanlarıyla siper almasıyla ilk şaşkınlığını yaşıyordu. Nasıl olmuştu bu? Biniciler o kocaman kalkanları tek elleriyle mi kaldırmıştı, yoksa iki ellerini de kullanıp yuları mı boşlamışlardı?

Tigin, "pirinççilerin kendilerine bile faydası yok" diyerek ikinci hamlesine geçiyordu şimdi. Kendi süvarileri düşmanınkinden beş kat daha kalabalıktı. Az sonra karşılıklı süvari çatışmasıyla Kut savaşçılarının ilerleyişinin durduğunu fark ettiğinde düşmanlarının zoru gördüğünden emindi gayrı. Tüm birliklerin savaş yerini doldurduğu bu anda Öktem'in işaretiyle birlikte Aybars Kara sancağı kaldırmıştı. Bunu gören Kut süvarileri geriye dönüp dörtnala kaçışıyordu şimdi.

---

95 Adiyat Suresi: (1–5).Ayetlere atfen…

Tigin, yanında özel korumaları ve Baycu olduğu halde kendisi de bizzat er meydanına daldığında, zafer sarhoşluğu içerisinde Öktem'in mutlaka canlı yakalanıp kendisine getirilmesini istedi. Getirene mükâfat da vaadetmişti. Baycu da Temir'i kestirmişti gözüne. Ancak o, sağ değil iki parça istiyordu adamını. Onun yüzünden yediği tokatı unutamamıştı hâlâ. Temir'in kaçmakta olduğunu görünce o tarafa yöneldi bir hışım. Mesafe iyice kısalmışken arkasından, "dur ve erkekçe vuruş benimle" diye naralar savuruyordu. Fakat Temir, Baycu'yla ilgilenmeyip Öktem'i takip ediyordu işaret için.

Dağınık halde kaçmakta olan Kut süvarileri, Temir'in Ak sancağını görünce atlarının renklerine göre saf tutmaya başlamıştı. Kaçarken kır, boz, yağız ve dorular[96] olarak dört kola ayrılıyorlardı.

Tigin düşman hatlarının bozulduğu vehmiyle, "bu iş bu kadar, Öktem'i de alınca Aladağ'dayım" derken, durumdan işkillendi az sonra. Kaçarken düşmanları neden atların don renklerine göre ayrılıyordu birbirinden? Ricat dediğin panikle olurdu. Böylesine intizamlı bir kaçışın altında hinlik arayacak kadar savaşmış, kudretli bir komutandı ama ok yaydan fırlamıştı bir kere. Düşmanlarının toparlanmasına fırsat vermeden tepelerine balyoz gibi inmek istiyordu bir an önce.

Öktem'in "renkler ve yönler, süvariler için çok önemli" diye özetlediği taktiğin son aşamasına geçiliyordu. Sırtlarını düşmanlarına dönüp ricat etmekte olan Kut savaşçılarının yağız atlıları kuzeyde yani cephenin solunda toplanmış, dorular sağda, bozlar en geride giderken, kırlar en önde, cephenin batı kısmında koşturuyordu.

---

96 "Kır, Doru, Boz" ve "Yağız"; at donlarını niteleyen sıfatlardır. Derisi beyaza yakın olan atlar için "kır", çayınkine benzer kırmızı renkli atlar için "doru", sarıya çalanlara "boz" ve siyah derililere ise "yağız" denmektedir. Haliyle bahsi geçen renk-yön-at donu eşleşmeleri "Kara-Kuzey-Yağız", "Ak-Batı-Kır", "Kızıl-Güney-Doru " ve "Gök-Doğu-Boz" şeklindedir... (Hatırlatma Notu)

Öktem bizzat Kızıl sancağı dalgalandırdığında başında Bazgan'ın olduğu boz süvariler atlarının üstünde geriye dönmüştü artık. Yaylarını gerip art arda oklarını fırlatmaya başladıklarında Andakan'ın şaşkınlığı gittikçe artıyordu. Okların vınlaya vınlaya arı gibi uçuşan kahredici ıslıklarına mı yansın, süvarilerin aynı anda iki ellerini kullanarak atlarından düşmemelerine mi hayret etsin, bilemiyordu. O güne kadar görülmüş, duyulmuş bir şey değildi, attan düşmeden ok atabilmek, hele de arkaları sıra...

Yağızlar soldan, dorular sağdan kuşatmaya başlamış, kırların da bindirmesinin ardından ordusunun merkez kuvvetleri dağılmaya yüz tutmuştu. Askerlerinin yüzünde şaşkınlıktan ziyade korku görüyordu şimdi. Panik başlamıştı ordusunda.

"Durun ve erkekçe savaşın" diyordu kaçışan adamlarına.

Cevherden yapılma sipsivri uçlarıyla, kartal tüylü, ıslık çalan okları peş peşe boşaltan Kut süvarileri işlerini bitirmek üzereydi. Tigin'in süvarileri oka okla karşılık vermek için mecburen atlarından inip piyade vaziyet aldığında bu kez de mıhlanıp oldukları yerde kalıyor, kolay avlara dönüşüyorlardı. Artık göğüs göğüse, teke tek devam edecekti savaş. Her iki taraf da yeniden iç içe geçmişti.

Başının üzerinden geçen bir kargıdan kurtulmak saikiyle hamle ettiği esnada atından düşen Andakan, Baycu ve bir avuç korumasının kaldığını fark etti. Vuruşmaya devam ederken altın kabzalı kılıcı çatlayıp kırılınca yaralı halde yerde yatmakta olan bir Kut süvarisinin cevherden yapılma kılıcını aldı zorla. Onunla savaşmaya devam ederken bir kez daha şaşırıyordu. Kendilerinkinden uzun olmasına rağmen daha hafifti bu kılıç. Şeklini de tuhaf bulmuştu ama kavranması ve hareket ettirilmesinin daha rahat olduğu mutlaktı.

Askerlerinin kılıçları kırıldıkça er meydanından kaçmasına veya diz çöküp aman dilemesineyse sinir oluyordu. Ancak kaçınılmazdı bu. Belli ki harp uzadıkça ellerinde savaşabilecekleri sağlam bir silah kalmayacaktı. Cevherle çarpışan her kılıç bir zaman sonra çatlıyordu kendiliğinden.

Bir an bile kendisini terk etmemiş olan Baycu, "gidelim, yoksa burada öleceğiz" dediğinde Tigin reddetti onu öfkeyle. Kalıp vuruşmak ve askerlerine örnek olmak istiyordu. Ancak Temir ve Öktem'in karşılarındaki korumaları yara yara kendilerine geldiğini görünce damadına hak vermişti sonunda. Bunca ağırlıkla kaçamazlardı. Bunu da biliyordu. Kıyafetlerini savaş alanında bırakıp güç bela canını kurtarırken, "Koray" diyordu içinden, "senin dokuz kat seman lanet mi yağdırdı ki, dünkü çobanlar beni yeniyor..."

Savaş birkaç saat içinde bitivermişti. Alınan esirler bile Kut süvarilerinden daha kalabalıktı ama hiçbirinin savaşma azmi kalmamıştı. Karşılarındaki kılıçların gücünü görmüşler, kati surette şanslarının olmadığına inanmışlardı.

Bazgan cevherden yapılan her şey için, "Tanrı katından indirilmiş delildir bunlar, inananlara O'nun inayetidir" diyordu.

Esirlerin bir kısmı delilin peşinden gelmeye hazırdı o an. Gölge, bir kez daha güneşi perdeliyordu ama bu da bir lütuftu. Herkes nasibince alacaktı. Tanrı, gözü görmezlere güneşin ışığını göstermese de hararetini hissettirmiyor muydu? Delil isteyenler delile, aslını isteyenler asla kavuşacaktı. O'nun rahmeti ve ihsanı engindi sonuçta.

Aybars, "Tigin yeniden üzerimize gelmek isteyecektir. Adamlarını serbest bırakmayalım veya diyet isteyelim Andakan'dan" diyordu, "tüm bozkır bilsin ki dün haraç kesen Tigin, bugün haraç verecek."

Oysa Öktem, Temir'e bakıp "biz ilk defa esir aldık" demişti. "Napacağımızı bilmiyoruz. Sen çok esir almışsındır."

Temir utanıverdi böylesine danışılmasından.

"Tanrı ve elçisi doğrusunu bilir. Bize düşen duyduğumuzla hareket etmektir" deyince, kararını açıkladı Öktem. Bütün esirler serbest kalıyordu bila bedel. Üstelik düşmanın yaralılarını da unutmayıp tek tek ilgilenecekti bizzat. Haşlanmış sinirotunu kızgın susam yağıyla karıp yakılar yapmıştı, yaralara, kesiklere sürüyordu. —Düşman da olsa— kişiler, Tanrı'nın deliliydi. Kutsaldı canlar. Yaraları sarılan ve serbest bırakılan esirler, Öktem'in yanından ayrılmak istemiyordu gayrı. Kutlandığına onlar da inanmış, cevherin gücüne bizzat şahit olmuşlardı.

Öktem'in bu konudaki düşüncesi netti: "Duyduklarınızı, gördüklerinizi gidin kendi insanlarınıza da anlatın. Bu, benim yanımda kalmanızdan daha hayırlıdır sizin için..."

O esnada meydana ganimetler yığılmaya devam ediyor, küme küme tepecikler yükseliyordu. Tigin'in bıraktığı altın elbise ve kırık kılıcı da getirilmişti. Aybars ve çoğu Kut süvarisi böylesi bir ganimet için sevinirken Öktem, ordunun Aladağ'a dönmesine karar verdi.

Ulakların müjdesiyle birlikte tüm oba, ağıllar bölgesine çıkmış, muzaffer ve de sağ dönen kardeşlerini, evlatlarını, babalarını bekliyordu. Aşena'ysa yanında Bala Gülce ve Umay olduğu halde yol gözlüyordu. Gülçiçek sözünü tutmuş, gelmemişti karşılamaya.

Öktem, kan gibi kızıl renkli, elma şeklindeki kürenin önüne geldiğinde binit yoldaşından atladı, peşi sıra da diğerleri. Ağır yaralı birkaç kişi haricinde kayıpları olmadığından herkes yakınlarına sarılıp şükrediyordu Tanrı'ya.

Aşena, "seni geri getiren Tanrı ne yücedir" diyerek ikizine sarılırken Öktem'in gözleri eşini arıyordu sürekli. Evladına ve onun ardından Umay'a da sarıldığında, "gelinin nerede?" derken analığıyla eski hukuklarını devam ettirmek istediğinin işaretini vermişti yeniden. Umay, Gülçiçek için "gelemedi" demekle yetinecekti sadece. Sebebine girmek istemediğinden olsa gerek hemen Aybars'a yönelmişti.

Temir'se beriden de olsa Aşena'yı izliyordu geldiklerinden beri. İçin için "çok şükür seni yeniden gösterene" derken, elaların da kendisine baktığını fark edince şükrün karşılıklı olduğunu sezdi ilk kez. Neden sonra utanıp çevirdi başını. Ama başka kimsesi yoktu ki, bu obada. Ne "nasılsın" diye soran bir akrabası, ne de boynuna sarılan anası-atası vardı burada. Düşmanlarını gördüğünde "bizden altı kat kalabalıklar, ama yalnızlar" dediği andaki gibi Kutlu'ya çevirdi yüzünü. Bu kez onunla gidip onunla döndüğü için şükrediyordu Rabbine...

Aybars, Umay'dan ayrılıp tepesinde dönen avcı kartalları da uzaklaştırabildiğinde ganimetlerin yüklendiği atlara ilerlemişti. Uğultu halinde başlayıp ardından herkesin duyabileceği kadar yükselen sesler üzerine dikkatler o tarafa yöneliverdi. Aksakallardan biri altın elbisenin iade edilmesini istiyor, Aybars ise karşı çıkıyordu. "Tigin bunun intikamını almak için yeniden üzerimize gelir" diyen ısrarlar devam ettikçe, Aybars, "iyi ya rezil eder kendini, tüm bozkır donuna sahip çıkamayan adamı konuşur" diyordu. Onun düşüncesi elbiseyi eritip pahasını da ganimet olarak savaşanlara bölüştürmekti. Koca İnal'ın ve diğer Aksakalların da karşı tarafa destek vermesiyle iş büyümüştü. Ancak Öktem, noktayı koydu sonunda. Ne elbiseyi eritmekten, ne de onu Tigin'e iade etmekten yanaydı.

"Tanrı, insanların gözyaşlarıyla yığılan malı mülkü yasakladı bize. O artık sadece bir ibrettir bizden geridekilere..."

Yanına kimseyi katmadan altın elbiseyi alıp obadan uzaklaşacaktı Öktem. Issız, uçsuz, bucaksız bozkırın ortasındaki bir yere kıyafeti gömecek, yerini de belirsiz hale getirecekti aynı akşam.

Tigin gece yarısı Issık'a ulaştığında öfkesinden kimsecikler ilişemiyordu yanına. Takılmıştı. Sürekli olarak "dokuz kat semanın ruhları bize lanet mi yağdırdı ki, bi avuç çobana yenildim" diyordu. Dünkü otacı, hayalinde bile görse inanır mıydı kendisini yeneceğine? Bu anlamsız ve zamansız yenilginin yarattığı öfkeyle Baycu'ya bağırmıştı şimdi de.

"Git, sen de git, karına müjdeyi ver" dediğinde, bunun ne için söylendiğini anlamıştı yeğeni. Oyalanmadan Andakan'ın yanından çıktı. Dolunay'ı görmezden evvel zihnindekileri toparlamak istiyordu. Hem o da akıl erdiremiyordu bu yenilgiye. "Ruhlar neden bizi sattı?"derken Erlikan'ın Ilgın kadına biraz daha süre verdiğine hükmetti. İkircikler içerisinde çadırına girdiğinde eşinin uyumaksızın kendisini beklediğini görmüştü. Sözü dolandırmadan "gözün aydın" dedi, "ruhlar annenin yaşamasından yana." Dolunay, savaşın sonucunu halayıklardan öğrenmişti zaten. Ancak şu anki sevincinin tek sebebi bu değildi. Baycu'nun sözleri de mutlandırmıştı kendisini.

Teşekkür etti ona, muğlâk bir şekilde. Yenildiği için teşekkür alan tek komutan olmak yüceltmemişti Baycu'yu. Buna rağmen tebessüm etti eşine. Genelde olduğunca yine düşüncelerini tamamen paylaşmaksızın üstündekileri çıkarıp yorganın altına girerken vazgeçti aniden. Üzerine bir şeyler alıp gerisin geriye çadırdan çıkarken "iyi uykular" dilemekle yetinmişti sadece.

Dolunay, önce varisin, sonra torunun sevilmek istendiğini unutmadığından Baycu'nun da bu yüzden çadırı terk ettiğini hissetti. "O da babamdan korkuyor" bahanesiyle sorun etmemişti bunu ama aklına yeni bir düşünce gelmişti şimdi. Gelingüveyi olmaları, annesinin ölümüne bağlanmıştı. Nasıl bir işti bu? Hangi gelin böylesi bir hale düşmüştü ki? Düşünmek uykusunu kaçırıyordu ancak gecenin son anlarına ulaşıldığında rüyaların diline bağlandı umarsızca.

Bilinmeyen yer, tanınmayan kalabalık, annesi, kardeşi ve zümrüt yüzüklü eri yine ziyaretine gelmişti. Annesi, "o burada kızım, gitme" diye seslenirken, yine Aşena belirmişti süt beyaz at üzerinde, gelinlikler içerisinde. Bu kez teşekkür ediyor, "annem kurtuldu" diyerek sımsıkı sarılıyordu ona. Ancak annesi, "o burada" diye seslenmeye devam ediyordu kendisine. 'O' diyerek bahsedilen Aşena olmalıyken annesi neden "o burada" diyordu ki ısrarla?

Kalabalıklar açıldıkça 'O' da belirginleşmişti. Uzuna yakın orta boylu, geniş omuzlu, bakışları çakmak çakmak olan otuz yaşına yakın biriydi 'O'. Kendisini görmeye çalışanlara "hoş geldiniz" der gibi bir hali vardı. Bir an kendisine baktığında "uzakta durma, sen de diğerlerine katıl" demişti. Dolunay, bir annesine, bir Baycu'ya bakıyor ne yerde yatanı bırakmaya gönlü elveriyor, ne de zümrüt yüzüklü parmaktan kurtarabiliyordu kendisini. Yinelenen davetler karşısında "halimi görmüyor musun?" dercesine 'O'na bakıyordu. Canını yıpratan bu çelişki karşısındakine malum muydu, anlayamamıştı ama 'O'ndan bir cevap beklerken Aşena geldi yanına. "Uzakta durma, yaklaş" diyordu, yineleye yineleye. Aşena'ya da halini gösteriyordu. Nasıl yaklaşabilirdi ki?

Ateşler içerisinde uyandığında yanıbaşında duran gül şerbetiyle boğazını ıslattı hemen. Gecelerce yinelenen ve her defasında bir adım ileriye geçen rüyalar, hayatına yön vermek istiyordu sanki. İliklerine kadar hissediyordu bunu. İlk rüyasından sonra Aşena'yla tanışmıştı. İkinci rüyanın ardından kaçmak için kendisinden yardım istemişti Aşena. Şimdi onun uğruna savaş olmuş, babası yenilmiş, annesinin en azından ömrü uzamıştı ve yine rüyasındaydı Aşena.

İlle de "O"...

Son rüyanın sakini...

Daha evvel görmediği biriydi. Annesinin neden ısrarla "O" dediğini düşünüyordu şimdi. Yanıt bulamamıştı. Aşena gelinlikler içerisinde olduğuna göre kocası mıydı, O? Öyleyse Aşena kısmetli biriydi. 'O'nun babasından bile büyük olduğunu hissediyordu. Belki de öldürülmemesi için babasıyla bile evlenmeye razı olduğu ikiz kardeşiydi 'O'. Ne fark ederdi ki? Dolunay için o an önemli olan annesiyle Aşena'nın aynı rüyada buluşmaları ve kader ortaklıklarıydı sadece.

Sabah toplantı vardı Tigin huzurunda. Güngörmüşler, Baycu ve Koray, Andakan'ın karşısına sıralanmış, sözün bir yerden başlaması bekleniyordu korkuyla. Tigin gece boyunca cevabını bulamadığı o kahredici soruyla başladı konuşmasına.

"Nasıl oldu bu iş?"

Çadırdakilerin cevap vermesine fırsat yaratmak için mi, yoksa sözlerine başka bir yerden devam etmek için midir, muğlâk bir sessizliğe bürünüvermişti. Az sonra tahtından doğrulduğunda bir ileri, bir geri gidip geliyordu. Huzurdakiler, Andakan'ın patlamasına ramak kaldığının farkındaydı. Öfkeyi ilk göğüsleyen olmamak için dikkat çekmekten korkuyorlar, belli belirsiz temennilerle sanemlerine sığınıyorlardı.

Tigin'in delici bakışlarına doğrudan muhatap olan ilk kişi Baycu'ydu. Dişlerini sıkarak "adamların" dedi; "acuze kadınlara dönmüş, onlara çeki düzen vermen lazım." Baycu sesini çıkarmadan onaylamıştı bunu. Güneye yapılan seferde aslan kesilen askerler, Aladağ'a yürürken kediye dönmüşse, neye itiraz edebilirdi ki?

Tespit doğruydu ama buna neyin sebep olduğu asıl konuşulacak konuydu ve sözün oraya kayacağı da aşikârdı. Koray, kendisini kurtarabilmek için bir cesaret "korktu askerler" dediğinde, beklenen patlama gerçekleşiyordu nihayet. Tigin avazınca haykırıyordu, karşısında el pençe bekleyenlere...

"Benden değil düşmanımdan korkanla ne işim olacak? Hepsi de zoru gördükçe kılıçlarını attılar ellerinden, canlarının derdine düştüler."

Sözün devamında muhatabı Koray'dı doğrudan.

"Senin ruhlarının lanetini bir tek ben göremedim herhalde. Askerlerin bildiği benim bilmediğim bi şey mi var?"

Korktuğu başına geliyordu Koray'ın. Kendisi suçlanıyordu yenilgi için. Konuştukça daha çok öfke çekeceğini hissetmişti. Sükût etmeliydi. Tigin ağzına geleni söylemeye devam ediyor, ha bire Koray'a ve ruhlarına yükleniyordu.

Kendisi gibi rüştünü ispat etmiş bir kumandanın dünkü otacıya yenilmesine başka sebepler bulmaktan korkuyordu belki de. Kafası netti bu yüzden. Lanetten başka bir şey bu yenilgiye neden olamazdı. Koray'ın dostları kendisini yüz üstü bırakmakla yetinmeyip ayaklarına da çalışmış olmalıydı. Askerlerinin gözünü boyamış, onların yüreğine korku ekmişti bu ruhlar. Koray'dan bunun hesabını sormak ve cezasını da takdir etmek istiyordu artık.

Koray bir an evvel müdahale etmesi gerektiğini anlamıştı ama ne söyleyebilirdi ki? Savaştan önce ruhların desteğini sunmuş, zafer için söz vermişti; tıpkı Aşena'nın aranan kadın olduğunu söylediği gibi. Tigin'in gözünde ikidir bitmişti.

Andakan ileri geri adımlarken "benim yerimde olsaydın" diyordu; "sana söz verip sözünü tutamayana ne yapardın Koray?"

Ölüm kararının çıkması an meselesiydi artık. Koray, "ilk karınız" diyerek temcit pilavını ısıtmaya başlarken Tigin'in yüzünde gördüğü kaygı, doğru yolda olduğunu düşündürtecekti. İddiasını özgüven dolu, gür bir sesle dillendirdi.

"İlk karınız ruhların lanetini üzerine çektiğinden beri onlarla bir arada yaşıyor. Ruhlar onun içinde yuva kurdu yıllardır. O artık sizden de, benden de daha yakın onlara. Üstelik yenilmeniz için ilenç vermiş Ilgın kadın. Ruhları da kandırmış. Askerlerinizin gözünün korkması da başka bir şeyden değil, yeğeninize boş yere kızmayınız Tiginim..."

Koray'ı dinledikçe Andakan ürperiyor, Baycu rahatlıyordu. Kam yeniden susuverdiğinde Tigin, tahtına yaslanıp boşluğa bakmaya başladı Doğru olabilir miydi duydukları? Dolunay'ın ve Burçin'in annesi ruhlarla düşe kalka, onların elinde geçirdiği yıllar sonunda onlardan biri mi olmuştu? Öyleyse hiçbir şey için beklememeliydi. Baycu'ya döndü hışımla.

"Toyu beklemeden öldür onu bu gece. Cesedini de yak gitsin" dedi.

Koray sözlerine inanılmasından hoşnuttu. Ancak Ilgın kadın öldüğünde kendisine ihtiyaç kalmayacağından çekinerek bahane arıyordu içinden. "Yapmayınız Tiginim" diyerek bakışları üzerine çekti bir anda. Huzurdakiler, Tigin'e "yapın-yapmayın" denilemeyeceğini gayet iyi biliyordu. Koray da farkındaydı ama buna aldırış etmeksizin, Tigin'in korkularını kabartmaya devam etti.

"Ben göklerdeki ve yeraltındaki ruhları ikna etmeden böyle bir şey yaparsanız hepsinin öfkelerini üzerinize çekersiniz. İzin verirseniz önce sanemlerimizi razı edeyim bu işe!"

Oynadığı kumarın sonucunu görmek için nefesini tutmuş Andakan'ı takip ediyordu Koray. Sözlerinin hoşa gitmediğini anlayabiliyordu asılmış suratlardan. Tigin, sessiz kaldığı süre boyunca oflayıp poflayarak kararını verdi sonunda.

"Dediğin gibi olsun Koray..."

Kam henüz rahatlamışken, devamında gelen "ama" ile aba altından sopa göstermişti Tigin. "Ama bu sana üçüncü kez inanışım Koray. Ruhlarına söyle bana biraz sabır versinler!"

-6-

Öktem altın elbiseyi gömdükten sonra obaya uğramadan doğruca mağaraya geçmiş, üç gün üç gece boyunca alnını topraktan kaldırmamacasına verdiği zafer için şükretmişti Tanrı'ya. Ne Andakan'ın, ne de bir başkasının bir süre de olsa kendilerini tehdit edemeyeceğini biliyordu. Esenlik vakitlerindeydiler. Artık Tanrı'ya olan inancı, sevgiyi, O'nun arzusunu daha rahat iletebilirdi insanlara.

Obaya döndüğünde üçler karşılamıştı kendisini. Aybars, "elinden tutup ikrar vermek isteyenler var" dedi. Cevheri gördükten sonra obanın ekserisi Öktem'in Kutlandığına inanmıştı zaten, kalanların bir kısmı da zaferin ardından eski inançlarını terk ediyordu birer birer. Koca İnal bile yeniden gelmiş, "sana yaptıklarım, söylediklerim için beni affet" diyordu ha bire. Öktem'in elleri verilen ikrarların şahidiydi yine. Özür dileyen herkese, "gönüllerdekini Tanrı bilir, özrünüz yüzünüzde bile kalsa ben görünenle hükmetmek zorundayım" diyerek kendi adına onları bağışladığını söylüyordu.

Savaştan sonra eşini görememişti henüz. Aşena'dan biliyordu ki, Gülçiçek çadırını terk etmiş, Umay'ın yanına yerleşmişti. Aşena'yla yine Gülçiçek hakkında konuşmak istiyordu ancak baş başa kalmayı beklemişti.

Kişi bir adım gelince Tanrı'dan on adım gelmesini bekleyebilirdi. Ama o ilk adım bir türlü gelmiyorsa ne yapılabilirdi? Üstelik eşi, hak etmediği ölçüde kızgındı kendisine. Son zamanlarda yaşadığı her türlü olumsuzluğu erine dayandırıyordu.

Aşena, "haklısın" demesine rağmen alttan almasını salık verdi Öktem'e. Gülçiçek'in de zor günler geçirdiğini ve sözlerin ona fayda etmediğini ekledi. Öktem mağarada geçirdiği üç günlük süre zarfında Gülçiçek'in kendi çadırına dönmeyi isteyip istemediğini, bir anlamda pişmanlığını merak etmişti.

Aşena, "dönmeye niyeti yok, Umay'la kalacakmış" dediğinde Öktem sinirlenmeye başladı artık. Hayat yoldaşı çadırını çatısını bırakıp başka bir yere gidebilir miydi böyle? Hadi diyelim ki öfkeyle ayağa kalkmıştı Gülçiçek. Üç koca gün ve gece boyunca nasıl dinmezdi bu öfke? Öktem kararını verdi. Yüzleşecekti eşiyle.

Çadırın önüne geldiğinde Umay'ın yün eğirmekle meşgul olduğunu gördü. Gözlerinde kendisine karşı belirgin bir kin kalmamıştı ama görünce sevinenlerden de değildi. Sessizce toplanmış ve karşı çadırdaki kadınların yanına gitmişti. Karı kocanın baş başa konuşmasını istiyor olmalıydı.

Öktem perdeyi araladığında peşi sıra güneşi de davet etmişti çadırın içine. Gülçiçek gözleri kamaştığı için yüzünü öteye çevirdi, kızıyla ilgilenmeye devam ederek. Bala Gülce yine acıkmış, coşkuyla emiyordu annesini.

İçeri girerkenki siniri dağılmaya başladı Öktem'in. Eşini ve kızını izliyordu bin bir düşünceyle. Gülçiçek'se, erini görmezden gelerek balayı emziriyordu hâlâ. Ona sıkı sıkıya yapışmış, sanki kem gözlerden ve Albastı'dan onu koruyormuşçasına eğilmişti üzerine. Kızı, elinde kalan tek varlığıydı, ne de olsa...

Öktem nihayet sessizliğini bozduğunda rızkının derdindeki kızını örnek verdi Gülçiçek'e.

"Balalar annelerini mi sever, onların göğüslerindeki sütü mü?"

Gülçiçek, Öktem'in ilk sözünün özür olacağı beklentisindeydi oysa. "Üzdüm seni, nice zamandır ihmal ettim. Seslerin, ışıkların peşine düştüm. Bacım için savaşmayı bile göze aldım ama seni unuttum" diyebilen bir hayıflanma görmek istemişti en azından. Özlendiğini bilmeye bile razıyken, eri kendisini sınava çekmeye gelmişti sanki. Herhangi bir şeyi boşuna sormayacağını bilecek kadar da tanıyordu Öktem'i. Devamında neler konuşulacağını kestiremeyince cevabını muğlâk ifadelerle süsledi.

"Balalar ayaklanıp yürüyene kadar annelerinden ziyade sütü daha fazla seviyor herhalde. Annemi özledim diye ağlayacaklarına, sütüm nerde diye ortalığı yıkıyorlar günde on kere."

Öktem kendisi için gerekli olan sözleri ilk cümlede yakalamıştı zaten. Eşinin bir şeylerin ayırdına varması için ayrıntıya iniyordu yavaş yavaş.

"Neden annelerini değil de sütü, bunu hiç düşündün mü?"

Gülçiçek sevmemişti bu faslı. "Sütü emziren benim" deyip ekledi: "Ama emzirmediğin halde ruhların bunu bile öğretmiş olmalı sana."

Öktem, ilişkilerindeki açıklık ve doğrudanlığın perdelendiğini hissetmişti bu cevapla. Evvel birbirlerine laf vurmak gibi huyları yokken eşinin şu anki tavrını yaşadıkları acılara bağlamak istiyordu. Yeniden süte ve anneye odaklandı.

"Balalar önce sütü daha çok sever demiştin. Doğru. Çünkü balaların biricik derdi, bi an evvel büyümek..."

Söze devam etmeden önce eşinin gözlerine bakmak arzusundaydı ama Gülçiçek ilgilenecek bir şeyler bularak sürekli kaçırıyordu yüzünü. Bunun üzerine boşluk aralarındaki üçüncü bir kişiymişçesine orta yere bakıvermişti Öktem. Sözlerini belirsiz bir menzile doğru sallıyordu sanki.

"Tanrı" dedi, "anneleri rızka aracı kılıyor ve bu yüzden sütle gıdalana gıdalana büyüyen balalara bu nimetinden sonra ilkin annelerini sevmeyi öğretiyor... sonra rızkı vereni... Kendisini nimetlerin gerisinde tutarak adım adım O'nu bulmamızı istiyor.

Seni bana, beni sana kavuşturana ant olsun ki bize verilen en büyük nimet Tanrı'ya duyduğumuz sevgidir. Ben rızka aracılık edeni de, gönlüme hoşnutluk vereni de sadece O'nun için seviyorum Gülçiçek. Beni anlayabildin mi?"

Gülçiçek sukuta devam ederken, Öktem sözünü noktalıyordu artık.

"Senin anlayacağın anasız doğdum, babasız kaldım ama Tanrı'sız yaşayamam Gülçiçek."

Son sözlerle birlikte balasını beşiğe koyup erine bakıverdi Gülçiçek. Onun gece karası gözlerine dalmıştı. Eskilerdeydi aklı. Bu sözün bir benzerini iki ay önce bulantıları nedeniyle çadırında yatarken de duymuştu erinden. "Evlenmek için iyi ki beni seçmişsin" sözüne karşılık "sensiz olamazdım ki" cevabı, şimdi neden değişmişti? Gülçiçeksiz olamayan Öktem de anasız doğmuş, babasız kalmışken imkânsızlığın adını neden 'Tanrı' koyuyordu şimdi?

Keşkeler vardı zihninde.

"Benim erim herkesin Kutlu'su olmasaydı!"

Mukayesesi, 'ben' ve 'diğerleri' arasındaydı. Buna öylesine takılmıştı ki, duyduklarının kesin bir ikaz olduğunu bile anlayamadı henüz. Daha önce hiçbir surette tenezzül etmediği şekilde göze göz davranmak istiyordu sevdiğine.

"Ben" dedi "senin Tanrın olmadan yaşadım bugüne kadar ve bundan sonra da yaşamaya devam ederim."

Göz göze geldiklerinde "beni sevdiğini görmek istiyorum Öktem, görmediğime nasıl inanırım" diye eklerken, sadece sevgi için değil, Tanrı'ya inanmak için de şartını ortaya koyuyordu Gülçiçek.

"Görmeden inanmam!.."

Koşulu dinlemişti. Şimdi kendi teklifini sunuyordu Öktem.

"Benden usandıysan eğer, serbestsin Gülçiçek. İstersen kendi obana, atanın ecenin yanına dönebilirsin!"

Hiç ummadığı bir anda bunu duymak panikletmişti Gülçiçek'i. "Yanlış mı yaptım?" düşüncesi ilk kez yer buluyordu zihninde. Gözleri doluverdi bir anda. Titrek bir sesle "sen usandıysan" diyebilmişti zorlukla; "beni bahane etme Öktem. Neyse kafandaki açık açık söyle bana."

Bu esnada ne cevap verileceğini bile beklemeden balasına sarılıverdi, tüm anaçlığıyla. Öktem, kızına bakarak "onun için mi gitmekten korkuyorsun?" dediğinde cevap veremiyordu bir türlü. "Anasız, babasız kaldım ama Tanrısız asla" diyebilen bir erkek, kızının da anasız babasız kalmasından korkar mıydı? Sanmıyordu.

İçindeki ses, kendisi için "sen kızının annesi, evinin aşısın ama erinin eşi değilsin artık" diyordu. Bunun için suçlayabileceği tek merci ise "Öktem'in Tanrısı" idi.

Öktem çakmak çakmak gözleriyle yineledi teklifini.

"İstersen... serbestsin gitmeye!"

Gülçiçek hem kendi bahtsızlığına, hem de kızınınkine yanıyordu şimdi. Canından çok sevdiği eri gitmesini mi istiyordu? Gerçekten razı mıydı kızının babasız kalmasına? Onu az çok tanımasa o anki sözlerden ve yüreğine işleyen bakışlardan kovulduğunu düşünecekti. Eğer Öktem'in düşüncesi hakikaten bu idiyse bir an bile kalamazdı orada. Hemen doğrulup beşiğe baktı. Kendisine dair hiçbir şeye dokunmadan kızının nesi var, nesi yoksa toplayıp ayrılmak istiyordu Aladağ'dan. Belki kararlı olduğunu hissedince geri adım atabilirdi eri. Oysa Öktem'in "gönlünce olsun" diyen sessiz meydan okuyuşu daha çok incitmişti varlığını. Başı dönmeye başlayınca Bala Gülce'yi beşiğine bıraktı yeniden.

İçindeki ses "noldu bize Öktem?" diyordu şimdi; "böyle mi çıkmıştık yola?"

Kızcağız da annesine eşlik ediyordu gözyaşlarıyla. Öktem, kaya gibi sert, rüzgâr gibi umursamaz duruşuyla perdenin önünden çekilmiş, "gitmen için hiçbir engel kalmadı" demek istercesine gözlerine bakıyordu. Bir iki adım atabilmişti ama perdeye bile ulaşamadan yığıldı yere. İkinci kez Öktem'in dizlerine kapanmıştı, yalvarıyordu.

"Gitme demeyecek misin Öktem?"

O ana kadar yüzünü, gözünü ve gönlünü her acıya kapatmışçasına duran hissiz erkek, aniden eğilip kollarından tuttu eşini. Kaldırdığında sıkıca kenetlenmişlerdi birbirlerine. Öktem, eşinin saçlarını kokluyor, boynundan öpüyordu özlemle. Nefesiyle yıkamıştı Gülçiçek'in boynunu. Yüzünü iki avucunun arasına aldığında gözleri iç içeydi, alabildiğine titriyordu karşılıklı.

"Sevdiğini bırakıp gidebildin mi?" dedi Öktem.

Gülçiçek cevap vermek yerine sarılmaya devam etmekten yanaydı. Ne de hasretti buna. Haberci'nin görülmesinden beri erine yaklaşamamıştı bir türlü. Gürhan'ın ölmesinden sonra üç gün obaya dönmemişti Öktem. Aşena'nın peşinden gidip bir hafta kaybolmuş, obaya döndüğünde çadır çadır dolaşıp insanlarla konuşmuş sonra diğer obalara açılmış, ardından cevher için ocağa kapanmış, savaş hazırlıklarıyla ilgilenmiş, zaferden sonra da üç gün mağarasından çıkmamıştı. Bütün bunlar olurken Öktem'in çıldırdığına inanmış, kurtarması için Koray'dan yardım istemiş, ama ölüm bahasına savaşa gittiğinde bile onu kaybetmekten bu denli korkmamıştı.

Soru tekrarlanıyordu. Öktem aradığı cevabı duyamamıştı henüz.

"Sevdiğini bırakıp gidebildin mi Gülçiçek?"

Evet, gidememişti...

Ama mukayesenin nereye doğru çekileceğini de anlamıştı. Az sonra Öktem'in "sen, beni bile bırakamazken, ben Tanrı'yı nasıl bırakayım" diyeceğine adı gibi emindi. Birkaç ay önce duyulan o esrarengiz ses, kardeşini, babasını ve doğmamış balasını Öktem'den alan o ses, kendisinden önce mi gelecekti? "Bunu bil ve ona göre yaşa" deniliyorsa sesini çıkartmamaktan başka çaresi yoktu. Kerhen kabulleniyordu durumu. Kendi çadırına, erinin yanına dönecekti ama gönlü kendinindi. Kararını vermişti Gülçiçek. Kocasının yanına dönüyordu ama onun Tanrısını kabullenmeyecekti. İçindeki ses, "herkese bir nimetin varsa, niye kocamı aldın elimden?" diyordu hâlâ.

Öktem, eşinin yaşadıklarını aynen kendi teninde, gönlünde ve yüreğinde de hissederken asla umutsuz olmamıştı. Belki isyandı Gülçiçek'in hali. Yok saymanın, gerçeği örtmenin peşindeydi şu an. Ancak kişi nasıl ki sevmediğine sitem edemiyorsa, inanmadığı güce de asi olamazdı ki.

"Tanrım onun acılarını dindir, yüreğine genişlik ver" diyerek dua etmeye devam edecekti her dem...

Öktem ağıllar bölgesine geldiğinde sürüler ve çobanları meralardan dönmek üzereydi. Aybars tepesinde kartallar ve şahinler olduğu halde sığırları, atları, keçileri takip ediyor, Bazgan'ın çıraklığını yapıyordu. Delimsek adam, ormanların yalnızı, ağılların içinde işinde gücündeydi. Begrek rüyasında görse hayra yormazdı ya bunu; zaman herkesi, her şeyi değiştiriyordu bir şekilde.

Sayımlar tamamlandığında Öktem, dört sığır seçti elleriyle. Güneş batmadan kurban edileceklerini, meydanda kurulacak bir ateşte pişirilip tüm obaya pay edilmelerini söylemişti. Bazgan çadır çadır ayrı yenileceğine meydanda hep birlikte yenmesini talep edince Öktem, "hay hay" dedi, "o da dedemizin adetlerindendir."

Davet üzerine tüm ahali meydanda toplanmaya başlamıştı. Öktem ilk kurbanın başına geçip "bize zafer lütfeden Tanrı, iduklar için de kişinin kanına canına karılarak insandan parça olmasını murad etmiş" diyordu.

Dualar eşliğinde Tanrı adını anarak hayvancağızın gözlerini kapattıktan sonra seri bir hamleyle boynunu kesip kanını akıttı. Diğerlerinin de acı çektirilmeden azami dikkatle kesilmesini istemişti. Bazgan, Aybars ve Temir de aynı şekilde kurbanları kestikten sonra ateşler yakıldı, kazanlar kaynamaya başladı.

İnsanlar halka şeklinde çevirmişti Öktem'i. Herkes pür dikkat onu dinlemek istiyordu. Kutlu kişi, "Tanrı adına iduk kesmek İbrahim Dedemizden[97] emanet bize" deyip ekledi.

---

97 M.Ö.20.asırda Irak'ta doğan Hz. İbrahim, —halkının dili olan—Sümerce konuşmaktaydı. Sümerologların çoğu bu dilin Türkçe gibi sondan eklemeli olduğu düşüncesindedir. Her iki dil arasında tespit edilen üç yüzün üzerindeki ortak kelime arasında en yoğun blok dini terimlerdir. "Udug" ile "İduk" ve "Tengri" ile "Dengir" benzeşmesi ilk etapta dikkat çekenlerdir. Üstelik tıpkı ön-Türkçede olduğu gibi Sümercede de "Tanrı" ifadesinin ikincil anlamı "gök"tür. Sümer dini metinlerinde hem "Bitkilerin Ruhu" olarak, hem de yaz ortasındaki ayı anlatmak için kullanılan "Dummuz" kelimesinin tüm Türki dillerde "Temmuz/Tomuz/Tamuz" olarak kullanılagelmesi de ilginçtir. Hz. İsmail kanalıyla Arapçanın ve Hz. İshak kanalıyla İbranicenin atası kabul edilen Hz. İbrahim'in bu dillere kazandırdığı "Kudsi" ve "Mukaddes" kelimelerinin ön-Türkçe "Kut, Kutsal" ile yakınlığı da ilgi çekicidir. Hatta bazı dilbilim uzmanları Sami dillerdeki "Âdem/Adom" kelimesinin "Atam"; "Havva/Eva" kelimesinin "Yava" (ön-Türkçede "bütünün parçası" anlamında), "Şeytan/Satan" kelimesinin "Caytgan" (ön-Türkçede "caydıran, vazgeçirten" manasında) ile benzerliğine dikkat çekmiştir. Dünya atçılığı üzerine uzmanlaşmış tarihçilere göre Sümerler, İç Asya'nın Batı kısımlarından Mezopotamya'ya gelmiş olmalıdır. Eski Sümer'de ve bugünkü Türkmenistan-Özbekistan'da "Mari, Semer" gibi aynı adları taşıyan yerleşim birimlerinin olması; Hz. İbrahim'in babasının da adı olan Azer'in İç Asya'da binlerce yıldır kullanılıyor olup 'Azeri' kelimesine köken teşkil etmesi bu görüşü destekler niteliktedir. Henüz hipotez aşamasında olan bu görüşe göre; Hz. İbrahim'in Yafetik (İç Asyalı) kökeninin olması büyük ihtimaldir. Kuran'ı Kerim'de ismi yer almayan ama Tevrat'ın bahsetmiş olduğu Hz. İbrahim'in üçüncü eşi Kantura'dan (Kantorah) olma oğullarının 'büyük otlaklarla çevrili, nehirler ardındaki bir ülkeye gitmesi' olayı, bu hipotezi destekleyenlerce; Hz. İbrahim'in, atalarının geldiği bölgeye 'Hanif Din' inancını tebliğ edecek birilerini gönderdiği şeklinde yorumlanmıştır. Veya romanın kabullendiği gibi bu bölgeye Hz. İbrahim'in töresine bağlı ön-Türkçe konuşan peygamberler gelmiştir. Nitekim Şamanizmin aksine paganik olmayan -Tek Yaratıcılı"Gök

"Bozkıra, Fizan'a ve acunun her yerine defaatle gelmiş olan Kutlular, insanlara Tanrı'nın isteklerini ilettiler ancak bazı sözleri hoşa gitti, bazısı gitmedi. Şu iduk işi sevilen adetlerden olduğu için bugünlere değin onu bırakmadık, töremizden saydık."[98]

Koca İnal'a dönüvermişti sözün sonunda. Yaşlı hikâyeci kendisinden onay beklendiği vehmiyle, "evet" dedi ayağa kalkarak. Devamını da getirecekti.

"Töremiz, erkânımız Kutluların emanetidir bize. Yafes de Öktem gibi Kutlanmışlardandı. Bozkıra bir töre bırakıp uçup gitti aramızdan."

Bazgan, babasının istenilenden daha fazla konuşacağını hissettiği için, "baba otur artık, seni çok dinledik, bırak Kutlanmışın sözlerini duyalım" demişti içten içe. Ancak Öktem aradığı bir şeyler varmışçasına Koca İnal'ı daha da açmaya niyetliydi.

Tengri" inancında domuz eti yemek, diğer İbrahimi dinlerde olduğu gibi yasaktır. Hatta bu hayvanın lanetli olduğuna inanılır, tavşan yenmesi de hoş görülmez. Kurbanların sırtında Tanrı katına ulaşılacağına inanılır ki; benzer bir durum İslamiyet'te de betimlenmektedir. Bu bağlamda "Gök Tengri" inancının Kuran-ı Kerim'de üç yerde (2/62, 5/69, 22/17) adı geçen "Sabiilik" dini olduğunu iddia eden uzmanlar da vardır. Hz. Muhammed (S.A.V)'in çeşitli vesilelerle bahsettiği "Kanturaoğulları" denen halkın, Türkler olduğu savı da asırlardır yinelenmektedir. Kendisi için "Arab-ı Müstarebe" (Araplaşmış) diyen Hz. Muhammed'i, Mekkeli müşriklerin zulmüne karşı korumaya çalışan amcası Ebu Talib; şiirlerinde uzak illerden yardıma gelebilecek akrabalardan bahsetmiştir. Bu mısralar içerisinde "Eftalit" gibi Hun boy adları da geçmektedir. Hatta Kerbela Faciası arefesinde Hz. Hüseyin'in "bırakın, nehrin ötesindeki illere (Mavera-ün Nehir) gidelim" diyerek bugünkü Türkmenistan coğrafyasını kast ettiğini Arap-İslam tarihçiler de kabul etmektedir. Nitekim Hz. Hüseyin'in şahadetinden sonra Ehl-i Beyt'ten birçok kimse Emevi zulmünden sakınmak için bahsedilen bölgeye geçmiştir. O gün için Türkmenistan'a gitmekten daha avantajlı görünen Kafkasya ve Anadolu'nun tercih edilmemesi yukarıda bahsedilen hipotezin Ehl-i Beyt tarafından da bilindiği şeklinde yorumlanmaktadır. Ak-Hun (Batı Eftalit) yurdu olan bugünkü Mezar-ı Şerif şehrinde Hz. Ali'ye ait olduğuna inanılan bir makam da bulunmaktadır. 8.asra ait Abbasi kayıtlarında İç Asya'dan gelen Türk elçilerin kendilerini tanıtırken; "İbrahim Yalavaç dedemizdir, İsmail ise amucamızdır" dedikleri iddiası da yabana atılamamaktadır...

98 Hac Suresi:34.Ayet'e atfen...

"Yafes'in töresi neydi Koca İnal?"

İhtiyar, Bazgan'ın kaygılarını haklı çıkarırcasına sazı henüz almışken onu çarçabuk bir kenara koymak istememişti. "Yafes" diyordu, "şu bozkıra gelip çadır kuran ilk kişidir. Meralara sürüleri yayan, ata yular takıp evlatlarına emanet bırakan Kutlu atamızdır o..."

Aybars da defalarca dinledikleri bu öyküyü bir kez daha duymak istemiyordu. Öktem'e baktı bir an. Neden onu konuşturuyordu ki? Eski eskinindi; bugünün, yeninin sözünü duymak için toplanmıştı bunca insan. Koca İnal ilk kez bunları anlatıyormuşçasına coşkuluydu hâlâ. Ellerini kollarını sallıyor, her söze başka bir jestle eşlik ediyordu.

"Evlatlarına meralar sarardığında kışlağa inmesini, baharla beraber yaylağa çıkmasını öğreten Yafes'ti. Onun töresi toprağa bağlanıp sabana ve yağmura köle olmayı, göle düşüp balıklara yalvarmayı hoş görmez. Yeryüzü sizindir, der Yafes. Güneşin doğduğu yerden battığı yere kadar oğullarımızı ve yılkılarımızı yayıp yerleşmemiz hep onun töresindendir."

Öktem tebessümüne devam etmişti eskileri dinlerken. Az sonra söyleyeceklerinin farkının iyice belirgin olması için kulakların öncekilere doyması arzusundaydı. Kutlu kişiden dinlenecek sözlerin, hikâyecilerin, ozanların tekrar tekrar ısıttığı temcit pilavlarından olmadığını iyice belli etmeliydi. Ayrımı sezmeleri için her ikisini de aynı ana sıkıştırmıştı. Nitekim Koca İnal boğazlarını ıslatmak için bir an yanındaki ayrana uzandığında Öktem teşekkür etti ona. Bu hareket hikâyecinin hoşuna gitmemişti ama yine de içindeki bir ses, "Öktem vefakâr çocuk; bak hocasını dinlemeden başlamadı konuşmaya" demişti.

Öktem, önce ahaliyi süzdükten sonra gözlerini kapatıverdi bir süreliğine. Sanki sözün sahibini bekliyordu başlangıç için. Yeniden gözlerini açtığında sorusu vardı dinleyicilere:

"Tanrı, ateşi, suyu, havayı ve toprağı, gördüğünüz duyduğunuz her şeyi kim için yarattı?"

Cevap verilsin istemiyordu elbette. Yaratılış bahsine giriyordu. Kişi-evladının yaşadığı ilk imtihan, ilk varoluşla başlayacaktı divan.

"Yaratılanların hiçbiri Tanrısal emaneti üstlenmedi" diyordu; "ta ki Âdem'e kadar. Tanrı, tüm yarattıklarının Âdem'e secde etmesini emrettiğinde yer ve gök, yıldızlar ve güneş ve melekler hepsi secdeye varmak istedi Âdem'in karşısında. Bir tek Caytgan yanaşmadı buna. Ben ateştenim, o topraktan, dedi. Böbürlendi, ululandı. Hem de en büyük olanın yanında. Ve kovuldu huzurdan..."[99]

Sözlerinin ne denli anlaşılabildiğini ölçmek için yüzleri takip etti bu esnada. Aşena ve üçler sabırsızlıkla sözlerin devamını bekliyordu. Bazı suratlar şaşkın, kimiyse, "o nasıl bir iş" dercesine anlamsız bakışlara bürünüvermişti. Kamlardan biri söz istiyordu. Ayağa kalkmıştı.

"Tanrı, Âdem'e secde ettirdi diyorsun. Oysa Tanrı, kendisinden başkaca şeylere tazim ettiğimiz için seni yolladı. Biz senin bahsettiğin Tanrı'ya mı secde edeceğiz, Âdem'e mi?"

Koca İnal da kafasını sallayarak soruya ortak olmuştu. Tanrı bile kendisinden başkasına secde ettiriyorsa, bunca Kutlanmış neyin kavgasını vermişti binlerce yıl...

Öktem bunun mutlaka sorulacağını biliyordu. Ancak şimdilik cevabını detaylandırmaya niyetli değildi. Anlatmak istediği başkaca şeyler vardı.

"Âdem'den murad, Tanrısal emaneti yüklenendir" demişti ilkin. Devamında "çünkü Tanrı sadece insana kendi ruhundan üfledi. Âdem evladından kendisini bilmesini-tanımasını istedi. Kişi bu yüzden kutsaldır. İçimizdeki öz, Tanrı'dandır.[100] Haliyle

---

99 Ahzab Suresi:72.Ayet, Bakara Suresi:34.Ayet ve Araf Suresi:12.Ayet'e atfen...
100 Sad Suresi:72.Ayet'e atfen...

yaratılanların secdesi, Âdem'in bedenine değil Yaratanın bizzat kendisinedir!"

Aşena ve üç yoldaş bu cevapla tatmin olamamıştı ama sözü bölmeyeceklerdi. Dinliyorlardı.

"Tanrı, Âdem'e eş olarak Havva Anamızı yarattı ve şu ağaca yaklaşmayın, diye tembihledi. Caytgan, kişileri kandırabilmek için Tanrı'dan ruhsat ve ömür aldığı için türlü hilelerle onları kararlarından caydırdı. Âdem Ata ve Havva Ana hatalarını anladıklarında yücelerden atılmış, acuna indirilmişti. Birbirlerinden ayrı geçen yıllarda Tanrı'dan af dilediler sürekli. Pişmanlıklarını yaşadılar. Biz kendimiz zulmettik kendimize, bizi bağışla diyerek yakardılar Tanrı'ya. Caytgan ise, Âdem'e secde etmeyip cezalandırıldığında kendisini ayıplamak yerine Tanrı'yı suçladı. Sen istesen ben Sana karşı gelemezdim, demişti. Tanrı, Âdem ve Havva'nın pişmanlığını nimetlendirdi, kabul etti tövbelerini. Ama kibri ve edepsizliğinin sonucu olarak lanetlendi Caytgan. Bir daha kabul edilmemek üzere nimetten uzaklaştırıldı..."[101]

Sözün devamında yine tek tek dinleyicileri süzüyordu Öktem.

"Hata yapmak bizim işimiz, tövbe etmek de öyle. Hatayı örtmek, bağışlamaksa Tanrı'nın takdiri. Yeter ki biz pişmanlıkla hatalarımızdan vazgeçelim, inat etmeyelim."

Bu esnada önü sıra duran kıpkırmızı elmaları alıp dilimlemeye başlamıştı Öktem. En yakınlarındakilerden itibaren herkese ikram ediyor, biri tükendiğinde yenisini dilimliyordu. Koca İnal gözüne sokulurcasına ikram edilen meyvelere bakarken bildikleriyle Öktem'i sınama derdine düştü. Dayanamayıp söze girdi.

"Âdem ile Havva'ya yasaklanan ağacın meyvesi elinde tuttuğun elma değil miydi? Ataya anaya yasak olan bize niye serbest?"

Öktem az evvelki gibi sakin değildi bu kez, sesinde yüksek tınılar vardı.

---

101 Bakara Suresi:35–37.Ayetler ve Araf Suresi:14–18.Ayetlere atfen.

"Elma değil buğdaydı yasaklanan yahut erikti desem, yine de aynı şeyi soracak mıydın?"

Ayırt edilmesi gereken sorunun içeriğiydi. Nesne miydi önemli olan, yöntem mi? Koca İnal henüz bunun ayırdına varamamıştı ancak Öktem her ikisi üzerinden de konuşuyordu.

"Dün yasaklanan şey, bugünkülere serbest kalabilir; tıpkı dün serbest olanın bugün yasaklanabilmesi gibi." Örnek de verecekti.

"Tanrı, Dedemiz İbrahim'den önce domuz yenmesini yasaklamamıştı kimseye ama ondan sonrakilere yasak etti bunu."

Hâlâ tatmin olmayan Koca İnal'a bakarak küçük bir parçası kalmış olan elindeki elmayı yukarı kaldırdı. Herkesin görmesini ve duymasını istiyordu.

"Siz, onun sırrını bilmiyorsunuz!"

Divan ve ikramlar bittiğinde meydan boşalmış, çadırlar doluvermişti. Öktem'in yanından ayrılmamış olan dört can pür dikkat onunlaydı. Sessizliğin uzamasına razı olamayan Aybars, "anlat" dedi sonunda, "nedir bunlar?"

Öktem, onların gökten inen cevhere bakarak değil topraktan gelen yürekle ikrar verdiklerini biliyordu. Gölgeler yerine güneşe talipti onlar. Aşikârdı ki, kulakları yerine gönülleriyle dinleyeceklerdi söylenenleri. Yine de, "sonra konuşuruz" dedi. Sabah erkenden ocakta olacaklarını söylüyordu. İş güç vardı ilgilenilmesi gereken. Hayat devam ediyordu hâlâ. Kalkıp kendi çadırına doğru giderken Aşena da peşi sıra hareketlendi.

Üçler, gece boyunca ilk divanı düşünecekti ayrı ayrı. Aybars'ın aklında Âdem'in yüklendiği Tanrısal emanet vardı. O, nasıl bir şeydi ki dağlar, yıldızlar, kurtlar, kuşlar çekinmiş ama buna rağmen kişi-evladı bu emanete talip olabilmişti? Kör bir cesaret mi neden olmuştu buna, cahillik mi, karar veremiyordu bir türlü.

Bazgan'ın zihni secde olayıyla meşguldü. İbadet etmesi gereken Âdem, henüz kendi kendisinin bile farkında değilken nasıl olmuştu da secdegah haline getirilmişti. Kutsal emaneti kabul edemeyenler nasıl olmuştu da Âdem'e secde etmekle emrolunmuştu. Bunun ardındaki gerçeği anlamak istiyordu kendince.

Temir'se yasak ağaca takılmıştı, derdi onunlaydı. Sürekli aynı şeyi soruyordu kendisine.

"Neydi Âdem Ata ile Havva Ana'yı ağaca çeken? İkisini birden Tanrı'ya karşı getirten?"

Neticede Kutlanmış olan bir kişi, Tanrı'nın açık açık bir buyruğu varken nasıl ona karşı gelebilmişti böylesine, merak ediyordu kendince.

Sabahleyin Kutlu'nun ardı sıra, Ak, Kara ve Gök kılıçların emanetçileri de toprağa bastırdıkları alınlarıyla Tanrı'ya tazimlerini göstermişti. İşlerine başlamak için Kutlanmış nefesiyle cevheri yumuşatıp eriyik hale getiren Öktem, silah yapmayacaklarını söyledi. Ancak yine de cevher kalıplara alınıyor, çekiçlenerek peş peşe dövülüyor, hava kabarcıkları alındıktan sonra kille kapatılarak soğutuluyordu yeniden ve en baştan.

Çadırların rüzgârla bozulmaması ve yıkılıp gitmemesi için kafes parçaları döküyorlardı. Yerinde kurup parçaları birleştirdiklerinde çadırlar daha sağlam olacak, Öktem'in de dediği gibi, 'dalındaki elmalar' misali salınmayacaklardı.

Ocak başında terden sırılsıklam olan üçlerin aklında dün geceki konuşmalar vardı hâlâ. Sözlerin perde gerisi kendilerine açılsın istiyorlar ancak birbirlerine dahi sormaya cesaret edemiyorlardı. Temir ve Bazgan, "Aybars dayanamaz konuyu açar" diye düşünmüştü ve umduklarının gerçekleşmesi için yemek arasına değin beklediler.

Tanrı adıyla kırılan soğanlar tandırdan yeni çıkmışçasına sıcak olan ekmeklerle birlikte yoğurda karıldığında daha fazla dayanamayıp "dün gece" diyerek konuya girdi Aybars. Derdinin gayet iyi anlaşıldığını biliyordu. Öktem, yoğurdun ne kadar lezzetli olduğundan bahsedince cesareti kırıldı oysa. Zamanı mı değildi? Yoksa istekli mi durmuyorlardı? Aklına ilk geleni yapmakla övünen evvelin Aybars'ı, ikrar arefesi ve sonrasında bir kez değil çokça düşünmeden adım atamaz olmuştu. Lokmaları sıralarken kılıçları aldıkları günü hatırladı. Öktem, kara saplı kılıcı verirken, "Tanrı cesaretini ululasın Aybars" dememiş miydi? Cesaret sadece er meydanında değil her an, her yerde lazımdı. Düşmanı görüp üzerine naralarla atılmak kurdun kuşun da işiydi. Sırra talip olmak hepsinden daha fazla cesaret istiyor olmalıydı. Son düşüncesine yoğunlaşıp içindekileri açık etmeyi denedi.

"Dün gece avuçlarındaki elmayı gösterip onun sırrını bilmiyorsunuz demiştin."

Öktem, "evet inkâr etmiyorum, söyledim" doğallığıyla bakıverdi kardeşine. Aybars az daha beklerse cesaretinin gideceğinden korkarak "onu kimseyle paylaşacak mısın?" diye sorduğunda Temir ve Bazgan, dostlarına teşekkür ediyordu içten içe. Ancak Öktem yoğurttan aldığı son lokmanın ardından, "benimle gel Aybars" dediğinde diğer iki yoldaş şaşırmıştı. Kutlu, sadece talip olanla konuşacaktı. Onlar mağaradan çıktıklarında Temir ve Bazgan ellerinde çekiçlerle ocağın başındaydı tekrar.

Aybars sesini çıkarmadan abisini takip etmiş, mağaradan duyulmayacak kadar uzaklaşmışlardı. Öktem eski bir sözünü hatırlattı kardaşına.

"Gürhan'la bana, sizin gibi olmamı mı istiyorsunuz? Doğdum, evlendim, gün gelir öleceğim demiştin."

Aybars o noktayı çoktan aştığını sanıyordu.

"Tanrı seninle nimetlendirdikten sonra artık böyle bir derdim kalmadı. Günü gelirse evlenirim, vadem dolduğunda ölürüm. Gözüm geride kalmaz."

Öktem cevabı beğenmişti aslında. Ama söylemesi gerekenler vardı.

"Tanrı'nın, Âdem Ata ve Havva Ana'ya yaklaşmayın dediği ağacın meyvesi ölümsüzlüktü" derken bir kayaya yanaşıp oturmuştu usulca. Aybars ise oturmadan huşuyla dinliyordu onu.

"Ağaçtan ve ölümsüzlükten murad, kişinin evlilik gerekleriyle evlatlar edinmesi ve neslini devam ettirmesidir. Bugün biz, yarın evlatlarımız, sonra torunlar diyerek her zamanda kişi olmayı devam ettirecek birilerinin olmasıdır. Tanrı, Âdem'e erkekliği ve Havva'ya dişiliği verip ağaca yaklaşmayın, dediğinde aslında bunu yaşamalarının zamanının gelmediğini söylemişti onlara. Caytgan ise Tanrı adına yalanlar düzüp onlara sonsuzluk vaat etti. Bir an önce erkekliği ve kadınlığı yaşamalarını istedi. Kişi olmayı tamamlamadan erkek ve kadın olmaya kalkıştıklarından yeryüzüne indirildiklerinde ayrı kaldılar birbirlerinden. Pişman olup af dilerken kişi olmayı burada tamam ettiklerinde, Tanrı dualarını kabul etti. Bağışlanıp birbirlerine kavuştular yeniden. Evlat sahibi oldular ve türediler yeryüzünde. Bunlar Tanrı'nın muradıydı. Her şey O'nun dilediğince gerçekleşti. Şimdi sen de bir Âdem'sin, ben de. Çadırımda bir Havva bekler beni. Seninki kimbilir nerede? Unutma, önce kişi olmadan kadın veya erkek olursak evlilik nimeti elimizden alınır da mihnet olur cana. Kişi olmayı başarırsak evlilik de, eş de Tanrı'nın izniyle ötenin nimetlerine benzer, bal şerbet olur cana."

Aybars dinlediklerini tam olarak anlayamıyordu. Eskiden olduğu gibi somuta meyletti bir an.

"Yani evlenme mi diyorsun?"

Öktem, "hayır" dedi kati bir sesle. "Onu söylemiyorum. Önce Tanrı'nın istediği kişi olmak, içindeki kendi Âdem'ini ortaya çıkarabilmek için didin. Varsa nasibinde bir Havva, elbet gelip bulur seni. Ama bu sözüm sadece sanadır Aybars. Sadece sana!"

Aybars, evlenmek evlenmemek gerekçesiyle bir şey sormamışken aldığı cevaplar karşısında şaşırmıştı. "Gün olur, söyleneni her yüzüyle anlarım" temennisiyle muğlâk tasdikler eşliğinde salladı başını. O an için emin olduğu yegâne şey, ölümsüzlük bile olsa Caytgan'ın elinden nimete ulaşılamayacağıydı. Âdem bunu denemiş ve ceremesini çekmişti. Arzusu her ne olursa olsun Tanrı'dan isteyecekti sadece.

Ocağa geri döndüklerinde Aybarş'ın ağzını bıçak açmıyordu. Hâlâ devir daim eden sözler vardı zihninde. Kimseyle paylaşmayacaktı duyduklarını. Sözler iki kişiye özeldi ne de olsa. Öktem, iki kere üzerine basa basa ikaz etmişti bu hususta. Nitekim "öncekilere serbest olan, sonrakilere yasak edilebilir" demişti dün gece. Aynı şekilde düşününce herkes için yasak olanın özel durum ve şartlarda kimine serbest veya tam tersi de olabileceğini hissetti.

Aybars zihnindekilerle meşgul olagelirken Öktem kille kapladığı eriyiği soğumaya bırakmıştı. Ellerinde çekiçlerle cevheri katlayıp-dövüp-yaymaya devam eden yoldaşlarını tek tek süzdükten sonra "biraz dinlenelim" dedi Öktem. Çekiç sesleri susacak, dört çift göz baş başa kenetlenecekti yeniden. Dün geceki bahse dönüyorlardı.

"Havva Ana, Âdem Ata'dan yaratılmıştı.[102] Bir parçası Havva'da kalan Âdem, eşinde vaktiyle kendisine ait olanı seviyor, onu özlüyordu aslında. Havva'nın sevgisiyse geldiği yere karşıydı. Yurdunu yuvasını özler gibi arzuluyordu Âdem'i. Tanrı onlarla birlikte ilk kez 'aşkı' da yaratmıştı aslında."

O an diğerlerinden ziyade Temir dikkat kesiliverdi söylenenlere. Kendisine, yarasına dair bir şeyler bulmuştu son sözlerde. Merhem de gelecek miydi, sabırsızlıkla devamını bekliyordu.

"Atamız ve Ecemiz o aşkla yeniden bir arada olmak; parçayı bütünle buluşturmak istedi. Ancak kendilerine ağaca yaklaşmayın denmişti. Onlara söylenen 'yapma' idi. Yasaklamaydı bu. 'Halinizi bozmayın' diyordu Tanrı. Caytgan'a ise, Âdem'e secde

---

102 Nisa Suresi:1.Ayet'e atfen...

et, denmişti. Ona söylenen, 'yap' idi. Bu bir emirdi. Tanrı, 'halini boz' diyordu Caytgan'a. Yükümlülüğün iki hali de tecelli etmişti o esnada. Yasaklama ve emir, 'yap-yapma' oluverdi. Ama sonunda Âdem Ata ve Havva Ana yasağı ihlal ettiler. Caytgan'sa emre karşı gelmişti zaten..."

Aybars 'yükümlülük' kısmına takılmıştı şimdi. Dışarıdaki başbaşa konuşmalarını düşündü yeniden. "Sırrı kimseyle paylaşmayacak mısın" dediğinde, ne öğrenmişti Öktem'den? "Önce kişi ol, sonra erkek." Kendisini yeni bir yükümlülüğe sokmamış mıydı? Caytgan'a söylendiği gibi 'yap' hükmüydü bu. Yoksa "kişi olmadan, ağaca yaklaşma" mı, demek istemişti Kutlu? Bu durumda 'yapma'nın muhatabıydı, tıpkı Âdem ve Havva gibi. İstenenin hangisi olduğuna emin değildi henüz. Belki de bambaşka bir şey söylemeye çalışmıştı kendisine. Anladığı tek nokta, sormakla, sırra talip olmakla yeni bir yükümlülük altına girdiğiydi. Sırrın kendisine de açılması için talip olmaktan ziyade ona hazır olmak, yetkinlik ve zamanlama önemliydi belki de.

İçinden,"bir daha ona bir şey sormayacağım" dedi. Cesareti başına iş açmıştı durduk yere. Başka bir ses, "cesareti de aşman lazım" dediğinde, aşınca 'ödlek' olunmayacağını sezebiliyordu ama 'aşmak' nasıl bir şeydi, onu bilmiyordu.

Öktem yükümlülüklerin yerine getirilmemesinden sonrasını anlatıyordu şimdi de.

"Tanrı hepsine birden 'cennetten inin' dediğinde, Caytgan'la birlikte anılmak Âdem'in en büyük cezasıydı zaten. Yani acuna inmek, ceza değildi Âdem'e. Böyle olsa Ata'nın ve Ece'nin suçunu hepimiz hâlâ çekiyor olurduk yeryüzünde. Ki bu, Tanrı'nın adaletine de sığmaz. Bu iniş doğrudan doğruya Tanrı'nın yeryüzünde kendisine bir temsilci yaratma muradıydı.[103] Caytgan ise Tanrı'ya ortak koşmamıştı. Zaten itiraz ederken bile 'beni ateş-

103 Bakara Suresi:30.Ayet'e atfen...

ten yarattın' diyerek, Tanrı'nın yaratıcılığını ikrar etti. Lakin kibrine yenilmişti o. Yani Caytgan hiçbir zaman Tanrı'nın düşmanı olmadı, olamazdı. Caytgan'ın harcı kişilere düşmanlık etmek oldu hep.[104]

Bazgan, Tanrısal muradın gerçekleşmesi için şeytanın bile kullanıldığını düşünürken, "Andakan neden kullanılmasın?" dedi içinden. Murada giden yolda bilgili olmak yetmiyordu. Şeytan bilgisiyle kovulmuştu huzurdan. Kişi-evladı için bundan büyük bir örnek olabilir miydi?

Üstelik kibirli Tiginler, insanlara "ben sizin Rabbinizim" diyorken şeytan böylesi bir iddiayla ortaya çıkmamış, hamuru bu işe uyanların gemi azıya almasını sağlamış, onların yoldan çıkmalarını seyretmişti keyfince...

Bazgan, hayrı dokunmayacak, kötülüğe sevkedecek akıl ve bilginin, Andakanlardan bile tehlikeli olduğunu anlamıştı o an. Tanrı'ya sığınıyor, aklının ruhuna itaat etmesi için yalvarıyordu yana yakıla.

Öktem, konunun baş taraflarını hatırlattı şimdi de 'yap' yükümlülüğüne uyanlardan bahsederek...

"Tanrı sözüne binaen Âdem'e secde ettiklerinde melekler insandaki Tanrısal nuru görüp yeniden kapandı secdeye. Çünkü Tanrı, Âdem'i kendi suretinde yaratmıştı. Yeryüzü Temsilcisi, aslının nurundan parçaydı zira. Bu yüzden Dedemiz İbrahim Yalavaç secdesini iki kere tekrarlardı ha bire.[105] İlki emri yerine getirmek, ikincisiyse şahit olduğu nura şükretmek içindi. Bu şükür, 'şahit' olma zevkiydi aslında..."

Öktem'in sözleri henüz bitmişti ki, Bazgan vecdle toprağa kapandı aniden. Alnını kaldırmaksızın secdedeydi. Neden sonra melekler gibi 'emri' yerine getirip başını topraktan kaldırdığında yeniden secdeye kapanacağını sanmıştı Aybars. Oysa Bazgan ikin-

104 Araf Suresi:22.Ayet'e atfen...

105 Hz. İbrahim'in bu sünneti aynen İslamiyet'te de devam ettirilegelmekte, her rekâtta iki kez secde edilmektedir.

cisi için bir türlü uzanamıyordu toprağa. Meleklerin halini yaşayamamışken, o Tanrısal nuru secdegahta görememişken ikincisine teşebbüs etmek, riyakârlık mı olacaktı?

Öktem, yoldaşını izliyordu. Riyakârlık veya başka bir edepsizlik değildi bu. Taklit de olsa, secdesini ikilemesinden yanaydı. O an Bazgan'ın içinden yükselen bir ses, "faydasız bilgi" diyordu meleklerin secdesi için. "Sana bir yararı yok ki. Tanrı, o günahsız meleklerine nasip etmiş bunu."

Sesin vaaz ettiği hayalkırıklığıyla yerinden doğrulacakken Öktem'i duydu bu kez: "Sen secdeyle memursun Bazgan. Gün gelir, yaptığın her iş zevk olur da, çıkar emirlikten. Unutma ki, sen, toprak gibi tevazu sahibisin ve ateşten aşağı da değilsin!"

Bazgan ikinci kez secdeye uzanmıştı şimdi.

Temir, secdedeki yoldaşını izlerken Âdem ile Havva'nın aşkını ve bütünleşmek istemelerini düşünüyordu. Ata ile Ana, ortak günah, ortak pişmanlık, ortak tövbe ve affedilişle hayrı da, şerri de ruhen beraber yaşamıştı. Ancak kulluk zevkine ulaşmak için meleklerin de yaptığınca önce emrin dinlenmesi şarttı. Tanrısal murad yolunda ilerlerken şerri kendilerinden, hayrı Tanrı'dan bilmek kişi-evladının ilk nişanesi olmuştu. Zaten Öktem de bu konuya giriyordu.

"Caytgan, Sen istemesen ben Sana karşı gelemezdim, derken kabahati Tanrı'ya atfetti. Oysa Âdem ve Havva, biz kendimiz ettik kendimize, bizi affet derken kötülüğü kendilerine yakıştırdılar. Affedilmeyi dilediler. Buradaki nimet 'edep' öğrenmektir. Bu yüzden Kutlu kişiler, hasta oldum, der ama iyileştim, diyemez. Oysa Tanrı bana hastalık verdi, diyen Caytgan kibri, şifayı da Tanrı verdi, demeye elvermez..."

Aybars şimdi anlıyordu, Gürhan'ı defnettiklerinde Aşena'nın söylediklerini. "Tanrı her şeyi görüp biliyorsa, neden çadırdaki cinayetten önce Öktem'e haber vermemiş bunları" sorusuna karşılık, "Tanrı kendisinden bile hesap soracak kadar akıl verdiği insanları, bi hata işlemeden evvel birilerine mi ihbar etsin" demişti ablası. Akıl, vicdan ve 'yap-yapma' bilgisi insana verilmişken, güzellikler Tanrı'nın, çirkinliklerse insanın harcıydı artık. Üstelik insan, iyiyi kötüyü ve doğruyu yanlışı yaratanın Tanrı olduğuna inanıp tüm olumsuzları kendisinden bilmeliydi. Kolay mıydı bu? Sanmıyordu ama olması gerekendi. Bunun için gayret göstermeliydi.

Öktem, "Tanrı işimizi kolaylaştırsın" diyerek yeniden cevherin başına geçtiğinde yoldaşlarının dualarına mı katılmıştı, yoksa devam edecek kafes imalatları için mi söylemişti bunları, fark etmiyordu hiçbiri için. Canla başla işlerine sarılmışlar, cevheri sabırla dövüp-yayıp yeniden açmaya devam etmişlerdi.

Ocaktan dönüp meydandaki kalabalığı gördüklerinde bunun rutin olmadığı aşikârdı hepsine. Kutlu'yu bekliyordu insanlar. Bir kısmı savaşta esir alınıp gerisin geriye yollanan eski düşmanlardı. Cevherin gücünü bizzat tadanlar, görmeyenlere de onu anlatmış, "Kutlu kişi hepimize iyilikle, güzellikle muamele etti" diyerek yanlarına başka insanları katmış halde obaya gelmişlerdi. Hepsi de uğruna günlerdir yolculuk ettikleri Öktem'i merak ediyordu.

Bazgan gördükleri karşısında şükretti Tanrı'ya. "Evvel çadır çadır, oba oba gezmiş, eza ve ayıplanma ile karşılanmıştık. Şimdi insanlar gelip kendiliklerinden talip oluyor, ikrar veriyorlar" diyordu. Gelenlerin bir kısmı Issık'tan, bazıları da bozkırdaki diğer obalardandı. İçlerinde güneyli pirinç çiftçileri de vardı. Dilleri farklı olsa bile neyi talep ettiklerini bilmenin dinginliğiyle nasiplerine kavuşuyorlardı. Halka halka Kutlu kişiye ikrar verenlerin bazısı Aladağ'da kalmaktan yanaydı. "Sürülerimizi, çadırlarımız alıp bir köşeye konalım" diye izin istiyor, ısrar ediyorlardı. Öktem yeni gelenlerin Aladağlılarla kardeş olduklarını ilan ettikten sonra aralarındaki hukuku pekiştirdi.

"Onlara konacakları yer göstereceksiniz, meralarınızı onların sürüleriyle paylaşacaksınız!"

İlerleyen günlerde de ikrar verip Kutlunun yanına yerleşenler oldu. Öktem, gelenlere ikrarlarının şahidi olarak tepesi kızıl renkte olan börkler[106] hediye ediyor, bizzat kendi elleriyle başlıklarını giydirirken inançlarında sebat etmeleri ve Kutsal nasiplerini tamamlamalarını diliyordu. Yanlarında sürüleri veya kendi işiyle gelenler düzenlerini aynen Aladağ'da da devam ettiriyor ama garip olanların elinden tutulması gerekiyordu. Öktem bu sorunun halli için kızıl börklü tüm sürü sahipleri ve kürk avcılarıyla konuşmuş, "ağılda kuzu doğsa derede otu biter, Tanrı izniyle Aladağ hepimize yeter" diyerek kimsesizleri çırak olarak yanlarına almalarını istemişti. Hatta Aybars ve Bazgan'a kendi sürülerinin tüm işlerini devretmelerini, Temir ile birlikte sadece ocakta kendisiyle birlikte çalışacaklarını da bildirmişti.

Aladağ'daki bu canlılık Tigin'in de kulağına gidiyordu. Issık'a uğrayan çerçiler ve kervanlar cevher sahibi Kutlu kişinin tüm bozkırda konuşulduğunu haber veriyordu. İşin kötüsü bu dedikodular güneye de ulaşmıştı. Birkaç ay önce isyanları bastırılmış olan çiftçiler, "bir oba Tigin'i perişan etti de, biz mi edemeyeceğiz" diyerek kendilerinde cesaret bulmuş, yeniden ayaklanmıştı. Tigin bir sorunu halletmeden ikincisiyle karşılaşıyordu şimdi. Bu yüzden kendisine itaat etmekte olan tüm beylere haber salmış, olağan dışı bir kurultay toplamıştı.

Beyler söz birliği etmişçesine, "adamlarımız çekip gidiyor, sürülerimiz azaldı, yakında sana verecek beç bile kalmayacak" diyordu. Akrabalarının bir kısmı Kutlu kişinin ardına düştüğü için obalarda ikilik baş gösterdiğini söylüyorlardı. Duyduğu her türlü olumsuzluğa rağmen kendine güveni tamdı Tigin'in. İki sorunu birbirinden ayrı ayrı halledecekti.

106 Börk; deriden mamul, tepesi sivrice, kışın kürklü olarak kullanılan otantik bir bozkır başlığıdır...

"Süvarilerim" dedi önce; "Sarı Nehir'den iki yudum su içsin, hallolur o iş..."

Asi pirinççilere karşı alışılmış yolu izleyeceğini ima ederken, Baycu'ya dönüverdi sükunetle. "Adamların bu sefer de acuze kadınlara dönerse, ben torun görürüm ama sen evlat görür müsün, bilemem" diyerek kısık tınılı, dingin ve ağır ikazlarına devam etti bir süre.

Çözümü zor olan ve Tigin'in "sinsi" diye tarif ettiği asıl tehlike, tüm bozkırda Öktem'in konuşuluyor olmasıydı. Kurultayda bir kez daha anlamıştı ki zaman aleyhine işliyordu. Ama öfkeyle kalkıp zararla oturmak da istemiyordu. Aladağ'daki asilerin canını almak yetmezdi artık. Onların dedikodularını da yok etmeliydi. Nasıl hareket edeceğine, işe nereden başlayacağına karar vermek için birkaç gün boyunca sürekli düşünmüş, güngörmüşlerine danışmış, sonunda Koray'ı çağırtmıştı acilen.

Koray korka korka gelirken, "Tigin ruhları razı ettin mi, diye sorarsa ne cevap veririm" diyordu. Son çıkışıyla güç bela da olsa canını kurtarmıştı belki ama hâlâ esirdi Issık'ta. Bir yere gitmesine izin verilmemiş, sözünü tutması için alıkonulmuştu. Huzura çıktığında şansını denemek istiyordu. Diz kırıp selam verdikten sonra söze başladı doğrudan.

"Ruhların bir kısmı razı oldu. Ancak bir kısmı onu vermeyiz; o da bizden oldu, diyor."

Andakan ne eski karısıyla, ne de ikna olmaz ruhlarla ilgiliydi o an."Sen" diyerek oynattı dudaklarını: "beni üç kere kandırdın!"

Koray'ın tüm korkuları kabarmış, yeniden başa dönmüştü. "Haddime mi Tiginim?" diyecekti ki Andakan susmasını işaret etti. Kendisini kandırmasını suçlamak için değil, övmek için söylemişti zira.

"Beni bile kandırabilen biri, neler yapamaz ki?"

Koray tedirginliğinden olsa gerek, hâlâ kavrayabilmiş değildi durumu. Söylenenleri onaylasın mı, inkâr mı etsin, kararsızdı. Tigin, "şimdi senden bir şey isteyeceğim, can kulağıyla dinle beni" dediğinde, Koray her şeye razıydı. Kendisinden istenen her ne olursa olsun, "başım gözüm üstüne" diyecekti. Oysa Tigin, "obana döneceksin" dediğinde kulaklarına inanamadı. Gözaltı bitiyordu demek. Bedeli neydi? Kendince tahminleri vardı.

"Obadaşlarıma Öktem'in nasıl bir yalancı olduğunu mu göstereceğim?"

Tigin, yavaş da olsa Koray'ın kafasının çalışmaya başlamasına sevinmişti. "Becerebilirsen neden olmasın" diyordu, muhatabını tartan edalarla. Koray evvelki sözlerine nazaran daha iddialıydı şimdi.

"Kış gelip obalar göç yoluna düşmeden insanlar onun nasıl bir sahtekâr olduğunu anlayacak, merak buyurmayınız Tiginim."

Plan bu kadar basit değildi. Tigin fazlasını da düşünmüştü. Savaşı hatırlattı ona. Öktem'in kılıçları, zırhları neyle, nasıl yaptığını öğrenmek zorundaydı. Onu bozkırın efsanesi haline getiren cevherin sırrına ulaşabilirse Öktem'i ve onu konuşan dilleri kolaylıkla kesebilirdi. Bu iş için son seçenek olan Koray'ı kabullenmesindeki bir sebep de Issık nalbantları olmuştu. Savaşta ele geçirdiği cevher-kılıcı zanaatkârlarına göstermiş, her gören, "biz bunun ilmini bilmeyiz, neden yapıldığını anlayamadık" demişti. Hatta altın ocaklarına yolladığı kılıcı zor da olsa sonunda erittirmiş ama yine de cevherin aslını esasını ve imal inceliklerini çözdürememişti. Kerhen de olsa umudu Koray'dı artık.

Ertesi gün Tigin, güney seferi için Dolunay ve Burçin'le vedalaşırken Koray da eşek sırtında Aladağ'a doğru yola çıkıyordu.

Tanrı'yı ululayan Kutlanmış nefesiyle göksel cevheri yeniden eriyik-kor hale getiren Öktem, yoldaşlarına "kolay gelsin" deyip mağaradan çıkmıştı. Nicedir ihmal ettiği ailesiyle biraz vakit geçirmek istiyordu.

Gülçiçek dolaşmayı teklif edince Bala Gülce'yi de alarak uzaklaşmışlar, kekik kokulu yemyeşil çimenlerin üzerinde aylanmışlar, yorulduklarında toprağa uzanıp dinlenmişler, sonra yeniden devam etmişlerdi yürüyüşlerine. Bu esnada on on beş adım gerilerinden takip eden Kırat bile "üçünüz ailesiniz, ben yerimi bilirim" dercesine yanlarına sokulmamıştı asla. Yürüyüş boyunca bebenin adımlarına uyarak, ondan laflayarak, en somut ortak paydalarının dışına çıkmamaya çalışmıştı her iki ebeveyn de...

Acıkınca mis kokulu narvızlardan aramışlar, yer elmaları toplayıp onları derede bir güzel yıkadıktan sonra çakıl taşlarına uzanmışlardı boylu boyunca. Kar beyaz yer elmalarını bıçağıyla oyup kâh tavuğa, kâh sincaba benzeten Öktem, türlü oyunlarla kızına bunları yedirmiş, güneş tepeyi az geçerken, "bal Gülce, bala Gülce, çiçekten Bala Gülce" ninnisiyle onu uyutmuştu.

Bu kez, "bal çiçek, gül çiçek, baldan da Gülçiçek" tekerlemesine devam ediyordu Öktem. Eşi, özlemle andığı yıllardaydı bu esnada. Sözlüyken kışlakta ziyaretine gelen Öktem'in ne de hasret dolu olduğunu hatırlıyordu. Evliliklerinin ilk üç yılında en büyük arzuları her şeyde birlikte olmak değil miydi zaten? Birlikte mutlanıp birlikte üzülecekler, birlikte kocayacaklardı acunda. Maziyi anarken sızlamıştı içi. Ne çok özlemişti 'eski' Öktem'i? Üstelik 'teze'si bir el uzatımı mesafedeyken. Bu değişime sebep olan o esrarengiz sesin sahibi kendisini görüyorsa, pişman mıydı yaptıklarından acaba? "Seni çok üzdüm" diyebilir miydi, Öktem'in Tanrısı? "Anasız doğdum, babasız kaldım ama Tanrı'sız asla" demesini O mu istemişti erinden? Zihninde dolaşan tilkilerin kırkının da kuyrukları birbirine değdikçe ceylanca güzel ve iri gözbebekleri ele verdi Gülçiçek'i.

Eri, "ne düşünüyorsun?" diye sorduğunda cevap vermek yerine öpmüştü sadece. Öktem'in gözlerine bakmak, bir çift karanın derinliğinde kaybolmak istiyordu, dudaklarını onunkilerle mühürlerken. Gözlerini kapattığında onun kokusuna kanarcasına başını boynuna yaslayıp derin nefesler çekti ciğerlerine.

Oysa ne gözlerinde kaybolmuştu erinin, ne de kokusuna kanmıştı doyunca. Onu eskisinden daha çok sevdiğine adı gibi emindi. Hatta gereksiz bir karşılaştırma yaparak kendisini sınamış; Öktem'i, Bala Gülce'den de çok sevdiğine kanaat getirmişti. Hele iki ay önce düşürdüğü balaya kıyasla Öktem'in sevgisi kat be kat fazlaydı.

Gülçiçek eskiyle yeniyi kıyaslaya dururken sorusunu yineledi Öktem: "Ne düşünüyorsun, benimle paylaşmayacak mısın?"

Gülçiçek, Bala Gülce'nin kıyafetini düzeltme bahanesiyle ayağa kalktığında aslında sözüne nereden başlayacağını kestirmeye çalışmıştı. Bulamayınca lafı eğip bükmemeye karar verdi.

"Beni niye eskisi gibi sevmiyorsun Öktem?"

Sesinde hesap soran bir tını yoktu, samimi bir şekilde, merakla sormuştu bunu. Öktem derin nefeslerle ciğerini doldururken, eskisinden de çok sevdiğini söyledi. Defalarca düşünmüş, gönlünü tartmış ve buna kalben de inanmıştı. Sevgisi artıyordu günden güne. Sadece ona duyduğu sevgi değildi artan; sevgiye dair şubeleri de çoğalmıştı. Bunu izah edebilmek için, "kocan olarak seni, babası olarak Bala Gülce'yi, kardeşleri olarak Aşena ve Aybars'ı da daha çok seviyorum şimdi" dediğinde Gülçiçek seziverdi anlatılmak istenen mesajı.

"Eskiden en çok bizi severdin, öyle değil mi?" dedi, bu kez.

İnkâr edemezdi Öktem. Eşi, çocuğu, kardeşleri, babası ve analığı bu sevgi şubelerinin başını çekiyordu evvel. Şimdi bu sevgilerin hepsinin tepesine Tanrı geçmişti. O'na olan sevgisi, diğerlerini gölgelemek yerine toprağı ısıtan güneş gibi bereketlendirip artırmıştı ama yine de haklıydı eşi. Artık gönlündeki en büyük sevgi, ailesi için değildi. Bunu başka türlü izah etmeyi deneyecekti şimdi de.

"Balaların, sütü mü yoksa anneyi mi daha çok sevdiklerini konuşmuştuk" deyiverdi, "bala önceleri sütü sever, sonraysa anneyi demiştin. Benimki de ona benziyor Gülçiçek. Anlayabildin mi beni?"

İlk konuştuklarında bu benzetmeyi ve suali anlamsız bulmuş, hatta epey bir öfkelenmişti Gülçiçek. Şimdi daha sakin bir kafayla düşünerek meselin bazı hakikatler gizlediğini hissetti ama yine de razı olamıyordu buna. Gökten inen cevher obadakilerin hayatını kurtarmıştı. Umay bile kocasının ve evladının acısını içine gömüp Öktem'e söylenmekten vazgeçmişti. İnkârında yalnızlaşıyordu gün be gün. Buna rağmen herkese bir nimeti olan o sesin, kendi kocasına niye göz diktiğini düşünmekten de alamıyordu zihnini. Başka birini bulsa olmaz mıydı?

"Ahhh" dedi, derince içler çekerek "keşke otacı kalsaydın Öktem!"

Önceleri sevip güvenen, sevdiğinin başına kötü şeyler gelmesinden korkan eş, şimdi daha çok seven ama sevdiğinin başına kötü bir iş geldiğine inanan ve ondan çekinen, üstelik sevdiğini göremediği bir şeyden kıskanan çaresiz bir âşık oluvermişti. Onun bu halini gören Öktem, eşini Kırat'a benzetmişti o an.

Kuşandığı gem ve yulara rağmen, eyeri reddeden, süvarisi yıllar öncesinden belliyken yine de ona zorluk çıkaran henüz ehilleşmemiş Kırat'tı o. Yoldaşını kokusundan tanıyan ama buna rağmen sözlerine mana veremeyen, korktuğunda kulaklarını dikip tetikte bekleyen, her şeye karşın süvarisini terk edemeyen evvelki Kırat'tan farksızdı kesinlikle.

Ve ona sunduğu nimetler için sevmişti kendisini...

"Evet" dedi Öktem; içindeki sesi onaylarken.

Gülçiçek, onu özel hissettirmesiyle, her şeyden çok onu sevmesiyle, erine sığınabilmesiyle sevmişti kendisini. Bunu çıkarcılık olarak göremezdi elbet. Havva, parçası olduğu bütüne karılmak istemiş, Âdem'iyle bir olmayı arzu etmişti. Ama eksikti bu. Tanrı'nın yeryüzündeki Temsilcisi olmaya namzet kişi-evladı, aslını gerçeklemeyi göze alabilmeliydi öncelikle. Kolay değildi bu, kabul ediyordu. Ama ulaşılması gerekendi. Murad edilene talip olmak can yakıcıydı, gönül yıkıcıydı ama mutlaktı.

Gönlündekileri budaya budaya sadece birkaç sözün gün yüzü görmesine müsaade edebildi.

"Her şeyi Tanrı için sev. Beni de O'nun için sev, O'nunla sev!"

Gülçiçek, "O" ile kastedileni anlamak istemiyormuşçasına sessizce erini öpüvermişti yeniden. Alıştığı yegâne 'en büyük sevgiyi' kaybetmemek için her türlü bedeli ödemeye razıydı. Bu uğurda sevdagahıyla bile cebelleşebilirdi sonsuza kadar. Eskiden huzur damıttığı o gece karası gözlerin derinliğine dalarken, "seni her şeyden fazla seviyorum Öktem" dedi, yalvarmaklı hallerle.

"Nolursun bunu benden alma!"

Güneş tepedeyken Koray obaya dönmüş, hayıflanıyordu gördüklerinden. Aladağ, eski Aladağ değildi artık. Tanımadığı insanlar, tanıdıklarıyla başa baştı neredeyse. Hal hatır etmeye çalıştığı insanlardan eskisi gibi saygı göremeyeceği de açıktı. Kimi, "savaşta bizi bırakıp Tigin'in ordusundaydın" diyor, kimiyse Öktem'e söylediklerini hatırladıkça öfkeleniyordu kendisine. Aksakalların ağzını yokladığında adamlarını tek tek seçmeye başladı. Öktem'e inananlar çoğunlukta olsa da, ondan çekindiği için uyaroğlu görünenler; obaya yerleşenlerden rahatsız olup eski günleri özleyenler ve atalarından dinledikleri sanemleri hâlâ terk edemeyenler de vardı.

Her bir grubu titizlikle diğerinden ayırt etmeli, ona göre atmalıydı adımlarını. Önce kendi saflarını sıklaştırmak için eski inançlarına bağlı kalan birkaç Aksakal'a: "Ben olmasaydım Andakan savaşta hepsini öldürecekti. Dokuz kat semanın ruhlarıyla askerlerin gözlerini boyadım. Korkularından savaşamadılar" demişti. Tigin'in de bunu bildiği için kendisinden çekindiğini, öldürmekten korkup sonunda salıverdiğini iddia ediyordu.

Bu haber dedikodu çarkına bir kez girince seven sevmeyen herkes Koray'ın yalanlarını duyuverecekti zaten.

Akşamüzeri ocaktan dönenler Koray'ı görünce durumdan hazzetmemişti. Aybars: "Ne işin var burada, defol aramızdan" diyerek yakasına yapıştı ilkin. Koray'ın tepkisizliği merhamet uyandırmıştı insanlarda. Yaşlılar araya girip ayırdıklarında "ne söylesen haklısın" dedi Koray.

"Sizi çok incittim ama hatamı da anladım."

Aybars bu sözlere inanmadığından bir karar vermesi için Öktem'i takip ediyordu. Koray, "Issık'tayken anladım ki, sana boş yere haksızlık etmişim" diye başlayıp devamında Kutlu'ya tabi olmak istediğini de söyleyince çoğu insanı şaşırtmıştı. Aybars'a kalmadan Temir itiraz etti bu kez.

"Yalan söylüyorsun!"

Dersine çalışmıştı Koray. "Öktem'den duymadın mı, Tanrı'dan başka kimse bilinmezden haber veremez. Sana benim içimi söyleyen mi var?" derken bir an Öktem'i de takip etti. Yalanlanamazdı bu. Nitekim Öktem evvel af dileyenlere söylediği gibi yine "gönüllerdekini Tanrı bilir" deyiverdi. "Özrün yüzünde bile kalsa ben görünenle hükmetmek zorundayım."

Koray obaya kabul edildiğini anladığından, "kendine yakışanı yaptın" diyerek sanki övgülerine itibar edecek birileri varmışçasına Öktem'i yüceltmeye kalkışınca Koca İnal kolundan tutup çekiverdi onu. Kendisiyle gelmesini istiyordu. Nitekim uzaklaşmaya başladılar birlikte.

O güne değin her şey için "güzeli-doğruyu-iyi olanı sen bilirsin" diyen Bazgan bile dayanamıyordu bu kez. İtirazı da kendinceydi.

"Hepimizin gördüğünü sen de görüyorsun. Yalan söylemesine rağmen neden aramıza kabul ettin onu?"

Aybars da, Temir de, en az Bazgan kadar merak ediyordu cevabı. Öktem, "düşmanla yaşamak bile kolaydır ama fitneyle yaşamak en zorudur" dediğinde üçü de hissetmişti ki, huzur ve esenlikle geçirilen kısacık zamanın bitiş arefesindeydiler. "Tanrı yolunda adım adım" diyen Kutlu'nun daha fazlasını bildiğine de emindiler.

Baş başa kalır kalmaz Koca İnal'ı işlemeye başlamıştı Koray. Öncelikle gururunu okşama derdindeydi. .

"Sen eskilere dair çok güzel hikâyeler anlattın bize. Nuh'un, Yafes'in, onun torunu Türk'ün bizleri aydınlattığını senden duyduk, senden öğrendik."

Koca İnal, "dinleyen olmasa anlatanın ne hükmü var, dilimizin döndüğünce bir şeyler yapmaya çalıştık" dediğinde tevazu zırhına bürünmüş sinsi kibrin kucağına itiliyordu usul usul. Koray damarı yakalamışken devam etti zehrini akıtmaya.

"Seninkine benzer sözleri Öktem'den de duymak sevindiriyor beni. Sen sadece otacılık değil, derin bir kavrayış da vermişsin ona. Hakkını asla ödeyemez Öktem."

Koca İnal güya Öktem'i övmüştü o esnada.

"Ondan önce de birçok insana bildiklerimi aktarmak istedim. Oğlum Bazgan bile anlayamadı beni. Kısmet onaymış."

Koray tekrar atalar bahsindeydi şimdi. "Yafes veya Türk olsun, hepsi de evlatlarından güngörmüşlere saygı duymalarını istedi. Öktem de sana olan saygısıyla kazandı gönüllerimizi. Sen ona akıl verip delil istetmeseydin şimdi çoğumuz düşmanlık edecektik ona."

Koray tuzağı kurmuş, kibrin kabarmasını bekliyordu sadece. Süse ve itibara düşkün olan benlik, iltifatlar karşısında güneş gören kara dönmüştü. "Öktem'e elbet bir delil gelecekti ama o, eskilerin çektiklerini bilmediği için acele etmedi" diyordu İnal. Koray, "korkarım gençliği başına bela olacak, onu yalnız bırakma" diyerek daha da etkin olmasını, sürekli onu yönlendirmesini istediğinde yaşlı hikâyeci orada duracaktı bir adım.

"Haberci bana değil ona görünüyor!"

Koray hızlandığını fark ederek akıl vermek yerine soruyla yetindi: "Senden de gizlememişlerdir ya, şu cevheri nereden bulduklarını. Merak ediyorum, nedir o işin aslı?"

Koca İnal bu konuda bir şey söyleyemezdi. Tek bildiği cevherin delil olarak Tanrı katından geldiğiydi. "Bilmiyorum" demesine rağmen Koray hedefine ulaşmıştı zaten. İçinden, "bunu öğrenmeden rahat edemez" diyordu.

Ertesi gün Öktem ve yoldaşları kaç zamandır üzerinde çalıştıkları imalatların ilk numuneleriyle gelmişti obaya. Yüklerini konuk çadırlarından birinin çevresine indirdikten sonra vakit kaybetmeden işlerine koyuldular. Dıştan ve içten yerleştirdikleri kafes parçalarını birbirlerine bağladıkları esnada tüm meraklı bakışlar gibi Koray da onları uzaktan izlemekle yetiniyordu sadece. Kiriş halinde kenetlenen parçalar, nihayet mevcut direklere gerilip sabitlendiğinde ilk çadırın takviyesi tamamdı artık. Keçeleri titrese bile rüzgârlardan sarsılmamacasına bağlanmıştı toprağa.

Koray, Koca İnal'a: "Hayret bir alaşım bu, hem silah oluyor, hem gereç" dediğinde, yaşlı hikâyeci ona bir cevap vermeden oğluna yöneldi, adımları aksaya aksaya.

"Ellerinize sağlık" derken yavaş yavaş konuyu açmak da istemişti. Konuk çadırı eskisinden daha sağlamdı şimdi. Kafeslerin sökülüp takılmaları kolay olduğu için yaylağa ve kışlağa rahatlıkla taşınabilecekti bu imalatlar. Fırtınalarda çadırların devrilme tehlikesi kalmadığı için nice insanın canı kurtulacak; balalar ve yaşlılar durduk yere hastalanmayacaktı. "Çor'la savaşacağım" diyen yedi yaşındaki Öktem, yirmi yıl sonra Çor'un belini bükmek üzereydi sanki.

Bazgan sadece iltifat için bunları konuşmadıklarını hissetmişti gerçi ama emin olmak için babasının sorusunu bekledi.

"Oğlum, Öktem nereden bulmuş cevheri, nasıl işliyorsunuz onu?"

Bazgan, "Tanrı'dan geldiğini biliyorsun ya" diyerek geçiştirmeyi denedi önce. Koca İnal, "Tanrı sebepsiz iş yapmaz oğul. Cevheri yumuşatmanın, ona bu türlü şekiller vermenin, bi yolu yordamı var elbet" dediğinde, Bazgan, "git de kendisine sor öyleyse" diyerek Öktem'i gösterdi babasına.

"Söylerse o söyler sadece."

—Yanımda defalarca soruldu ona. Hatta ben de bizzat sormuştum baş başayken ama hiçbir zaman anlatmadı cevheri nasıl işlediğini. Şimdi sorsam yine "cık" diyecek bana.

"Öyleyse sorma baba!"

İnal alınmıştı terslenmekten.

"Ben hikâyeler anlatır, otların şifasından anlarım" diyerek başladığı sözlerine sitemlerle devam etti.

"Ne biliyorsam çoluk çocuklarla bile paylaştım şu yaşıma dek. O unutsa da, ben unutmadım oğul. Sor kendisine, hangi otun neye yaradığını kimden öğrenmiş Öktem? Hâlbuki o, kendi bildiklerini obadaşlarıyla, hele de benimle paylaşmıyor ya yaptığı hakkaniyete sığmaz oğlum."

Koca İnal, Koray'ın gazına gelerek kenara itilmişlik, hatta reddedilmişlik duygusuyla hayal kırıklıkları yaşıyordu o an. Öktem kendisinden alacağını almış, sıra vermeye gelince yan çizmeye başlamıştı güya.

Bazgan, Kutlu hakkındaki 'hakkaniyet' sorgulamasına cevap vermeyi dahi zül saymıştı diline. Zihninde şerri akleden ve hayra vesile olmayan bilginin ne denli tehlikeli olduğu vardı yine. "Yanlış işler peşinde koşturuyorsun baba" diyerek ayrıldı onun yanından.

Koca İnal, mahcup bir şekilde Aksakallar'ın yanına döndüğünde "bizim oğlan, Öktem'in yanında kala kala onun gibi ketumlaştı" diyerek, güya kendisini aklamaya çalışmıştı. Ama huzursuzluğu yüzünden okunabiliyordu hâlâ. Koray kendisine doğru hamle edince yeniden muhatap olacakları korkusuyla uzaklaşıverdi oradan. "Bir türlü öğrenemedin şu işi" diyen, aşağılamaları kaldıramayacağından emindi. Divan için meydana doğru yürürken, içindeki sesler, "asıl onlar yanlış yapıyor" diye bağırıyordu avaz avaz. Sanki içindeki merakın meşrulaşması için ilahi bir kanıt da gerekiyormuşçasına, "Tanrı'nın delilini bizden saklayamazlar" diyordu bu kez.

Güneş batıp ateş başında rutin sohbet demi geldiğinde Kutlu'yu dinlemek isteyenler meydanı dolduruyordu yine. Az sonra Öktem yine eski Kutlulardan örnekler verecekken Umay geldi telaşla. Öktem'in kulağına bir şeyler fısıldayıp dönüverdi acele. Öktem ayağa kalkıp giderken "bugün sen anlat bildiklerini, kardeşlerin de dinlesin" dedi Bazgan'a. Oysa Bazgan "ne anlatabilirim ki?" bile diyememişti henüz ve Öktem çoktan uzaklaşıyordu, önü sıra Umay ve Aşena olduğu halde...

Emrivâkiyle kalakalan Bazgan kendisini bekleyen yüzleri süzdü önce. İnsanlar, "buyur, seni dinliyoruz" diyordu bakışlarıyla. Koca İnal az evvelki bozuma rağmen, "benim oğlumsun, yaparsın" çalımlarıyla izliyordu kendisini. Koray, "açığını yakalarsam affetmem" diyen tehditkâr ifadelerini sakınmamıştı. Konuşmak için kendisini hâlâ hazır hissetmiyordu Bazgan. En azından ilk sözü dışarı çıkarabilse devamı gelecekti sanki. Bu yüzden Aybars ve Temir'e baktı bir an. Bir şey olsun ve öylece devam etsin istiyordu.

Tanrı'ya sığındı az sonra. Zihnindeki bir ses, "Sen bilirsin iyiyi-doğruyu-güzeli; dilim ol, sözüm ol" diye yalvarıyordu Rabbine. Olabilir miydi böylesi bir şey? Tanrı, Kutladıklarının haricinde başkalarının diline de söz düşürür müydü?

İçten içe, "böyle bir âdetin varsa şimdi nasip et" dedi; "yoksa eğer, gönlümden al bu isteği."

Bazgan'daki gerilimlerden habersiz olan ahali bekletilmekten hoşnut değildi artık. Bir kaç ihtiyar fısıltıyla da olsa yanındakilerle günlük dertlerinden konuşmaya başlamıştı. Belki de Kutlu'nun gönül açan meydanı, dedikodularla dolacaktı birazdan. Tedirginliği artıyordu Bazgan'ın. Öktem, "sana böyle mi bırakmıştım burayı? Bu meydan güzelin, doğrunun, iyinin gösterildiği divandır, dedikoduların değil" dese, utancından yerin dibine geçmez miydi? Yeniden ve daha fazla sızlanarak Tanrı'ya sığındı Bazgan. "Sözler senindir, şu aciz tene Kutlu divana layık olmayı nasip et" derken kelimeler gönlüne yansımaya başladı birer birer, teker teker.

"İyi, güzel ve doğru yolda olmak için, o yolda her dem ilerleyebilmek için takip edecek bir kılavuz ve birlikte yürüyecek yoldaşlar lazım insana. Ve sen onu bulunca yolundan ayrılma o kılavuzun ve şükret onu yollayan Tanrı'ya. Çünkü sen topraktansın, ateşten değil. Bilirsen, ateşten de yücesin. Çünkü sen üzerine atılan tohuma cevap verirsin; ateş gibi yakmazsın filizleri. Kişi-evladı! Sen topraktan geldiğin için ayakaltısındır, ezer geçerler seni. Sana yakışan yine de tevazuyla, edeple yoluna devam etmendir. Edep kibrin; kibir de edebin düşmanıdır, aynen kişi-evladıyla Caytgan'ın ha bire savaştıkları gibi; unutma bunu sakın!"

Bazgan, dudaklarından dökülen sözlere hayret etmişti bu esnada. Kulaklarına ulaşan her söz, öncelikle kendisini muhatap alıyordu sanki. Öğreten kimdi, öğrenen kim? Karışmıştı birbirine.

Nuh Yalavaç'ı saygıyla andıktan sonra, "güvercinin Yafes'e söylemediği üçüncü öğüt neydi?" diye sordu şimdi de.

Babasının vaktiyle başını anlatıp devamını getiremediği meseli hatırlatmıştı. En çok onun anlamasını istercesine Koca İnal'a dönüverdi.

—Yafes ilk iki öğüdü dinlemiş olsaydı, bilge güvercin, "zamana bakarsan nasihatten başka bi şey bulamazsın" diyecekti ona. "Evvelkilerin hatalarından sıyrılmak ve yaşadıkları güzellikleri de dosdoğru anlamak gerek" diyecekti. Yoksa ömrü boyunca aynı yerde durur kalır kişi-evladı. Ne deli taylar gibi mazinin önü sıra koşturur, ne de eşekler gibi yük çekip bugünün işini görür."

İnsanlar gayrı ihtiyari Koca İnal'ı izliyordu merakla. Bazgan tereciye tere satmıştı. Zamanında işine yaramadığı için oğlunu Begrek'e verdiğini söyleyen yaşlı hikâyeci, oğlundan bir şeyler öğreniyordu şimdi.

Babalar, oğullarını kıskanabilir miydi? Kıskanmıştı Koca İnal. Kesinlikle gıpta yahut imrenme değildi bu. Çatır çatır, hem de yüreğini kemirircesine kıskanmıştı evladını. Ama Bazgan söyleyenin değil söyletenin derdindeydi. Sözler babasını incitmek için çıkmamıştı dudaklarından. Divanın sahibi kimse, O'na aitti her kelime. Sözün sahibini unutmamaya çalışırken zihninde bir an, "niye gitti Öktem, neden gelmedi?" kaygısı belirdiğinde devamı gelemeyecekti bu konuşmanın. Bağlantı kopmuştu sanki. Yeniden susuverdi Bazgan.

Temir, "ağzına sağlık" diyerek araya girdi hemen. Ona gayri ihtiyari "sağol" diye cevap verdiğinde diğer insanlar da aynı temennileri sunduğundan utanmıştı Bazgan. En iyi kendisi biliyordu ki teşekkür edilmesi gereken kendisi değildi. Benlik bir şekilde vesileyi asıl failin önüne alıyordu. Ne de sinsiydi o. Olumlu olanı hemen kendisine, kendinden olana atfetmek istemişti. Bu yüzden içimizdeki benlik, dışarıdaki Caytgan'dan bile daha tehlikeli değil miydi zaten? Bazgan, "kesinlikle" dedi kendi kendine. Sorun Caytgan ve Andakanlar değil bizzat uslanmaz benlikti her dem...

İnsanlar çadırlarına çekilirken cevapsız soru dillere de düşmüştü bu kez. Öktem'in niye gittiğini ve neden dönmediğini Aşena'yı gördüklerinde öğrendiler. Bala Gülce aniden ateşlenmişti ve Gülçiçek, Öktem'in gelmesini istemişti. Kutlansa da, Öktem de insandı sonuçta. Bir ailesi vardı ve dertler bitmiyordu asla.

Bazgan, çadıra kadar varıp ziyaret etmekten emin değildi. "Belki rahatsız ederim" düşüncesiyle gitmemeye karar verdi. Temir neler yapılabileceğini sorduğunda, ona teşekkür eden Aşena, "balayla babası ilgileniyor zaten" demişti. Oysa sözler henüz biterken Temir de, Aşena da başka bir şeyi fark etti. At sırtında Issık'tan kaçmaya çalıştıkları o geceden beri ilk kez karşılıklı konuşmuşlardı. O günkü ilk sözleri peşleri sıra gelen süvarilere rağmen, "ne yapıyorsun?" ve "beni affedecek misin?" olmuş iken; ikincisi "bala için ne yapabiliriz?" ve "sağol" idi.

Usul adımlarla uzaklaşırlarken mahcubiyetlerini hem birbirlerine, hem de orada bulunan diğer iki yoldaşa da belli etmişlerdi. Aşena, küçük kardeşinin yanına geldiğinde Temir'e kılıç verilen günü hatırladı Bazgan. Öktem, "seninle gelenlere şükürler olsun" derken Ak yoldaşı Aşena'yla birlikte anmış, birlikte ululamış sayılmaz mıydı? Bu eğer bir işaret idiyse bunun izi ne zaman ortaya çıkacaktı veya bir çıkartan mı olması lazımdı? Temir'in ve Aşena'nın mahcup halleri, izi onların ortaya çıkaramayacağını gösteriyordu oysa. Bazgan bu konuya daha fazla odaklanmadan, "bekle" dedi, içten içe; "sen de bekle, hükmü Sahibi bilir ne de olsa!"

Temir'e göreyse iş hepten sarpa sarmış bir durumdaydı. İkrar verdiği günden bugüne hiçbir şekilde cesaret edip "Gürhan için affedildim mi?" diye soramamıştı. Birkaç kez bunu Öktem'le veya Aybars'la konuşmaya niyetlenmiş ama her seferinde devamını getirememiş veya kendisine fırsat verilmemişti. Sanki dile getirilmemesi gereken bir konuymuşçasına hep öteye atılmıştı bu durum...

"En azından" diyordu hayıflanarak "beni anladıklarına dair bir işaret verseler ya!"

Gece boyunca Bala Gülce'nin acı dolu sesi kesilmemişti. Ateşi vardı 'Halacık'ın. Öktem ıslattığı kumaşları kızının alnına, boynuna, ellerine yerleştirmiş, ateşinin düşmesini bekliyordu. Gülçiçek de yeni ıslattığı kumaşları eskileriyle değiştirmesi için erine uzatıyordu her defasında.

Bebecik sayıklamaya başladığında Gülçiçek'in tedirginliği de arttı. "Elde kalan son balam" dediği için mi oluyordu bunlar? Albastı hâlâ intikam derdinde miydi kendilerine karşı? Sakınan göze çöp değiyordu işte. Kendisini tarttı onulmaz öngörülerle. İki yıllık emek, bir gece yarısı bastıran hararetle kuş olup uçacak olursa ne gönlü dayanabilirdi buna, ne teni. Deli divane olup Aladağ'a vururdu kendisini.

Öktem, Gülçiçek'in içindekileri okuyormuşçasına, "bahtsız ögeyim" dedi; "yirmi küsur yıl emek verdiği oğlunu yitirdi!"

Gülçiçek yine mukayeseye çekildiğini düşündü o an. Bir yanda iki yıllık bala, ötede yirmi dört yıllık delikanlı... Düşünmesi dahi güçtü ama sözün sonuna takılmıştı bu kez. "Oğlunu yitirdi" ne demekti ki? Gürhan, Öktem yüzünden ölmemiş miydi? Hatta onu bizzat infaz eden subay, şimdi Öktem'in en yakınlarından biri değil miydi?

Birkaç gün önceki dinginliğini yitirmişti Gülçiçek. Bala Gülce'ye bir şey olacak korkusu derinlerde gizli kalan her türlü sorunu bir bir yüzeye çekiyordu yeniden. Uzanıp Bala Gülce'yi kucağına alırken "sen evlat acısı nedir, bilmezsin" dedi eri için, içten içe.

Öktem, eşinin üzerine üzerine gitmeye devam etti yine.

"Eğer Kutlandıysan çağır birilerini, kızını iyi etsinler diyorsun, öyle değil mi?"

Gülçiçek bunu düşünmemiş değildi. Haklıydı kocası. Neden çağırmıyordu yardımcılarını? "Artık en çok O'nu seviyorum" diyebiliyorsa ve O'nun için diğer sevdiklerini üzebiliyorsa, neden yardıma çağırmıyordu Tanrısını? El kadar balayı da iyi etmeyecekse, neye yarıyordu bu Tanrı? Ardından "gelmez" diye düşündü. Hem gelip şifa vereceğine inansa Öktem kesin çağırırdı onu. Hükmünü koydu kendince. Demek ki eri bile inanmıyordu Tanrısına.

Tam da bu esnada "Gülçiçek" deyiverdi Öktem, "Tanrı, kızımızı sana bağışlasın!"

Bu, samimi bir temenni olarak Gülçiçek'in hoşuna gidebilirdi belki. Ama dilekler sorun çözmeye yetmiyor, hele de birinin hayatıysa söz konusu olan temenniler işe yaramıyordu. Bazgan'ı hatırlamıştı. O ana dek incitmemek için yüzüne karşı bir şeycikler söylememişken, dayanamayıp atıldı sonunda.

"Bazgan için ortaya düştüğünde, karşılığında kardeşini vermiştin Öktem. Temenniyle, alkışla kurtarmadın onu, unuttun mu?"

İlk kez bu kadar keskin tenkitlerle Öktem'e saldırdığı için bir an sonra utanıverdi söylediklerinden. Ama ok yaydan fırlamıştı bir kere. Erine baktı ne diyecek, ne yapacak merakıyla.

Öktem bu sözlerden hiç alınmamışçasına gözlerinin içine bakarak "aklına gelen en büyük acı nedir?" dedi bu kez. Gülçiçek sarsılmıştı bu soru karşısında. Kast edilenin ayrılmak olmadığını sezdiğinden, başka cevaplar arıyordu, aklına ve gönlüne danışarak...

Bu esnada Öktem otlarının başına geçmişti. Tek tek ayırdıktan sonra onları kazana atıverdi. Ama hâlâ bir yanıt yoktu Gülçiçek'te. Üzerine de düşmemişti Öktem. Hazırladığı karışımın bir kısmıyla kızını ovmaya başladı. Kalanını da kendi elleriyle içirdi. Dudakları belli belirsiz terennümlerle Tanrı'yı uluyordu. Gecenin son üçte birinde ilaç tatbikini tekrarladığında, gün ışımasına ramak kala kızcağızın ateşi düşmüştü nihayet ve sayıklamaksızın uyumaya başladı eskisince.

Öktem dermanın da Sahibine[107] şükrederken, Gülçiçek erinin bilgi ve hünerini takdir ediyordu güya.

---

107 Esma-I Hüsna'ya göre "ŞAFİ" ismi; sadece mistik-ruhsal manada değil, tıbbi olarak da şifanın kaynağı ve asıl sahibinin Cenab-ı Allah olduğunu anlatmaktadır...

"Sadece otacı kalsaydın Öktem" diyerek...

Güneş kendi rutiniyle batıya geçtiğinde sürüler yeniden ağıllarına kapatılırken Koray'ın beklediği vaveyla kopmuştu sonunda. Sürü sahipleri yaka paça olmuş bir halde birbirlerini suçluyor,"otardığınız hayvanlara bile sahip çıkamıyorsunuz" diyerek işi yekdiğerine hakaret etmeye değin götürüyordu.

Taraflardan birinin Aladağ'ın eskisi, diğerininse obaya yeni yerleşenlerden olması; üstelik tartışmaya neden olan çobanların asıl mesleklerinin de pirinç tarımı olması, Koray için bulunmaz fırsatlardı ayrı ayrı.

"Derdiniz nedir?" çıkışları; "senin değil, benim o keçiler" yaygaralarıyla kesiliyordu ha bire. Gerçekte kimindi o hayvancağızlar, çözüme ulaşmak zor görünüyordu. Sataşmaların ardından bilfiil kavganın çıkması ve muhatapların çoğalması arzusundaki Koray,"eskiden karışmazdı sürüler birbirine" diyerek mukayeseyi başlattı.

Kesinlikle haklıydı...

Yıllardır görülmüş şey değildi sürülerin karışması. Aksakallardan biri, "teze çobanlar acemi" dediğinde destek gelmişti diğerlerinden. Koca İnal, kati teşhisi vazetmenin güvenciyle, "pirinççiden çoban yaparsan olacağı bu" dediğindeyse herkes ona dönmüştü hayretler içerisinde. Deneyimsizlikleri veya beceriksizlikleri nedeniyle teze çobanlara karşı değil, doğrudan doğruya onları böylesi bir işe koşana yapılmıştı itham. Öktem'di kabahatli olan. Kızıl börklülerden biri, "Kutlanmışı suçlayamazsın" dediğinde gemi iyice azıya alan İnal, "sen de mi, söz sahibi oldun" dercesine adama bakıverdi bir süre. Ardından, "duymadın herhalde, kaç gündür Âdem Yalavaç'ın hata yaptığını anlatıyor. Kendisi bundan beri mi? Bir yanlış yaptı; gördük ki, söyledik" dedi akıl satarcasına. Koca İnal ateşten yaratılmamıştı ama "ben de bir şeyler biliyorum" kibriyle Caytgan'ın izinden gittiğini de fark edemiyordu henüz.

Söylenen yapılan her itiraz Koray'ın iştahını semirtmişti iyice. Öktem'i savunan ve sorgulayanların çoğalmasından daha çok ne hoşuna giderdi ki zaten? Koca İnal'a cevap yetiştirmekte zorlanan adam, ormandan gelen atlıları gördüğünde rahatladı birden. "Kutlu gelsin, kendisi versin cevabı" diyordu oradakilere.

Öktem ve yoldaşları, atlarına yükledikleri kafes parçalarını yeni çadırların önünde indirirken mesele onlara da ulaşmıştı artık. Üç yoldaş işlerine devam ederken Öktem, ağıllar tarafına geçti. Önce iki sürü sahibini ve çalıştırdıkları teze çobanları dinleyecekti ayrı ayrı. Keçilerdeki benekler, boynuzlar her iki tarafın da tarif ettiği şekildeydi. Hayvancağızların kime ait olduğunun böylelikle ayırt edilemeyeceği kesindi.

Koca İnal araya girip az önceki teşhisini savundu yine.

"Bu adamların eli çeltik tutar, kürek sallar. Uğraşma onlarla; ne anlarlar hayvandan, otarmadan?"

Öktem, tınılardaki kendinden eminlikten, mevzunun nereye varacağını da hissetmişti. Ama öncelik sorunun halledilmesindeydi. Bunun için meseleyi tüm yönleriyle doğru anlamak, çözüme bu şekilde ulaşmak gerekiyordu. "Tanrı yolunda adım adım" diyen Kutlanmış, dünya işlerinde de aşama aşama ilerlenmesinden yanaydı.

"İlki, mevcut sorundur" diyerek her iki sürü sahibine de aynı teklifi yaptı. "Bu keçileri bana satar mısınız? Beş keçi için birer kafes yaparım size."

Sürü sahipleri satmak almak muhabbetinden utanıp "feda olsunlar sana" dediğinde, ikinci teklifine geçti Öktem.

"Öyleyse kesin keçilerinizi de hep birlikte yiyelim kavganızı."

Bu isteğe "başımız gözümüz üstüne" diyen her iki davacı, o akşam tüm obaya davet verecekti birlikte. Haliyle barışmışlardı da...

Acil olanı halleden Öktem, "ikincisi" derken, yanında acemi çalıştıran tüm sürü sahiplerini muhatap almıştı.

"Bu adamlar yetişmiş çobandır, demedim hiçbirinize. Onlar çıraktır, alın yanınızda yetiştirin dedim. Diliniz ayrı da olsa fikriniz bir oldukça birbirinizi anlarsınız. İşinizi, zanaatınızı onlarla paylaşın, eğitin onları. Göreceksiniz onlar da kendi bildiklerini size öğretecektir. Bundan hepimiz kazanırız; kimseden bir şeycikler eksilmez."

Bu fikrin de kabul görmesi sinirlendirmişti Koray'ı. Ektiğini biçememenin rahatsızlığıyla söze girdi izinsiz: "Yarın da aynısı olursa, yine tüm obaya davet mi verilecek peki?"

Öktem ona bakmadan diğerlerine seslendi yine.

"Bu da üçüncüsü... Sürülerinizin bir daha asla karışmaması için size bir yol göstereceğim ama önce müsaade edeceksiniz bana."

Sözlerini bitirdiğinde Kırat'a seslendi yanına gelmesi için. Bir süreliğine obadan ayrılacağı belliydi. Koray, Öktem'in nereye gideceğini tahmin etmişti kendince ve yolunu merak ediyordu. Birkaç sabah erkenden kalkmış, Öktem ve üçlerin gittikleri esrarengiz ocağı bulmak için onları takip etmek istemişti. Hatta bir keresinde ormanın en ücra taraflarına kadar gitmiş, sonra kaybolup güç bela dönmüştü obaya. Biliyordu ki dört gence hissettirmeden bunu yapamazdı asla. Ancak akşam karanlığı arefesinde, üstelik Öktem tek başına ocağa giderken bu kez onu takip edebileceğine inanıyordu. Bunun için tek eksiği vardı, hızlıca bir binit. Ödünç olarak atını istediğinde İnal da farkındaydı durumun. Birlikte gitmeyi teklif etti.

Öktem mağaraya ulaştığında gün batmıştı çoktan. Uzaklarda kalan Koca İnal ve Koray mağarayı bulamamış ama güzergâhı da iyi kötü çıkarmışlardı. Ertesi sabah erkenden kalkıp bulundukları noktada beklemek konusunda sözleştiler. Öktemleri görünce sessizce takibe devam edip ocağın yerine ulaşmayı umuyorlardı. Sonunda talihi güldüğü için sevinen Koray, İnal'la birlikte yeniden ağıllar bölgesine döndüğünde nar gibi kızarmış keçilerin kokusu almıştı dört bir yanı.

Yemeye başlamak için Öktem'in dönmesi bekleniyorken Koca İnal oğlu Bazgan'ı süzüyor, içinden: "Nereye kadar saklayacaksınız, yarın öğrenirim işinizi" diyordu. O an için bunu öğrenmesinin yegâne getirisi eski çırağına "sırrına ortağım" diyebilmekti sadece. "Sen nasıl ki otlarımın şifasına ortaksan ben de öyleyim" desin, kandırılamayacağını ispatlasın yeterdi kendisine.

Öktem yeniden obaya döndüğünde sofraya oturmazdan önce ağıllara çağırmıştı sürü sahiplerini. Kırat'ın heybesine doldurduğu tuhaf maşalar için "bunlar tamgadır"[108] diyordu, her sorana. Orta yerde yanan ateşe bıraktığı tamgaların kızarmasını beklediler bir süre. Her birinin ucunda değişik şekiller olan kabartmalar vardı. Hayvancağızlar sırayla alınıp sahibinin tamgasıyla işaretleniyorken bir yerden sonra her bir maşayı ilgili olan kişiye vererek, "gerisini kendiniz tamam edin" dedi. Gece gece ağıllar gökyüzünü andırır şekilde parlıyordu gayrı.

Nihayet meydana geçen Öktem, davet ve divan için beklettiği insanlardan özür dileyip Koca İnal'a yaklaştı ve sadece onun duyabileceği şekilde kulaklarına doğru fısıldadı.

"Hata görmek istersen, senin de hatanı görürler. Derman olmak istersen, dermanın olurlar."

Yanlarında yokken kendisi hakkında söylediklerine cevaptı bunlar. Âdem Ata ve diğer Yalavaçlar gibi kendisi de hata işlemişti elbet. Mahsur kaldığı yedi gün boyunca boşu boşuna tevbe etmemişti Rabbine. Tanrısal murad ile çelişmenin sıkıntısını yaşamıştı en derinden. Ama, Tanrı ile Kutlu'ları arasındaydı bu, diğer insanlarla değil...

---

108 Orta Asya'da asırlardır kullanılagelen tamgalar öylesine benimsenmişti ki; birçok oba devletleştiklerinde dahi bayrak olarak bunları kullanmıştır. Hatta Anadolu'ya intikal eden tamgalar, bugün kullandığımız "damgalamak" fiilinin kökenini oluşturmuştur...

Koca İnal kelimelerin bire bir telkin ettiklerinden ziyade başka bir şeyi daha anladı o an. Öktem otacılık öğrenmek için kendisine yalvaran çocuk değildi artık. Tanrı elçisiydi, o. Kut'un, en yüce gerçeğin emanet edildiği seçilmişlerdendi. Bir daha asla onun yaptıklarını kendi terazisiyle ölçüp tartmamak ve bu değişimi kabullenmek zorundaydı bir şekilde.

Nimetleri için hep beraber Tanrı'ya şükredilmesinin ardından yaşlı-genç, kadın-erkek tüm eller ikram etlerine uzandığında iştahsız görünmekten rahatsız olmuyordu Koca İnal. Hali, Bazgan'a da malumdu. İçinden "Caytgan, Âdem Ata'yı yanılttığında elmanın içindeki kurt gibiydi. Sağından yanaşıp güzelliğin içinden göründü benliğe" derken vesvese ve kötü ilhamların her türlüsünden çekinerek dua ediyordu Tanrı'ya.

Neden sonra Umay'a dikkat kesildiler. Bala Gülce'yi de yanına katmış bir halde davete katılıyordu kadıncağız. Devamında divana da kalıp kalmayacağı merak edildiği için herkesin ilgisini çekmişti bir anda.

Sofra kaldırılırken Öktem tabaktaki elmalardan birini aldı eline. Yine dilimleyecek ve en yakınlarından başlayarak tüm dinleyicilere elma ikram edecekti elcağızıyla. Ve bu gece de sohbet Âdem Ata'yla ilgiliydi.

"İnsanın, Tanrı adına acunda Temsilci olarak yaratılacağı bilgisi söylendiğinde yeryüzünde kan dökecek, bozgunculuk yapacak birileri mi yaratacaksın, diye sordu melekler. Tanrı, 'siz Benim bildiğimi bilmiyorsunuz', diyerek Âdem'e secde etmelerini istediğinde melekler emre uydu; ama Caytgan ateşten yaratıldım bahanesiyle karşı geldi Tanrı'ya..."

Öktem evvel anlattığı kısımları çabuk geçtikten sonra asıl anlatmak istediği yere gelmişti ve bazı kelimelerin altına bastıra bastıra devam ediyordu şimdi.

"Caytgan kendisini savunurken 'yapan yaptıran Sensin Tanrım. Sen istemesen ben Sana karşı gelemezdim', dedi. Oysa

Âdem ve Havva: 'Biliriz ki yapan yaptıran Sensin ama biz kendimize zulmettik', dediler. Atamız ve Anamız suçlarını kabul ederken meleklere daha önce bilmedikleri birçok şey öğretti. Çünkü onlar hatalarının sonucuna rıza gösterirken yaratılmışlar içerisinde yegâne irade sahipleri olduklarını da ikrar etmişti. Bu durum meleklere söylenen, "siz Benim bildiğimi bilmiyorsunuz" sözünün yanıtıydı. Üstelik hatasız yaşayan melekler, Âdem ve Havva'nın tevbesi kabul edildiğinde Tanrı'nın Bağışlayıcı[109] olduğunu da yine insan sayesinde öğrendi. Bilgisi ve tabiatıyla kibirlenen Caytgan, 'Tanrı Temsilci'si karşısında acizliğini kabul etmedi elbette. Kişiden sonra kişi-evladına; Habil'e, Kabil'e ve onların da torunlarına dadanmaya niyetliydi. Ve onlarla uğraşmaya devam etti..."

Bu esnada Umay, bir yandan Öktem'i dinliyor, bir yandan da ellerini takip ediyordu hayretle. Tek bir elma yüzlerce dilim olmuş, herkese ikram edilmişti. O eller ne de bereketliydi, yeni fark etmişti. Üstelik hatada ısrar etmemek ve pişman olmak, Caytgan gibi karşıyı suçlamak nereye kadar devam edebilirdi?

İçindeki bir ses, "var ve ikrar eyle Umay" dediğinde ayağa kalkacaktı ki Koray girdi araya.

"Yapan yaptıran Tanrı'dır, diyorsun Öktem. Bize kalan irade hatayı kabullenmek mi sadece?"

Sorusuna destek vermesi için Koca İnal'a bakmıştı Koray. Oysa yaşlı hikâyeci meseleye karışmaya niyetli görünmüyordu bu kez. Sual için "haklı, haksız" kabilinden tepkiler vermeden cevabı merak ediyordu sadece. Öktem'e odaklanmıştı pür dikkat.

"İrade, çirkini-kötüyü-yanlışı kabullenip edeple tövbe etmek ve bunun sonucuna razı olmak değil yalnızca. İrade, güzel-iyi-doğru bir şey meydana geldiğinde kendini bunu yapan erk olarak

---

109 Esma-ül Hüsna'ya göre Allah'ın affetmeyi seven ve affedici olan ismi "AFUVV"dur...

görmemendir aynı zamanda. Senin anlayacağın kendini hayrın sahibi değil, aracısı görebilmek ve buna güç yetirebilmektir asıl irade."

Koca İnal az önceki tarifin 'edep' üzerinden yapıldığını düşünüyordu o an. Edepsiz olan Caytgan da iradesini ortaya koyup emre karşı çıkmamış mıydı? Adı isterse "kibir" olsun, bu hal Âdem'inkinden çok farklıydı her halükarda. Sonuçta Andakan gibilerinin yapıp ettikleri de irade gösterisiydi. Onlar ne tevbe-edep bilirdi ne de kendilerini hayra aracı gören insanlardı. Ama çatır çatır yapıyorlardı her dilediklerini. Öktem'e bunu sormak istiyorken, az evvel verdiği söz geldi aklına. Zorlandığını hissetti. Kendi terazisini bir kenara koymaya henüz niyetlenmişken, yine gözüne gözüne sokulan bir meseleyle karşılaşmıştı. Cevabını öğrenemezse bütün bir gece, belki günler ve haftalar boyunca bunu düşüneceğini de iyi kötü tahmin edebiliyordu. Bir yanı "sor ki söylesin, için rahatlasın" derken, duruluverdi yine de. Koray'ın ağzına yeni bir malzeme düşürmekten çekiniyordu. İçindeki bambaşka bir ses, "irade sadece Tanrı'yla kişi arasındaysa bunca yaptığımız iş neyin nesi, neye göre karar veriyoruz?" diyordu şimdi de. Üstelik aklında ikaz vardı hâlâ. Hataları görmeyi, görmemeyi nereye koyacaktı? Zihninden sağılan seslerden bir diğeri, "bizim irademiz nerede bitiyor, Tanrı'nınki nerede başlıyor?" diye haykırırken iyice bunalmıştı İnal. Koray korkusuyla içindekilerle gırtlak gırtlağa gelmişken yine de en doğrusunun bunu yalnızken Öktem'e sormak olduğunu da sezebiliyordu şimdi.

Umay sözler yeniden birbirine karışmadan işini bitirmek için araya giriverdi hemen. Ellerini Öktem'e doğru uzatırken "Sana ve seni gönderen Tanrı'ya şükürler olsun" dedi, üç kere.

Analığının nihayet ikrar vermesiyle mutlanmıştı Aşena; en az Aybars'ın da sevindiği kadar. Tam da o an içindeki kırık ses, "keşke babam ve Gürhan da bugünlere kadar ulaşsaydı, ikrarsız ölmeselerdi" dediğinde yüzü acılaştı birden. Öktem de hissetmişti bunu. Ama biliyordu ki Tanrısal murad, yaratılanlar arasında kana bakarak iltimas yapmıyordu. Herkes nasibince, emeğince, gönlünce nimetleniyordu bu yolda. Anlık ilerleyen düşüncelerle yeniden analığına odaklandı.

Umay özüyle üveyiyle tek tek evlatlarına sarılıp teze inancının coşkusunu yaşarken bile gelinini düşünüyordu bir yandan. "Gülçiçek de ikrar verseydi" diye hayıflanana hayıflana bir yanı şükrettikçe, diğer tarafının topallığına üzülüyordu kendince. Divan bitip ahali meydanı terk edene dek ikircikleriyle uğraşmıştı içten içe ve şimdi fırsatını bulur bulmaz ikizlere ilişti yeniden.

Dilimlerin tükenmediğini kast ederek "bu gerçekleşmese, belki ben de seni inkâra devam edecektim" dedi ve asıl isteğine geçti.

"Gülçiçek'e de böyle bir şey göstersen, o da ikrar verir sana."

Derdi, Kutlu'ya akıl vermek değildi elbet. İçindekiler şefkatin sesiydi tamamen.

Öktem de bunu düşünüyordu zaten. Ögeyinin en çok bu yönlerini beğenirdi. Katıksız bir merhametle öz-üvey demeden dört evladı bir arada büyütmüş, kendisiyle bugüne kadarki çatışmasına bile Gürhan'a olan şefkati ve kocası Begrek'e duyduğu sevgisi sebep olmuştu. Evlatlığını görmeye bile dayanamadığı demlerde, içindeki her acıyı mahfuz tutarak Bala Gülce'yle ilgilenebilmiş ve o günlerde hasta olan Gülçiçek'in yokluğunu yavrusuna hissettirmemişti.

Ama?

Bundan sonrası karışıyordu işte.

Öktem ketumluğunu bozmadan düşünedururken, Aşena "sadece sen mi gördün bunu?" dedi Umay'a: "Bir elmanın yüzlerce kişiye pay edildiğini başkaları fark etmemiş mi?"

Kadıncağız, "bilmiyorum kızım" diyebildiğinde, Öktem nihayet ses verdi analığına.

"O halde bu nimet sadece sana gösterilmiş. Tanrı kendisine inanman için sadece sana lütfetmiş bu delili görebilmeyi."

Umay gördüğü harikuladelik karşısında "ben bile inadımda devam edemedim ya; o da ayar sonunda" diyerek Gülçiçek için de aynısını istemekte ısrar ediyordu. Ne bunu görebilmenin şahsiliğine inanmıştı, ne de Kutlu'nun istemesiyle bu halin yinelenemeyeceğine.

Öktem, onu da şahit kılmak istercesine, "Gülçiçek'e olan merhametinden dolayı mı, bunu istiyorsun?" dediğinde, Umay başıyla onayladı bu sözü.

Öktem bir anda dirilivermişti, tasdiğin ardından. "Öyleyse benimle gel" diyerek ögeyini ellerinden tutup kaldırdı aceleyle. Kadıncağız gelinini göreceklerini umarken nereye götürüldüğünü az sonra anlayıverdi. Ak yoldaş için ayrılan konuk çadırının önündeydiler şimdi.

Öktem, Umay'a dönüp "göster şefkatini" dediğinde, Temir de duyduğu sesler üzerine dışarı çıkmıştı zaten. Karşısı sıra Öktem'in analığını görmekle şaşırıverdi bir anda. Bakışlarını Umay'dan kaçırsa da, bir an sonra onu gözleyebilmek için yeniden dönüyor ve ne olacağını kestirmeye çalışıyordu her seferinde. Utanma, suçluluk ve merak arasında gidip geldikçe nabzının hızlandığını dahi fark edememişti. Arkalarından Aşena ve Aybars da yetişmişti gayrı. Diğer ikisi Umay ve Temir'i izlerken, Öktem "sarılın" dedi, onlara.

"Sarılın ve gönüllerinizin birbirinize doğrulduğunu söyleyin bana!"

Umay, Temir'e değen her kaçamak bakışta Gürhan'ı hatırlamıştı en baştan. Gönlünü ne kadar zorlasa da ikrar verebilmek için kendinde bulduğu gücü, Temir'e sarılmak için bulamıyordu. Sessizliği tüm Aladağ'ı kuşatacak çığlıklar saklıyordu sanki. Gözleri önünde oğlunu infaz etmiş olan eski subay, şimdi teze yoldaş da olsa evladının katiliydi sonuçta.

Kendisini tartarken, içten içe "tamam, oğlum masum değildi zaten" demişti. Hem "aradığınız katil kardaşımdır" diyerek Öktem ortalığı ayağa kaldırmasa, Temir oğluna bir şeycikler yapmayacaktı, bunu da biliyordu. Hatta dili varmasa bile Gürhan'ın bunu hak ettiğini de söyleyebilirdi belki. Ama neticede evladının canını almıştı Temir. Ona baktıkça Gürhan'ı hatırlıyordu ha bire. Bunu inkâr edemez, görmemezlikten gelemezdi.

İçindeki bir ses yinelen çığlıklarla "Temir öldürmeseydi, cevheri gördükten sonra Gürhan da ikrar verirdi. Temir yüzünden oğlun ebediyen ateşlere atıldı" dedikçe, başka türlü sarsılıyordu Umay. Ne Öktem'e, ne de diğerlerine bir şeycikler söylemeden gerisin geriye uzaklaştı oradan.

Temir, Umay'ın sessizce gidişini izlediği esnada ezel korkularıyla daha evvel hiç olmadığınca baş başaydı artık. Aylar sonra Gürhan için açılan ilk bahis, içinde sakladığı tüm 'acaba'ları kabartmıştı iyiden iyiye.

Affedilebilir miydi?

Kendisini savunabilmek adına "ama o an elim kolum bağlıymış gibi dursaydım Gürhan kaçıp kurtulacaktı ve Bazgan ölecekti yok yere. Ben yanlış bir şey yapmadım" diyebilirdi belki. Ancak henüz bitmiş olan divan vardı aklında. İradeyi ve sahibini düşünüyordu. Âdem Ata ve Havva Ana kendilerini savunmadan, bahaneler üretmeden edeple, pişmanlıkla af dilemişti Tanrı'dan.

Aybars ise geçmişin acısıyla değil, az evvel verilen ikrarla ilgiliydi. Annesi yaşadığı onca acıya rağmen tükenmeyen elma dilimlerine dair bir mucize görerek kabullenmişti Öktem'in Kutlandığını. Oysa aynı Kutlu, o esnada Tanrı'nın affediciliğini anlatıyordu. Annesi delile binaen inkârında inat edememişti ama yeni giriverdiği 'yol'un kendisinden neler isteyebileceğini kestirememişti de. Bir kez daha gölgeler, güneşi perdelemeyi başarmıştı.

Ve Öktem... Tüm gözler ondaydı şimdi. Ne diyeceği, ne yapacağı bekleniyordu. Ama o, tüm ketumluğunu kuşanıp Temir'i bir nebze olsun rahatlatabilecek veya daha fazla endişelendirecek en küçük bir söz etmeden, renk değişikliği vermeden uzaklaştı oradan.

Bir başına yıldızlar altında, uzaktan bakan Aladağ'a karşı aylanırken Umay'ı düşünüyordu. Henüz ikrar vermesine rağmen ilk olarak Gülçiçek'in inkârda kalmasını dert edinebilmişti analığı. Bu merhametindendi şüphesiz. Yaşadığı erinci sevdikleriyle de bir an önce paylaşabilme iştiyakındandı. Takdir ediyordu bunu. Ama yalın ve güdüsel olan bu şefkat analığına ayak bağı da oluyordu. İkrarına rağmen Temir'e gönlünü doğrultamamıştı işte. Şefkat önü sıra duran barikatlardan biriymişçesine kesivermişti yolunu. Gayrı derdi de, sınaması da bununlaydı.

Böylesi yoklanmaların harp meydanındakilerden daha çetin olacağı muhakkaktı. "Tanrım yardımcısı ol" dedi ögeyi için. "Lütfet. Katından eksilmeyenlerle onun da gönlüne esenlik ver!"

Tekrar çadırına çekilip yapayalnız kaldığından beri Temir'in zihninde kızgın atlılar koşturuyordu ha bire. Kanlar içerisindeki kollar, bacaklar öteye beriye uçuşuyor; iç burkan hırıltılar eşliğinde başsız gövdeler yığılıyordu dört yana. O güne kadar katıldığı tüm savaşlar gözünün önüne geldikçe canını aldığı herkesin sanki teker teker yakasına yapıştığını hissediyordu.

Gürhan'a gelmişti sonunda. Yine Aşena'yla göz gözeyken parmaklarının arasında tuttuğu kiriş, boşa çıkıyordu apansız. Ok, fırlayıp sırtından vuruyordu kaçmakta olan kardeşi. Umay yeniden "oğluuum kalksana" haykırışlarıyla cesede sarılmıştı herkesten önce. Öktem yine kıpırtısız bir halde kâh kendisine, kâh yerde cansız yatan Gürhan'a bakıyordu, avcı kartallar misali...

Yeniden ve yinelenen sızılarla acınıp ürkmüştü. Secdeye kapandığında zangır zangır titremeye başladı Temir.

"Affet" diyordu, ciğerleri pişmanlıkla pişip buram buram yanarken; "affet beni Tanrım!"

Âdem Ata gibi sadece öz benliğini suçluyordu, "bileğimi ve yüreğimi bir zalimin emrine sundum da canlar yaktım" dedikçe...

Saatlerdir alnını secdeden ayırmadan affını dileyen Temir, Tanrı'dan kendisi hakkında bir hüküm istiyordu şimdi de.

"Bileyim ki affedildim. Bileyim ki affedilmek için şunları şunları yapmam gerek. Ve bileyim ki hiç affetmeyeceksin beni."

O an tüm varlığıyla Tanrı'dan buyruk isterken, "ben yine de Seni ululamaya, Senden af dilemeye devam edeceğim Tanrım" diyordu yinelenen tınılarla.

Ta ki çadırı dolduran "ey kişi-oğlu doğrul artık" sesini duyana değin...

Emre uyup başını kaldırdığında, kartalca keskin gözleriyle kendisini izliyordu Öktem. Yine ürkmüştü bu bakışlardan, üstelik gözlerini ondan kaçıramıyordu da. Dizleri üzerinde güçlükle doğrulabildiğinde sağ elinin parmak uçlarını öperek alnının üzerine koyverdi; daha evvel Aşena'da gördüğü üzere. Anlamı açıktı bunun.

"Her ne olursa olsun, hakkımdaki hükme razıyım" demişti...

Oysa Kutlu ses oturmasını istedi kendisinden. "Otur ve can kulağıyla dinle beni."

Temir yine de önce Öktem'in oturmasını beklemişti, ondan sonra çöküverdi olduğu yere. Dizleri altında, kolları bilek hizasından ayaklarına yapışık bir haldeydi şimdi. Boynunu da sağ tarafına yatırdı usulca. Sessizlik devam ederken içten içe "Âdem Yalavaç'ın tevbesi aşkına" diyordu; "benimkini de kabul et Tanrım!"

Mutlak sükûnet boyunca gözlerini sımsıkı kapatan Öktem, nihayet açtı gözlerini.

"Söyleyeceklerime kefil olan Haberci'dir bizzat" dedi; "Sen sebep olduğun için ölüm meleğinin canını aldığı hiç kimse masum değildi Temir. Ve Tanrı o talihsiz günde sadece Bazgan'a merhamet etmedi senin bileğinle. O gün eli kolu bağlı kalıp Tanrı'nın murad ettiğini yapmaktan beri kalsaydın, Gürhan için benim kanım dökülecekti toprağa."

Öktem "benim kanım" dediği esnada Temir'in başı dönmüştü umarsız. O ana dek insanların Kutlu kişiye zarar verebileceğine ihtimal vermemişti asla. Koca bir gece boyunca yenilenen pişmanlıklarla yaşadığı yangınlara nispetle kat be kat yanıyordu içi. Gönlünde beliren umut, "şimdi sen yaşıyorsun ya" dediğinde bilmeden Kutlu'nun hayatını kurtardığını anlayabildi nihayet. En azından buna vesile kılınan kendi eli, kendi bileğiydi. Bunun için mutlanmıştı şevkle.

Az sonra zihnindeki seslerin yeniden çoğalmasına engel olamadı oysa. Tanrı indinden gelen sözlerle aklanmasına rağmen gönlündekini seslendirmek istiyordu. Dayanamayınca dile getirdi bunu.

"Yine de senin kardaşındı, o. Sana yıllarca emek vermiş olan analığının oğluydu."

Öktem, Temir'e sarılarak "hayır" dedi kati bir sesle: "Sensin, benim kardaşım, o değil. Ve Umay gerçekten şefkatli bir anaysa seni bağrına basmadan gidemez acundan."

Bir an durakaldıktan sonra içinde çakan fırtınaları dışarıya da açık edercesine aniden doğruldu Öktem. Kolundan tutup dışarı çıkardı Temir'i. Yıldızları ve Aladağ'ı işaret ederken:

"Tüm bunları yaratan Tanrı'nın, emri ile muradı her zaman aynı mıdır, sanırsın?" dedi, gözlerindeki keskin bakışları belirginleştirerek...

"Söylesene, dinliyorum seni!"

Temir sorunun neler içerdiğini anlamaya çalışmaktan cevap verememişti henüz. Öktem; "asla" diyerek başladı sözlerine.

"Tanrı'nın emri ile muradı her zaman aynı olsaydı ne Âdem karşı çıkabilirdi Tanrı'ya, ne de Caytgan. Tıpkı senin durumun gibi Temir."

Sözlerinin sonunda derince ahlar çekerek "keşke" deyiverdi; "anlayabilseydin şunu. O gün o oku, sen atmadın Gürhan'a!"

Temir, gece boyunca hissettiği suçluluğu kat be kat aşan bir hayıflanmayla karşılanmasını içselleştirememişti ama affedildiğini — daha doğrusu zaten hiç suçlanmadığını— bilmenin coşkunluğundaydı şimdi.

Bu kez şükür için kapandı secdeye. "Şükürler olsun" diyordu Rabbine.

Baycu, babasıyla birlikte Güney seferine gittiğinden beri Burçin'in yanına, eski odasına geçmişti Dolunay. Kardeşinin uyumasını beklerken son rüyasında gördüğü 'O'yu düşünüyordu hâlâ. Gelinlikler içerisindeki Aşena'nın nesiydi 'O'? Kocası mı, kardeşi mi? Bu konuya neden bu kadar takıldığını da anlayamıyordu. Hatta bir ara utanıverdi düşüncelerinden. Evli bir kadın, üstelik kocası sefer için şehir dışındayken bunları mı düşünecekti? "Ulaklar nerede kaldı, babamın, kocamın başlarına bir iş gelmesin" diyerek sızlanmak dururken, tanımadığı kişileri dert edinmişti.

Tam da bu yüzden kardeşi mışıl mışılken kendisi korkuyordu uyumaktan. Rüyaların tesirine girdiği için tuhaflaştığına hükmetmişti. Aladağlı Kam, annesi için "ruhların esiri oldu" derken bu tür şeyleri mi kast etmişti? "Ben annem gibi olmayacağım, erim de babama benzemeyecek" diyen kızcağız, lanetten de, beladan da korkuyor, yaşadığı her şeyden ürküyordu artık.

Tek sığınağı vardı, Baycu...

Rüyalarında bunun işaretini bulmuştu. "Boşu boşuna annemin peşinden gitmemi engellemiyor ya" diyordu. Üstelik lanetli bir annenin kızını alarak kendisini ne denli sevdiğini de göstermişti Baycu. Babasının 'torun-vâris' engeli olmasa belki de hamileydi şimdi. Erkek çocuklar doğursa ve balalarının da yaşadığını görebilse lanetin çözüldüğünü anlayıp rahatlayacaktı. Ama arada anlamsız bir engel vardı işte. Belki sefer dönüşü bu engeli kaldırırdı babası, kim bilir?

Gözlerini kapatmaya ne kadar dirense de sonunda uyumuştu. Bilinmeyen yerin kalabalığı pür dikkat kendisini takip ediyordu yine. "Yapamam; ne annemi bırakabilirim, ne de kocamın elinden kendimi kurtarabilirim" serzenişi işe yaramıyordu. Aşena, "yaklaş artık, orada durma" diyerek elinden tutmuş, ileriye doğru çekiyordu kendisini. Dolunay birkaç adım attıktan sonra dönüverdiğinde annesi yere uzanmıştı ve kalkamıyordu hâlâ. Onu kucaklamak için uğraşırken Aşena da kendisine yardım ediyordu. Birlikte kadıncağızı kaldırdıkları esnada Aşena "durmayın, yaklaşın" diyordu hâlâ.

Hatta sonuncu kez yinelediği "durmayın, yaklaşın" sözünü, uyandırılırken de duyacaktı. Bir halayık özür diliyordu kendisinden.

"Ulaklar henüz yetişti hanımım. Babanız ve eriniz gelmeden hazırlanmalısınız."

Dolunay'ın zihni rüyadayken ve uyanırken açıktan açığa duyduklarıyla allak bullaktı şimdi. Kendisinden bir söz bekleyen halayığa "sen git, ben gelirim" diyebildi sadece.

Yatmadan önce "bir haber olursa hemen uyandır beni abla" diyen Burçin'i sarsacakken vazgeçti. Halayığın muştusunu değil rüyayı düşünüyordu yeniden. Çağrı açıktı. Gecelerce yinelenen, her defasında bir adım öteye geçen rüyalar hayatına yön vermek istiyordu. Tabir için birilerine danışmasına da gerek yoktu. Ancak evli bir kadının yuvasını, şehrini terk etmesi; üstelik de babasının düşmanlarına kaçması, kabul edilebilir bir şey değildi. Hele bu kız, Tigin ailesindense iş hepten sarpa sarardı.

Yine de rüyanın uyanıkken de devam etmiş olmasını görmezlikten gelemezdi."Gecenin hayrındansa gündüzün şerri" diyerek sabahı mı bekleyecekti? Yapamazdı. Ordu birkaç saate kalmadan şehre girerdi. Aşena'nın yanına gidecekse, Issık'tan kaçacaksa babası ve eri gelmeden önce olmalıydı bu...

"Gidecem mi, yoksa kalacam mı?" ile başlayan o kahredici sorgulama "tek mi, annem ve kardeşimle mi?" diye devam ettikçe içi içine sığmıyordu Dolunay'ın. Avazınca haykırmak istedi bir an. "Niye çağırıyorsun beni, neye çağırıyorsun?" diyordu Aşena'ya. Tek yolu vardı öğrenmenin...

Bizzat kendisine soracaktı bunu.

Ama yedi yaşında bir kız ve ellisindeki hasta bir kadınla nereye kadar gidebilirdi? Kimden yardım isteyecekti? Yol boyu kurttan kuştan, soyguncudan, haramiden nasıl korunacaklardı? Şehirde kalan askerlere açıktan açığa "beni Aladağ'a götürün" diyemezdi elbette. Bunu emretse dahi sonlarından çekindikleri için karşı çıkarlardı emrine.

Geceyi, sonsuz karanlığı ve yıldızları izlerken aradığı cesareti "bunu ben değil, beni çağıran düşünsün" diyebilen bir teslimiyette buldu sonunda. Hemen Burçin'i kaldırdı. Birlikte birilerini ziyarete gideceklerini ve yanlarında hasta bir kadın olacağını söyledi. Şimdilik o kadının anneleri olduğunu bilmesine gerek yoktu. "Belki yolda söylerim" diye planlıyordu içinden. Dışarı çıktığında muzaffer ordu için hummalı bir karşılama hazırlığı görünce sevinci umuda dönüyordu artık. Bu kargaşada yoklukları fark edilene kadar Issık'tan çıkmış olurlardı.

Annesini de aldığında vefakâr halayığı dört atla bekliyordu kendilerini. Son bir kez dönüp meşalelerle ışıl ışıl parlayan Issık'ı izlerken babasını ve Baycu'yu düşündü. Annesiyle ilgili mesele haricinde babasından razıydı. Üstelik her ikisinin de kendisine olan sevgilerinden emindi. Yine de her şeye rağmen mecburdu gitmeye. Geride görkem ve konforu bırakıp rüyalarının peşi sıra —Aşena ve Temir'den başka— kimseyi tanımadığı, bilmediği o yere gidecekti. Annesi "sonra ne yapacağız?" dediğinde bunu hiç düşünmediğini fark etti. Anlık kararlarla işi bu noktaya getirmişken "rüyalarımın ne anlattığını, niye çağrıldığımı öğrenince döneriz belki" deyiverdi.

Ordu Issık'a yaklaşırken yine davullar çalıyor, tüm şehir onlara layık bir görkemle muzafferlerini karşılıyordu. Andakan seferden memnun kalmıştı. Düşmanları hala intikamını alabildiğini bir kez daha anlamış olmalıydı. Kendisinden korkmayanlar cansız şekilde yerin altındayken, yerin üstündekiler de kendilerine çeki düzen verecekti elbet.

Bunun coşkunluğuyla şehrin kapısından içeri girdiğinde, Dolunay ve Burçin'i eyvandaki her zamanki yerlerinde kendisini bekler görmemekten bile rahatsız değildi. "Uyuyor olmalılar" demişti Baycu'ya.

Karşılama bittiğinde büyük bir yorgunlukla kendi çadırına geçmişti. Yıkanmak ve seferin etkisini üzerinden atmak istiyordu. Sabaha çok iş vardı. İkinci ve daha büyük olan sorunla ilgilenmeye başlayabilirdi artık. Oysa yanına gelen halayık tir tir titriyordu karşısında. Lafı ağzında eveleyip geveledikten sonra, "kızlarınız" dediğinde, içi ürperdi bir anda. Daha evvel altı evlat acısı yaşamış bir babaydı ne de olsa. "Kızlarıma ne oldu?" diye ortalık inlerken, Baycu da gelmişti huzura.

"Yoklar. Her yere baktırdım ama bulduramadım onları. En son gören halayık ulakların geldiğini haber vermiş, sonra da görmemişler onları."

Andakan, "öyle iş mi olur?" diyerek herkesi toplayıp tek tek sorgulamaya başlamıştı. Tigin ve hanım çadırındaki halayıklar, "görmedik" diyordu ısrarla. Gece devriyelerini sorgularken bir iz buldu nihayet. Dolunay en son pazaryerinden geçerken görülmüştü. Andakan, "annesine gitmiştir" diyerek bizzat oraya koşturdu atını. Karısının laneti kendisine ulaşmasın diye o ürkütücü çadırdan içeri yıllar olmuş girmemişti ama bu kez kendisini sakınmayacaktı. Kızlarının merakıyla elindeki meşaleyi her yere tutarak ufak da olsa bir iz bulmak istiyordu.

Ilgın'ın bağlandığı zincirler kırıktı. Balyoz gibi bir şeyle parçalanmış olmalıydı. Dolunay mı yapmıştı bunu? Yoksa lanetli kadına ruhları mı yardım etmiş, önce onu kurtarıp sonra Dolunay ve Burçin'i de mi almışlardı yanlarına?

Andakan cevabını bilemediği sorular karşısında gittikçe köpürüyordu. Aklına başka bir seçenek gelmediği için bu kayboluş işini eski karısının ruhlarıyla ilintilendirmişti doğrudan. Bir yıl önce son eşi ve iki oğlunu ölü bulduğu, ardından da kardeşinin tuhaf şekilde can verdiği günden beri içten içe korkuyordu Ilgın'ın şerrinden. Üstelik Koray da korkularını tetiklemişti.

Baycu, "onu öldürmek istediğinizi bildiği için intikam alıyor Ilgın kadın" dediğinde volkanmışçasına patladı Tigin. İçindeki korkunun başkalarının diline düşmesine tahammül edemezdi asla. Başkası, yeğeni veya sağ kolu olsa bile...

Öfkeyle yakasına yapıştı Baycu'nun. "Bırak kamlar gibi konuşmayı. Kaybolan benim kızımsa senin de karın" dedi sinirle.

Hiçbirinin aklına Dolunay ve diğerlerinin Aladağ'a gitmiş olabileceği gelmiyordu. Zaten görünen yüzüyle bundan işkillenmelerini sağlayacak hiçbir ipucu yoktu ellerinde.

Andakan her şeye rağmen Issık'taki tüm evlerin, çadırların tek tek aranmasını, çevreye devriyeler çıkarılmasını emretti. Er geç bir haber gelirdi elbet. Ümidini zinde tutmaya çalışacaktı.

-7-

Öktem ve yoldaşları ocaktan çıkıp ormana daldıklarında ilerideki bir noktada sotalanmıştı Koray. Günlerce süren uğraşların nihayetinde ocağın yerini bulmuştu ya delice merak ediyordu içerisini. Ama yine de gidip yerinde bakmak konusunda kararsızdı hâlâ. "Öktem tekin adam değil, ruhlarını musallat eder başıma" diyerek mekânına izinsiz girmeye cesaret edemiyordu bir türlü. Şimdilik yeri öğrenmesi yeterdi. Gerekirse başka bir zaman ocağa girecekti. Öncelikle Öktem ve yoldaşlarını işkillendirmeden peşleri sıra obaya dönmek istiyordu. Gizlene gizlene ilerlerken Koca İnal'ı hatırladı öfkeyle. Ocağı bulamadığını ve o sevdadan da vazgeçtiğini söyleyecekti, zira ona güvenmiyordu artık.

Ocak ehli mutat vaktinde obaya döndüğünde atlarının sırtındaki parçaları çalışacakları çadırların önüne indirmişti yine. Takviyeler, gergiler hazırlanırken Koca İnal geliverdi, birkaç Aksakalla birlikte. Kendileri yokken Aladağ'a gelen yeni insanlar olduğunu söylemişti. O günkü kafes kurulumları ve çadır takviyelerine refakat edemeyeceğini anlayan Öktem, "bir şeyler ikram edin, geliyorum" dedi, Koca İnal'a.

Bu türlü ziyaretlere alışmaya başlayan Aladağlılar, Kutlu kişiden Tanrı adına bir şeyler dinlemek, meraklarını gidermek; varsa nasipleri ikrar vermek isteyenleri ağırlamayı ödevcesine kabullenmişti zaten. Aksakallar, konukları ağırlarken üstünü başını değiştirip dönmekte olan Öktem kalabalığın arasında ilerleyip meydandaki mutat yerine geçecekti az sonra.

Onu görebilmek için insanlar birbirlerini ittiriyordu bu esnada. Bir ara kalabalığın arasında Aşena'yı seçen Öktem, sonra gözden kaybetmişti onu. İnsanların yerleşmesini beklerken, özellikle teze gelenlerle çepeçevre kuşatılıyorken Aşena'yi görüverdi yeniden. Yanında akranı olan bir kadın vardı. "Orada durmayın, gelin, yaklaşın" diye de cesaret veriyordu; ona ve ardındaki bitkin yaşlıca kadına.

Ve Dolunay...

Araya girenler nedeniyle kâh görünüp kâh kaybolan kişinin karşısındaydı nihayet. Rüyasında gördüğü şekilde gelişmişti her ayrıntı. Karşısındaki 'O' idi.

Onca kalabalık arasında bakışları ilk kez buluşuverdiğinde, 'O'nun gözlerinden çıkan alevlerin kendi içine dolduğunu hissetti bir anda. Tepesinden iliklerine değin artıyordu harareti.

İlk kez böyle oluyordu birinin karşısında. Sıcaklığın peşi sıra gelen titreme, sıtma nöbetiymişçesine sarsacaktı tenini az sonra. Üstelik başı dönmeye de başlamıştı. Bir an, "koluma gir Aşena" diyecekken, takırdayan dili damağı ses vermesine bile müsaade etmiyordu. Tutanacak bir yer bile arayamadan yığılıp kaldı oracıkta.

Bayılmıştı Dolunay, 'O'nun karşısında...

Aşena kaldırmaya uğraşırken Burçin ve Ilgın kadın paniklemişti. Ne olmuştu böyle? Akıllarına gelen ilk sebep yol yorgunluğuydu. Az evvel geldikleri obada dinlenmek için fırsat bulamamışlardı henüz. Kutlu kişinin obaya döndüğü söylendiği an, kalabalığın arasında nehre kapılmış dal parçası gibi akıp gelmişlerdi meydana. Aşena, analığının da yardımıyla Dolunay'ı konuk çadırlarından birine aldığında Aladağ'a yeni gelenler az sonra başlayacak olan sohbeti bekliyordu. Kutlu, Âdem Ata'dan bahsetmeyecekti o gün.

"Nuh Yalavaç" diyordu. "Tanrı, onu her dem şükredişiyle sevdi. Bu yüzden 'Şükreden' demişti onun için. Seni herkes tanıyacak ve güzellikle anılacaksın, diye vaatte bulunmuştu ona.[110]

Bu öylesine büyük bir vaatti ki, Tanrı'nın birliği ve tekliğine inanmayanlar bile saygıyla anıyor Nuh Ata'yı..."

---

110 İsra Suresi:3.Ayet ve Saffat Suresi:78.Ayet'e atfen...

Öktem sözlerine devam ederken bir yandan da dinleyicileri süzüyordu yine. Söylenenlerden kim ne kadar alıyor, ne kadar nasipleniyordu, Tanrı bilirdi en doğrusunu. Koray ve ona yoldaş birkaç Aksakal, pusuya yatmış tilkiler gibi bekliyordu. Bir açık bulsalar zihinleri bulandırmak için anında saldıracaklardı.

Asıl konuşmak istediklerine geçen Öktem, divana soru yönelterek devam etti.

"Nuh Ata'nın diğer oğullarını biliyor musunuz?"

Başlar kendiliğinden Koca İnal'a çevrilmişti. Bilse, o bilirdi. Bozkırda Nuh'un diğer evlatları hakkında pek bir şey anlatılmazdı. Koca İnal izin isteyerek ayağa kalktı hemen.

"İki oğlu daha var Nuh Ata'nın. Adları Ham ve Sam..."

Cevabını tamamlamış olmasına rağmen kendisini izlemeye devam etmişti Öktem. Halen bir şeyler anlatmasını mı istiyordu yoksa eksiği mi vardı, anlayamadı İnal. Bazgan'a baktı bir an, "niye bekliyoruz?" dercesine. Aybars ve Temir söze gelmeyen bir etkileşim yaşandığını sezinliyordu o an. Açık olan sözler tüm dinleyicilerin payıydı. Herkes aklınca, görgüsünce, nasibince anlıyordu kelimeleri. Sözsüz olan etkileşimse bakışlar yoluyla kalpten kalbe akıyordu ve sadece muhatapları arasındaydı bu.

Öktem kendisini süzerken Koca İnal oturmayı da düşünmüş ama yapamamıştı. Öktem'in sormaktaki ve cevabı almasına rağmen bekletmekteki muradının başka bir şey olduğunu hissediyordu. Babası öldüğünden beri ilk kez; atasının huzurunda oturup oturmama tedirginliği yaşayan toy evlatlara dönüşüvermişti. Ayakta dururken ellerini göbek hizasında birbirine bağladığını bile sonradan fark edecekti. Oğluyla son kez göz göze geldiğinde birkaç gün önceki kanaatini hatırlayıverdi. Soruyu soran dünkü çırağı değil, Tanrı'nın ipiydi bizzat. Koca İnal az evvelkine nazaran daha ölçülü bir tonlamayla konuşuyordu şimdi.

"Benim bildiğim Nuh'un Yafes'ten gayrı oğulları Ham ve Sam'dır. Doğrusunu Tanrı ve Kutlu elçisi bilir."

Babasının ilk kez 'ben de bilirim' yerine 'sen daha doğrusunu bilirsin' olgunluğunu göstermesi Bazgan'ın sevincini kat be kat artırmıştı bu esnada.

Öktem, eski hocasına teşekkür ettikten sonra yanıta döndü şimdi.

"Koca İnal'ın söylediği hem doğrudur, hem de eksik" diyordu ki, Koray araya giriverdi hemen. İnal'ın durumunu hoş bulmadığı için tedirgindi zaten. Hesap soran bir tonlamayla "karar ver Öktem. Doğru mu İnal'ın söyledikleri, yanlış mı?" diye derdini yineledi.

Öktem duraklamadan devam edecekti sözlerine.

"Doğrudur. Çünkü Nuh Yalavaç'a Yafes, Ham ve Sam inanmıştı. Ama bir oğlu daha vardı Atamızın. Adı Kenan'dı. Babasına da, tek olan Tanrı'ya da, ikaz edildikleri gazabın gerçekleşeceğine de inanmadı o. Devasa dalgalar ovaları, otlakları kuşatırken bile babasının davetini inkâr etti. Dağa çıkarım, sular seller vurmaz bana, diyerek güya aşağılayıp küçük gördü babasını. Bu yüzden, Nuh Yalavaç'a Kenan senin ailenden değil, dedi Tanrı.[111] Oğulların ve kardeşlerin; inançta sana yoldaş olanlardır..."

Temir neden Gürhan'ın değil de, artık kendisinin Öktem'le kardaş olduğunu tastamam anlamıştı o an. Ancak Kutlu gözler Umay'ı muhatap almıştı doğrudan. İkrar verebildiği geceki Temir'le olan meselesini hatırlatan bakışlarla devam etti sözlerine. Söyleyecekleri kendisini de yaralıyor, canını en derin noktasından yakıyordu ama kaçamazlardı bundan.

"Oğul bile olsa inkârıyla, inadıyla inancını aşağılayan senden değildir. Tıpkı İbrahim Yalavaç'ın babası Azer ve yeğeni Lut'un inançsız karısı gibi" dediğinde Umay'ın gözleri dolmuştu gayrı. Ancak hâlâ kendi algıladığı merhamet süzgeciyle tartıyordu duyduklarını.

Kendileri Tanrı inancıyla nimetlenmişti, fakat oğlu Gürhan ve kocası Begrek halkanın dışında kalmıştı. Gülçiçek yani Öktem'in

---

111 Hud Suresi:42–46.Ayetlere atfen...

gözbebeği, biricik balasının annesi bile aynı durumdaydı. Üstelik soyundan gelmekle övündükleri Nuh, kendi oğlu için bile Tanrı muradına karşı gelememişti. İbrahim Yalavaç da babasının inkâr içinde ölüp gitmesine seyirci kalmıştı bir şekilde.[112] Şimdi her zamankinden daha fazla dua ediyordu gelinine. Gürhan ve Begrek için hesap kapanmıştı lakin Gülçiçek için kapılar açıktı hâlâ. "O da gelsin, bu divandan nasiplensin" diye dualar ettiği esnada uzaktan Gülçiçek görünüverdi.

O esnada Öktem de görmüştü eşinin yaklaştığını. Sohbet yeni başlıyormuşçasına konuyu değiştirdi doğrudan. Sözün devamı Kutlular hakkında değildi. Hepimizde var olan güdülerle ilgiliydi mesel...

"Huylarımız, ağzımızdaki dişlere benzer" diyordu: "Tanrı'nın bahşettiği nimetleri öğütür, bedenlere gıda olmalarını sağlar. Ancak huylar bir kez bozulunca çürümüş dişler gibi cana eziyet eder. Kişi-evladının varlığına hastalık karar. Tıpkı gıpta etmenin zindelik vermesi ama hasetliğin güçsüz düşürmesi gibidir bu. Sabretmek direncini artırır, miskinlikse bitirir bedenini. Açıksözlü olursan güven uyandırırsın, patavatsızsan kimse istemez seni. Üstelik çürüyen dişler, bir zaman sonra yanındakileri de bozar. Onları iyileştiremiyorsan çektirmen gerekir. Bırak ki o çürük dişini, bu işi bilen biri çeksin. Acılarına da yanma sakın. Şükret çürüklerini çekene. Bil ki bunu yapan senin iyiliğin için, seni çokça sevdiği için acılarını görmezden geliyor. Yoksa kör değildir dişini çeken. Sızı nedir, acı ne? O da bilir; en az senin bilip de tattığın kadar..."

Gülçiçek, son kısmın söz dokundurmak gayesiyle kendisi için söylendiğini düşünürken dahi mutlanmıştı. Kendisine özel bir şeylerin söylenmesi, ne söylenildiğinden daha önemliydi o an. Yine de divanda oyalanmaya niyetli değildi. Aşena'nın konuk çadırında olduğunu öğrenince o tarafa ilerledi.

---

112 Tevbe Suresi:114.Ayet'e atfen...

Dolunay yeni yeni açıyordu gözlerini. Görür görmez Aşena'ya sarıldı özlemle. Sadece son ana şahit olan Gülçiçek, çadırdan içeri heves ve merakla girdi. İlk kez Tigin eşi ve kızları görmenin memnuniyetini yaşıyordu. Ama neden buradalardı, anlayamamıştı. Sözü kesmemek için merakını ötelemeye karar verdi.

Aşena takdim için "Gülçiçek de biricik yengemdir" dediğinde, Dolunay'ın tepesinden aşağı kaynar sular boşalıyordu adeta. Yanakları kızarıverdi bir anda. Gülçiçek'ten bakışlarını kaçırmaya çalışmıştı. Oysa hâli diğerlerinin, özellikle de Gülçiçek'in dikkatini çekmişti zaten."Neden geldiniz?" diye sorduğunda, bir anda buz kesti ortam. Az sonra sorusunu değiştirdi Gülçiçek; "ne kadar buradasınız?" diyerek.

Dolunay yine cevap veremezken yardımına Aşena koştu.

"Konuklarımız ne kadar isterlerse, o kadar kalacaklar burada."

Öktem de çadırın ağzındaydı şimdi. Teze konuklara "hoş geldiniz" diyordu ki onu görür görmez eğilip bükülmüş elleriyle yerdeki bir bezi alıp yüzünü kapatmıştı Ilgın. Öktem, "bırak hava alsın yüzün" derken, Aşena da kadıncağızın üzerindeki bezi alıverdi hemen.

Ilgın'ın başkalarına — özellikle de erkeklere— karşı böylesine utanmasına neden olan sıkıntısı tüm derisini kuşatmış olan pul pul beneklerdi. Hele de yüzündekiler, keperip soyulmuştu halka halka.

Öktem, hastalığına[113] dair bir şeyler soracakken, kadıncağız yine utanıp çekti ellerini. Öktem "yarın sizin için bir şeyler hazırlayalım" dediğinde, "sağ olasın! Çadırın, elin, eşin şen olsun oğul" temennisini dile dökerken bile çekingen duruyordu Ilgın kadın. Yıllarca lanetli olduğuna inandırıldığı için azıcık alaka

113 Bahsi geçen hastalığın günümüzdeki adı Sedef'tir...

karşısında bile şaşkınlaşmıştı birden. İlgisinden utandığı kişinin, kızının rüyalarındaki 'O' olduğunu bilmiyordu henüz ama sevmişti Öktem'i. Gönül yarasının etkisiyle, "senin gibi bir yiğidi doğuran ana, huzurla yatsın yağız toprakta" diyordu, şevk dolu tınılar eşliğinde.

'O'nun çadıra yaptığı kısacık ziyaret esnasında bile tüm yaşadıklarının rüya olup olmadığına karar vermeye çalışmıştı Dolunay. Tek tesellisi herkes annesiyle ilgilendiği için beride bir yerde gözlerden uzak kalmasıydı. Yaşadığı hali kendi çözmeden kimseye bir şeycikler açık etmek istemiyordu kendince.

İkizler, "dinlenin, yarın görüşürüz" diyerek çadırdan çıktığında Gülçiçek, yineledi sorusunu: "Ne kadar kalacaklar burada?"

Aşena'nın cevabını beğenmediğinden, "Öktem başka bir şey söyleyebilir" diye düşünmüştü bir umut. Aynı cevabı aldığında, "Aladağ'ın başı belli, sonu belli... Bunca insan kendileri yetmiyormuş gibi bir de sürüleriyle, çocuklarıyla doluştular buraya" deyiverdi. Dolunaylar gelene kadar obaya yerleşenlerin lafını sözünü etmeyen Gülçiçek'in bu çıkışı, ikizlerin dikkatinden kaçmamıştı.

Müstakbel bir sorunları daha vardı, harekete geçmek için gün ışığını bekleyen...

Neler olduğunu anlamaya çalışan Koray, konuk çadırına gelmek için Öktem'in uzaklaşmasını bekliyordu. Tigin'in iki kızı ve ilk karısının ne işi vardı obalarında? Andakan haberdar mıydı bu durumdan? Veya ruhlarla ilgili derdi halletmesi için onları Öktem'e bizzat mı yollamıştı Tigin? Onu bir kâhin olarak mı görüyordu artık? İçten içe "neyse ne, ama işler kesin civcivlenecek" dedi, merakla. Beklediği fırsatı yakaladığında çadırın perdesinden seslendi.

Dolunay "bu da kim?" refleksiyle dışarı çıktığında Koray diz kırıp selam vermişti saygıyla. Kendisini tanıtacakken Dolunay, onu Baycu'nun yanında gördüğünü hatırlayıverdi. Annesi için, "ruhların esiri olmuş, o da onlardan biri" diyen adamla daha fazla muhatap olmak istemiyorken, "babanız" dedi Koray, "seferden döndüler mi?"

Dolunay sorudan da hoşlanmamıştı, en az soran kadar. "Sana ne" diyen bakışların ardınca hırsla döndü annesinin yanına.

Koray emindi gayrı. Kızlar ve anneleri gizlice gelmişti obaya. Bunu haber veren ilk kişi olmazsa Tigin'in elinden kurtulamazdı artık. Kendisi obadan çıkacak olsa yokluğu fark edilebilirdi. Güvendiği birilerini bulup haberi onunla yollamayı düşündü önce. Kararsızdı. Haberin ardından ne yapılacağı konuşulurken Tigin'in yanında olmak istiyordu. Ama henüz cevherin sırrını öğrenemediği için yarım iş yapmakla da suçlanabilirdi. Ocağın yerini bilmesi yeter miydi canını kurtarmasına? Hayatının en büyük ikilemindeydi. Öyle de öldürürdü Tigin, böyle de. "Sabaha kadar vaktim var" diyerek bunu enine boyuna düşünmeye karar verdi sonunda.

Ertesi sabah Aksakallardan birini yakalayıp vahlanmaya başlamıştı. Komşu obadaki akrabalarını özlediğini ama ziyaretlerine gitmek için bir atının bile olmadığını söylüyordu. Adam at bulmakla yetinmeyip azık da tedarik edince yola koyuldu hemen.

İkizler de görmüştü Koray'ın gidişini. Aşena, fitnenin bir süre de olsa obadan uzaklaşmasından memnundu ancak Öktem pek oralı değildi. Koray mevzuunu açmadan Ilgın'ı hatırlattı. Onun için hazırladığı karışımlarla konuk çadırının önüne kadar geldiğinde içeri Aşena girmişti önce. Burçin ve annesi başbaşalardı. Dolunay erkenden çıkmış ve dönmemişti henüz. Öktem'i gördüğü an yataktan doğrulmaya çalışan kadıncağız geceki temennilerini yineleyiverdi.

"Ellerin dert, yüreğin sıkıntı görmesin evladım!"

Öktem ellerini uzatmasını istediğinde gecekine nazaran daha rahatlardı. Öbek öbek pullaşan deri, bazı yerlerde kızılcık gibi kepermişti. Onları işaret eden Ilgın, "küçücük bi noktaydı vaktiyle, sonra her tarafıma yayıldılar" dedi üzüntüyle. Öktem aynısının Burçin'de de olup olmadığını sorduğunda, belirgin bir sevinçle "çok şükür kızlarımda bu illet yok" demişti; "lanetten sonra oldu bunlar, kızlarımın bir suçu yok ki!"

Öktem devamında yalnız görüşmek istiyordu Ilgın'la. İşaret ettiğinde Aşena, Burçin'i de alıp çıktı çadırdan. Tedaviye ve otlara karar vermeden önce her şeyi öğrenmek zorundaydı.

"En başından anlat" dedi Ilgın'a.

Kadıncağız; henüz yürümeye bile başlamadan ölen erkek balalarını, geçen sene kuması ve iki oğlunun bir sabah ölü bulunmasını, ardından kaynının ölmesini, lanetli olduğunun söylenip kam çadırına atılmasını acınmaksızın ama utana sıkıla anlatıyordu. Öktem arada bir detay istiyor, "anlıyorum" dercesine başını sallıyordu. Konuşması biterken gözlerinden yaşlar süzülüverdi kadıncağızın.

"Körpeyken de bey kızıydım. Babamın nazlısıydım. Evlendim Issık'a geldim, sevdim sevildim. Bana saygı duyan, sözümü dinleyen yüzlerce halayığım vardı. Ama lanet başlayınca itildim, horlandım ve kovuldum erimin yanından..."

Sözün sonunda iyice mahzunlaşmıştı. Sakıngan tınılarla "laneti bozamayacaksan" dedi; "beni boş yere umutlandırma evlat!"

Öktem hastalığı her yüzüyle görüp anlamıştı. Bu iş de Tanrı yolunda ilerlemeye benziyordu. Adım adım gideceklerdi. Kadıncağızın 'şifa' isteğiyle 'lanetliyim' kabulü ve 'yapamayacaksan' şüphesi bir arada olamazdı. Ilgın'ı tedaviye ruhen hazırlaması için önce fikren ikna edip lanet düşüncesini zihninden söküp atması gerekiyordu.

Yaşadığı bunca sıkıntının Kamların bahsettiği lanetle ilgili olmadığını yani meselenin aslını söyleyebilmesi Öktem'in meçhulden haber vermesi demekti aynı zamanda. Kutlu da olsa kişilerin elinde değildi bu. Bilgi, Tanrı'dan gelmeliydi. Nitekim kadıncağız iftirayla bile olsa, 'lanetliyim' düşüncesindeyken; zararının başkalarına dokunmasından çekindiği, insanlara zorluk çıkartmaktan beri kaldığı için ödüllendirilecekti az sonra.

Öktem sözü kesildiği an devamı gelmeyecekmişçesine pür dikkat olmuş, gözlerini ilerideki bir noktaya sabitlemişti yine. Mazisini ve suçlanışını anlatacaktı kadına.

"Kocanın yanında onun çokça sevip güvendiği bir akrabası vardı. O adam senin evlatların Tigin olmasın, güç kendisine geçsin arzusundaydı. Bunun için senin balalarınla ilgilenen halayığı da ayartmıştı. Oğulların büyürken yavaş yavaş zehirlediler onları. Hiç kimse evlatların peş peşe ölümüne sebep bulamayınca seni ilk suçlayan da o oldu zaten. Kocan seni sevdiği için başlarda inanmadı duyduklarına. Bunu birçok insan söylemeye başlayınca ve yine oğullarınız ölünce söylenenlerin tesirinde kaldı. Seni yanından ayırıp yeniden evlendi. İki oğlu daha oldu. O hain adam, bu kez balaları, anneleriyle birlikte zehirledi. Üçü de aynı gece öldüler ve sabahında bulundular. Yine seni suçladı hain adam. Lanetlidir o, dedi. Kocan laneti ortadan kaldırmak için akıl danışınca yeni toy gecesi eski karını öldür, dediler Kamlar. Hain adam kendi oğluyla, senin kızına söz kesilince daha da rahatladı. Fakat evladı, babasından da hain çıktı. İlk iş olarak kendi babasını zehirletip öldürdü. Bu şekilde hem kendisinin yeni Tigin olmasını sağlama aldı, hem de meseleyi bilen tek şahidi ortadan kaldırmış oldu. Yani o hain adam ve ondan da hain oğlu yüzünden sana lanetli dediler. Yıllarca güneşe, ışığa, temiz ve taze gıdaya hasret kalan bedenin, bu üzüntü ve cefalara dayanamadı, çürümeye başladı. Şifa sahibi Tanrı'dır. Senden alınan sağlığı sana iade edecek olan da O'dur ancak..."

Sözün devamında isteklerini sıralıyordu Öktem: "Unutma ki her kişi Kutsaldır. Lanetli de değilsin, bu derdi çekmeye mecbur da değilsin. Sen istersen Tanrı'nın izniyle otlar sana şifa olacak, ama önce sen isteyeceksin bunu."

Şaşkınlıklar içerisinde dinlediği sözler tamamlandığında, kadıncağız duyduklarıyla kaniydi. Doğrulup Öktem'in ellerine uzandı. Öpmek, hürmetini ve minnetini en azından bu şekilde göstermek istiyordu. Kutlanmış buna müsaade etmeden, "son bir şey daha var" dediğinde Ilgın, Tanrı'ya inanmasının şart koşulacağını sanmıştı. Oysa Öktem bu konuya girmiyordu.

"Konuştuklarımızı kimse bilmeyecek. Bu, ikimizin arasında sırdır. Kızlarına bile bundan bahsetmeyeceksin..."

Ilgın muğlâk bir şekilde onaylamıştı bunu. Öktem çadırdan çıktığında kızını düşündü. Öktem'in "hain" dediği adam, Andakan'ın kardeşiydi ve kendisinden de hain olan oğlu Baycu'yla birlikte tezgâhlamışlardı her şeyi. Dolunay'a "kocan bana bunları yaptı, kardeşlerini katletti, sana neler etmez" diyemeyecek miydi? Her şey iyi, güzel giderken nereden çıkmıştı bu sır işi?

Ana yüreği göz göre göre buna razı olamazdı ya; içindeki ses "kızına da anlatmalısın" diyordu.

Dolunay sabahın erken saatlerinde konuk çadırından çıktığından beri çevreyi dolaşıyordu bir başına. İlk kez Issık'tan ayrıldığı için açık havayı, bozkırın uçsuz bucaksızlığını hissetmeyi, ormana sırtını verip meralar boyunca serbest kalmanın ne olduğunu keşfediyordu. Dolaştıkça yıllardır altından bir kafeste gurbeti yaşadığına kanaat getiriyordu. Ağıllar ve meralardan sonra avıla, insanların arasına geçmişti.

Yeni katılanlarla birlikte çadır sayısı üç yüzü aşkındı. Gündüz olduğu için ortalıkta fazla erkek yoktu. Çoğu sürülerini meralara yaymış, ormana kürk hayvanları avlamaya gitmişti. Yaşlılar kafa kafaya dedikodu yapıyor, çocuklarsa koşturup duruyordu deli taylar gibi.

Dere kenarındaki genç kızlar temizlik derdindeydi. Küllerden ve meşe kabuklarından kardıkları tozlarla elbiseler, kilimler yıkıyorlardı. Yardım için onların arasına karıştığında ilk kez sakar buldu kendisini. Yaban domuzu kılından yapılma fırçayı sertçe bastırdığında uçları yamuluyor, hafifçe sürttüğündeyse temizleyemiyordu kilimleri. Nasıl yapması gerektiğini öğrenmeye çalıştığı esnada, kim olduğunu soranlara cevap vermeye utanmıştı. "Düşmanınızın kızıyım" mı diyecekti onlara? "Yolcuyum, uzaklardan geldik" demekle yetindi.

İnsanların kendi işlerini kendilerinin görmesi, çalışırken muhabbet etmeleri, işi bırakıp sözü uzatmaları ve yeniden işlerine dönmeleri ayrı ayrı hoşuna gitmişti.

Yaşlıca bir kadının, "ben gelemediydim dün akşam, yatmadan önce bizim herif anlattıydı" diyerek Öktem'in son sohbetini yorumlaması da ilginç gelmişti Dolunay'a. Hz. Nuh'un oğullarını çekiştiren kadınlar, "Tanrı hepimize Yafes gibi, Ham, Sam gibi hayırlı evlatlar nasip etsin. Kenan'ın yaptığı da çok ayıp çok... İnsan babasına, atasına böyle mi yapar? O baba, sen kurtulasın diye neler etmiş, gittiğin yol da yol muydu Kenan, bak boğulup yittin sonunda" diye birbirlerine akıl veriyorlardı.

Dillerini bilmediği kadınları görünce şaşkınlığı daha da arttı. Onlar da kendi aralarında öbeklenmiş, sazlardan sergenler örmekteyken bir şeyler konuşuyorlardı ha bire. "Öktem, Kenan, Yafes" gibi sözcükler seçebildiğinde ne konuştuklarını tahmin edebilmesi de güç olmamıştı.

Sadece onunla ilgili şeyleri bulup çıkardığından tüm obanın yegâne gündeminin Öktem olduğuna hükmetti sonunda. Issık'tayken babası için korku ve saygı görürdü yüzlerde. Ama Aladağ'da Öktem'den bahsedenlerin dinginliği ve huzuru, onun ne kadar sevildiğini görmesine yetiyordu. Bir yandan da aklı almıyordu bu işi. Bu kadar insan rüyalarında mı görüp gelmişti buraya? Nasıl bir düzendi ki yıllarca obasını yurdunu terk etmemiş olanlar, birer birer dökülüyordu Aladağ'a?

Az ileride Aşena ve Burçin'i bir buçuk iki yaşlarında bir bebecikle oynarken gördüğünde yanlarına geliverdi. Bala Gülce tıpış

tıpış yürümeye çalışıyor, üç beş adımdan sonra otlara takılıp oturuyor, sonra yeniden ayaklanıyordu. Aşena, "bu da halacığımız, Öktem'in kızı" dediğinde bir anda cız etti içi. İkidir aynı hali yaşıyordu Dolunay. Öktem'e dair öğrendiği her yeni şey tuhaf bir şekilde canını yakıyordu en derinden. Rüyalardaki 'O' eşsiz ve çocuksuz mu olmalıydı? Issık'tayken hiç düşünmemiş, dert edinmemişti bunu; ta ki dün gece onu bizzat görene değin...

Aşena, kendi çadırlarına davet ettiğinde önce diretmiş ama ısrar neticesinde kabul etmişti Dolunay. Umay'ın hazırladığı sütlü sıcak muhallebileri içerken onun ögey olduğuna ihtimal veremiyordu. Kendi rahminden düşmeyen ikizleri, dokuz ay boyunca etlenip kanlanmalarına bire bir şahit olmadan nasıl böylesine sevip benimsemişti Umay?

Buna dair bir cevap bulamazken, kendi deneyimlerini düşünmeye başladı. Burçin ile beraber kendisi de bir kez ögeylik yaşamış, ikincisini az kalsın Aşena da görecekken işler bu noktaya gelmişti. Birkaç ay önce analık olma arifesindeki Aşena, şimdi en yakın arkadaşıydı üstelik. "Ne diye Issık'tan kaçıp geldiniz?" diye sormamıştı halen. Bunu sorgulayan Gülçiçek'e karşı kendisine yardım bile etmişti.

Bala Gülce'yi bırakmak için karşı çadıra geçerlerken, "burası da yengemin yurdu" diyen Aşena, ikizini araya katmamış, yuvayı dişisiyle anmıştı sadece. Ama orası Öktem'in çadırıydı yine de. Girip girmemek için tereddütteydi Dolunay. Onun bu saatte ocakta olduğunu deredeki kadınlardan duymuştu gerçi. Bir şekilde heyecanlanmaktan ve bunu göstermekten çekiniyordu kendince. Lakin kızını almak için arıkları aralamış olan Gülçiçek, onları görüp "buyursanıza" dediğinde içeri girmekten başka şansı kalmamıştı artık.

Ahşap ve keçe kergenlerle üçe bölümlenmiş, yerleri kilimlerle bezeli, sade ve tertemiz olan bu yurt, —tügünük boşluğundan bakıldığında görülen tepesindeki kızıl küre ve keçi kılından iplere asılı, kurumayı bekleyen deste deste otlar da sayılmazsa—obadaki diğer bütün çadırlardan farksızdı. Oturduklarında aç olup olmadıklarını soran Gülçiçek'e "sağol" dedi Dolunay. Aşena, yengesini dün geceye nazaran daha ılımlı görmekle sevinmişti. İçinden "az kalsın teze misafirleri istemediğini düşünecektim" diyerek zannından dolayı utanıvermişti şimdi. Hoş beşle başlayan sözlerin ardı kesildiğinde çadırın içinde sadece birbirini tartan bakışlar varken Burçin, "annemi özledim" diyerek ayrıldı yanlarından.

Üç yaşıt, sohbete devam edecek herhangi bir söz bulamadan birbirlerini süzerken, Umay üzeri meyvelerle dolu bakır bir tepsiyle gelmiş, torununu alıp dönmüştü.

Dolunay, "analığını çok sevdim Aşena" derken, söz yeniden bir yerden başlasın istiyordu sadece. Öyle de oldu.

"Umay Ana, nenemin teyzesi kızıdır. Sağ olsun onun sayesinde Öktem'le evlendik."

Gülçiçek söz boyunca Dolunay'ın gözlerini izlemişti bir iz yakalamak için. Yaman bir pehlivanın hamlesini yapıp rakibinden karşılık beklemesi gibi, "sıra sende" diyordu şimdi.

Dolunay aynı hali üçüncü kez yaşamaya başlarken, bir şey belli etmemek uğruna sıkmıştı kendisini. Ne konuşabiliyor, ne de çeki düzen verebiliyordu yüzündeki ikirciğe. Biraz önce "az kalsın Gülçiçek'e haksızlık edecektim" demekte aceleci davrandığını anlayan Aşena, "annen seni de merak etmesin" diyerek Dolunay'ı kaldırıverdi hemen. Ancak kızcağız perdeyi araladığı esnada içindekilerden bir parça sundu "çok talihlisin Gülçiçek" diyerek. Bunu sanki Umay, Aşena veya Bala Gülce'yi kastederek söylemişçesine rahatlamıştı bir anda.

Ziyaretçileri gittiğinde çadırında bir başına kalan Gülçiçek'in zihnindekiler oturmuştu gayrı. Öktem'in Tanrı'ya olan inancını ve yaşamını O'na adamasını bile kıskanagelmişken; soyut bir kader yerine hıncını alabileceği etten kemikten bir hemcinsi vardı karşısında. Rakibesinin Tigin kızı olmasınıysa umursamıyordu şimdilik.

Ilgın kadına gitmekten vazgeçip bir köşeye çekilmiş olan Aşena yengesi adına özür dilemek istediğinde "Gülçiçek haklı" dedi Dolunay.

"Ben kimim ve ne için buradayım?"

Bunu söylerken bir şeyler itiraf etmişçesine suçlu hissediyordu kendisini. "Aladağ'a gelen ilk kişiler siz değilsiniz" sözleri bile onu yatıştırmaya yetmedi. Her ikisinin de iyi kötü hissettiği ama henüz aralarında söze dökemedikleri konu dillenmeliydi artık. Daha ne kadar kaçabilirlerdi ki bundan? Zaten Dolunay da başbaşa kalacakları bir yere gitmek istemişti.

Tepebaşına geldiklerinde mezarı gösterdi Aşena.

"O duysa da söylemez kimseye, ben de onun kızıyım Dolunay. Sırrın benden çıkmaz asla."

Önce durağanlaşan Tigin kızı, uçsuz gökleri ve bucaksız bozkırı izledikten, onlarla gönlünü tek tek tarttıktan sonra "utanıyorum" dedi yekten. Devamını getiremiyordu o an. Ellerini yüzüne kavuşturmuş, bakmaktan bakılmaktan arlanırcasına kızarmıştı pembe yanakları. Altında gölgelendikleri elma ağacının meyveleri gibi hem kızıllaşmış, hem de rüzgârla sarsılıyordu alabildiğine. Az sonra nispeten toparlanabildiğinde:

"Defalarca rüyalarımda gördüğüm yer Aladağ'mış, buraya geldiğimde anladım bunu. Bir keresinde sen gelinlikler içerisindeydin. Seni bu halde ilk gördüğümde babamla evleneceğini sanıp korktum. Sonra yine gördüm seni, gelinlikler içerisinde. Yanında bir erkek vardı ama babam değildi. Kocan mıydı o, anlayamamıştım?"

Aşena araya giriverdi hemen: "Yanımda gördüğün kimdi?"

Her ikisi de kendi gönüllerince merak ediyordu rüyayı. Aşena gelinlik giydiğinde yanında kimin olmasına karar vermişken, bunun işaretini arıyordu belki. Ancak Dolunay duymak istediği ismi söylemedi Aşena'ya.

"Hayır, hayır. Yanında gördüğüm kişi kocan değilmiş. Dün gece bunu da anladım. O, rüyamdaki gibi duruyordu karşımda. Çağrıldığım andaki gibiydi her şey."

Dolunay isim üzerinden devam etmekte zorlandığı için çağrı konusunu açtı bu kez.

"İki kere gördüm; gel diyordunuz bana. Gelemeyeceğimi söylediğim halde gel diyordunuz ısrarla. Hatta ikincisinde uyandığım halde senin sesin açıktan açığa gel, orada durma diyordu bana. Bu yüzden kardeşimi ve annemi alıp kaçtım Issık'tan."

Aşena devam etmekte zorlanan arkadaşına şefkatle sarılıp gözyaşlarını silerken "O diyordun Dolunay" sözleriyle yeniden isme dönmesini istedi.

"O'nu rüyamda gördüğümde sadece çağrı karıştırmıştı kafamı. Ama burada bizzat gördüğümde bir şeyler oldu bana Aşena. Hepten karıştım ben..."

Dolunay yüzünü kapatmıştı yeniden. Sinirleri boşalmış, ağlıyordu yana yakıla. Gözyaşları toprağı ıslatırken, "bu yüzden utanıyorum" diyordu sürekli; "Öktem'i karşımda gördüğümde nutkum tutuldu bir anda. Yüreğim yerinden fırlayacak sandım. Bakışları içime dolunca ayaklarımın feri kesildi ve bir anda yığıldım kollarına. Ben, kardeşine aşığım Aşena ve ben evliyim, üstelik o da evli. Gülçiçek'i ve Bala Gülce'yi görmek bile bitiriyor beni."

Sözler boğazında düğümleniyordu. Gıdım gıdım çıkan her ses, bir sonrakinin çıkamayacağını telkin ediyordu adeta. O an kalbi durabilir ve Tepebaşı'nın diğer sakinlerinin yanına defnedilebilirdi. Bağrını açıp "gel" dese, bir an bile düşünmeksizin koynuna girerdi yağız toprağın. "Utanıyorum Aşena" dedikçe titremeleri de artıyordu.

Geceki hal yeniden tekrarlandığında fersiz yığılıverdi mezarın üzerine...

☙

Koray, Issık'a ulaştığında kendisine yekten "görüşemezsin" demişlerdi. Tigin ne ulak, ne konuk kabul ediyordu huzura. Çadırına çekilmiş, münzevi bir halde Ilgın'a, ölen evlatlarına ve kaybolan kızlarına yanıyordu. Kahrolası lanet yaşamını bitirmiş, hükmettiği insanlara bile gıpta ettirecek noktaya getirmişti kudretiyle mağrur Tigini.

"Neden?" diye başlayan hiçbir soruya cevap bulamıyordu zihninde. Neredeydiler? Yer mi yarılmıştı, gök mü yutmuştu onları? Bütün Issık'ı üç kere taratmış ama bir iz, bir şahit bulamamıştı henüz.

Yeğeni çekine çekine yanına geldiğinde Tigin çıkmasını işaret etti ona. Baycu "eski eşinizden ve kızlardan haber var galiba" dediğindeyse ok gibi fırlayıp yanına geldi. "Neredeler, bir şeyleri var mı?" Cevap verilmesine fırsat verilmeksizin sorularını sıralıyordu ki duruldu bir an. Baycu, Koray'ı huzura çağırırken tahtına geçti. Kudretiyle dinlemeliydi geleni, özlemiyle değil. O bir Tigin'di ve huzuruna çıkanları her dem titretebilmeliydi.

Koray diz kırıp selam verdikten sonra, "eski karınız ve kızlarınız Aladağ'da Tiginim" dediği an her şeye rağmen yeniden çıldırdı Andakan. Kudreti de, raconu da bir kenara bırakmış, Koray'ın yakasına yapışmıştı.

"Ne söylediğini duyuyor musun, bunadın mı sen?"

Koray mahcup bir eda takınarak "sizden izinsiz geldiklerini anladığım gibi yola çıktım" dediğinde, Andakan öfkeden köpükler saçmaya başladı. Koskoca Tigin ailesi de Aladağ'a, dünkü otacıya kaçtıysa bu dünya niye dursundu yerli yerince? Tüm bozkırın altını üstüne getirse dinmezdi gazabı. Soluk alışverişleri de hızlanmıştı. Günlerdir haber alamadığı kızlarının yaşadıklarını öğrenmek sevinci bile hayalkırıklığına ve hiddete dönüşüvermişti bir anda.

"Öktem'in ruhları seninkilerden daha güçlü çıktı" derken Koray'ın boğazına sarıldı yeniden. Sıkıyordu alabildiğine. Yüzü kızarıp morarmaya başlayan Koray'ın çırpınışları fayda etmeyince Baycu girdi araya. İlk kez bir şey yaparken Tigin'e engel oluyor, "öldürmeyin, o bize lazım" diyordu ha bire.

Andakan henüz öfkesi dinmediği için yerde soluklanmaya çalışan Koray'a iki üç tekme daha savurup tahtına yönelince Baycu çıkmasını işaret etti Koray'a. Teskin edici cümleler kurduktan sonra "Koray kılıçların zırhların yapıldığı ocağın yerini bulmuş" dedi amcasına; "şimdi akıl zamanı, öfkeyle kalkmamak lazım."

Andakan, yeğenine hak vermiyor değildi ama yine de kızacaktı.

"Benim kızımsa, senin de karın o" diyerek bu ayıba Baycu'yu da ortak etmişti yeniden. Ardından hışımla çadırını terk etti. Saatler boyunca at koşturup içindeki fırtınanın dinmesini bekledi.

Gece, üçlü toplantı için buluştuklarında Koray hâlâ ürkek, eli kolu titrek bir halde duruyordu huzurda. Andakan cevherin sırrını sordu önce.

"Nasıl işliyorlar öğrenebildin mi?"

"Henüz değil ama yakında öğrenirim."

Koray'ın sözlerinde kendisi hakkında güven duyulmasını isteyen yalvarmaklı tınılar varken, Tigin ikna edilmek için zorladı Koray'ı. Ne kadar yakındı cevherin sırrını öğrenmesi? Tüm bozkır Tigin ailesinin otacıya kaçtığını duyduktan sonra mı öğrenecekti bunu?

Koray, "kolay değil Tiginim, takdir ederseniz" diyecekken, Andakan bağırmaya başladı.

"Takdir ettiğim tek şey, bunu başarmak için fazla bir vaktinin kalmadığıdır. Ne yapacağın, nasıl yapacağın seni ilgilendirir yaşlı bunak."

Sabah, Koray gerisin geriye Aladağ'a dönerken, ulaklar da bozkır beylerine haber götürüyordu. Kurultay vardı. Kendisine bağlı olan herkesi Issık'ta görmek istiyordu Tigin...

ꞔ

Aşena mutat yerinde bir yandan annesinin mezarını izlerken, bir yandan da Dolunay'ın rüyasını düşünüyordu. —Hayal de olsa— sonunda gelinliğini giymişti. Gerçi damadın kim olduğu belirsizdi bu rüyalarda ama önemsemiyordu bunu. Öktem'in kılıcını verdiği esnada "seninle geleni Tanrı ululasın" dediği yoldaş, annelerinin işaret ettiği kişi olabilirdi pekâlâ. Hem Issık'tan kaçtıkları gece bilerek düşürdüğü gümüş bilekliğini kendisine getiren de o değil miydi zaten? Öktem'in "anneme bildirilen haktı, babamın sana söylediğiyse kendi zannıydı" demiş olmasını da yabana atamazdı.

"Öyleyse niye adı koyulmuyor bu evliliğin?"

İçindeki sese uyarak Bala Gülce'nin hastalandığı geceyi hatırlamıştı. Temir'le karşılıklı konuşurken düştükleri hal hoş değildi elbette. "Niye böyle devam etsin? Sevgimiz Öktem'e de malum değil mi?" dedikçe, tepeden aşağı avaz avaz haykırmak istemişti içindeki dileği.

Umay'ın ikrar verdiği geceki yaşananları da düşündüğünde hepten karışıverdi zihni. Umay'ın Temir'e gönlünü doğrultması çok mu önemliydi? Bunu mu bekleyecekti? Oysa kendisi bu konuda Temir'in masum olduğuna kaniydi tamamen. Üstelik Temir de kendisiyle hesaplaşmışa benziyordu. Öyleyse Gürhan'ın davası neden devam ettiriliyordu? Hem Umay'ın konukseverlik ve sevecenlikle davrandığı Dolunay da babasını öldüren Tigin'in kızıydı. Analığı, Dolunay'a gösterdiği hoşgörüyü Temir'den niye esirgiyordu ki?

Neden sonra Dolunay'ın rüyası için bu kadar gönlünün kabarmasına şaşırdı. İki koca gün ve bir gece boyunca bunu düşünmüştü. Onun derdi mi geriyordu kendisini bu denli?

"Hoşçakal" dedi annesine ve aşağıya, avıla doğru inmeye başladı. Ancak içindekiler kendisini rahat bırakmıyordu. Obayı izlediği esnada Öktem'in "sana sımsıkı sarılacağın bir vasiyet verilecek" sözünü hatırladığında yeniden sarsılmaya başladı. Vasiyetin içeriğini değil zamanını dert edinmişti. Öktem, muğlâk ve geleceğe dönük bir tutsuktan bahsederken ayrılık vaat etmişti şüphesiz. "Ben gideceğim ve o iş sana kalacak" demişti açık açık. İşin kendisi bir yana, yalnız kalacak olmak korkutucuydu başlı başına. Adımları kısalırken kendi içinde derinleşiyordu yeniden.

Öktem'in iki sözü ve Dolunay'ın rüyaları arasında yalpaladıkça hedefini arayan bir ok olmaktan çıkıp nişansız sapan taşları gibi yükselip yükselip toprağa çakıldığını hissetti. Ne olduğunu bilemediği vaatler ve görenin bile ne olduğunu anlayamadığı rüyalar mihnet olmuştu canına.

Evvelki sözünü hatırladı bu kez. Öyleyse bekleyecekti. Başka çaresi yoktu. Ne yapılacağı söylenene dek derdini dillendirmeden, vaktin olgunlaşmasını bekleyecekti sabırla.

Güneş, Aladağ'ın sırtlarına yanaşırken oba meydanına ulaştığında sofraların kurulup kızıl börklülerin toplandığını gördü. Kalabalığın arasında Dolunay ve Ilgın kadın da vardı. Öktem'i dinlemek, bahsettiği Tanrı'dan bir şeyler duymak istiyor olmalıydılar. Varıp yanlarına iliştiğinde Kutlu ikizi de gelmişti sofraya.

Öktem sağında ve solunda üçler olduğu halde konuşmaya başladı. Kaldıkları şekilde Nuh Yalavaç'tan devam ediyordu divan.

"Tanrı, tüm Kutladıklarından istediği gibi Atamız Nuh'tan da halkını uyarmasını istedi. İnsanlar olmadık şeylerden yardım dileyip sonra da onlara tazim gösterdikleri için zarardadır, dedi Nuh. Çünkü şükredilmek sadece Tanrı'nın hakkıdır. Sadece ve sadece Tanrı'ya şükredin!"

Öktem coşkuyla ayağa kalkmıştı şimdi. İşaret parmağıyla gökyüzünü işaret ederken kati bir sesle "Tanrı" dedi; "yerin de, göğün de hâkimidir!"

"O, yeryüzünü bazı kişilere terk edip gökler katına çekilmiş de değildir. Her yerde O'nun işleri vardır; bazısını bilip çoğunu bilemezseniz de... Yere gireni, yerden çıkanı, gökten ineni, göğe yükseleni O bilir sadece.[114] Siz bildikleriniz için bile olsa Tanrı'ya ne kadar şükretseniz azdır hâlâ!"

Tekrar oturduğunda Nuh Yalavaç'ın yağmur için nasıl şükrettiğini sordu insanlara. Ilgın da herkes kadar kendilerinden cevap beklenilmediğinin farkındaydı. Öktem'in söyleyeceklerine dikkat kesilmişti tüm varlığıyla.

Kutlu kişi, "yağmur yağdığında bulutlara mı şükredilir?" diye sordu bu kez. Devamında "asla" diyerek başladı.

"Şükredilmek suyu yaratanın hakkıdır. Hararetiyle suyu yükselten güneşi, her sabah yeniden doğuranın hakkıdır şükredilmek. Ve bulutları gezdiren rüzgârı ve onlara yer açan göğü yaratana şükredilir. Şükür ve secde geceyi ve gündüzü, güneşi ve ayı, herkesi, her şeyi ve tek tek 'tüm sebepleri yaratanın' hakkıdır..."[115]

Kutlu sözleri dinlediği esnada içinden "tilkiler" demişti Aybars: "Onlar bile avcılardan kaçabildiğinde kuyruklarına şükretmez. Kendilerine kaçma azmini veren Tanrı'ya şükreder ve bu azim için yaratılan ayaklarına minnet eder."

Düşüncelerinin devamında içini korku sardı apansız. Şükrü yanlış yerde ararlar, nimetin kıymetini bilemezlerse, onu kaybetmeleri kaçınılmazdı. Ululanmış cesaretin sahibi, hayatı boyunca

114 Hadid Suresi: 4.Ayet'e atfen... Fussilet Suresi:37.Ayet'e atfen...
115 Fussilet Suresi:37.Ayet'e atfen...

ilk kez korkmuştu bu kadar. Artık dualarında sürekli "kuyruklar, ayakların önüne geçmesin; bize verilen nimetler elimizden alınmasın" diye yalvarmalıydı yana yakıla.

Parmağını indirdiğinde "kendilerine bile faydası olmayan sanemleri bahane ederek birbirinize zulmetmeyin" dedi Öktem.

En çok bu kısım dokunmuştu Ilgın'a. Bir iftiranın peşi sıra hayatı çürütülmüştü. Dolunay ise sadece Öktem'i izliyordu hayran hayran, sözler umurunda değildi onun. Başka bir an, başka bir ortamda 'O'na bu denli pervasız ve pür dikkat bakamazdı ya; şükredecekse sadece bunun için şükrederdi. Üstelik de kime şükrettiğiyle bile ilgilenmeksizin...

Dolunay'ın da divanda olduğunu öğrenen Gülçiçek, kocasına yakın bir yere oturmak için Aşena'ya ilişmişti bu esnada. Zira anlatılanları dinlemek için değil birilerine görünmek için oradaydı.

Öktem, Gülçiçek'i bir an izledikten sonra Nuh Yalavaç'ın halkını binlerce kez uyardığını söyledi.

"Ama onunla alay ettiler, sen iyice sapıttın dediler. Koskoca Tanrı bir insanı mı elçi olarak yolladı bize? Elçiler de bizim gibi yaşadıktan sonra inanmayız ona, dediler. İstedikleri yemeyen, içmeyen, sevmeyen, evlenmeyen, havada uçan, suda yürüyen bir melekti belki. Kendilerine gelen elçi istedikleri gibi olsaydı bu kez de senin bizimkine benzer dertlerin yok ki sana bakıp kendimizi düzeltelim, diyeceklerdi. Tanrı böyle bir şey murad etmedi asla. Kutlular halktan ayrı değildir. Onlar halk iledir her zaman..."[116]

Bu kısımda Öktem'i sadece izlemekle yetinmiyordu Dolunay. Anlamak da istemişti, Kutlu kişilerin insan oluşunu. Acıkmaları, bir şeyleri arzulamaları, ille de sevmeleri nasıl ilgilendirmezdi kendisini?

Gülçiçek de buna benzer düşüncelerle donanmıştı. Nuh Ata, eşini el üstünde tutmaya devam etmiş miydi yoksa Öktem gibi

---

116 Hud Suresi:27,32.Ayetler, Müminun Suresi:25.Ayet, İbrahim Suresi:11.Ayet, Furkan Suresi:7.Ayet'e atfen...

o da tuhaf seslerin peşi sıra koşturup başka insanlarla uğraşa uğraşa eşini boşlamış mıydı? Buna dair izler bulmak için erini dinlemeye devam etti.

"Üzerlerine can yakıcı bir azap gelmeden önce halkını uyar, demişti Tanrı. Nuh Yalavaç, ailesinden başlayarak herkesi uyardı yeniden ve en baştan. O dehşetli günün azabının yakın olduğunu, fırsatları varken tevbe etmelerini söyledi. Ama onlar alaylarına devam ettiler. Sen aklını yitirmişsin, bırak da iyileştirelim seni, dediler..."[117]

Kendi aradıklarını bulmayan Gülçiçek, divanın son cümlesine takılmıştı şimdi. Öktem'in türedi tuhaflıkları için endişelendiğinde Kamların onu iyi etmesini dileyip yalvardığını ve erinin bundan sebep dehşetle sinirlendiğini hatırladı. Öktem'in böylesi öfkelenmesine neden olan şey Nuh'un yaşadıkları olabilir miydi? Cevabını biliyordu bunun. Asla böyle olmasını istemediği halde erinin sırtını yere vermişti bir şekilde. 'Eski'yi özlemesi veya Öktem için üzülmesi düşmanlarından yardım istemesine gerekçe olamazdı, olmamalıydı.

Öktem'in Kutlanmasından beri ilk kez kendisini bir şeyler için suçlu hissederken içindeki rutin ses, "o da suçlu değil mi?" dedi yeniden. "Öktem'in Tanrısı, senden bile kıskanıyor onu." Onaylıyordu bu sesi. Kendisi asla "anasız, atasız kal ama bensiz kalma" dememişti erine. Olabildiğince paylaşmıştı sevdiğini. Ama Tanrısı "sadece Bensiz kalma" demişti Öktem'e. Diğerlerini önemsememesini istemiş olmalıydı erinden.

"Nuh bunları düşünmüş müydü, eşinin ne hissettiğini anlamış mıydı?" derken, kanaatlerine mutlak bir doğruymuşçasına sarılıverdi Gülçiçek.

Oysa Kutlu ses divana devam ederken, ikaz kısmında sadece evvelkiler değil kendileri de asli muhatapmışçasına diriliverdi aniden. Gür ve emindi kendinden.

---

117 Hud Suresi:34,38.Ayetler, Araf Suresi:59.Ayet, Şuara Suresi:116.Ayet, Nuh Suresi:7.Ayet'e atfen...

"Tanrı bugüne kadar sana inanmış olanlardan başkaca inanacak yoktur dediğinde, Atamız Nuh; benimle onlar arasındaki hükmü sen ver, dedi artık. Tanrı'nın vaadi gerçekleştiğinde ona inanmayan halk boğulup gitti."[118]

Uyarı, üçlerin ve Aşena'nın tüylerini diken diken etmişti. Kişiler azınca Tanrı'nın gazabı er geç buluyordu insanları. O güne kadarki konuşmalar sevgi, edep ve af hakkındayken ilk kez korku üzerine bir şeyler dinliyorlardı. Yüzlerde "Tanrı korusun" diyen bir sığınma, dillerde "Tanrı sapıttırmasın bizi" diyen yakarışlar vardı.

Öktem, yok oluşun peşi sıra 'yeniden varoluş'a geçiyordu. Korkunun üzerine umut gelecek, umudun ardıysa ikaz olacaktı yeniden.

"Seller bitip sular çekildiğinde Nuh Yalavaç kendisine inanarak gazaptan kurtulmuş olanlara tekrar yeryüzüne yayılın, dedi.[119] Yafes'in payına bozkır düşmüştü. Onun evlatları burada türedi. Yafes-evladı Tanrı'ya şükrederek yaylağa çıktı, şükrederek kışlağa indi. Sürülerini bozkıra yayıp kıl çadırlarda Tanrı'yı andı. Onlar at sırtında koşturup at üzerinde öldüler ve gün geldi kime şükrettiklerini unuttular. Tanrı hatırlattı kendisini. Dua edip yakardığınız ruhlar ve sanemler gerçekte var ise zaten benim yarattıklarımdır, beni bırakıp onlardan mı istiyorsunuz, dedi.[120] Yok onlar sadece hayalse hesap günü onların sizin için ne yapabileceklerini sanıyorsunuz? Kişi-evladı nankörlük etmesin. Tanrı insanları doğru yola ilettikten sonra sakınacakları şeyleri de bir bir onlara açıklamadıkça asla kişileri yanlışa düşürmez.[121] Ve insanlar her sapıttığında Kutlu kişilerini bir bir yolladı Tanrı ve her dem uyardı yarattıklarını..."

---

118 Hud Suresi:36,37.Ayetler, Şuara Suresi:118.Ayet'e atfen...
119 Hud Suresi:48.Ayet'e atfen...
120 Saffat Suresi:95.Ayet ve Araf Suresi:194.Ayet'e atfen...
121 Tevbe Suresi:115.Ayet'e atfen...

Öktem sözlerini bitirir bitirmez kardeşine döndü hemen ve “sen ne düşünüyorsun Aybars?” deyiverdi.

Divanda söylenenler hakkında ilk kez yoldaşlarından açıktan açığa yorum istemişti Öktem. Gazap mıydı, sorduğu, nankörlük mü? Dinleyiciler ayırdına varamamıştı bunun. Üstelik ikrarı gölgeyle olanlar ve güneşe bakanlar bir aradaydı. Hangisine göre söz edilecekti? Kulaklara mı seslenecekti, gönüllere mi, anlayamamıştı Aybars. Ve ayaktaydı halen. Ellerini göbeği hizasında birleştirmiş halde saygıyla Öktem'e bakıyordu. Sözün değil nazarların buluşmasıydı bu. Gözler yekdiğerine kenetlenmiş bir haldeyken konuşan hangisiydi, belirsizdi ama ses Aybars'tan geliverdi. Diğer yoldaşlarının da gönlündekini dillendiriyordu.

“Tanrı yeniden sapıtanlardan eylemesin bizi. Nuh'un halkı gibi gazaba düşenlerin değil, nimetlendirdiği kişilerin yolundan eylesin bizi.”

Tüm dinleyicilerin ortak temennisi oluvermişti bu. Herkes canı gönülden aynı şeyi diliyordu. Sohbetin bittiğini hisseden Ilgın kadın, kendisini ayağa kaldırmalarını istedi kızlarından. Kutlu'ya gidecekti. Ancak güçlükle attığı adımlarını henüz tamamlayamadan Öktem geldi yanıbaşına. Ellerini uzattılar birbirlerine.

İkrar vardı...

“Sana ve seni gönderen Tanrı'ya şükürler olsun” diyen Ilgın, devamında kızlarına bakıyordu şimdi. Onlar da aynısını yapsın arzusundaydı. Burçin, annesinin dileğine uyarak az evvel gördüklerini tekrarlayıverdi aynen. Minicik ellerini Öktem'inkilerin üzerine koyup şükretti Tanrı'ya. Henüz kime inandığının, neye şükrettiğinin bile farkında değildi oysa.

En çok Gülçiçek heyecanlanmıştı bu duruma. Rakibesi de ikrar verir miydi? İki gün önce çadırda yaptığı hamlenin cevabını burada mı alacaktı? Oysa Dolunay kendisinden beklenenle ilgilenmiyordu bile. Tanrı'nın tekliği veya sanemlerin çaresizliğiyle değil, sadece ve sadece Öktem'e duyduğu aşkla ilgiliydi o. Güneşe yahut gölgelere baktığında, insanları dinlediğinde sadece Öktem'i buluyordu karşısında. O evrenin yegâne varlığıymışçasına aklını ve gönlünü meşgul ederken ne annesinin isteğini yerine getirebilirdi, ne de Gülçiçek'e nispet yapabilirdi.

Koray bir kenarda oflaya poflaya bekliyordu bu esnada. Tam sorusunu yöneltecekken Öktem'in Aybars'ı ayağa kaldırması, ardından Ilgın kadının ikrarı derken; mevzu soğumuştu bir parça ama yeniden ısıtacaktı. Söz istediği belli olsun diye ayağa kalktı hemen. Öktem işaret ettiğinde sorusuna geçti.

"Az evvel dedin ki dua edip yakardığınız ruhlar ve sanemler gerçekte varsa zaten Tanrı yaratmıştır onları. Ne demek bu? Tanrı kendisine yardımcılar mı yarattı?"

Öktem bu sorudaki tüm maksatları anlamıştı. Önce ilki üzerinden cevapladı onu.

"Tanrı'ya inanmazdan evvel birçoğunuz ruhlardan medet umuyordu. Bunların bir kısmı hayaldir, bir kısmıysa gerçek. Gerçek olanlar şunlardır ki Tanrı kişi-evladı ve melekler haricinde tabiatları çok daha farklı olan varlıklar yarattı. Onların âlemi insanınkinden ayrıdır. İçlerinde sizin gibi Tanrı'ya inananlar ve bağlananlar olduğu gibi, kişi-evladından bile daha şiddetle inkâr içinde olanlar da vardır. Bazı kötü niyetli insanlar onlardan[122] bilgi almak bahanesiyle tesirlerine girer, sonra da onları ulular. Tanrıymışçasına umut bağlar onlara. Ve bunu başka insanlara da kabul ettirmeye çalışır. Bu senin evvel uğraşındı Koray, iyi hatırlarsın..."

Koray bozulmuştu ithamdan ama bunu belli etmemek için gözlerini kaçırdı ahaliden ve toprağı izlemeye başladı. O esnada

122 Burada bahsedilen varlıkların Arapçadaki adı "Cin"dir. Ruhani olan her şey için "Tin" kelimesini kullanan ön-Türkçe, bu konuda da binlerce yıl öncesinden Hz. İbrahim menşeli dillerle etkileşmiş olabilir...

Kutlu ses, "sen bile bunu yapmaktan yüz çevirdin Koray, öyle değil mi?" dediğinde diliyle ve başıyla onayladı Öktem'i. Aksi halde foyası ortaya çıkabilirdi. İkrarına iyi kötü inanan birileri varken onları karşısına almak istemiyordu.

Öktem, tinlerden sonra sanemlerle ilgili konuşmaya başladı.

"İsmi bize kadar ulaşan bazı sanemler aslında sizin gibi insanlardı asırlar öncesi. Kimi cesaretiyle takdir toplayıp dillere yerleşmiş, kimi bilgisiyle görgüsüyle gönüllerde saygı uyandırmıştı. Nesiller geçtikçe adları daha çok duyulup haklarında olur olmaz harikuladeler uyduruldu. Bir zaman geldiğinde torunları onları insandan da üstün görmeye başlayınca yardımlar onlardan istenir oldu. Gücü her an yanlarında hissetmek isteyen insanlar, atalarına şekiller, kalıplar yapıp sonra da onlara tazim gösterdi. Bu türlü sanem addedilenler içerisinde ne yazık ki; Tanrı'nın Kutlu insanları bile var. Onların gösterdiği harikaları ve delilleri Tanrı'dan değil gördükleri kişilerden bildikçe doğru yoldan sapıttı insanlar. Kendilerini Tanrı'nın tekliğine çağıran Kutlulara bile tapınmak kişi-evladının en büyük sapkınlığı olsa gerek."[123]

Koray, Öktem'i dinlemekten ziyade dinleyicilerin tepkisini ölçmekle meşguldü. İnsanların duyduklarına inanmayacaklarını ummuştu ama sorusunun devamını getiren kimsenin olmamasıyla bu umudu köreliyordu usul usul.

---

123 Nuh Suresi:23.Ayette adları geçen Yağus, Yevuk, Ved, Suva, Nesr gibi ilahların ve Mekkeli müşriklerin taptıkları Lat, Menat, Uzza ve Hubel'in vaktiyle peygamber olduğunu iddia eden ilahiyatçılar vardır. Eski Mısır'da "Hikmet İlahı" olarak kabul edilen Hermes'in İdris Peygamberle aynı kişi olduğu savı da dikkat çekicidir. M.Ö.5. asırda Hindistan'da yaşamış olan Budha ömrü boyunca putlar ve putperestlikle mücadele etmiş ama öldükten sonra tapınaklara dev heykelleri dikilmiş ve inananları karşısına geçip ondan yakarmaya, ondan esenlik dilemeye başlamıştır. Benzer bir durum Hz. Üzeyr ve Hz. İsa için de söz konusudur. Her ikisi de yeryüzünden çekildikten sonra "Tanrı'nın Oğlu" ilan edilmiştir. Al-i İmran Suresi:80. Ayette ve Tevbe Suresi:30. Ayette insanoğlu bu sabıkasından dolayı ikaz edilmektedir...

"Bu yüzdendir tapılanların bile Tanrı tarafından yaratılması. Bu yüzdendir sapkınların sanemlerine küfretmememiz. Yoksa hiçbiri ne insanlara, ne de Tanrı'ya yardım edemez. Zarar da veremez, düşmanlık da edemez" diyerek cevabını bitirdi Öktem. Koray'sa merakı giderilmişçesine teşekkür etmeyi ihmal etmedi.

Divan bitip çadırlar dolduğunda yeni inancı için Tanrı'ya şükrediyordu Ilgın. Kendisini otlarla tedavi ederken "şifa Tanrı'dan" diyen Öktem'i şimdi daha iyi anlayabildiğini düşünmüştü. Yağmur için buluta değil tüm sebepleri yaratan Tanrı'ya şükrediliyorsa, derisindeki pulları bile sevebilirdi. O illete hiç tutulmamış olsaydı belki de Öktem'e inanmayacaktı asla.

Tanrı'yı yarattığı vesilelerle seven annesinin aksine Dolunay, Öktem'e kilitlenmişti sadece. Onun kalıbında gördüğü 'Aşk' Öktem'den gayrı her şeyi anlamsız kılıyordu kendisine. Gözlerinin önünde rüyalardaki ve divandaki haliyle Öktem vardı. Gece ve gündüz, yer ve gök onun etrafında dönüyordu. Onca sözüne rağmen yalnızca yiyip içen ve evlenen Kutlular bahsine takılması da bu yüzdendi. Bunca aşkın mihrabı olan ten ne diye acıkıyor, nasıl seviyordu bir kadını? Anlamak istiyordu.

Gecenin ikinci yarısına doğru nihayet uyuyabildiğinde Dolunay'ın rüyaları boş geçmiyordu yine. Öktem divandaki yerindeydi ve bu kez yalnızlardı. Kendisinden başkaca bir dinleyici yoktu meydanda ve son divandaki gibi yine göğü işaret ediyordu Kutlu parmak. "Gördüğün güneş midir, yoksa ışıkları mı?" diyordu kendisine. Cevap veremiyordu bir türlü. Öktem önceki sorusunu bir kez daha yineledikten sonra "güzel olmak mı istiyorsun, yoksa güzeli görmek mi" diyordu şimdi de.

Her iki soruya da yanıt veremeden uyanan Dolunay, çadırından dışarı çıktığında doğudan yükselmekte olan aydınlık habercisine baktı bin bir düşünceyle.

Rüyasında sorulan güneşin, karşı tepelerden doğanla aynı şey olmadığını biliyordu elbet. Ama bu sorularla neyin kast edildiğine dair en ufak bir fikri yoktu. Üstelik de cevabın salt bir merak değil, kendisi için mutlak bir ihtiyaç olduğunu da sezmişti. İçindeki ses "sonunda deli divane olacaksın" dedikçe hırçınlaşmaya başladı. Vazgeçmek elinde olsa bu halin devam etmesine razı gelir miydi bilemiyordu ama Öktem'e olan aşkı her geçen gün öylesine artıyordu ki bu aşk, kalbinin zarı oluvermişti gayrı.

Ve idrakini de yitirmişti umarsızca. Tez zamanda kendisinden bile korkar olacaktı.

ര

Öktem, güne Ilgın kadınla ilgilenerek başlamıştı. Derisindeki kepekleri gidermesi ve kemik ağrılarını hafifletmesi için kurutulmuş kayın ağacı yaprakları ve dulavrat otu vardı yanında. Tabakta ezip balla karıştırarak her sabah aç karnına bir parmak alması için de kudret narı verdi ona. Kaynattıklarını süzerek tahta kaplara aktarırken "unutma" dedi yine."Bu derdi sana veren Tanrı'dır ve onun izniyle yeniden iyileşeceksin!"

İlk uygulamayı bizzat yaparken "iyi izle beni, bundan sonra kendi kendine hazırlarsın" diyordu ki o ana dek ilgiyle Öktem'i takip eden Burçin atıldı konuşmaya.

"Bana da öğret. Ben her gün anneme hazırlarım onlardan!"

Bu arzu hoşuna gitmişti Öktem'in. Daha düne kadar tanımadığı bir kadını, anne olarak benimsemiş olan şu kızcağız şimdi onun için bir şeyler yapmak derdindeydi. Üstelik yirmi yıl önce Burçin'in yaşlarındayken kendisi de böylesi bir istekle başlamamış mıydı otacılığa? İnal'a söylemiş olduklarına nispetle "ihtiyarlarsam, hastalanırsam bana da ot kaynatacak mısın?" dediğinde, Burçin mana verememişti bu soruya. Şaşkınlığının tercümanı az sonra dilinden dökülecek olan sözlerdi.

"Kutlu kişiler de hasta olur mu?"

Öktem "elbette" diyerek yanağını okşadı Burçin'in. "Beni de bir anne doğurdu, herkes gibi ben de rahatsızlanıyorum zaman zaman."

Burçin, annesine bakmıştı Öktem'i dinlerken. Ne yapması gerektiğini anlamak için miydi bu, yoksa söylenenleri onaylamak için miydi, belirsizdi. Ama Ilgın, "öğren kızım" deyiverdi

"Öğrendiklerin belki başkalarına da lazım olur!"

Öktem, Aşena'yla birlikte çadırdan çıkarken annesinden izin almanın sevinciyle ikizlerin peşine takıldı Burçin. Dışarıdan gelen ses "bu kadar otları birbirlerinden nasıl ayırt ediyorsun?" demeye bile başlamıştı.

Tüm bu yaşananlar ve konuşmalar boyunca sesini çıkarmadan bir kenarda oturmuş olan Dolunay, Öktem'in gidişini izliyordu bin bir düşünceyle. Ona olan aşkı nedeniyle neler çektiğinden habersiz olabilir miydi? Annesine "bu derdi çekmek zorunda değilsin" derken, henüz kendi sorununun adını bile koymamıştı oysa. Bu bir hastalıksa, kendisi de hastaydı. Lanetse kendisi de kapılmıştı bir şekilde.

Öktem'in peşi sıra çıkmak istediğinde annesi seslendi hemen "yalnız bırakma beni" diyerek. "Yanımdan ayrılma kızım, sana ihtiyacım var, görmüyor musun?"

Dolunay yine de dışarı çıktığında, arkasından "sakın ona bir şeyler söylemeyesin" diye bağırmıştı bu kez. Gönlündeki fırtınanın Dolunay'a sonradan pişman olacağı şeyler yaptırmasından korkan Ilgın, ilk kez bir şeyleri fark ettiğini de açık etmişti.

Dolunay tüm yaşadıkları karşısında ilk kez böylesine açıktan isyan ederek:

"Öyleyse neden gel, dediler bana ısrarla? Mecbur muyum bu derdi çekmeye anne, reva mı bu bana?"

Ilgın türlü düşüncelerle kuşandıkça, söyleyecek söz bulmakta zorlanıyordu. Kızı, bizzat Öktem'i şahit tutmuştu derdine. Bir ara "onunla baş başayken konuşalım bunu" demek istedi ama olamayacağına kanaat getirdi. İkazı kesindi.

"Sen evlisin kızım, sakın bunu unutma!"

Dolunay günlerdir bununla yüzleşiyordu zaten. Issık'tayken rüyalarında gördüğü zümrüt parmaklı elin kendisini çekiştirip annesiyle gitmekten alıkoymasını hep hayra yormuş; "kocam, anneme benzememi istemiyor" demişti. Ancak şimdi daha iyi anlıyordu ki o el, Öktem'le arasına girmekten başka bir işe yaramıyordu.

Az sonra "evliysem ayrılırım Baycu'dan" dediğinde annesini zayıf noktasından yakalamıştı bilmeden. Öktem'in anlattığı lanet hakikatinden sonra kızının Baycu gibi biriyle evli kalmasına razı değildi Ilgın. Bunu Dolunay'a anlatamamış olmasına rağmen ayrılmalarını canı gönülden isterdi ama nasıl olacaktı bu iş? Ayrılmak için Issık'a dönerlerse bir daha kesinlikle bırakmazlardı kendilerini. Aladağ tatlı bir hayal olurdu mazide kalan.

Dolunay "elbet bir yolu var anne" diyerek cesaret bulduğu yolda ilerleyince, hoyrat gidişattan rahatsız olmuştu iyice. "Kimseye dillendirme ayrılmak istediğini" dediği esnada kısık sesle konuşup çadırın perdesini izledi bir an. Keçelerin bile buna şahit olmasından çekinircesine tedirgindi ve "sus" diyordu kızına.

"Aklından bile geçirme bu düşünceleri!"

Kaygılarında haklı olduğuna inancı tamdı. Bozkır töresi evlilerin ayrılması için iki sebep kabul ederdi. Ya ahlaksızlık yaşanmıştı aile içinde ya da erine çocuk veremiyordu kızı. 'Varistorun' meselesi yüzünden Baycu, karısına dokunamamışken, akıllara sadece ilk seçenek gelecekti.

"Sana hakaretler edilmesini mi istiyorsun kızım?" dedi bu kez.

Dolunay gayet ciddi ve diri bir tonlamayla "başka çarem yoksa bunu da çekerim" diye diklendi. Ne kadar kararlı olduğu çehresinden belliydi. Kaşları birbirine yanaşmış ve elleri titreşiyordu. Tüm bozkır, "Tigin'in kızı, kocasından ayrılmış" diye davullar çalsa dahi umurunda değildi kınanmak.

Ilgın bunu ne için göze aldığını sorduğunda başa dönüyorlardı yeniden. Dolunay, Öktem'i istiyordu şüphesiz. Onun için boşanacaktı Baycu'dan.

"Ayrıldıktan sonra seni Öktem'le dillendirir insanlar. Peki buna razı mısın kızım? Bize kalacak çadır, yiyecek aş veren Kutlu'yu ağızlara pelesenk mi edeceksin? Onun da eşi var, çocuğu var, yapamazsın bunu ona."

Bu ikazdan sonra kolu kanadı kırılıverdi Dolunay'ın. Kendisinin kınanmasına göğüs gerebilirdi belki ama Öktem'in dile düşmesine dayanabilir miydi yüreği? "Yapamam" dedi mutlak bir inançla. Öktem hak etmemişti bunu. O, yerin ve göğün, gündüzün ve gecenin sevgilisiydi. Ekmek gibi, aş gibiydi O. Sonsuz bozkırın üzerine doğan güneşti Öktem. Ona gelebilecek her türlü bela kendisinin olsundu, dünden razıydı buna.

Ilgın kadın, Dolunay'a sarılmış bir halde, "üzülme" dedi şefkatle. "Halin Tanrı'ya da malumdur kızım."

Dolunay, aklını ve gönlünü alabildiğince dolduran Öktem'le derdini halledememişken Tanrı'yı nereye koyacaktı ki? Belli belirsiz temennilerle "umarım Öktem anlamıştır" diye geçirdi içinden. Yapmayı düşündüklerinden vazgeçmişti ama gelmesi konusundaki çağrıyı ve bunun ısrarla yenilenmesini anlayamıyordu hâlâ.

Annesinin yanından ayrıldığı esnada bir an dönüp gözlerine bakmış ve "dediğin gibi bir Tanrı varsa eğer" demişti ki, kalakaldı öylesine. Getiremiyordu devamını. 'Varsa'nın peşi sıra, "bu işi halletsin" diyerek koşul mu sayacaktı Tanrı'ya; "halimi görsün ve içimi rahatlatsın" diye dua mı edecekti, boşlukta kaldı sözler.

Anne şefkati ikincisinden yanaydı. Tüm sebepleri yaratan ve sebeplere değil kendisine sığınılmasını isteyene yalvardı. Salık vermek, akıl satmaktansa kızını anlayabilmeye çalışmak ve onun için dua etmekten gayrı yapabileceği bir şey yoktu zaten.

"Tanrı emeklerini zay etmesin" diyebildi sadece, mırıltıyla ama yürekten akan bir tınıyla.

Aynı anlarda Umay da geliniyle dertleşiyordu. Alttan alıp üstten çıkıp Dolunay'ı kıskandığını güç bela itiraf ettirmişti Gülçiçek'e. Bunun manasız bir kıskançlık olduğunu anlatmaya uğraşırken Begrek'le yaşadıklarını örnek verdi.

"Ben erimle evlendiğimde onun aklında geride ikizlerini bırakarak yitip giden eski karısı vardı. Senin gibi yapsaydım ölen birini kıskanmak, onunla yarışmak zorundaydım. Ama hiçbir zaman kendime rakip almadım onu. Sen kocanın ilk ve tek eşi, biricik sevdiğisin Gülçiçek. Bunaltma onu, bir zerrecik olsun anlamaya çalış erini."

Aslında Gülçiçek, Umay'a hak vermiyor değildi. Onun Gülce'yle olan durumundan daha rahattı kendisi. Doğruydu tüm bunlar. Ama deli-divane olurcasına Öktem'e âşık bir kadının varlığı, nicedir gösteremediği sevgisini gölgelediğinden kendisini daha bir suçlu hissetmesini sağlamıştı. Evvel görmediği Tanrı'yla cebelleşirken, şimdi Dolunay'ın aşkının yüceliğinden korktuğu için kıskanıyordu erini. Hele de Öktem'in, "beni onun kadar sevebilen çıkmadı" demesinden korkuyordu delice.

Umay'dan ayrılmazdan önce "ne olursa olsun bana yardım edeceksin" dedi; "bilmediğim bir şeyler olmasın o kadınla ilgili, aklım fikrim kalmasın onda!"

-8-

Bozkır beyleri ulakların ardınca Issık'a gelmiş, Andakan'ın huzurunda yeniden kurultay toplanmıştı. Tigin, pirinççi güneylilere yaptıklarını uzata uzata, ballandıra ballandıra anlatırken ne denli intikamcı ve eskisince kudretli olduğunun üzerinde duruyordu. Güneylilerin onurlu bir haraç olarak bozkırdan aldıkları yıllık kürk ve yılkı miktarını iki katına çıkarmış, bu şekilde kendisiyle birlikte olan beylerin güçlenmesine de dikkat etmişti. Lütufkârlığı karşısında isteyeceklerine karşı durulmayacağını da hesap ederek "obadaşlarınıza sahip çıkın, artık kimse Aladağ'a gidemeyecek" dediğinde beylerin çoğu onaylamıştı kendisini. Aladağlı avcıların kürkleri, bundan böyle takas için bile kullanılmayacaktı. Otacının ardına düşenler ihtiyaçları olan buğdayı, şeker kamışını, pamuğu ve tuzu kimselerden alamamalıydı gayrı.

Az sonra beylerden biri izin isteyip kısık bir sesle derdini dillendirdiğinde dönüp dolaşıp cevhere gelmişti bahis. İnsanlar, elinde böylesi esrarengiz bir güç olan Öktem'le didişmekten sakınıyorlardı. Meselenin arka planını çözemedikleri için "otacının ruhları bunu yanımıza koymaz" vehmiyle ondan çekiniyorlardı. Gözünün gördüğü her şeyden itaat bekleyen Tigin 'en çok korkulan olma' mücadelesinin ne denli zor geçeceğini bir kez daha anlamıştı bu kurultayda. Ticari ambargo konusunda bile insanların içi titriyordu, az biraz akılları başlarına geldikçe...

Fevrilikle değil iyi düşünülmüş, yavaş ama kararlı adımlarla ilerlemesi gerektiğine kaniydi Andakan. Kurultay artık sonlanacakken, "cevher işini bana bırakın" dedi, "o işin aslını astarını ortaya çıkaracağım. O gün gelene kadar siz dediklerimi yapın yeter."

Beyler, "seninleyiz" derken bile tereddütleri olduğunu gösterince nihai teklifini yaptı Tigin.

"Ya benimle olursunuz, bu işi kökünden hallederiz; ya da birer birer av olursunuz Öktem'e. Siz bilirsiniz gerisini?"

Öktem, üç yoldaşıyla birlikte obadan ayrılırken erken döneceklerini söylemiş, Kızıl börklülerin de işlerini çabuk bitirip meydanda toplanmasını istemişti. Tigin'in ordusunu yenmelerinin kırkıncı günü olduğu için her sürü sahibi birer iduk getirecek ve Tanrı adını anarak kendi elleriyle kurbanlarını kesecekti.

Gün boyu çadırlarda hazırlanan şerbetler, kurutmalıklar, yoğurt ve pastırmalar coşkuyla sergenlere yerleştirildiğinde erkeklerin dönüşü bekleniyordu gayrı. Umay, Ilgın kadınla ilgilenirken Burçin de Bala Gülce'yi eğlemişti. Bu sevince ortak olamayan Dolunay ve Gülçiçek'in aynı sebebin farklı dertleriyle uğraştığını bilen Aşena, onlar için dua etmeyi de ihmal etmemişti.

Avcılar ormandan, çobanlar meralardan döndüğünde güneş tepeden batıya geçmek üzereydi. Öktem ve üç yoldaşı da ocaktaki işlerini tamamlayıp obaya gelince seçilmiş idukların kurban edilmesine geçildi. Herkes gönlünce bir hayvan getirmişti. Koyun, keçi gibi küçükbaşların yanı sıra sığırlar ve develer de vardı kesilmeyi bekleyen. Aksakallardan biri en beğendiği kısrağını iduk olarak sunduğunda Öktem karşı çıktı buna. Samimiyeti için müteşekkirdi, ancak atların kurban edilmemesinden yana olduğunu, bunun yerine semiz bir ineğin daha makbul görüleceğini de ekledi.

Etler kızarmaya, kazanlar kaynamaya başlarken o günkü divanın bahsini iduklardan açmıştı Öktem. Bozkır töresinde kurbanın çok önemli olduğunu hatırlattıktan sonra bu âdetin asıl kaynağına geçecekken sözü eski hocasına devretti.

Koca İnal da oğlu Bazgan kadar şaşırmıştı bu teklife. Divanda uzun uzadıya konuşmaya tevbeliydi artık. Ancak yineledi Öktem:

"Kurban töresinin nasıl ortaya çıktığını anlatmayacak mısın?"

İnal kaçamayacağını anlayınca yıllar boyu İbrahim Yalavaç'ın bir çocuğunun olmadığını, kendisinin ve eşinin yaşı kocamışken Tanrı'nın onlara oğullar bağışladığını bilebildiği detaylarla anlatmaya başladı.

"Evlatları serpilmeye başlayınca birtakım rüyalar gördü İbrahim Yalavaç"[124] dediğinde o ana dek sadece Öktem'i izlemekle yetinen Dolunay, duyduklarına kulak da kabartıyordu yavaş yavaş.

Koca İnal "Dedemiz bu rüyalara binaen oğlunu Tanrı'ya kurban etmeye niyetlendi" diyerek bildiklerini sıralarken arada bir Öktem'i de göz ucuyla takip ediyor, tepkilerini ölçmeye çalışıyordu. Yanlış bir şeyler anlatmadığından emin olana kadar tedirginliği geçmeyecekti zaten. Kutlanmışı, başka bir Kutlu'nun yanında anlatmak, üstelik yaşadığı onca şeyden sonra hiç de kolay değildi kendisi için.

O esnada Dolunay'ın aklında rüyanın peşi sıra oğlunu kesmeye niyetlenen baba vardı. Rüyalar bu denli hayatı yönlendirebiliyorsa kendisinin ne yapması lazımdı? Üç beş düşün ardınca babasını, kocasını, tahtı-tacı terk edip bozkır obasında kaç-göçle, binbir utanma ve kaygıyla rüyalardaki 'O'yu izlemek olağan değildi elbet. Üstelik gecelerce "gel" diye çağrılmasının hikmeti neydi, anlayamamış, öğrenememişti halen.

"Tanrı merhamet etti ve koçlarla birlikte Haberci'yi yolladı. Yoksa Dedemiz evladını kurban etmiş olacaktı"[125] diyerek hikâyeyi bitirdiğinde yiyeceği lokmaları hak ettiğine inanıyordu Koca İnal. Ancak Öktem, onu daha fazla konuşturmaya niyetliydi o gün.

"Dedemiz İbrahim'in kestiği dört kuşu bilir misin?"

---

124 Saffat Suresi:100–106.Ayetler'e atfen...

125 Saffat Suresi:106–108.Ayetler'e atfen...

Soru gelmese ilk kez divana aktif katılacak olan Dolunay, rüya bahsini açmaya niyetlenmişti bir cesaret ama dikkat çekmekten hicap ederek susmaya karar verdi yeniden. "Belki de zamanı değil" diyordu içten içe.

"İbrahim Yalavaç bir gün yalvarmış Tanrı'ya. Öldükten sonra dirilmeye inanmak zor geliyor, bir delil göster bize, demiş. Tanrı lütfetmiş, dört kuş yollamış o Kutlu kişiye.[126] Kaz, karga, tavus ve horoz... Onları kes, kemiklerini, etlerini birbirinden ayır, dört tepeye bırak, çağırdığında kuşların canlanıp sana geleceklerini göreceksin. İbrahim Yalavaç söyleneni yapmış, sonra da toplamış insanları. Tanrı, can nefesiyle dört kuşu da diriltip dostuna uçurmuş yeniden!"

Yaşlı hikâyeci, "şükür bu da bitti" düşüncesiyle yerine oturacakken Öktem, "yorulmadıysan" dedi şimdi de "ateşe atılmasını da anlatsana bize!"

Bu konuyu daha önce obadaşlarına asla dillendirmemiş olan Koca İnal, sadece ikisinin bildikleri bir bahsi açmıştı ilk kez. Yine doğruldu. İbrahim Yalavaç'ın büyük mabetteki putları kırdığı için suçlandığını ve zamanın zorba Tigini tarafından yakılmak cezasına çarptırıldığını söyledi. Ateşin bahçeler, dereler gibi serinleştiğini, Kutlu kişiyi yakmadığını da ekleyiverdi.[127] İlk iki hikâyeyi birkaç defa dinleyen ama sonuncusunu ilk kez duyan ahali "doğru mu anlatılanlar?" dercesine Öktem'i izlemişti bu esnada. Kutlu, kalabalığa bakarak; "ona sormak istediğniz bir şey var mı?" dediğinde, sabırsızlıkla bu anı bekleyen Aybars ayağa fırladı hemen. Telaşlı hali Öktem'e tebessüm ettiriyordu. Aybars burnundan soluya soluya sormuştu: "Dedemiz İbrahim'in ateşe atılmasını bugün mü öğrendin?" .

Bu şekil sorma 'eski' Aybars'a aitti şüphesiz. Yine delimsek bir öfkeyle anlamak veya öğrenmek maksadıyla değil, hesap sormak için atılmıştı ortaya. İnsanlar bu sayede bir şeylerin farkına

126 Bakara Suresi:260.Ayet'e atfen...

127 Enbiya Suresi:58.Ayet ve Saffat Suresi:96.Ayet'e atfen...

varsın istiyordu belki de. Andakan'ın şimşeklerini üstüne çekmekten korkan İnal, Kutlu kişiyle kibirli Tigin'in kavgasını kendisine saklamıştı her seferinde. Bunu itiraf ettikten sonra "gizli kalanları açığa kavuşturan Tanrı'ya şükürler olsun" demeyi de ihmal etmedi.

Öktem eskiden korkup gizlenme ve şimdi bunları açabilme konusuna girmeden Koca İnal'a teşekkür ettikten sonra ayağa kalkıp ortaya geçti. Başta Aşena ve üçler olmak üzere insanlar Öktem'in yorumlarını bekliyordu. Oysa Kutlu kişi, Koca İnal'ın anlattığı ilk konuya dönerek cevaplaması taş çiğnemekten bile zor olan o iç karartıcı, yürek yıkıcı soruyu yöneltti.

"Peki siz ey analar, babalar! Evladınızı canlı canlı, üstelik de kendi ellerinizle Tanrı için kurban edebilir misiniz?"

Bekârların başları henüz dik de olsa, evlat sahibi olanların yüzü toprağa çevriliyordu birer birer. Korku ve utançla öne düşüyordu başlar. Kim çıkıp göğsünü gere gere "ben yaparım bunu" diyebilirdi ki? Aklı başında olan hangi babayiğit elindeki bıçağını masum evladının boynuna dayayabilir, onu bizzat kıtır kıtır boğazlamaya razı olabilirdi?

Defaatle dinlenince 'geçmişte kalmış bir âdetçesine' bayağılaşıp anlamını yitiren ve kişilerin kendilerinden uzakta cereyan eden sıradan bir 'mutlu son' menkıbesi zannettikleri 'evladı kurban edecek olma sınavı', bütün yürekleri yerinden yuvasından fırlatacakmışçasına sarsmıştı.

"Siz yapabilir miydiniz?" sorusu kişi-evladının en son yüzleşmek istediği sorgulamalardandı elbet. Öktem de biliyordu bunu. Kimseyi kınamak için sormamıştı zaten. Kimilerinin aklından geçen "Öktem, kardeşini, babasını ve balasını kurban etti" övüncünün de peşinde değildi. Tek tek süzüyordu muhataplarını. Etin davetkâr kokusunu almaz olmuştu burunlar. Kavurmalar ve şerbetlerle dolu hevesle beklenen sofra akıllardan uçup gitmişti. Öktem daha fazla sarsmayacaktı insanları.

—Ateşten kurtardıktan sonra Dedemiz İbrahim'e "sen Benim dostumsun!"[128] dedi Tanrı. Çünkü ateşler gül bahçesine dönmeden önce kıvrım kıvrım göğü yalayarak devasa bir hal almışken o Kutlu kişi "bana Sen'den gayrı yar ve yardımcı yok" demişti Rabbine.[129] 'Dost' olmadan önce tamamen teslim olmuştu Tanrı'ya.[130] Koçlar indirilmezden evvel en sevdiği varlıktan, hem de varlıklar içerisinde en hayırlısı olan Kutlanmış oğlundan vazgeçmişti Dedemiz. Bu vazgeçişten önceyse dört kuşu kesmişti elleriyle. İlki olmadan ikincisi, ikincinin peşi sıra diğerleri olamazdı zaten. Tanrı yoluna giren, adımlarını sırayla atar. Kimseden güç yetiremeyeceğinden fazlasını istemez Tanrı.[131]

Cevap çoğu insanı rahatlatmıştı. Analar-babalar evlatlarına sarılmış "işin doğrusu buymuş çok şükür" rahatlığıyla etin davetkâr kokusunu yeniden alır olmuştu. Öktem, kurbanlardan ilk parçayı koparıp kalanını kendi elleriyle dağıttığında afiyetle yenen etler, İbrahim Yalavaç'tan ikramdı sanki. Sofra bu güzel töreyi başlatanındı ne de olsa.[132]

Karınlar doyup uykular bastırdıkça meydan tenhalaşmaya başlamıştı. Ilgın kadın, "bundan geri dikkat çekersin kızım" derken, o ana kadar gönlünce ve hiç kimseden çekinmeksizin hayran hayran Öktem'i izleyen Dolunay bile aklındaki rüya bahsini açık edemeden toparlanmıştı. Rakibesinin uzaklaştığını gören Gülçiçek de, Bala Gülce'nin uykusunu bahane ederek izin iste-

---

128 Nisa Suresi:125.Ayet'e atfen…

129 Hz. Muhammed (S.A.V); ateşe atılması olayında Hz. İbrahim'in "bize Allah yeter. O ne güzel vekil, ne güzel dost ve ne güzel yardımcıdır" diyerek dua ettiğini anlatmış ve bu duanın inananlarca tekrarlanmasını istemiştir. Bahse konu duanın Arapça versiyonu; "*Hasbunallahu ve ni'mel vekil, ni'mel Mevla ve ni'mel nasir*" şeklindedir…

130 Bakara Suresi:131.Ayete atfen. (*) Ayette geçen "teslim oldu" ifadesinin bire bir karşılığı "Müslüman oldu" şeklindedir. Bu mana itibariyle Hz. İbrahim Müslümanların atası sayılır. İslam amentüsünde geçen "İbrahim milletindenim" ikrarının kaynağı da budur.

131 Bakara Suresi:286.Ayet'e atfen…

132 Bereket ve cömertliği tasvir eden "Halil İbrahim sofrası" deyimi, bu Kutlu peygamberin adıyla maruftur…

miş ve güneşin töresine talip olanları yalnız bırakmıştı sonunda. Öktem onların da kalkmasını söylemesine rağmen dört can ısrarla ayrılmadı yanından.

Hiçbiri tatmin olmamıştı duyduklarıyla. Öktem'e bakıyorlardı. Kırat da yanlarına geldiğinde beş yoldaşı da pür dikkat kesilmişti Kutlu'ya. Sessizliğin uzamasına razı olamayan Aybars "anlat" demek istiyordu. Ancak yitirmişti o eski delimsek cesareti. Ablasına bakıverdiğinde, Aşena bir gayret doğruldu Öktem'e doğru. Derdini mahzunlukla ifade ederken "dört kuş, oğul, koçlar ve ateş; bunları Koca İnal'dan değil, senden duymak gerek" demişti. Öktem gölgelerin uzamasıyla ikrar vermek yerine güneşe bakanların, kulaklarına değil gönüllerine hitap edercesine kelimeleri vesile kıldı aralarına...

—Gece karanlığını üstüne örtünce Çoban Yıldızı için "işte Rabbim" dedi İbrahim Dedemiz. Az sonra yıldız kaybolunca "batanları sevmem" dedi bu kez. Doğan ayı seyrederken "Rabbim budur" dedi, ama o da batmıştı bir zaman sonra. Bu batışla Tanrı'nın kendisine doğru yolu gösterdiğini sezdi. Güneş doğarkense "en büyükleri bu, öyleyse Rabbim o olmalı" dedi.[133] Gece gelip o da gökyüzünden çekilince "kaybolanlar benim Rabbim olamaz" diyerek Tanrı'ya sığındı. O'nun tekliğini ve birliğini uluIadı. İkrar vermişti artık. Batanı ve doğanı, yeri ve göğü yaratan Tanrı'ydı onun Rabbi. O'ydu kendisini terbiye edecek olan. Tanrı inancından nasipsiz insanların "rabbimiz" diyerek taptığı putları kırmakla başladı işe. Yargılanıp ateşe atılma arefesindeyken Haberci, "sana yardım edeyim" dediği halde, melek bile olsa Rabbinin lütfuyla arasında aracılar olsun istemedi. "Tanrı'dan başka yar ve yardımcı yok bana" diyerek meleğin yardım sözüne itibar etmedi de, razı oldu ateşe. Önce sadece inanan İbrahim Yalavaç şimdi tamamen teslim olmuştu Rabbine. Tanrı onun için "Dostum" dedi bundan böyle. 'Dost'u ağırlayacağı için serin olması emredildiğinde[134] ateşin yapabileceği başka bir şey var mıydı

133 Enam Suresi: 76–79.Ayetler'e atfen...
134 Enbiya Suresi: 69. Ayet'e atfen...

hiç? Tanrı konuğunu ağırlamak gibi bir şerefe nail olduğu için ateş bile şükretti Rabbine..."

Öktem'i dinlediği esnada divanlarda bahsi geçen isimlendirmeleri düşünüyordu Aşena. Âdem, "Tanrı'nın Seçtiği"; Nuh, "Tanrı'nın Kurtardığı"; İbrahim Yalavaç ise "Tanrı'nın Dostu" idi. Bu üç ulu ata, üç Kutlu kişi edebin, şükrün ve teslimiyetin zirveleri olmuştu.[135]

Temir içinden yükselen sesi dinliyordu o esnada. Bu ses belki de divanın devamıydı fakat sadece kendisine söyleniyordu sanki.

"Caytgan'ı Âdem Ata karşısında kibirlendiren ateş, Âdemoğlu İbrahim karşısında secdeye geldi. Çünkü İbrahim Yalavaç nimetin asıl sahibi dururken gayrısına meyletmedi asla. Üstelik Âdem Ata bir anlık zaafla kendisine sunulan ölümsüzlüğe meylettiğinde vaadin Caytgan'dan veya melekten yahut Havva'dan gelmiş olması mühim değildi o an. Tanrı'dan gayrısından gelecek bir nimete heveslenebilmesi Âdem'in en büyük suçuydu zaten."

Aybars'ın gönlünde Caytgan dâhil hiç kimsenin düşmanlık edemeyeceği O yüce gücün, en büyük olanın 'Dostu' olmak vardı. Böylesi bir dostluğun vereceği cesaret hangi babayiğitte olabilirdi ki? Zerrelerine değin ürperiyordu bunun karşısında.

Bazgan ise 'önce inanç, ardından putları yok etmek ve tam teslimiyet' vurgusuna dikkat etmişti. Tanrı'ya verilecek ikrar, O'ndan gayrısını inkâr etmekle desteklenmeli ve hatta kişinin öz varlığı da dâhil olmak üzere Tanrı'dan başka her şey yok sayılabilmeliydi.

Öktem; "Dedem İbrahim'in kurban ettiği dört kuş seninkilerden biraz farklıydı Aybars" dedikten sonra bazı sözlerin üstüne basa basa devam etti temsile.

---

135 'Bedenlerin Atası' kabul edilen Hz. Âdem için "Safiyullah", Büyük Tufan sonrası yeniden 'Türeyişin Atası' olan Hz. Nuh için "Neciyullah", üç büyük dinin 'İnanç Atası' sayılan Hz. İbrahim içinse "Halilullah" denir. 'Ruhların Atası' (Ebu'l Ervah) ifadesine dair daha önceki sayfalarda yer alan dipnottan da anlaşılacağı üzere, Hz. Muhammed (S.A.V.) için de "Habibiullah" yani "Allah'ın Sevgilisi" denmektedir...

"Kazı bilirsiniz yaş demez, kuru demez; sıcak soğuk dinlemeden ne bulsa yer. Daha kursağındakileri çiğnemeden yarın ne yerim derdine düşer. Yiyemediklerini de toprağa gömer ki başkaları kapıp götürmesin. Gözünün açlığıyla, yarının tasasıyla yer de yer. Tavus güzelliğiyle mağrurdur. Kuyruğunu bir yaydı mı, âlem bana hayran olsun, herkes beni övsün ister. Sesinin betliğine, ayaklarının çirkinliğine aldırmadan övünür durur. Karga üç adam ömrünce yaşar, yine de aman ölmeyeyim, diyerek av derdine bile düşmez. Çöpleri karıştırmaya bile razıdır o. Horoz şehvetinin derdindedir sürekli. Çalımla dolaşsın, gelene gidene sataşsın da herifliğini göstersin ister."

Sözün devamında Kutlu parmaklarıyla karnını işaret eden Öktem, "bu kuşlar" dedi; "sadece dışarıda değil bizzat içimizde yaşar."

"Çünkü Tanrı onları bizimle yarattı ve kişi-evladının benliğine yerleştirdi hepsini. Bu yüzden ölümden korkarız ama yarına hazırlanmak yerine kaçarız ölümden. Bencilce dünyanın tüm nimetlerine sarılır, başkalarıyla bunları paylaşmaktan çekiniriz. Şehvet seslendi mi, esiri oluruz bir anda. Dedemiz İbrahim bu dört benlik kuşunu Tanrı'nın adı ve O'nun erkânıyla kesti birer birer. Kesen el teslimiyetin eliydi. Ancak Tanrı kişi-evladını benliksiz yaşatmayı murad etmediği için, benliklerimizle bir arada yaşamayı öğrenebilmemiz için o kuşları yeniden diriltti. Ve her birini sahibinin boynuna doladı.[136] Ama bu kez benliği onu kesenin emrine sunmuştu. Yani Dedemiz İbrahim'le birlikte yaratılan benliği, Kutlu ruhuna secde etmişti o an. Bunu yapabilen herkes dünyayı ve benliğini aşmıştır."

Dördü de çıt çıkarmadan dinliyordu Öktem'i. "Tanrı yoluna giren adımlarını sırayla atar" diyen Kutlu kişi, üçüncü hikâyeyi açtı şimdi.

"Dedemiz İbrahim gönlünü dünyadan temizledikten sonra öte tarafa niyetlendi. Kendisi için varlıkların en hayırlısı olan

136 İsra Suresi:13.Ayet'e atfen...

evladını, Kutlu İsmail'i boğazlayacakken aslında öte hayattan da vazgeçiyordu. Ne ödülün için seviyorum Seni, ne de cezan için korkuyorum Senden, dercesine zorlu ve yiğitçe bir terk edişti bu."

Öktem uzakta bir noktaya dalıp bir an durakaldığında 'terk ediş' mıh gibi saplanmıştı Temir'in zihnine. Ciğerlerini yırtarcasına bir yanda Aşena'ya olan aşkını, diğer yanda İbrahim Yalavaç'ın yaşadıklarını düşünüyordu o an. Her ikisini bir arada tutabilecek miydi? Daha doğrusu bu ikisi uzlaşabilir miydi aynı kalıpta? Devamını düşünmekten bile korkuyordu. Bunun mihnetiyle ürpermişti tüm varlığı.

Öktem yeniden yoldaşlarının arasına döndüğünde "yürek, O'nun mazharıdır" diyerek devam etti sözlerine.

"Yere göğe sığamayan Tanrı, Dostu'nun elma büyüklüğünce yüreğine sığar![137] Kendisine teslim olmuş yürekleri başkasıyla paylaşmak da istemez. Bu yüzden Dedemiz İbrahim'in töresine uyarak kestiğimiz her iduk için gönlümüzdeki bir konuğu söküp atarız ilelebet. Zaten hayvancağızların kanı Tanrı'ya ulaşmaz asla. O, niyetimiz ve çabamıza bakar sadece."[138]

Bazgan şimdi daha iyi anlıyordu, "evladınızı Tanrı için kurban edebilir misiniz?" sorusunu. Az evvel sadece iştahı kapananlar, İbrahim Yalavaç'ı düşündükçe gülmeyi, uyumayı bile terk edebilirdi. Kişi olmak, Tanrı'nın yeryüzündeki Temsilcisi olmak kolay değildi. Ama dağların taşların kabul etmediği bu emanet, kişi-evladının payına düşmüştü bir kere. Bundan sonrası Tanrı'nın muradına uymaktı.

"Sabırla bu yolda ilerleyenlerden eyle bizleri" demişti, içten içe...

---

137 Hadis-i Kudsi'ye atfen... (*)Hz. Muhammed (S.A.V.) henüz çocukken meleklerce göğsü yarılıp temizlenmiş ve o şekilde yeniden kapatılmıştır. Tarih kitaplarında "Şakk-ı Sadr" adıyla anılan bu olayın nişanesi olarak Hz.Resulullah'ın sol köprücük kemiği bitiminde bir 'Mühür' belirmiştir. Kızıl renkli bu mührün; 'elma' şeklinde olduğu da rivayet edilmiştir...

138 Hac Suresi:37.Ayet'e atfen...

Aybars duyduklarını adım adım sindirmeye çalışıyordu. İkrar vermenin ardından putları yani korku saçanları, korkularıyla birlikte kırıp atmak sonra tam teslimiyetti işin başlangıcı.

"Başı bile bu kadar zorken sonuna erişmeyi nasip et Tanrım" diyerek Bazgan'ın dualarına ortak olmuştu yana yakıla. Ululanmış cesaretin zirvesi için, "Tanrı'dan gayrı hiçbir şeyden korku duymamak" diyordu içinden. Kışın ve gecenin şerri, Andakanların tehditleri, eş-dostun geçim-gelecek sıkıntısı Tanrı korkusunun yanında söz edilemeyecek teferruatlardı. "Aslı dururken taklitlerinden korkutma bizi" diyerek yakarışlarına devam etti yine.

Aşena'nın aklı dört kuşla ilgili bahisteydi şimdi. Zalim Tiginler bizzat içimizdeyse, kişi kendisiyle uğraşmalıydı öncelikle. Ruha itaat etmeyen benlik, Kutlu kişiyi ateşlere atmaya kalkıştığı gibi inancımızı, Yaratıcıya olan yakınlığımızı da yakıp kül etmeye uğraşmıyor muydu? O sinsi benlik fırsat bulduğu her an "peşimden gel, senin Rabbin, terbiye edicin benim" demiyor muydu kişi-evladına? Kesilip diriltilen dört kuşçasına her dem kötülük emreden benliği ıslah edip ruhun emrine sokmak için 'Tek' olana sığındı tüm acziyetini kuşanarak. İşin sonunda cezayı da, mükâfatı da dert edinmeden yalnızca ve yalnızca Tanrı'yı diliyordu Aşena.

"Senin muradınla gelenler, Senin için olacaksa başım gözüm üstüne" derken, en çok Temir'i düşünmüştü. Tanrı mazharı olan yüreğini başkasıyla pay etmek, yaşadığı bunca nimete karşı vefasızlıktı sanki. Bundan çekindiği için "onun sevgisini Kendininkinin içinde erit Rabbim" dedi tüm zerreleriyle. Vecdle Tanrı'ya sığınırken "bunca murad tek kişilik değil" diyerek şükrediyordu; yeniden ve binlerce kez yolladığı Kutlular aşkına...

Ayağa kalkmasıyla birlikte yoldaşlarının düşüncelerini dağıtan Öktem, "herkes çadırına, iş güç var yarın, yatmak uyumak lazım" demişti. Bunca şeyden sonra sabah keçilerin peşine mi düşeceklerdi yine? Ormana gidip ot mu toplanacaktı hâlâ? Halacığın peşi sıra muhallebi mi dolaştıracaktı Aşena? Gülçiçek'e direncinden vazgeçmesi mi söylenecekti kırkıncı kez?

Hepsi de anlamıştı bunu. Evet, aynen devam etmek zorundaydılar, son nefeslerini verene değin. Herkes çadırının yolunu tutmuştu. Uyuyabilen uyusundu ancak gözler söz dinlemiyordu o gece.

Aşena, Issık'ta geçen kırk günlük sürede yaşadıklarını tartarken zihnindeki mukayeselerle uğraşıyordu. Hangisi zordu? Herhangi bir masumu kurtarmak veya doğrudan Tanrı için kendi canından vazgeçebilmek mi? Yoksa Tanrı mazharı olan ve pak kalması gereken yüreği, kendisine yabancı olan her şeyden temizlemek mi?

Tanrısal esenlikten nasipsiz olan babası Begrek bile evlatlarını kurtarmak için canını verebilmişti. Bunu kendilerini sevdiği için yapmıştı şüphesiz. İnkâr edemezdi hakkını. Üstelik müteşekkirdi babasına. Ama neticede bunu yapabilmek için Tanrısal inanca sahip olmak yeterli tek şart değildi. Candan geçmek için sadece sevmek bile yetebiliyordu.

Ya O'ndan gayrısını terk edebilmek için... Dedemiz İbrahim gibi tamamen 'teslim olabilmek' için...

Sevmek yetmiyordu işte.

Aynı mukayeseler benzer yansımalarla yoldaşların da zihnindeydi. Gölge ne kadar serin ise güneş binlerce misliyle yakıyordu Yüce'ye talip olanları...

Ve Dolunay, "rüyalar yaşamı etkiler mi?" diye düşüne dururken, nihayet gözlerinden içeri süzülen uykuda sorgulandığını görecekti yeniden.

ꝍ

Ertesi sabah, uyanır uyanmaz karşısında Dolunay'ı buluverdi Aşena. Çadırın içinde sessiz bir şekilde oturmuş, kâh Umay'ı kâh kendisini izliyor; belli belirsiz fısıltılarla sözlerini tekrar ediyordu. Yalnız kalabilmek için tepebaşına, Gülce'nin yanına geldiklerinde iyi kötü göğermiş olan elma ağaçlarına yaslanıp "yine gördüm" dedi Dolunay.

"Üç gün öncekinde Öktem'le başbaşaydık ama bu kez sen de vardın yanımızda. Öktem parmaklarıyla gökyüzünü işaret ederek gördüğün nedir, dedi bana. Güneş dedim. Emin misin, diye sordu bu kez. Emindim ama cevap veremedim ona. Sonra dönüp sana da sordu. Dolunay'ın gördüğü güneş mi, yoksa onun ışıkları mı, diye. Sen de cevap veremedin benim adıma. Uyanırken güzel olmayı mı istersin, güzeli görmeyi mi, diyordu Öktem. Düşünmekten, yanıt aramaktan gözüme uyku girmedi bir türlü..."

Dolunay'ın sesinde ve görüntüsünde sebebi bilinmeyen bir panik vardı sanki. Sınava çekildiğinde cevap verememişliğinin mahcubiyetini kuşandıkça hırçınlaşmıştı. Hop oturup hop kalkarken "bir şey söyleyemedim" diyordu, yineleye yineleye. Az sonra kendisini ayıplaması geçtiğinde yalvarmaklı bir hale bürünüverdi.

"Sence ne demem lazımdı? Ne olur sen söyle bana!"

Aşena rüyaların dilinden anlamadığını birkaç kez tekrarlamıştı ama Dolunay ısrarlarına devam ediyordu. "Ne söylemeliydim?" diyerek somut bir şeyler arıyordu umarsızca.

Neticede rüyası muğlâk değildi. Açık açık sorulmuştu her ikisi de. Güneş mi, yoksa ışıklar mıydı gördüğü? Güzel olmak mı, yoksa güzeli görmek mi isterdi?

Aşena bir an "rüyada bahsedilen güneşten maksat Tanrı aşkıdır" diyecekken çekinip vazgeçti. Dolunay'ın kendisini yanlış anlamasından korkuyordu. Sanem düşüncesiyle arasına aşılmaz mesafeler koyamamış olan bir akıl, gönlündeki böylesi taşkın bir sevdayla doğru anlayamazdı bu temsili.

"Işık, O'nun bize yolladığı Kut'un kalıbıdır, Kutlanmışın kendisidir ışık" dese, nasıl anlaşılacaktı, yine bilemiyordu. Yardım etmek istediği arkadaşıyla aynı dili konuşamamak sıkıntıya sokmuştu kendisini. Bir şeyler arıyormuşçasına annesinin mezarına eğildi, topraklarını avuçladı. Vazgeçip obayı izlemeye koyuldu bu kez.

Aradan geçen onca zamana rağmen hâlâ bir şeycikler söyleyememişti arkadaşına. Dolunay, Aşena'nın sürekli değişen haline aldırmaksızın, "beni çağırdınız ama güneş nedir, ışık ne; siz de mi bir şey bilmiyorsunuz?" dedi, şimdi de. Bunu hesap sormak amacıyla söylememişti kızcağız. "Böylesi coşkun bir aşk içerisinde bocalarken bildiklerinizi neden benden gizliyorsunuz?" sitemiydi bu. Yaşadığı ıstıraplar ve ikilemler tenini de yıpratmaya başlamıştı. Esrarengiz bir davete icabet etmek, yeni yeni dertler açıyordu başına. Şimdi de 'güneş' ve 'güzel' çıkmıştı karşısına.

"Derdimi sır gibi dinleme. Halimi kardeşine de anlat Aşena. Deli divane olacağım" deyiverdi, sonunda. Birkaç gün önce annesiyle konuşurkenki dinginliği kaybolmuştu. Öktem'e zarar verebilecek olma korkusu, 'arayışın coşkunluğu' yüzünden gölgeye çekiliyordu usul usul.

Arkadaşına 'aşkın diliyle' konuşmaya niyetlenen Aşena temsile başlamazdan evvel Issık'tayken gizlice Ilgın'a gittikleri esnada görünce kaçtıkları gece devriyelerini hatırlattı. Sonra da:

"Akıl" dedi, üzerine bastıra bastıra; "şehrin bekçilerine benzer. Aşk ise her dem parıldayan güneşe... Şimdi sen söyle bana! Güneş şehre uğradığında ve her yan ışıl ışıl aydınlandığında gece bekçilerine ihtiyaç kalır mı?"

Devamında "sen onu görmeyi sev, bakması bile başına bunca dert açmışken bizzat güzel olmak neler istemez ki senden?" diyecekken, durakaldı Aşena. Dolunay'a dair Tanrısal murad her ne ise elbet başına gelecekti tastamam. Haddini aşarak onu yönlendirmekten çekinmişti şimdi. Sabır telkin eden tınılarla konuşmaya başladı bu kez.

"Sana verilen sevginin coşkunluğundan korkma sakın. Er ya da geç hesaplaşacaksın bununla!"

Kulakları Aşena'dayken gözleriyle de ufku tarıyordu Dolunay. Bozkırı, Turan'ı ve Fizan'ı izlemişti kendince. Hayat her yerde eski ritmiyle uzanıp gidiyor olmalıydı. Su akar, yatağını bulurdu ya muğlâk avunmalarla da olsa şimdilik üzerindeki helecan törpülenmişti. Bunu ispatlamak istercesine, "annem yalnız" dedi; "onun yanına dönmem lazım."

Dolunay tepebaşından inerken tek başına kalan Aşena, az evvel dinlediği rüyayı düşünüyordu hâlâ. Sadece Dolunay için değil, kendisi için de yoruma muhtaçtı bu rüya. Ne arkadaşına söyleyebildikleri, ne de sadece aklından geçenler tatmin edememişti kendisini.

Güneş gerçekten Tanrı'nın aşkıysa ve ışıklar da Kutlu'nun eliyle insanlara verilenler idiyse; batıp giden neydi?

Dün gece ikizinin anlattıklarını hatırlayıverdi o an. Yıldızlara, aya ve güneşe bakıp "işte benim Rabbim" diyen İbrahim Yalavaç, onların hepsinden vazgeçerken böylesi ikilemlerden mi geçmişti? Yoksa mehtabı izleyen binlerce insana inat sadece o mu görmüştü sabah olunca yıldızların kaybolduğunu?

'Güzeli görmek' yerine bizzat 'güzel' olmadıkça bunu öğrenebileceğini sanmıyordu.[139]

ଓ

Az evvelki üç-beş kelamla tesis edilen bu dinginliğin yitip gitmesine — uzaktan da olsa— Öktem'i görmesi yetmişti. Gece karası gözler yine yüreğine yüreğine işliyordu. Aşena'nın gönül ılıtan sözleri Öktem'i gördüğü anki hararetle birlikte sanki buhar olup çekilmişti üzerinden. Üstelik içine yangınlar düşürdükten sonra kendisini oracıkta bırakıp uzaklaşmıştı 'O'. Ağıllar bölgesinde toplanmakta olan çobanlar ve çıraklarının yanına gidiyordu. Önceki günlerde cereyan eden 'sürülerin karışması' ve 'tamgalama' meselesinin ne sonuç verdiğine göz atacaktı bel-

---

139 "Allah güzeldir, güzeli sever" Hadis-i Şerif'ine atfen…

ki de. Bunların hiçbiri ilgilendirmiyordu Dolunay'ı. Üzerindeki coşkunluğu kaldıramamanın ve Öktem'i bu işe karıştırmama mihnetinin ortasında kalakalmıştı umarsız. Tam da o an kafes kurulumu ve çadır takviyelerine devam etmekte olan Temir'i gördü uzaktan. Onun kendisiyle 'derttaş' olduğunu sezinliyordu.

Karşısına dikildiğinde yekten "Issık'tan kaçması için neden yardım ettin Aşena'ya?" diyerek başladı. Sözlerini pervasızca sıralarken saygısızlık yapıp yapmama, laf taşıma veya birilerini sorgulamak gibi niyetleri olmadığını iyi kötü hissettirmişti Temir'e. Kendi derdine derman aramaktan başkaca bir saikle bu işe girişmediği açıktı. Buna rağmen Dolunay'a cevap vermekte kararsızdı Temir. Bunları kendisine bile dillendirmekten korkuyordu zira. Hali Aybars ve Bazgan'ın da dikkatinden kaçmadığı için, yoldaşları az beriye çekilmişti şimdi. Dolunay yanıt alamadan derttaşını bırakmak istemiyordu. Yineledi sözlerini.

— Söylesene neden yardım ettin Aşena'ya?

—Yardım ettim, çünkü sevdim onu!

— Aşena için ölmeyi bile göze aldın, öyle mi?

Temir, artık cevap vermek istemiyordu ama direnip tartıştığı sanki Dolunay değil de, içinde gizlenmiş bir başkasıydı. Onunla cebelleşirken alevlerin başında pervaneleri düşündüğü güne gitmişti. "Ateşe uçan kanat yanarsa, ateşe uçmayan kanat neye yarar?" diyen o ses, Aşena'yı her gördüğünde, "şimdi onu daha da fazla seviyorsun" diye haykırıyordu en gür nidalarla. Ama yaşadığı her şeye karşın aşkını ifade etmekte Dolunay kadar gösterişli olmamıştı kendisi. İçindeki fırtınaları hep kabına uydurmuş, uyamadığındaysa fırtınalara nispetle içini geniş tutmaya uğraşmıştı.

Aynı ses "derttaşsınız ama asla 'haldaş' olmadınız" diyordu bu kez. "O, tavuklar gibi üç parmak yumurta için her yanı velveleye verebilir. Ama sen, kişi ağırlığınca taylar doğurup gıkını çıkarmayan kısraksın ve öyle de kalacaksın!"

Ses sonlandığında tepki vermeden oradan uzaklaşmaya karar verdi. Lakin Dolunay, kolundan tutuvermişti şimdi de. Hazır bir derttaş yakalamışken pervasızca söylenmeye devam etti.

— Aşena'yı sevdiğini Öktem'le konuştunuz mu hiç?

Temir, önce kolunu kurtarmıştı Dolunay'dan. Parmaklarıyla susmasını işaret ederek yoldaşlarının yanına gidiyordu ki kızcağız, "sen bekâr, o bekâr" diye seslenmeye başlayınca dönüverdi hemen.

"İkiniz için de bir engel yok" diyordu Dolunay; "ne diye susup duruyorsun?"

Her ikisinin de bekâr olduklarını söylerken aklındaki yegâne imkânsızlık gerekçesini sayan Dolunay, anlık taşkınlıkla kendisini de açık etmişti aslında. Temir bu şekilde konuşmamasını isterken, Öktem'le ilk kez karşılaştığı andaki kadar gerilmeye başladı Dolunay.

"Yerde ve gökte, aşında ve işinde Aşena'yı görüyorsan, beni ayıplayamazsın Temir" diyorken; sözü henüz daha tamamlanamamışken başı dönüyordu artık. Ayakta durabilmek için Temir'e yaslandığı esnada uzaktan Koray izliyordu her ikisini. Fırsatçı Kam, Temir ve Dolunay'ın tartıştıklarını ve sonunda kızcağızın bayıldığını görmüştü. Yanındakilere de onlara bakmalarını işaret etti.

Yine "eskiden böyle şeyler olmazdı obamızda" dedikten sonra; "Öktem'in ruhları Dolunay'ı çarptı, kız aklını yitiriyor" diye ekledi.

Dedikodusunu gördüğü her toplulukla daha da geliştiriyordu Koray. Beride torunlarıyla eğleşen ihtiyarlara, "Öktem, Dolunay'ı kendisine âşık etti. Ruhları kızın başkasıyla konuşmasına bile izin vermiyor. Bu nasıl bir efsundur. Hakikaten Öktem güçlü biri" diyerek iftirasından korku, lanet ve ahlaksızlık devşirmeye çalışıyordu.

Geceki divandan sonra yakaladığı herkese Temir ve Dolunay'ın Issık'taki günlerinden sevgili olduklarını, Dolunay'ın babasının zoruyla Baycu'yla sözlendiğini, bu yüzden Temir'in kızdan soğuduğunu ve Aşena'yla evlendirmek için Öktem'in Temir'i de efsunladığını söylemişti.

"Bu yüzden Aşena ve Temir, Issık'tan kaçtılar, Dolunay da bu ayrılığa dayanamayarak kocasından ayrılmayı dahi göze alıp Aladağ'a geldi. Utandığı için de kendisini Tigin kızı olarak değil, uzak diyarlardan gelmiş bir yolcu olarak tanıttı" diyordu.

Rivayetlerini öylesine çeşitlendirmiş ve birbiriyle ilişkilendirmişti ki, neredeyse kendisi bile inanacaktı sözlerine. Tedbiren her dedikodudan sonra "aman kimseye söylemeyin, Öktem'in kulağına giderse üzülür" demeyi de ihmal etmiyordu. Vır vır lakırdılar eden çenesi düşük insanlar gibi görünmekten, bundan sebep ayıplanmaktan da çekinmiyordu asla. "Üç beş burun kıvırırlar, sonunda Koray haklı mı acaba, derler" ümidindeydi. Beklediği günler öyle uzakta değildi zaten. Kartopunu elleriyle yoğurup tepeye bırakmışken karın yuvarlandıkça büyümesini ve nihayet çığın düşmesini beklemek iştahını kabartıyordu sabırsızlıkla.

Oba, gece fısıltılarının ve dere başı söylencelerinin beşiği haline gelirken Tanrısal murad da yakınlaşıyordu günden güne. Öktem ve üç yoldaşı kalan çadırların kafeslerini dökmek için yine ocaktayken kişilerin başlarına bire bir takipçi dikmeyen Tanrı, hayatın kendi akışında devam etmesini diliyordu. Aybars'ın dediği şekliyle insanlara akıl, vicdan ve 'yap-yapma bilgisi' verilmişken, gerisi onların sakınmasına ve temkinine bağlıydı gayrı.

Sonuçta gölgeler ve güneş birbirleriyle yaşamaya devam edecekti her zaman...

Ocaktaki işlemler her gün ve her saat aynı olsa bile çıkan şekiller farklıydı sürekli. Soğuyan tüm eriyikler kendi kalıbına uyarak istenen hüviyete bürünüyordu teker teker. Bazgan cevher üzerinden düşünerek "bizler için murad edilenle, ortaya çıkan aynı olacak mı?" demişti içten içe. Kendilerinde belirmesini istediği cevher, ustanın arzuladığı şekli alacak mıydı? Tanrısal emelden nasipleri nereye kadardı? Merak ediyor, edebince ve sadakatle muradını tamamlamak istiyordu.

Bazgan, gönlündekilerin Kutlu'ya malum olup olmadığını bile sınamaktan hayâ ederken Öktem soğuması gereken yeni eriyikleri killerle kaplamayı bırakıp sanki kendi kendine konuşuyormuş gibi gözlerini kapatıverdi.

"Cevheri yumuşatan ateş, elmanın olgunlaşmasına yarar mı?" demişti.

Sözleri ve konuşurkenki hali öncekilere benzemiyordu. Temir'in de sezdiği şekilde 'aşk dili'yle konuşacaktı Öktem. Nitekim cevap kısmında Kutlu gözlerini yeniden açmış, önce Bazgan'a ardından Temir ve Aybars'a bakmıştı.

"Başlarda biraz hamdır elma ama olgunlaşması için cevheri yumuşatan ateş gerekmez. Güneşin az bir harareti onları yumuşatıp tatlandırır. Ancak elmayı olgunlaştıran o hararet, cevheri eritmeye yetmez, devasa ateşlerin alevini ister o. Zaten cevher zorluklara katlanıp eziyetler çeken, dövülüp ezilerek hakaretlere maruz kalan talipler gibidir. Ateşin içinde olmakla beraber, sevinci ve hicabından dolayı al aldır yüzü. Vasıtasız olarak ateşin perdecisidir cevher. Bir bağla tutunmadan içine girdiği ateşten kaçıp kurtulması kendi bileceği bir işken içten içe yanmaya devam eder o. Suyla yetişen elma doğrudan doğruya ateş aldığında ne olgunlaşır, ne de ateşle konuşabilir. Yürümek için ayağa nasıl çarık lazımsa, cevhere onu yakacak ocak, elmaya da kendisini yetiştirecek bahçevan gerek."

Killeri yoğurmaya devam ederken yine gözlerini kapattı Öktem. Uzak diyarlardan ocağa haberler getiriyormuşçasına dingindi. Dudaklarından dökülenler gönlündeki arzusunu sır olmaktan çıkarıyordu belki de.

"Çakmak taşını kayaya vurunca sıçrayan ateş cılızdır. Ama aynı ateş, yünleri gördükçe güçlenir, güçlendikçe alevlerin dili göklere uzanır. Ateş ilk var olduğu diyara ulaşmak için çırpınır durur öylece..."

Devamında gözlerini açıp Bazgan'ınkilere baktı Öktem..

"Kişi-evladı da böyledir" deyiverdi; "Tanrı'nın sevgisi ve armağanıyla büyür, O'na ulaşmak ve ilk varolduğu diyara dönmek ister sonunda."

O an Bazgan'ın gönlüne doğan biricik dilek Kutlanmış rehberiyle her dem bir olabilmekti. Bunu her iki diyar için de istiyordu Rabbinden. Öktem'den ayrı kalmayı en büyük ceza, en ateşli cehennem bellemişti kendisine. Hiçbir şeyden çekinmediği kadar çekiniyordu ayrılıktan. Bir çift karaya bakabilecek cesareti kendisinde bulabildiğinde gözleriyle de olsa söz almak istedi Kutlu'dan.

Ve o sessiz mutabakat, aralarındaki beşinci kişiymişçesine sözleri devre dışı bırakmıştı yine. Kutsal akış gözlerden gözlere, oradan da kalbe iniyordu tüm sıcaklığıyla.

Bazgan, alnını artık toprağa yaslamışken, tenini geldiği harca kararken, biricik dileğinin derdindeydi ısrarla. Öktem'le olabilmek en yüce 'mut'tu kendisine. Bununla mutlanmanın haricindeki her nimete kapalıydı gönlü.

Alnını topraktan kaldırdığında kendi dileğini Öktem'in gözlerinde de görüverdi. Tıpkı Âdem'e secde eden melekler ve Tanrı aşkı için tazimlerini ikileyen İbrahim Yalavaç gibi vecdle secdeye kapandı bir kez daha.

Şükrediyordu Rabbine...

Aybars ve Temir de ortaktı bu şükre. Yoldaşlarına vaat edilen muştu için onun ardı sıra toprağa yasladılar başlarını. O an "bize de nasip et" demek, sanki bir kıskançlık olacakmışçasına veya yoldaşları Bazgan'ın şükrü gölgelenecekmişçesine kendilerini araya katmamışlardı. Sadece ona verilen için şükranlık duymak, Kara, Ak ve Gök kılıçların emanetçilerini tek potada eritip tek kalıba sokuyordu adeta.

Cevheri işlemeye başladıkları ilk gün "iyi kılıç katmanlarının yapışmasıyla belli olur" diyen Öktem, yoldaşlarını 'Bir' görmenin erinci ve coşkusunu yaşıyordu o an.

Öktem ve artık 'bir'lenmiş yoldaşları obaya döndüğünde ahali, akşamüzeri rutinindeydi. Kadınlar yine divan sofrasını kurmak için koşuşturuyor; erler sürülerini ağıllara yerleştirmeye çabalıyordu. İhtiyarlar erkenden meydanda yer tutmuş, arada laflayarak Kutlu sohbeti bekleşiyordu.

Yoldaşlar kafes parçalarını o gün çalışacakları çadırların yanıbaşına indirmeye de başlamıştı. Oysa Öktem, mutat üzere yoldaşlarıyla çalışmak yerine sadece "kolay gelsin" diyerek ayrıldı yanlarından. Doğruca çadırına gidiyorken, Bala Gülce'yi bulmuştu yolda. Onu da kucaklayıp içeri girdiğinde, Gülçiçek'i döşeklere yaslanmış bir halde ağlarken buluverdi. Kan kızıldı gözleri. Uzun zaman sonra ilk kez başka türlü bir hayalkırıklığıyla bakıyordu kendisine. Kızını beşiğine yatırırken, nispeten sakin tınılarla "ne oldu?" dedi eşine.

— Neden ağlıyorsun?

Bir türlü gelmeyen cevap, yeniden sinirlendirmişti kendisini. Şimdi daha sert olan bir tonlamayla yineledi sorusunu.

— Noldu sana Gülçiçek?

— Doğru mu söylenenler?

— Kimden duyduğuna bağlı.

İçeriğinden ziyade sözün sahibini merak etmesi Gülçiçek'in hoşuna gitmemişti. "Ne önemi var kimden duyduğumun?" dediği esnada, Aşena giriverdi içeri. Öktem onu görür görmez "Dolunay'ı çağır buraya" dediğinde, Gülçiçek yüzleştirileceklerine vehmedip korkmaya başladı.

Eşindeki bu korkuyu artırmak istercesine ikizinden bile önce dışarı çıkan Öktem, ilk kez bu denli öfkeli görünüyordu. Onu bu halde gören Umay, hiçbir şey sormaya cesaret edememişti ama o da hissedebiliyordu mevzuu. Onun da kulaklarına bazı sözler çalınmış, soranlara "yok öyle bir şey, nerden uyduruyorsunuz?" diyerek kestirip atmıştı.

Öktem az ilerideki bir kayaya oturduğunda Aladağ'ın ardınca güneşin batışını izliyordu sükût halde. Obada olan bitenlerden Tanrı izniyle haberdardı. Onca emek verdiği insanlar sanki hiçbir şey öğrenmemişlercesine üç beş lafın ardına düşmüştü ve bunun kırgınlığını yaşıyordu kendi içinde. Avılda görüp saygıyla selam edenler, sohbeti bir akşam bile kaçırmaktan çekinenler sanki başkalarıydı. Hem Kutlandığına inanıyorlar, hem de canlarına ve evlatlarına kast etmiş düşmanlarıyla birlik olan bir adamın sözlerini tekrarlıyorlardı bilip bilmeden.

Onulmaz sıkıntılara bürünürken "kişi-evladı gerçekten nankör mü?" diyordu kendi kendine. Eskilerin onca yaşanmışlığından hiç mi ders alınmıyordu? Üstelik masum bir cana atılan iftiranın temizlenmesiyle başlamıştı Kut ile adaletsizliğin kavgası. Aylar önce işin aslını bilemedikleri için hiçbiri Bazgan'ı kurtarmak için harekete geçmemişti ama gökten indirilen cevherin ardından canlarını budaktan esirgemeden Aşena ve Temir için Andakan'la savaşabilmiş olan bu insanlar, şimdi ne yapmak istiyordu böyle?

Garipsediği de buydu zaten.

Huyların değişmesi canların çıkmasından daha zordu nedense. Zalim ve mazlum, gaddar ve mağdur, ateşle toprak gibi ayrışamıyordu yekdiğerinden. Bu yüzden kızıyordu insanlarına.

"Toprak ve ateş" diye tekrarlarken, kendisini de yokladı.

"Nerede yanlış yaptım?" diyordu, daha da önemlisi bu nasıl telafi edilecekti?

Fazlaca düşünmesine gerek yoktu. Koca İnal'ın hikâyelerindeki güvercinler gibi iki kere nasihati dinlenmeyince kendisini geri çekemeyeceğini biliyordu. Ta ezelden seçilmiş olan

Kutlular, Tanrı'nın yeryüzündeki suyu değil miydi? Sapkınlığın ateşini gördükçe söndürecekler, kirlenen toprağı yıkayacaklardı her seferinde. Bunu yinelemek bizzat cevheri işlemekti zaten. Usta, ocakta kaldığı sürece devam etmeliydi kendi işine. Tıpkı Caytgan'ın ve nefes alıp vermekte devam eden tüm benliklerin yapageldiği şekilde...

Derince bir iç çekerken az evvelki öfkesini dindirmeye çalıştı. "Bana Senden gayrı yar ve yardımcı yok" diyerek İbrahim Yalavaç'ın duasını tekrarladı gönlünce ve dilince.

Nispeten sakinleştiğinde oyunlarına devam etmekte olan çocukları çağırdı yanına. Hepsini öpüp sevdikten sonra yaşça en büyüklerine "var meydandakilere söyle, bu gece divan olmayacak" dedi. Henüz onlar bile ayrılmamışken İnal ve birkaç Aksakal izin isteyip kürklerden söz açmıştı.

"Çerçilere verdiğimiz mallar geri geldi. Kimse Aladağ'ın kürklerini kabul etmiyormuş."

Kutlu'nun sessiz kalışından söze devam edilmesi gerektiği sonucuna varan diğer Aksakal, "buğday ve şeker kamışı da vermiyorlar bize, ne yapmak gerek?" diye akıl danışınca, bu kez sessizliğini bozdu Öktem.

"Güneyli pirinççilerle konuşurum. Kendimiz eker, kendimiz yetiştiririz ne lazımsa..."

Cevabın kısalığı ve tınılardaki hoyratlıktan konuyu uzatmamaları gerektiğini anlamıştı Koca İnal. Aksakallara işaret ederek kendisiyle gelmelerini sağladıktan az sonra usul ve utangaç adımlarla yeniden döndü yanına.

"Tanrı ve Kutlu elçisi en doğrusunu bilir" derken "nolur sözümü kesme" diyen bir yakarış vardı yüzünde. Öktem, beklediği kişilerin henüz gelmemesiyle yaşlı hikâyeciye aradığı fırsatı vermişti nihayet.

"Koray ortalığı karıştırıyor. Ben de onun dolduruşlarına gelmiştim ama Tanrı lütfuyla aydım sonradan. Bu herif ahalinin ağzına kenger[140] gibi saracak sizi."

Mahcuptu konuşurken ancak sözlerini bitirdiğinde üzerinden büyük bir yük kalkmışçasına dinginleşmişti İnal. Uzaktan Aşena ve Dolunay'ı gördüğünde ne yapması gerektiğini de hissetmişti.

Öktem, üç kadını bir süre başbaşa beklettikten sonra yanlarına gitmek istiyordu. O süre zarfınca uzaklaşan Koca İnal'ı izledi. Çok şükür, dediği gibi aymıştı biraz. Ama ayamayanlar çoktu hâlâ. "Tanrım onlara da nasip et" diyerek doğruldu kayadan.

İçeri girdiğinde üç kadın da ayrı ayrı köşelere sinmiş, çıtlarını çıkarmaksızın kendisine bakıyordu. Beşik boştu. Balayı, Umay almış olmalıydı. Üçünü de ayrı ayrı izledikten sonra nihayet Gülçiçek'in yanına oturdu.

Yine bir süre sessiz kaldıktan sonra ilk sözü "birbirinizle konuştunuz mu?" olmuştu.

Üçü de muhataptı bu soruya ama hiçbirinden cevap gelmiyordu. Sessizlik devam ederse eri yeniden sinirlenebilir endişesiyle Gülçiçek aldı sözü.

"Dedikodular herkesin dilinde Öktem. İlk kim başlatmış bu lafları bilmiyorum."

Aynı anda Aşena ve Dolunay'a da bakıvermişti. Başlatanı biliyorlarsa söylemelerini istiyordu. Hepsinin iyi kötü tahmin ettiği ve Öktem'in emin olduğu üzere kaynak Koray'dı. Ona malzeme vermenin pişmanlığındaki Dolunay, dedikoduyu başlatana takılmaksızın "hepsi benim suçum" dedi.

— Aşena'nın da Gülçiçek'in de bu işte bir kabahati yok!

—Dediklerinin sonucuna katlanabilecek misin?

Sert ve kararlı konuşmuştu Öktem. Dolunay'ın içi titriyordu. İlle de o zifir karası gözler kendisine odaklandıkça mehtabın

---

140 Kenger; köklerindeki öz sütün dondurulmasıyla bir çeşit sakız elde edilen otsu bir bitkidir...

tüm parıltılarını kuşanmışçasına yakıyordu içini, içindekileri. 'O'nu ilk gördüğü andaki gibi olmuştu yeniden. Ancak devrilip bayılmasına izin yoktu sanki. Güçlükle de olsa Aşena'ya tutundu son anda.

Bakışlar aynen devam ettikçe Dolunay'ın kalbini çevreleyen zarın eridiğini seziyordu Aşena. Eriyor ve kendi kabına karılıyordu usul usul. Aşkın gölgesinden sıyrılan idraki ışıkla tanışıyordu ilk kez. Mahzunlaşmıştı arkadaşı ama yine de kararlı tınılar vardı sesinde.

— Kabahatim için vereceğin ceza her ne olursa olsun; kabulümdür. Git dersen, giderim buralardan.

'O' kendisini ilk defa doğrudan muhatap aldığında Havva Ana gibi iradesini ortaya koyup sebep olduğu cürümün sonucuna rıza göstermişti Dolunay. Aşena da biliyordu ki bunu divanlardan öğrenmemişti kızcağız. Yaşanmış ibretlerden değil, gönlündeki sesten ilham alıyordu. Böyle olmasını isteyen aşk dolu gönül "sevdiğini incitme" diyordu sanki "o ne söylerse söylesin her zaman haklıdır."

Cezasına razı görünmekle Öktem'i sadece 'eril bir nimet' olarak sevmediğini de hissettirmişti. Onda aradığı huzuru ve ışığı bile terk edebilmeyi göze almıştı kendince.

Dolunay sözlerini henüz bitirdiğinde ayağa kalkıp Gülçiçek'in yanına geldi bu kez. Ne yapacağının daha fazla merak edilmesine meydan vermeden karşısı sıra oturdu ve Öktem'i işaret ederek "o, senin erin" deyiverdi.

— Öktem, seni seviyor Gülçiçek. Sevginiz de, mutluluğunuz da daim olsun!

Gülçiçek, söylenen ve yapılanlara Öktem'in bir yorum yahut hüküm eklemesini bekliyordu bu esnada. Dolunay'a "var, git yanımızdan" diyecek miydi eri? Hâlbuki Öktem ısrarla sükûnetini bozmamıştı. Zaman zaman yapageldiği şekilde yine kimseye hiçbir şey hissettirmeme ketumluğuna sarılmış, hatta gözlerini bile kapatmıştı şimdi. Nihayet o gece karalarını yeniden açtığında elini uzatıverdi Dolunay'a. Gülçiçek anlamlandıramıyordu bu hamleyi. Eri, Dolunay'dan gitmemesini mi istiyordu?

Şimdi de Dolunay çekmişti dikkatini. Dizleri üzerinde oturduğu esnada erine doğru hafifçe eğilerek ikrar vermek istiyordu sanki. Bunu ondan beklemiyordu doğrusu. Şaşırmıştı.

Herkes gibi bileklerini 'O'nunkilerle birleştirip inancına bizzat Kutlu'yu şahit tutmak isteyen Dolunay, bir an sonra çekiverdi ellerini. Böylesi netameli bir durumda bundan bile çekinir olmuştu. İkrar için bilekleri buluşturmak, Gülçiçek'in yanında onun erine dokunmak demekti belki de. İçten içe "Tanrım yardım et" diyor ve O'ndan diliyordu, her neyse isteği...

Ondaki ikircikleri ve ardınca gelen sığınışı sezmişti Kutlu. Gülçiçek'in ne olduğuna karar vermeye çalışan şaşkın bakışları arasında Aşena'ya çevirdi yüzünü. İkizi yapılması gerekeni anlamışçasına ellerini uzattı o an. Öktem, Dolunay'a baktı yeniden. Aşena'nın boşta kalan ellerini işaret ederek:

"Tutacağın eller benimkilerdir" dedi. "O eller elmanın diğer yarısındandır. İkrarını ona verebilirsin Dolunay."

Bu sözlerle ebeveynlerine gerdek gecesinde Tanrı'dan gelen ikramı mı kast etmişti Kutlu ikizi yoksa başkaca bir şeyler mi anlatmak istiyordu, henüz anlayamamıştı Aşena. Ama emindi ki çadırda her ne yaşanıyorsa, bu üçünün de kaderi hakkındaydı. Ne Gülçiçek, ne de Dolunay tek başlarına değil, içinde kendisin de olduğu bir bağla iç içeydi.

Gülçiçek, birkaç hafta önce rakibesine yaptığı hamlenin misliyle karşılandığını düşünüyordu şimdi. İçindeki karşıt ses "başka ne türlü olabilirdi ki?" diyorken, yine de ham bulmuştu bu düşüncesini. Ne kadar aksini iddia etmeye uğraşsa da Dolunay'ınki saygıdeğer bir duruştu. Üstelik kendisini korkutacak denli büyük olan bu aşk, aşığı incitmemek uğruna tüm davasından vazgeçiyordu gözlerinin önünde.

İlk kez bu aşkın yüceliğinden korkmuyor, takdir ediyordu bilakis.

Dolunay, ikrar için Aşena'yı bileklerinden kavrarken Öktem'e kaçırmıştı gözlerini. İçindeki her türlü fırtınayı mahfuz tutarak "güzeli ve aşkı, güneşi ve ışığını yaratan Tanrı'ya şükürler olsun" dediğinde, Gülçiçek sadece duruşunu takdir etmekle kalmamış, Dolunay'ın sözlerini gizemli ve ulaşılması gerekli bir hal olarak da görmüştü. Dünkü rakibesi gölgeler içinde saklanmış olan yüreğini ılık meltemlerle dolduruyordu bir şekilde.

İkrar artık sona erince "üçünüzün de sözü bir olsun" diyerek çadırdan çıkmıştı Öktem. Muhatapları ilk anda canı gönülden onaylayıverdi bu isteği. Hatta Gülçiçek "sabahtan başlayarak herkese aynı şeyi söyleyelim, bitsin şu laf söz" diyordu ki, toparlandı aniden. Neydi o aynı şey, ne söyleyeceklerdi insanlara?

"Dolunay ikrar verdi. Temir'le de, Öktem'le de işi yok" mu diyeceklerdi? Bu bile "demek ki dedikoduların aslı astarı varmış" manasına gelmeyecek miydi?

Aşena "bizim insanlara bir şey izah etmemize gerek yok" dedi diğer ikisine; "yeter ki birbirimizi doğrulayalım!"

Çadırdan çıktığından beri aylanmaya devam eden Öktem, meydanda hâlâ birilerinin bekleştiğini görünce o tarafa meyletmişti. Yanlarına geldiğinde, Koca İnal'ın "laf söz denizinde boğulmayalım kardaşlar" diyerek Büyük Tufan'ı hatırlattığını duydu.

Kendisini görür görmez susması üzerine "rahatsız olmayın" dedi, ona. Bu esnada yoldaşlarına da göz ucuyla kalkmalarını işaret etmişti. Kendisiyle gelmelerini istiyordu. Onlar ayaklanıp peşi sıra gelecekken, Kızıl börklü Aksakallardan biri girdi araya.

"Koray'ı obadan sürmeyecek misin?"

Adamcağız derdini noksansız ifade etmişti ama Öktem cevap veya bir mimik bile vermeden yoldaşlarını alıp uzaklaştı oradan.

Az biraz yürüdükten sonra Dolunay'ı çadırına bırakıp dönmekte olan Aşena'yı görünce ondan da kendisine katılmasını istedi.

İkizi, üç yoldaşı ve dahi sessizlikle birlikte Kutlu'nun peşinde beş kişi vardı sanki. Konuşmaksızın devam edegelen aylanma esnasında herkesin zihnine farklı düşünceler akmıştı.

Bazgan az evvelki sürgün fikrine Kutlu'nun neden karşı çıktığını anlamaya çalışıyordu. Sezebildiği kadarıyla, muradı için Caytgan'ı bile kullanan Tanrı, aralarına fitne fesat salsa dahi Koray'ın da rızkını bir şekilde veriyordu. Bu yüzden sürülmekten kurtulmuş olmalıydı.

Aybars ise 'Tufan ve Nuh' bahsini düşünüyordu hâlâ. Yalavaç'ın halkıyla ilgili bir umut kalmayana dek mücadele etmesini anlamış ama sonunda gazabın gelmesini içselleştirememişti yine de. İkazın kıymeti bilinmeyince ellerinden nimetin alınmasıyla yetinmeyip onları yok mu ediyordu Tanrı?

Bir kayanın çevresinde oturduklarında dile getirdi içindekileri. Öğrenmek istediği "biz 'bu'nun kıymetini anlayabildik mi?" idi aslında. Doğrudan sormaya cesaret edemediği için lafı dolaştırmıştı. Ancak Öktem, Aybars'ın yüreğindekini okuyormuşçasına "bu?" deyip kalıverdi. Neyi kastettiğini açık seçik duymak istiyordu. Utanıp sıkılan Aybars "Tanrı'nın senin elinle ve senin dilinle bize gönderdiklerinin kıymetini anlayabildik mi?" dedi sonunda.

"Tanrı'nın sizin hakkınızdaki nimeti tamamlanmadan bunu nasıl bilebiliriz?"

Kutlu sözler olana değil olacaklara vurgu yapmıştı. Aşena haftalar sonra ilk kez içindeki sızıya dair bir şeyler yakaladığı inancıyla, ama yanıtın kendisinden çekine çekine kardeşine bir şey sormaya niyetlendi.

"Anladığım şu ki Tanrı, Âdem Ata'yla edep nimetini gösterdi bize. Nuh Yalavaç'la şükür, Dedemiz İbrahim'le teslimiyet nimetini tamam etti..."

Sözün devamı daha ağzındayken Öktem, iki elini aynı anda Aşena'nın dudaklarına götürmüştü. Devamını anlamış fakat söylenmesine müsaade etmemişti. Diğer üçü ikizleri izliyordu şimdi. Ne olduğuna veya olamadığına karar vermeye çalışıyorlardı. Aşena'nın yanakları al al oluvermişti bir anda.

Bazgan'a göre edepsizlik mi edecektim, kaygısıyla utanmış olmalıydı. Lakin Aşena'nın gözleri yaşarmaya başladığında sebebini bilemediği bambaşka bir şey olduğunu hissetti. İkizler yüzlerinde en ufak bir mimik olmaksızın, kıpırtısız bir halde birbirlerini izliyordu hâlâ. Sadece gözbebekleri titriyordu alabildiğine. An uzadıkça uzuyordu. Sanki sonsuza değin birbirlerinden ayrılmayacaktı o gözler. Bir çift kara, elaları sarıp sarmalıyordu olabildiğince. Sanki yerden ve gökten sakınıyordu dudaklarında sırladıklarını. Gözlerden birbirine akan her ne ise, "konuşmak yok" dercesine söze karşı üstünlüğünü ilan etmişti artık.

Öktem aniden ayağa kalktığında Aşena halen bozmamıştı duruşunu. Uzaktaki bir boşluğu tarıyordu. Gözünden süzülen yaşları sildiğinde Öktem'e sarıldı sımsıkı. Belli belirsiz bir şeyler söylemek istediğinde boğazı düğümlenmişti yeniden. Belli ki bir şeyler söylemesine izin yoktu o gece. Tebessümle yetiniverdi. Diğerlerine baktığında başları önlerinde kendilerini beklediklerini görmüştü. Aybars ve Bazgan akıl erdiremedikleri bu akışı bozmamak için bakışlarını kaçırmış, bir kenara çekilmişti.

Çadırlara dönüldüğünde ocaktayken ve yürüyüş sonunda yaşananları düşünüyordu Temir. Gündüz mağaradayken aylar sonra yeniden yakaladığı Öktem'in o yürek delen bakışları neler anlatmak istemişti kendilerine? Biraz önce Aşena'ya akan bir çift kara, aynını ona da mı söylemişti yoksa?

Uzandığı yerde çaresiz bir çocukmuşçasına büzülürken "yakın" dedi içinden. Tüm tenini sarsan bir titreme geldiğindeyse "yardım et Tanrım" deyiverdi. Secdeye kapandığında "o gün gelmeden gönüllerimizi genişlet" diyordu, yeniden ve yinelenen tınılarla.

"Yardım et ve gönüllerimizi genişlet Tanrım!"

Koray güneş tepeye tırmanırken ormana dalmış, takip edilmediğinden emin olana kadar alakalı alakasız yollara girip çıkmış, sonunda ocağın bulunduğu mağaranın az ilerisinde bir kuytuya saklanabilmişti. Güneş batıya dönünce ocaktan çıkan üçleri görmüş, Öktem'in içlerinde olmamasıyla işkillenmişti içten içe. Acaba onların gerisinde mi kalmıştı? Hâlâ içerideyse cevherin sırrına dair bir şeyler mi yapıyordu tek başına?

"Yoksa adamlarını yollayıp ruhlarıyla baş başa mı görüşüyor?" diyerek tahminlerini çeşitlendirdikçe içindeki merak da yükseliyordu.

Bir ara bulunduğu yerden ayrılıp biraz daha yaklaşmıştı mağaraya. "Ortalık zifiri olduğunda hâlâ içerideyse meşale yakar, ben de anlarım içerisi boş mu, değil mi?" diyordu. Baykuşlar ötmeye başlamışken mağaradan hâlâ hiçbir ışık gelmemesiyle harekete geçecekti.

Yine de ağzına kadar geldiği mağaraya girip girmemekte tereddüt ediyordu. Aynı korku hortlamıştı içinde. "Öktem tekin adam değil, ruhları musallat olmasın" düşüncesiyle adımları geri geri giderken, üzerine bastığı taş nedeniyle yuvarlanmaya başladı. Düştüğü yerden doğrulurken "boş ver, geri dön" diyordu içindeki bir ses. Diğeri, "bunca yaklaşmışken fırsatı tepme" diyerek Tigin'e verdiği sözü hatırlatmıştı. Bir hışım doğrulup düştüğü yerleri yeniden tırmanmaya başladı yeniden.

Tedbir gereği o ana kadar yakmadığı meşalesini ateşlediğinde adımlarını sürükleye sürükleye mağaradan içeri giriverdi. Issık'ta gördüğü nalbanthanelerden farklıydı burası. Daha çok bakırcıların mekânlarına benziyordu. Devasa boyutlardaki dört kazan, ateşten kararmış bir halde yan yana sıralıydı. Onların ardında insan eliyle düzleştirildiği belli olan genişçe bir kaya vardı. İçi oluklarla doluydu. Dikkatlice baksa olukların, eriyiğin alındığı kalıplar olduğunu anlayabilirdi belki ama üzerinde durmadan geçmişti. Bir yanı sürekli "acele et" diyor, ivedilikle oradan çıkmasını istiyordu hâlâ. Kazan ve olukların bittiği, mağaranın sırtını verdiği duvarda kocaman bir levha görüyordu. Dokunup dokunmamakta kararsızdı ama sonunda merakının sesine uydu. Elini attığı an levha büyük bir gürültüyle düşmüştü. Korkudan küçük dilini yutabilirdi o an. Yutkunuyor ve "Ulu Bayülgen, Ayzıt yardım edin" diyordu mırıltıyla. Neden sonra meşalesini levhanın düştüğü yere doğrulttuğunda şaşıracaktı. Levhanın kendi genişliğince bir delik vardı karşısında. Eğilip ışığı o tarafa yoğunlaştırdığında deliğin daralarak devam ettiğini gördü. Dehlizin nerede bittiğini kestirememişti ama kendiliğinden oluşmadığını da anlayabiliyordu.

"Geçit mi kazmışlar?" diyecekti ama öyle de durmuyordu. Çeperlerde belirgin bir iz aramasına rağmen bir şeyler bulamamıştı. Dehliz, tereyağı gibi pürüzsüz bir halde uzanıyordu. Ürke ürke dokunduğunda yanan ellerini hemen çekiverdi duvardan. Mağara nemli ve soğukken tünelin çeperleri sıcacıktı hâlâ. Oranın fırın olduğunu ve yandığında çeperleri eritip eriyiğe kardığını da anlayamamıştı.

Devam ediyordu dolaşmaya. Daha önce gördüklerine benzer aletler vardı karşı tarafta. Saplarının ucuna bağlanmış tokmaklar, bakırcıların balyozlarını andırıyordu. Değişik boyutlardaki bu aletlerin hemen solunda kil parçaları ve içi su dolu geniş fıçılar duruyordu. Anladığı kadarıyla kil yoğruluyordu burada. Kilin cevherle karıştırıldığını sanarak sevindi kendince. Küçükçe bir parçasını alıp cebine atıverdi. Numune gösterince Tigin'in kendisini takdir edeceğini umuyordu. Ancak hâlâ anlayamamıştı bir şeyi: Issık'taki nalbantlar, bakırcılar veya tunç ustaları, madeni eritmek için ateş yakardı öncelikle. Bunun için güneyden getirtilen siyah taşlar ve çam odunları kullanırlardı. Etrafta buna benzer hiçbir şey yoktu. Tekrar levhanın olduğu kısma yöneldi.

"Çeperler saatler sonra bile bu kadar sıcaksa, ateşi burada yakıyor olmalılar" dediğinde az evvel ıskaladığı ocağı fark etmişti nihayet ancak tahmini gerçeğin küçük bir kısmıydı sadece...

Levhayı güçlükle eskisi gibi yerleştirdikten sonra pür dikkat ocağı gözden geçirirken içeride kendisine dair bir iz bırakıp bırakmadığını da kontrol ediyordu. Geldiği belli olmamalıydı. Dışarı çıktığında içindeki seslerden biri "iyi iş çıkardın" diyerek mutlandırmıştı Koray'ı. Diğeri "henüz bir şey öğrenemedin, daha çok işin var" diyordu. Ne olursa olsun ocağa girmiş, ruhlar kendisine musallat olmadan çıkabilmişti dışarı. Üstelik cebindeki kil parçası cevherin işlendiği yere girip çıktığının şahidiydi bir şekilde. Şimdi obaya dönmeliydi bir an evvel. Ödünç atının üzerinde yaşının elverdiğince hızlı olmak istiyordu.

Nitekim obaya döndüğünde üçler henüz indirmişti yüklerini ve kendi aralarında bir şeyler konuşuyorlardı. Yanlarına kadar sokulup "kolay gelsin" deyiverdi. Kafesleri işaret ederek "iyi iş çıkarmışsınız, artık çadırlar uçuşmaz" diye sözlerine devam edecekken, ifrit bir halde ayağa kalktı Aybars. Bazgan ve Temir, yoldaşlarını durdurmak için herhangi bir hamle yapmayınca korkarak uzaklaştı oradan.

Derdi Öktem'in akşamüzeri nerede olduğunu öğrenmekti sadece. Çadırına doğru gitmekte olan Aksakallardan birine rastlayınca hoş beşin ardından konuya giriverdi. Tedirginliğinin boşuna olduğunu anlıyordu. Öktem her zamankine nazaran erken dönmüştü mağaradan. Çobanlara ve avcılara çıraklık eden güneyli çiftçilerle boykot nedeniyle edinemedikleri şeker kamışı ve buğdayın nasıl ekilip biçileceğini konuşmuş, az evvel de Ilgın kadının yanına geçmişti.

Koray kendi çadırının yolunu tutarken Ilgın kadın ellerini gösteriyordu Öktem'e. Derisindeki pulların daralıp küçüldüğünü görmekten sevinçliydi. Oğul, karabaş ve ısırgan otlarını meyan köküyle birlikte kullanınca yaraların kepermesi azalmıştı. Devam edegelen deri kaşınmalarına karşı şimdi salık verilen üzüm çekirdeklerini yedikçe o illetten de kurtulacağına emindi. Çekirdekleri ezmesi için cevherden döktüğü bir havanı Ilgın'a hediye eden Öktem, "Tanrı'nın izniyle" dedi umut vaadederek "kırk gün içerisinde vücudundaki tüm yaralar düzelir. Kışlaktayken de tamamen iyileştiğini görürsün."

Kadıncağız buna şeksiz şüphesiz inandığından kendi adına daha bir mutlanmıştı ancak aklında Dolunay vardı hâlâ. Birkaç gün önceki ikrarına rağmen yememe, içmeme ve uyumama konusunda pek değişmemişti kızı. Dilinin ve gönlünün söylediklerini tüm varlığına kabullendirmekte yetersizdi sanki. 'Güneş' ve 'güzel' ille de 'şehrin gece bekçisi' verdiği ikrara rağmen Dolunay'ı rahat bırakmıyordu bir türlü. Öktem çadırdan çıkacakken biraz daha kalmasını rica etti Ilgın.

"İbrahim Yalavaç anlatılırken Tanrı'nın rüyalarla haber verdiğini duymuştum. Dolunay'ı bir dinlesen. Sürekli seni ve kardeşini görüyor rüyalarında, başlarda Aşena'ydı gördükleri ama sonradan sana döndü!"

Öktem, kızını görür görmez Aşena'yla birlikte kendisine yollamasını isteyince içi rahatlamıştı Ilgın'ın. "Kızım şu an senin çadırında zaten" derken, bir an utanmış, ardından sebebini izah etmek zorundaymışçasına bir nefeste sıralayıvermişti.

"Umay istediydi kızlardan. Üçünüzü avılda, derede, çadırda, şurada burada birlikte görenler dedikodulara sizin inanmadığınızı anlar, ahalinin de sözü kesilir biraz, dediydi."

Ögeyinin düşüncesi hoşuna gitmişti Öktem'in. Ilgın'a "iyi etmişler" diyerek çadırdan çıktığında analığı için dualar ediyordu yine. Şefkat ve anaçlığını doğru yerde ve zamanda tekrarlayabilmesi ümidiyle...

Aladağ'a yeni yerleşenlerin çadır takviyelerini tamamlamaya uğraşan yoldaşlarına vardığında Temir ve Bazgan'a "kolay gelsin" diyerek Aybars'ı yanına aldı. Kendi çadırının önüne geldiklerinde kardeşini perdenin önüne dikti ve kimsenin kendilerini rahatsız etmemesini istedi.

İçeri girdiğinde Gülçiçek'in eski yerinde kendisini beklediğini görmüştü. Aşena ve Dolunay, Bala Gülce'yi ortalarına almıştı. Biri başını okşayıp ayakta durmasına yardım ederken, diğeri de ardı sıra muhallebisini yetiştirmeye çalışıyordu. Sadece Gülçiçek fark etmişti geldiğini. Diğerlerinin halacıkla oynaşması hoşuna gitmiş olmalıydı ki erine de işaret ediyordu göz ucuyla. Öktem sevecen bir edayla "size de kolay gelsin" dediğinde, uzanıp Bala Gülce'yi de aldı onlardan. Öpüp sevdikten sonra perdenin önünde bekleyen amcasına verdi kızını.

Döndüğünde üç kadın birkaç adımlık mesafelerle karşısında diziliydi ve "yine bir aksilik mi oldu?" endişesiyle kendisini izliyorlardı. Öktem bu kez Dolunay'ın yanına oturduğunda göz ucuyla Gülçiçek'i takip etti Aşena. "Önce benim yanımdaydın, ikrar verince ondan taraf oturdun, der mi?" kaygısıydı bu. Ancak az sonra gözlerini kaçırıverdi yengesinden. Durduk yere aklını karıştırmaktan çekinmişti belli ki.

Öktem, sözleri öncesinde sessizlik veya bir hazırlık beklemeden yekten "rüyalarını anlat" dediğinde, yüzündeki kanlar çekilmişçesine bir anda bembeyaz oluverdi Dolunay. "Sen mi söyledin?" manasında Aşena'ya bakmıştı bir an. Defalarca "kardeşinle konuş, yoksa ben söyleyeceğim Öktem'e" diyen Dolunay, arzusuna kavuşacak olmakla sevineceği yerde utanmış ve tedirgin olmuştu bir anda.

Buna rağmen Öktem "seni dinliyorum" dedi, yeniden...

Bu söz aynı zamanda "dinliyoruz" da demekti. Dolunay bunca dedikoduya mahal verildikten sonra bu sıkıntının dayattığı şartlara uymaları gerektiğini biliyordu elbet. Ancak sözlerini toparlamak uğruna bekledi bir an. Ne söyleneceği uğruna meraklanan Gülçiçek'se kulaklarını dört açmış bir halde bakıyordu Dolunay'a.

İlk gördükleriyle daha doğrusu seri olup her seferinde bir adım ileriye geçen rüyalarıyla başlamıştı anlatmaya. Bilinmeyen yerde, tanınmadık kalabalıklar içerisindeki annesinin durumunu izah ediyordu. Zümrüt yüzüklü parmağın kendisini çekiştirip annesine gitmekten alıkoyduğunu da söylemişti.

Bu rüyaların hepsinde de asıl dikkat çeken annesiydi. Terk etmek ve ayrılmak üzerineydi gördükleri. Korkularını işaret ediyordu.

Öktem "güven duyamıyorsun" diyerek başladı.

"Kendine ve sevdiklerine itimadın yok. Ondandır bu rüyalar. Ancak annenle birbirinizi terk etmemeniz iyi olmuş yine de."

Aşena kendisini tartıyordu o esnada. Rüyalarında değilse bile gündüzleri, hele de Aladağ'daki yaylaktayken sürekli annesini hayalleyerek onun mezarında sükûnet buluyordu. Yorumu aynen kendisi için de kabullenmişti. Yıllarca anne özlemi zannettiği duygu aslında güvensizlikti. Boşta kalan güveni Tanrı'ya duyduğu inanç tamamlayıverdiyse; şu an "O varsa gam yok" diyebiliyorsa, bunun için Tanrı'ya ve yolladığı Kutlu'ya şükürler olsundu.

Gülçiçek ne özlenen, ne de rüyaları süsleyen anneden yana nasipliydi. O hep kendisini anne olarak görmüş, doğmadan yitip giden balasının acısını zinde tutmaya çalışmıştı. İyi kötü anlayabildiği kadarıyla kendi sorunu da güven üzerineydi. Göl kenarında erine inanan on dört yaşındaki kızın büyümesine fırsat vermemişti bir türlü. Düşük yaparken ellerinden kayıp giden masum bir bala değil, eşine duyduğu 'eril' inançtı asıl.

Öktem üç kadını da tek tek süzerken Aşena'da bir an fazla durakalmış ve gece karası gözlerle boncuk elalar yine karılmıştı birbirine. Öylesine güçlü bakışlar buluşmuştu ki Gülçiçek ve Dolunay, ikizler arasında kendilerininkinden çok farklı şekilde gelişen içeriğini bilemedikleri bir konuşma olduğunu sezebiliyordu.

Zifir karası gözler "bilmek-tanımak özelliği babadandır, yapabilmekse anaya aittir" diyordu kendi sessizliğiyle. Bu yüzden ruh atadan, bedense anneden geliyordu. Bu yüzden doğuranlar kadındı, erkekler değil...

Elalar "baba bilginin ve tanımanın muhafazası mıdır sadece?" dediğinde, kara gözler "bildiğini yapabilen er, anasının oğludur" dedi, konuya nokta koyarak...

Aşena 'annesinin oğlu' kısmıyla irkilmişti bir anda. Beti benzi sararıyordu yine. Dolunay için bir araya gelmelerine rağmen, —sözle olmasa bile— akış yine kendisi ve Kutlu ikizi arasında süregidiyordu.

Neden sonra yüzünü öteye çeviren Öktem, "seni dinliyoruz Dolunay" deyiverdi yeniden.

Kendilerini bir an için çadırda fazlalık hisseden Gülçiçek ve Dolunay, ilk kez aynı hisle bir araya gelmişlerdi. Her ikisi de hiçbir şey söylemeden ve daha fazla bir şeyler duymadan dışarı çıkmak istiyordu. "Neyi halledeceklerse, baş başa kalsın ikizler" düşüncesindeydiler. Ancak Öktem yaşanacaklara onların da şahit olmasını ve bizzat katılmalarını istediğinden, "dinliyoruz, devam et Dolunay" dedi, daha kati tonlamalarla.

"Sonraki rüyalarımda Aşena'yı görüyordum gelinlikler içerisinde" diye başlayarak Tigin'le olan durumu ve toydan sonra annesinin infaz edileceğini de ayrıntılamıştı kızcağız. Öktem'in bu konuya ne denli vakıf olduğundan ve annesiyle —kendisinin bile bilmediği detaylarla— görüştüklerinden de habersizdi.

Bu sefer rüyanın yorumuna hemen geçmemişti Öktem. Diğerlerine Aşena'yla özel bir şeyler paylaşıyorlar hissi de uyandırtmaksızın çadırın ortasındaki ana direğe bakıverdi sadece. Sessizlik uzadıkça erini düşünmüştü Gülçiçek.

"Öktem'in rüyalardan anladığını bilmezdim" diyordu kendi kendine. On dokuz yaşında göl kenarında ilk kez gördüğü, kışlaktayken özlemle ziyaretlerine gelen, Aladağ'da otacılık yapan Öktem son zamanlarda canını yakıyor olsa da kesinlikle çok değişmişti ve her gün kendisini şaşırtmaya devam ediyordu bir şekilde.

Öktem "sonraki rüyan" deyince çadırdaki kadınlar bir kez daha şaşıracaktı oysa. Özellikle de Aşena... İzahtaki gelinliğin 'emanet edilecek vasiyet' ve 'annesinin oğlu' ile ilintili olduğunu sezdiğinden, es geçilmesinden hazzetmemişti. Ama hesap sorabilir miydi Kutlanmıştan?

"Asla" dedi, kendi kendine. Sabredip bekleyenlerden olmaya devam etmeliydi.

Dolunay kendisi için en mühim kısma gelmişti şimdi. 'Çağrılma' meselesine...

"Uyandığımda bile çağrı devam etmişti" diyordu. Aladağ'a gelenler ya savaşta cevherin gücüne bizzat şahit olmuştu ya da şahitlerin söylencelerinden etkilenip gelmişti. "Davet üzerine buraya gelen sadece benim" diyerek devam edeceği esnada, Öktem'in "hayır" diyen sesi doldurdu çadırı.

"Sadece sen değilsin!"

Dolunay kendisi gibi 'çağrı' ile gelen 'öteki'ni merak ediyordu ancak Aşena anlamıştı onun kim olduğunu. Tigin'in ardı sıra obadan gidecekken elleri kolları bağlı olan Kutlu, Tanrı'dan onu dilemişti öncelikle. Bir çift gece karası göz, ateş başında pervaneleri izleyen Temir'i vurmuştu en derinden.

Dolunay "neden çağrıldığımı çok düşündüm ama anlayamadım" dedi bu kez. Devamında susup yorum bekledi Öktem'den. Oysa Kutlu, kendisine değil arkadaşına sormasını istiyordu. Onu çağıran Aşena değil miydi zaten? Uzun süre sonra yüzünü yeniden yerdeki kilimlerden kaldırıp Dolunay'a baktı Aşena. Uçları kuyruklu ela gözlerini kısarak;

"Çağrıldığına pişman mısın?" deyiverdi.

Dolunay paniklemiş bir halde "asla" dedi, kekeleyerek "asla pişman olmadım."

Aşena, sanki bizzat cevabı vermişçesine "öyleyse sebebe takılma, sonuca şükret" deyince, Dolunay vecdle kapandı secdeye. "Sebepleri de yaratan Tanrım, Sen ne yücesin" diyordu, yineleye yineleye ama içten ama dıştan...

Gülçiçek korkularının önce kıskançlığa, ardından takdire dönmesini engelleyemediği gibi şimdi de Dolunay'a imrenmeye başlamıştı. Kendisi bilfiil gördüğü, birlikte yaşadığı erine bu denli bağlanamamışken Dolunay hiç görmediği, sadece Öktem'den duyduğu bir varlığa tüm benliğiyle şükrediyor, O'nu yüceliyordu her şeye rağmen.

Mukayeseye bu kez doğru yerden başlamıştı ama devamını getirecek kudreti kendinde bulamıyordu Gülçiçek.

Öktem, "devam et" diyerek Dolunay'ı secdeden doğrulttuğunda kızcağız yine netameli bir kısma geldiğini biliyordu. "Buraya geldiğimde" derken, Öktem'i kanlı canlı olarak ilk gördüğü anı detaylandırmadan atladı.

"Rüyalarımda yaşadığım anın tekrarlandığını gördüm Aladağ'da. Aşena elimden tutup senin karşına dikti beni."

Gülçiçek, divana katılan konu komşudan Dolunay'ın o an bayıldığını duymuştu. Araya girip bunun sebebini sordu merakla.

"Rüyanda gördüklerin aynen gerçekleştiği için mi geçtin kendinden?"

Dolunay her ne kadar o zorlu kısma girmek istemediyse de kaçamayacağını anlamıştı. Yine de susmayı tercih ediyordu ki Öktem "söyleyebilirsin" dedi, "dinliyoruz seni!"

Bunun için ruhsat almak Dolunay'ın sıkıntısını gidermemişti. O an yanlarında Gülçiçek olmasa bile en az bu denli dilinin titrek, yüreğinin ürkek olacağını hissedebiliyordu. Yutkundu, Aşena'ya bakıp onun ela gözlerinde cesaret buldu bir parça. Niyesini değil, nasıl bayıldığını anlatacaktı sanki.

"O an bana bakan gözler hoş geldin, diyordu aramıza... Hoş sefa geldin, başım gözüm üstüne geldin, diyordu bana. Mutlanmıştım, geldiğim için çok sevinçliydim. Hatta yıllardır burada yaşadığımı, Issık'ta geçen zamanın gurbet olduğunu bile hissetmiştim. Sonra..."

Boğazı düğümlenmişti Dolunay'ın. Sözlerine devam etmek istiyordu ama bunu başaramayacakmışçasına çaresizdi. Aşena'ya, elmanın diğer yarısına sarıldı yeniden. "Onunkiler benim ellerimdir" denilen ikizi kavradı vecdle. Aslolana yapışamadığı için böyle olmasını tercih etmişti ve Gülçiçek de farkındaydı bunun. Kendisini yokluyordu art arda. Dolunay, Aşena yerine Öktem'e sarılsaydı bu şekilde, dedikoducular gibi bu durumdan işkillenip laf söz mü ederdi, kalkıp saçlarından mı sürüklerdi onu? Bizzat gördükleri ve hissettiklerinden sonra böylesine seven bir insana bunca acımasızlığı nasıl yapabilirdi ki?

Bunca sevgisiyle rakibe değil, öğretmendi o. Tüm obanın "Kutlu" diye belleyip dizinin dibine oturduğu Öktem'in huzurunda, onun haftalardır kendisine göstermediklerini öğretebilendi Dolunay.

Artık ayağa kalkmıştı Gülçiçek. Az önce kendinde bulamadığı kudretle donanmıştı baştan ayağa.

"Sonrasını ben söyleyeyim sana" dedi, gür bir sesle."Kocamda gördüğün her ne ise hayırlı olsun sana. Tanrı, seni ve senin gördüklerini ululasın Dolunay! Öktem'i nasıl sevmem gerektiğini anlamamı sağlayan velinimetimsin sen."

Devamında Gülçiçek de kapanmıştı secdeye.

Vaktiyle "görmediğime inanmam" diyerek, hem erinin sevgisine, hem de Tanrı'ya inanmak için şart koşan kadıncağız 'O'nu seveni görmekle ikrar veriyordu şimdi. Aylardır eski otacıya değil, teze Kutlu'ya bakan gözlerine ilk kez nasip oluyordu 'O'nu görmek ve bu yüzden gözyaşlarına engel olamıyordu bir türlü.

Secdesine diğerleri de ortaktı. Önde Öktem, arkasında Aşena ve Dolunay; dört can, alınlarını yeryüzüne dayamıştı. Yaratılışın harcındaki toprakla yapılan tazim, Âdem ve Havvaları yeniden bir araya getiriyordu.

Secde boyunca Dolunay'ın içindeki aşk kabardıkça, kabarmış; Tufan'da olduğu gibi inkârda olan her şeyi yutuvermeye hazırlanıyordu şimdi. Oysa tam da bu an kanıyla ve canıyla kişi-oğlu Öktem'e duyduğu sevgi için varlığından yükselen bir tını "sen, onu Gülçiçek'ten de fazla hak ediyorsun" deyiverdi.

Semirmiş kazın, gururlanmış tavusun sesiydi bu. "Yaratıklarına soldan ve sağdan, arkalarından ve önlerinden yanaşacağım" diyen[141] Caytgan'dı konuşturan. Nefesini aşkın bile içine karmaya çalışarak "sen, Öktem'i daha fazla sevdin" diyordu; "Gülçiçek bile seninle anladı, erinin kutlandığını..."

Secde hali devam ederken içindeki o sese "hayır" dedi Dolunay.

"Sen, geminin dışında kalmış olan Kenan'sın. İnkâr edersin, şükretmeyi de bilmezsin."

Şimdi başka bir ses vecdle beslenip tüm vücuduna yayılıyordu dalga dalga. Bu esnada kalıpların önemsizleştiğini de hissedebiliyordu artık. "Sevdiğin ne güneştir" demişti "ne de onun ışığı... Sen, güneşten aldıklarını yansıtırsın. O'nunla parlaman ne yüce nimettir sana!"

Secdeden başını kaldırır kaldırmaz kendisine uzanan bir çift bilek görmüştü Dolunay. Gülçiçek elinden tutup kaldırdığında ikisi beraber Öktem'in karşısındaydılar. Kutlu gözler, Aşena'nın da katılmasını işaret edince sekiz el yekdiğeriyle karışıktı artık. Kenetlenmişlerdi birbirlerine.

"Tanrı'ya ve yolladığı Kutlu'ya şükürler olsun" diyorlardı.

Öktem, ellerini diğerlerinin üzerinden çektiğinde, üçü de bir gün önceki duayı hatırlamıştı. "Sözünüz bir olsun" dendiğinde bunun dedikodulara karşı ağızbirliği edilmesi gerektiğini sanmışlardı. Oysa tedbir zannedilen temenninin gerçekleşmesi karşısında "Tanrım, Sen ne yücesin!" diyorlardı şimdi.

"Ne yücesin ki bizi aynı sevgide buluşturdun sonunda!"

Şükredip Tanrı'yı yücelemeye ara verdiklerinde "başka" dedi Öktem. "Başka bir şey görmedin mi Dolunay?"

141 Araf Suresi:15.Ayet'e atfen…

Kızcağız son rüyasını anlatmamıştı henüz.

"Dün gece gördüm, Aşena'nın da haberi yok bundan" dediğinde ela bakışlar anında dönüverdi ona. 'Öktem' hitabını bir daha asla kullanmayacak olan Dolunay, ondan "Kutlumuz" diye söz ediyordu ilk kez.

"Rüyamda divan vardı ve tüm oba bir aradaydık. Kutlumuz bir tas çıkardı. İçi kısrak sütüyle doluydu. Ben elma gibi onu da herkese pay edecek zannettim önce. Yanıldığımı az sonra anladım. Temir'e doğru yürüdü Kutlumuz. Tastan önce kendisi aldı bir yudum, sonra kalanın tamamını ona uzattı. Ben uyanırken Temir kana kana içmekteydi o tastan..."

Kadınlar, son rüya için de yorum beklerken Öktem dışarıdaki Aybars'a seslenmişti; Temir ve Bazgan'ı da alıp hemen çadıra gelmesi için... Doğrulup dışarı çıktığında kendisi de bizzat Umay'ı davet etti çadıra.

Geri döndüklerinde analığına başköşeyi işaret etmişti. Yan yana otururlarken bir şeyler ararmışçasına çadırını süzmeye başladı. Ortadaki sütuna geldiğinde gözleri kilitlenmişti sanki. Sadece ona bakıyordu. Çadırı ayakta tutan ana direk, 'öktem' değil miydi zaten? Tüm yoldaşların onun altında toplanma vakti gelmişti gayrı.

Tastamam bir araya geldiklerinde; kendilerine 'Ak', 'Kara' ve 'Gök' kabzalı kılıç verilenlerin başı önlerindeydi huşuyla. Dizlerini kırıp üzerine oturmuşlar, kımıldamaksızın Öktem'in dudaklarından dökülecekleri bekliyorlardı.

Öktem yirmi yedi bahar evveline gitmişti o esnada. Gözlerini açtığında Aşena'ya bakıverdi doğrudan.

"Anneme bildirilen vaadin gerçekleşmesi için beklenen işaret geldi sonunda!"

O an heyecandan öleceğini düşünüyordu Aşena. Sözün sonu kendisine malumdu ama nedense böylesi bir ürperme kaplamıştı tüm tenini.

"Aşena eriyle, yoldaşıyla evlenecek. O artık Tanrı'nın Temir kardeşime emanetidir. Hayırlı olsun hepimize!"

Sözlerini bitirdiğinde önce Aşena'ya, ardından Temir'e bakıvermişti Öktem. Az evvel dillendirdiği temenniyi bakışlarıyla da yineledi. Tanrı'nın murad ettiği bu mukadderat için engel kalmamıştı gayrı. İkiziyle yoldaşını evlendirecek, üzerindeki emanetlerin birinden daha kurtulacaktı.

Bu esnada içten içe "sonunda oldu" diyordu Aşena. Onca beklemenin ve edeben ses çıkaramamanın nihayetinde sevgileri onanmıştı.

Ama halledilmesi gereken bir mesele vardı hâlâ; orta yerde kendilerini bekleyen...

Gürhan'dı aklındaki.

İkrar verdiği akşam, analığının Temir'e sarılmak istemediğini de unutmamıştı üstelik. Şefkatle ona dönüverdi hemen. "Sen de yandın, ben de... Hepimiz yaşadık bu acıyı" diye vaazeden bakışlarla eğilip eline uzandı ögeyinin. Evlilik için söz alınması sonrası adetler üzere ne yapılıyorsa, aynen tekrarlamak istiyordu. Müstakbel gelin, önce anasının elini öpmeliydi.

Umay töreye uymuştu. Ayağa kalkıp sımsıkı sarıldı kızına. Boynundan öptü onu birkaç kez. Zihninde devir daim eden "baban da görseydi evleneceğini" düşüncesini dile düşürmeden sarılmaya devam ediyordu ki Temir belirdi yanında.

O da uzanmıştı ellerine...

Umay yüzüne bile bakamıyordu oysa. "Keşke bu anı Begrek de görseydi" demek ne kadar merhametse, o denli bir acıyla donanmıştı iliklerine değin. Şu çadırın içinde yaşanan mutluluğa öz-üvey üç evladı şahit olabilmişken, Gürhan yağız toprağın altındaydı. Ve onu daha birkaç ay önce oraya yollayan, ikrarsız bir şekilde acunu terk etmesine sebep olan adam, eline uzanıvermiş, kendisini bekliyordu.

İçindeki bir ses oğlunun ölümü için "veren de O, alan da O" derken, yine de bu işteki aracıya doğrultamıyordu gönlünü.

Öktem'e dönüverdi o an. "Ne olur bu kadarını isteme benden" diyen bakışlarla yalvardıkça, onu yumuşatabileceğini umut etmişti. Oysa evlatlığı, kartalca keskin gece karası gözlerini belirginleştirerek bundan kaçamayacağını söylüyordu adeta.

Umay yutkuna yutkuna Kutlu'ya yeniden baktığında, bu kez zaman donuvermiş, mekân belirsizleşmişti aniden. Hemen peşi sıra tenini onulmaz titremeler sardığında, bizzat kendisini görmüştü karşısında. Merakla çadıra göz gezdirdiğinde diğerlerinin yanlarında olmadıklarını fark etti. Çadırda Kutlu oğul Öktem haricinde, kendisi gibi bir Umay daha vardı.

Artık üç kişiydiler...

İkizleri büyüten ve Aybars'ı doğuran Umay ile Gürhan'ın annesi olan Umay, Öktem'i izliyordu ayrı ayrı.

Ve o Kutlu yüz dudakları kımıldamaksızın; "pekii siz" diyordu her ikisine birden: "Dedemiz İbrahim gibi evladınızı Tanrı'ya kurban etmeye kalkışabilir miydiniz?"

Yıllar sonra doğurabilen ve ilk doğurduğunu da erkenden yitirmiş olan Umay için "evlat" "özlem duyulan ve her dem acısı diri tutulmaya çalışılan keşke" demekti. Evlat, mazide kendisine sığınılan bir pişmanlıktı onun için. İbrahim Yalavaç gibi evladını kurban edecek olursa, bu ikisini de yitirirdi sonsuza dek.

"Yapamam bunu" dedi, Kutlu yüze karşı. "Katı yürekli ve taş kalpli olmamı mı istiyorsun benden?

Yanıt Öktem'den değil, ikizleri büyüten Umay'dan gelmişti. Çürüyen dişlerle ilgili temsili hatırlattı ilkin. "Geçmişin davasıyla içinde biriken merhamet bile tortulandı artık" diyordu. "Hem gönlün, hem gözün bu acıyla kapandı. Aç gözünü ve seyret Tanrı'nın nimetlerini!"

Özünü gözleri önünde yitiren Umay, "ben bu acıları görmeyi hak etmedim" deyince, diğeri Nuh Ata'nın ailesini hatırlattı bu kez..

"Benim ailemdekiler kanla bağlı değil birbirine. Onlar inançla ve ikrarla bir arada olanlardır!"

Acılarıyla yaşam bulan Umay alınmıştı bu sözden. İkrarlı Umay'a çıkışıverdi anında. "Sen evlatlarını hiç ayırmazdın hani? İkizlerden geçtim, Aybars'ı düşün biraz. Ya o öldürülseydi gözlerinin önünde. Onun katilini de affedebilecek miydin?" dediğinde, berikinin kanı çekilmişti bir anda. Ne söyleyebileceği söz kalmıştı, ne de bunu düşünebilecek takati vardı. Fersiz düşmüştü Aybars'ın da öldürülebileceğini düşünürken...

Kutlu giriverdi aralarına.

"Senden isteneni er meydanında kılıç sallayan yiğitler dahi yapamaz" diyerek, ikizleri büyüten Umay'ı alnından öptü takdirle...

Büyük bir muştu verircesine "senin doğurduğun da, büyüttüklerin de asla ölmeyecek"[142] deyiverdi; "sen, ölüp yitenlere analık edemezsin."

Kutlu ikinci kez alnından öptüğü esnada Umay, önü sıra bekleyen eli görmüştü yeniden. Zaman erimiş, mekân belirginleşmişti eskisince. Şaşkınlıkla bakındığında herkesin çadırda olduğunu ve kendisini beklediğini fark etti. Öktem sağ elini dudaklarının üzerinde gezdirip ağzını mimliyordu, kendisini süzerken. Yaşadıklarının aralarında bir sır kalmasını istiyordu. Umay, gözleriyle onayladı onu.

Ve kolunu uzatıverdi Temir'e...

Kızını everen her anne gibi el öptürdükten sonra sarılıp iki boynundan öptü Temir'i. Bu esnada kulaklarına fısıldamayı da ihmal etmemişti.

---

142 Bakara Suresi: 154.Ayet'e atfen...

"Gürhan için dua et yavrum... O, bizim kadar nasipli olamadı!"

Temir, nefes alıp verdiği müddetçe Gürhan için Tanrı'ya dua edecekti gayrı...

Kimilerinin yıllardır, kimilerinin aylardır beklediği muştu gönülleri huzura erdirmişti sonunda. Öktem az sonra secdeye vardığında çadırda bulunan diğer yedi kişi de aynen katıldı ona. Yürekler aynı secdegahta kenetlendikçe Tek ve Bir olanı ululuyorlardı hep beraber. 'Çoklar' niyazda 'yek' olmuşken sadece kelimeler farklıydı o an.

"Tanrı bu evliliği ululasın...
Meyvelerini bereketli kılsın...
O'nun muradı üzere bir araya gelenler
Her daim Tanrı'yla bir olsun!"

-9-

Ertesi sabah yoldaşlarıyla birlikte ocağa giden Öktem, Tanrı'nın adını anarak Kutlu nefesiyle göksel cevheri eritmiş sonra da bir başına ocaktan çıkmıştı. Aybars, Bazgan ve Temir akşama kadar ellerinde çekiçlerle cevheri örs üzerinde yayıp, dövüp, katlayıp egişlerden arındırarak kalıplara alacak, bu kez Aşena için hazırlanmakta olan çadırın kafesini dökeceklerdi.

Gerdeğin arıklarını dokumaya başlayan Aşena ve Umay'ın yardımına Gülçiçek koşmuş, bu esnada Bala Gülce'yi de ilgilenmesi için Dolunay'a bırakmışlardı. Bebek bakımı gibi işler konusunda hamarat sayılmayan Tigin kızı, annesinin yardımıyla bebeciği oyalamış, Burçin'in bala günlerini görememiş olan Ilgın kadın da evvel yıllarının özlemini onunla gidermeye çalışmıştı.

Yanlarına geldiğinde hummalı bir şekilde keçi kılından bez dokumakta olanlara "kolay gelsin" demişti Öktem. Hazırlıklar tüm hızıyla başlamıştı ama bir eksikleri vardı hâlâ. Umay'a bunu hatırlatmak istiyordu.

"Temir'e kim toy atalığı edecek, var mı aklınızda biri?"

Umay, ellerini ve gözlerini işinden ayırmaksızın "akıl mı bıraktın ögeyinde" dedi tebessümle. "Onu da erler düşünsün aralarında."

Analığına "haklısın" dediği esnada Koca İnal geldi Öktem'in aklına. Hoş beş ettiği akranlarının arasında bulunca teklifini ona da dillendirdi. Yaşlı hikâyeci bunun büyük bir onur olduğunu belirttikten sonra asıl işe geçti heyecanla. Güvey atasının tedarik etmesi gereken ikram ve idukları hangi vakte yetiştirecekti?

"Bir haftan var" dedi Öktem.

Akşam olup obanın erleri meydanda toplanmaya başladığında Kutlu, tüm ahaliyi Aşena ve Temir'in toyuna davet ediyordu gür ve mutlanmış bir sesle. "Haftaya" sözünü duyan Koray'ın içi kabarmıştı korkuyla. Toy ilanıyla birlikte işler hepten karışacağa benziyordu. Cevherin 'tedarik edilmesi ve nasıl işlendiği' sırrını öğrenemeden Issık'a gidip gitmemek konusundaysa kararsızdı.

Güvey atalığına kendisini iyice kaptırmış olan Koca İnal "toyumuza komşu obaları da davet etmeyecek miyiz?" dediğinde, bir hafta içerisinde haber alıp icabet edebilecek durumda olanların çağrılmasını istedi Öktem. Aybars komşular için yola ulaklar çıkartınca Koray'ın kararsızlığı da son bulmuştu artık. Andakan er geç bundan haberdar olacağına göre toyu ilk olarak kendisinden duymalıydı.

Sabah ödünç at istediği Aksakallara düğün için akrabalarını çağıracağı yalanını uydurduktan sonra zehrini akıtmayı da ihmal etmemişti. Boykot nedeniyle şeker kamışı ve buğday ekimiyle uğraşan güneylileri işaret ederek "töremizde bunlar yoktu" diye hüküm vermiş; "toprağa bağlanmak hımbıl insanların işi. Bozkırın evlatlarına yeni yeni adetler getirerek Yafes'in kemiklerini sızlatıyoruz" demiş, "gerçi Öktem'e de kızamıyorum, dedikodular iyice bunalttı onu" diyerek nalına ve mıhına ayrı ayrı çaktıktan sonra da; "ne yapacağını şaşırdı adamcağız, aceleye de getirmiş olsa, bu toy işi iyi oldu galiba" diye de eklemişti.

Obadaşlarına ettiği sözlerin ne denli etkili olacağını bilmiyordu ama Andakan'ın öfkeden bir kez daha çıldıracağına emindi. Toy gününü bile ilan ederek almaya söz verdiği Aşena, daha düne kadar onun yanında çalışan Temir'le evlendirilecekse ve Andakan'ın asi ailesi de bu toyda hazır bulunacaksa, başka türlü ne beklenebilirdi ki Tigin'den.

Üç konak mesafedeki Issık'a varıp kabul çadırına girdiğinde içerideki buz gibi havayı soluduktan sonra beklediği öfkeye bizzat şahitti artık. Büyük umutlar bağladığı kil parçalarını gösterdiğinde, Andakan'ın "bırak şunları" demesiyle onun için tüm yaptıklarına pişman olacak kerteye gelmişti neredeyse.

Tigin, daha da hızlanarak "ne cevherin aslını öğrenebildin, ne de obadaşlarını otacıdan caydırdın, seni ne yapayım Koray?" diyordu şimdi de. Fevri hiddetlerin ussal taktiğin önüne geçmesini istemeyen Baycu, "kamı obasına geri gönderelim" dediğinde, Tigin önce "defolsun" demiş, ama sonra sebebini merak etmişti. Baycu bir şeyler izah etmek yerine sessiz kalınca Andakan, çıkmasını işaret etti Koray'a.

Yaşlı Kam henüz ne olduğunu anlayamayıp geri geri çıkarken, Baycu "ziyaretine geleceğiz" dedi ona.

Artık başbaşa kaldıklarında merakla yeğenine bakan Andakan, "ne düşünüyorsun" dedi Baycu'ya. "Benim akledemediğim bir şeyler mi var kafanda?"

Baycu harekete geçmek için toyu beklemek niyetindeydi. Bunun da sebebi sorulduğunda "bir hafta yeter bana" dedi amcasına.

"Onlar kendi işlerine baksın, biz de kendimizinkine!"

Mutat divanda evlilik ve bir arada olmaktan bahseden Öktem, Âdem Ata ve Havva Ana'yı örnek vererek "onlar tevbe ederken yekdiğerinden ayrı kalsalar bile yürekleri bir atıyordu. Sevinçlerinde de birdi onlar, yeryüzünde törerken de. Her dem Bir olana çağırdılar evlatlarını, 'Bir'i iki etmediler asla" diyordu.

Ailenin inanç, sevgi ve saygı ocağı olduğunu söylerken, bu ocağın içerisine dâhil olan herkesin aynı ailenin kişileri olduklarını da eklemişti.

Divan yüreklerde kendi yankılarını oluştururken Gülçiçek, Dolunay'ı düşünmüştü önce. Onunla inanç kardeşi olmak, aynı ocağa bağlanmak rakibe olmaktan daha güzeldi şüphesiz. Dolunay kendisiyle kardeş olmanın yolunu açarken sahip olduğu aşkın derinliğini göstermemiş olsaydı; "bunca sevda ve coşkunluğumla vazgeçiyorum davamdan" demeseydi, belki de ikrar veremeyecekti asla. Bunları konuşmanın yeri divan değildi şüphesiz. Düşüncelerini sırlayıp içine atarken konuşmak için uygun zamanı beklemeye karar verdi.

Nitekim divan bitip çadırlarına döndüklerinde "Tanrı'ya ve sana inanmak için neden bu anı bekledim?" dedi erine.

"Neden sana verilen yüceliğe dair bir şeyler göstermedin bana?"

Öktem, mucize göstermenin Kutluların ihtiyarinde olmadığını söyledikten sonra sımsıkı sarılıverdi eşine.

Perçemlerini geriye atıp alnından öptüğü esnada "gölgeyle ikrar verenlerden değil; güneşe bakanlardan olmanı dilemiştim" diyerek secdeye kapandı vecdle...

Kut'un Sahibi istemezse yaprak bile kımıldayamazken, içindeki cürufların atılması uğruna göksel cevher bile defalarca dövülüyorken, sebepleri ve aşkı yaratan Tanrı'ya şükrediyordu Öktem...

Cevherle ikrar veren obadaşlarını ve dilimlendikçe tükenmeyen elmayı görüp Tanrı'ya inanan analığını, yıllarca lanet sanılan işin aslını öğrenen Ilgın kadını düşünmüştü teker teker. Işığın ve gölgelerin Rabbi, yarattıklarının terbiyesi için her şeyi vesile kılabiliyordu ya bunun için şükrediyordu Öktem...

Gülçiçek de Kutlu erinin ardınca secdedeydi ve inkâr demlerinde Öktem'den duyduğu; "aracıları varlıktan attıkça, aslına kavuşur kişi-evladı" düsturuna sığınıyordu şimdi. Kendisini güçsüz kılan 'erine duyduğu güveni yitirme' güdüsünü ve huzurunu baltalayan tüm 'kıskançlıkları' aşmıştı bir şekilde. Rutini tekrarlamayı güvende olmak zannettiği günler de berideydi gayrı. Dolunay'da gördüğü katıksız aşkla Öktem'i yeniden ve en baştan sevebilmeyi, ona dair sevgilerini temize çekmeyi, Kutlanmış eriyle uzun yıllar bir arada olabilmeyi istiyordu Tanrı'dan...

Öktem'in ardınca alnını topraktan geri çektiğinde dile getiremeyip sadece gönlüyle seslendirdiği bu arzunun gözlerine de vurduğundan habersizdi Gülçiçek.

O esnada Öktem kendisininkilere bakan gözlerde saçları belik örgülü, yüzü mahzun tebessümlü yârin inancını bulmuştu yeniden. Üstelik bu kez kutsaldı o inanç. Kut ile yoğrulmuştu en baştan. Âdem'de varlığını bulan Havva gibi yurduna karılmak, yeniden birlenmek istiyordu aşkla.

Derdini sadece kızıl güllerle paylaşabildiği özlem dolu günlere nispetle kat be kat fazla sevdiği Gülçiçek'e "Tanrı gönlünce versin" dediği esnada, bir çift karadan süzülen damlalar toprağa düşüyordu billurlaşarak.

Ne düşündüğünü sırlamak istercesine gözlerini kapatmıştı şimdi.

Evet, Öktem sadece onun yanındayken kaderin kendisini yönelttiği Kut'tan sıyrılıp beşerliğin sıradanlığını yaşayabiliyordu. Dün de böyleydi bu, adını koyamadığı bir şekilde; bugün de böyleydi, her zerresiyle hissettiğince...

Gülçiçek, Nuh Yalavaç'ın ailesindendi ve o Kutlu Ata'nın eşi gibi olmamıştı kendisine.[143]

Ve Yusuf'a sevdalı Züleyha'ydı Gülçiçek; asırlar öncesinden gelen...

Sevmiş, diretmiş ama sonunda yoldaşı olabilmişti erinin...

ᏅᏕ

Önce direkler üzerine kondurulan kafesle sağlamlaştırılan Aşena'nın çadırı tügünükleriyle, kergenleriyle, döşeği minderi ve kazanı kacağıyla toydan birkaç gün evvel tastamam edilmişti artık.

Ulaklar dönmüş, komşu obaların da toya katılacaklarını bildirmişti. İkramlar için kırk keçi ve kırk sığır ayırmış olan Koca İnal yetmeyeceği vehmiyle bir o kadar daha iduk ayarlamıştı.

---

143 Tahrim Suresi:10..Ayet'e atfen...

Gerdek çadırına dair işlerden sonra diğer toy hazırlıklarına yoğunlaşan kadınlar, düzinelerce tepside yoğurt mayalamaya başlamıştı. Kızılcık, vişne ve kayısılardan yaptıkları şerbetleri soğuk kalması için güneş görmeyen keremlere yerleştirmişler, bir yandan da çeyizin eksikleriyle uğraşıyorlardı.

Günlerdir "gelenlere rezil olacağız" diyen yaşlı kamın derdi, gündemi başkaydı. Hâlâ toprağın ekilip biçilmesini laf söz ediyor, "Yafes'in töresini bozduk. Diğer obalardan gelenler bunu görürse bizi ayıplar" diye yineliyordu herkese.

Koca İnal'ın "başka çaremiz mi var? Kimse bize ne buğday, ne de şeker kamışı veriyor. Mecburen kendimiz ekip biçeceğiz" itirazları akranlarını ikna edemiyordu bir türlü.

Hatta orta yol bulma heveslisi kızıl börklü bir Aksakal "toprak elbette ekilip biçilsin ama böylesi hımbıl işler Yafes'in evlatlarına yakışmaz. Bırakalım sadece güneyliler bu işlerle uğraşsın" diyebilmişti.

Kaç gündür bu meseleyi tartışa duran Aksakallar, toya iki gün kala Öktem ve yoldaşları ocaktayken kati kararlarını vermişlerdi nihayet. Toy bitene ve konuklar tamamen kendi yurtlarına dönene kadar tarım işlerine ara verilecekti.

Öktem, ocak dönüşü Koca İnal'ın utana sıkıla haber verdiği bu karar için "yarın çaresiz kaldığınızda Tanrı'dan size sofra çekmesini beklemeyin" demişti. Ellerinin emeğini, alınlarının terine azık etmeden nimetlerin onlara ulaşmayacağını ve rızkın sadece hayvan otarmada olmadığını da eklemiş, kararın hayırlı olmasını dilemekle yetinmişti.

Bu sözlere bire bir şahit olan yoldaşlar, vaktiyle danışıp Kutlu'dan akıl alanların, şimdi bundan caymakla yanlış yaptığını sezebiliyordu. Ancak onlar açısından esas ilginç olan Öktem'in buna tepkisizliğiydi. "Hayır, dediğim gibi olacak" diyerek kararında diretmemiş, sadece ikaz etmişti obadaşlarını. Hatta bir ara Aksakallara sinirlenip onlara çıkışan Aybars'a "karışma" demiş, işi oluruna da bıraktırmıştı. Bazgan'ın da anladığı şekilde dem başka bir deme gebeydi sanki.

ଔ

Ertesi gün toy olacakken yine ocağa geldiklerinde kafes imâlâtına devam etmeyeceklerini hepsi de biliyordu. Ancak yine de Tanrı'nın adı ve Kutlu nefesiyle cevheri yeniden eriyik kor hale büründüren Öktem duvarda asılı çekiçleri her birini tek tek öptükten sonra dostlarına uzattı huşuyla.

Kutlu ellerin ilk hamlesinden sonra 'sadakat', 'cesaret' ve 'kendisiyle gelen' ululanmış olan Gök, Kara ve Ak kılıçların emanetçileri ilk kez aynı anda cevheri dövmeye başladı.

Gözleri sımsıkı kapalı duran Öktem, Âdem Atamızın 'edebi', Nuh Atamızın 'şükrü' ve Dedemiz İbrahim'in 'teslimiyetiyle' her kıyamında derinden ama buna rağmen coşkun gelen nefeslerle "O, O"[144] diye yinelerken, yoldaşları da eşlik ediyordu kendisine.

Vecd haldeki dört tenden serbest kalan "O" tınıları, dudaklardan çıkarak dövülmekte olan cevhere ve mağaranın duvarlarına çarpıyor, duyabilenler için gökyüzüne yayılıyordu yankılana yankılana. Az aşağıda yuları bir kütüğe bağlanmış olan Kırat bile bu rutine eşlik ediyor, tepesinde uçuşan Aybars'ın kartallarıyla birlikte "O" deyişlere katılıyordu. Tanrı'yı ululayarak yücelen kişi evladı, kurdu ve kuşuyla, deresi ve tepesiyle tüm yaratılmışları yanına almıştı. Üstelik biliyorlardı ki Tanrı da Kendisini ananlarla birlikteydi.[145]

Ve "O" diyorlardı, diriliş coşkusuyla...

O'ydu, inancı ve aşkı, güneşi ve ışığını, aklı ve iradeyi yaratan. İnkâr ve dirençle kararan yürekleri aydınlığa çıkartan. Güzelliği ve edebi, şükrü ve teslimiyeti öğreten...

---

144 "O" zamirinin İslam geleneğindeki terimsel manası "Allah"tır ve Arapçada "HU" olarak geçer...

145 Bakara Suresi:152.Ayet'e atfen...

O'ydu göksel cevheri adaletin kılıcı yapan. Görmedikleri halde Kendi dinini ve Kutlularını kimlerin bu nimet ile destekleyeceğini bilip ortaya çıkarmak isteyen...[146]

O'ydu affetmeyi, nimetlendirmeyi ve dostlarını seven. Kendisini ululayan canları tek potada eriten...

Çekiçlerin altında dövülen sadece gökten inen cevher değildi o an. Yoldaşların topraktan gelen yüreğiydi, "O" sesleriyle hamur misali yumuşayan ve mutlak huzura açılan.[147]

Her darbenin ardından cürufları temizlenen, içlerindeki boşluklar çıkartıldıkça arılaşan asıl cevher, gökten inen değil, topraktan gelen yürekleriydi.

Ve semaya salınan "O" sesleri, tüm evrenin yürek atışları oluvermişti şimdi. Bu şekilde altı yönden yankılanarak Kara, Gök ve Ak kılıçların emanetçilerine doluyordu yeniden. Onları en baştan yaratırmışçasına hücrelerine değin işleyen bu ses, elbette O'ndan ilham idi yüreklere...

"Birlik ocağının rengi Tanrı boyasıdır.
Bütün hünerler o ocakta bürünür tek renge.
Tanrı'nın Dostu ocağa düşünce cevher olur artık.
Gerçi hâlâ eski cevherdir o ama ateşin rengine girmiş,
O'nun renginde yok olup O'nunla boyanmıştır tastamam.
Kişi-evladı; Tanrı'nın Seçtiklerinden olmuştur gayrı
Melekler ve âlemler kendisine secde ederken bile
"O", der yeryüzünde Tanrı Temsilcisi olan
O'na karışıp da O'nunla Bir olan..."

Cevheri döven çekiç ve "O" sesleri kesildiğinde hep beraber gözlerini açan yoldaşlar, karşılarında 'kan kimil gızıl' renkli ve 'elma' şeklinde bir kor görecekti. Savaştan önce Öktem'in tek başına yapıp kendi çadırının tepesine kondurduğu kürenin aynıydı

146 Hadid Suresi:25. Ayet'e atfen...
147 Rad Suresi:28.Ayet'e atfen...

bu. Soğuması için kaplanması gereken kili, bu kez Öktem'le birlikte yoğuruyorlardı vecdle. Kilde birleşen dört çift el eriyiği çevrelerken gözler kapandı yeniden. Kutlu'nun dilinden dökülenler ilk algıda duaymışçasına anlaşılsa da, yoldaşların yüreğine saplanıyordu peş peşe. Üçü de sezmişti tez zamanda gerçekleşecek mukadderatı.

"Ruhun çıkış yeri Tanrı arşının nurudur. Oysa ruh kafesi olan ten acundandır ve topraktır o. Ruhumuz ötelerden gelen bir garipken, kendi kümesinde çalım satan horozlar gibi azgındır beden. Tanrım, yurdundan ayrı düşmüş olan ruhumuza acı, merhamet et bizlere!"

ꕥ

Soğuması için kızıl küreyi ocakta bırakarak obaya dönen yoldaşlar tüm hazırlıkların son sürat devam ettiğini görüyordu. Koca İnal'ın ayırdığı iduklar kesilmek için sabahı beklerken, gerdek süslenmeye başlanmış, etin yanında ikram edileceklerin de çoğu hazır edilmişti. Bir kenarda kaygılı şekilde oturan Koray haricinde herkesin yüzünde belirgin neşeler hâkimdi. Az sonra yaşlı hikâyecinin başına toplanan çocuklar; kâh kurdun atılganlığını, kâh tilkinin kurnazlığını dinlerken bir yandan da "ben olsaydım öyle yapmazdım" diyerek birbirlerine sataşıyorlardı.

Aybars bir kenarda istiflenmiş olan hasırları gördüğünde yarınki geniş sofra için pirinççi güneylilerce sazlardan örüldüklerini öğrenmişti. Geniş geniş herkesi ağırlamak için hiçbir engelleri yoktu sanki. Ablasındaki sevince ortak olmak isteyen Aybars, divan başlayana kadar kendisinden istenen her işe koşmuş, keçilerden süt sağıp yeni mayalanan yoğurtları ve hazır olan şerbetleri keremlere indirmişti.

Güneş batarken yeniden meydanda toplanan ahalinin yüzünde yorgunluğun verdiği bir mutluluk varken Temir'in dingin duruşu herkesin dikkatini çekiyordu. Kimileri "heyecandandır" derken, kimileri de "damat garip tabii, ne anası var toyda, ne atası" diyordu, Temir'in haline mahzun mutlar yakıştırarak. Bazgan'ın ikazıyla diri ve sevinçli bir sıfata bürünmeye çalışan Temir, divan başlayınca yeniden hüznün kucağına itilecekti umarsız.

"Kutsal aşk türlü türlüdür" demişti Öktem, parmaklarını da sayarak: "Ya Tanrı'yı sadece Kendisi için seversin ya da kendin için. Veya Tanrı'yı hem Kendisi, hem de kendin için seversin. Bir de dördüncüsü vardır ki, O'nunla seversin..."

Kutlu kişi, Tanrı'ya duyulan aşkı çeşitlendirdikçe herkes kendisini yoklamaya başlamıştı. Buna nasıl karar vereceklerini anlamaları için sözünü detaylandırdı Öktem.

"Eğer Tanrı'yı sana bahşettiği nimetlerle seversen, kendin için sevmiş olursun. Sana iletilen haberlerle seversen Kendisi için seversin. Nimetler ve haberler bir aradaysa hem kendin, hem de Kendisi için seversin Tanrı'yı. Ve idrak eder, şahit olursan Tanrı'yı O'nunla birlikte seversin..."

Öktem, Tanrı aşkını anlatırken "O" sesleri yeniden yoldaşların dilindeydi. Ancak orada değillermiş veya başka bir zamandalarmışçasına sadece Öktem farkındaydı bu halin...

"O, O" nidalarına cezbeyle devam eden yoldaşlar, ciğerlerinin "O" ile yıkandığını hissediyordu artık. Sonunda kalplerinin ritmi oluvermişti "O"."O" diye inleyen tüm evren arkaları sıra Tanrı'yı ululuyordu sanki.

Göklere yükseltilenleri ve oradan indirilenleri en iyi Bilen[148]; Kendisini ululayan kalplerle 'Bir' olmuşken, sohbetin akışını aniden kesiverdi Öktem. Çakmak çakmak parıldayan gözlerle —ahalinin kıpırtısız bir halde otururken gördüğü— yoldaşlarına döndü. Her iki avucunu da gökyüzünü görecek şekilde yukarı kaldırıp yakarmaya başladı.

"Süt nasıl ki memeden çıkınca bir daha göğse geri giremezse lütfettiğin nimetleri de üzerimizden kaldırma Tanrım!"

---

148 Hadid Suresi:4.Ayet'e atfen...

Duanın sonunda secdeye kapanan Kutlu'ya meydanda bulunan herkes eşlik etmişti anında. Sanki Aladağ bile artları sıra toprağa kapanmışçasına, rüzgâr uğultusu haricinde hiçbir ses kalmamıştı avılda. Tüm alınlar tazim için eğilmişken secde öncesi son kelimeler, Gülçiçek'e nicedir unuttuğu bir sözü hatırlattı.

"Balalar annelerini mi daha çok sever, sütlerini mi?"

Cevabı yine aynı ses fısıldıyordu gönlüne.

"Karşılıksız verebilen anneler, sundukları nimetlerle kişinin ilk sevgilisi oluyorken annelere önce balayı, sonra balanın sütünü veren Tanrı, neden sevgililerin ilki olamasın? O'ndan daha fazla kim hak edebilir bunu? Anasız babasız yaşayabilen kişi-evladı sadece Tanrısız yaşayamaz."

Dolunay'ın gördüğü son rüyanın yorumunu alamamış olan Aşena'ysa ikizinin kendi tattığı sütten Temir'e de içirmesini düşünmüştü secde boyunca. Bu nimet her ne ise verilecek ve Temir'le kalacaktı her dem. Nimetin sadece evlenmeleri olmadığını da sezebiliyordu. Gönlünde ses bulan "annesinin oğlu" sözleriyle ürperiverdi yeniden. 'Gidecek' ve 'gelecek' olanlar için ayrı ayrı dualar ediyordu her an Diri kalana...

Secdesinde sadece ve sadece Kutlu'yu düşünen Dolunay, ona duyduğu aşkta 'erillik ve dişilik' kalmadığından emindi gayrı. O güneşse de, ışıklarıysa da fark etmezdi. Yeter ki nefes alıp verdikçe o güzelin karşısında parlamaya devam edebilsindi ismiyle müsemma...

Secde bitip alınlar topraktan kaldırıldığında tek tek obadaşlarını süzen Öktem, az sonra sözlerine devam edecekti kaldığı yerden. Bu kez algıları çeşitlendirip mahallerini bildiriyordu.

"Göz görür, kulak duyar" demişti; "akletmek de zihnin işidir. Gönül sever; kalp ise idrak eder. Yerlere göklere sığmayan Tanrı'nın, kişi-evladının kan kızıl elma kadar yüreğine sığabilmesi bu yüzdendir. Yoksa O'nun için hiçbir yer kuşatıcı olamaz ve hiçbir şey kapsayamaz O'nu..."

Göksel cevherle yahut başka bir delille ikrar verip gölgeye tabi olanlar nimeti göz, kulak ve beyinle algılayabilenlerdi. Ama gözleri olup da görmeyenlere, kulakları varken duymayanlara[149] nispetle daha nasipli oldukları da su götürmez bir gerçekti. Güneşin töresine tabi olanlar ise aşkları ölçüsünce gönülleriyle algılıyorlardı nimetin yüceliğini.

Ve Kut'u idrak edip inançlarını kalben de tasdik etmiş olanlar...

Güneşe yakınlıklarınca aydınlanıp O'nun etrafında dönenler...

Tanrı'yı O'nunla 'Bir'likte sevebilenler, evet onlardı sadece...

Üstelik Tanrı'nın vaadi vardı, sevdiği kişilere karşı. Birini sevdi mi gören gözü, duyan kulağı, tutan eli, yürüyen ayağı oluyordu kulunun.[150]

O'nunla 'Bir'likte sevenler işlerini de O'nunla görüyordu tastamam...

Divanın sonunda "yarın iş güç çok, geceniz hayrolsun" diyen Öktem, herkesi çadırlarına uğurlarken Aybars ve Bazgan'ı yanına çağırmıştı sessizce. Onlarla özel konuşacağı açıktı. Başbaşa kaldıklarında iki yoldaşının ellerini kendisininkilerin arasına alan Öktem, "hesabınızı yapın" dedi, onlara.

"Bu gece sizin geceniz!"

Yeni ve başka bir söze gerek yoktu. Kara ve Gök kılıçların emanetçileri tüm gece boyunca sigaya çekecekti kendilerini. Yaşadıklarının hepsine birden Tanrı'dan gayrı şahitleri olmadığı için yine O'nunla olacaklardı.

Çadırlarına dönmeyen Aybars ve Bazgan, birbirlerinden de ayrılarak iki farklı yerde bedenlerin aslı olan toprağı incitmemecesine usul hareketler eşliğinde dizlerini kırıp oturdular hu-

149 Araf Suresi:179.Ayet'e atfen...
150 Hadis-i Kudsi'ye atfen...

şuyla. Kılıçlarını hemen önlerinde yere uzatmış olan yoldaşlar, gözlerini kapatırken hatırlayabildikleri ilk anlarına dönüyorlardı yeniden.

Beş yaşındaki Aybars, tuzağını hazırlamış, kartalın yaklaşmasını bekliyordu heyecanla. Orta yerdeki et parçasına kanan kuş, pençelerini kurtaramamıştı ayak bağından. Kaçmak için çırpınırken nimet saydığı eti bile gagasından bırakmış, can havliyle havalanmak istemesine ve tüm çırpınışlarına rağmen kurtulamamıştı avlanmaktan. Devamında kartalı kendisine alıştırmasını hatırlıyordu Aybars. Hayvancağız kendi güdüleriyle yeniden göklere dönmeyi istemişti kuşkusuz. Ancak sahibinin kendisinden daha dirayetli olduğunu anlayınca arzusundan vazgeçmiş, onu sevdikçe gönül rızasıyla yanında kalmaya başlamıştı. Bu öyle bir razılıktı ki kartal kendi cinsinden olan diğerlerinin de bunu yaşaması iştiyakıyla yeni kuşların avlanması için yardım etmişti kendisine.

Bazgan çocukken Aybars'tan yediği dayağı ve Gürhan'ın kendisini onun elinden kurtarışını hatırlıyordu. O günden sonra Gürhan'la iki sıkı arkadaş olmuşlar; varsa neşelerini, yoksa dertlerini paylaşmışlardı her zaman. Arkadaşlıkları babalarının da ilgisini çekmiş, ayrı kalmamak için Begrek'in sürülerinde birlikte çobanlık yapmaya başlamışlardı.

Tahsildar'ın öldürüldüğü geceye kadar aralarında hiçbir sorun yaşanmadığından emin olana değin Gürhan'la olan hukukunu sorgulamıştı Bazgan. Onun yüzünden canı bahasına iftiraya uğramış olmasına rağmen arkadaşının o an sesini çıkarmamasını önemsemiyordu gayrı. Sebepleri de yaratan biricik Ulu'ya sığınırken "ben ondan razıyım" dedi yitip giden Gürhan için. Helal etmişti ondaki haklarını.

Aybars, Öktem'in peşi sıra Tigin'in ardından gidemediği günü düşünüyordu. İçi kin ve intikam ateşiyle alev alev yanarken Kutlu abisi, babalarının öcünü almak istemesine engel olmasaydı, neler yaşanabilirdi kim bilir? Delimsek şekilde aralarına daldığı kafile, oklar ve mızraklarla kendisini delik deşik ettiğinde ikrar kadehine uzanamadan ölmesi, nimetlenmeden acundan göçüp gitmesi kaçınılmazdı. Her şeyi yerli yerince yaratan Yüce'ye şükretmek için secdeye kapanıverdi hemen.

Ve şükrünün devamında "Sen, 'intikam alıcıların en yücesi'sin" diyordu Rabbine...

Bazgan, Öktem'le birlikte bozkırdaki diğer obalara gidip insanları Tanrı'nın esenliğine çağırdıkları günlerdeydi şimdi. Günlerce bir bardak su bile kendilerine çok görülmüş ve çocuklara taşlatılmışlardı. Öktem'in alnından süzülen kanları gördüğünde toprağa düşen damlaları eliyle sıyırmış; "yeryüzünü bozduk, fesada verdik ama bizi bağışla Tanrım" demişti. "Durun, yapmayın" diyerek Yafes'in evlatlarına yalvarırken "Tanrım, Kutlu'nun acısını bir daha bana yaşatma, yüreğim buna dayanamaz" diye dua etmiş, tüm varlığıyla zangır zangır titrerken; "onun acısını gören ve duyana; buna karşı gelememek sınamasını yaşatma Rabbim" demişti. Akledebildiği tüm korkuları kuşanaraktan...

Ululanmış sadakatin sahibi, Kutlu'nun ailesi ikrar vermeden önce babası Koca İnal'ın inanca gelmesiyle sevinmiş olmaktan hicap ediyordu şimdi. Bunun öte dünyada yüzüne vurulmasından çekinirken bir kez daha secdeye kapandı vecdle.

"Ona nasip etmediğin bir bardak suyun sevincini bile yaşatma bana" diyordu.

Aybars alnı toprakla hemyüz bir haldeyken ocakta yaşadıklarını düşünmeye başlamıştı. Cevheri döven dört el, dört çekiç "O" sesleriyle birlikte yürekleri de yumuşatmış; "O" tüm azametiyle nakşolmuştu kalplere. Yeniden kabarmakta olan nefesi "O" diyerek tüm kâinatı inletiyordu şimdi.

Bazgan'ın da eşlik ettiği derinden ama taşkın sular gibi coşkun gelen "O"; iki yoldaşı 'Bir'liyordu gecenin son yarısında. Artık ayağa kalkmış olan yoldaşlar, birbirlerini göremeseler bile "O" sesleriyle dönmeye başlamıştı oldukları yerde.[151]

151 Âl-i İmran Suresi: 191.Ayet'e atfen...

Her ikisi de yirmi beş, otuz yıllık hayatlarında yaşattığı her şey için razıydı Tanrı'dan. Mutmaindi benlikleri.

Ve O'nun kendilerine olan rızasına taliplerdi şimdi.[152]

Âdem Ata'ya öğretilen isimlerden yüreklerine ilham olanlarla yüceliyorlardı Rablerini. Toprağın üzerinde devinen 'Temsilciler'[153] tüm yaratılmışları kendileriyle birlikte Tanrı'yı anmaya, O'nu ululamaya çağırıyorlardı yeniden. Gökten inen melekler halka halka etraflarını kuşatırlarken emaneti kabullenmekten çekinmiş olan dağlar bile dile gelmiş "O" diyorlardı kendince...

O'ydu 'İlk' ve 'Son'; 'Açık' ve 'Gizli' olan...[154]

O'ydu 'Doğru yolu gösteren' ve 'Doğruluktan ayırabilen'...[155]

O'ydu 'Merhamet eden' ve 'İntikam alan'. Yarattıklarına karşı 'Hesap sorucu' olan.[156]

Ve O'ydu her şeyde olup, hiçbir şeye benzemeyen. Zıtlıkları kendinde 'Bir'leyen...[157]

İlle de O'ydu 'İnkârı imkânsız en büyük gerçek'...[158]

Kille kaplanan cevherin zamanla soğuması gibi üzerindeki taşkınlık yavaş yavaş çekildiğinde sırra talip olduğu günkü yaptırımı hatırlamıştı Aybars. Baş başa konuştukları o demde 'kan gibi kızıl elma'nın sırrına talip olmak yerine, Âdem Atamız gibi

---

152 Maide Suresi:119.Ayet, Fecr Suresi:27-28..Ayetler, Ahzab Suresi:35.Ayet'e atfen...

153 "Yeryüzü Temsilcisi" ifadesi; Bakara Suresi:30.Ayet'te geçen 'Allah'ın yeryüzünde kendisine bir halife yaratması' muradıyla ilgilidir. Ahzab Suresi:72. Ayetten öğrendiğimiz şekilde bu emanet önce yere ve göğe, yani evrendeki diğer yaratılmışlara sunulmuş, hiçbiri kabul etmemiştir. Bunu üstlenen ve muradı içselleştiren kişi-evladı ise "Tanrı'nın Yeryüzü Temsilcisi" yani "O'nun Halifesi" olmuştur. Bu makamı en yüce paye edinen şairler; "*Yeryüzünün halifesi, hakana minnet eylemez*" diyen mısralarla kendilerini ifade edebilmiştir...

154 Esma-ül Hüsna'ya göre sırasıyla; "EVVEL", "AHİR"; "ZAHİR", "BATIN."

155 "HADİ", "MUDİLL."

156 "RAHMAN", MÜNTEKİM", "HASİB."

157 "VAHİD."

158 "HAKK."

yeryüzünde Tanrı adına 'Temsilci' olabilmeye niyetlenmesini ve bu nimeti tamamlamasını istemişti Öktem.

Evet; Aybars her zamankinden daha da fazla buna muhtaç hissediyordu kendisini ve yalvarıyordu Rabbine. Âdem Yalavaç misali yücelerden indirildiği bu diyarda 'aslını tamam etmek' nimetini arzuluyordu. Kişiye bilmediklerini öğretmeyi vaat eden[159] Tanrı; Aybars'ın da gönlüne ilhamlarını düşürüyordu o gece...

Yağmur, bulutlar ve Issık Göl gelmişti gözlerinin önüne. Asıl adı 'Hiçlik' olan Âdem'in, Tanrı nuruyla 'Bir' olması demek, bulutlardan indirilen yağmur tanesinin koskoca deryaya karılıp kendini yok sayarak yeniden onunla olmasıydı. Son nefesten önce lütfedilen bu nimet için şükrediyordu Aybars. Hâlâ secdesine devam ederken, ardınca secdeye kapanan tüm evrenin kendisiyle birlik olabildiğini de hissediyordu.

Şükürler olsundu Âdem Ata'dan beri kişi-evladını secde edicilerden kılana...

Şükürler olsundu Âdem-evladının secdesine tüm kâinatı da ortak kılana!

Ve gökteki yıldızlar âdetince şükürler gerekti tüm bunları üç aylık sürede yaşattırana!

Benzer ilhamlar Bazgan'ın da gönlüne düşmüştü. İçindeki ses, "yüzme bilmeyen kimse göle düşse, kurtulmak için hareket ettikçe dibe batar. Oysa aynı adam ölse ve suyun üzerinde hareketsiz kalsa artık onun hükmü gölün hareketine tabidir" diyordu. İlhamın devamı iki dudağının arasından dökülecekti. Öktem'e vekâleten Kutlu divanda sohbet ettiği andaki gibi oluvermişti. Söyleyen ve dinleyen; öğreten ve anlayan birbirine karışıyordu yeniden.

"O sonsuz derya ölmüş kişiyi başının üstüne alır da, onu suyun yüzünde gezdirir. Sen, Rabbinin karşısında kendi iradeni ve arzularını yok sayarsan, sırlar deryası da seni başının üzerinde taşımaz mı?"

---

159 Alak Suresi: 5.Ayet'e atfen...

Bu sese bir muştucasına sarılan Bazgan, secdeye kapandı yine. Şükrediyordu Rabbine. Doğrulduğunda balçıktan yaratılan Âdem'e bakmak yerine ona üflenen Kutsal nefesi görmüştü ilk kez. Yeniden toprakla hemyüzdü şimdi. Dedemiz İbrahim'in erkânıyla secdesini ikileyenlerden olmuştu Bazgan.

Ve O dedenin Kutlu oğlu için Cebrail'le birlikte indirilen kurbanları hatırlıyordu şimdi de. Koçların yüce ve zorlu bir sınamanın ardından gelen nimetler olduğunu bildiğinden, cevherin indirilişi öncesinde yaşananları düşünerek şarsılıverdi en baştan. Tanrısal murad ile binlerce masumun canı arasında onulmaz mihnetler yaşayan Öktem, sonunda göksel bir delille insanların karşısına çıkmıştı. Fakat bu kez Tanrı'dan indirilenlerin sırrına sadece O'na inananlar değil, inanmayanlar da talipti.

Öktem'den duyduğu o söz geldi aklına. "Nimete yakın olan bedele de yakın değil midir?" demişti.

Cevherin kurbanlar gibi 'nimet' değil, cana kast edecek 'külfet' haline dönüşeceğine emindi gayrı. Bu külfeti üstlenecek yoldaşı için "Tanrı yar ve yardımcısı olsun" diyordu vecdle.

Sigayı tamam ederken tepebaşına çıkan yoldaşlar, Kara'yı ve Gök'ü öptükten sonra kâh elleriyle, kâh kılıçlarıyla dörder adımlık aralarla toprağı çapalıyorlardı artık. Yüz yüzelerdi. Her ikisi de birbirlerinin ne yaptığına vakıf bir halde "O" seslerini tekrarlayarak toprağı kazmaya devam ediyordu. Bir adam boyunca indiklerinde doğmakta olan güneşin ilk ışıkları Aladağ'dan sıyrılıp toprağı ısıtıverdi yeniden.

Bu esnada rüyaların ikliminde dolaştırılan Dolunay, yapayalnız halde bir kuyu başında olduğunu, eğilip aşağıya baktığındaysa isminin esin kaynağının bulutların ardına saklanarak kuyuya aksettiğini görüyordu. Üstelik bütün yıldızlar çalınmışçasına zifiri karanlıktı gökyüzü. Ay, perdesini aralamaya çalışan esirler gibi bulutlardan kurtulmaya çalışıyordu inatla. Aniden kişneyen bir ata dikkat kesildiğinde, bulutların da açılmasıyla birlikte onun doru donlu bir kısrak olduğunu fark etti. Kendisine yaklaşmasını bile beklemeden ona doğru koştururken ateşler içerisinde uyanıverdi.

-10-

Toy sabahı erkenden uyananlar ellerindeki son işleri de tamam etme azmiyle dört bir yana koşturmaktaydı. Kadınlar; ikramlar ve hazırlanacak sofranın son kez eksiklerini kontrol ederken, Koca İnal ağıllar bölgesine geçmiş, iduklarla vedalaşırcasına konuşuyor, bu denli güzel bir toyda kesilecek olmalarının onlar için büyük bir talih olduğunu anlatıyordu.

Kızıl börklü Aksakallar uzak obalardan gelmekte olan akrabalarını karşılıyor, onlarla hasbıhal ederek hasret dindiriyordu. Alelacele işlerine ara verdirilen güneyli çiftçilerse elcağızlarıyla ördükleri hasırları sermek için öğlen olmasını bekliyorlardı bir kenarda.

Toya gelen Gülçiçek'in ailesi, kızlarını ilk defa ziyaret etmenin coşkunluğunu yaşıyordu ama boy boy iki evladı ve kucağında balasıyla Tatlıçiçek'in kızkardeşiyle gayrı ihtiyarı mesafeli duruşu da dikkatlerden kaçmamıştı. Sekiz yıl önce yaşanmış olan kız alıp verememe gerginliğinin halen devam etmesini yadırgayan Öktem, kayın-ata ve kayın-anasını rahatlatmak için bizzat ilgilenmişti onlarla. "Aşena zaten sözlü" yalanının muhatapları olan Gülçiçek'in büyük babası ve Umay da aralarında halleştiğinde, konuşulmayınca büyümüş olan küçücük sorun aşılıvermişti çarçabuk.

Anlaşmanın konuşmaktan öte bir erdem olduğunu acına acıta içselleştiren Gülçiçek şu güzel günlerinde bir kez daha mutlanmanın heyecanıyla tüm ailesini bir kenara çekmiş, onlara erini anlatmaya niyetlenmişti.

"Tanrı'nın lütfedip gönderdiği Kutlulardandır o" dediğinde, kocasının ününün kendi obasına da ulaştığını anladı. Babası "bir nefesiyle üç kişiyi ağaca çevirdiğini, bir bakışıyla yayından fırlamış okların bile gelip avucuna konduğunu duyduk" diyordu. Bir an "bunları kimler uydurmuş?" dediğinde ailesinin kati inancı karşısında şaşırdı. Hele abisinden duyduklarıyla hepten ağzı açık kalıyordu. Güya Kırat akşamları oba oba dolaşıp dile geliyor ve Öktem'e dair olağanüstü olayları çocuklara anlatıyordu birer birer.

Kutlu'nun Tanrı'ya dair inancı, sevgisi ve söylemi rivayetler altında boğuldukça eski günlerin sapkın inanışları kendilerine yeni akarlar bulmuştu bir şekilde. Bu yüzden Kut gönülleri aydınlatmaktan ziyade hurafeler arasında en yenisi olma mertebesine indirilmişti adeta. Böylesi bir aymazlık ve kıymet bilmezliğin aşılması için toyun iyi bir fırsat olduğuna inanan Gülçiçek "akşamki divanda hepsi de hakikatleri görüp anlasın" temennisiyle dua etmişti Tanrı'ya. Öktem'e ve Aşena'ya evvel çektirdiklerini hatırladığındaysa "artık dert veren değil, yük paylaşan olmayı nasip et" diyordu Rabbine.

Sabahtan beri Öktem'le konuşma fırsatı bulamayan Dolunay, böylesi meşgul bir günde Aşena'yı rahatsız etmek istemediği için aracılar da kullanamamıştı. Ama sürekli rüyasını düşünüyordu kendi içinde alıp vererek. İkizleri gördüğü seri rüyalardan olmayan sonuncu, meraktan ziyade korku ekmişti gönlüne. Davetlilere hal hatır eden Kutlu'yu, annesiyle baş başa yakaladığında fırsatı kaçırmadı.

Yanlarına gelip henüz söze başlamak için izin isterken, Öktem'in "dün gece ne gördün?" diyen sorusuyla donakaldı. Kutlu'nun sesinden mutlaka bir şeyler görmesi gerektiğini hissettiği için daha bir ürpermişti şimdi.

Kuyuyu ve bulutlar ardındaki ayı anlatırken Öktem'in tepki vermemesiyle işkillense de, doru kısrakla birlikte yüzüne yayılan tebessümün genişlemesinden hoşnuttu. Oysa hızlı adımlarla kendilerine gelen Aybars'ın verdiği haberlerle birlikte eskisine nispetle kat be kat dehşetlenmeye başlayacaktı. Yanlarında iki düzine süvariyle obaya girmekte olan davetsiz konuklar vardı.

Üstelik gelenler babası Andakan ile kocası Baycu'ydu.

Mağrur Tigin meydandaki kurene ulaşana kadar atından inmeyerek eski efendilerini gördükçe ikircikler yaşayan ahaliyi süzüyordu tek tek. Ardı sıra gelen Baycu da amcası gibi büyüklenirken "Tigininiz geldi bozkırın insanları" diye seslenip atından öylece inmişti.

Diğer obaların ve Aladağ'ın Aksakalları etrafını kuşattığında gelirken gördüğü tarlaları sordu Andakan. Ne işti bu böyle? Kimler uğraşıyordu toprağı çapalamakla?

Mahcup haller edinen Aladağlılar gözlerini konuklardan ve Tigin'den kaçırarak "biz ekip biçmiyoruz. Güneyliler var aramızda, onlar uğraşıyor" demişlerdi, kendilerini aklarcasına.

Kurende hazırlanan başköşeye geçen Andakan, insanların üzerindeki korkutucu etkisinin devam etmesine güvenerek saygı beklemeye de başlamıştı. Diz kırıp selam veren herkesle hal hatır sormayı ihmal etmeden konuyu ailesine getirdi.

"Kızlarım nerede, geldiğimden haberdar edilmediler mi?" dediğinde yaşlı bedeninden beklenmeyen bir çeviklikle ayağa kalkan Koray, izin isteyerek huzurdan çekildi hızlıca. Az ileride öbeklenmiş obadaşlarına "hesabınızı görecekler" diyordu, içindeki coşkuyu gizlemeye çalışarak. Gerdeğin önünde toplanmış olan kızıl börklüler ise "şimdi ne olacak?" sorusunun cevabını alabilmek için çıt çıkarmadan Kutlu'yu bekliyorlardı. Ilgın kadına tahsis edilmiş olan konuk çadırında bir araya gelen Öktem ve yoldaşları, Koray'ın içeri girmesine mani olduğundan yaşlı kam az ötede durmuş, olacakları izliyordu merakla.

"Bizi ona verme" diyen Ilgın, iki kızını da kanatları altına almış bir halde Öktem'e bakıyordu çaresizce. Bir an bile böylesi bir şeye niyetlenmemiş olan Kutlu, "için rahat olsun" dedi kadıncağıza, güven tazeleyen tınılar eşliğinde.

"Eski kocan benden istediği hiçbir şeyi almadı ve alamayacak!"

Andakan'ın kast edildiği 'eski koca' vurgusu, Dolunay'ın içini ezmişti bir anda. Annesinin aksine kendisinin 'eskimemiş' bir kocası vardı kurende bekleyen. Töreye göre Baycu'yla halen evlilerdi ve eşinin kendisini alıp götürmeye hakkı vardı her halükarda.

Gülçiçek de farkındaydı bu durumun. Aylar önce Aşena'nın yollanıp yollanmaması meselesi yüzünden "beni ve kızını canlı canlı mezara koyma derdinde misin?" diyerek erine direnen kadın, yine hışımla atıldı ortaya. Dişi kurtlarcasına gözlerini karartmış, anaç tavuklar gibi kabarmıştı bir anda. Eski rakibesini, annesini ve kız kardeşini kast ederek "onlardan birini teslim edelim diyen olursa ölene kadar bu dünyada yakasını bırakmam. Öte tarafta da hakkıma rızalık göstermem" deyiverdi.

Sözlerinin sonunda Öktem'in koluna girmiş "kimse arkandan gelmezse bile ben sonuna kadar seninleyim" diyen bir teslimiyet vaazederek gece karası gözlerin derinliklerine dalmıştı. Ilgın ve Burçin'le birlikte dokuz can aynı emelde birleştiğinde çadırdan çıktı Kutlu.

Öktem'in kurene gelmeyeceğini tahmin etmekte zorlanmayan Koray, onun önü sıra koşturarak Tigin'e haber vermiş; "görüşmek dileğindeyseniz meydana gelin" demişti.

Konukların ve Aladağlıların merak dolu, heyecanlı bakışları arasında meydanda bir araya gelen Öktem ve Andakan birbirlerini süzüyorlardı şimdi. Korkunun ve kibrin efendisi, dünkü otacının esrarengiz cevherin gücüyle kendisine kafa tutup savaşta yenmiş olmasını göz ardı etmeksizin üst perdeden konuşmaya başladı.

"Sen, tam da şu an durduğum yerde beni töreyi bozmakla suçlamıştın. Ama görüyorum ki etrafına toplanan azıcık insanla şımarmış; töremizi bozmuşsun, üç beş baldırı çıplak pirinççinin aklıyla..."

Öktem sessiz kaldıkça daha da hızlanan Tigin "yeri dağlar, töreyi beyler tutar" demişti bu kez. Öktem'i kendi sözleriyle itham ederkenki amacı ahaliyi kendi yanına çekebilmekti elbette. Devamında Baycu'yu işaret ederek "yeğenim karısını almaya geldi" dedi.

Bu kısmı bilerek arkaya saklamıştı. Otacıyı köşeye sıkıştırdığına ve herkesi de şahit kıldığına sevinerek yücelendi içten içe. Yine de sessizliğin uzamasıyla sinirlenmeye başladı az sonra.

"Verecek cevabın yoksa yolla ailemi yanıma, kurende onları bekliyorum" derken arkasına dönmüş, hışımla uzaklaşıyordu Öktem'den. Sert tınılarla söylenmiş "dur" sesini bile önemsemiyordu ki ardından gelen "onları bizden ayırmaya gücün yeter mi?" sorgulamasıyla Öktem'e bakıverdi hemen.

Onun devam etmesine fırsat vermeden yeniden kendisi başladı konuşmaya. Bu esnada kendilerini izleyen Aksakalları ve tüm bozkırı işaret ederek "sen nasıl bir bozguncusun ki evli kadınları kocalarından ayırıyor, evlatla babayı birbirlerine düşman etmeye çalışıyorsun? Yafes'in atalarımıza bıraktığı törede toprağa saplanmak, çamurun içinde bel sürmek var mıydı? Öküzlerin ardınca sabana mı süreceksin bozkırın evlatlarını?" diyor, her vurgusunda sözlerinin etkisini ölçebilmek adına ahaliyi izliyordu göz ucuyla.

Âdem ve Havva'nın 'elma yemesi' ile ilgili bahiste "Tanrı'nın izniyle dün yasak olanlar bugün serbest kalabilir" yargısını işiten Koca İnal, 'eski-yeni' mukayeselerine takılmamıştı. Ancak bazı Aksakallar —ki içlerinde kızıl börklüler bile vardı— Tigin'in sözlerinden etkilenmeye başlamıştı. Hafızalarda hâlâ taze olan Aşena-Temir-Dolunay dedikodularının da tesiriyle kalabalık içerisinde homurdanmalar yükseliyordu artık.

Tigin bunu ganimet bilerek gemi azıya aldı iyice. Kendisine de yönelebilecek her türlü ayıplamayı göze alarak "kızımın bir ahlaksızlığını gördünüz mü?" dedi. Ahalinin onaylayıcı bakışlarının da desteğiyle "öyleyse kızımı geri ver" dedi Öktem'e.

"Onu alıp gideceğim buradan. Açlık korkusuyla toprağa köle ettin insanlarını. Ama hiç değilse bunun için bozma töreyi!"

Öktem "töre senden sorulmaz" dedikten sonra çadırının tepesindeki kan gibi kızıl küreyi işaret etti ona. Cevherle gelen zaferi obadaşlarına bir kez daha hatırlatmanın ardından; "töre, Tanrı'nın Kutlular eliyle size bildirdikleri ve atalarınıza emanet edilen adetlerdir" dedi: "Sizler onu bozdukça Tanrı yeni bir Kutlu gönderip töresini erkânını düzeltti. Dedemiz İbrahim'den önce domuz yiyordu atalarımız. Şimdi bırakın o hayvancağızları yemeyi, sizden öyle bir şey istenmediği halde domuzları gördüğünüzde bile yüzünüzü çeviriyorsunuz tiksintiyle. Atamız Âdem'in evlatları birbirleriyle evlenmemiş miydi? Şimdi kardeşiyle nikâh kıyan var mı aranızda? Tanrı size daha hayırlısını ve güzelini murad ettiğinde eskiyi kaldırır aranızdan, yenisini sunar. Eski Kutluların ağzından size ilettiklerini elbette Tanrı da biliyor, hatırlıyor. O gün öyle istemişti, bugünse böyle. Hangimiz hesap sorabiliriz Tanrı'dan?"

Bu sözler sadece ikrar vermiş olanlar içindi aslında. İnançsızların nezdinde pek bir anlam ifade etmiyordu. Öktem bile bile bunları söylerken öncelikle kızıl börklülerin akıllarını başlarına devşirmelerini istiyordu. Karı kocanın ayrılması meselesine gelmişti şimdi. Sözlerinin sonunda Baycu'ya baktı doğrudan.

"Tanrı'ya ikrar verdiği ve eşine olan sevgisinin bittiğine inandığı gün kızın Baycu'dan boş olmuştu zaten. Sor yeğenine Dolunay'a yeniden kavuşmak için kendisini yaratana ikrar verecek mi? O bunu yapsa bile kızın yeniden kabul eder mi kardeşlerinin katilini?"

Son kelimeler Andakan için büyük bir sürprizdi. Ne demekti, Dolunay'ın kardeşlerinin katili? Altı oğlu da yürümeye bile başlayamadan ölmüştü ama hep o kahrolası lanet yüzündendi bunlar.

Üstelik lanet nedeniyle kendi kardeşi, yani Baycu'nun babası da ölmüşken otacı ne yüzle yeğenini suçlayabiliyordu böyle?

Babasıyla tezgâhladıkları ve yıllar boyunca devam eden 'balaların zehirlenmesi' meselesine girildiğini hisseden Baycu da şoktaydı. Bilinmesine imkân olmayan bir konunun açık edileceği tedirginliğiyle ne yapacağı konusunda kararsızlığa düşmüştü bir an. Amcasına karşı kurduğu komplonun yegâne şahit ve yardımcılarını tek tek öldürmüşken, işaret edilen gizli gerçeklik karşısında ikrar verip gölge ehli olmaya da güç yetiremiyordu. Gözleri olup da görmezlerden, kulakları varken duyamayanlardandı o.

Zihinlerin bulanıp yeniden durulmasına fırsat vermemek için "sen kendi kardeşini ihbar etmiş, katilini de güveyi almış birisin. Bırak bize akıl vermeyi, adını bile anma törenin" diye bağırmaya başlamıştı. Hınç dolu hançerelerini sıkmaya devam ederken dayanamayıp meydana atıldı sonunda.

"Sahtekâr" diyordu Öktem'e; "sus ve itaat et Tiginine!"

Sebepleri de yaratan biricik Ulu, 'Adil' olmasının gereğince aynı şeylerle sınıyordu yine. Gördükleri ve duydukları birebirken, kimileri inancında sebat edecek, kimileri caymanın yolunu arayacaktı aymazlıkla. Özellikle türlü efsaneler eşliğinde Öktem'e olmadık hurafeler atfedenler Tigin'in ağaç kesilmediğini görerek "otacı gerçekten sahtekârmış" diyorlardı içten içe.

Temcit pilavı gibi ısıtılan konular, inancın gönüle ve yüreğe yerleşmediği akıl sahiplerine şek ve şüphe karıyordu son demde. Şartlanmışlıkların zincirlerini koparamayanlar ve toy vesilesiyle toplanan bunca obanın sakinleri ikrarla ayrılıksız bir nikâh kıymak yerine 'acabalar'ın koynuna uzanıyordu yavaş yavaş.

Cevher bile nimetine sürekli sahip olunacak alelade bir şeymişçesine değersizleşiyordu gölgeye talip olanların gözünde. Binlercesine şahit olundukça basitleşen 'doğum' delili gibi alışılmış tüm lütuflar şükredilmekten düşmüştü yine.

Ve asıl bu üzmüştü Öktem'i...

Kendisini hurafelerle ululayanların, adına olmadık işler isnat edip sonra da kendi yarattıkları vehimleri inkâr etmelerini düşünüyordu. Üzerindeki olağanüstülükleri her seferinde gizlemeye çalışmıştı. Buna rağmen Tanrısal delillere inandıkları esnada, onların asıl Sahibinin görmezden gelinmesi kabul edilebilir miydi?

Yine de yaşadıkları hayalkırıklığı değildi asla. Kişi-evladının ne denli cahil ve zalim olabileceğini biliyordu. Bu yüzdendi seçilmesi. Bundan sebepti nasibi olanların kurtulabilmesi uğruna bunca didinmesi...

Varsın kimileri anlarken, kimileri de Kenan gibi geminin dışında kalsındı gayrı. Nuh Yalavaç ve onun inanç ailesindekiler gibi 'şükür ehli' olanlar, elbette tufanın iyiden iyiye yaklaştığını hissediyordu bin bir sakınmayla.

Geldiği şekilde mağrur cakalar satan Andakan, yanına Koray'ı da alarak daha fazla bir şeyler söylemeden obayı terk etmişti artık. Davetsiz gelenler askerleriyle birlikte gözden kaybolduklarında sessizliği bozmak Koca İnal'a düştü.

"İzniniz olursa idukları kesip etlerini kavurmaya başlayalım" demişti Öktem'e. Müsaadeyi alır almaz yanındaki birkaç kızıl börklüyle birlikte ağıllar tarafına geçerken Koray'a giydirdi içten içe: "Bunak herif ne yaptı etti, tadımızı kaçırdı şu toy günü" diyerek...

Komşu obalardan gelenler yeniden akrabalarının yanında toplandıklarında hiçbirinin aklında toy yoktu gayrı. Herkes bu söz kapışmasından anladığını, düşündüğünü diğerleriyle paylaşıyor, en ılımlı dillerden bile "keşke böyle olmasaydı" hayıflanmaları dökülüyordu. Onlara göre Tigin'e kızı iade edilmeli ve topraklar ekilip biçileceğine yılkıların yayıldığı meralar olarak kalmalıydı sadece.

Oysa Öktem yürekleri kemiren şüpheler yerine toyun devamıyla ilgiliydi o esnada. Yanına çağırdığı yoldaşlarına soğuması için mağarada bıraktıkları kızıl küreyi hatırlatmıştı. Bazgan kendisinin alacağını söylediğinde önce Aybars, ardından Temir de birlikte gitme niyetlerini açık etti.

Dört çift gözden kaynayan sessiz akışlar arasında "uğurlar olsun" dedi Kutlu. Ayrılış anında birbirlerine sarılmayı da ihmal etmemişlerdi. İkrar verdikleri andaki gibi bileklerini uzatan Bazgan, kendisininkilerle karışan Öktem'in bileklerini vecdle öptükten sonra alnının üzerine koyuverdi ilk kez. Bunca ritüelin en fazla bir saat sürecek bir iş için yapılmadığını hisseden Aşena, küçük kardeşi Aybars'a sarıldığında boynundan öptü onu. Nihayet ayrılabildiklerinde bir an sonra yeniden seslendi Aybars'a. Küçük kardeşinin gözlerine bakarken Umay'ı düşünüyordu şefkatle. Analığının da onunla vedalaşmaya hakkı vardı elbet. Telaşla son işlerini yetiştirmeye çalışan Umay'ı bulduklarında kadıncağız her şeyden habersiz bir halde acele etmelerini istedi evlatlarından. Ona göre daha yapılması gereken o kadar çok iş vardı ki...

Kara, Gök ve Ak kılıçların emanetçileri ormana daldıklarında gözleri önlerinde, zihinleri şeklini ve zamanını bilemedikleri mukadderatta, gönülleriyse Kutlu'nun yanındaydı. Üçünün de ağzını bıçak açmıyordu. Bir an geriye dönüp obayı ve Öktem'i izleyen Bazgan gözlerinden süzülen damlalara engel olamamış ve belli belirsiz mırıltılar eşliğinde "tez zamanda görüşürüz" demekle yetinmişti. Ayrılığın kısa sürecek olması dua mıydı, kendisi bile karar veremiyordu buna ama yine de öyle olacağına inancı tamdı. Ne de olsa müjdesini almıştı bunun...

Erinin dizinin dibinden ayrılmayan Gülçiçek, kucağında balasıyla Kutlu erini seyrediyordu o esnada. Ne düşündüğünü, neler hissettiğini merak ediyor ama soramıyordu ona. İçeride bunaldığını vehmederek dışarıda yürümeyi teklif ettiğinde aylanmaya başladılar.

Öktem, Koca İnal'ın kestirdiği idukların, derilerinin yüzülerek parçalandıktan sonra kazanlara atılmalarını; güneylilerin hasırları sermelerini; gençlerin yardımıyla ikramların sofra başına taşınmasını; ortalıkta koşuşturan çocukların her türlü kaygıdan uzak katıksız neşesini; kızıl börklü birkaç Aksakalın davullar çaldırmaya başlayıp halaylar kurmasını; konukların öbek öbek toplanmış bir halde dedikodulara koyulmasını ve tüm bunlara büyük bir vakarla şahit olan Aladağ'ı izliyordu zihninden geçenleri eşinden bile sakınarak...

Bir ara gözleri ufka odaklanmışken "Tanrı, kullarını nasıl sever, bilir misin?" demişti Gülçiçek'e. Ancak devamında yanıtı yine kendisi veriyordu.

"Tanrı, kimi kullarını tevbe edip sabrettiği için, cömertliği için veya korkup kendisine itaat etmesinden yahut sözünü yerine getirmesinden dolayı sever.[160] Kimi kullarınıysa yolladığı Kutlulara uyduğu için sever."[161]

Gülçiçek önce bu konunun neden açıldığını anlamaya çalışmışken, ardından içeriğiyle kendisini tartmaya başlamıştı. Tanrı, Gülçiçek kulunu seviyorsa buna neyi sebep kılmıştı? Sözünü yerine getirmesini mi, yoksa Kutlu erine uyduğu için mi? Oysa her ikisinde de Tanrı'nın sevgisini hak etmediğini düşünüyordu. Sezdiği oydu ki yirmi üç yıllık ömür yar olamamıştı kendisine. Acınmalarının dozunu artırdıkça tüm yaşadıklarına kahredecekken, Öktem devam etti sözlerine.

"Tanrı yine de kullarını sever. Bazen Tanrı'nın kendisini neden sevdiğini kulları da bilmez. Liyakat arayamazsın bu sevgide."[162]

Gülçiçek son sözlerin yüreğine ılık meltemler gibi süzüldüğünü ve gönlüne umut kardığını hissetmişti. Bunun heyecanıyla "Tanrı beni de seviyor mu?" diye sorduğunda, Öktem tebessümle yetindi sadece.

---

160 Bakara Suresi:195, 222.Ayetler ve Ali İmran Suresi:76, 146.Ayetlere atfen...
161 Ali İmran Suresi:31. .Ayet'e atfen...
162 Maide Suresi:54.Ayet'e atfen...

Erinin dudaklarından söz dökülmemesi onay mıydı, anlayamıyordu Gülçiçek. Yine de mutlanmıştı kendince. "En azından ben O'nu seviyorum ya" diyordu içinden...

Emindi bundan. İçinde zarflanmış olan 'en büyük sevgi', zarını yırtıp asıl sahibini bulmuştu gayrı. Kutlu erini de, ondan alabildiklerini de 'en çok sevilen'in aşkına, O'nun hatırına seviyordu şimdi.

Kendiliklerinden bitip uzanmış birkaç elma ağacına ulaştıklarında, gölgelerinin altına uzanıverdi Öktem. Bu kez "ne görüyorsun?" demişti, yüzü mahzun tebessümlü sevdiğine. Yine yanıt beklemeden yaprakların sarardığından bahsetti birkaç kelimeyle. Kadıncağız bunu onaylamaktan korkar bir halde erine bakarken "olgunlaşmış elmalar görüyorum" dedi, şimdi de. Yaprakların da bunu hissettiğini, en tatlı demlerine yaklaşan elmalardan ayrılmak korkusuyla teker teker bütün yaprakların beti benzinin attığını söylüyordu eşine.

Kadıncağız, başını erinin göğsüne yanaştırmıştı bu esnada. Onu ilk kez gördüğü anı tekrar yaşamak kaydıyla her şeyin başına dönüyordu yeniden.

Issık Göl'ün kenarındaki on dokuz yaşlı otacı 'umut'tu kendisine. Her dem sevmeyi vaadeden ve herkesten çok sevileceği de gözlerindeki karanın ışıltısına yazılmış 'kader'di o. Sözlü ve ayrı geçen kışlar yazlar boyunca özlemle beklenmiş 'hayal'di Öktem. Gerdeğin 'murad'ı ve Bala Gülce'nin babasıydı o. Zulme ve zalime başkaldırdığında 'adaletin kılıcı'ydı. Çadırına ve gönlüne düşen ateşe karşın, sevdiği için direnmiş ve aşkını diri tutmayı başarmış 'sevgili'ydi Öktem.

Ve şimdi kızarıp olgunlaşan elmaları, sararmış yaprakları dillenen Kutlu'ydu o...

Yol boyu aralarında hiçbir şey konuşmamış olan üç yoldaş, dörtnala ocağa ulaştıklarında taşlaşmış olan kili sessiz mutabakatlarını bozmadan parçalamaya başlamışlardı. Tüm görkemiyle kan gibi kızıl renkli küre ortaya çıktığında sükûnet bozuldu nihayet. Önce Aybars, ardından Bazgan; "hayırlı olsun" dedi, yoldaşların üçüncüsüne. Ak kılıcın emanetçisi küreyle allanacaktı gayrı. Kızıl ve Ak bir olacaktı toy sonunda. Diğer ikisinin bileklerini kürenin üzerine koyan Temir, "yoldaşınızdan razı mısınız?" demişti, yaşaran gözler ve her dem Tanrı'ya yakaran yürekle.

Mağarada karşılıklı rızalıklar alınırken ağaçları siper edinmiş olan az ilerideki Koray, eliyle "gelin" diyerek işaret veriyordu Baycu ve elli okçusuna. Ocağın girişini gösterdikten sonra hemen oradan sıvışan yaşlı kam, görevini yerine getirmenin coşkusuyla "şimdi kurtarsın sizi Öktem'in ruhları" demişti, hıncını kabarta kabarta.

Yeğenin planındaki ilk aşamaydı, ocağı ve içindekileri yok etmek. Obadaki restleşmeyle sarsılan yüreklerin, cevherin mağlubiyetini görerek hepten devrileceğini, Öktem'i kendi efsanesi içinde boğup sonsuza değin yok edeceğini hesaplamıştı.

En önde giden gözcü, içeridekilerin zırhsız olduğunu işaret ettiğinde sessizce mağara ağzında belirmişlerdi. Kemik uçlu oklarını yaylara yerleştirip gererken, henüz ilk oku bile atamamışken nereden çıktıkları belli olmayan avcı kartallar üşüşüverdi tepelerine. Baskının sinsiliği ortadan kalkmıştı artık. Seslere binaen Kara, Gök ve Ak kılıçlar kınından sıyrıldığında gövde üstündeki başlar, gürz ve kalkan tutan kollar birer birer toprağa düşüyordu gayrı.

Mağaranın içine kadar girebilen askerler üçe ayrılmış ve her grup, yoldaşlardan birine saldırmıştı. Bazgan küreye yaklaşmak isteyenlerin üzerine atıldığında sırtından yediği okla sendeledi bir an. Israrla Gök kılıcını avuçlarından düşürmeden ayağa kalkmaya çalışırken, ikinci ve üçüncü okların ardından ayakta duramaz hale gelmişti. Gök kabzaya iki bileğiyle sarılıp dayandığında kılıç bir karış kadar yere saplanarak sancak direğiymişçesine mıhlanmıştı toprağa.

Aylar önce 'renkler ve yönler' üzerinden savaş taktiklerini konuşurlarken, Öktem'in toprağa sapladığı ilk kılıcın emanetçisi, ikinciyi arıyordu onca kargaşanın içerisinde. Dört bir yandan atılan kementlerle kıskıvrak yakalanmıştı Aybars. Tepesindeki altı yedi asker, Kara kılıcı almakta zorlanınca sağ bileğini kesmişlerdi hınçla.

Hâlâ ayakta ve önüne çıkan herkesi seri hareketlerle biçmekte olan Temir, Aybars'ın sol bileğiyle Kara kabzalı kılıcı kavrayıp üzerindekileri atmak için çabaladığını görüyordu. Kurtarmak için onun yanına hamle ettiğinde tepesinden aşağı salınan ucunda ağır kayalarla destekli ağlar yüzünden eskisince hareket edemez duruma gelmişti artık. Yüzüne ve kafasına gelen hamlelere aldırmaksızın doğrulmaya çalıştıkça daha fazla asker yükleniyordu kendisine. Nihayet ağlar üzerinden kementler de geçirildiğinde iki düzine okçunun hedefindeydi umarsız.

Bazgan gövdesine saplanmış oklara aldırmadan Gök kılıca sarılabilmişken Baycu, saçlarından kavrayarak başını ittirdi sağa sola. "Söyle" dedi hınçla; "cevheri nereden buldunuz?"

Aybars hâlâ sol bileğindeki kılıcını bırakmamış bir halde donakalmıştı. Temir ağların altında kendisine doğrultulmuş oklar arasında izliyordu onları. Bazgan konuşmamıştı inatla. Baycu, "zaten ölecek az sonra" vehmiyle, en azından kalanlara ders verebilmek için Gök renkli kılıcı istedi askerlerinden. Bazgan her iki bileği de kesilip gövdesi delik deşik edildiğinde bile içten içe "affet" diyordu emanetin sahibine. Dilinde değil bakışlarındaydı bu yakarma.

"Affet beni Tanrım. Göz görür, kulak duyar bir haldeyken Gök kılıcı benden alabildikleri için affet kulunu!"

Az sonra Bazgan'ın gözlerindeki pişmanlık erince dönüverdiğinde Gök kılıç, ululanmış sadakatin kalbine saplanmış ve ruhunu beden kafesinden azat etmişti. Öktem'in bizzat Cebrail'le birlikte dövüp kalıba soktuğu kılıçla can vermek ceza değil ödüldü Bazgan için. Nitekim Baycu, kılıcı yeniden çekmek istediğinde cansız yatan beden onu vermeyecekti kirli ellere. Kılıç ve emanetçisi tek yekûndu, her dem olageldiğince...

Kılıcı söküp alma ısrarından vazgeçen Baycu, bu defa Ak yoldaşa yaklaşıyordu. Eski hesaplarından kalma tokadı akşettikten sonra birkaç adım geriledi Temir'den. Avını yakalamış olmasına rağmen onun ne yapacağından emin olamadığı için ürkek ikircikler yaşayan aslan terbiyecileri gibiydi o an.

"Sen söyle" deyiverdi Temir'e, "cevheri nereden buldunuz, nasıl işliyorsunuz?"

Temir sükûnetine devam edince bu kez yoldaşının canıyla tehdit etti. "Konuşmazsan Aybars'ı kırk parça yapar, köpeklere yediririm gözlerinin önünde!"

Beklenen ses, Temir'den değil, ululanmış cesaretten geliyordu oysa.

"Durun, beni serbest bırakırsanız sırrı söylerim size!"

Baycu henüz tehdit edilmişken sökülen Aybars'a belirgin tepkiler vermeden bir süre daha Temir'e baktı ve "dostun korktu" dedi. Onu bırakıp Aybars'ın yanına geldiğindeyse "seni dinliyorum" dedi, "nedir sırrınız?"

Aybars sırrı gösterebilmek için ellerinin çözülmesini istediğinde askerler emir bekliyorlardı Baycu'dan, çözecekler miydi onu?

Baycu'nun işaretiyle Temir'in başındaki askerlerden bir kısmı Aybars'tan taraf dönüvermişti şimdi. En ufak bir falsoda ikisini de delik deşik etmeye amade halde üzerlerindeydi oklar. Kementleri çözüldüğünde yavaş hamlelerle doğrulan Aybars, ellerini iki yanına açıp tepesinin üstüne getirdi ve aynı suhuletle kazanlara doğru ilerledi. Bir maşanın önünde durduğunda yavaş hareketlerle onu ittirip çekiştirirken dudakları da oynuyordu belli belirsiz. Nihayet maşayı alıp yanlarına döndüğünde "sırrı söyleyebilmem için" dediği esnada bir an durakaldı ve devamını getirmezden önce son bir kez Baycu'ya baktı. İkisi de birbirlerini tartıyordu olacaklar için.

"Sırrı söyleyebilmem için ruhların iznini almam şart" kabilinden bir bahane duyacağını sanan Baycu şaşıracaktı yine. Aybars, "Temir'i saldığını göreceğim" demişti bu kez. O ana kadar gördüklerinden endişelenmemiş olan Ak kılıcın emanetçisi bile heyecanlanmıştı sonunda. Anlık bir çıkışla "söyleme, yoldaşının canı için bile olsa söyleme bunu" demesine rağmen Aybars son kez Baycu'ya baktı; "onu serbest bırakacak mısın?" diyerek.

Baycu sadece Temir'in vücudunu saran ağların açılmasını emrettiğinde bakışlar Aybars'taydı yeniden. Gergin bekleyişler içerisindeyken Kara kılıçlı yoldaş elindeki maşayı kazanın içine sokmuştu şimdi. Az sonra yeniden çıkardığında maşanın ucunda ceviz büyüklüğünde bir eriyik-kor vardı. Baycu hâlâ bir şeycikler öğrenemediği için "seni bekliyoruz, sır nedir?" diye ikaz etti son kez. Aybars ve Temir'in birbirlerini gözlediklerini fark ettiğindeyse, aralarına girip hamleye amade vaziyette kılıcını kaldırmıştı.

Yineleye yineleye "söylemezsen Temir'i öldürürüm" diyordu öfkeyle. Tam da kolunu indireceği esnada Aybars hareketlendi.

"Sır" diyordu, dingin ve tane tane; "Temir'den de, Aybars'tan da üzredir!"

O esnada maşayı yüzüne doğru yaklaştırmış, —şaşkın şaşkın kendisini izlemekte olan iki düzine gözün şahitliğinde— dağlanmak bahasına diline bastırmıştı koru. Diğer eliyle de işaret ve orta parmaklarını kapalı dudaklarının üzerinde gezdirerek mimlemişti ağzını.

Aybars'ın "şimdi nasıl konuşturacaksınız beni?" diyen yiğitçe meydan okuyuşunun yarattığı anlık şaşkınlıktan faydalanan Temir, önce en yakınındakine kafa geçirmiş, ardından serbest kalmış olan Aybars'la birlikte adamları haklamaya başlamışlardı yeniden. Kara ve Akkılıçların önünde perişan olan askerler Baycu'nun yanında kümelenmeye başlayınca, yoldaşlar mağara ağzına kadar çıkabilmişlerdi nihayet. Güdüleri gereği karanlık mağaralara giremeyen kartallar aydınlığa çıkan düşmanları tepeledikçe yoldaşlar uzaklaşmaya vakit de bulabilmişlerdi.

Atları baskından önce öldürüldüğü için mecburen yaya halde döneceklerdi obaya. Nefes nefese koşarlarken köprücük kemiğini delen ok, Aybars'ın omzunu parçalayıp önden fırladı kanlar içerisinde. Temir'in yardımıyla ayağa kalkabildiğinde okun ucunu kırıp kartallarından birine uzattı. Pençelerinin arasına aldığı emaneti nereye götüreceğini gayet iyi bilen avcı kuş, havalandığında, Baycu, askerlerinden takibi kesmelerini istedi. Planın ikinci adımına geçmeleri gerekti, hem de bir an evvel.

Kartal ormanı kuş bakışı katedip Aladağ'dan süzülürken Öktem kucağındaki Bala Gülce'yi izliyordu şefkatle. Aşena'nın kendilerini takip ettiğini görünce kızını ona uzattı; "halacığına iyi bak" diyerek. Bunun anlık bir temenni olmadığını sezen Gülçiçek de Aşena'ya bakıyordu, nasıl bir tepki vereceğini anlamak için. Tam da o an ikizin omzuna konan kartal, pençesinde tuttuğu ok parçasını düşürüverdi yere. Kanlı kemik ucunu görür görmez okun vazettikleri zihninde parladı Öktem'in.

"Baskın var" diyordu; "herkesi ayaklandırın; kadınlar, çocuklar ve yaşlıları obadan uzaklaştırmamız lazım!"

⁂

Yanında kurultayda kendisine destek veren beyler ve beride sotalanmış binlerce askeriyle birlikteydi Tigin. Obadan görülmeyen aşağıdaki dere kıvrımında beklerken sabırsızlanmaya başlamıştı. Gıyabında "sırrı öğrenmeden gelme" diyordu yeğenine. Üstündeki tedirginlik nedeniyle öfkeyle baktığı dereye karşı "gerekirse seni günlerce kan akıtırım, ama bu işi bugün mutlaka çözeceğim" diyordu.

Gözcüler Baycu'nun gelmekte olduğunu haber verdiğinde "hadi koçum, sırrı getir bana" temennisiyle ona doğru koşturdu atını. Duymayı arzuladığı bilginin başkalarınca bilinmemesi için baş başa konuşmak istemişti yeğeniyle.

Baycu, "ocağı bastık, çatışma çıktı içeride, adamların yarısı öldü" diye sözü uzatacakken "geç" dedi Andakan. "Geç bunları, sırrı öğrenebildin mi, bana onu söyle?"

"Kalabalıklardı" bahanesiyle kendisini savunmaya çalışan yeğenini dinlerken suratı asılmıştı Tigin'in. Baycu, "konuşturmak için Öktem'in adamlarını zorladım ama onlar bir şey bilmiyor, aradığımızı obadakilerden öğreneceğiz artık" dediğindeyse öfkeden kuduruyordu içi. Yeğeninin herkesi yok etmek niyetinde olduğunu biliyordu ama kendisi öldürmek derdinde değildi sadece. Gerçi düşmanından daha güçlü olduğuna inancı da tamdı. Ancak bu meseleden daha da güçlenerek çıkmak istiyorsa obadakileri de yanına çekebilmeli, bunu yapamazsa öncelikle otacının efsanesini yok etmeliydi her yönüyle.

Ocaktaki başarısızlığın Tigin'in aklını karıştırmaya başladığını hisseden Baycu, "bunu dert etmeyin" dedi bu kez; "onu herkesin gözü önünde öldürdüğünüzde kalpler yine size dönecektir!"

Koray'ın toy haberini verdiği günden beri türlü zehirler damıttıran Baycu, "cevheri bununla yeneceksiniz" diyerek, ağulu okları gösteriyordu şimdi de.

"Hepsi de bundan tattıkça, kudurmuş köpekler gibi sürüne sürüne ölecek Tiginim."

Binlerce atlı saklandıkları yerden çıkmış, obaya doğru koşturuyordu doludizgin...

Toy meydanı ana baba gününe dönmüştü bir anda. Anneler balalarını kucaklayıp aklı yeten çocuklar dedelerini ninelerini ayaklandırırken, kızıl börklüler de silahlarını ve zırhlarını kuşanmaya başlamışlardı. İkrarsız konuklar ve er gününde korkunun zorlamasıyla gerçek inançlarını açık edenlerse "bu bizim davamız değil" diyerek kendi ailelerini alıp ayakaltından çekilme telaşındaydı.

Dolunay güçlükle hareket eden annesinin koluna girdiğinde Umay da omuz attı onlara. Bala Gülce'yle birlikte diğer kadınlara yetişmiş olan Gülçiçek, uzaktan da olsa erini görmek istiyordu, son kez olup olmadığından habersiz. Aşena acele etmesi için sarsınca, "yardımcıları ol Tanrım" duası yüreklerindeki yegâne temenniydi. Acilen toparlanan binlerce masum, perişan halde ormana doğru ilerlerken önlerinde Andakan ve Baycu'nun yer aldığı süvariler obadan da görülebiliyordu gayrı.

Öktem oba girişindeki patika yolun öküz arabalarıyla kapatılmasını isterken masumların kaçabilmesi için olabildiğince dayanmaları gerektiğini söylemişti adamlarına. Yüze yakın kızıl börklü okçu, arabaların arkasına mevzilendiğinde yaylarını kulaklarına değin gerip atış emri bekliyordu Kutlu'dan.

Diğer yaşlıların arasında obadan uzaklaşmakta olan Koca İnal ardına baktığında Öktem'i görmüştü. Elinde Kızıl kılıcı ve üzerindeki ak yeleğiyle insanları baskına karşı tanzim ediyordu hâlâ. Bu yüzden zırhını kuşanmaya bile fırsat bulamamıştı belli ki. İnal'ın yüreği, Kutlu'nun savunmasız bir halde orta yerde durmasına dayanamazdı elbet. Gerisin geriye dönmeye karar verdi o an. Aksak adımlarını hızlandırıp yuvarlanırcasına koştururken "geliyorum" diye naralar atıyordu.

"Ben de geliyorum. Gün tufan günüdür kardaşlar!"

Obadan uzaklaşmaya çalışan çocuklar ve kadınlar ormana girecekleri esnada Ak ve Kara kılıçlarıyla gelenleri görünce sevinmişti. Aşena, kardeşine ve erine bakıp aralarında olmayan Bazgan'ı düşündü bir an. Bir yandan da acele edilmesini istiyor, kucağındaki halacıkla birlikte ağaçların arasında düşe kalka ilerlemeye çalışan yaşlıları ayağa kaldırmaya uğraşıyordu.

Okçuların üçüncü kez yaylarını germelerine fırsat vermeden üzerlerine atılan Tigin süvarileri girişteki barikatı aşmışlardı artık. Bu esnada Aybars ve Temir de nefes nefese bir halde Öktem'e yetişmişti sonunda. Kutlu'nun çadırına giren Koca İnal, sandıkların arasından çıkardığı zırhlarla geldiğinde çarçabuk kuşanmaları için yoldaşlara verdi onları.

Ve bu esnada fark edecekti ilk kez. Oğlu yoktu aralarında...

Olduğu yerde kalakalmıştı İnal. Kutlu'nun gözlerine bakıverdiğinde mukadderi anlayabiliyordu. Oğlu öldürülmüştü ocakta. Sadece; "başımız sağ olsun" demekle yetindi. Gün, tufan günüydü ya; elden ne gelirse gelsin, acınamazdı asla. Hatta öykünüyordu oğluna. Bu sefer altta kalmaya da niyeti yoktu.

O esnada Kırat'ın kuyruğunu gopça yaparcasına bağlayan Öktem, alnını öpüp yelesini sıvazladıktan sonra razılık isteyerek binit yoldaşının sırtına çıkmış ve düşmanın arasına dalmıştı, yanında Temir ve yaralı haldeki Aybars'la birlikte.

Obaya doluşan Tigin süvarileri ellerindeki meşaleleri peş peşe çadırlara fırlatırlarken, yükselmekte olan dumanlar ikindi güneşini perdelemeye başlıyordu. Üç yüz kızıl börklü savaşçı, Tigin'in binlerce süvarisiyle iç içeydi artık. Henüz zırhını kuşanamadan baskına tutulanlar kargılarla vurulup birer birer düşerken, zırhlı Kut savaşçılarına yaklaşmış olan düşmanlarsa başsız gövdeler halinde Aladağ'a uzanıyordu talihsizce.

Koca İnal az önce can vermiş bir obadaşının yayını yerden alıp birkaç ok atabildiğinde "Tanrım affet beni" diyordu, bir yandan da.

"Dedemiz İbrahim için yakılan ateşe su taşıyan karıncayım ben. Ona ve oğluma verdiğin esenliği benden esirgeme. Er gününde safları belli edensin Sen. Affet beni."

Sadağındaki oklar tükendiğinde düşmanlarının yerdeki kargılarını toplamaya çalışmıştı. Bulup buluşturduklarını güçlü kuvvetli gençlere yetiştirirken içindeki ses "taşı tutup da suyunu çıkardığın demlerde olsaydın" diye hayıflanıyordu yaşlı bedenine.

Öktem;, adamlarından orman tarafına doğru kümelenmelerini istediğinde aklındaki öncelik masumların kaçabilmesine fırsat vermekti yine. Avıl, cayır cayır yanarken çadırlara saklanmış olan ikrarsız konuklar ateş ve dumanlardan kurtulmak için dışarıya çıkıyorlardı mecburen. Kibrin ve öfkenin inanç ayrımı yapmaması nedeniyle onlar da kargıların hedefindeydiler bir şekilde.

Berilerine kendi ailelerini almış olan kızıl börklü Kut yiğitleri önleri sıra can veren ikrarsız akrabalarına kayıtsız kalamayacaklardı. Onlar için saflarını açmaya ve birilerini kurtarmaya başladıklarında boşlukları dolduranların çoğu Tigin süvarileri olmuştu oysa. Baycu'nun emrince atlarından inip uçlarında zehirli oklar bulunan yaylarını da germişlerdi gayrı.

Ellerinden, ayaklarından yaralananlar bile acıyla devrilirken, Bazgan'ın vaktiyle öngördüğü şekilde ikinci kılıç da toprağa saplanıyordu şimdi. Önce sol dizinden zehirli bir ok yiyen Aybars sendelemeye başladığında kargılar ve düşman kılıçlarının hedefi oluvermişti. Üzerine yaslandığı kılıcıyla öylesine kalakaldığında "Senden geldik, Sana dönüyoruz" diyordu, ruhu avcı kartallar misali serbest kalıp gökler katına uçarken...

Kara saplı emanet toprağın bağrındaydı artık. 'Cesaret' timsali olan bu kılıç, gökler katından indiği topraklara girivermişti sonunda. Bozkırın yiğitliği, inananların gözü pekliğiydi o. Bu topraklarda doğanların torunları binlerce yıl sonra bile cesur kişileri "gözü kara" diyerek anlatacaktı gayrı.

Ve o kılıç Kutlu'yu gözlüyordu hâlâ...

Kırat'ın üzerinde önüne çıkanları birer ikişer biçmeye devam eden Öktem, yanmakta olan çadırların arasında dört beş yaşlarında ağlayan bir çocuk fark edince atını ona doğru sürmüştü. Kırat'tan inmeden boşta olan eliyle çocuğu kolundan tutup terkisine aldığı esnada zırhın bittiği omzuna yakın bir yerden giren okla sarsılıverdi derinden. Düşmemesi için çocuğa sarılırken bir düzine atlıyla beraber Temir de geldi yanına. Öktem, çocuğu nispeten güvenli bir yere bırakmak için durduğunda Kırat da vurulmuştu zehirli oklarla. Süt beyaz donlu binit yoldaş, al kanlara bulanmış halde ilerlemeye çalışırken artık tamamen çocuğa, masum bir cana sarılmış olan Öktem, Kızıl kılıcın parmaklarının arasından kayıp düşüvermesiyle ilgilenemiyordu bile.

'Kan kimil gızıl kılınç' da saplanmıştı toprağa. Çevresinde dönen savaşı izliyordu mahzun mahzun. Bir an evveline kadar kabzasını kavrayan Kutlu bilek, şimdi bir çocuğa sarılmıştı; onu zalimlerin vahşetinden sakındırabilmek uğruna.

Düşmüştü Kızıl kılıç. Gökler katından gelen aslı; toprağı yarmıştı iki karış ve yüzüne vuran rüzgârlarla birlikte sancak gibi salınıyordu olduğu yerde.

Temir kargılar altında delik deşik edilmiş olan Aybars'a ve terkisindeki çocukla birlikte Kırat'ın sırtında uzaklaşmaya çalışan Kutlu'ya bakarken; "Tanrım" dedi, endişeyle.

"Bazgan'a göstermediğinle mi sınıyorsun bizi?"

Öktem'in öldürülecek olması korkusuyla çılgına dönen Ak kılıçlı yoldaş, önüne çıkanları ikişer üçer devirirken toprağa saplanmış halde duran kızıl kabzalı kılıcı gördü bu kez. Atından inmeden uzanıp aldığında onu gökyüzüne kaldırdı yeniden. Andakan ve masum canlara kast eden tüm zalimler görsün istiyordu.

Kızıl kılıç dimdik ayaktaydı hâlâ. İlk günkü kadar keskin ve her dem olduğunca Tanrı'nın emrindeydi o. Tanrı gökler katından acuna indirdiğini yeryüzünün bağrına saplayandı ve cevherin Sahibi yerden çıkanı ve göğe yükseleni de hakkıyla biliyordu.

Evet, Kızıl kılıç zalimlerle vuruşmaya devam edecekti canı budaktan esirgemeden...

Oysa beride Öktem'i çevreleyen Kut yiğitleri çatışma uzadıkça zehirli oklar nedeniyle teker teker öldürüleceklerini anlamışlardı. Son kafile de ormana girebildiği için geri çekilmek istiyorlardı. Ancak Kutlu'nun teni güçlü zehirlerin etkisiyle alev alev yanarken, dudakları sadece muğlâk terennümlerle kımıldarken bunun emrini vermekten kaçınmıştı hepsi.

Koca İnal düşmanın ortasında kalmış olan Temir'e bir an baktıktan sonra kızıl börklü yiğitlere "çekilin" diye haykırdı.

"Çekilin. Yoksa kucağımızda can verecek Kutlu. Onun aşkına çekilin kardaşlar. Tanrı aşkına Kutlu'yu bırakmayın burada!"

Evvel sadece Ak kılıçlı olan Temir, şimdi diğer elindeki Kızıl kılıçla birlikte kendisini kuşatan askerleri seri hamlelerle biçmeye devam ediyordu. Öktem ve Kut savaşçılarını takip için ormana dalan süvarileri görünce o tarafa hamle etti hemen.

Tigin elde ettikleri zaferin taçlanması için takibin iki kola ayrılmasını istemişti Baycu'dan. Bir kısım askerler kadın ve çocukların ardınca sağ taraftan, diğerleriyse Öktem'i yakalamak için soldan ilerliyordu şimdi.

Temir'se yanındaki bir düzine Kut süvarisiyle birlikte askerlerden önce ikrar kardeşlerine ulaşmaya çalışıyordu. Ağaçların ve devasa otların hışırtıları arasında artık atından da inmek zorunda kaldığından dikkatle ilerliyordu. Rastgeldiği askerleri haklaya haklaya ormanın daha kuytularına daldığında az ileride bir kafilenin peşlerindekilerden kaçmaya çalıştığını fark etti. Henüz o tarafa yönelmişken diğer yönden gelen askerleri gördü bu kez de. İkinci gruptakiler "otacı bu taraftan gidiyor" diye başka bir yeri haber veriyordu Baycu'ya.

Temir ağaçların ve çalıların perdelediği ormanda arkalarındaki askerlerden kaçmaya çalışanların arasında Aşena'yı seçebildiğinde sağ olduğu için şükretmişti Rabbine. Ancak Kutlu da tehlikedeydi bizzat. Tercihe bile gerek kalmadan Aşena'yı bırakıp diğer tarafa koşturdu.

Issık'tan kaçtıkları gece uğruna ölümü göze aldığı Aşena'nın aynı askerlerce yakalanıyor olmasına, üstelik Aşena'yı o günküne nispetle kat be kat fazla sevmesine rağmen üstelik gözleri önünde Aşena'nın yeri belli ama Öktem'inki hakkında sadece bir haberden başka şahitliği yokken bir an bile ikilem yaşamadan Kutlu'ya yönelmişti Temir.

Aşena ise uzaktan gördüğü Temir'in kendilerine doğru gelmekten vazgeçmesine sadece Öktem'in sebep olabileceğinin bilinciyle şükrediyordu Rabbine. Demek ki kardeşi hâlâ sağdı. Demek ki en sevdiği varlığı 'terk' edebilmeyi öğrenebilmişti kişi-oğlu. Caytgan'ın "erim dediğin adam toy gününde düşmanlarını görüp kaçtı" kışkırtmaları da aksi seda bulamamıştı, gönüldeki aşk ve ikrarı kalben de tasdik eden ikize...

Temir işaret edilen tarafa ulaşırken önce çatışmanın sesine ardından bizzat kendisine şahit olacaktı. Kutlu'yu çevreleyen bir düzine kızıl börklü yiğit, canları bahasına askerlere direniyor, kolları ve gövdeleri delik deşik olurken bile onları yaklaştırmıyorlardı zehir nedeniyle baygın yatan Öktem'e. Temir ve yanındakiler de hamle ettiğinde iki ateş arasında kalan Baycu, askerlerini bırakıp ormanın derinliklerine kaçınca tehlike bertaraf edilmişti artık.

Yanındakilerden etrafa yayılıp gözcülük etmelerini isteyen Temir, Öktem'in başını kendi dizlerine yaslamıştı şimdi. Zehre karşı hangi otların kullanılacağını soruyordu. Cevabı duyabilmek içinse kulaklarını onun yüzüne dayıyordu ısrarla. Duyabildiklerinin tedarik edilmesini istedikten sonra Kutlu'yu sırtlayıp mağaraya doğru ilerleyecekti ki, baygın haline rağmen bir an kendini toparlayabilen Öktem masumları sordu.

Kaçabilmişler miydi?

Temir, Aşena'nın sağ olduğunu diğerleriyle birlikte en son ormanda gördüğünü söylerken, Öktem konuşamıyordu artık. Alev alev yanan bedeni ve kan çanağı gözleriyle daha fazla onu sarsmamak için durmuştu Temir.

Şifanın sahibine yakarırken otların buna vesile olmasından gayrı dayanakları kalmamıştı.

ଓ

Aşena, Gülçiçek, Dolunay ve diğerleri kementlerle bileklerinden bağlı halde obaya getirildiğinde kendilerinden önce yakalananlarla birlikte yüzlerce kadın ve çocuğun meydanda toplandıklarını görmüşlerdi. Korkuyla birbirlerine sarılmış olan acuzeler, haklarında verilecek hükmü beklerlerken yeniler de katılıyordu aralarına. Bir yandan da cesetleri topluyorlardı askerler. Sayı neredeyse bini bulduğu için gömdürmekten vazgeçip büyükçe bir ateşte hepsinin yakılmasını emretmişti Tigin.

Bir an küçük kardeşi Aybars'ın naaşını gören Aşena, Umay'ın buna şahit olmasını engelleyememişti. Diğer kadınlar gibi onlar da elleri başlarında toprağa çökmüş bir halde ölülerine bile sahip çıkamıyorlardı umarsızca. Aralarında dolaşan askerler insanları ayırmaya başlayınca Gülçiçek, Bala Gülce'ye sımsıkı yapışırken, bir yandan da Dolunayları takip etti dehşetler içerisinde.

Tigin ailesini fark eden bir subay, "benimle gelin" dediğinde Ilgın kadın mıhlanmıştı olduğu yere. Ne eski kocasını görmek istiyor, ne de dostlarından ayrılmaya razı oluyordu. Koluna giren askerlere engel olamayınca Dolunay da karışmıştı işe. "Bırakın annemi" feryatlarıyla tüm Aladağ inlerken arkasından uzanan zümrüt parmaklı elle irkiliverdi kızcağız. Baycu, "sen benimle geleceksin" dediği esnada, Dolunay ilk rüyalarını yaşıyordu yeniden. Annesiyle ayrılışını defaatle hayra yorduğu; "erim babama benzemeyecek" temennileriyle kendisini kandırışı böyle bir şey olmasaydı keşke. Pişmanlığı yaşamak sadece rüyayla kısıtlı değildi o an.

Birkaç kadın, evlatlarına sarılmış bir halde "biz Öktem'e inanmadık, bırakın gidelim" diye yalvarıyordu askerlere. Onların bu halini gören yaşlı hikâyeci içten içe acımıştı, son demlerinde inançlarını inkâr edenlere. Zillet sayıyordu bu durumu. Oysa Aşena'nın acınmaları başka türlüydü.

"Tanrım" diyordu; "inançlarına geri dönmelerini sağlayacak imkân ve gönül genişliği nasip eyle onlara. Bugün tüm kulların zorda!"

Ilgın kadın meydana getirildiğinde çalımla ortaya çıkan Andakan, "neden?" diyerek başladı söylenmeye:

"Neden Issık'ı terk edip otacıya geldin?"

Karşısındaki vakur sessizlikle yumuşamayan Tigin, "Koray'ın ruhları seni Öktem'inkilere mi havale etti, konuş?" diyordu avazınca. Sorusunu tamamlarken Koray'ı da süzmüştü göz ucuyla.

Ilgın, "beni buraya getiren güç Tanrı'nın sana nasip etmediği inançtır" dediğindeyse öfkesi iyice kabarmıştı Andakan'ın. Ilgın yine de devam etti söylenmeye.

"Güvendiğin insanların arkandan ne tür oyunlar çevirdiğini biliyor musun?"

Bununla kendisinin kast edildiğini hisseden Baycu, "Koray da dediydi efendim, bu kadının içinde ruhlar yuva kurmuş" nakaratını yineliyordu. Daha fazla konuşturulmadan lanetin bitirilmesinden yanaydı. Kılıcını çekip kadıncağızın başucunda bittiğinde "ne kadar kararlı olduğunuzu anlasınlar Tiginim. Emir buyrun bu kadını Erlikan'a[163] uğurlayayım" demişti şimdi de.

Dolunay'ın ve ille de Burçin'in feryatları bir an Andakan'ı yumuşatacak gibi olsa da "ne kadar kararlı olduğunuzu anlasınlar" vurgusu tekrar katılaştırmıştı Tigin'in yüreğini. Gözlerini kapattığı an, Baycu bunu bir emir telakki ederek indirdi kılıcını. Kadıncağız kanlar içerisinde toprağa uzandığında yeleğinin arasından düşen havan yuvarlanmaya başlamıştı takur tukur sesler çıkararak. Kutlu'nun hediyesini obadan kaçarken bile yanından ayırmayan Ilgın kadının ruhu gökyüzünde azattı gayrı.

---

163 Bozkır Şamanizmine göre "Erlikan" yeraltında yaşayan ve ölülerle ilgilendiğine inanılan sanemdir... (H.N.)

Annelerinin cansız bedenine sarılmak için öne atılan Dolunay ve Burçin'in çığlıklarına kulak veremiyordu Tigin. Bunun bile zaaf olarak algılanmasından çekinmişti elbette. Bakışlarını onlardan ayırıp esirlere doğrulttu artık. Tam da bu esnada uzanıp düştüğü yerden havanı alan Burçin, annesinin en çok değer verdiği şeye sarıldı ağlayarak. Belki de Kutlu'nun emanetini ve henüz öğrenemediği otacılığı düşünmüştü, kim bilir? Ancak az sonra duyduklarıyla irkilip toparlandı.

Dehşetle bu infazı izleyenlere "şimdi anladınız mı?" diyordu Baycu; "kime itaat edeceğinizi, kimden korkacağınızı iyice bellediniz mi?"

Başlarını kaldırmaktan dahi korkan acuzeler, dillerinde Tanrı'nın adı, gönüllerinde dualarla Andakan'ın gönlüne merhamet verilmesini niyaz ediyorlardı. Yetkesini sağlamlaştırmak uğruna evlatlarının annesini, onların gözleri önünde öldürtmekten bile çekinmeyen bir Tigin vardı karşılarında. Gördükleriyle kibri iyice kabarmış olan Andakan, Öktem'in ikizini ve eşini çağırttı yanına. Onlar gelene kadar çalımla dolaşırken "gördünüz işte, otacının ruhları sizi kurtaramıyor" diyordu acı dolu yüzlere...

Yaka paça getirilmek yerine başları dik ve gözleri korkusuz bir şekilde kendiliğinden gelen Aşena ve Gülçiçek hiçbir şey söylemeden Dolunay'la Burçin'in arasına girmişlerdi. Uzaktan onları izleyen Umay, kucağındaki Bala Gülce'nin feryat dolu ağıtlarını duymamak için sağır olmaya razıydı o an. Masum bebeciğin her damla gözyaşına yüreğinden bir parça kıyılıyordu sanki. "Tanrım, Sen intikamını kimsede koymazsın" derken, küçük oğlu Aybars'ın da yaptığı şekilde sığınmıştı Rabbine.

Ön sıralardan rastgele seçilen üç beş ihtiyarı Tigin'in önüne ittiren Baycu, "söyleyin şimdi" diyordu, "Öktem cevheri nereden buldu, nasıl işledi?"

Bilmediklerini söylemelerine rağmen bu kez Tigin sormuştu aynı şeyi. İstenen cevabı veremediklerinde infaz edilmeleri için küçük bir işaret yeterli oldu yine. Rastgele olmak kaydıyla bir düzine ihtiyar daha huzura getirildiğinde bu kez Koca İnal da vardı içlerinde. İnfazın kaçınılmaz olduğunu hisseden kızıl börklü ihtiyarlardan biri "cevher Tanrı'dandır" diyerek gökyüzünü gösterdi.

"Oradan geldiğini biliyoruz sadece!"

Cevap tatmin edici bulunmadığından o da infaz edildiğinde sıra Koca İnal'a gelmişti nihayet. Yaşlı hikâyeci yekten sırrı bilmediğini, bilse de konuşmayacağını söylediğinde onun için de infaz işareti yapılmış olmasına rağmen Koray atıldı meydana.

"Yalan söylüyor Tiginim. Biliyor olmalı ama Öktem'in ruhlarının öfkesini çekmemek için öldürülmek istiyor. Uygun görürseniz onu ayriyeten konuşturalım."

Bir eksik bir fazla önemsemeyen Tigin, Koca İnal'ı atlayıp yanındakine sordu bu kez.

"Sırrı biliyor musun?"

଄

Temir ve oklardan kendisini koruyabilmiş birkaç kızıl börklü yiğit, Öktem'in bahsettiği şekilde akrep otu ve yalavaç köklerini[164] ayrı ayrı haşlayarak usaresini zehirlenmiş olanlara içirmiş, kalanıyla da yaraları temizlemişlerdi. Bunu yaparken Kırat dâhil tüm oklanmış binitleri de ihmal etmemişlerdi. Ancak hemen Öktem'in yanıbaşına uzanmış olan yoldaşların en eskisi, binicisiyle haldaş şekilde hâlâ ateşler içerisindeydi ve yüzünde acınmanın burukluğu vardı.

Geceye ve gündüze sığamayan bozkırın nefesi olmuşken, yirmi küsur yıl rüzgârlarla yarışmışken şimdi iç çekiyordu Kırat, böylesine kıpırtısız ve durağan kalışına. Kararmış ayın altında hüzün çökmüş Aladağ'a karşı "vaktiyle beni kuşatamadın" diyordu sanki.

---

164 Akrep otu (*Heliotropium Arborsecens*) ve Yalavaç otu (*Centaura Tchihatcheffi*) akrep, yılan gibi zehirli hayvan ısırmalarına karşı kullanılmaktadır…

Bir dem uysal olmadığı söylenmişti kişi-evladınca. Sırtına çıkanların çoğunun kolunu bacağını kırmıştı. Oysa yoldaşının büyümesini ve kendisini sahiplenmesini beklemişti sadakatle. Öylesine bir yoldaşlığa hazırlanmıştı ki Öktem'le buluşmazdan evvel onun haline bürünüp öksüz de kalmıştı. Süt-Kısrak, Gülce gibi acundan çekildiğinde her şeyiyle yoldaşına sarılmış, onu öylece sırtlanmıştı. Toynaklarıyla er meydanını ezerken Öktem'in kanatlarıydı adeta. Yirmi yedi yılın dostluğunun sonunda yine yanıbaşındaydı onun. Cayır cayır yandıkları ateşler şahitti yoldaşlıklarına. Hukuklarını da korumuşlardı. Kırat'ı gören Öktem'i; Öktem'i gören Kırat'ı hatırlamıştı sürekli. Şimdi sırt sırta yatıyorlardı ya; dem başka bir demdi artık.

Temir, gözlerini Kırat'tan çekmeden Bazgan ve Aybars'ı düşünmeye başlamıştı şimdi de. Gök ve Kara kılıçlar birer birer çekilmişti acundan ve Kutlu kişi, kendi âleminde zehir nedeniyle ateşler içerisinde yanarken sonunda bir başına kalmıştı. Yüreğine işleyen 'acaba'lar; "Kutlu kendinde olsa ne yapılmasını isterdi?" diyordu. İlk kez onun yerine karar vermek zorunda kaldığından bunun ikilemini yaşıyordu en derinden.

Yeniden soluk alıp verebilen biricik yoldaşı sıvazlamaya başlayan Temir, "Kırat kardaş" dedi bu kez; "seninki gibi yoldaş olmak, kişi-evladının payına düşenden daha akıllıca sanki!"

Bu esnada Öktem'i izlemeye de devam ediyordu. Kutlu başını, kendi dizlerinin üzerine aldığında onun şakaklarından süzülen billur billur terleri siliverdi. Kaderinin şu an kapalı duran o gece karası gözlerde çakan şimşeklerle şekillendiğini hissediyordu. Belki Aşena bile bu yüzden sevdirilmişti kendisine. Aybars ve Bazgan bu yüzden acunu bırakıp uçmuştu sonsuzluğa.

Olan ve olacak her şey için yardım istiyordu Tanrı'dan. İçindeki ses, bir an Bazgan ve Aybars'a gıpta ettiğinde yoldaşları için selam savurdu rüzgâra karşı. Dar zamanda gitmeleri Tanrı'nın muradıydı elbette.

Issık'ta mangal başında alazları küreleyip Aşena'yı düşündüğü esnada dilinden düşenler gönlüne doldu yeniden. "Ateşe uçan kanat yanarsa; ateşe uçmayan kanat neye yarar?"

Ne denli ıstıraplı ve zorlu bir yola talip olduğunu ancak şimdi anlayabilmişti...

Ahalinin cevher hakkında bir şey bilmediğine artık emindi Tigin. Bu kez toyunu hatırlatıyordu insanlara.

"Sizi uyarmıştım; Aşena'yı aldığımda taş üstünde taş, gövde üstünde baş bırakmam demiştim. Vaktiyle söz verdiğim yerdeyim bugün ve Aşena benimle. O gün bana karşı çıkanlar şimdi neredeler?"

Elindeki kılıcı gökyüzüne kaldıran Andakan "sizi kim kurtaracak elimden, söyleyin bana" diyordu bu kez. Kimseden çıt çıkmayınca Koca İnal'ı karşısına aldı yeniden. "Sırrı bilmiyorsun ama bunu bilirsin" demişti.

"Öktem'in ruhları mı kurtaracak sizi? Belki ruhları otacıdan daha cesurdur ha, ne düşünüyorsun ihtiyar?"

Sorgulanırken yediği dayaklardan artık ayakta duramaz hale gelmişti Koca İnal. Sözün nereye kayacağını hissettiği için doğrudan doğruya; "senden değil, seni, beni ve gözünün gördüğü her şeyi yaratandan af dileyeceğim, boşuna nefesini tüketme" dedi.

Baycu işaret bekliyordu Tigin'den. Yaşlı hikâyecinin son arzusu makbul görüldüğünde kafası gövdesinden ayrıktı gayrı. Vaktiyle bilgisi için eski öğrencisi Öktem'i ve evladı Bazgan'ı bile kıskanmış olan Koca İnal, gıpta ettiği şekilde uçuvermişti sonsuzluğa. Kendince bir Tanrı inancıyla gelmiş ve 'ben de bilirim' üzere yaşamışken, hayatının son ayında kendisine lütfedilen 'acziyeti kabul' nimetini içselleştirdikten sonra 'ölümsüzlerin' erkânıyla ruhunu teslim etmişti Rabbine.

Artık oğluyla birlikteydi gökler katında.

Yeniden infaz serisini başlatan Baycu, rastgele seçtiği üç beş kadını çıkartmıştı meydana. Gemi iyice azıya alarak "siz söyleyin bari" dedi; "evlatlarınızı kim kurtaracak?"

İlk kez muhataplarını değil de, çocuklarını öldüreceğini kast ettiği için onca ürperme ve dehşetin sonunda kat be kat korkuya gömülüyordu insanlar.

Tüm bunları evvelden planlamış olan Tigin ve yeğeninin hedefinde yılgınlık sağlayacak bir harple Öktem'e olan inancın, onun etrafında dönen efsanelerin bitirilmesi vardı öncelikle. Aşena-Andakan toyu ve bozulan töreden bahsetmeleri de geçmişten gelen hesabın perçinlenmesi içindi. "Kim kurtaracak sizi?" tehditlerinin ardındaysa, "merhamet et bizi bağışla" yakarışlarını duyma istekleri vardı. Bu şekilde hem ruhen tatmin olacaklar, hem de kalanların bunu herkese anlatmasını sağlayacaklardı.

Acıyla oğullarına kızlarına, kundaktaki balalarına bakan ve en az Tanrı adına can vermiş kızıl börklü kocaları kadar yiğit çıkan kadınlar; dirayetlerinin zirvesine gelmişti gayrı. Suskunluklarına devam etmeleri, gözlerinin önünde evlatlarının boğazlanması demekti hiç kuşkusuz.

Önceki nesiller gibi "tükendik artık, dayanamıyoruz Tanrım" diyen[165] ve İbrahim Yalavaç'ın oğlu için indirilmiş olan koçlardan kendi balaları için de dört gözle bekleyen biçare kadınlar, Cebrail'le birlikte gökyüzünden gelenlerle değil, Aşena'nın iki dudağının arasından yollanan muştuyla kurtulacaklardı. Bunun bedelinin ne olduğunu henüz bilemeseler de...

Vakur ikiz, savaştaki yenilgisini hatırlatıyordu Tigin'e.

"Er meydanından altın elbiselerini bırakıp kaçmıştın ya, o pahasız ganimetin şimdi nerede olduğunu biliyor musun?"

---

165 Bakara Suresi:214.Ayet'e atfen...

Andakan onun eritilip satılmış olduğundan adı gibi eminken evvel aklında olmayan bir meseleyle karşılaşmıştı şimdi. Aşena damarına damarına basmaya devam etti.

"Hani toyunda giymeye söz vermiştin o elbiseyi, hatırladın mı Andakan?"

Tigin sözün nereye bağlanacağını beklemişti merakla. Aşena'ysa daha fazla bilgi vermek karşılığında koşul öne sürdü Andakan'a.

"Altın elbisenin yerini öğrenmek istiyorsan önce söz ver bana... Kimsenin evladına dokunmayacaksın!"

Tigin bu şartı tereddütsüz kabul ettiğinde Baycu itiraz etmeye yeltenmişti ama sert bakışlarla azarlandığında sindi mecburen.

Andakan "evlatlara dokunmam" dedi yeniden; "ama o elbiseyi giydiğimde seni de alırım Aşena, bunu da sen unutma!"

Şartın kabulünü tehditle bağlayarak bir kez daha kibrini göstermeyi ihmal etmemişti Tigin.

Aşena, "yerini tek kişi biliyor ama o da aramızda değil" dediğinde, kendisiyle oyun oynandığı vehmiyle köpürdü Andakan. Kılıcını çekip en yakınındaki esire ulaştığında "Öktem biliyor" sesiyle birlikte eli havada durakalmıştı. İnfazı engellemeye bu kadar söz yeterli değildi.

"Hani nerede Öktem? Gelebiliyor mu yanıma?

— Ormana ulak sal. "Altının yerini göster ki, evlatlarınızı serbest bırakayım" dersen Öktem kendi ayağıyla gelecektir sana. Sonrası ikinizin arasında gayrı, bizi ilgilendirmez!"

Tigin'in aklına yatmıştı bu fikir. Kendi hesabınca "Öktem gelmezse insanların gözünde biter, gelirse tutsağım olur. Cevherin sırrını vermeye direnirse alana kadar tüm sevdiklerini öldürürüm" diyordu içten içe. Adım adım böylesi bir pazarlığa çekildiği için Andakan'ın yanlış yaptığına inanan Baycu, kerhen de olsa ulaklar çıkarttı ormana.

Gülçiçek ve Dolunay'ın kendisini hayretle izlediğini fark eden Aşena, içindeki sesi dinliyordu hâlâ. "Öktem de olsa aynını isterdi" tatminiyle emindi yaptığından. Sevginin iki halesi Öktem'in tehlikeye atılmasına razı değilken, idrak ehli ikiz, onları teselli etmeye çalıştı bir kez daha.

"Rabbimiz affetmeyi, nimetlendirmeyi ve dostlarını sevendir" diyerek...

Öktem nihayet bir parça da olsa kendisine gelebildiğinde ilk öğrenebildiği şey Kırat'ın öldüğüydü. Ömürlük birlikteliğin ardından son nefesinde yoldaşıyla birlikte olamamak zoruna gitmişti. Doğrulabildiğinde onu soğuk ensesinden öpmüş, rızalık istemişti birlikte yaşadıkları her şey için. Temir'in uzattığı kırbadan bir yudum aldıktan sonra kalanıyla ellerini ıslatıp Kırat'ın üzerinde gezdirmişti zorlana zorlana. Binit yoldaşını son kez olsun yeniden yıkıyordu elcağızıyla.

Kızıl börklü yiğitlerin ağızlarını bıçak açmıyordu bu esnada. Onlardaki hüznü gören Öktem, Kırat gibi hepsinin can vermeyeceklerini söylerken, şifalı bitkilere devam ettiklerinde zehirlerin bedenlerinden atılacağını da eklemişti. Şifanın sahibi, aracıyı tatbikte ısrar etmelerini istiyordu sadece.

Yeni otlar kaynatılıp tedaviye devam edilirken birkaç kızıl börklü yiğit "az evvel birini yakaladık, Andakan'dan haber var" demiş ve Temir hemen görmek istemişti onu. Ancak ulak, haberi sadece Öktem'e iletebileceğini söylediği için Kutlu'nun yanındaydılar birlikte. Şartı dinleyen Öktem, "var, git" dedi ulağa; "Tigin'ine geleceğimi söyle!"

Temir edebin tüm hallerini kuşanarak kaygı diliyle karşı çıktı buna. "Sabah gidelim" diyordu. Gönlü tedavinin yarım kalmasına razı değildi. Kutlu'nun davete icabet etmekte kararlı olduğunu sezince en azından birlikte gitmeyi teklif etmişti. Ancak Öktem, "kaldır beni" dedi.

"Seninle ocağa gideceğiz önce!"

Yoldaşının omzunda güçlükle mağaraya girebilen Öktem, saldırı sonrası ocağın darmadağın edilmiş halini izliyordu. Toprağa saplanmış Gök kabzalı kılıca rağmen Bazgan'ın naşının yerinde olmadığını fark ettiklerinde yoldaşlarının meleklerce alınıp kabirlerine çekildiklerini anlamışlardı.

Tarumar olmuş ocakta iki kişinin sığabileceği kadar temiz bir alan bulunca "oturalım" dedi Öktem. İkisi de dizlerini altlarına alacak şekilde yağız toprağın üzerindeydi şimdi. Temir ne olacağını beklerken dudaklar değil bakışlar konuşacaktı önce.

Gece karası gözler, yoldaşınınkilere "sırrın değişik yüzleri var" diyordu.

"Kullanamayacağı bilgi sır değildir insana. Tıpkı cevhere dair bilinmezlerin Andakan'a sır, çocuklara masal gelmesi gibidir bu..."

O an Temir sezmeye başlamıştı ki uğruna canlar verilen ve canlar alınan yüce sır; 'cevherin elde ediliş ve işleniş bilgisi' değildi. Bu bir süreliğine emanetti ve ehlini sınayıp aslını perdelemeye yaramıştı. Şüphesiz ki bunun için öldürülenler de karşılığını alacaktı ötede.[166]

Öktem bir an kendisininkileri kapatıp açtığında Temir'in gözleri "doğru anlayabildim mi?" kaygısıyla kendi bildiklerini tekrarlıyordu Kutlu gözlere.

"Gayret elimdeki kılıç; yola devam edilen binek sabrımdır. Gönlüme iyi-doğru-güzeli indiren Kutsal akıl, Haberci'dir bana. Pişen pişiren, kalıba sokan asıl ocaksa her dem Tanrı Kut'una mazhar olan yüreğimdir..."

Bakışlarla gelen akış tükendiğinde dört diz birbirine değer haldeyken gözlerini de kapattılar usulca. Acunda ve göklerde, kişi-evladının yüreğinde ve Kendisini anan her zerrede, Mevcut ve Diri olana açılırken, usulca birbirlerine doğru eğildiler.

---

166 Al-i İmran Suresi:199.Ayet'e atfen...

Katlanmış dizlerin ardınca alınlar da hemyüz olduğunda mehtaptaki iki hilalin karşılıklı bütünleşmesi ve beriden bakıldığında elmayı tamamlayan iki yarım gibi yekleşmişlerdi aynı potada. Aylar önce kelimelerle başlayan akış, bir dem geldiğinde yerini bakışlara, nazarlara bırakmışken şimdi alından alına, yürekten yüreğe akıyordu Kutsal Sır. Yedi günlük mahsurluk sırasında Öktem'e verilenler, sel olup Temir'in kalıbına akıyordu bir zerre bile taşkınlık göstermeksizin. Yüzlerinden süzülen boncuk boncuk terler, düştüğü toprağı yıkarcasına saf ve berraktı. Dudaklar ve göz kapaklarının kımıldamasından başkaca bir hareketleri olmayan 'Kızıl'ın ve 'Ak'ın yoldaşları, gözlerini yeniden açtıklarında mağaradaki ziyaretçilerini gördüler ışıl ışıl bir halde.

Cebrail üzerine bastığı kayayı eritiyorken, kendisine uzatılan kan gibi kızıl elmayı alan Öktem "bak" dedi, yoldaşına.

"İyice bak. Ne görüyorsan tek tek söyle bana?"

Elmanın 'Gök' renkli yaprağında 'sadakat'i görüyordu Temir ve 'Kara' sapındaki 'cesaret'i. 'Kızıl' kabuğun 'Kutsal Aşk' olduğunu söylediğindeyse, Öktem ikiye bölüverdi elmayı. Meyvanın etli kısmını, 'Ak'ını gösteriyordu yoldaşına.

"İşte sen bu elmanın içisin Temir. 'Kara'nın tuttuğu, 'Gök'ün süslediği ve 'Kızıl'ın sakladığısın sen!"

O ana kadar dirayetini korumaya çalışan Temir'in iç fırtınalarından mağara bile korkmuştu sanki. Ne ikizlerin doğumuna şahit olurken böylesi sarsılan, ne de Öktem'e ilk kez vahiy gelirken bu denli bir coşkunluk gören duvarlar, kendilerinden yansıyan "O" sesleriyle çatırdamaya başlamıştı gayrı. Âdem Ata'ya öğretilen isimlerden yüreklerine ilham olanlarla ululayacaklardı âlemlerin Rabbini, yeniden ve en baştan...

O'ydu kişiye bilmediklerini öğreten... [167]

O'ydu karanlıktan aydınlığa, aydınlıktan karanlığa koyan...[168]

---

167 Alak Suresi:5.Ayet'e atfen...

168 Enam Suresi:122.Ayet'e atfen...

Ve O'ydu ölüden diri, diriden ölü çıkaran...[169]

Öktem elmanın bir parçası elindeyken dilin şahitliğine sığındı yeniden. Kelimeler altı cihetten aynı anda geliyormuşçasına Temir'in kulaklarına ve gönlüne akıyordu birer birer.

"Sır döverek yumuşattığın cevherde veya gözünle gördüğünde değildir. Sır bu nimete benzer sadece. 'Yap-yapma bilgisi'[170] onun kabuğudur. Eti Tanrı'ya giden 'yol', çekirdeği ise 'Kut'tur, hikmettir. Ölümsüzlük sırrıdır, o. Törenin, yolun ve hikmetin Sahibi vakti geldikçe sırlarını evlatlarınıza da açacaktır..."

Sözün son kısmı Temir ve Aşena'dan doğacaklar içindi. Doğum esnasında Gülce'yle muştulanan hak, şimdi Ak kılıçlı yoldaşa da açılmıştı ama içindeki 'vasiyet' perdesi aralanmaksızın...

İki yoldaş şükürle secdeye varıp tekrar ayağa kalktıklarında, sağ ayak başparmaklarını solunkinin üzerine gelecek şekilde mimleyip bileklerini de aynı şekilde bağlamışlardı belleri hizasınca.

Gözleri bir an açılıp kapandığında ismi "ant" olan, içi gözlerin akınca berrak ve pak olanla dolu kızıl renkli bir kadeh uzattı Cebrail. Öktem bir yudumluk kandığı sütü yoldaşına vermişti, kalanı içmesi için. O da yudumladığında "andını içtin, O'nunla sırlandın" dedi, yanı başlarındaki meleği de şahit tutarak. Temir'se "sırrın, sırrımdır" derken, sağ elinin işaret parmağıyla kapalı dudaklarını mimlemişti.

Cebrail kaybolduğunda yoldaşına sarılan Kutlu, "sen artık Temir-Alp'sın" diyordu, Ak ve Kızıl kılıçlı Halef'ine. Bunu üç kere tekrarlayacaktı, her defasında bileklerine sarılmış bir halde.

"Sen benim Temir-Alp kardaşımsın. Tanrı, senin yar ve yardımcın olsun gayrı!"

---

169 Al-i İmran Suresi:27.Ayet ve Bakara Suresi:28.Ayet'e atfen...

170 "Yap-yapma bilgisi" yükümlülükleri anlatır. İslam geleneğinde bunun adı "Şeriat"tır...

Öktem tek başına mağaradan çıkarken Temir-Alp, ocağın kapağını açıyordu huşuyla. Nefesini Tanrı adını anarak verdiğinde cevher yeniden erimeye, kızıllaşmaya başlamıştı, önceleri sadece Öktem'le olageldiği şekilde...

ଓ

Andakan, Öktem'in gelmeyeceğini iddia ederek "korktu ve sizi yalnız bıraktı" diyordu halen. Tüm Aladağ'da yankılanan "bugüne kadar bir yalancının peşinden gittiniz" sözleriyle ahalinin af dilemesini ve eski inançlarına dönmesini emrediyordu hançerelerini sıka sıka.

Mağrur ve muzaffer edalarla insanların arasında dolaşmaya başladığında "bugün gördüklerinizi burada olmayan tüm akrabalarınıza anlatacaksınız. Keçe çadırlarda doğup at sırtında ölen bozkır evlatları sahtekâr otacının töreyi bozduğunu ama benim onu engellediğimi duyacak" diyordu ki ormandan çıkagelen atlı tüm dikkatleri çekmişti üzerine.

Kırat öldüğü için Temir'in doru atıyla gelen Öktem, zehrin etkisiyle iyice bitkin düşmüş halde yelesinden kavradığı binite sarılmıştı iki eliyle. Aşena, Gülçiçek ve Dolunay aynı anda ona doğru koştururlarken askerler sadece Tigin kızını engellemişlerdi. Baycu'ya göre Dolunay'ın 'yabancı bir erkek' ile ne işi olabilirdi ki?

İkizine ve eşine bakmakta bile zorlanan Öktem, "geldim" dedi yüzüne yayılan zoraki tebessümle.

"Geldim sizinleyim işte!"

Atından güçlükle inebildiğinde Gülçiçek sarıldı önce. Erinin kanlı kokusunu ciğerlerine çekerken Bala Gülce'nin ateşlendiği geceki Öktem'in sorusunu hatırlıyordu; "düşünebildiğin en büyük sızı nedir?" diye...

Ve cevabı kendisine bile itiraf etmekten korkuyordu şimdi.

En büyük sızının adı 'pişmanlık'tı o an. Doyunca yaşayamadıkları birliktelik nimeti için Öktem'in kaderini kıskanmasını ve bunu kabullenememesini; kendisini suçluyordu en derinden. Bu kez yirmi üç yıllık hayatına değil, Öktem'in Kutlandığı şu birkaç aya yanıyordu. Ayrılmazdan önceki son sözleri "affet beni Öktem" olmuştu dizleri üstüne çökerek.

"Sana olan sözümü tutamadığım için affet beni. Her şeyde birlikte olacaktık ama ben sana verilenlerle, senden istenenlerle yaşamayı başaramadım..."

Eğilip alnını toprağa dayadığında "bari sen tut sözünü" diyordu erine. Secde yakarış içindi. Yalvarıyordu Rabbine.

"Ben sözümü tutamadım ama erim tutsun" diyerek alnını yasladığı toprağı ıslatıyordu gözyaşlarıyla.

Askerler ayırmak için çekiştirmeye geldiklerinde Öktem, yaklaşmamalarını işaret etti eliyle. Koray gibi onlar da Öktem'i tekin bulmadıkları için aksini yapmakta kararsızdılar. Başlarına bela almak istemiyorlardı. Aşena'ya yaslanmış bir halde Tigin'in karşısına çıktığında "ulu bildiğin tüm değerlerin üzerine söz ver" dedi Öktem.

"Aksakallar da şahit olacak bize. Evlatlara, balalara karışmayacaksın!"

Andakan altın elbisenin adını anmadan; "Ulu Bayülgen, Tasıgan ve atalarımın ruhları şahittir ki istediğimi verirsen bu insanlara ilişmem" dediğinde, anlaşma tamamlanmıştı. Artık atlarına binecekleri esnada Aşena'dan kendisiyle birlikte gelmesini istedi Öktem. Olgunlaşmış elmalar ve sararmış yapraklar hakkındaki konuşmaları hatırlayan Gülçiçek, secdeden başını kaldırmıştı; "bensiz gitme" diyordu erine.

"Beni gerinde bırakıp gitme Öktem, ben sensiz ne yaparım ki acunda?"

Öktem, bir an Bala Gülce'ye bakıverdiğinde Gülçiçek, yavrusunu yanıbaşındaki Dolunay'a uzatmıştı hemen. Onu, öncelikle Tanrı'ya emanet etmişti ya; Kutlu sevdiğinin ardı sıra gidebilmesi için hiçbir engeli yoktu artık.

Oysa Baycu, Öktem'in ikizi ve eşiyle birlikte gelmesine karşı çıkarak "oturun" diyordu onlara; "burada bekleyin otacıyı!"

Peşi sıra Tigin'in, "bırak onlar da gelsin" sözleri duyulduğunda bir an Dolunay bile cesaretlenmişti. Kutlu'yla kendisi de gidebilir miydi? Bala Gülce avaz avaz haykırırken Öktem'in bakışlarındaki "gelemezsin Dolunay" manasını anlamak istemiyormuşçasına ileri atıldı bir an. Ancak Baycu daha fazlası için izin vermeyecekti kendisine. Hatta öylesine sinirlenmişti ki, gözlerindeki kin bebeğe bir şeyler yapabileceğini söylüyordu neredeyse. Yavruyu sakınmak için dizleri üstüne çöken kızcağız mıh gibi kalakalmıştı geride. İçindeki ses, Baycu'ya değil Öktem'e sitem ediyordu oysa.

"Sen isteseydin, elbet ben de gelebilirdim seninle."

Yine de razıydı kaderine. Kutlu'nun, ikizinin ve eşinin ardı sıra bakarken kucağındaki balaya sarılıverdi sımsıkı. O sadece masum bir can değildi; Kutlu'nun meyvesiydi o.

"Soluk alıp verdiğim müddetçe beni ondan ayırma" derken hem Bala Gülce'yi, hem de Kutlu'nun sevgisini kast etmişti Dolunay.

Andakan'ın Aşena ve Gülçiçek'le ilgili izninin sebebi az sonra anlaşılacaktı. Obadan çıkmak üzerelerken Aksakallara dönen Tigin "görüyorsunuz, peşine düştüğünüz adam ardımca gelmek için bile iki kadının yardımına muhtaç" diyor ve bunu tekrarlıyordu herkesin tek tek duyması için. Üstelik antlaşma yaparken sanemlerin ve ruhların adına yemin ettiklerini hatırlatarak, "otacının Tanrısı bu işe karışamadı" diyordu, gücünü bir kez daha ispatlamışçasına.

En önde ikizler ve Gülçiçek'in yer aldığı, Baycu ve Andakan'ın beriden takip ettiği elli kişilik kafile gözlerden kaybolurken Dolunay'ın kulaklarında yankılanan ses Kutlu'ya aitti ve doğruluyordu içindeki sezgilerini.

"Bebekler huzuru ana rahminde tanır. Oradan daha emin bir belde olduğuna inanmadıkları için yeryüzüne geldiklerinde ağlarlar korkuyla. Oysa ruhumuz kafesindeki vahşi kartallar gibidir. Kapak açılınca bir an bile durmaz gurbette!"

Dolunay emindi 'güzel'i son kez gördüğünden.

Bir daha 'O'na bakamayacaktı, donmuştu zaman ve ağlıyordu acun. 'Güneş' batacaktı artık, geride son 'ışık'larını da bırakarak...

Aynı ses, Gülçiçek ve Aşena'nın da kulaklarındaydı, derinden gelen bir şiirmişçesine:

"Her şey aslıyla olmak,
Ona kavuşmak ister;
Ağaçta mahpus alev misali...
Azıcık alaz gördü mü,
Titreye çatırdaya göklere savrulur;
İçin için yanıp tükenirken gövdesi..."

O sesin içinde yankılandığı herkes anlamıştı ki günlerdir yapılan toy hazırlıkları sadece Aşena ve Temir'in nikâhları için değildi. Asıl toy, Öktem'in Rabbine dönmesi içindi bu gece.

ଓ

Temir yayıp, dövüp katlayarak yeniden ve en baştan çekiçlediği cevheri, Tanrı'nın 'Diri' adıyla işliyordu. Boşlukları alındığında tava gelen eriyiğe üçgen şekil vermeye başlarken yine "O" diyordu vecdle. Dilindeki tekrarlara gönlünden coşan 'Adil' ve 'İntikam Alıcı' isimleri de ekleniyordu her hamlede.

O'ydu nimetini vade dolduğunda arkadan gelene devreden...[171]

O'ydu kişi-evladını asla sahipsiz bırakmayan. Belirlediği bir vakte kadar her devirde kimi kullarını Kutlayacak olan...

Ve O'ydu; uğruna âlemleri yarattığı 'Ruhların Atası'nı, 'Kutluların Sonuncu'su kılacak olan...[172]

---

171 Al-i İmran Suresi: 81.Ayet'e atfen...
172 Ahzab Suresi: 40.Ayet'e atfen...

İlle de O'ydu 'Mührü'nü 'Kılıç Sahibi' murad eden...[173]

Uçsuz bucaksız bozkırda, etrafında hiçbir işaret olmayan düz bir alana geldiklerinde koluna giren Aşena ve Gülçiçek'in yardımlarıyla doru attan güçlükle inebilmişti Öktem. Elleriyle işaret ederek, "burası" demişti, altın elbisenin yeri için...

Askerler toprağı kazarken işin uzaması ve soğumakta olan havaya binaen ateş yaktırıp başına çöreklenmişti Tigin. Adam boyunca derine indikleri halde bir şey bulamayınca oradan vazgeçip başka bir yeri kazdırmayı düşünecekken Öktem, ilk gösterdiği yerde ısrar etmişti.

"Biraz daha kazın, ulaşacaksınız" diyordu bitkin tenine rağmen.

Yarım adam boyu daha indiklerinde nihayet miğfere ulaşan askerler, emeklerinin boşa gitmemesine seviniyorlardı kendi aralarında. Elbisenin ilk parçasını temizleyip teslim ettiklerinde ateşin önünde altın miğferi etraflıca kontrol eden Andakan, "doğru yeri söylemişsin otacı" dedi müstehzi tebessümler eşliğinde. Takdirini bile küçümseyici mimiklerle belli etmek bir tek kendisine yaraşırmışçasına Aşena'yı da süzdü bir an. Çalımlı ve mağrurdu olageldiğince. Elbiseyi tastamam ortaya çıkardıklarında, hele bir de kalan son işi hallettiğinde sözünü gerçekleştirecek; otacının ikizini gümbür gümbür çaldıracağı davullar arasında alacaktı sonunda. Buna her zamankinden daha fazla inanıyordu şimdi.

Kutlanmış kardeşinin sürekli aynı noktayı gözlediğini fark eden Aşena, bir an bunun baygınlık nedeniyle olduğunu sanmıştı. Ancak sarılıp sarstığında Öktem'in istemli bir şekilde Baycu'yu süzdüğünü fark etti. Ateşi küreleyen yeğen, bakışların odağında

173 "Mühür" anlamında "Hatem" diye anılan Hz. Muhammed (S.A.V); aynı zamanda -Hz. Davut, Hz. Süleyman ve Hz.Zulkarneyn gibi"Kılıç Sahibi" (Ehl-i Seyf) Peygamberlerin de sonuncusudur...

olmakla ilgilenmiyordu oysa. Aklındaki yegâne düşünce bir an evvel işlerini bitirip Aladağ'a dönmek, Dolunay'la baş başa kalabilmekti, beynini kemiren kurtları bir bir temizleyebilmek adına...

Altın bileklikler ve zırhlar da ortaya çıkarılıp temizlendikçe kendisine verilen parçaları bir bir kuşanıyordu Tigin. Çizmeler dâhil elbise tamam olduğunda üzerindekilerin verdiği zafer hissiyle nihai aradığının derdine düştü artık. Kendisini daha rahat duyurabilmek istediğinden midir, yoksa kan çanağı haline gelmiş olan o gece karası gözlere korku salabilmek için midir; Öktem'e doğru eğildi.

"Bir de şu cevheri nasıl işlediğini söyle bana, nereden bulduğunu anlat; seninle işim bitsin" derken, ela gözlüye dönüp "sonrası seninle olan toyda" diye de eklemişti şevkle.

Defin yerindeki Öktem'in ketumluğuna inat derinden gelen "O" sesleri eşliğinde eriyiği dövmeye devam ediyordu Temir. Mağaradaki ocağın başındaki her çekiç darbesi cevhere Sahibinden izler nakşediyordu ve hazırladığı ikinci temrenin de uç tarafını inceltmeye başlamıştı gayrı.

Öktem yine cevap vermeyince öfkeyle ayağa kalkan Tigin "benimle oyun oynama otacı" dedi, kararlı bir sıfata bürünerek. Kınına hamle ederken konuşmazsa kendisini ve Gülçiçek'i öldürebileceğini söylemişti. Ancak Gülçiçek gördükleri karşısında dehşete kapılmak yerine içinin mutlandığını hissediverdi. Yaşarken 'her şeyde birlikte olma' sözünü tutamadığı için, can verirken Öktem'le olmak düşüncesi, ne de huzur verici gelmişti kendisine.

"Beni dert edinip yapmak istemediğin bir şeye mecbur kalma" demeyi bile canına zül sayarak Kutlu erine sarılmıştı Gülçiçek. Sırrını söylememesi için öldürülmeye razıydı, ille de Öktem'in kollarında can vermeye...

Andakan "son kez uyarıyorum" diyordu, "sırrını paylaşmazsan önce karını öldürürüm gözlerinin önünde, sonraysa seni."

Gülçiçek, sağ eli Öktem'in göğsünün üzerindeyken; "durma" dedi, Tigin'e.

"Sözünün eriysen yap söylediklerini. Sen ancak beni öldürebilirsin!"

Sözünde sevdiği için canından geçme teslimiyeti yoktu sadece. Tanrı'nın masum ve Kutlu cana kefil olduğuna da inancı tamdı.

"Ona dokunamayacaksın bile" diyordu. "Senin harcın ancak benim. Durma öldürsene beni!"

Andakan böylesi bir meydan okuyuşla hiç karşılaşmadığı için zihni allak bullak olmuştu. Hangi erkek kendisine bu kadar inanmış bir kadını varken düşmanlarına boyun eğerdi ki? Bir an Öktem'den vazgeçip Gülçiçek'le uğraşmaya niyetlendi.

"Bak, erin senin için bile af dilemiyor benden."

Onca hışmına rağmen Aladağ'dan ancak toz kaldırabilen rüzgârlar misali etkisizdi çıkışı. Gülçiçek yeniden "hadi ne yapacaksan yap" bile dememecesine muhatap almamıştı Tigini.

O esnada Aşena, askerlerin olduğu taraftan gelen toprağa dair kazı seslerini, örste patlayan çekiçleri ve ocaktan yükselen 'O'yu dinliyordu, her biri aynı mekânın ezgileriymişçesine. Üstelik Temir'e eşlik de ediyordu; diline gelmeyip sadece yüreğinden boşalan coşkunlukla.

O'ydu, Diri olan...

O'ydu düşmanlık edilemeyen...

Ve O'ydu intikam alıcıların en güçlüsü olan...

Öktem'in ve Gülçiçek'in kendisine kayıtsız kalışıyla iyice ifrit olan Andakan, kılıcını kaldırdığında Baycu bile hışımla indirecek zannetmişti bir an. Tigin'in eli titriyordu oysa. Bırak dünkü otacıyı, eşini bile korkutamamıştı bunca kudretiyle. Tehditlerini sonlandırıp vaadlere geçtiğinde bile öfkeden sesi titriyordu.

"Sırrı paylaşır, bana tabi olursan seni en iyi hekimlerime tedavi ettiririm. Zehrin zerresini bırakmazlar vücudunda. Sonra tüm bozkırı ele geçiririz birlikte. Üstelik senin Tanrını bozkırın en korkulan sanemi yaparım. İki kızımın üzerine sana söz veriyorum otacı, sırrını benimle paylaşırsan Turan'ı, Fizan'ı ve acunun tamamını senin Tanrının önünde baş eğdiririm."

Ocaktaki ikinci temren de henüz soğumamıştı ama ucuna takıldığı okun yayı, olabildiğince gergindi artık. Temir derinden gelen ve ha bire tekrarlanan "O" seslerine, "Diri" ve "İntikam alıcı" ile devam ediyordu hâlâ.

Andakan hayat boyu karşılaştığı en büyük acziyetle yeniden "söylemezsen öldürürüm sizi" tehditlerine dönerken, çıldırmak üzereydi neredeyse. Hem gözdağı verip, hem de bunu yapmaya mecbur kalmaktan korkmak, hiç yaşamadığı bir ikilemdi. İçindeki ses "otacıyı öldürürsen cevheri unut" diyordu inatla. "Sırrı kimseden öğrenemezsin artık!"

Öktem yanıbaşlarındaki ateşin Andakan ve Baycu'nun yüzündeki titrek yansımalarını seyrederek Haberci'den duyduğu ilk sözleri tekrarlıyordu, sadece Aşena ve Gülçiçek'in duyabileceği şekilde...

"Ateş; töreyi kim bozmuşsa onu yakar,
Yüzünü gül gibi kızartır..."

Ocaktaki yoldaş, yayın kirişini kulaklarına değin germişken, yinelediği "O" seslerini kesmişti gayrı. Ciğerlerinin en ince boşluklarına kadar hava çekerek bir an durakalıp ardından okunu serbest bıraktığında dilinden dökülenler; "Tanrı'nın, 'Mührü'nün, 'Sırrı'nın aşkına" diyordu.

Ve biliyordu ki oku menziline eriştirecek olan, onu bizzat atandı.[174] Aynı oku vaktiyle Gürhan'a atan da O'ydu...

---

174 Enfal Suresi: 17..Ayet'e atfen...

O esnada Baycu, “elimize geçirmişken otacıyı öldürmezseniz, kimse peşinizden gelmez” demişti. Sözün kışkırtıcılığıyla artık cevherin bilgisinden de vazgeçen Andakan hamle edip kılıcını kınından sıyırırken, Öktem devam ediyordu Kutlu sözlere...

“Gözleri önünde masumlar öldürülürken bile,
Zalimin yüreği ürpermez...”

Ormanın ve Aladağ’ın üzerinden geçen ve ucundaki korla sanki yıldız kayarmışçasına gelen ok, Tigin’in boğazına kahredici ıslıklar çalarak saplandığında[175] Öktem’in dilinden son cümle de dökülmüştü gayrı.

“Boynundaki kandır onun biricik varlığı...”

Civarlarındaki birilerince baskına uğradıklarını vehmeden askerler kazı yerinden çıkmaya çalışırlarken ateşi kürelemeyi bırakan Baycu ayağa fırlamıştı panikle. Eli henüz kabzasına vardığında duyduğu ıslık sesiyle irkilecek, karşısı sıra gelmekte olan ikinci kor, adım adım yaklaşıp boğazına saplanıverdiğinde amcasının ardınca o da kazdıkları çukura düşüverecekti nefessiz.

Erine sarılmış olan Gülçiçek şükrediyordu; affetmeyi, nimetlendirmeyi ve dostlarını seven Rabbine. Bir yandan da geldikleri doru atı yanaştırıp Öktem’i sırtlanmaya uğraşıyordu, canhıraş bir şekilde.

Oysa “durun” diyecekti Öktem. “Durun, bırakın beni!”

Öktem kendisi için öngörülen mukadderatın son demlerinde olduğunu biliyordu ve hâlâ aktarması gereken bir şeyler vardı. Obaya dönmek için vakit kaybedecek olurlarsa üzerindeki son emanet kendisinde kalabilirdi.

İkizinin bakışlarındaki aceleciliği fark etmesine rağmen Aladağ’a, yoldaşlarının yanına dönmek isteyen Aşena belki de

175 Mümin Suresi:5.Ayet, Rum Suresi:47.Ayet, Enam Suresi:11.Ayet’e atfen...

ilk kez böylesine direnerek "hayır" dedi kardeşine. Çadırlarına gitmek, bir an önce keremlerde bekleyen kurutulmuş otlardan ilaç demlemek zorundaydılar.

İkizinin ve eşinin ellerini kavrayan Öktem, güçlükle doğrulup ancak dizlerinin üzerinde durabildiğinde "sonrası yok" dedi bu kez.

"Şimdi... Ne olacaksa, şimdi olacak!"

Gülçiçek elmanın dalından düşmek üzere olduğuna kaniydi ve secdeye kapanmıştı. Teni vecdle sarsılıyorken "ben sözümü tutamadım Tanrım" diyordu yeniden.

"Lütfet, son anda bile olsa lütfet bize!"

Öktem, secdede dua etmekte olan eşiyle değil, ikiziyle ilgileniyordu hâlâ. "Yanaştır dizlerini bana" demişti; "gayrı kaçamazsın bundan!"

Aşena için yaşam hiç olmadığınca mihnet yüklüydü az önce. Gözleri önünde Kutlu ikizi can vermekteyken, ihtimal de olsa kurtuluşun peşi sıra gitmeye razı edememişti onu. Ama o çok korktuğu 'vasiyet' kendisine aralanmak üzereydi şimdi. Yaşanan anın ve yaşanacak yarının dertleri birbirleriyle çatışırken koşulsuz bir şekilde kardeşine tabi olmak zorundaydı artık. Kendinden öncekini acundan uğurlayan ve burada kalmaya devam edecek olmanın istediği dirayet, tüm varlığına usul usul yayılırken Temir'in de yaptığı şekilde dizlerini ve alnını Öktem'inkilere yaslamış, hemyüz olmuştu onunla.

İki hilal birleşirken elma yeniden yekleşiyordu ancak bu kez kapalı mağaralar içinde değillerdi. Tüm bozkır şahit olacaktı vasiyetin kendisine.

İçini, sevilenlerin en Kutlusunun kaybedilme acısına bile kapatarak ikizine yönelmişti Aşena. Her şeyiyle kendisine akacak olan vasiyetteydi zihni, gönlü ve yüreği...

Öktem'in aktarması gereken vasiyet ocakta Temir'le paylaşılmış olan sırrın, ona bile perdelenen diğer yüzüydü. Muhatap ne Temir-Alp'tı doğrudan, ne de Aşena. Vasiyet sonraki zamanlarda gelecek olan 'annesinin oğulları' içindi bizzat. Bu yüzden nesilden nesile aktarılacak ve emanetçilerini kendiliğinden bulacaktı. Ancak vasiyetin bunca görkemine rağmen yine de üstü kapalı konuşuyordu Kutlu.

"Kutsal nasibiniz" demişti; "Kara'nın 'Kızıl'ın ve 'Ak'ın arasında bekleyecek sizi. Orada iki dünya ve iki deniz birleşir evlatlarınız için..."

Aşena söylenenlerin ayrıntılanacağını sanırken melek görünmüştü Öktem'e. Kutlu ikiz bu esnada Aşena için "sen artık sırrın anasısın" diyordu.

"Sendeki giz evlatlarınla yürüyecek, kendi vaktini bulana dek!"

Öktem'in kardeşiyle işi bittiğinde melek son kez görüştüklerinin anlaşılmasını istercesine "sana bildirileni hakkıyla tamamladın" diyordu Kutlu'ya. Öktem hem buna şükretmek, hem de sevdiğini kendisiyle istemek için secdeye kapanmıştı vecdle. Yanıbaşında "bari erim sözünü tutsun" diye yakaran Gülçiçek'i düşünüyordu. Yaylakta ve kışlakta töreyip rutini tekrarlayarak dertte ve kederde birlikte olmaya söz verdikleri eşiyle aynı murad için bir secdegahta buluşmuşken "o da gelsin" diyordu Rabbine.

"Gülçiçek'i yalnız koyma acunda!"

Aladağ'da kalmış olan Dolunay da ötelerdeki duaya iştirak etmek için kucağında Bala Gülce olduğu halde secdeye kapanmıştı, içindeki bin bir coşkunlukla.

"Ey Âdem Ata ile Havva Ana arasında aşkı yaratan Tanrım, âşıklarını ayırma" diyordu, kendi içi de cayır cayır yanarken...

Aşena da Öktem'in ardı sıra alnını toprağa dayamış, aynı arzuyu tekrarlıyordu sürekli. Çadırdayken söylenen "üçünüzün de sözü bir olsun" temennisi asıl anlamıyla zuhur ederken, Gülçiçek alnını topraktan kaldırmayarak pişmanlığına ve tevbesine Havva Ana gibi edebince devam ediyorken, sanki secdedeki kendisi değilmişçesine meleği görmüştü erinin başucunda.

"Sizi götürmeye geldik" diyordu kendisine.

Yanlış duymamıştı; "siz" idi hitap...

"Burada nasibiniz kalmadı. Erin ve sen, artık öte dünyaya gideceksiniz" diye muştuluyordu Kutlu'nun eşini.

Gülçiçek dualarının kabul edildiğini anlamıştı. 'Sevdiğiyle birlikte bu dünyadan çekilip öteye de onunla gitme' nimetine kavuşacaklardı az sonra. Ancak içindeki bir ses dile gelmiş ve "böyle olmaz" demişti meleğe.

"Canımı sen alamazsın!"

Gülçiçek, ruhunu Azrail'e değil; yârine sunmak istiyordu o an.

"Canan alsın canımı" diyen aşka dair teslimiyet, meleğin bile aracılığını kabul edememişti işte. An içinde an, mekân içinde öte bir yer yaşayan âşıklar yan yana secde halindeyken el ele, göz gözeydiler ve birbirlerine sarılmışlardı özlemle.

Öktem, yüzü mahzun tebessümlü sevdiğini son bir kez gözlerinin arasından öperken, muğlâk boşlukta yankılanan "bal çiçek, gül çiçek; baldan da Gülçiçek" sesleri son kez duyuluyordu artık.

Secdedeki vücutlar; kanlarının çekildiğini, kalplerinin bir an yerinden fırlarcasına hızlandığını ve sonunda aniden duruverdiğini hissetmişti.

Âdem ve Havva için aşkı yaratan Ulu, 'O'nunla sevenleri 'Bir' kılarak almıştı Kendi katına.

Belki Gülçiçek de Tanrı'nın nedensizce sevdiği kullarındandı, kim bilir.

Ve onun nazına, niyazına katından bir nimetle karşılık vermişti, 'Sevip Sevilen'.[176]

---

176 Esma-ül Hüsna'ya göre Allah'ın 'Sevip Sevilen' ismi VEDUT'tur...

-11-

Öktem ve Gülçiçek'in Tanrı'ya kavuşmasının üzerinden kırk gün ve kırk gece geçtikten sonra, annesi Gülce'nin gelinlikleri ve gümüş bilekliği Aşena'nın üzerindeydi nihayet. Gerdekten içeri girdiğinde elindeki 'kan kimil gızıl alma'yı erine uzatmıştı saygıyla. Temir-Alp ikiye böldüğü nimetin bir yarısını kendisine, diğerini eşine verdiğinde mumlar çıralar da söndürülmüştü gayrı.

Aladağ'daki tepebaşında Aybars'la Bazgan'ınkilerin ortasında yer alan Öktem ve Gülçiçek'in kabirleri, Gülce için dikilmiş olan elma ağaçlarının gölgesi altında sakinlerini ağırlıyordu.

Vaatler gerçekleşmiş;[177] O'ndan gelip, O'na dönmüşlerdi hep beraber...

Ve Dolunay...

Güzel olmak yerine güzeli görmeyi seçmişti. Bunu itiraf ederken elma ağacının dibinde yatanları seyrediyordu. Gözlerini dolduran, oradan gönlüne karılan 'güzel', yanına dostlarını da alarak yitip gitmişti acundan ama geride kimi dostlarını da bırakarak...

Yine de "çağırdınız için binlerce kez şükürler olsun" diyordu tepebaşındakilere, ille de onları sebep kılan Yaratıcı'ya.

Çağrıldığında her şeyini geride bırakarak gelmiş ve sebepleri yaratan Tanrı, onun vasıtasıyla kimilerini yola getirmiş, kimilerini de yoldan çıkarmıştı son demlerinde.[178] Sadık rüyaların ihbarıyla Kutlu'nun ardından gelecek 'Halef' ortaya da çıkmıştı nihayet.

177 Ahzab Suresi:23.Ayet'e atfen...
178 Bakara Suresi:26.Ayet'e atfen...

Katından verdiği Kut ile yüceltiği kulunun ona uyanlarla birlikte nimeti tamamlamaları için hem zalim Tigin'i, hem de onun aşk dolu kızını vesileler arasına almıştı Tanrı...

Dolunay tüm bu yaşadıklarının ardından "aciz kullarıyla bile işini gören Tanrı'ya binlerce kez şükürler olsun" diyordu; 'Yeryüzü Temsilcisi' olmanın idrakı ve izzetiyle...

Nasibinde varsa 'Yeni Kutlu'nun himmetiyle neden 'güzel'lerden biri de kendisi olamasındı.

'O'nun gücü her şeye yetiyordu ne de olsa...

Tepebaşından aşağıya doğru aylandığı esnada rast geldiği her çocuğa "gökten üç elma düşmüş" diyordu. Bunca yaşanmışlığı sadece masumlar ve aklı yetmezler anlayabilecekmişçesine...

SONUÇ
İKİZLERDEN SONRAKİ 3000 YIL

Romanda inananlar için semavi bir yardım olarak cevher indirildiği yazılan *Aladağ* sonraki nesillerce nedendir bilinmez, *"Tengri Dağları"* olarak anıldı. Üstelik asırlar boyunca bu sıradağın eteklerinde yaşayan *kılıç ustaları*, bozkırın en ünlü sanatkârları kabul edildi. Adlarına yazıtlar, kitabeler dikildi...

Bozkırın kimi evlatları *demiri gökyüzüyle ilişkilendirdiklerinden* olsa gerek; kutupyıldızının adını *"Demir-kazık"* koydular. Alp törenlerinde kılıçlar üzerine yemin edilirken "şu *göklü* girsin, gızıl kan çıksın" dendi...

Tarihçilerin *Aşena soyundan* geldiğini belirttiği *Tengri-Kut Mete,* Hz. İsa'nın doğumundan 220 yıl önce bozkırın yarı-göçer obalarını *"Gök-Tanrı"* inancıyla birleştirip Büyük Hun İmparatorluğu'nu kurdu. *'Renkler ve yönler'* diye özetlenen savaş taktiğiyle ve *ıslık çalan oklar* eşliğinde düşman ordularını ardı ardına mağlup etti...

'Dört rengi ve yönü' simgelerle geliştiren bozkır evlatları, *kara-kuzeyi su, kızıl-güneyi at, gök-doğuyu ağaç* ve *ak-batıyı demir* ile özdeşleştirdi. Belki de *Batı'ya* göçün *demir* zoruyla yapılacağını sezmişler ve *Kızıl'ın* ilk *yoldaşı olan Kırat*'ın anısını zinde tutmak istemişlerdi. *Doğu*'yu *ağaç* ile simgelerken onun bozkırı terketmeyeceğini ve orada kök salacağını düşünmüşlerdi...

MS.5.asırda *Aşena-oğlu Attil-Alp* önderliğindeki bozkır süvarileri düzinelerce etnik topluluğun yer değiştirmesi bahasına Almanya ve Macaristan ovalarına kadar indiğinde Avrupalılar ilk kez *üzengiyle* tanıştı. Kavimler göçü yaşanırken henüz putperest olan Cermen ve Slav kavimlerin Attil-Alp'ı neden "*Tanrı'nın Kırbacı*" olarak isimlendirdiğini resmi Avrupalı tarih bugün bile açıklayamamakta...

Çinli, Cermen, Slav veya Latin tarihçiler kendi yöneticilerinin Aşena soylu hakanlarla yaptığı antlaşmalarda ismi *"ant"* olan bir kâseden süt içtiklerini yazdılar. *Verilen sözün ehemmiyetini belirtmek için bu ritüelin adı "ant içmek"* olarak bugünlere kadar geldi...

'İki dünya ve iki denizin birleştiği' yer addedilen İstanbul'u almak için önce Batı Hunları ardından Bulgar-Kuman-Peçenek-Avar boyları fütursuz teşebbüslerde bulundular. İslamlaşma öncesinde başlamış olan bu fetih arzusu şehrin adını *'Kızıl Elma'*ya çıkardı...

Yurtlarından ayrılmayan bozkır evlatlarıysa Aşena-oğlu Kut-luk Kağan önderliğinde putperest Çin'e isyan edip Gök-Türk Devletini yeniden kurdular. Müslüman olana kadar *her yaz Tanrı dağları eteklerindeki kutsal kabul edilen bir mağaranın* önünde temsili toylar yapmayı ve bu toy için bir araya gelmeyi asırlarca devam ettirdiler. Belki de tamamlanamamış bir toy için bir araya gelinmesine tarihçiler *"Atalar Kurultayı"* adını koydular...

Tanrı'nın her an kendilerini izlediğine inanan ve bu yüzden O'na tepelerinde *kızıl renkli börklerle* görünmek isteyen bozkır evlatları 7. asırdan itibaren kendilerindeki gibi *kızıl başlığı olan ve kutsal bir soydan geldiklerini söyleyen insanlarla* tanıştılar. *Dedelerinin gökten indirilmiş bir kılıca* yani Zülfikar'a sahip olduğunu öğrendiklerinde bozkırın evlatları bu aileye kayıtsız kalamazdı, kalmadılar da...

Hızla İslamlaşmaya başlayan bozkırın evlatları, *Aşena'dan neşet bulmuş kutsal hanedan soyuna* duydukları saygıyı aynen ve fazlasıyla yeni aileye de duydular. *'Fatma Ana ve Kutlu Evladını'* içlerinden çıktıkları toplumdan bile daha fazla sevip benimsediler...

Ata vatanından ayrılan Yafes'in kimi evlatları, kendilerinden evvelki yerleşiklerin hepsinin ortaklaşa isimlendirdiği şekilde; *'kuzey'i* ve *'güney'i*; *'Kara' ve 'Kızıl'* Denizlerle kuşatılmış olan Müslüman coğrafyayı kendilerine yurt eylediler. Ama *'batı'*daki denizin adını, hiçbir dilde ve kültürde yer almayan bir şekilde *'Ak'* koydular nedense...

Selçuklu Ordusu 1071 yılında Malazgirt Ovası'nda içlerinde Kuman, Peçenek ve Bulgar süvarilerin de olduğu Bizans ordusuyla savaşmaya başlayacakken *Alp-Arslan* ve askerleri *atalarından gördükleri şekilde atlarının kuyruğunu gopça yaparcasına bağlayıp yoldaşlarıyla helalleştiklerinde* bunu gören bozkırın eski evlatları saf değiştirip Selçuklulara katıldılar. Dört renk ve dört yönü bir kez daha tekrarlayan bozkırın eskileri ve yenileri, Anadolu'nun kapılarını sonuna kadar araladılar...

*'Ak-Kara-Kızıl'ın kalbi sayılan Anadolu'*nun fethini 12. asrın başında unvanı "*Kut-Almış Oğlu*" olan Süleyman Şah tamamladı...

Yeni yurtlarına yerleşen bozkırın yarı-göçer boyları yaşadıkları yerleri "*Ak*-şehir, *Gök*-tepe, *Kara*-taş, *Kızıl*-ırmak" gibi adlarla *bulundukları yönleri referans alarak, yani dört renk ve dört yön üzerinden* adlandırmaya başladılar...

1453 yılında İstanbul'u alarak Hz. Muhammed (S.A.V)'in övgüsüne mazhar olan Fatih Sultan Mehmed, nedense ordugâh çadırının tepesine *'kan kimil gızıl küre'* kondurmayı da ihmal etmedi...

Tarih *'Ak-Kara-Kızıl'* Denizler içine girmeden Batı'ya göç eden bütün bozkır evlatlarının *istisnasız şekilde* eriyip gittiklerine şahit oldu. Bu göçlerden çok sonra fethedilip yurt edilen Balkanlar bile tüm uğraşlara rağmen elde tutulamadı...

Üzengi kullanımı sayesinde geriye doğru ok atma becerisi geliştiren bozkırın evlatları, *renkler ve yönler üzerine bina ettikleri* ve tarihçilerin "Hilal / Turan Taktiği" dediği bu savaş oyunuyla barut kullanımı yaygınlaşana kadar, yani 2500 yıl boyunca düşman ordularına galip geldiler. Moğol istilası esnasında aynı taktiği kendilerinden daha iyi uygulayan bozkırın diğer evlatlarına yenilmiş olmalarıysa tarihin başka bir cilvesi olsa gerek...

Dillerinde sadece *yönleri belirten dört renk* için "beyaz, siyah, kırmızı, mavi" gibi eşanlamlı kelimeler üreten bozkırın çocukları, belki de *onları kutsal saydıkları* için her şeyde kullanmaktan çekinmişti...

Ve *Issık Tiginine ait olan altın elbise 3000 yıl* toprak altında kaldıktan sonra 1970 yılında Kazakistan'ın adı ne hikmetse *"Alma-Ata"* olan şehrinde yol inşaatı kazısı esnasında bulunuverdi. Elbise halen *Alma-Ata* Devlet Müzesi'nde *geçmişten ibret almak isteyen* ziyaretçileri beklemekte...

REFERANSLAR

I.

Bakara Suresi:214.Ayet ve Âl-i İmrân Suresi:146.Ayette bahsedilenler romanın temasını şekillendiren ana esin kaynaklarıdır:

"Sizden önceki toplulukların başlarına gelenleri yaşamadıkça cennete gireceğinizi mi sandınız? Onlar öyle ezici mihnetler ve öyle zorluklarla sarsıldılar ki; Peygamber ve ona inananlar; Allah' ın vaat ettiği yardım bize ne zaman yetişecek, diyecek durumlara geldiler..."

"Nice Peygamberler vardı ki, kendileriyle beraber birçok Allah dostu çarpıştı da, onlar Allah yolunda başlarına gelenlerle yılgınlık gösterip zaafa düşmediler ve asla boyun eğmediler..."

II.

Kurgusal "Öktem" karakterinin ana çatışmasını, kendisine verilen delilin içeriğini ve soy ilişkisini belirleyen ana esin, Hadid Suresi:25.-26. ayetlerden alınmıştır:

"Şu kesin ki; Resullerimizi apaçık delillerle gönderdik. İnsanların adaleti gerçekleştirmeleri için, Resullerle beraber kitap ve adalet terazisi indirdik. İçeriğinde büyük bir kuvvet ve insanlara birçok fayda olan demiri, kullanmaları ve Allah'ı görmedikleri halde O'nun dinini ve Peygamberlerini, kimlerin bu kuvvet ile destekleyeceğini bilip ortaya çıkarmak için büyük bir nimet olarak indirdik. Unutmayın ki Allah, çok kuvvetli ve mutlak galiptir."

"Andolsun ki Nuh'u ve İbrahim'i Elçi olarak gönderdik. Peygamberliği ve kitabı bunların zürriyetleri arasına koyduk. Onlardan yola gelen de vardı, ama çoğu yoldan çıkmıştı..."

"...size indirilene ve kendilerine indirilene Allah'a boyun eğerek inananlar vardır. Onlar Allah'ın delillerini düşük bir değere değişmez. İşte onların, Rableri katında karşılıkları vardır..." (Âl-i İmran Suresi:199.Ayet)

YAZAR NOTU

"Hadid" kelimesi Arapçada "demir" manasına gelmektedir. Dilimizde demire dair bir işlemi ifade eden "haddeleme" kelimesinin kökeninde de bu vardır. Yukarıdaki ayette demir için belirtilen "indirdik" ifadesi; ilham ve vahiydeki gibi soyut değil, yağmurun yağmasındaki gibi irtifa kaybına bağlı düşey bir hareketi yani gökten yeryüzüne inişi anlatmaktadır. Romanın konu edindiği M.Ö.10. asır insanlığın 'Demir Çağı' nimetleriyle tanışmaya başladığı bir dönemdir. Mevcut Tevrat referans alındığında Hz. Davut'un da aynı asırda yaşadığı söylenebilir. Ki; Kur'an-ı Kerim'e göre (21/80,34/10) Hz. Davut'a zırh yapma ilmi verilmiş ve demir kendisine hamur gibi yumuşatılmıştır. Ancak bu ayetlerde Hz. Davut'a demir indirildiğinden bahsedilmemektedir...

III.

Sayılarının yüz yirmi dört bin olduğuna inanılan Peygamberlerin, "Öktem" karakterini de ilgilendiren ortak özelliklerinin belirlenmesinde aşağıdaki ayetlerden esinlenilmiştir:

"Andolsun ki Allah'a kulluk edip putlardan ve kötülüklerden kaçınsınlar diye her topluluğa Peygamberler gönderdik..." (Nahl Suresi:36.Ayet)

"Daha önce kıssalarını sana (Hz. Muhammed) *anlattığımız Peygamberler de gönderdik, hiç anlatmadığımız Peygamberler de."* (Nisâ Suresi:164.Ayet)

"Tüm Peygamberleri kendi kavimlerinin diliyle gönderdik ki, onlara Allah'ın emirlerini iyice açıklasınlar." (İbrahim Suresi:4.Ayet)

"Ve hiç kuşkusuz, senden önce de elçilerimizi halklarına gönderdik. Onlara deliller getirdiler, sonra biz de suçlulardan intikam aldık, inananlara yardım etmek de bizim için bir görevdir." (Rum Suresi:47.Ayet)

"Sana (Hz. Muhammed) *ancak, senden önceki Peygamberlere söylenenler söylenmekte..."* (Fussilet Suresi: 43. Ayet)

"Andolsun ki, senden (Hz. Muhammed) *önce de birçok Peygamber yalanlanmıştı ve onlar yalanlanmalarına ve eziyet edilmelerine karşın sabretmişler ve sonunda kendilerine yardımımız yetişmişti."* (Enâm Suresi:34.Ayet)

"Hangi ülkeye bir Peygamber yollamışsak oranın varlıkla şımarmış olan insanları biz sizinle gönderilenleri inkâr ediyoruz, dediler." (Sebe Suresi:34.Ayet)

"Peygamberleri müjdeleyiciler ve uyarıcılar olarak gönderdik." (Kehf Suresi:56.Ayet)

"Allah bir halkı doğru yola ilettikten sonra sakınacakları şeyleri onlara açıklamadıkça asla sapkınlığa düşürmez. Gerçekten Allah her şeyi bilir." (Tevbe Suresi:115.Ayet)

"Ey Âdemoğulları! İçinizden size Benim delillerimi anlatan Peygamberler gelir de, her kim Allah'a karşı gelmekten sakınır ve halini düzeltirse artık onlara korku yoktur, onlar üzülecek de değildir, dedik." (Arâf Suresi:35.Ayet)

"De ki: yeryüzünde gezin dolaşın da Peygamberlerini yalanlayanların sonu nasıl olmuş bir görün." (Enâm Suresi:11.Ayet)

"Ve o bilmeyenler dediler ki Allah bizimle konuşmalı veya bize bir delil göndermeli değil miydi? İşte daha öncekiler de onlar gibi demişlerdi, onların kalpleri birbirine benzer. Oysa gerçekleri bilmek isteyenlere tüm delilleri apaçık göstermiştik." (Bakara Suresi:118. Ayet)

"...Nuh'un halkı ve onlardan sonrakiler de Peygamberlerini yalanlamış, kendi Peygamberlerini yakalamaya azmetmiş; yanlışı, hakkın önüne koymak için mücadele etmişlerdi. Bunun üzerine Ben onları yakaladım. İşte bak cezalandırmam nasılmış, gör." (Mümin Suresi:5.Ayet)

"Nihayet Peygamberler ümitlerini kesecek hale gelip yalanlandıklarını düşündükleri esnada onlara yardımımız geldi de, böylece dilediğimiz kimseler kurtuluşa erdirildi." (Yusuf Suresi: 110.Ayet)

"Peygamberleri dedi ki: gökleri ve yeri yaratan Allah hakkında şüpheniz mi var? O, günahlarınızı bağışlatmak ve belli bir zamana kadar ertelemek için sizi imana çağırıyor. Onlar; siz de bizim gibi sadece birer insansınız, bizi babalarımızın taptıklarından alıkoymak istiyorsunuz, dedikleriniz doğruysa bize apaçık delil getirin, dediler. Peygamberleri onlara dedi ki: biz ancak sizin gibi birer insanız. Allah, kullarından dilediğine Peygamberlik nimetini bahşeder. Allah'ın izni olmadıkça bizim size bir delil getirmemiz haddimize değil. Müminler ancak Allah'a tevekkül etsin." (İbrahim Suresi:10,11.Ayetler)

"Ve diyorlar ki; bu ne biçim bir Peygamber ki; yemek yiyor, çarşılarda geziyor. Ona yanında bulunup uyaran bir melek indirilseydi ya!" (Furkan Suresi:7.Ayet)

"...kuşkusuz Peygamber kendisine yükletilenden, siz de kendinize yükletilenden sorumlusunuz. Eğer peygamberinize boyun eğerseniz doğru yolu bulursunuz. Elçiye düşen de apaçık bildirmedir sadece." (Nur Suresi:54.Ayet)

"Hani Elçilerimizden sağlam bir söz almıştık; Senden, Nuh'tan, İbrahim'den ve Musa'dan ve Meryem oğlu İsa'dan. Allah bu sözü onların gerçeklere olan sadakatlerini sormak için almıştı" (Ahzab Suresi:7,8.Ayetler)

IV.

"Öktem" karakterinin insanoğlunun yaratılış amacı ve sürecini konu edinen Hz. Âdem ile ilgili söylemine esin olan ayetler, hadis-i kudsi ve hadis-i şerifler aşağıdaki gibidir:

"Cenab-ı Allah buyuruyor ki; Ben bilinmez-gizli bir hazine idim. Bilinmek, tanınmak istedim." (Hadis-i Kudsi)

"Allah'ın yarattığı ilk şey benim nurumdur." (Hz. Muhammed S.A.V.)

"Atam Âdem, su ve toprak arasındayken ben Peygamberdim." (Hz. Muhammed S.A.V.)

"Emaneti göklere, yere ve dağlara önerdik de onlar, bunu üstlenmeyi reddettiler. Oysa insan bunu üstlendi. Evet, o çok zalim ve çok cahildir." (Ahzab Suresi:72.Ayet)

"Rabbin meleklere ben yeryüzünde kendime bir halife yaratacağım, demişti. Meleklerse orada bozgunculuk yapacak, kan dökecek birini mi var edeceksin? Oysa biz Seni överek yüceltiyor, seni devamlı kutsuyoruz, dediler. Allah, şüphesiz ki Ben sizin bilmediklerinizi bilirim' dedi onlara. Ve Âdem'e bütün isimleri öğretti..." (Bakara Suresi:30–31.Ayetler)

"Rabbin, meleklere çamurdan bir insan yaratacağım. Tamamlayıp içine ruhumdan üflediğimde ona secde edin, demişti." (Sad Suresi:71–72.Ayetler)

"...Allah, Âdem'i topraktan yarattı sonra da ona, 'ol' dedi, o da hemen oluverdi." (Âl-i İmran Suresi: 59.Ayet)

"Meleklere Âdem'e secde edin, demiştik. İblis müstesna hepsi secde ettiler. O ise kaçındı, büyüklük tasladı ve inkâr edenlerden oldu." (Bakara Suresi:34.Ayet)

"Allah; iki elimle yarattığıma secde etmekten seni alıkoyan nedir? Böbürlendin mi, yoksa yücelerden mi oldun, dedi şeytana." (Sad Suresi:75.Ayet)

"Allah; emrettiğim halde seni secde etmekten alıkoyan nedir, dedi. Şeytan, ben Âdem'den üstünüm, beni ateşten, onu topraktan yarattın, dedi. İn oradan, orada büyüklenmek sana düşmez, sen aşağılıklardan birisin, dedi Allah. Şeytan yeniden diriltiliş gününe kadar bana süre ver, dedi. Allah; evet, sen kendisine süre verilenlerdensin, dedi, ona. Tamam, dedi Şeytan; beni yanılttığın için, Senin doğru yolun üzerinde olanlara engel olacağım. Sonra önlerinden ve arkalarından, sağlarından ve sollarından onlara sokulacağım. Çoğunu Sana şükredenlerden bulamayacaksın. Allah, şeytana yerilmiş ve kovulmuş olarak defol oradan, dedi. Evet, onlardan sana kim uyacak olursa, cehennemi sizlerle dolduracağım." (Araf Suresi:12–18. Ayetler)

"Ey Âdem, eşin ve sen cennete yerleşiniz. Orada dilediğiniz yerde bol bol yiyin, yalnız şu ağaca yaklaşmayın; yoksa kendinize zulmedenlerden olursunuz, dedik." (Bakara Suresi:35.Ayet)

"Sonra Şeytan; ey Âdem, sana sonsuzluk ağacını ve gücünü yitirmeyecek bir saltanatı göstereyim mi, dedi." (Taha Suresi:120.Ayet)

"Ve Şeytan, kendilerinden gizlenmiş olan çıplaklıklarını onlara göstermek için, o ikisine şöyle fısıldayarak yemin etti: Rabbinizin sizden bu ağacı yasaklaması, melek olmamanız ve burada temelli kalmamanız içindir. Ben sadece öğüt veriyorum size. Böylece Şeytan onları hileyle aldattı. Ağacın meyvesini tattıklarında çıplaklıkları kendilerine göründü. Ve cennet yapraklarıyla üzerlerini örtmeye başladılar. Ve Rableri onlara; Ben size o ağacı yasaklamamış mıydım? Şeytanın size apaçık bir düşman olduğunu söylememiş miydim, diye seslendi." (Araf Suresi:20–22. Ayetler)

"Şeytan orada ikisinin de ayağını kaydırdı. Onları bulundukları yerden çıkardı. Onlara birbirinize düşman olarak inin, yeryüzünde bir müddet için yerleşip geçineceksiniz dedik." (Bakara Suresi:36. Ayet)

"İnin oradan hepiniz. Eğer tarafımdan size bir yol gösteren gelir de, kim Benim yoluma uyarsa artık onlar için korku yoktur. Onlar üzülmeyeceklerdir de, dedik." (Bakara Suresi:38.Ayet)

"Her ikisi de: Ey Rabbimiz biz kendi kendimize zulmettik ve eğer bizi bağışlamaz ve merhamet etmezsen elbette kaybedenlerden oluruz, dediler. Allah buyurdu ki: birbirinize düşman olarak inin. Sizin için yeryüzünde bir süreye kadar yerleşip kalma ve yaşayıp yararlanma olacak. Orada yaşayacak, orada ölecek ve oradan diriltilip çıkarılacaksınız." (Araf Suresi:23–25.Ayetler)

"Bunun üzerine Âdem, Rabbinden birtakım kelimeler aldı. Allah onun tevbesini kabul etti. O, tevbeleri kabul eden ve çok merhametli olandır." (Bakara Suresi:37.Ayet)

"Ey insanlar; sizi tek bir kişiden yaratan, eşini de ondan var eden ve o ikisinden birçok erkekler ve kadınlar çoğaltan Rabbinizden sakının..." (Nisa Suresi:1.Ayet)

V.

Romanda değinilen kısımlarıyla Hz. Nuh ve Tufan Olayının Kur'an-ı Kerim'de anlatılışı aşağıdaki şekildedir:

"Kuşkusuz ki Nuh'u halkına uyarıcı gönderdik. O da: ey halkım, Allah'a kulluk edin, sizin için O'ndan başka kulluk edilecek yoktur, sizin için büyük bir günün cezasından korkuyorum, dedi." (Araf Suresi: 59.Ayet)

"Halkının inkârcı ileri gelenleri, senin ancak bizim gibi bir insanoğlu olduğunu görüyoruz. Sana ayak takımı kimseler haricinde uyan görmüyoruz. Sizin bizden bir üstünlüğünüz olduğunu da görmüyor, sizin yalancılar olduğunuzu düşünüyoruz, dediler. O; ey halkım, Rabbimden bir delil üzere bulunsam ve bana O'nun katından bir rahmet verilmiş olsa ve bu sizin körlüğünüz nedeniyle gizlenmiş olsa, hoşlanmadığınız halde zorla sizi buna mecbur edebilir miyiz, dedi." (Hud Suresi: 27–28.Ayetler)

"Rabbimin mesajlarını size iletiyor, öğüt veriyorum. Ve ben sizin bilmediğiniz bir ilim aldım Allah'tan, dedi Nuh." (Araf Suresi:62. Ayet)

"Ve dediler ki; ey Nuh, eğer bu saçmalıklarına bir son vermezsen kesinlikle taşlananlardan olacaksın." (Şuara Suresi:116.Ayet)

"İnkârcılar Nuh için; bu adam delidir, belli bir süreye kadar onu gözetleyin, dedi." (Müminun Suresi:25.Ayet)

"Ey Nuh, bizimle gerçekten çok tartıştın. Doğru sözlülerden isen tehdit ettiğin şeyi bizim başımıza getir artık, dediler. Allah, sizi azdırmak isterse ben öğüt vermek istesem de yarar sağlamaz, dedi Nuh..." (Hud Suresi:32,34.Ayetler)

"Nuh dedi ki; her zaman onları bağışlanmaya çağırdıysam da, onlar parmaklarını kulaklarına tıkadılar. Elbiselerini başlarına çektiler, direndiler ve büyüklendikçe büyüklendiler." (Nuh Sûresi:7. Ayet)

"Nuh; benimle onlar arasında bir hüküm ver artık, bizi kurtar, dedi Rabbine." (Şuara Suresi: 118.Ayet)

"Ve Nuh'a şöyle vahyolundu: Daha evvel inananlardan gayrı halkından sana inanacak olan yoktur. Öyleyse onların yaptıklarına üzülme... Kontrolümüz ve talimatımız altında gemiyi inşa et. Haksızlık edenler hakkında Bana bir şey söyleme, onlar boğulacaklar, dedik. Nuh gemiyi yaparken halkının ileri gelenleri yanına uğradıkça alay etmişlerdi onunla. O da; siz bizimle alay ediyorsunuz ama bilin ki, biz de sizinle aynı şekilde alay edeceğiz, demişti. Sonunda emrimiz gelip yeryüzünden sular kaynamaya başlayınca, her cinsten birer çift hayvanı, aileni ve inananları gemiye bindir, dedik. Az sayıda insan haricinde O'na kimse inanmadı. Nuh, yanındakilere; yürürken de, dururken de Allah'ın adıyla gemiye binin, dedi. Kuşkusuz ki Rabbimiz çok bağışlayıcı ve merhametlidir, dedi. Gemi, onları dağlar gibi devasa dalgalar içinde götürürken, Nuh bir kenarda duran oğluna; bizimle birlikte gemiye bin, inkâr edenlerden olma, diye seslendi. Oğlu; dağa tırmanırsam sudan korunurum, dedi. Nuh; merhamet ettikleri dışında Allah'ın azabına karşı koruyucu yoktur, dediği esnada aralarına devasa bir dalga girdi ve Nuh'un inkârcı oğlu da boğulanlardan oldu. Nuh, Rabbine yalvarıp oğlum ailemdendi, kuşkusuz Senin vaadin de haktır, Sen hâkimlerin hâkimisin, dedi. Allah; ey Nuh, kesinlikle o senin ailenden değildir. Çünkü bu uygunsuzdur. Artık hakkında hiçbir bilgi sahibi olmadığın bir şeyi Benden isteme. Cahillerden olmayasın diye, sana öğüt veriyorum, dedi. Sonra şöyle söylendi; Ey Nuh, sana ve seninle beraber olanlara tarafımızdan sağladığımız güven ve bereketlerle gemiden in..." (Hud Suresi:35–48.Ayetler)

"Sen ve beraberindekiler gemiye binip yerleşince; bizi bu zalim toplumdan kurtaran Allah'a hamdolsun de, Rabbine şükret, dedik." (Müminun Suresi:28.Ayet)

"Ey Nuh'la birlikte taşıdığımız kimselerin soyu; şüphesiz ki Nuh, çok şükreden bir kuldu." (İsra Sûresi:3.Ayet)

"Kendisinden sonra gelenler içerisinde Nuh'a iyi bir ün bıraktık. Selam olsun Nuh'a!" (Saffat Suresi:78,79.Ayetler)

"Allah inkârcılara Nuh'un ve Lut'un eşlerini örnek verdi. Her ikisi

de, salih kullarımızın nikâhları altındaydılar. Sonra o ikisi, kocalarına ihanet ettiler ve kocaları Allah'tan geleni o iki kadından savamadılar. Her ikisine de; cehennemliklerle birlikte siz de girin içeri, denildi." (Tahrim Suresi:10.Ayet)

VI.

"Öktem" karakterinin Hz. İbrahim ile ilgili bahislerine esin olan ayetler aşağıdadır:

"Gece karanlık çökünce bir yıldız görüp, bu benim Rabbimdir, dedi. Yıldız gözden kaybolunca; ben yitip gidenleri sevmem, dedi. Doğan ayı gördüğünde; bu benim Rabbimdir, dedi. Ay batınca eğer Rabbim bana doğruyu göstermeseydi, kesinlikle yanlış yola sapmış olan bir toplumdan olurdum, dedi. Güneşi doğarken gördüğünde, işte Rabbim budur ve bu daha büyüktür, dedi. O da batınca; ey halkım, ben sizin ortak koştuklarınızdan kesinlikle uzağım, dedi. Kuşkusuz ki yönümü gökleri ve yeri yaratana dosdoğru bir şekilde çevirdim. Ben ortak koşanlardan değilim." (Enam Suresi:76–79.Ayetler)

"İbrahim, putların yanına geldi. Yemez misiniz, neyiniz var, niye konuşmuyorsunuz dedi ve bütün gücüyle onları kırmaya başladı." (Enbiya Suresi:91–93.Ayetler)

"Tüm putları paramparça etti. Kendisine başvurulsun diye sadece en cüsselisine dokunmadı." (Enbiya Suresi:58.Ayet)

"...Ey İbrahim, ilahlarımıza bunu sen mi yaptın, dediler. Hayır, şu en büyükleri yapmıştır, ona sorun dediğinde, kendi kendilerine, kuşkusuz bizler haksızız dediler ama eski hallerine dönerek sen onların konuşmadıklarını bilmiyor musun, dediler. İbrahim; Allah'ı bırakıp da size hiçbir fayda ve zarar veremeyen şeylere mi, tapıyorsunuz? Size ve Allah'tan başka taptıklarınıza yazıklar olsun. Yaptığınızın yanlışlığını düşünmüyor musunuz, deyince; onlar da birbirlerine; putlarınıza yardım edeceksiniz İbrahim'i yakın, dediler." (Enbiya Suresi:62–68.Ayetler)

"İbrahim onlara şöyle seslendi: Elinizle yonttuğunuz putlara mı tapıyorsunuz? Oysa sizi de, yonttuklarınızı da Allah yarattı.

Halkı; İbrahim için bir yer yapın, onu ateşe atın, dedi." (Saffat Suresi:95–96.Ayetler)

"Allah bırakıp O'nun yerine yalvardıklarınız da sizin gibi kullardır. Eğer doğru sözlü iseniz onları çağırın da size cevap versinler." (Araf Suresi:194.Ayet)

"Rabbi, teslim ol, dediğinde; Âlemlerin Rabbine teslim oldum, demişti o." (Bakara Suresi:131. Ayet)

"Ey ateş; İbrahim'e karşı soğuk ve zararsız ol, dedik." (Enbiya Suresi:69.Ayet)

"İbrahim şöyle demişti: Ey Rabbim ölüleri nasıl dirilttiğini bana göster. Rabbi de ona; inanmıyor musun buna deyince, İbrahim; inanıyorum ama kalbimin buna iyice emin olmasını istiyorum demişti. Bunun üzerine Allah buyurdu ki; dört kuş al. Onları kendine alıştır. Sonra her dağın üzerine onlardan bir parça koy. Onları kendine çağır. Koşarak sana geleceklerdir. Bil ki; Allah'ın her şeye gücü yeter ve her işinde hikmet vardır." (Bakara Suresi:260.Ayet)

"Biz her insanın kuşunu kendi boynuna doladık ve Diriliş Günü, açılmış olarak önüne konacak bir belge çıkarırız." (İsra Suresi:13. Ayet)

"Ey Rabbim, bana iyi bir çocuk bağışla, dedi. Biz de ona yumuşak huylu bir çocuk müjdesini verdik. Çocuk büyüyüp İbrahim'le çalışmaya başlayınca; ey oğlum, rüyamda seni kurban ettiğimi görüyorum. Bu konuda ne düşünüyorsun, dedi. Oğlu; ey babacığım emrolunduğunu yap. İnşallah benim sabredenlerden olacağımı göreceksin, dedi. Her ikisi de Allah'ın emrine teslim olunca babası onu yüzüstü yatırdı. Biz ona; Ey İbrahim diye seslendik. Sen kesinlikle rüyanı doğruladın. Biz iyileri işte böyle ödüllendiririz. Kuşkusuz ki bu büyük bir imtihandır. Biz ona kurtuluş bedeli olarak büyük bir kurban verdik. Sonra gelenler içerisinde, İbrahim'e büyük bir ün bıraktık." (Saffat Suresi:100–108.Ayetler)

"Rabbinin, İbrahim'i bir takım kelimelerle sınadığını ve onun da bunları tam olarak yerine getirdiğini hatırlayın. Allah, İbrahim'e; evet seni insanlara önder kılacağım, demişti. İbrahim; soyumdan da önderler çıkar deyince, Allah; sözüm zalimleri kapsamaz, demişti." (Bakara Suresi:124.Ayet)

"Rabbimiz, ikimizi (beni ve İsmail'i) Sana teslim olmuş kimseler kıl. Ve soyumuzdan da Sana teslim olmuş bir topluluk getir. Ve bize nasıl kulluk edeceğimizi göster, tevbemizi kabul et, Sen tevbeleri kabul edensin, gerçekten merhametlisin, dedi İbrahim." (Bakara Suresi:128.Ayet)

"İbrahim'in babası için af dilemesi, ona verdiği bir sözden dolayıydı. Oysa babasının Allah'a düşman olduğu kendisine de belli olunca İbrahim ondan uzak durmuştur. Kuşkusuz ki İbrahim çok yufka yürekli ve yumuşak huylu birisiydi." (Tevbe Suresi:114.Ayet)

"...iyilik yaparak kendisini Allah'a teslim eden ve samimiyetle İbrahim'in dinine uyandan daha iyi kim olabilir? Allah, İbrahim'i dost edinmişti." (Nisa Suresi:125.Ayet)

"İbrahim, ne Yahudi idi, ne de Hıristiyan. O doğruya yönelmiş hanif bir Müslüman idi. İlahlar uyduranlardan da olmadı. Doğrusu İbrahim'e en yakın olanlar, ona uyanlar ve bu Peygamber (Hz. Muhammed) ile iman edenlerdir. Allah inananların dostu ve koruyucusudur." (Âl-i İmran Suresi:67–68.Ayetler)

"İbrahim gerçekten Allah'a içtenlikle boyun eğen, başlı başına bir ümmetti..." (Nahl Suresi: 120.Ayet)

"Kendilerine rızık olarak verilen kurbanlıklar üzerine Allah'ın adını ansınlar diye, her topluluğa bir ibadet şekli verdik..." (Hac Suresi:34.Ayet)

"Kurbanların ne kanları, ne de etleri ulaşır Allah'a. Yalnızca sizin takvanız ulaşır Allah'a..." (Hac Suresi:37.Ayet)

VII.

Bozkırda yaşanmış "Gök-Tengri" dininin Hz. İbrahim kaynaklı olduğunu kabullenen bu romana esin olan ayetler aşağıdadır:

"Müminler, Yahudiler, Hıristiyanlar ve Sabiilerden Allah'a ve o son güne inanıp iyi işler yapanlar için Rabları katında karşılıklar vardır. Onlar hiç kaygılanmayacak ve hiç üzülmeyeceklerdir de." (Bakara Suresi: 62.Ayet)

"Müminler, Yahudiler, Sabiiler ve Hıristiyanlardan her kim Allah'a ve ahiret gününe inanır ve iyi işler yaparsa onlar kaygılanmayacak ve üzülmeyeceklerdir de." (Maide Suresi:69.Ayet)

"Allah; Müminler, Yahudiler, Sabiiler, Hıristiyanlar, Mecusiler ve Müşrikler arasında diriliş günü kesin hükmünü verecektir. Şüphesiz ki Allah her şeye şahittir." (Hac Suresi:17. Ayet)

YAZAR NOTU

Son ayet Sabiilik'in yaşanmış dinlerden biri olduğunu göstermektedir. Özellikle ilk iki ayetten Sabiilerin de kitabi dinlerin müntesipleri gibi Allah'a ve ahiret gününe inandıkları anlaşılmaktadır. İbrahimî üç dinle bir arada zikredilen Sabiilerin inanışlarıyla ilgili İslami kaynaklar maalesef detay verememektedir. Eldeki tek bilgi; Sabiilerin yıldızlara tapan bir halk olduğudur. Oysa tek ve bir olan Yaratıcı'yı kendisi de yaratılmışlardan olan yıldızlarla somutlaştırabilmiş bir halkın, bu ayetlerde olduğu gibi kurtuluşla müjdelenebilmesi veya azaptan geri kalacaklarının vaat edilebilmesi İslam inancına aykırıdır. Haliyle Sabiilerin yıldızlara tapmak yerine göksel bir inanışlarının olduğunu söylemek daha uygundur. Bu inancın Hıristiyanlık ve Yahudilikte de olduğu gibi zamanla yozlaşması veya en azından dışarıdan yanlış anlaşılması bu karışıklığa sebep vermiş olabilir...

VIII.

"Öktem" ve "Temir" karakterlerinin peygamber olduktan sonra Hatem-ül Enbiya ile ilgili bazı bilgilere ulaşabilmesine dair referanslar aşağıdadır:

"Seni (Hz. Muhammed) *âlemlere rahmet olarak gönderdik."* (Enbiya Suresi:107.Ayet)

"O ilktir ve sondur; açık ve gizlidir. O, her şeyi bilendir." (Hadid Suresi:3.Ayet)

"Bizim kendilerine kitap verdiklerimiz, onu (Hz. Muhammed'i) tıpkı kendi çocuklarını tanıdıkları gibi tanır. Buna rağmen içlerinden bir kısmı bildikleri halde bunu gizler." (Bakara Suresi: 146.Ayet)

YAZAR NOTU

Amcası Ebu Talip'in ticaret kervanlarıyla Suriye'ye giden Hz. Muhammed'in orada yaşadıkları yukarıdaki ayette bahsedilenler için tipik bir örnektir. Manastırda yaşayan Bahira adlı bir rahip —o esnada henüz çocuk yaşlarında olan—Hz. Muhammed'in kitaplarda tarif edilen son peygamber olduğunu fark eder ve diğer Ehl-i Kitabın da bunu anlayarak Hz. Muhammed'e zarar verebileceğinden çekinir, Ebu Talib'den gerisin geri Mekke'ye dönmesini ister...

"Hani Meryem oğlu İsa; Ey İsrailoğulları gerçekten ben sizin için Allah tarafından gönderilmiş bir Elçiyim. Benden önceki Tevrat'ı doğrulayıcı ve benden sonra ismi 'Ahmed' olan bir elçinin de müjdeleyicisiyim, demişti..." (Saff Suresi:6.Ayet)

"Onlar yanlarındaki Tevrat ve İncil'de yazılı buldukları ümmi-yabancı Peygambere uyanlardır..." (Araf Suresi:157.Ayet)

YAZAR NOTU

Hıristiyanlığın ilk ruhanilerinden olan Aziz Paul, Hz. İsa'dan rivayet; "Ümmi-Yabancı Elçi" tarifinin sonraki nesillerce yorumlanmasının önünü kesmiştir. "Ümmi" kısmını atlayarak, sadece "Yabancı" ifadesini benimsemiş, üstelik Hz. İsa'nın kendisini müjdelediğini iddia etmiştir. Oysa tarih, Hz. Muhammed'in hem "ümmi" oluşunun, hem de Hz. İsa'nın gönderildiği topluluğa nispetle "yabancı" oluşunun şahididir...

"Hani Allah peygamberlerden kesin bir söz almıştı. 'Andolsun size kitap ve hikmet verip sonra da size beraberinizdekini doğrulayan bir elçi geldiğinde, ona kesin olarak inanacak ve ona destekte bulunacaksınız.' Ve demişti ki; 'bunu ikrar ettiniz ve bu ağır yükümü aldınız mı?' Onlar; 'ikrar ettik' cevabını vermişlerdi. Allah da; 'öyleyse şahit olun. Ben de sizinle birlikte tanığım buna' demişti." (Al-i İmran Suresi: 81.Ayet)

YAZAR NOTU

Bu ayetten geçmiş peygamberlerin, hem de peygamberliklerinin şartı olarak, kendilerinden sonra da elçi geleceğini kabul ettiklerini anlaşılmaktadır. Mevcut Tevrat'ta bundan bahseden yirmiden fazla kısım vardır. İncillerdeyse altı yerde buna işaret edilmektedir. Ahzab Suresi: 40.Ayetten bu konudaki tek istisnanın Hz. Muhammed olduğu anlaşılmaktadır...

"Evet, O evvelkilerin yazılarında da vardır." (Şuara Suresi:196. Ayet.)

YAZAR NOTU

Brahmanların kutsal kabul ettiği Pou-Rana (birebir tercümesi "Evvelkilerin Yazıları") ve Vedalar'ında çölden çıkacak, adı "Övülmeye Layık" (Arapçası "Muhammed") olan bir bilgeden bahsedilmektedir. Onun arabasının göğe değeceği (Miraç olayındaki Burak tasvirleri); üç yüz kişiyle (Bedir Savaşı) ve binlerce kişiyle (Mekke'nin Fethi) iki zafer elde edeceği anlatılmaktadır...

Kalınki Pourana'da ise bu kişinin babasının "köle" (Arapçası "Abdullah") annesinin de "güvenilir" (Arapçası Amine) olduğu yazılıdır. Kumlu bir memlekette dünyaya geleceği (Mekke) ve şehrini terk edeceği (Medine'ye Hicret) belirtilmektedir...

Zerdüştlerin kutsal saydıkları 2500 yıllık Zend-Avesta'da; putları reddedecek, "Övülen" ve "Herkes için Şefkat" (Kuran-ı Kerim'e göre "Âlemlere Rahmet") adını taşıyacak olan bir kişinin geleceği yazılıdır...

Gautama Budha; "Metteya" (Herkese Merhamet) adında birinin gelip kendi işini tamamlayacağını haber vermiştir...

Matta İncilinde(IV,15/16) ve Yuhanna'da(XIV,16) sonraki zamanlarda geleceğinden bahsedilen "Paraklit" adlı bir elçi vardır. Eski Yunanca olan bu kelime Batı dillerine "Tecellici, Tamamlayıcı" olarak tercüme edilmiş ama Hz. İsa'nın yeniden dünyaya dönüşüne yorulmuştur. Batı dünyasınca muteber görülmeyen Barnabas İncilinde ise Paraklit için doğrudan doğruya "Hamd Eden" (Arapçası "Ahmed") ifadesi yer almaktadır...

IX.

Muhtelif konularda içeriklerine atıflar yapılmış olan ayetler aşağıdadır:

"Gerçekten Allah bir sivrisineği de, onun üstünde olan herhangi bir şeyi de örnek göstermekten çekinmez. İnananlar onun Rablerinden bir gerçek olduğunu bilir. İnkârcılar ise; böyle bir örnekle Allah ne kastetmiştir, derler. Allah onunla birçoklarını saptırır, birçoklarını da doğru yola iletir. Allah; ancak yoldan çıkmış olanları saptırır." (Bakara Suresi:26.Ayet)

"Kim doğru yola gelirse kendi yararına yola gelir; kim de saparsa kendi zararına sapar. Ve hiçbir yükümlü başkasınınkini yüklenmez..." (İsra Suresi:15.Ayet)

"...hiçbir kulu kaldıramayacağından fazlasıyla yükümlü tutmayız..." (Enam Suresi:152.Ayet)

"...Ey Rabbimiz, bizden öncekilere yüklediğin gibi bize de ağır yükler verme. Gücümüzün yetmediği işlerden bizi sorumlu tutma..." (Bakara Suresi:286.Ayet)

"Verdikleriyle sınamak için sizi yeryüzünün halifeleri kılan ve kiminizi kiminize derece bakımından üstün kılan O'dur. Gerçekten Rabbin hesap soruşu hızlıdır ve O bağışlayıcıdır, merhametlidir." (Enam Suresi:165.Ayet)

"İnananlar içerisinde Allah'a verdikleri sözde sebat eden nice erler vardır. Onlardan kimi sözünü yerine getirip o yolda canını vermiştir, kimiyse beklemektedir. Onlar hiçbir şekilde sözlerini değiştirmemişlerdir." (Ahzab Suresi:23.Ayet)

"Allah yolunda öldürülenlere ölüler demeyin. Aksine onlar diridirler. Ama siz bunun farkında olamazsınız. Andolsun ki sizi; korku, açlık, fakirlik ve canlarınızla sınarız. Sen sabırlı davrananları müjdele. Onlar başlarına bir kötülük geldiğinde, evet biz Allah'a aidiz ve O'na dönücüleriz, diyenlerdir." (Bakara Suresi:154–156.Ayet)

"Ve kendisine Rabbinin delilleri hatırlatıldıktan sonra onlardan yüz çevirenden daha hain, daha zalim kim olabilir? Muhakkak ki biz, suçlulardan mutlaka intikam alırız." (Secde Suresi:22. Ayet)

"...Onların kalpleri vardır ama idrak etmezler, gözleri vardır görmezler, kulakları vardır duymazlar. İşte onlar hayvanlar gibi, hatta daha şaşkındırlar..." (Araf Suresi:179.Ayet)

"...Kim bir insanı kısas veya yeryüzünde yapılmış bir bozgunculuğa karşılık olmaksızın öldürürse, sanki bütün insanları öldürmüş gibidir..." (Maide Suresi:32.Ayet)

"...Onlara cana can, göze göz, buruna burun, kulağa kulak, dişe diş diye yazdık. Yaralar da kısasa tabidir..." (Maide Suresi:45.Ayet)

"Gökleri ve yeri altı günde yaratan, sonra Arş'a yerleşen, yere gireni ve ondan çıkanı, gökten ineni ve oraya yükseleni bilen O'dur. Nerede olursanız olun, O sizinle birliktedir ve yaptıklarınızı görür." (Hadid Suresi:4.Ayet)

"Yeryüzünde bulunan her şeyi sizin için yaratan O'dur. Sonra gökyüzüne yönelip onu yedi gök olarak düzenleyen de O'dur. Ve O, her şeyi bilendir." (Bakara Suresi:29.Ayet)

"Doğu da batı da Allah'ındır. Yüzünüzü her nereye dönerseniz Allah oradadır. Şüphesiz ki O; kuşatandır, bilendir." (Bakara Suresi:115. Ayet)

"Ve yer ve göklerdekilerin tümü, ister istemez, sabah ve akşam sadece Allah'a secde eder, tıpkı gölgelerinin de yapageldiği gibi." (Rad Suresi:15.Ayet)

"Gece ile gündüz, güneş ve ay O'nun delillerindendir. Eğer O'na kulluk etmek istiyorsanız; ne güneşe secde edin, ne de aya. Bunları da yaratana secde edin..." (Fussilet Suresi:37.Ayet)

"Beni anınki, Ben de sizi anayım..." (Bakara Suresi:152.Ayet)

"...Kalpler ancak Allah'ı anmakla huzura kavuşur." (Rad Suresi:28. Ayet)

"Onlar ki; ayaktayken, otururken, yatarken Allah'ı anarlar..." (Âl-i İmran Suresi:191.Ayet)

"...Allah, Kendisini çok anan erkeklere ve kadınlara af ve büyük bir karşılık hazırlamıştır." (Ahzab Suresi:35.Ayet)

"Geceyi gündüze, gündüzü geceye katarsın. Ölüden diri çıkarır, diriden ölü çıkarırsın..." (Âl-i İmran Suresi:27.Ayet)

"Nasıl oluyor da Allah'ı inkâr ediyorsunuz. Oysa ölü iken sizi O diriltti..." (Bakara Suresi:28. Ayet)

"Ölü iken diriltiğimiz ve kendisine insanlar arasında yürüyebileceği bir ışık verdiğimiz kimse, karanlıklar içerisinde kalıp ondan hiç çıkamayan kimse gibi olur mu?" (Enam Suresi:122.Ayet)

"Allah yolunda infak-bağış yapın. Ve ellerinizle kendinizi ateşe atmayın. İyilik edin. Şüphesiz ki Allah iyilik edenleri sever." (Bakara Suresi:195. Ayet)

"...Allah tevbe edenleri ve arınanları sever." (Bakara Suresi:222. Ayet)

"...her kim sözünü yerine getirir ve kötülükten sakınırsa, şüphesiz ki Allah işte o takvalı kullarını sever." (Âl-i İmran Suresi:76.Ayet)

"...Allah sabredenleri sever." (Âl-i İmran Suresi:146.Ayet)

"De ki; Allah'ı seviyorsanız bana (Allah'ın Peygamberine) uyun ki, Allah da sizi sevsin..." (Âl-i İmran Suresi:31.Ayet)

"Ey iman edenler! Sizden kim dininden dönerse bilsin ki; Allah sizin yerinize; sevip-sevildiği ve inananlara karşı alçakgönüllü ama inkârcılara karşı çetin ve onurlu, Allah yolunda çarpışan ve hiçbir kınayıcının kınamasından korkmayan bir topluluk getirir. Bu Allah'ın lütfüdür, onu dilediklerine verir. Ve Allah sonsuz bilendir." (Maide Suresi:54.Ayet)

"Onları siz öldürmediniz, Allah öldürdü. Nitekim oku attığın zaman sen değil, Allah attı..." (Enfal Suresi:17.Ayet)

"Cenab-ı Allah buyuruyor ki; kulumu sevince onun gören gözü, işiten kulağı, tutan eli olurum. Benimle duyar, Benimle işitir ve Benimle tutar..." (Hadis-i Kudsi)

"...onlar Allah'tan razıdır, Allah da onlardan." (Maide Suresi:119. Ayet)

"Ey tatmin bulmuş nefis! Rabbinden razı olmuş ve O'ndan razı olunmuş şekilde dön artık kullarımın arasına ve cennetime gir." (Fecr Suresi:27–30.Ayetler)

"Oku ve öğren! İnsana bilmediklerini öğreten Rabbin, sonsuz kerem sahibidir." (Alak Suresi: 3–5.Ayetler)

"Andolsun; nefes nefese koşturan kısraklara. Sonra bir çakmak gibi toynaklarıyla kıvılcımlar çakanlara. Sabahleyin tozu duma-

na katarak karşılarındaki topluluğun arasına dalanlara." (Adiyat Suresi:154–156.Ayetler)

"Allah size melekleri veya peygamberleri ilahlar edinin, diye emretmez..." (Âl-i İmran Suresi: 80.Ayet)

"Cinleri de Allah'a ortak koştular. O'na bilgisizce kızlar ve oğullar atfettiler. O, bundan münezzehtir, onların yakıştırmalarından aşkındır." (Enam Suresi:100.Ayet)

"Eğer herhangi bir ayeti (hükmü) yürürlükten kaldırır veya unutturursak, ondan daha iyisini veya benzerini getiririz. Allah'ın her şeye gerçekten güç yetirdiğini bilmez misin?" (Bakara Sûresi:106. Ayet)